ULRICH HEFNER

Mutiert

GOLDMANN
Lesen erleben

Buch

Liberty City, Miami. Privatdetektiv Gene Mcfaddin glaubt zunächst an einen Routinefall, als ihn eine verzweifelte junge Frau beauftragt, ihren Verlobten zu suchen. Er ahnt nicht, in welche Gefahr er sich begibt, als er sich auf die Spur des vermissten Mannes setzt, und dass ihn seine Suche bis nach Brasilien führen wird …

Cuiabá, Brasilien. Kommissar Carlos Zagallo hat es mit der grausamsten Mordserie seiner Laufbahn zu tun. Achtzehn bis zur Unkenntlichkeit verbrannte Leichen wurden in der Umgebung der Stadt geborgen. Ist hier ein irrer Serienkiller am Werk?

Corrupira, Bundesstaat Amazonas. In einem Hüttendorf an einem Seitenarm des Amazonas, wo illegale Holzfäller ein kärgliches Dasein fristen, geht die Angst um. Ein Arbeiter ist zusammengebrochen und aus unerklärlichen Gründen innerlich verblutet. Offenbar durch eine seltsame Krankheit, die das Blut zersetzt. Bald sterben weitere Dorfbewohner, und schließlich bricht eine Epidemie aus, die das ganze Land bedroht. Handelt es sich um einen bis dahin unbekannten Virus? Können die Ärztin Lila Faro und der deutsche Epidemiologe Doktor Michael Sander den Wettlauf gegen die Zeit gewinnen und gegen den Widerstand mächtiger, undurchsichtiger Drahtzieher die Ursache der mysteriösen Krankheit herausfinden?

Autor

Ulrich Hefner, geboren 1961 in Bad Mergentheim, hat neben seiner Laufbahn als Polizeibeamter bereits vier Romane veröffentlicht. Er ist verheiratet, hat zwei Kinder und lebt mit seiner Familie in Lauda, Baden-Württemberg. Er ist u.a. Mitglied in den Autorenvereinigungen »Das Syndikat« und »Die Polizei-Poeten« und Gewinner des eScript Literaturpreises des ZDF. »Mutiert« ist sein dritter Roman bei Goldmann.

Von Ulrich Hefner sind im Goldmann Verlag außerdem lieferbar:

Die Dritte Ebene. Thriller (47054)
Die Bruderschaft Christi. Thriller (47224)

Ulrich Hefner

MUTIERT

Thriller

GOLDMANN

MIX
Papier aus verantwortungsvollen Quellen
FSC® C014496

Verlagsgruppe Random House FSC-DEU-0100
Das FSC®-zertifizierte Papier *München Super* für dieses Buch
liefert Arctic Paper Mochenwangen GmbH.

1. Auflage
Taschenbuchausgabe Mai 2012
Wilhelm Goldmann Verlag, München,
in der Verlagsgruppe Random House GmbH

Redaktion: Jürgen Christen
Umschlaggestaltung: UNO Werbeagentur, München
Umschlagmotiv: © FinePic®, München
Th · Herstellung: Str.
Druck und Bindung: GGP Media GmbH, Pößneck
Printed in Germany
ISBN 978-3-442-47642-8

www.goldmann-verlag.de

für
Marliese und Robert

… der Mensch sollte nicht so vermessen sein
und sich als Schöpfer aufspielen.
Es gibt nur einen Gott auf Erden, und
nur er hat das Recht, Leben zu geben
und Leben zu nehmen …

Prolog

Mai 2007,
am Rio Jatapu, Amazonasgebiet, Brasilien

Das Langboot glitt beinahe geräuschlos durch die schwarzen Fluten des Rio Jatapu. Die Nacht hatte sich über den Dschungel gesenkt, doch die Temperaturen lagen noch immer bei annähernd fünfundzwanzig Grad. Die Luft war feucht.

Cardoso lag im Boot, schweißdurchtränkt sein fleckiges Hemd. Es schien, als hätten seine Eingeweide Feuer gefangen. Sein Atem ging flach, aber sein Herz raste.

Vor sieben Tagen war er mit einer kleinen Gruppe aufgebrochen, um nach gut gewachsenen Harthölzern Ausschau zu halten, die geeignet waren, als Stützbalken für einen Türstock zu dienen und Tonnen von Gestein abzustützen. Fast vierzig Kilometer hatten sie zurückgelegt, bis sie auf eine Gruppe bester Rosenhölzer stießen, die nur unweit des Ufers standen und ihre gefiederten Blätter im leichten Wind hin und her wiegten. Dann war ein gewaltiger Sturm über sie hereingebrochen, der drei Tage lang anhielt und mit heftigen Regenfällen über dem Amazonasgebiet tobte.

Zu siebt waren sie aufgebrochen. Vier Langboote, mit Proviant und Ausrüstung bestückt, hatten sich auf den Weg gemacht. Nun würde er alleine zurückkehren, keiner seiner Kameraden hatte überlebt. Unter Qualen waren sie gestorben. Mit letzter Kraft hatte sich Cardoso in eines der Boote geschleppt und die Leinen gekappt. Mit der Strömung hatte er sich treiben lassen, in der Hoffnung, er würde rechtzeitig auf Hilfe stoßen. Dann war er in eine tiefe Ohnmacht gesunken, aus der er erst wieder erwachte, nachdem sich die Dunkelheit über dem tropischen Regenwald ausgebreitet hatte.

Er wusste nicht, wie viel Zeit vergangen war und wo er sich gerade befand. Er wusste noch nicht einmal, wie lange ihm noch blieb. Die Schreie einiger Brüllaffen hallten durch den Wald. Cardoso versuchte sich aufzurichten, doch er sank kraftlos zurück. Er schloss die Augen.

Das zunehmende Glucksen und Plätschern verriet ihm, dass er sich wohl in der Nähe der kleinen Stromschnellen befand. Corrupira konnte nicht mehr weit sein. Zwar gab es dort keine Krankenstation und noch nicht einmal einen Arzt, aber José, der Wirt der kleinen Bar Da Penico, würde ihm schon helfen können. Er spürte, wie das Boot langsam Fahrt aufnahm. Das Plätschern wurde zu einem Rauschen, und das Boot begann auf und ab zu schaukeln. Doch diese Stromschnellen bargen keine Gefahr, dazu waren sie nicht stark genug.

Gischt spritzte in das Boot und traf Cardoso im Gesicht. Das kalte Wasser tat gut auf seiner vom Fieber erhitzten Haut. Das Rauschen verebbte, und das Boot wurde langsamer. Erneut durchbrach der laute Schrei eines Brüllaffen die Stille. Langsam wurde es kühler, und das Leben im Wald erwachte. Cardoso griff sich an die Brust, das Brennen in seinem Körper wurde stärker, er schnappte nach Luft.

Dann stieß das Boot gegen das Ufer und verkeilte sich in der Krone eines umgestürzten Baumes.

*

Da Penico hatte José seine kleine Bar in dem gottverlassenen Ort Corrupira mitten in den dichten Wäldern des Amazonas genannt, was übersetzt einfach nur *die Kanne* hieß.

Corrupira war auf keiner Karte der Welt verzeichnet, und nur wenige wussten von der Existenz diesen kleinen Ortes, bestehend aus einfachen Hütten, einer Bar und einer getarnten Lagerhalle.

Gold und Holz, darum drehte sich in dem kleinen Ort alles. Doch man fand keine Mine in der Nähe; es gab keine Holzlager, keine beladenen Lastwagen brausten durch den Ort. Es gab noch nicht einmal eine befahrbare Straße in dem kleinen Dorf am Rio Jatapu, einem Zufluss des Rio Uatumá, knapp hundert Kilometer nordöstlich von Itacoatiara.

Es gab auch keinen Supermarkt, keine Kirche, keine Polizeistation und keinen Bürgermeister in dem Ort, den man *Waldgeist* nannte, denn der Ort war gänzlich illegal. Knapp siebzig Glücksritter bewohnten die Hütten, dazu kamen noch ein paar Prostituierte aus Manaus sowie José, der die Damen in seiner Bar beherbergte, für sie sorgte und am Ende noch ein paar Real nebenbei verdiente.

Überall im Amazonasgebiet konnte man auf solche Camps stoßen; überall versteckten sich illegale Holzfäller, Goldsucher oder Diamantenschürfer vor den Behörden, um in der unwirtlichen Wildnis ihr Glück zu finden und den Regenwald immer weiter zurückzudrängen, bis bald nichts mehr davon vorhanden war. Die illegale Brandrodung schlug unübersehbare Wunden in den Urwald, und jedes Jahr fielen beinahe 30 000 Quadratkilometer dem heimlichen Treiben zum Opfer. Eine Fläche, nur ein knappes Drittel kleiner als die Schweiz.

Die tropischen Hölzer brachten noch immer sehr viel Geld auf dem Schwarzmarkt. Egal ob Palisander, Ipe oder Pau Brasil, die Nachfrage stieg in rasantem Tempo. Und mit ihr die Gefahr der Entdeckung, denn immer mehr Paras, wie die Polizisten in dieser Gegend genannt wurden, patrouillierten mit berittenen Streifen, Booten oder Hubschraubern und nutzten sogar modernste Satellitentechnik, um die illegalen Camps und Holzlager aufzuspüren. Der Schutz des Regenwaldes war inzwischen zu einer Aufgabe geworden, die in der ganzen Welt ernst genommen wurde. Entsprechend hoch war die Zahl der Polizisten geworden. Und lange schon reichte es nicht mehr, ein Viertel des erzielten Gewinnes an die Kommandanturen abzugeben, denn korrupte Polizisten wurden mittlerweile hart bestraft.

So waren die Glücksritter vorsichtig geworden, zogen sich tief in den Schutz des Regenwaldes zurück und nahmen lange Wege zu ihren Rodungsplätzen oder Minen auf sich. Doch selbst wenn ein Hubschrauber auf dem Patrouillenflug eine neue Rodung entdeckte, so gelang den Illegalen doch meist die Flucht, denn im Regenwald gab es keine Landeplätze, und bis zum Eintreffen der Bodentruppen hatten sich die Männer längst abgesetzt. Beweglichkeit war ihr Trumpf.

Bei Edelhölzern gingen sie mittlerweile gezielt vor und fällten nur einen oder zwei Bäume, so dass es aus der Luft kaum auffiel. Durch die verzweigten Flüsse schmuggelten sie dann im Schutze der Nacht ihre geheimen Flöße bis zu den Plätzen, wo sie zum Abtransport erwartet wurden. Das Gebiet des Waldes war trotz allem noch immer riesig, und selbst die gut organisierten Paras waren im Kampf gegen die bestens aufgestellten Schmugglerbanden oft überfordert. Wurden ein paar von ihnen erwischt, dann räumte man die Lager und zog über die Flüsse einfach weiter.

*

Es herrschte eine ausgelassene Stimmung in der *Kanne.* Die verstimmten Töne des alten Pianos drangen durch die Tür hinaus in die Nacht. Ein guter Tag war zu Ende gegangen, und die Männer hatten Grund zum Feiern. Anna tanzte zur Musik auf dem Tresen und ließ ihren Faltenrock wild durch die Luft flattern. Wenn die Männer gut verdient hatten, kam auch José auf seine Kosten. Zuerst wurde gefeiert, und hatten die Männer dann genug Tequila oder Bier intus, so zogen sie sich nacheinander mit Anna, Maria oder Conchita auf die Zimmer zurück. Josés Kasse klingelte immer.

Während José hinter dem Tresen stand und die Gläser füllte, warf er ab und an einen lüsternen Blick auf die rassige Tänzerin auf seinem Tresen, die sich nach und nach ihrer Kleider entledigte. Es war eine gute Idee gewesen, die Mädchen aus Manaus hierher zu holen. Eine lohnende Idee, für beide Seiten. Denn José war fair. Nicht mehr als ein Drittel ihrer Einnahmen mussten ihm die Mädchen für Kost und Logis abgeben. Wenn dann die Männer einmal wieder für Wochen das Camp verließen, konnten sie sogar umsonst bei ihm wohnen.

An diesem Abend machte sich José ernsthaft Sorgen, ob seine Vorräte an Alkohol und Bier ausreichten, bevor die Gäste müde würden. Vor allem die sieben Kanadier waren heute in Spendierlaune. Über zwanzigtausend Dollar hatte ihnen ihr Geschäft eingebracht. Mehr als das Doppelte wie sonst. Sie hatten wirklich Glück gehabt, als sie bei ihrer Tour auf den schier unerschöpflichen Bestand an gerade gewachsenen Rosenhölzern gestoßen waren. Sechzehn Meter ragten die Bäume auf.

»Noch eine Runde!«, rief einer der Kanadier lauthals. »Heute lassen wir uns nicht lumpen.«

Die meisten Bewohner des Camps stammten aus Brasilien, doch auch Amerikaner, Kanadier und ein paar Europäer hatten sich hierher gewagt, um mit dem Holzeinschlag ihr Glück zu suchen.

»Komme schon!«, antwortete José und zog drei weitere Flaschen Tequila aus dem Regal.

Die Kanadier saßen an einem runden Tisch. Conchita und Maria versüßten ihnen den Abend. Noch bevor José die Gläser erneut vollschenken konnte, flog die Tür auf. Krachend schlug sie gegen die Holzwand, so dass es staubte. Erschrocken ließ José die Tequilaflasche fallen. Die Köpfe der Anwesenden flogen herum, und das Klavier verstummte. Selbst Anna auf dem Tresen raffte ihre Kleidung zusammen und bedeckte ihre Blöße. Plötzlich herrschte eine Ruhe in der kleinen Bar, bei der man eine Stecknadel hätte fallen hören. Alle starrten gespannt zum Eingang.

Cardoso schwankte durch die Tür. Seine Haut schimmerte

bläulich im Fieberglanz, und die Augen in seinem bleichen Gesicht traten aus ihren Höhlen hervor. Er fasste sich an den Hals und schnappte nach Luft, wie ein Fisch auf dem Trockenen.

»Hey, Cardoso!«, rief José. »Was ist los mit dir, und wo sind die anderen?«

Cardoso öffnete den Mund, es schien, als ob er antworten wollte, doch plötzlich ergoss sich ein Schwall dunklen Blutes auf den Boden. Cardoso stürzte. Sein Körper zuckte unkontrolliert, bevor er schließlich leblos liegen blieb. Noch immer lief ein kleines blutiges Rinnsal aus seinem Mund. Die Mädchen kreischten angsterfüllt, und die anwesenden Männer sprangen von ihren Plätzen auf.

José atmete tief ein. Nur langsam löste sich seine Starre. Er ging auf Cardoso zu, kniete sich nieder und drehte ihn auf den Rücken. Er beugte sich zu ihm herab und hielt sein Ohr an Cardosos Mund. Schließlich wandte er sich den Anwesenden zu.

»Er ist tot, verdammt«, sagte er fassungslos. »Er ist einfach gestorben.«

Eine Woche später – Liberty City in Miami, Florida, USA

Eine Dunstglocke lag schon seit Tagen über der Stadt und hielt die feuchte und schwüle Luft darunter gefangen. Die Temperaturen lagen bei dreißig Grad und die Luftfeuchtigkeit bei nahezu fünfundachtzig Prozent. Die Menschen mieden die vor Hitze flirrenden Straßen und hatten sich in ihre Häuser zurückgezogen. Vier Mal war in den letzten Tagen in Liberty City der Strom ausgefallen, weil sämtliche Klimageräte in diesem Viertel gleichzeitig auf Hochtouren liefen.

Gene Mcfaddin räkelte sich in seinem Bürostuhl im zweiten Stock des nicht mehr ganz neuen Geschäftshauses in der 65. Straße und hatte seine Füße auf den Schreibtisch gelegt. Die Rollläden und die Fenster waren geschlossen. Gene trug nur legere Shorts und ein Muskelshirt, doch obwohl der Ventilator auf voller Stufe lief, vermochte er es nicht, den Raum auch nur ein klein wenig abzukühlen. Aus dem Radio dudelten Hits aus den Achtzigern.

Gene hielt eine Wasserflasche in der Hand und döste vor sich hin. Als es an der Tür klopfte, fuhr er erschrocken auf. Die Flasche fiel polternd zu Boden und das restliche Wasser ergoss sich über den staubigen Teppich.

Es klopfte erneut.

»Ja, schon gut!«, brummte Gene nicht gerade freundlich und erhob sich. Durch die Glasscheibe der Tür konnte er den Schatten einer zierlichen Person erkennen. Er öffnete, und vor ihm stand eine junge Frau mit langen, schwarz gelockten Haaren.

»Sind Sie Mcfaddin?«

»Ja. Was kann ich für Sie tun?« Gene trat einen Schritt zur Seite und bat sie herein.

»Ich brauche einen Privatdetektiv«, antwortete die junge Frau.

Gene wies auf den einzigen Besucherstuhl und nahm wieder hinter dem Schreibtisch Platz. »Da sind Sie bei mir nicht ganz falsch. Aber mit wem habe ich die Ehre?«

»Sharon«, erwiderte sein Besuch. »Sharon Cruiz. Ich brauche Ihre Hilfe.«

Gene musterte die Frau mit dem lateinamerikanischen Einschlag. Sie hatte ein hübsches Gesicht und die schönsten, gebräunten Beine, die Gene seit Monaten gesehen hatte.

»Was ist Ihr Problem?«

»Ich weiß nicht, ob ich Sie mir überhaupt leisten kann«, begann Sharon Cruiz etwas unsicher. »Ich habe tausend Dollar gespart. Aber ich weiß nicht mehr, was ich sonst noch tun soll.«

Er sah die Träne, die über ihre Wange lief und eine dunkle Spur aus Wimperntusche hinterließ. »Tausend Dollar, das ist ja auch eine Menge Geld.«

Sharon blickte zu Boden. »Mein Verlobter ist verschwunden«, sagte sie leise. »Seit zwei Wochen habe ich nichts mehr von ihm gehört. Peter ist zur Arbeit gegangen und am Abend einfach nicht zurückgekommen.«

»Peter, ist das Ihr Verlobter?«

Der Ventilator auf dem Schreibtisch stoppte plötzlich mit einem lauten Schlag. Der Propeller steckte fest. Gene beugte sich vor und klopfte mit der Faust gegen das Sicherungsgitter. Der Propeller befreite sich und lief surrend wieder an.

»Diese blöden Fünf-Dollar-Dinger taugen nichts«, nörgelte Gene.

Sharon nickte kurz. »Peter Harrison ist sein Name. Wir wohnen seit sechs Monaten zusammen. In Gladeview. Peter studiert Medienwissenschaften, und nebenbei jobbt er, damit ein wenig Geld hereinkommt. Wir können es nämlich brauchen. Ich bin schwanger.«

Gene griff nach einem Notizblock und schrieb den Namen des Vermissten auf. »Waren Sie schon bei der Polizei?«

Sharon schlug die Hände vor das Gesicht und schluchzte. Gene erhob sich, ging um den Schreibtisch und legte sanft den Arm um ihre Schultern.

»Sie haben gesagt, dass er sich aus dem Staub gemacht hat, weil ich schwanger bin. Sie können nicht nach ihm suchen, er ist erwachsen.«

»Hat die Polizei wenigstens in den Krankenhäusern nachgefragt oder geprüft, ob ein Zusammenhang mit einem Verbrechen vorliegt?«

»Der Officer hat ein paar Anrufe geführt, und dann hat er mir gesagt, dass er mir nicht helfen kann.«

»Entschuldigung, ich frage das nur, weil ich nicht unnötig Ihr Geld verschwenden will, aber könnte es nicht tatsächlich sein, dass er wegen des Kindes …«

Sharon sprang auf und krallte ihre Fingernägel in Genes rechten Arm. »Er liebt mich, und er hat sich das Kind gewünscht. Er hat sogar schon das Kinderzimmer gestrichen.«

»Schon gut, aber wenn ich Ihnen helfen soll, dann muss ich alles wissen.«

Sharon setzte sich wieder und seufzte. »Also gut, was müssen Sie wissen, um ihn zu finden?«

Auch Gene hatte wieder hinter seinem Schreibtisch Platz genommen. »Zuerst einmal, wo er am Tag seines Verschwindens gewesen ist.«

Sharon zuckte mit der Schulter. »Ich weiß nicht, was er an diesem Tag gemacht hat. Er nimmt Gelegenheitsjobs an. Auf dem Bau, als Möbelpacker, er war auch schon mal Wachmann für ein paar Tage. Aber die Leute wollten, dass er auch nachts für sie arbeitet. Jean hat ihn um neun abgeholt.«

»Jean?«

»Jean Tarston«, antwortete Sharon. »Er ist Peters Freund aus vergangenen Tagen. Ich habe ihn immer vor ihm gewarnt.«

»Haben Sie schon mit Jean gesprochen?«, fragte Gene. »Das wäre doch wohl das Einfachste.«

»Ich habe es versucht, aber Jean ist ebenfalls verschwunden.« Sharon Cruiz tupfte sich mit einem Taschentuch über die Wangen.

»Also gut, Lady. Wenn ich die Sache übernehme, wie erreiche ich Sie?«

Sharon schob das Taschentuch zurück in ihre Handtasche. »Ich melde mich bei Ihnen, das ist einfacher.«

»Ein bisschen mehr brauche ich schon. Zumindest eine Handynummer, falls ich noch Fragen habe.«

Sharon griff nach einem Stift und einem Zettel auf Genes Schreibtisch, schrieb ihre Nummer darauf und schob sie ihm zu.

»Okay, aber etwas Zeit werde ich schon brauchen«, gab Gene zu bedenken und reichte ihr seine Visitenkarte. »Ich gehe natürlich davon aus, dass Sie zu Hause schon alles nach einem möglichen Hinweis durchsucht haben?«

Sharon nickte.

»Dann kommen wir noch mal zurück zu seinem Freund. Wo hält er sich normalerweise auf, mit wem hat er Umgang, gibt es überhaupt irgendeine Spur?«

»Sie sind einfach weg, so als habe es sie nie gegeben.«

Erster Teil

Am langen Fluss

1

Etwa zur gleichen Zeit, 3000 Meilen entfernt …

Cuiabá, Bundesstaat Mato Grosso, Brasilien

Capitão Carlos Zagallo von der Kriminalpolizei in Cuiabá schnippte sein Zigarillo in hohem Bogen ins Gras und rümpfte angewidert die Nase.

Leutnant Luiz Falcáo deckte die Überreste der Leiche wieder zu und erhob sich.

»Nummer neunzehn«, sagte er. »Eine kleine Person, ein Kind oder eine Frau, meint der Doktor.«

»Ein Wunder, dass man überhaupt noch etwas erkennen kann«, antwortete Zagallo und blickte sich um.

Die verkohlte Leiche lag abseits der Staatsstraße 351, etwa zehn Kilometer nordöstlich vom Stadtkern in einem kleinen Wäldchen, zu dem eine staubige Sandpiste führte.

»Man hat sie hierhergebracht und angezündet«, entgegnete Falcáo.

In der Ferne stand ein Streifenwagen der Verkehrspolizei. Ein Polizeifotograf des *Servicio de Inteligéncia* fotografierte unablässig die Umgebung, während sich zwei Männer in weißen Kitteln auf der Sandpiste an einer Reifenspur zu schaffen machten und diese mit Gips ausgossen.

»Ein schwarzer Kleinlastwagen«, murmelte Zagallo, »so wie vor einer Woche bei Várzea Grande. Wahrscheinlich der gleiche Wagen und wahrscheinlich auch der gleiche Täter. Ich will, dass wir dieses Schwein kriegen. Das lass ich mir in meinem Distrikt nicht länger bieten.«

»Im letzten Jahr gab es zweitausend Mordfälle in unserer Stadt«, antwortete Falcáo. »Warum liegt dir so viel an der Sache?«

Zagallo verzog das Gesicht. »Weil er uns provoziert. Er führt uns an der Nase herum und hält uns für blöd. Aber ich werde ihm zeigen, wer am Ende der Dumme ist.«

Die Mordserie hatte vor knapp sechs Wochen begonnen. Die erste Leiche war im Süden der Stadt Cuiabá auf einer wilden Müllkippe gefunden worden. Verkohlt bis zur Unkenntlichkeit. Es gab keine verwertbaren Spuren. Der Täter verwendete Benzin und Chemikalien, um auch eine ausreichende Hitze zu erreichen, damit nicht viel mehr als eine undefinierbare, schwarze Masse übrig blieb. Thermit wurde bei der Verbrennung der Leichen benutzt, so hatten die Chemiker der *Servicio de Inteligéncia* herausgefunden. Bis zu 2200 Grad Celsius erreichte das Material bei der exothermischen Reaktion.

Kein Körper widerstand diesen Temperaturen. Es blieb nicht viel übrig außer ein paar verkohlten Gliedmaßen. Damit wurde eine Identifizierung der Leichen anhand von Körpermerkmalen oder Fingerabdrücken unmöglich, und die Vermisstendateien der Polizeistationen in Brasilien quollen angesichts der hohen Verbrechensrate im Land über. Mann, Frau oder Kind, alles blieb pure Spekulation.

»Wir befragen alle Leute in dieser Gegend«, rief Zagallo entschlossen. »Irgendjemand wird den Wagen gesehen haben.«

Falcáo schaute sich um. »Wir werden eine Menge Leute dafür brauchen.«

Zagallo tat den Einwand seines Kollegen mit einer Handbewegung ab. »Ich rede mit dem Coronel. Wir werden die Männer bekommen, und dann drehen wir hier jeden Stein um.«

Ein weißer VW-Bus hielt hinter dem Streifenwagen. Zwei Männer stiegen aus. Sie waren vom Institut für Rechtsmedizin. »Können wir die Leiche mitnehmen?«, wandte sich einer der beiden an Zagallo.

»Packt alles ein und vergesst nichts. Ich will nicht, dass wie beim letzten Mal ein Arm zurückbleibt.«

Die Männer holten von der Ladefläche des Wagens eine stählerne Kiste und fluchten, als sie mit einer Schaufel die Leichenteile aufsammelten.

»In dieser Stadt gibt es einen Wahnsinnigen, und ich will ihn haben.« Zagallo beobachtete die Kollegen von der Rechtsmedizin.

»Ich möchte nur wissen, was der Kerl bezweckt«, überlegte Falcáo laut.

»Das ist doch klar. Er will uns unsere Arbeit erschweren.«

»Wir haben genügend Vermisste, die längst schon vergessen sind. Er könnte seine Leichen auch irgendwo vergraben, dann würden wir sie überhaupt nicht finden. Ich glaube, da steckt etwas anderes dahinter. Ihm geht es nicht nur darum, dass seine Opfer unerkannt bleiben.«

»Blödsinn«, widersprach Zagallo. »Er treibt sein Spiel mit uns, das ist alles.«

Dade Police Department in Miami, Florida

Gene Mcfaddin kannte mehr als die Hälfte der anwesenden Polizeibeamten, die auf der Wache Dienst versahen. Das Police Department von Dade County lag am Doral Boulevard. Elf Jahre hatte Gene Tag für Tag seinen Wagen auf dem großen Parkplatz hinter dem Präsidium geparkt, bevor er seinen Dienst quittieren musste. Bis zum Detective Sergeant hatte er es gebracht. Das war nun vier Jahre her. Als ihn Amy damals verließ, verlor er nicht nur seine Frau und seine Tochter, er verlor auch seinen Halt. Nacht für Nacht versuchte er seinen Schmerz mit Bourbon zu betäuben, und bald reichten ihm die Nächte nicht mehr. Er trank heimlich, im Archiv oder in der Toilette, überall hatte er seinen Flachmann dabei. Bald konnten die Pfefferminzbonbons, die er lutschte, seine Fahne nicht mehr verbergen. Die Kollegen schwiegen, und auch der Leutnant sagte nichts. Nur einmal erfuhr er, dass jeder in der Abteilung von seinem Alkoholproblem wusste. Damals sollte er Detective Cavallino als Streifenpartner zugeteilt werden, doch dieser lehnte vehement ab. »Mit dem Säufer bin ich da draußen aufgeschmissen«, hatte Cavallino zum Leutnant gesagt. Gene stand vor der Tür und hatte alles mit angehört. Doch er hatte nicht protestiert. Er ging auf die Toilette und trank seinen Flachmann in einem Zug leer. Anschließend hatte er sich für den Rest der Woche krankgemeldet.

In der darauffolgenden Woche wollte er zusammen mit Ryan einen Handtaschenräuber auf dem Doral Boulevard unweit des Parks verhaften. Als der junge Farbige einen Fluchtversuch unternahm, drehte Gene durch und prügelte ihn mitten auf der Straße vor etlichen Passanten krankenhausreif. Das war das Ende seiner Karriere. Der Commissioner hatte ihn kurz nach dem Vorfall auf der Dienststelle aufgesucht und ihm nahegelegt, seinen Dienst zu quittieren. Zwei Tage später gab Gene seine Dienstmarke ab, so kam er wenigstens einer Anklage wegen Polizeibrutalität zuvor. Der junge Farbige verzichtete auf eine Anzeige.

Seither schlug er sich als Privatdetektiv durchs Leben, überwachte Clubs, schützte Supermärkte vor Ladendieben oder lief sich für besorgte Ehefrauen die Füße wund. Es war nicht leicht, in Miami zu überleben, doch bislang hatte er es geschafft. Und auch seine Alkoholsucht hatte er bis auf wenige Wochenenden im Jahr einigermaßen in den Griff bekommen.

Gene betrat das Police Department durch die große Glastür und genoss die angenehme Kühle. Hinter einer schusssicheren Glasscheibe saß ein junger uniformierter Polizist.

»Mcfaddin«, sagte Gene in das kleine Mikrophon und warf seinen Detektivausweis in die Durchreiche. »Ich möchte zu Detective-Leutnant Ryan.«

Der Polizist warf einen prüfenden Blick auf den Ausweis und griff zum Telefon.

»Nehmen Sie Platz, Detective Leutnant Ryan holt Sie in wenigen Minuten ab«, antwortete der Polizist, nachdem er den Hörer aufgelegt hatte.

Es dauerte drei Minuten, bis Ryan die Sicherheitsschleuse öffnete und ihn in Empfang nahm.

»Immer mehr neue Gesichter«, sagte Gene. »Bald kennt mich hier kein Mensch mehr.«

»Das zeigt uns nur, wie schnell die Zeit vergeht.Was führt dich nach so langer Zeit wieder einmal in die Höhle des Löwen?« Ryan sah ihn neugierig an.

»Ich suche jemanden.«

Ryan lachte. »Das tun wir hier alle, jeden Tag, hast du das vergessen?«

Sie fuhren mit dem Fahrstuhl in den dritten Stock. Ryan teilte sich ein Büro mit einer jungen Kollegin. Nach seiner Beförderung zum Leutnant hatte er das Großraumbüro hinter sich gelassen. Ryans Kollegin blickte kurz auf, als die beiden das Büro betraten.

»Das ist Diana«, stellte Ryan seine Zimmergenossin vor.

Gene nickte der blonden Frau zu.

»Das ist Gene, er war ein Kollege, aber er hat es vorgezogen, das sinkende Schiff rechtzeitig zu verlassen. Er arbeitet jetzt auf eigene Rechnung.«

Diana nickte nur und widmete sich weiter ihren Akten.

Ryan schob Gene einen Stuhl zu, bevor er sich in seinen Sessel fallen ließ. »Wie lange ist dein letzter Besuch her, acht, nein, neun Monate«, überlegte Ryan laut.

»Zumindest stand damals dein Schreibtisch noch im zweiten Stock, nicht weit von den Zellen entfernt.«

»Mein Gott, ich habe mir die Beförderung redlich verdient«, antwortete Ryan. »Die Neuen kommen von der Akademie und haben alle studiert. Die fallen die Treppe hinauf, so schnell kann ich nicht einmal denken. Und die alten Hasen sterben langsam aus. Vorgestern ist Vargas in Pension gegangen. Jetzt gibt es nur noch Cavallino, Stern und Myers, alle anderen sind schon gegangen. Aber das interessiert dich bestimmt nicht mehr, weshalb bist du gekommen?«

»Ich sagte schon, ich suche nach jemanden.«

»Und ich soll dir helfen, ihn zu finden?«

»Du kannst mir zumindest dabei behilflich sein.«

»Und dann? Knallst du ihn ab, oder lässt sich seine Frau von ihm scheiden?«

»Schlimmer, viel schlimmer«, erwiderte Gene.

São Sebastião do Uatumã, Amazonasgebiet

Die Mittagshitze hatte sich wie ein undurchlässiges Tuch über die Region gesenkt. Der Regen hatte nachgelassen, und die tropische Luftfeuchtigkeit trieb den Polizisten der Naturschutzbehörde den Schweiß aus den Poren. Das Patrouillenboot der Militärpolizei war bereits seit Stunden auf dem Rio Uatumá in Richtung Norden unterwegs. Sie hielten Ausschau nach illegalen Camps von Holzfällern, die sich zuhauf hier in diesem Gebiet herumtrieben und ganze Teile des Urwaldes abholzten, um ihre geheime Fracht, oftmals als Flöße getarnt, auf dem Fluss an den Ort der Übergabe zu bringen. Dort wurden sie dann von skrupellosen Händlern erwartet, die für den Weitertransport auf der Straße sorgten.

Gerade in diesem Jahr hatten die Holzeinschläge wieder zugenommen, und die Satellitenauswertung ergab immer neue kahle Stellen im weiten Grün des Regenwaldes. Bauern nutzten das neu gewonnene Land zur Viehzucht, und illegale Holzhändler lieferten über verborgene Routen Edelhölzer direkt an die Küste, wo die Baumstämme mit gefälschten Zertifikaten als legale Fracht in den stählernen Bäuchen der Frachtschiffe verschwanden. Die

Nachfrage nach Tropenholz war in letzter Zeit stark angestiegen und für Holzfäller und Händler ein einträgliches Geschäft geworden. Nicht selten waren die Polizisten der Policia Civil daran beteiligt. Die Korruption reichte bis in die Chefetagen der offiziellen Stellen, so dass inzwischen die Militärpolizei eingesetzt werden musste, um den illegalen Holzhandel wieder einzudämmen.

Vor einer Stunde hatte das Boot den Anleger in São Sebastião verlassen. Vorbei an den Mangrovenwäldern schipperten die Militärpolizisten weiter nordwärts. Immer breiter wurde der Fluss, und bald schon glich er einem See, umgeben von grünem Wald. Kormorane saßen in den Wipfeln der Bäume und ließen sich durch den Lärm des Bootsmotors nicht aus der Ruhe bringen. Bis zum Balbina-Stausee führte ihre Route, wo noch vor wenigen Tagen ein heftiger Sturm getobt hatte. Einige Mohrenkaimane flüchteten vom sandigen Ufer ins Wasser, um sich vor dem tosenden und dampfenden olivgrünen Ungetüm in Sicherheit zu bringen. Kurz vor dem Zufluss des Rio Jatapu rief der Cabo, der Korporal an Bord des Bootes, dem Bootskommandanten ein paar aufgeregte Worte zu und zeigte mit der ausgestreckten Hand in Richtung der Flussmündung. Dieser nahm sofort sein Fernglas vor die Augen und wies den Steuermann an, Kurs auf den Rio Jatapu zu nehmen. Ein schmales, grün gestrichenes Langboot hatte sich mit dem Ausleger im Wurzelwerk einiger Mangroven verfangen.

Befehlsgewohnt brüllte der Kommandant seiner Besatzung Anweisungen zu, und gleich darauf positionierte sich einer der Soldaten hinter dem großen Zwillingsmaschinengewehr, das sich am Bug des Patrouillenbootes befand. Auch die anderen Besatzungsmitglieder, zwei weitere einfache Soldaten und ein Korporal, griffen zu ihren automatischen Waffen. Gefahr war im Verzug. Nicht oft wurden illegale Holzfäller erwischt, doch wenn man sie in die Enge getrieben hatte, schreckten sie selbst vor einem Feuergefecht mit dem Militär nicht zurück.

Der Steuermann drosselte die beiden Dieselmotoren und ließ

das Patrouillenboot langsam auf die Flussmündung zutreiben. Das Schiff, ein amerikanisches Modell, das bereits 1966 im Vietnamkrieg zum Einsatz gekommen war, verfügte über einen stabilen Rumpf aus glasfaserverstärktem Kunststoff. Am Bug und an den Seiten sorgten Keramikplatten für die Deckung der Mannschaft, und selbst der Bugturm mit den beiden Maschinengewehren bot gegen einfache Gewehrmunition ausreichend Schutz.

Der Kommandant visierte das hölzerne Langboot mit seinem Fernglas an, doch an Bord war keine Bewegung auszumachen. Hatte sich die Besatzung an Land begeben? Lauerten die Holzräuber hinter den dicken Stämmen der Mangroven auf ihre Chance? Oder hatten sie sich vielleicht schon längst aus dem Staub gemacht? Letzteres bezweifelte der Kommandant, denn in dieser Gegend war ein Boot viel zu wertvoll, um es einfach aufzugeben. Meter um Meter glitt das Patrouillenboot weiter auf das Langboot zu.

»Da ist jemand!«, rief der Kommandant. Im Boot hatte er einen menschlichen Körper ausgemacht. Die Soldaten zielten mit ihren Gewehren darauf, während der Cabo noch immer argwöhnisch die Umgebung im Auge behielt. Schließlich waren sie heran. Drei Personen lagen im Langboot, zwei Männer und eine Frau. Der Kommandant griff nach dem Mikrophon und forderte sie über Außenlautsprecher auf, sich zu erheben und die Hände über den Kopf zu nehmen. Die Worte waren kaum verhallt, als plötzlich ein riesiger Mohrenkaiman vor dem Langboot auftauchte. Einer der Soldaten erschrak und feuerte eine Salve aus seiner Maschinenpistole.

»Feuer einstellen!«, schrie der Kommandant. »Nicht schießen, ich glaube, die Leute dort drüben sind tot.«

Der Soldat nahm seine Maschinenpistole hoch und sah noch aus den Augenwinkeln, dass der Kaiman unter dem Langboot abtauchte.

»Zwei Mann ins Schlauchboot«, befahl der Kommandant.

Eilends erhoben sich zwei Soldaten und eilten zum Heck. Sie ließen das Schlauchboot ins Wasser und ruderten hinüber zum Langboot, während die Kameraden nach wie vor mit ihren Gewehren sicherten.

»Was glaubst du, sind das Holzfäller?«, fragte der Cabo seinen Kommandanten.

»Ich weiß es nicht, aber die Frau passt irgendwie nicht ins Bild.«

Die beiden Soldaten machten das Schlauchboot an einer Rudergabel des Langbootes fest, setzten über und beugten sich zu den Personen hinab. Schließlich richtete sich einer von ihnen auf. »Die Männer sind tot, aber die Frau lebt noch, sie ist sehr schwach«, rief er zum Patrouillenboot herüber.

»Was willst du tun?«, fragte der Cabo.

Der Kommandant überlegte. Schließlich nahm er das Mikrophon in die Hand. »Bringt die Frau an Bord!«, antwortete er.

»Und die Männer?«

»Wir bringen die Frau nach São Sebastião in die Krankenstation. Die Männer lassen wir zurück. Wir müssen uns beeilen, wenn wir noch etwas für die Frau tun wollen.«

Der Cabo nickte.

»Also los!«, brüllte er den Soldaten auf dem Langboot zu. »Worauf wartet ihr noch? Und beeilt euch gefälligst.«

Sieben Minuten später schob der Steuermann den Gashebel bis zum Anschlag vor. Das Patrouillenboot schoss, getrieben von den beiden 260 PS starken Motoren, in Richtung von São Sebastião davon.

Die Frau war schwach und fiebrig. Ihr Atem ging flach, und die Haut war mit einem kalten Schweißfilm bedeckt. Sie hatten sie am Heck des Bootes auf eine Trage gelegt und ihr zur Untersuchung die Kleider ausgezogen.

»Was ist mit ihr?«, fragte der Kommandant seinen Cabo, der sich gerade aufrichtete und das Stethoskop zurück in den medizinischen Notfallkoffer legte. Er hatte als Einziger an Bord eine

Sanitäter-Ausbildung und zuckte ahnungslos mit der Schulter. »Ich weiß nicht, ich bin mir nicht sicher. Ich glaube, sie wurde von einer Giftschlange gebissen, habe aber keine Bissstelle gefunden. Lange wird sie wohl nicht mehr durchhalten. Ihr Herz schlägt unregelmäßig.«

Der Kommandant nickte und wandte sich an den Steuermann. »Fahr so schnell du kannst«, schrie er ihm gegen den Motorenlärm zu.

Diesmal flogen die Kormorane aus den Baumwipfeln auf, als das Boot mit Vollgas vorbeidonnerte.

2

Liberty City in Miami, Florida

Gene saß in seinem Büro und spielte mit einem Bleistift. Nelly Furtado schmetterte ihren Hit »Promiscuos« auf Radio Love 94, und das Thermometer in seinem Zimmer war auf 29 Grad gestiegen.

Sein kurzer Ausflug ins Polizeirevier hatte einige interessante Aspekte zu Tage gefördert. Peter Harrison war ein unbeschriebenes Blatt. Ein braver Student der Medienwissenschaften an der Universität von Miami in Coral Gables, der sich in den Semesterferien mit Gelegenheitsjobs ein paar Dollar verdiente. Der Polizei war er vollkommen unbekannt, noch nicht einmal ein paar Verwarnungen wegen Falschparkens hatte er auf dem Kerbholz. Ganz im Gegensatz zu seinem Freund Jean Tarston, der ebenfalls verschwunden war. Peter war fünf Jahre jünger als Jean und hing an ihm, als wäre er sein Bruder. Kennengelernt hatten sie sich über das Basketballteam der Universität, doch Jean Tarston hatte das Studium geschmissen, die Mannschaft verlassen und sich mit allerlei Jobs über Wasser gehalten. Mehrfach war er in den letzten Jahren mit dem Gesetz aneinandergeraten. Schlägereien und Körperverletzungen verzeichnete seine Akte. Vor zwei Jahren verbüßte er eine sechsmonatige Haftstrafe im Big Pine Key Road Prison im Dade County. Er war mit ein paar Gramm Kokain bei einer Fahrzeugkontrolle erwischt worden. Doch da er zuvor noch nie mit Rauschgift in Erscheinung getreten war, hatte der Richter noch einmal Gnade vor Recht ergehen lassen und das Strafmaß gemindert. Dieser Jean schien ein ganz schönes Früchtchen zu sein.

Sharon hatte ihm erzählt, dass sie gegen die Freundschaft zwischen Peter und Jean gewesen war. Sie hatte Peter die Pistole auf die Brust gesetzt und gedroht, ihn zu verlassen, sollte er sich noch weiterhin mit Jean abgeben. Und tatsächlich hatte sich Peter in den letzten Monaten mehr und mehr zurückgezogen. Doch an dem Tag, als Peter verschwand, hatte Jean ihn abgeholt. Es hatte einen furchtbaren Streit zwischen ihr und Peter gegeben.

»Er braucht meine Hilfe bei einem Job«, hatte Peter geantwortet. »Ich bin in zwei Tagen wieder zurück.«

Aus diesen zwei Tagen waren nun beinahe drei Wochen geworden. Und Peter hatte seiner Verlobten nicht verraten, um was es bei dem Job ging, sondern nur versichert, dass es nichts Illegales sei. Aber konnte man sich auf diese Aussage verlassen?

Gene hatte gehofft, dass es einfacher sein würde, eine Spur von Peter Harrison zu finden. Doch überall, wo er bislang nach ihm gefragt hatte, zuckten die Angesprochenen nur mit der Schulter. In der Bar in Gladeview, in der Peter verkehrte, in dem Büro der Arbeitsvermittlung an der Ecke, wo sich Peter beinahe täglich nach Arbeit umsah, auf dem Campus und bei Freunden aus der Uni oder der Basketballmannschaft und auch bei der Polizei, nirgends konnte irgendjemand Gene bei der Suche nach Peter helfen. Es war tatsächlich so, als hätte ihn der Erdboden einfach verschlungen.

Nelly Furtados Song endete, und der Wetterbericht auf dem Sender warnte vor einem Gewitter, das sich bei Einbruch der Nacht über der Stadt zusammenbrauen würde. Er warf den Bleistift auf den Schreibtisch und griff zur Wasserflasche. Wenn er Peter finden wollte, dann musste er sich intensiv um seinen Freund Jean Tarston kümmern. Der wohnte in der Kellerwohnung eines schäbigen Mehrfamilienhauses am Hialeah Drive. Gene langte nach seinem Wagenschlüssel.

Die heiße Nachmittagssonne hielt die Stadt fest im Griff. Nur wenige Wagen waren auf den Straßen unterwegs. Er stieg in seinen dunkelgrünen Buick Le Sabre und drehte den Regler für die

Klimaanlage auf achtzehn Grad. Dann fuhr er über die 17. Straße hinunter nach Brownsville und parkte an der Ecke zum Hialeah Drive gegenüber einem kleinen Laden. Vielleicht würde man ihm hier weiterhelfen können.

Cuiabá, Bundesstaat Mato Grosso

Die Polizei hatte das Armenviertel im Nordosten der Stadt entlang der Staatsstraße 351 abgeriegelt. Straßenzug um Straßenzug durchsuchte sie das Gebiet nach einem schwarzen Kleinlaster. Carlos Zagallo stand lässig an einen Polizeiwagen gelehnt und rauchte ein Zigarillo, während Leutnant Luiz Falcáo in der Nähe einen alten Mann aus den Favelas verhörte, der die meiste Zeit den Kopf schüttelte. Schließlich gab der junge Leutnant entnervt auf und schickte den alten Mann mit einer wütenden Geste zurück in die unübersichtliche Ansammlung von Hütten und einfachen Häusern aus Bruchsteinen.

Falcáo kam auf Zagallo zu.

»Ich weiß nicht, was das bringen soll«, sagte er genervt. »Die halten zusammen, da macht keiner den Mund auf. Selbst wenn sie etwas über die Sache wüssten, würden sie sich eher den Arm abhacken, bevor sie mit uns reden.«

Zagallo schnippte sein Zigarillo in hohem Bogen auf die staubige Straße. »Warte ab«, gab er nur zurück.

Zwei Polizisten brachten gerade einen gefesselten Gefangenen zum vergitterten Polizeibus, der nicht weit von ihnen stand und in den von Zeit zu Zeit Festgenommene verfrachtet wurden.

»Waffen, ein paar Gramm Rauschgift und ein paar Gesuchte, mehr wird uns die Razzia nicht bringen, Carlos. Der Einsatz kostet nur Zeit.«

»Was sollen wir sonst tun? Wir haben überhaupt keine Anhaltspunkte für gezielte Aktionen.«

»Hier lebt doch nur Abschaum.«

»Hier leben Menschen, Luiz«, widersprach Capitão Carlos Zagallo. »Menschen, die nicht so viel Glück hatten wie du oder ich. Sie schlagen sich durchs Leben, wie sie es seit eh und je gewohnt sind. Sie machen ihre kleinen Geschäfte, schmutzige Geschäfte, da magst du Recht haben, aber dazu brauchen sie Ruhe. Und genau diese Ruhe werden wir ihnen nehmen. Wir werden morgen wieder hier auftauchen. Und übermorgen ebenfalls, wenn es sein muss, dann jeden Tag in jeder verdammten Woche, die noch vor uns liegt. Und wir werden ihre kleinen Geschäfte stören. Wir werden die Banden daran hindern, ihre Schutzgelder zu kassieren, und wir werden die Nutten davon abhalten, auf die Straße zu gehen. Wir werden die miesen Händler daran hindern, ihre gestohlenen Waren an den Mann zu bringen, und wir werden jedem Einzelnen hier Tag um Tag auf die Füße treten, bis wir erfahren haben, was wir wissen wollen.«

»Du willst sie zermürben?«

»Ich will diesen irren Mörder fangen, der mir seine Leichen vor der Nase ablegt und über mich, über dich und über die ganze Polizei von Mato Grosso lacht.«

Falcáo griff in seine Jackentasche und holte eine Packung Kaugummi hervor. Er reichte es Zagallo, doch dieser schüttelte den Kopf.

»Und was willst du tun, wenn die Leute hier überhaupt nichts wissen«, fragte Falcáo schmatzend. »Willst du bis zum Ende des Jahres hierher kommen? Das wird dem Coronel bestimmt nicht gefallen.«

»Die Leute hier wissen besser als du und ich und die ganze Polizei von Mato Grosso zusammen, was in unserer Stadt läuft.«

Ein uniformierter Polizeioffizier näherte sich, blieb vor Zagallo stehen und salutierte. »Wir haben das Viertel durchsucht«, sagte er. »Sechzehn Festnahmen, vier Schrotflinten und eine Pistole haben wir beschlagnahmt. Außerdem haben wir ein halbes

Kilo Cocablätter gefunden. Aber niemand weiß etwas von einem schwarzen Lastwagen.«

Zagallo zündete sich ein neues Zigarillo an und nickte. »Morgen kommen wir wieder.«

Nachdem Zagallo auf dem Beifahrersitz des Dienstwagens Platz genommen hatte, setzte sich Leutnant Falcáo hinter das Steuer.

»Und jetzt?«

Zagallo schnippte die Asche aus dem offenen Fenster.

»Jetzt fahren wir zurück in die Stadt und machen Feierabend. Schließlich haben wir morgen noch viel vor.«

Falcáo schüttelte den Kopf. »Ich wette zwanzig Real, dass diese Razzien umsonst sind. Sagen wir, bis zum nächsten Wochenende?«

Zagallo streckte Falcáo die Hand entgegen. »Abgemacht! Bis nächsten Freitag wissen wir mehr. Du wirst schon sehen.«

São Sebastião do Uatumã, Amazonasgebiet

Schiefergraue Wolken türmten sich über dem Urwald auf, und der Wind nahm stetig an Kraft zu. Das Patrouillenboot schoss mit beinahe 35 Knoten durch die Fluten des Rio Uatumá. Der Cabo kümmerte sich um die Frau, die von Fieberkrämpfen geschüttelt wurde. Ihr Zustand wurde von Minute zu Minute bedenklicher, doch der Cabo tat, was er konnte. Er hatte ein fiebersenkendes Mittel verabreicht, dennoch schien ihr ganzer Körper zu glühen.

»Was glaubst du, werden wir es rechtzeitig schaffen?«, fragte der Kommandant.

»Ich hoffe es.«

»Woher stammt sie wohl?«

»Sie ist eine Prostituierte, ich glaube, dass sie nicht aus dieser Gegend stammt. Wahrscheinlich aus irgendeiner Stadt entlang der Küste. Sie war hier wohl irgendwo in einem Camp.«

»Wieso kommst du darauf, dass sie eine Hure ist?«

Der Cabo schaute auf. »Was sollte sie denn sonst so weit entfernt von der nächsten Siedlung mitten im Nirgendwo. Ich glaube, dass die Männer im Boot Holzfäller waren, und wer weiß, ob sie nicht umgebracht worden sind. Wir hätten sie mitnehmen sollen.«

»Das hätte uns nur aufgehalten. Ich musste eine Entscheidung treffen und ich habe mich dafür entschieden, die Frau zu retten. Falls uns das überhaupt gelingt. Um die toten Männer im Boot können wir uns immer noch kümmern.«

Der Cabo nickte. »Sie ist schön und jung. Ich hoffe, dass sie überlebt.«

»Wie weit ist es noch?«, wandte sich der Kommandant an den Steuermann, der das Ortungssystem im Auge behielt. Hier am Rio Uatumá sahen sich die Ufer über viele Kilometer lang ähnlich, und man wusste nie, wo genau man sich befand, wenn man nicht mit moderner Technik ausgestattet war. Und selbst das Funkgerät an Bord des Patrouillenbootes war ebenso unzuverlässig wie das Wetter in diesen Breitengraden. Seit mehreren Minuten versuchte der Funker die Station in São Sebastião zu erreichen. Doch nur ein lautes Knistern drang aus dem Kopfhörer.

»In zwanzig Minuten sind wir in São Sebastião«, gab der Soldat am Ruder zurück. Der Kommandant warf einen nachdenklichen Blick auf die Frau. Der Cabo hatte ihr ein schmerzstillendes Mittel verabreicht, dennoch bäumte sich ihr Körper unter Schmerzen auf.

»Es ist ein Schlangenbiss, vielleicht eine Jararaca.«

»Sie braucht dringend ein Gegengift.«

»Ich hoffe nur, dass in der Krankenstation in São Sebastião ein Antivenin zur Verfügung steht, aber in dieser Gegend werden jährlich über tausend Menschen von Schlangen gebissen, deswegen bin ich überzeugt, dass man der Frau dort helfen kann.«

»Ich habe Kontakt«, schrie der Funker durch das Dröhnen der Motoren.

»Wir treffen in zwanzig Minuten am Anleger ein«, rief der Kommandant. »Sagen Sie, wir haben eine verletzte Frau an Bord, die vermutlich von einer Schlange gebissen wurde. Sie sollen einen Wagen schicken. Es muss schnell gehen, wir haben nicht mehr viel Zeit.«

Der Soldat am Funkgerät bestätigte die Anweisung mit einer Handbewegung.

Der Cabo wischte der Kranken mit einem kühlen Lappen über die Stirn. Seit ein paar Minuten lag sie nur noch still und bewegungslos auf der Trage. Offenbar wirkten die Medikamente. Er richtete sich auf, blickte zuerst auf seine Armbanduhr und dann in Richtung Bug. São Sebastião tauchte am Horizont auf. Es lag unter dunkelblauen Wolken.

Der Kommandant ging zum Steuermann und nahm das Fernglas, das neben dem Steuerrad an einem Haken hing. »Sie warten schon!«

Tatsächlich stand am Anleger ein blauer Kleinbus, davor zwei Männer in weißem Kittel.

Der Steuermann drosselte die Motoren und lenkte das Boot zum Ufer. Ein Soldat warf den wartenden Sanitätern die Leine zu, und nachdem das Boot am Anleger festgemacht hatte, wurde die Frau sofort an Land gebracht.

»Ich fahre mit ihr in die Krankenstation«, sagte der Cabo, nachdem die Soldaten die Trage im Bus befestigt hatten.

Der Kommandant nickte. »Wir warten hier auf dich.«

Noch bevor der Kleinbus das Hafengelände verließ, begann es heftig zu regnen.

3

Brownsville in Miami, Florida

Gene hatte noch eine ganze Weile im Wagen gesessen und das Haus beobachtet, bevor die Temperaturen unerträglich geworden waren. Doch niemand hatte sich blicken lassen. Das ganze Viertel wirkte wie ausgestorben. Selbst auf dem Hialeah Drive war nur spärlicher Verkehr. Der Laden an der Ecke war geöffnet, zumindest stand die Tür weit auf, und eine Gemüsetheke war neben dem Eingang aufgebaut.

Gene hatte Durst. Sein Gaumen war wie ausgetrocknet. Zielstrebig ging er auf das Geschäft zu. Drinnen war es angenehm kühl. Das Klimagerät in der Ecke lief auf vollen Touren. Gene ging zum Getränkekühlschrank und entnahm zwei eisgekühlte Sodawasser. Eine der Flaschen öffnete er sofort und nahm einen kräftigen Schluck.

Hinter dem Verkaufstresen saß eine alte Frau, die ihrem Aussehen nach wohl aus der Karibik stammte. Gene tippte auf Haiti; von dort waren vor ein paar Jahren viele Wirtschaftsflüchtlinge gekommen und hatten sich in Miami und Umgebung niedergelassen. Über dem Tresen hing allerlei Voodoo-Krimskrams: Hühnerkrallen, kleine Püppchen, Ketten und Traumfänger aus Hühnerfedern. Die alte Frau beobachtete Gene argwöhnisch, als er langsam auf die Ladentheke zuschlenderte.

»Ein heißer Tag heute«, begann er das Gespräch.

»Nicht heißer als gestern und auch nicht heißer als morgen«, erwiderte die Frau mit tiefer Stimme.

Gene warf einen Dollar auf den Tisch. »Trotzdem, bei dieser

Hitze kann man ja nur trinken, bevor der Hals austrocknet wie die Wüste.«

Die Frau griff nach dem Dollar und verstaute ihn in ihrer Tasche. Der Platz erschien ihr wohl sicherer als die riesige, altertümliche Ladenkasse.

Gene wies auf den seltsamen Schmuck, der über dem Tresen baumelte. »Hilft das denn?«, fragte er und wies auf die Traumfänger.

»Wenn man daran glaubt«, antwortete die Frau abweisend. Gene gewann nicht den Eindruck, dass sie sich gerne unterhielt. Dennoch fragte er sie nach Jean Tarston.

»Ich kenne keinen Jean Tarston«, kam die Antwort. Für Genes Begriffe eine Spur zu schnell.

»Ungefähr meine Größe, weiß, rote Haare«, entgegnete Gene. »Wohnt gegenüber in dem gelben Haus. So viele rothaarige Iren gibt es hier in Brownsville nicht.«

Die Frau zögerte. Gene griff nach einem Zwanziger in seiner Hosentasche. »Heute schon mit Jackson Bekanntschaft gemacht?«

Die Frau schaute auf den Geldschein. »Grant oder Franklin waren bessere Präsidenten«, antwortete sie.

»Ich denke, Jackson und Hamilton tun es auch.« Gene kramte einen Zehner aus der Tasche. »Ich hoffe nur, dass dreißig Dollar mehr Wert sind als dieser Tand.«

Er blickte auf die Traumfänger.

»Such dir einen schönen aus.«

»Also, was ist mit Tarston?«

Die Frau griff nach den Geldscheinen und schob sie in die Tasche ihrer Schürze. »Kein guter Junge«, sagte sie. »Seine Aura ist von schwarzer Magie umgeben.«

»War er in der letzten Zeit hier?«

Die Frau zuckte mit der Schulter. »Habe ihn schon seit ein paar Wochen nicht mehr gesehen.«

»Hat er Freunde hier im Viertel, eine Freundin?«

»War mal ein Junge bei ihm. Schwarze Haare, groß und kräftig. Hat überhaupt nicht zu ihm gepasst. Sah aus wie einer der Collegeboys aus den feineren Gegenden. Aber fragen Sie Jake, der war manchmal mit ihm zusammen.«

»Jake?«

»Wohnt auch drüben im Keller, nebenan. Aber ich habe nichts gesagt. Sie sind nicht der Erste, der nach ihm fragt.«

Gene schaute die Frau verwundert an. »Wer hat nach ihm gefragt?«

»War kein Bulle wie Sie, hatte einen Anzug an, der so viel kostet, dass wir mit dem Geld unser Dach reparieren könnten.«

»Ich bin kein Bulle«, antwortete Gene. »Wann war der Kerl hier?«

»Vor einer Woche etwa. Und ich erkenne einen Bullen, wenn er vor mir steht.«

Gene grinste. Er überlegte, was noch für ihn von Interesse sein konnte.

»Hat Tarston einen Wagen?«

»Er fährt eine alte Karre, einen ohne Dach. Er ist rot. Die Marke kenne ich nicht. Für Autos habe ich mich noch nie interessiert.«

Die Frau erhob sich und kam hinter dem Tresen vor. Sie griff nach einem Traumfänger, der aus roten Federn bestand. »Er wird dir Glück bringen«, sagte sie und reichte ihn Gene.

Offenbar hielt die Frau das Gespräch für beendet. Alles in allem ein wenig spärlich für dreißig Dollar, dachte sich Gene, als er zur Tür ging.

»Seien Sie vorsichtig, Mister«, rief ihm die Frau nach. »Der Kerl, der nach dem Rotschopf fragte, trug zwar einen Fünfhundert-Dollar-Anzug, aber er roch nach Schweiß wie ein Stinktier in einem Veilchenstrauß. Und außerdem trug er eine Kanone unter der Jacke.«

São Sebastião do Uatumã, Amazonasgebiet

São Sebastião do Uatumá war eine kleine Stadt. Knapp achttausend Einwohner zählte die Gemeinde, zumeist Caboclos – Mischlinge, die aus Ehen von Europäern mit Indios hervorgegangen waren und ihr Geld mit Landwirtschaft, Fischfang und Kautschukgewinnung verdienten. Ein paar kleinere Hotels waren auf Touristen aus, die Bootstouren auf dem Amazonas unternahmen. Ansonsten gab es hier nur einfache Häuser und Hütten. Eine kleine Krankenstation in der Nähe des Hafens wurde von Geldern der Entwicklungsprogramme des Internationalen Roten Kreuzes finanziert. Zwei Ärzte, eine Ärztin, ein paar Krankenschwestern aus der nahen Mission und drei Krankenpfleger arbeiteten dort und hatten sich auf zwei Jahre verpflichtet. Schlangenbisse und Tropenkrankheiten kamen hier häufig vor, außerdem gab es immer wieder Unfälle bei der Kautschukernte und beim Fischen.

Der Kleinbus brachte die Frau vom Patrouillenboot umgehend in die Krankenstation, auf der die Fahne des Roten Kreuzes wehte und wo es einen ausreichend ausgestatteten Operationssaal und eine kleine Quarantänestation mit eigener Stromversorgung gab. Der Regen war kurz und heftig, deshalb fuhren sie in die kleine Halle, in der sich der Zugang zur Notaufnahme befand. Die Pfleger legten die Bewusstlose auf eine fahrbare Krankenliege und brachten sie in das kleine, verwinkelte Gebäude, wo sie von einem der Ärzte in Empfang genommen wurde. Inzwischen trat Blut aus Nase und Mund.

»Was ist mit ihr passiert?«, fragte der junge, dunkelhaarige Arzt, an dessen Brust ein Namensschild mit der Aufschrift Alonso prangte. Während die Pfleger mit den Schultern zuckten, trat der Cabo aus ihrem Schatten.

»Das weiß ich nicht. Wir fanden sie vor zwei Stunden an der Mündung zum Rio Jatapu in einem Boot. Zwei Männer lagen ebenfalls dort, aber die waren schon tot. Wir konnten ihnen nicht mehr helfen. Vielleicht ist sie von einer Schlange gebissen worden.«

»Bringt sie in den Behandlungsraum!«, befahl Alonso. »Und bereitet vorsichtshalber das Serum vor.«

»Wissen Sie, wie sie heißt?«, wandte sich der Arzt wieder an den Cabo.

»Wir haben keine Papiere gefunden, und in der Nähe gibt es keine Siedlung. Wir glauben, dass sie von der Küste stammt, aus Recife vielleicht oder aus Salvador. Sie muss hier in einem Camp untergekommen sein.«

»Ein Camp, hier in der Gegend?«

»Am Rio Jatapu wahrscheinlich. Illegal, nehmen wir an.«

»Na gut, dann nennen wir sie einfach Maria«, sagte Alonso und griff zu seinem Stift. Am Empfangspult griff er nach einem Aufnahmebogen.

»Wenn man nicht alles selbst macht«, stöhnte der Arzt. »Wollen Sie warten?«

Der Cabo nickte.

*

»Ich habe euch das schon tausend Mal gesagt«, schrie Lila die Pfleger an, »solange wir nicht wissen, was die Patienten haben, kommen sie auf die Isolierstation. Und jetzt bringt sie rüber und hinterher duscht ihr euch und nehmt reichlich Desinfektionsmittel!«

»Aber Doktor Alonso sagte uns …«

»Es ist mir scheißegal, was er euch gesagt hat«, fuhr Lila die beiden Männer an. »Es gibt ganz klare Vorschriften, und wenn wir hier auch mitten im Urwald sind, dann gelten diese Vorschriften dennoch, oder wollt ihr euch einen anderen Job suchen?«

»Na … na … na«, tönte es über den Flur. »Was ist denn hier los?«

Der Chefarzt der Station, Doktor Williamson, kam aus seinem Büro. Er sah verschlafen aus.

»Diese hirnverbrannten Idioten haben eine fiebrige Patientin in den Behandlungsraum gelegt, ohne dass vorher eine Diagnose erstellt wurde«, berichtete Lila barsch.

»Doktor Alonso hat uns gesagt, dass wir sie ins Behandlungszimmer bringen sollen«, rechtfertigte sich einer der Pfleger noch einmal. »Sie hat wahrscheinlich einen Schlangenbiss. Wir sollen das Serum vorbereiten.«

»Na, da haben wir es doch, werte Kollegin«, sagte Williamson zynisch. »Oder wollen Sie die Fähigkeiten von Doktor Alonso in Zweifel ziehen? Er ist schon über ein Jahr hier und Sie erst zwei Monate. Sie müssen noch tüchtig dazulernen, Mädchen.«

Lila hasste den grauhaarigen, alten Mann. Seit über zehn Jahren war er schon hier in Brasilien als Arzt im Auftrag des Roten Kreuzes tätig, doch Lila hatte schon nach einem Monat erkannt, dass er unfähig war. Doktor Williamson stammte aus Schweden und galt in der Gegend als eine Art Wunderheiler bei den einfachen Menschen. Aber Lila, die eigentlich in Sao Paulo geboren und aufgewachsen war und in New York ihr Medizinstudium mit Auszeichnung bestanden hatte, wusste schnell, was sie von seinen Fähigkeiten zu halten hatte. Eine Flasche Cachaça zu öffnen, fiel ihm deutlich leichter, als einen Verband anzulegen. Und Alonso war ein Geck, ein pomadiger Affe, der hinter jedem einigermaßen ansehnlichen Rock in der Gegend her war und mit seinen Anzüglichkeiten auch bei Lila nicht hinter dem Berg hielt.

Lila Faro war eine attraktive und engagierte junge Frau, die Ärztin aus Überzeugung geworden war. Sie hatte sich freiwillig nach São Sebastião gemeldet, da sie nicht vorhatte, als Assistenzärztin in irgendeinem Krankenhaus in Sao Paulo zu versauern, sondern einen aktiven Beitrag zum Ausbau des Gesundheitswesens in Brasilien leisten wollte. Nun saß sie seit zwei Monaten im Hospital Santa Catarina fest und der einzige Mensch, mit dem sie reden konnte, war Pater Innocento, der unweit der Stadt eine kleine Mission leitete, in der er sich zusammen mit zwei Schwestern um behinderte Menschen kümmerte. Von Zeit zu Zeit besuchte er das Krankenhaus, doch das war nur ein schwacher Trost für Lila.

Sie wandte sich um und ging ohne ein weiteres Wort den Flur hinab. Auf dem Stuhl neben dem Empfangspult saß ein Offizier der Militärpolizei in Uniform. Als Lila in ihrem weißen Arztkittel an ihm vorüberging, erhob sich der Mann. »Wie geht es ihr?«, fragte er leise.

Lila blieb stehen und wandte sich um. »Sie meinen die Frau mit dem angeblichen Schlangenbiss?«

Der Polizeioffizier nickte.

»Doktor Alonso kümmert sich um sie.«

»Ich befürchte, dass sie nicht überleben wird«, fuhr der Offizier fort. »Sie ist sehr schwach. Das Fieber lässt sich nicht senken. Ich habe alles versucht.«

»Sind Sie Arzt?«

»Ich bin Korporal und Sanitäter auf einem Patrouillenboot der Militärpolizei. Wir fanden die Frau in einem Langboot an der Mündung zum Rio Jatapu. Ihre Begleiter waren bereits tot.«

»Haben Sie den Schlangenbiss diagnostiziert?«

Der Cabo zuckte die Schultern. »Ich nehme an, dass es ein Schlangenbiss ist, aber ich bin mir nicht sicher. Einige der Symptome sprechen dafür, andererseits habe ich für ihre Krämpfe keine Erklärung. Meistens werden die Menschen schwach, fiebrig und matt. Sie hatte aber krampfartige Schmerzen, die ich noch nie erlebt habe. Außerdem hatte ihr Blut eine eigenartige Farbe.«

»Sie hat geblutet?«

»Aus dem Mund«, bestätigte der Cabo. »Ich dachte mir, sie hat sich selbst gebissen.«

»Wie ist Ihr Name, Senhor?«

»Nennen Sie mich Cabo, das tun alle. Meinen richtigen Namen habe ich fast schon vergessen.«

»Also gut, Cabo, gehen Sie sofort zur Schwester«, sagte Lila besorgt. »Sie müssen duschen und sich desinfizieren.«

Der Cabo schaute überrascht.

»Wir sind hier im Dschungel«, erklärte Lila. »Wir müssen hier mit allem rechnen. Sobald Sie sich geduscht haben, möchte ich Sie untersuchen.«

Eine Schwester kam den Gang entlang.

»Schwester Marita!«, rief Lila die Frau zu sich. »Kommen Sie mit, Sie müssen mir helfen!«

4

Brás am Rio Jatapu, Amazonasgebiet

Die belgische Expeditionsgesellschaft war gegen Morgen, als die Sonne den Nebel vertrieben hatte, von Brás aufgebrochen, um dem verschlungenen Flusslauf des Rio Jatapu nach Süden zu folgen.

Die drei belgischen Naturforscher wurden von erfahrenen Ribeirinhos begleitet. Ureinwohnern, die schon seit Generationen am Fluss lebten und jeden Abschnitt dieses Flusslaufes wie ihre Westentasche kannten. Am Ende der Trockenzeit waren die ufernahen Schwemmgebiete an den Flüssen, Várzeas genannt, nahezu leergelaufen. Erst wenn die großen Ströme aus dem Westen im Oktober wieder Unmengen an Wasser dem mächtigen Amazonas zuführten, würde aus großen Teilen des Regenwaldes wieder ein einzigartiger großer See werden und das Leben in die Pflanzen zurückströmen. Und diese Zeit stand unmittelbar bevor, denn die ersten heftigen Stürme kündeten bereits vom Beginn der Regenzeit.

Die drei Langboote folgten den Schleifen des Rio Jatapu. Das nächste Ziel der Reise, São Sebastião, lag zwar nur knapp siebzig Kilometer Luftlinie entfernt, doch der Fluss schlängelte sich derart durch das Land, dass tatsächlich beinahe einhundertzwanzig Kilometer auf dem Wasser zurückzulegen waren.

Nur einmal verharrte die kleine Expedition auf dem strömungsarmen Wasserlauf, als ein paar Botos, graue Süßwasserdelfine, ihren Weg kreuzten. Beinahe zweihundert Fotos schossen die Belgier, ehe die Botos offenbar keine Lust mehr auf ein weiteres Fotoshooting verspürten und in die dunklen Fluten abtauchten. Einer der

Ruderer hatte die Gelegenheit zum Fischen genutzt und zur Freude aller Expeditionsteilnehmer einen großen Tucunaré gefangen. Der wohlschmeckende Fisch wog beinahe zehn Kilo und würde den Speiseplan am heutigen Abend angenehm bereichern.

Sie setzten ihre Fahrt fort und folgten einer weiteren Schleife des Flusses, als plötzlich nach leichten Stromschnellen ein paar Hütten am bewaldeten Flussufer auftauchten. Die Ribeirinhos, die das erste Boot steuerten, schenkten den Hütten keine weitere Beachtung. Nur kurz tuschelten sie miteinander.

»Was sagen sie?«, fragte einer der belgischen Forscher seinen Kollegen, der die Sprache der brasilianischen Flussbewohner einigermaßen verstand.

»Cangaceiros«, wiederholte der belgische Expeditionsleiter. »Sie meinen, das ist das Camp von Banditen.«

»Banditen?«

»Holzräuber«, bestätigte der Expeditionsleiter. »Die brasilianische Holzmafia ist hier beinahe genauso gut organisiert wie die Mafia bei uns in Europa. Sie schlagen Edelhölzer wie das Pau Brasil und Jacarandá oder roden ganze Urwaldflächen für die Fazendeiros, die darauf ihre Tiere grasen lassen oder Früchte anbauen. Der Boden hier gibt nicht viel her, spätestens nach zwei Jahren ist er ausgelaugt, und es wächst kein Korn mehr darauf. Dann ziehen die Bauern weiter und beackern neue Flächen. Man sollte denken, dass es hier überall fruchtbar ist, aber das stimmt nicht. Landwirtschaft ist eigentlich nur auf ganz kleinen Flächen möglich, wo es die sogenannte Terra preta, die schwarze Erde, gibt.«

»Dazu kommen noch unzählige Garimpeiros, illegale Goldsucher, die den Urwald im Norden durchstreifen«, mischte sich der einheimische Ruderer ein.

Sie passierten die Ansammlung von Hütten und ließen den kleinen Palmenwald hinter sich, als sie plötzlich am Ufer mehrere reglose Körper erspähten, die im brackigen Wasser trieben.

»Um Gottes willen!«, rief einer der Expeditionsteilnehmer aufgeregt. Sieben männliche Leichen, zum Teil mit nacktem Oberkörper, trieben im Fluss. Ein süßlicher Verwesungsgeruch lag in der Luft.

»Was ist da bloß passiert?«, fragte der Expeditionsleiter einen Ruderer.

»Hier gab es eine illegale Siedlung«, antwortete er. »Entweder war die Militärpolizei hier, oder es gab einen Kampf mit einer anderen Bande. Wir müssen hier verschwinden. Es ist nicht gut, wenn man uns sieht.«

Die Ruderer legten sich ins Zeug, und die drei Boote nahmen rasch Fahrt auf.

»Aber wir können die Toten doch nicht einfach hier zurücklassen«, protestierte der Expeditionsleiter. »Was ist, wenn an Land noch jemand am Leben ist?«

Einer der Bootsführer schüttelte den Kopf. »Wenn man uns hier sieht, dann treiben bald unsere toten Körper im Wasser. Hier im Wald gibt es kein Gesetz, hier ist jeder sich selbst der Nächste. Und solche Kämpfe gibt es immer wieder, wenn sich die Banden um ertragreiche Plätze streiten. Und jetzt rudert, wenn ihr heute noch nach São Sebastião kommen wollt!«

Der Expeditionsleiter holte tief Luft, dann stieß er die Ruder mit aller Kraft in das Wasser. Seinen stillen Protest schluckte er einfach hinunter.

Brownsville in Miami, Florida

Jake war ein Riese mit bronzefarbener Haut und Muskelpaketen, die selbst Profiboxer hätten neidisch werden lassen. Doch er war weder besonders intelligent, noch mochte er unangemeldete Besuche. Nachdem Gene mehrfach geklopft hatte, riss Jake die Tür auf und baute sich vor ihm auf.

»Was soll das, Mann!«

Gene lehnte sich locker an den Türrahmen und grinste den Muskelprotz unbeeindruckt an.

»Bist du von der Bewährungsaufsicht oder bist du ein Bulle?«

Gene spielte den Coolen, wenngleich er wusste, dass er nur geringe Chancen hatte, wenn dieser Riese erst einmal in Wallung kam. »Was wäre dir lieber?«

»Wer sind Sie?«

»Sagen wir, ich habe ein paar Fragen. Und wenn mich deine Antworten zufriedenstellen, bin ich auch schon wieder weg.«

»Also doch ein Bulle.«

Gene blieb ungerührt. »Hier draußen, oder gehen wir rein?«

Jake trat einen Schritt zur Seite und gab den Weg frei. Gene ging durch den kurzen Flur in das einzige Zimmer, das es hier in dieser Kellerwohnung gab. Überall lagen Klamotten umher. Es war unordentlich und schmuddelig. Nur in einer Ecke des Zimmers, dort wo ein Trimmgerät mit Gewichten stand, schien es etwas aufgeräumter.

»Was willst du von mir, Bulle?«, fragte Jake, der in seinem eigenen Reich offenbar wieder Fassung gewonnen hatte. Gene kannte diese Sorte Menschen noch gut aus seiner Dienstzeit. Sobald sie ihr Gegenüber nicht einschätzen konnten, wurden sie unsicher. Doch auf heimischem Terrain waren sie wie Hunde, die ihr Revier verteidigten.

»Ich suche nach Tarston«, sagte Gene und suchte nach einer Sitzgelegenheit. Er beschloss, weiterhin den Überlegenen zu spielen, wischte ein paar Zeitschriften von einem Stuhl und ließ sich locker darauf nieder.

»Tarston wohnt nebenan«, kam es zurück.

»Oh, ein Intelligenzbolzen. Da wäre ich alleine nie drauf gekommen. Wann hast du ihn das letzte Mal gesehen?«

»Ich interessiere mich nicht für ihn.«

»Bewährungshilfe, soso«, antwortete Gene gelassen. »Wir können uns auch auf dem Revier weiter unterhalten.«

»Ich habe nichts mit ihm zu schaffen. Er ist schon seit drei Wochen nicht mehr hier gewesen.«

»Er hatte einen Freund, so einen dunkelhaarigen Collegeboy, du erinnerst dich bestimmt an ihn. Er passt eher nach Miami Beach als in diese Gegend.«

»Was ist mit ihm?«

»War er bei ihm, als du ihn das letzte Mal gesehen hast?«

»Ich habe keine Ahnung«, entgegnete Jake und setzte sich im Schneidersitz auf den Boden.

»Du trainierst?«

»Sieht man doch.«

»Bist du gut?«

»Gut wofür?«

»Sagen wir, im Ring. Wie viele Runden hältst du durch?«

»Ich bin zufrieden.«

»Dann sorge dafür, dass es so bleibt. Sonst boxt du neuerdings wieder für das Big Pine Team.«

»Mann, warum könnt ihr Bullen einen nicht einfach in Ruhe lassen. Ich habe weder mit Tarston noch mit dem Collegeboy was am Hut. Er wohnt nebenan, das ist alles.«

»Ich weiß, dass ihr zusammen früher durch die Vorstadt gezogen seid.«

»Mann, das ist ein ganzes Leben her. Tarston war in der letzten Zeit nur noch abgedreht.«

Gene horchte auf. »Hatte er ein Ding am Laufen?«

Jake lachte laut. »Er hatte immer Dinger am Laufen, aber nichts klappte. Er ist ein typischer Loser. Aber frag nicht mich, Bulle. Frag seinen Bruder.«

»Er hat einen Bruder?«

»Ja, Mann«, antwortete Jake gedehnt. »Schaut ihr eigentlich nie in eure Bullencomputer, wenn ihr nach jemandem sucht? Sein Bruder war in letzter Zeit ein paar Mal hier. Ist so ein glatzköpfiger White-Army-Typ mit einer Kriegsbemalung an den Armen, dass man meinen könnte, von hier bis hinauf nach Norland gäbe es keine Farbe mehr.«

»Wo finde ich den Bruder?«

Jake schüttelte den Kopf. »Muss ich euch Bullen alles sagen, Mann? Er war Armypilot und wohnt in der Nähe vom Opa-Locka-Flughafen. Tarston erzählte mal etwas von einer Fluggesellschaft. Er wollte selbst den Pilotenschein machen. Aber das ist schon eine ganze Weile her. War bestimmt wieder so 'ne Geschichte von ihm.«

Gene erhob sich. »Eine letzte Frage noch«, sagte er. »Hat er einen Wagen?«

Jake nickte. »Einen roten BMW. Ein uraltes Ding. Hatte ihm seine letzten Dollars gekostet und ist ständig kaputt. Er hat eben kein Glück, nicht einmal beim Autokauf.«

Gene nickte wortlos und verließ die Wohnung. Einen Augenblick blieb er vor Jean Tarstons abgenutzter Tür stehen. Er drückte gegen den Türknauf, aber die Wohnung war verschlossen. Er würde später noch einmal wiederkommen.

Hospital Santa Catarina in São Sebastião do Uatumã, Amazonasgebiet

Lila Faro hatte den Cabo untersucht.

»Wie geht es der Frau?«, fragte der Offizier, während er sich wieder ankleidete und seinen Waffengurt umschnallte.

Die Ärztin zuckte die Schultern. »Sie liegt auf der Isolierstation. Meine Kollegen kümmern sich um sie.«

»Und mit mir ist alles in Ordnung?«

»Ich hoffe es«, antwortete Lila und verpackte die beiden Blutproben, die sie dem Cabo entnommen hatte. »Wenn es sich tatsächlich um einen Schlangebiss handelte, dann haben Sie auch nichts zu befürchten.«

»Glauben Sie, es steckt etwas anderes dahinter?«

Lila legte die Blutproben zur Seite und blickte den Cabo ernst an. »Vergessen Sie nicht, wir sind hier mitten im Dschungel, und um uns herum ist noch immer unentdecktes Land. Hier draußen kann man sich alles Mögliche einfangen, und ich will nur vorsichtig sein. Keinem nutzt es, wenn man hinterher als Arzt selbst auf der Krankenstation liegt. Auch wir haben unsere Vorschriften. Und wenn jemand zu uns gebracht wird, von dem wir das Krankheitsbild nicht kennen, dann müssen wir eben diese Vorschriften beachten. Sie schützen den Patienten und sie schützen uns selbst. Sie haben doch Handschuhe verwendet, als Sie sich um die Frau kümmerten?«

Der Cabo nickte. »Ich bin ausgebildeter Sanitäter und auf unserem Boot der Einzige, der sich in medizinischen Dingen auskennt. Meine Kameraden müssen sich ebenfalls auf mich verlassen können.«

»Sehen Sie, das ist genau das, was ich meine.«

»Ich bin mir natürlich nicht hundertprozentig sicher, dass es ein Schlangenbiss war. Ich habe keine charakteristische Bissstelle finden können, obwohl wir die Frau komplett entkleidet haben.«

»Waren Sie auch auf dem Boot bei den Toten?«

Der Cabo schüttelte den Kopf.

»Dann achten Sie auf Ihre Kameraden. Sobald Fieber auftritt oder sonst eine ungewöhnliche Veränderung vorgeht, kehren Sie von Ihrer Patrouille um und suchen Sie unser Krankenhaus auf. Unsere Station ist die einzige in dieser Gegend. Das nächste Krankenhaus gibt es in Manaus. Sie können jetzt gehen.«

Der Cabo bedankte sich und ging zur Tür. Lila folgte ihm. Auf dem Flur saßen einige Flussbewohner und warteten, bis sie an der Reihe waren.

»Vielen Dank!«, verabschiedete sich der junge Militärpolizist und ging den Gang hinunter. Lila schaute ihm noch eine Weile nach. Schließlich wandte sie sich dem nächsten Patienten zu, einem Fischer, der entsetzlich stank und seine Hand in ein blutiges Taschentuch gewickelt hatte. Noch bevor sie sich um den Mann kümmern konnte, rannte ein Pfleger den Flur entlang.

»Was ist los, Joáo?«, rief Lila.

»Die Frau, die von den Soldaten gebracht wurde, sie stirbt«, antwortete er atemlos und hetzte weiter.

Lila bat den Fischer zu warten und eilte auf die Isolierstation. In der Sicherheitsschleuse legte sie sich Schutzkleidung und Handschuhe an und öffnete die Sicherheitstür.

Die Frau lag auf einem Bett. Schläuche verliefen von ihrem Arm, dem Mund und der Nase in medizinische Geräte, die neben dem Bett standen. Zwei Schwestern und Doktor Alonso waren damit beschäftigt, die Frau zu reanimieren. Er drückte die Defibrillationselektroden gegen den Herzmuskel und die rechte Niere.

»Achtung!«, rief er laut. Die Schwestern traten zurück. Der Stromstoß durchzuckte den Körper der Frau. Sie bäumte sich auf und fiel kurz danach wieder leblos auf das Bett zurück. Die Decke war in Kopfhöhe blutdurchtränkt. Schließlich gab Doktor Alonso, dem der Schweiß von der Stirn tropfte, der Schwester ein Zeichen. Er wartete, bis sie das Gerät abgeschaltet hatte, dann steckte er die beiden Defibrillationselektroden wieder in ihre Halterungen.

»Es gibt keine Chance mehr«, sagte er atemlos.

Die Herz-Lungen-Überwachung zeichnete eine gelbe und rote Nulllinie auf. Der Summer war abgeschaltet.

»Sie ist tot, verdammt noch mal«, schimpfte Alonso. »Und dabei habe ich ihr so viel Antivenin verabreicht, dass sie auch in eine Schlangengrube hätte fallen können.«

»Das Blut auf der Decke«, fragte Lila, »ist das von ihr?«

»Sie begann plötzlich zu bluten«, antwortete eine der Schwestern. »Das Blut lief aus dem Mund, aus der Nase und sogar aus ihren Augen.«

Die Tür zum Isolierraum wurde geöffnet, und Doktor Williamson betrat den Raum.

»Was ist passiert?«, fragte er.

»Sie ist gestorben«, antwortete Doktor Alonso.

»Wahrscheinlich hat man sie zu spät zu uns gebracht«, antwortete Doktor Williamson.

Lila schüttelte den Kopf. »Sie hat aus den Augen geblutet, das ist kein Anzeichen für eine Hämotoxin-Intoxikation.«

»Mein Gott, sie ist tot, werte Kollegin«, polterte Williamson. »Das ist kein Grund, solch einen Zinnober zu veranstalten. Menschen sterben nun mal, alleine dazu sind sie geboren. Dort draußen im Flur warten noch Lebende auf uns, die unsere Hilfe brauchen. Also, worauf warten Sie noch?«

»Und was geschieht mit ihr?«

»Wir werden sie wie alle Leichen ohne Angehörige der Stadt übergeben, die sollen sich darum kümmern.«

»Die Vorschrift besagt …«

»Vorschrift«, fiel ihr der Doktor ins Wort. »Alles, was Sie kennen, sind Vorschriften. Vorschriften alleine haben noch keinem geholfen. Und jetzt gehen Sie an Ihre Arbeit oder reichen Sie Ihr Rücktrittsgesuch ein. Es gibt hunderte, die eine so gut bezahlte Stelle hier am Amazonas gerne annehmen würden.«

Wütend wandte sich Lila um und verließ das Isolierzimmer.

»Also, los jetzt!«, befahl der Chefarzt. »Die Frau hat uns schon viel zu lange aufgehalten.«

»Aber sollten wir die Leiche nicht wenigstens …«

»Fangen Sie jetzt auch noch an, Alonso?«

Doktor Alonso schaute betreten zu Boden. Schließlich schüttelte er den Kopf.

»Dann tun Sie, was getan werden muss, und schaffen Sie endlich die Leiche hier heraus!«

5

Brownsville in Miami, Florida

Gene war nicht zurück nach Liberty gefahren, er hatte sich in der Gegend noch etwas umgeschaut, doch hier gab es nicht viel, außer einfachen und schäbigen Wohnhäusern. An einer Ecke, drei Straßen weiter, hatte er sich in eine Bar gesetzt. Nur wenige Gäste waren anwesend. Gene hatte einen Whiskey Soda bestellt und verfolgte die Gespräche der beiden Männer an der Bar, die sich über Gott und die Welt unterhielten. Als es draußen dämmerte, kamen weitere Gäste hinzu. Gene versuchte vorsichtig, Kontakt zu knüpfen, und fragte ein paar Mal nach dem rothaarigen Tarston, doch niemand schien ihn hier zu kennen.

Nachdem er die Bar verlassen hatte, telefonierte er mit Ryan und erkundigte sich nach Tarstons Bruder. Ryan versprach, sich darum zu kümmern.

Erst als die ersten Straßenlaternen leuchteten, machte sich Gene auf den Weg zurück zu Tarstons Wohnung. Auch jetzt stand kein Wagen, auf den Jakes Beschreibung gepasst hätte, vor dem Haus. Gene wartete eine Weile, bevor er sich entschloss, hineinzugehen. Die Haustür war nur angelehnt, wie er es vermutet hatte. Niemand begegnete ihm, als er sich in den Keller schlich. Vor Tarstons Tür kramte er sein Taschenmesser aus der Hosentasche. Aus der Nachbarwohnung dudelte laute Musik. Das Schloss stellte kein großes Hindernis dar, zumal Tarstons Tür nur eingerastet und nicht verschlossen war. Nach einem kurzen Knacken sprang sie auf. Ein übler Geruch drang aus der kleinen Kellerwohnung. Gene rümpfte die Nase. Er schloss die Tür und suchte nach dem

Lichtschalter. Fenster, das hatte er bereits in Jakes Wohnung festgestellt, gab es hier nicht. Lediglich zwei Lichtschächte waren dort vorhanden gewesen und so würde es wohl auch in Tarstons Wohnung sein. Als das Licht einer einzelnen Glühbirne die Wohnung matt erleuchtete, sah Gene das Chaos. Überall lagen verstreute Kleidungsstücke herum. Auf dem kleinen Tisch neben der unaufgeräumten Schlafcouch stapelten sich Teller mit verschimmelten Essensresten. Eine halbe Pizza war zu neuem Leben erwacht, Käfer und Schaben labten sich daran. Auch die schmuddelige Küchenzeile war überfüllt mit schmutzigem Geschirr und benutzten Gläsern. Auf einer Obstkiste in einer Ecke des Zimmers standen ein Fernseher und darunter eine billige Stereoanlage. Einen Schrank gab es nicht. Tarston hatte an der gegenüberliegenden Wand einfach ein Seil gespannt und daran seine Kleidung aufgehängt. T-Shirts, Wäsche und Strümpfe stapelte er darunter auf dem Boden. Gene blickte sich um; wenn das alles war, das Tarston besaß, dann war er genauso weit entfernt vom Reichtum wie die Erde vom Ende der Galaxien.

Als er einen ersten vorsichtigen Schritt in das Chaos machte, huschte das Ungeziefer davon. Er suchte nach Papieren, nach Briefen, nach irgendetwas, das auf den Verbleib von Tarston und Peter schließen ließ. Alles, was er fand, waren ein paar unbezahlte Rechnungen und Mahnungen der Gasgesellschaft. Mit dem geübten Auge des Ermittlers hielt er in der Wohnung nach Verstecken Ausschau. Doch selbst im dreckigen Badezimmer, das vom Schmutz einiger Jahre bedeckt schien, fand er nichts. Nur eines wusste Gene, als er das Licht ausknipste und die Eingangstür öffnete: Vom Putzen schien Tarston nicht viel zu halten. Da stutzte er und lauschte, denn die Musik aus Jakes Nachbarwohnung war verstummt.

»Wohl nicht gefunden, was Sie gesucht haben, Officer«, dröhnte plötzlich eine Stimme aus der Dunkelheit. Gene erschrak.

Jake löste sich von der dunklen Wand und trat in den Halbschatten. »Ich wusste, dass du noch einmal wiederkommst, Bulle. Ich habe es Ihnen angesehen, als Sie bei mir waren.«

Gene fasste sich. »Gibt es Neuigkeiten?«

»Sollte es?«

»Warum wartest du sonst auf mich?«

Jake schaute sich verstohlen um. »Sie sind nicht der Einzige, der nach ihm sucht«, flüsterte er. »Vor einer Woche war so ein Fatzke hier. Er trug einen teuren Anzug und stank wie ein Wiesel. Ein ganz übler Bursche, Mann. Ich glaube, Tarston hat sich mit den falschen Leuten eingelassen. Wahrscheinlich ist er längst schon Futter für die Alligatoren in den Everglades.«

»Hat er seinen Namen genannt?«

Jake schüttelte den Kopf. »Er hat sich nicht vorgestellt. Ist dann einfach gegangen, Mann. Raus auf die Straße und rüber zum Laden. Ich bin ihm heimlich gefolgt und habe gewartet. Als er wieder rauskam, ist er in einen Chevrolet gestiegen, den er in der 14th Street abgestellt hatte. War ein schwarzer Blazer mit einem Kennzeichen aus Florida. Wollte wohl, dass keiner den Wagen sieht, mit dem er gekommen war.«

»War er alleine?«

»Ja, Mann, nur er und seine Kanone, die unter der Jacke steckte. Ein großes Ding, das mächtig große Löcher macht.«

»Das Kennzeichen, hast du dir das Kennzeichen gemerkt?«

»Ich bin leider etwas vergesslich.«

Gene kramte in seiner Tasche und holte eine Zwanzig-Dollar-Note hervor. Er fluchte. Dieser Tag hatte ihn bereits fünfzig Dollar an Spesen gekostet, und er hatte noch immer nichts Greifbares in der Hand.

Jake musterte den Geldschein im Dämmerlicht. »Na gut, Mann«, murmelte er. »Besser als nichts. Das Kennzeichen lautete PQZ 36L und war aus Miami.«

»Danke, Bruder«, antwortete Gene. Offenbar hatte sich der nächtliche Besuch in Tarstons Wohnung doch noch gelohnt.

São Sebastião do Uatumã, Amazonasgebiet

Noch bevor das Patrouillenboot fertig zum Auslaufen war, erreichte die kleine belgische Expeditionsgruppe mit ihren Langbooten den Anleger von São Sebastião. Während die Ribeirinhos wortkarg blieben, als sie neben dem Boot der Militärpolizei festmachten, fuchtelte einer der belgischen Expeditionsteilnehmer wild mit den Armen und rief den Militärpolizisten aufgeregt in gebrochenem Portugiesisch zu, dass sie warten sollten.

»Was will der Mann?«, fragte der Kommandant seinen Cabo, der aus dem Krankenhaus wieder zurückgekehrt war.

»Ich glaube, der will uns etwas sagen.«

Das Langboot hatte kaum festgemacht, da sprangen die drei Europäer schon auf den Anleger und liefen auf das Patrouillenboot zu. Der Kommandant kam ihnen zusammen mit dem Cabo entgegen.

Die Ribeirinhos blieben regungslos in ihren Booten sitzen. Sie trauten den fremden Soldaten nicht, die meist aus dem Süden des Landes kamen und hier für ein Jahr ihren Dienst versahen, ehe sie in die großen Städte an der Küste und in den Süden zurückkehrten.

Die Europäer redeten wild durcheinander, so dass der Kommandant beschwichtigend die Hände hob. Sie sprachen Englisch, was er selbst nicht verstand. Fragend blickte er seinen Cabo an.

»Sie sagen, sie haben flussaufwärts mehrere Leichen im Fluss treiben sehen«, übersetzte der Cabo. »Es soll unterhalb von Brás eine Siedlung am Fluss geben.«

Der Kommandant nickte und rief barsch einen der Ribeirinhos zu sich, der im Boot saß, als ginge ihn die Unterhaltung überhaupt nichts an.

»Wo genau waren die Leichen?«, fragte der Kommandant den Mann, dem Äußeren nach ein Cafuzo, ein Nachkomme eines Eingeborenen und eines Afrikaners, wie es hier viele an den Flussläufen im Amazonasgebiet gab. Der Angesprochene hielt respektvoll Abstand und beschrieb die Stelle, an der die kleine Expedition auf die Siedlung am Rio Jatapu gestoßen war.

»Gab es Anzeichen eines Kampfes?«, fragte der Cabo die belgischen Forscher in beinahe akzentfreiem Englisch.

»Davon haben wir nichts bemerkt«, antwortete der offensichtlich älteste von ihnen. »Sie trieben einfach nur im Wasser. Wir sind weitergefahren. Unsere Begleiter meinten, dass es sich um das illegale Camp einiger Holzfäller handelt und es nicht gut sei, wenn man uns dort antreffen würde. Er sprach von regelrechten Bandenkriegen.«

Der Cabo nickte. »Das ist nicht falsch, was Ihnen Ihre Begleiter gesagt haben. Der Urwald birgt hier viele Gefahren.«

»Wir werden den Vorfall untersuchen!«, versicherte der Kommandant und gab dem Cabo ein Zeichen. Gemeinsam gingen sie wieder an Bord des Patrouillenbootes.

»Vielleicht stammt die Frau ebenfalls aus dem Camp«, überlegte der Kommandant.

»Das ist sehr wahrscheinlich, wenn an Bord des Bootes zwei Männer waren«, entgegnete der Cabo. »Wir sollten vorsichtig sein.«

»Wir können keine Verstärkung holen«, murmelte der Kommandant. »Die Telefone hier im Ort funktionieren wegen des Sturmes nicht und unsere Funkverbindung reicht nicht bis zum Stützpunkt.«

»Dann sollten wir besonders aufpassen.«

»Glaubst du, es gab eine Auseinandersetzung unter Holzräubern?«

Der Cabo schüttelte den Kopf. »Nein, die Männer hatten keine sichtbare Verwundung. Ich glaube, dass da draußen ein ganz anderer Feind auf uns lauert.«

»Ein Feind?«

»Nicht immer trägt der Feind eine Waffe in der Hand. Die Ärztin in der Station meinte, dass für den Zustand der Frau nicht unbedingt ein Schlangenbiss verantwortlich sein muss.«

»Was sonst?«

»Bactéria«, antwortete der Cabo.

Zwei Minuten später schoss das Patrouillenboot, getrieben von den beiden 260 PS starken Detroit-Dieselmotoren und dem Jacuzi-Water-Jet-Antrieb mit beinahe 35 Knoten flussaufwärts davon. Die Belgier blieben auf der schwankenden Anlegerplattform zurück und schauten dem olivgrün lackierten Boot hinterher.

Cuiabá, Bundesstaat Mato Grosso

»Wir haben ihn in der Rua Veneza erwischt«, berichtete Tenente Luiz Falcáo und schubste den alten Mann mit der zerlumpten Kleidung auf einen Holzstuhl im spartanisch eingerichteten Vernehmungszimmer.

Porceá hieß der Alte, war bereits knapp über sechzig und hauste in den Favelas im Nordosten der Stadt.

»Und stell dir vor, er saß hinter dem Steuer eines schwarzen VW Caddy, Baujahr 1983, und schaute den schönen Mädchen auf dem Grundstück nebenan beim Baden zu.«

»Porceá ist dein Name?«, fragte Capitão Carlos Zagallo den Alten mit sanfter Stimme.

Der Alte nickte. »Ja, das ist mein Name, aber ich habe niemandem etwas getan.«

»Was hast du dann in der Rua Veneza gemacht, bestimmt kein neues Haus ausgesucht. Du hast nach jungem Gemüse Ausschau gehalten.«

Falcáo spie dem Alten die Worte ins Gesicht.

Zagallo fasste seinen Kollegen an die Schulter und zog ihn zurück.

»Lass gut sein«, sagte er. »Ich rede mit ihm.«

Falcáo wies auf den kleinen Tisch neben dem Eingang, wo ein uniformierter Polizist stand und argwöhnisch den Alten beobachtete. »Das dort drüben hatte er bei sich.«

Zagallo trat an den Tisch heran. »Ein Messer, eine Schnur und eine Taschenlampe. »Das sieht nicht gut aus für dich, Porceá.«

Der Alte wollte aufspringen, doch Falcáo drückte ihn auf den Stuhl zurück. »Das gehört nicht mir«, schrie er. »Das habt ihr mir untergeschoben.«

»Es lag im Fußraum des Wagens«, erklärte Falcáo.

»Der Wagen gehört mir nicht, er gehört Ribeiro. Ich habe ihn mir nur geliehen.«

»Was wolltest du in der Straße?«, rief Zagallo barsch.

Der Alte blickte auf den Boden.

»Wie du willst«, sagte Zagallo. »In die Zelle mit ihm.«

Der uniformierte Polizist trat näher und packte Porceá am Arm. »Ich wollte warten, bis die reichen Leute den Müll herausbringen«, brach es plötzlich aus Porceá heraus. »Ich habe eine Frau und neun Kinder, und es war ein schlechter Monat für mich. Es gab keine Arbeit, nicht einmal auf den Feldern vor der Stadt. Sie wollen keine alten Männer. Ich wollte doch nur warten, bis die Leute in der Straße den Müll herausstellen.«

Der Alte wischte sich die Tränen aus dem Gesicht.

»Wer ist Ribeiro?«

»Ein Freund«, schluchzte der Alte.

»Wohnt er ebenfalls im Nordosten?«

Porceá nickte. »Er wohnt neben mir, und er hat mir seinen Wagen geliehen. Er ist ein guter Freund.«

»Was treibt er den ganzen Tag?«

»Er arbeitet auf den Blumenfeldern.«

Zagallo rieb sich nachdenklich das Kinn. »Lasst den Wagen untersuchen. Wenn es sich tatsächlich um den gleichen Wagen wie im Norden handelt, dann werden wir es bald wissen. Und diesen Ribeiro schauen wir uns genauer an. Morgen. Solange wird er unser Gast sein.«

»Ich will zurück zu meiner Familie. Meine Frau und meine Kinder brauchen mich.«

»Wenn deine Angaben stimmen, dann kannst du gehen«, antwortete Zagallo. »Morgen, und solange bleibst du hier.«

Der Alte sank auf dem Stuhl zusammen.

»Behandelt ihn gut und gebt ihm etwas zu essen!«, befahl Zagallo dem Polizisten, bevor er mit dem Tenente das Vernehmungszimmer verlies.

»Glaubst du ihm?«

Zagallo zuckte mit der Schulter. »Lass feststellen, wann in dem Viertel der Müll abgeholt wird. Morgen wissen wir mehr.«

6

Die Siedlung Corrupira am Rio Jatapu, Amazonasgebiet

Das Boot machte gute Fahrt und erreichte die beschriebene Stelle schon nach zwei Stunden. Unterwegs mussten sie allerlei Schwemmgut ausweichen, das durch den Sturm in den Fluss geraten war. Sie mussten sich beeilen, denn bald würde es Nacht werden. Hier in der Nähe des Äquators war es zwölf Stunden hell und zwölf Stunden dunkel. Um 18.00 Uhr würde die Sonne untergehen und kaum zehn Minuten später undurchdringliche Dunkelheit über den Regenwald hereinbrechen. Dann erwachten die Geschöpfe der Nacht aus ihrem langen Schlaf und bevölkerten den Boden, das Wasser und die Wipfel der hohen Bäume. Man konnte seine Uhr danach stellen.

»Dort, wir sind da!«, rief der Cabo, der mit einem Fernglas das Ufer absuchte.

Der Kommandant folgte dem Fingerzeig. Tatsächlich trieben in der Nähe des Ufers Leichen im Wasser. Sieben Tote zählte der Kommandant. Er blickte auf seine Uhr.

»Wir haben noch eine Stunde, bis es dunkel wird.«

Der Cabo kramte seine Medizinbox unter dem hinteren Waffenleitstand hervor. »Wir werden Handschuhe und sichere Kleidung brauchen.«

»Du bist der Medizinmann«, antwortete der Kommandant. »Zwei Männer begleiten dich, während wir vom Boot aus das Gebiet sichern. Aber seid vorsichtig, ihr wisst nicht, was euch dort im Busch erwartet.«

»Wenn meine Befürchtungen stimmen, dann treffen wir auf

Leichen«, antwortete der Cabo und überprüfte das Magazin seiner Taurus-PT-92-Pistole.

»Trotzdem, wenn wir hier mitten in eine Auseinandersetzung der Holzmafia geraten, dann müssen wir auf der Hut sein. Sobald wir wieder Kontakt zur Basis haben, werde ich um Unterstützung bitten, aber solange sind wir auf uns gestellt. Und die Banditen sind rücksichtslos. Denk nur an Atauba, da haben die Kerle nicht lange gefackelt. Und sie hatten sogar Handgranaten.«

»Wir werden vorsichtig sein«, versprach der Cabo, bevor er zu den beiden Soldaten ins kleine Ruderboot stieg und ihnen Latexhandschuhe und je einen Mundschutz gab. »Niemand fasst etwas an, nicht einmal die Toten«, mahnte er. »Ist das klar?«

Die Soldaten nickten und näherten sich dem Ufer. Schweigend passierten sie die aufgedunsenen Körper, die im Brackwasser schwammen.

»Moment!«, sagte der Cabo, als ein männlicher Leichnam unmittelbar neben dem Boot in Bauchlage vorbeitrieb. Er musterte den aufgedunsenen Körper. Es stank entsetzlich und der Cabo würgte. Auf dem Rücken des Toten waren dem Augenschein nach keine Verletzungen festzustellen.

»Gib mir das Ruder!«, befahl er einem der Soldaten.

Der reichte ihm das Ruder, und der Cabo versuchte damit, den im Wasser treibenden Mann umzudrehen. Es war nicht leicht, der zweite Soldat unterstützte ihn. Nach mehren Versuchen gelang es endlich. Angewidert wandte er den Blick ab, denn der Tote hatte kein Gesicht mehr. Die Tiere im Wasser hatten sich wohl schon daran gütlich getan. Der aufgeschwemmte Bauch wies ebenfalls keine offensichtlichen Verletzungen auf. Der Cabo gab das Ruder zurück, und sie setzten ihren Weg ans Ufer fort.

Vorsichtig legten sie an. Einer der Soldaten sprang an Land und machte die Leine an einem Baumstumpf fest. Der zweite Soldat reichte ihm seine Maschinenpistole und begab sich ebenfalls an Land. Der Cabo folgte. Er nahm seine Pistole aus dem Holster, und sie schlichen langsam in Richtung der einfachen Hütten, die vom Ufer aus zu sehen waren. Ein kleiner Trampelpfad führte mitten hinein in die kleine Ansiedlung, die auf einer Lichtung errichtet worden war. In der Mitte eines freien Platzes stand das einzige größere, zweistöckige Gebäude, gefertigt aus einfachen Holzbalken, die von dieser gerodeten Lichtung stammen mochten. Eine alte Kaffeekanne hing über der Tür. Dies musste wohl so etwas wie der Treffpunkt der Bewohner gewesen sein.

Vorsichtig näherten sich die Soldaten der Siedlung, begleitet vom Schreien der Vögel aus dem Urwald. Kein Mensch war weit und breit zu sehen.

»Vorsichtig!«, flüsterte der Cabo, als sie die erste Hütte erreichten. Eine Tür gab es nicht. Nur ein Vorhang verdeckte den Zugang, an dem sich die Soldaten links und rechts mit schussbereiten Waffen postierten. Auch der Cabo hielt seine Pistole fest umklammert. Auf sein Zeichen stürmten sie gemeinsam in die Hütte.

Dade Police Department in Miami, Florida

Gene hatte mit Ryan telefoniert, der auf dem Revier Nachtdienst hatte. Kurz entschlossen fuhr er von Brownsville hinauf an den Doral Boulevard. Als er sich an der Wache meldete, ließ ihn der Officer nach einem kurzen Telefonat mit Ryan ein. Als er den neondurchfluteten Flur zu Ryans Büro entlangging, stand plötzlich Detective Cavallino vor ihm. Eine junge Frau begleitete ihn. Der braungebrannte Italoamerikaner grinste Gene hämisch an. »Wenn das nicht unser alter Kollege ist, ach Ex-Kollege müsste ich ja sagen. Das ist ja eine tolle Überraschung. Was treibt dich nach der langen Zeit zu uns aufs Revier?«

»Cavallino, ich dachte schon, dich hätten sie irgendwo zwischen hier und den Keys verscharrt und anschließend auf dein Grab gepinkelt.«

»Immer charmant, der Gute, so wie früher«, sagte Cavallino zu seiner Begleiterin gewandt. »Das ist Gene Mcfaddin, ein ehemaliger Kollege aus dem Department. Er hat einen Verdächtigen krankenhausreif geprügelt, und die Flasche war sein bester Freund. Da hat man ihn rausgeworfen. Ich dachte, seine Leber hätte sich längst schon zersetzt.«

Die Polizistin musterte Gene von oben bis unten. »Gefällt Ihnen das, was Sie sehen?«, fragte Gene herausfordernd.

»Nicht übel«, erwiderte sie.

»Cavallino, Vasquez, ich dachte, ihr seid längst schon auf der Straße«, dröhnte es durch den Flur. »Solltet ihr euch nicht um die Landogas kümmern!«

»Sind schon auf dem Weg«, gab die junge, dunkelhaarige Frau zurück.

»Hat mich sehr gefreut, Miss Vasquez«, sagte Gene. »Wir sehen uns.«

»Vielleicht in der Hölle«, antwortete Cavallino und schob sich an Gene vorbei.

Gene ging auf Ryan zu, der auf dem Flur stand und Cavallino und seiner Kollegin hinterherblickte.

»Cavallino war wohl wieder sehr nett zu dir?«, fragte er, als Gene ihm die Hand reichte.

»Cavallino ist ein Spagallo«, sagte Gene. »Er hat nichts im Hirn.«

»Deswegen habe ich ihm Vasquez zugeteilt. Ist ganz schön kess, die Kleine, und irgendwann wird sie den Laden hier übernehmen.«

Ryan schob Gene in das Büro und schloss die Tür.

»Hast du die Informationen?«

Ryan schenkte sich den obligatorischen Kaffee ein. »Willst du auch?«

»Gerne.«

Ryan stellte eine zweite, volle Tasse auf den Schreibtisch und ließ sich mit einem lauten Seufzer in seinen Stuhl fallen. Gene nahm ebenfalls Platz.

»Bevor ich dir erzähle, was ich erfahren habe, möchte ich erst einmal wissen, weswegen du nach Tarston suchst.«

Gene griff nach seiner Tasse. »Vor ein paar Tagen kam ein ausgesprochen hübsches Mädchen in mein Büro. Sie hatte Tränen in den Augen, weil ihr sie weggeschickt habt, als sie ihren Freund als vermisst melden wollte.«

»Tarston?«

»Nein, ihr Freund heißt Peter Harrison. Er war früher mal mit Tarston zusammen, aber sie hat ihm diese Freundschaft ausgeredet. Tarston war ihr suspekt. Kurz bevor Harrison verschwand, tauchte Tarston plötzlich wieder auf. Und stell dir vor, Tarston ist ebenfalls von der Bildfläche verschwunden. Genauso wie ihr Freund Peter. Das ist jetzt beinahe drei Wochen her.«

Ryan blickte nachdenklich auf seinen Schreibtisch. »Vielleicht solltest du ihr sagen, dass sie sich einen neuen Freund suchen soll.«

Gene schüttelte den Kopf. »Sie liebt ihn, und sie erwartet ein Kind von ihm. Bist du fündig geworden?«

»Es wird dir nicht gefallen, was ich herausgefunden habe«, antwortete Ryan. »Tarston hat tatsächlich einen Bruder. Rick Tarston. Er ist Inhaber einer kleinen Fluggesellschaft in Opa Locka. Die DEA ist an ihm dran. Sie glauben, dass er mit seinen Maschinen Rauschgift von Kuba herüberfliegt. Aber er ist untergetaucht. Seit drei Wochen etwa.«

Gene atmete tief ein. »Rauschgift.«

»Ich habe eine offizielle Anfrage der DEA auf meinem Schreibtisch liegen. Sie wollen wissen, warum sich die Polizei vom Dade County für einen ihrer Verdächtigen interessiert.«

»Sag ihnen, es geht um eine Vermisstensache«, antwortete Gene. Er überlegte. Sollte sich Peter durch seinen Freund in einen Rauschgiftdeal verstrickt haben? War er deshalb untergetaucht?

»Wie dicht waren die Leute von der DEA Tarston auf den Fersen?«

»Sehr dicht«, antwortete Ryan. »Sie wollten zuschlagen, da war er einfach verschwunden. Eine seiner Maschinen fehlt ebenfalls.«

»Es wird sich doch feststellen lassen, wo die Maschine gelandet ist«, beharrte Gene.

»Offiziell war ein Charterflug nach Baton Rouge gemeldet, aber dort ist die Maschine nie angekommen.«

»Warum hat man auf den anderen Flughäfen im Umkreis nicht gesucht?«

Ryan lächelte. »Es handelt sich um eine Lockheed C 130, ein ehemaliger Militärtransporter.«

»Und was ist daran das Problem?«

»Die Maschine hat eine Reichweite von beinahe 9000 Kilometer, und man kann sie auf jedem einigermaßen ebenen Feld starten und landen. Er kann sich also überall aufhalten. Er hat einfach das Überwachungsradar unterflogen. Er könnte sogar bis nach Feuerland geflogen sein.«

Gene fuhr sich mit der Hand über seine Bartstoppeln. »Ich glaube aber nicht, dass Peter Harrison freiwillig mitgeflogen wäre.«

»Kennst du ihn wirklich so gut?«

»Sharon, seine Freundin, hat mir viel über ihn erzählt. Es passt nicht zu ihm, dass er sich ins Ausland absetzt. Er hat das Kinderzimmer eingerichtet. Klingt das nach einem Drogendealer, der sich absetzen will?«

»Und wenn er nur zufällig in die Sache hineingeschlittert ist?«

Gene überlegte. Ryans Worte hatten etwas für sich.

»Ich brauche noch einmal deine Hilfe«, sagte er schließlich. »Ich muss wissen, auf wen das Kennzeichen PQZ 26L aus Miami zugelassen ist. Es ist ein schwarzer Blazer.«

»Hängt das mit dem Fall zusammen?«

Gene nickte.

Ryan verzog die Mundwinkel. »Also gut, diese eine Sache noch, aber dann bin ich draußen. Ich habe keine Lust mehr, in meinem Alter wieder auf Streife zu gehen.«

»Versprochen«, antwortete Gene.

Die Siedlung Corrupira am Rio Jatapu, Amazonasgebiet

Überall erwartete sie nur der Tod. In jeder Hütte und selbst in dem großen Gebäude, das offenbar eine Bar gewesen war. Überall nur Leichen. Siebenundzwanzig Männer und zwei Frauen. Die Frauen lagen in den oberen Zimmern der Bar. Die Hitze und die hohe Luftfeuchtigkeit hatten den Verwesungsprozess beschleunigt. Dennoch wies keine der Leichen sichtbare äußere Verletzungen auf. Keine Schusswunden, keine Stichverletzungen und keine Spuren eines Kampfes. Die Menschen hatten sich in die Betten oder in die Ecken ihrer einfachen Hütten verkrochen und waren einfach gestorben. Sie waren einem unsichtbaren Feind erlegen, der sie gnadenlos dahingerafft hatte.

»Wir verschwinden hier!«, sagte der Cabo entschlossen. Draußen legte sich langsam die Dämmerung über die Baumkronen.

Sie ruderten eilends zurück zum Patrouillenboot, wo sie der Kommandant erwartete.

»Überall nur Tote«, berichtete der Cabo atemlos, nachdem er an Bord geklettert war. »Keine Kampfspuren. Sie sind einfach an irgendetwas gestorben.«

»Vielleicht wurden sie vergiftet oder haben verseuchtes Wasser zu sich genommen?«, antwortete der Kommandant.

»Das wäre möglich. Es waren zweifellos Lenhadores. Illegale Holzfäller, die sich hier am Fluss niedergelassen hatten.«

»Wir haben hier keine Funkverbindung. Wir fahren hinauf nach Brás und setzen eine Meldung ab. Sofern die Telefone dort funktionieren.«

»Wir sollten die Siedlung niederbrennen, und die Leichen müssen ebenfalls verbrannt werden«, antwortete der Cabo.

»Dazu sind wir nicht ausgestattet. Wir müssen Verstärkung rufen, in zwanzig Minuten ist es stockdunkel.«

»Dann sollten wir die Ärztin in der Station in São Sebastião informieren. Ich denke, das hier wird sie interessieren.«

»Das können wir alles machen, aber zuerst müssen wir einen Hafen ansteuern, und Brás liegt am nächsten.«

Der Cabo nickte. Ein paar Minuten später schoss das Patrouillenboot in Richtung Norden davon. Die Dämmerung dauerte nicht lange, bis schließlich eine unheilvolle Dunkelheit anbrach. Die Siedlung blieb im Schatten der Nacht zurück.

7

Opa-Locka-Flughafen, Miami, Florida

Ryan hatte das Kennzeichen überprüfen lassen. Der schwarze Blazer war auf die Alamo-Autovermietung in Fort Lauderdale zugelassen. Gene hatte sich so etwas beinahe gedacht. Wahrscheinlich würde sich die Spur des Mannes im teuren Anzug dort verlieren. Doch damit war ihm klar, dass er richtig lag: Die Tarston-Brüder waren in Rauschgiftgeschäfte verwickelt und rechtzeitig untergetaucht, bevor die Rauschgiftfahnder der DEA zuschlagen konnten. Doch wie passte Peter Harrison ins Bild, und welchen Part spielte er in dieser Geschichte? War er aus Zufall in die Sache geschlittert oder hatte er seiner hübschen Freundin die ganze Zeit über nur den harmlosen Collegeboy vorgespielt?

Gene war über den Palmetto Expressway in den Norden der Stadt gefahren. Doch er bog nicht nach Liberty City ab, sondern fuhr geradeaus weiter in Richtung Opa Locka. Mittlerweile hatte die Dunkelheit die Viertel außerhalb des Zentrums fest im Griff, doch Miami war eine Stadt, die selbst in der Nacht nicht zur Ruhe kam.

Der Opa-Locka-Flughafen lag oberhalb von Westview quasi mitten in der Stadt. Als Gene seinen Wagen über die 135th Street lenkte, sah er von weitem schon die Flughafen-Scheinwerfer, deren gleißendes Licht sich wie eine Glocke über das riesige Areal stülpte.

Red Wing Air hieß die kleine Frachtflugfirma, die Rick Tarston unterhielt. Das Büro sollte sich in einem der großen Geschäftshauskomplexe befinden, die sich entlang der 135th Street erstreckten.

Trotz der fortgeschrittenen Zeit herrschte an den Zufahrten noch reger Betrieb. Lastwagen und Busse standen vor den Toren und warteten auf Einlass. Gene bog auf einen der Parkplätze ab und beobachtete eine Weile das rege Treiben. Schließlich stieg er aus und ging die Straße entlang der Bürogebäude hinunter. Fluggesellschaften, Speditionen, Frachtflugfirmen und Flugschulen unterhielten hier ihre Geschäftsräume. Am dritten Bau verwies eines des zahlreichen Schilder neben der Eingangstür auf die *Red Wing Air*. Gene schaute sich um, in mehreren Büros brannte Licht, doch die Tür war verschlossen. Er drückte mehrmals die Klingel der Fluggesellschaft, aber nichts rührte sich. Gene benutzte den Klingelknopf daneben, auf dem *ATTS* stand, *Air Transport Touristic Service* hieß die Firma. Es dauerte nur kurz, bis sich in der Sprechanlage die Stimme einer Frau meldete. Nachdem sich Gene vorgestellt hatte, wurde er eingelassen.

Das Büro der *Red Wing* lag in unmittelbarer Nachbarschaft zur *ATTS*. Eine Blondine in einem knappen Kostüm und mit so viel Rouge auf den Wangen, als hätte er sich ins *Pearl* verirrt, stand vor der Glastür und lächelte ihm freundlich zu. Sie war wohl schon Mitte vierzig und nicht mehr ganz taufrisch.

»Mister Mcfaddin, was kann ich für Sie tun?«, fragte sie mit tiefem Timbre.

»Eigentlich wollte ich zur Red Wing«, antwortete Gene. »Da scheint niemand zu sein, vielleicht können Sie mir helfen.«

»Dort ist schon lange niemand mehr gewesen. Da kann ich Ihnen leider nicht helfen.«

Gene trat näher. »Wann haben Sie zuletzt jemanden hier gesehen?«

Die Frau musterte Gene von oben bis unten. »Sind Sie ein Bulle?«

»So etwas Ähnliches«, antwortete Gene und präsentierte ihr seine Lizenz als Privatdetektiv.

»Ein Privatschnüffler«, sagte sie und drehte sich um. »Kommen Sie rein, ich habe noch eine halbe Stunde, bevor ich ein paar V.I.P.-Gäste aus China auf die Hotels verteilen muss.«

Gene folgte ihr in den gediegenen Besucherraum und setze sich in einen der weichen Ledersessel.

»Ein Bier?«, fragte sie.

»Gerne.«

»Mein Name ist Mona«, sagte die Blondine und holte ein eisgekühltes Bud aus dem silbernen Kühlschrank.

»Danke.«

»Ich wusste schon lange, dass dort drüben was nicht stimmt«, begann sie und setzte sich neben Gene. Sie schlug ihre beachtlichen Beine übereinander.

»Was machen Sie eigentlich noch so spät hier?«, flirtete Gene. »Eigentlich gehört eine Schönheit wie Sie nicht in ein einsames Büro, sondern eher nach Miami Beach.«

»Leider muss ich noch arbeiten, aber in zwei Stunden hätte ich Zeit. Wir organisieren Erlebnisrundreisen für Touristen. Nicht die mit den Rucksäcken, wir haben uns auf solche mit Rolex-Uhren und Armani-Anzügen spezialisiert. Leider hat sich unser Flieger verspätet. Deswegen mache ich hier Überstunden.«

Gene trank einen Schluck Bier. »Später hätte ich ebenfalls noch Zeit.«

»Die Nacht ist noch jung«, antwortete Mona. »Weswegen interessieren Sie sich für die von nebenan?«

»Ich bin auf der Suche nach einem Collegeboy«, erklärte Gene. »Ist vor etwa drei Wochen seiner Verlobten ausgebüchst. War ein Freund von Jean Tarston, dem Bruder vom Inhaber der Red Wing.«

»Kenne ich, den kleinen Perversling. Er war oft hier in der letzten Zeit, aber seit drei Wochen fehlt Tarston und eine seiner Maschinen. Es wird behauptet, er hat sich abgesetzt.«

»Abgesetzt?«

»Die haben wohl keine Kohle mehr. Seit einigen Monaten steht die zweite Maschine mit Triebwerkschaden im Hangar, und keiner kümmert sich darum.«

»Womit hat die Firma Geld verdient?«

»Rick Tarston war Army-Pilot und hat sich eine billige Militärmaschine umgebaut und sich auf Frachtflüge spezialisiert. Mit seiner alten Lockheed konnte er sogar auf der Wiese landen, deswegen hatte er zu Anfang auch gute Aufträge. Meistens flog er kleinere Provinzflughäfen an. Als er dann die zweite Maschine kaufte und in das Geschäft mit Inlandsflügen für Passagiere einsteigen wollte, ging es bergab. Die Konkurrenz ist da sehr groß, und wenn man nichts zu bieten hat, dann bleiben die Leute weg.«

»Nichts zu bieten, das verstehe ich nicht.«

Mona zwinkerte mit den Augen. »Wir haben Geschäftsleute hier, die sich gerne mal auf ein paar Abenteuer einlassen. Wir organisieren das für sie, denn Lust hat jeder, aber Zeit hat niemand.«

»Sex?«

»Las Vegas, zuerst in die großen Casinos und danach noch ein paar kleine Extras, wenn Sie verstehen, was ich meine.«

Gene kramte in seiner Hosentasche und zog ein kleines Passbild hervor.

»Den schon einmal hier gesehen?«, fragte er und reichte ihr das Foto.

Mona betrachtete es eingehend. »Süßer Junge«, sagte sie. »Ich glaube, der war vor drei Wochen mal hier. Ja, ich bin mir fast sicher. Kurz danach war da drüben geschlossen.«

»Hat Tarston Mitarbeiter?«

»Magret, sie hat das Büro und die Geschäftsführung gemacht. Hat aber vor zwei Monaten gekündigt. Er hat sie nicht mehr bezahlt.«

»Und wo finde ich diese Magret?«

Mona überlegte. »Gar nicht weit entfernt, sie heißt Magret Stone und wohnt in der Port Said Road.«

»Und der Junge, war er oft hier?«

Mona verzog die Mundwinkel. »Ein paar Mal, nicht oft. Ich kann mich nur an ihn erinnern, weil er draußen am Rollfeld die Maschine beladen hat, als ich eine Gruppe Scheichs abholte. Er hatte sein Hemd ausgezogen. Der Junge hatte eine ganz tolle Figur.«

Gene trank sein Bier leer und stellte es auf den Glastisch. »Was er da eingeladen hat, das wissen Sie nicht?«

»Tut mir leid«, antwortete sie und blickte auf die Uhr. »Und jetzt muss ich leider los. Was ist nun mit einem kleinen Ausflug an den Strand?«

Gene nickte. »Sehr gerne.«

In der Nähe von Brás am Rio Jatapu, Amazonasgebiet

Die Fahrt auf dem Rio Jatapu war jäh zu Ende gegangen. Nachdem sich die beiden Motoren aufgrund der vollen Fahrt überhitzt hatten, ankerte das Patrouillenboot nun im seichten Wasser eines Igarapés, eines Wasserarms, der weit hinein in den Dschungel reichte. Durch die Trockenzeit war er sehr flach. Zwei der Soldaten waren mit Reparaturarbeiten beschäftigt. Während der Cabo an der Reling lehnte und grübelnd in die schwarzen Fluten blickte, gab der Kommandant den übrigen Männern Anweisungen, die Umgebung zu sichern und mit Scheinwerfern abzuleuchten. Außer den Stimmen des nächtlichen Urwalds störte nichts die Ruhe.

Der Kommandant gesellte sich zu seinem Cabo und legte ihm freundschaftlich die Hand auf die Schulter. Sie waren bereits seit zwei Jahren in der gleichen Einheit und zu guten Kameraden geworden.

»Woran denkst du?«, fragte er.

Der Cabo wandte sich um. »Ich möchte wissen, was diese Menschen umgebracht hat.«

Der Kommandant zuckte mit der Schulter. »Ich bin seit drei

Jahren hier im Amazonasgebiet und ich weiß, dass diese Wälder gefährlich sind. Wenn dich die Mücken nicht fressen und die Schlangen nicht beißen, dann fällst du irgendwann dieser ewigen Hitze zum Opfer. Bei uns in Rio ist der Wind des Meeres stets zu spüren, aber hier ist es nur feucht und heiß, und kein Lufthauch bewegt sich. Ein paar Tage später regnet es wie aus Gießkannen, aber trotzdem bleibt es heiß. Eigentlich ist es immer nur feucht und heiß. Dieser Wald ist mörderisch.«

»Dieser Wald ist noch für lange Zeit unsere Heimat«, entgegnete der Cabo.

»Denkst du nicht auch oft an zu Hause, an die weißen Strände, an die schönen Mädchen, an die rauschenden Partys und die langen Nächte? An Samba und an den Karneval?«

Der Cabo nickte. »Ja, das tue ich, aber ich bin freiwillig hier. Ich habe mich für das Kommando selbst gemeldet.«

Der Kommandant lächelte versonnen. »Ich wurde abkommandiert. Zwei Jahre hieß es, jetzt sind es bereits drei geworden, und ich glaube, man hat mich längst vergessen. Aber eines Tages werde ich dieser Hölle den Rücken kehren. Die erste Woche werde ich nur am Strand verbringen.«

Einer der Soldaten näherte sich, seine Uniform war mit Öl verschmiert. »Wir haben den Fehler gefunden.«

»Gut, Soldat«, antwortete der Kommandant. »Wie lange werden wir hier noch festliegen?«

»Eine Stunde etwa«, erwiderte der Soldat und verschwand in Richtung des Maschinenraums.

»Wir können froh sein, dass die Batterien noch funktionieren«, sagte der Kommandant. »Sonst lägen wir hier bei vollkommener Dunkelheit.«

»Ich glaube, wir sind hier sicher. Hier gibt es keine weiteren Lenhadores. Wir haben nichts zu befürchten. Zumindest keinen Überfall.«

»Aber dennoch scheint dich etwas zu bedrücken, mein Freund.«

Der Cabo fasste sich ans Kinn. »Die Ärztin aus der Station in São Sebastião hat mich nachdenklich gemacht. Sie hatte Recht, es gibt hier Gefahren, die man überhaupt nicht sieht und die einen Menschen ebenso töten können wie der Biss einer Schlange.«

»Du meinst Bakterien?«

Der Cabo nickte. »Die Menschen in der Siedlung machten einen erbärmlichen Eindruck. Von den Gesichtern war zwar nicht mehr viel übrig, aber ihre Mienen und auch ihre Körper verrieten mir, dass sie unter großen Schmerzen gestorben sind.«

»Wir werden von Brás aus unsere Station in Manaus verständigen«, beruhigte ihn der Kommandant. »Sie sollen eine Pioniereinheit schicken und das ganze Dorf mitsamt den Leichen einäschern, wenn sich bis dahin nicht die Tiere des Waldes ihren Anteil geholt haben. Wir werden der Kommandantur mitteilen, welchen Verdacht die Ärztin hegt. Sie sollen sich mit Schutzausrüstung in Marsch setzen.«

Der Cabo ließ sich auf einer Kiste neben der Reling nieder. Er seufzte.

»Ich mache mir weniger Sorgen um die Leichen«, sagte der Cabo. »In dieser Zeit verirren sich nur wenige Touristen hierher. Und die Ribeirinhos werden wegen der Toten nicht anhalten. Sie wissen, wie gefährlich es ist, wenn man sich zur falschen Zeit am falschen Ort sehen lässt.«

»Was ist es dann, was dich so nachdenklich stimmt?«

»Wir haben das Dorf durchsucht«, fuhr der Cabo fort. »Wir fanden neunundzwanzig Leichen, sieben weitere schwammen im Wasser und mit der Frau von der Mündung und den beiden Toten im Boot sind das zusammen neununddreißig.«

»Und?«

»In dieser Siedlung lebten mindestens siebzig Menschen. Wo sind die restlichen dreißig abgeblieben?«

8

Cuiabá, Bundesstaat Mato Grosso

Der alte Mann hatte die Wahrheit gesagt. Tatsächlich wurde in dem Viertel, in dem Porceá festgenommen wurde, immer am Abend der Müll herausgestellt. Dann wimmelte es in der vornehmen Siedlung, die auch *Klein-Italien* genannt wurde, nur so von Favelas, den Bewohnern der Elendsviertel. Denn in den Abfalleimern vor den feinen Bungalows der Wohlhabenden machten die Armen reiche Beute.

Das Viertel hatte seinen Spitznamen den unzähligen befestigten Straßen zu verdanken, die nach den großen italienischen Städten benannt waren. Venedig, Ancona, Palermo, Modena, Neapel, Bergamo – und auch die Hauptstadt Rom durfte nicht fehlen. An der Avenida Italia wohnte die obere Mittelschicht und in ihrem Müll fand sich allerhand Brauchbares für die Menschen, die nichts ihr Eigen nennen konnten außer einer alten Hütte in den Außenbezirken. Auch die Sache mit dem Wagen des Alten war von Falcáo überprüft worden. Ribeiro, der Besitzer des schwarzen VW Caddy, schied als Täter aus, denn er hatte vor Jahren bei einem Brand den linken Arm verloren, und die Finger an seiner rechten Hand waren verkrüppelt. Ribeiro war ein gezeichneter Mann, der sein Geld draußen in den Blumenfeldern in der Nähe des Pantanal verdiente.

Porceá wetterte lautstark, als ihn Zagallo aus seinem düsteren und stinkenden Verlies befreite.

»Ich habe neun Kinder und eine gefräßige Frau. Wie soll ich sie nun satt bekommen«, klagte er. »Es gibt nichts mehr, wenn die Heuschrecken über die Felder hergefallen sind.«

»Es tut mir leid«, beschwichtigte Zagallo.

»Davon kann ich mir nichts kaufen. Schon seit ein paar Jahren sammle ich den Müll in *Klein-Italien,* und noch nie hat jemand danach gefragt. Und jetzt sperrt ihr mich in dieses dunkle Loch. Was soll ich jetzt nur tun. Es gibt keine Arbeit auf den Blumenfeldern in Varzeá Grande.«

»Ich tue auch nur meine Arbeit«, entschuldigte sich Zagallo und griff in seine Tasche. Er zog einen Schein aus seiner Brieftasche. »Fünfzig Real sind wohl angemessen für die Unannehmlichkeiten. Aber das ist eine einmalige Sache, dass wir uns richtig verstehen.«

Der alte Mann sank auf die Knie und küsste Zagallo die Hände. »Danke, ich danke dir, du bist ein guter Mensch. Danke.«

»Das ist nicht geschenkt«, antwortete Zagallo und entzog ihm seine Hände.

Porceá schaute den Polizisten fragend an.

»Du hast von den Morden gehört?«

Der alte Mann blickte zu Boden und bekreuzigte sich. »Eine schlimme Sache.«

»Ja, eine schlimme Sache. Ich will den Mörder fassen, und du wirst mir dabei helfen.«

»Helfen, heilige Maria, wie soll ich helfen? Ich bin ein armer alter Mann.«

»Aber du kennst die Stadt, du kennst die Leute. Ich brauche Informationen. Wir suchen einen dunklen Pick-up und einen Menschen, dem keine Gräueltat zuwider ist.«

Porceá richtete sich auf und steckte die fünfzig Real in die Tasche seiner zerlumpten und löchrigen Hose.

»Ich werde mich umhören«, antwortete er nach einer Weile.

»Wenn du mir gute Informationen lieferst, dann gibt es noch einmal fünfzig Real, und wenn wir den Täter durch deine Hilfe fassen, dann verspreche ich dir eine satte Belohnung. Derzeit gibt es eintausend Real. Damit kannst du dich ein ganzes Jahr auf die faule Haut legen.«

»Tausend Real, das ist eine Menge Geld für mich.«

»Überleg es dir gut«, antwortete Zagallo. »Aber wenn du uns narrst, dann wird es dir schlecht ergehen.«

Porceá nickte.

Zagallo begleitete ihn durch die überfüllte Wache und brachte ihn zur Tür, wo sein Caddy bereits vorgefahren worden war. Außer jeder Menge Schmutz und Erde hatten die Spezialisten keine weiteren Spuren im Innenraum gefunden. Und am Messer, das in den Labors untersucht worden war, gab es lediglich Spuren von Pflanzenresten.

Zagallo blickte dem dunklen VW Caddy nach, als er in die Avenida Rubens de Mendonça einbog und in Richtung Osten davonbrauste. Hoffentlich würde der alte Mann zu seinem Wort stehen. Bislang hatten alle Informanten versagt, mit denen Zagallo und Falcáo zusammenarbeiteten. Der Mörder war wie ein Schatten, den die Dunkelheit verschluckte.

Hospital Santa Catarina, São Sebastião, Amazonasgebiet

Lila Faro hatte sich auf der Terrasse mit einem starken Kaffee niedergelassen. Die Hitze des Tages wich langsam der beginnenden Dämmerung. Die Sonne würde bald hinter den Bäumen versinken, bevor sie am nächsten Tag die Temperaturen wieder weit über die Dreißig-Grad-Marke steigen ließ. Mit der untergehenden Sonne nahm zwar die Luftfeuchtigkeit ab. Doch auch in der Nacht sanken die Temperaturen gerade mal auf fünfundzwanzig Grad.

Gegenüber der kleinen Krankenstation befanden sich in einem einfachen und schmucklosen Steinhaus die Ärztewohnungen. Sie waren klein, nicht mehr als vierzig Quadratmeter, aber für die Verhältnisse hier am Amazonas glichen sie wahren Luxusunterkünften. Die kleine Terrasse lag im Schatten zweier großer, Schatten spendender Bäume. Lila war erledigt. Ein harter Tag lag hinter ihr, aber die Wartezimmer waren noch immer voll, denn die Ribeirinhos hielten sich nicht an Öffnungszeiten. Sie kamen, wenn sie sich krank fühlten, sich nicht mehr selbst helfen konnten oder die Schamanen keinen Rat mehr wussten. Lila dachte an den Militärpolizisten, der vor kaum einer Stunde aufgebrochen war, um auf dem Rio Jatapu nach illegalen Holzfällern zu fahnden. Und sie dachte an die Frau, die ihnen unter den Händen weggestorben war und deren Symptome so rätselhaft gewesen waren.

Die junge Ärztin war zwar erst kurz hier in der Station, aber sie wusste, dass sie hier nicht länger bleiben würde als unbedingt notwendig. Williamson war ein Säufer und Alonso ein hirnloser Dilettant, der keine Ahnung und seinen Arztberuf alleine dem Einfluss seines reichen Vaters zu verdanken hatte. Santa Catarina war nur eine unbedeutende Zwischenstation für ihn, bis er nach São Paulo zurückkehren würde, um in der Praxis seines Vaters mitzuarbeiten und sich um die Zellulose alternder, aber reicher Schönheiten zu kümmern. Und Williamson würde irgendwann mit einer Flasche Cachaça im Arm einschlafen und auf dieser Welt nie mehr aufwachen. Inkompetenz und Menschenverachtung verband Lila mittlerweile mit dieser Station mitten im Dschungel. Dabei war sie hierher gekommen, um zu helfen. Sie wollte ihr Wissen und ihre Ausbildung, ja sich selbst in den Dienst der Menschen stellen und für ein kleines Stück mehr Zivilisation abseits der großen Städte in der Nähe des großen und undurchdringlichen Waldes sorgen.

»So traurig am frühen Abend«, rissen sie die sanften Worte von Pater Innocento aus ihren Gedanken. Sie schaute auf. Pater Innocento lächelte ihr in seinem braunen Franziskanerhabit freundlich zu. Seit über dreißig Jahren versah der Gottesdiener hier am Amazonas seinen Dienst an Gott und an den Menschen. Mit Spendengeldern hatte er die Mission Santa Anna vor der Stadt errichtet, in der er sich vor allem um arme, behinderte Menschen kümmerte, die zuvor kaum Überlebenschancen in dieser wilden und zuweilen menschenfeindlichen Welt hatten. Noch heute fanden Kinder, die mit Behinderungen zur Welt kamen, oft einen schnellen und heimlichen Tod. Die schlohweißen Haare des Paters schimmerten rot in der untergehenden Sonne. Er nahm seine Brille ab und fuhr sich mit der Hand über die verschwitzte Stirn.

»Ach Pater«, seufzte Lila. »Manchmal wünschte ich, das Jahr wäre bald vorüber und ich könnte wieder zurück in den Süden.«

Eine Träne kullerte über ihre Wangen. Der Geistliche trat näher, beugte sich zu ihr herab und drückte sie fest an sich. »Ich sehe es nicht gerne, wenn eine junge Frau wie du traurig ist und weint. Gottes Prüfungen sind nicht leicht zu erdulden, aber es steckt oft ein tieferer Sinn dahinter. Und es macht uns stark. Wir brauchen diese Stärke. Hier in dieser Welt erst recht.«

Lila umarmte den Pater und ließ ihren Tränen freien Lauf.

»Weine nur, wenn es dir hilft. Weine und befreie dich von dem Leid, das du in dir trägst.«

Lila schluchzte noch eine Weile, dann stand sie auf und wischte sich die Tränen aus dem Gesicht. Schließlich schob sie mit dem Fuß einen zweiten Stuhl an den Tisch und bot dem Pater Platz an.

»Einen Kaffee?«, fragte sie, und ihre Stimme klang noch immer brüchig.

»Gerne, wenn er stark genug ist.«

Sie wusste, dass Pater Innocento die dunkle, fast schwarze Röstung bevorzugte.

»Er ist voller Aroma.«

»Dann gerne, mein Kind.«

Lila erhob sich und verschwand in der Wohnung, um kurz darauf mit einer dampfenden Tasse wieder aufzutauchen.

»Ich hörte, heute starb eine Frau, die im Dschungel gefunden wurde?«, begann Pater Innocento die Unterhaltung.

»Alonso dachte, sie wäre von einer Schlange gebissen worden«, berichtete Lila. »Aber die Symptome lassen einen anderen Schluss zu. Es gab Streit, weil er sie nicht auf die Isolierstation bringen ließ. Das ist nun mal Vorschrift, wenn der Verdacht auf eine unbekannte bakterielle Erkrankung hindeutet. Aber selbst Williamson hält sich nicht an die Regeln. Dabei wandeln wir jeden Tag an einem Abgrund.«

Der Pater nickte. »Du nimmst deinen Beruf sehr ernst, und ich weiß, dass du hier einen schweren Stand hast. Williamson war auch einmal ein ausgezeichneter Arzt. Er kam in den Dschungel und war voller Illusionen. Doch irgendwann hat ihn dieser Geist verlassen, und nun trauert er einem verlorenen Leben nach, das ihm niemand mehr zurückgeben kann.«

»Williamson ist ein Säufer«, konterte Lila. »Er gehört längst abgelöst. Er zittert, wenn er nichts getrunken hat. Er kann noch nicht einmal ein Bein schienen, wenn er sein Quantum nicht zu sich genommen hat. Und Alonso streicht ihm um die Beine wie eine läufige Hündin.«

»Aber dennoch hat dich Gott für diese Aufgabe ausgewählt, und seine Wahl war ausgezeichnet«, versuchte Pater Innocento Lila zu beruhigen. »Ich denke, er hat noch viel mit dir vor. Dein Vorgänger war längst nicht so stark wie du. Er hat sich schnell angepasst und ist in Williamsons Fahrwasser geschwommen. Ich verstehe dich, wenn du verzweifelst, aber ich bin überzeugt, dass das nur eine kurz Phase ist. Die Menschen hier erkennen, wer es ehrlich mit ihnen meint. Und sie sind dankbar, wenn man ihnen hilft. Das ist tausend Mal mehr wert als sich im Selbstmitleid zu verlieren.«

Lila trank ihre Tasse leer.

»Der Kaffee ist gut«, lobte Pater Innocento das starke Gebräu.

»Und was führt den einzigen Menschenfreund in dieser tristen Gegend in die Stadt?«, fragte Lila.

»Medikamente«, antwortete der Pater. »Einige meiner Schäfchen haben sich einen üblen Durchfall eingefangen, weil sie wieder einmal nicht auf ihren Hirten hörten.«

»Das Wasser?«

»Richtig«, entgegnete der Pater. »Ich sehe, du kennst die Menschen hier bereits ein wenig.«

Lila lächelte. »Weniger die Menschen, aber ganz gut das Wasser aus unseren Brunnen. Vor allem, wenn man es nicht vorher abkocht.«

Brás am Rio Jatapu, Amazonasgebiet

Die Reparatur der beiden Motoren war nicht ganz so einfach gewesen wie anfänglich angenommen. Offenbar hatte das alte Boot, das aus den sechziger Jahren stammte und bereits für die US-Army im Vietnamkrieg im Einsatz gewesen war, die beste Zeit hinter sich. Vor vier Jahren war es bei einer Auseinandersetzung der Militärpolizei mit der Holzmafia in Belém beschlagnahmt und für die Direktion in Manaus in Dienst genommen worden. Der Antrieb, der ohne Schiffsschraube auskam und bei dem das Wasser wie durch eine Art Düse getrieben wurde, war ideal für flache Gewässer voller Pflanzen.

Doch nun war nach den Motoren auch die Stromversorgung nach und nach zusammengebrochen. Das Funkgerät funktionierte nach wie vor nicht, und es gab keine Satellitentelefone an Bord. Auch die Handys, die mittlerweile in Brasilien weit verbreitet waren, taugten mitten im Dschungel nicht zur Kommunikation. Die Besatzung des Patrouillenbootes musste den nächsten Ort erreichen, um Hilfe zu holen.

Immerhin gelang es den Soldaten, einen der Motoren so weit in Stand zu setzen, dass er zumindest auf viertel Kraft lief. So glitt das Boot bei Tagesanbruch langsam und mit geringer Geschwindigkeit durch das Wasser. Brás war noch weit entfernt, und der Kommandant hoffte, dass der stotternde Motor wenigstens bis zu der knapp fünfzig Kilometer entfernten Stadt im Dschungel halten würde.

Auf den großen Flüssen waren viele Boote unterwegs: Fischerboote, Langboote, kleinere Passagierdampfer und größere Frachtschiffe, die bis Manaus und sogar noch ein ganzes Stück weiter auf dem tiefen und kilometerbreiten Strom fahren konnten. Doch hier auf dem Rio Jatapu begegneten dem Patrouillenboot keine weiteren Schiffe mehr, zumal in dieser Jahreszeit nur noch selten Expeditionen abenteuersüchtiger Touristen stattfanden. So konnten der Kommandant und sein Cabo kaum auf Hilfe rechnen, als sie mit knapp vier Knoten stromaufwärts trieben und dabei eine dichte Rauchfahne auf dem Gewässer hinterließen.

»Ich hoffe nur, dass wir vor Anbruch der Nacht die Stadt erreichen«, murmelte der Kommandant und betrachtete die Nebelschwaden, die jetzt bei Tagesanbruch wie ein seidener Vorhang über den Wäldern hingen.

Der Cabo stopfte seine Pfeife. Er saß auf einer Materialkiste und blickte über die Reling auf das Westufer, wo dicke Mangrovenwurzeln ins Wasser ragten.

»Keine Sorge«, antwortete er. »Wir haben noch zwölf Stunden.«

»Vielleicht war es doch keine so gute Idee, nach Brás zu fahren. Auch wenn São Sebastião weiter entfernt liegt. Von dort aus wären wir zumindest schneller nach Manaus zurückgekommen.«

Der Cabo steckte seine Pfeife an, und der Duft von Pflaumen legte sich über das Deck.

»In ein paar Stunden sind wir in Brás, und dort gibt es Telefone.«

Einer der Soldaten näherte sich und salutierte. »Was ist, Chicko?«, fragte der Kommandant.

»Pedro«, antwortete der Soldat. »Es geht ihm nicht gut.«

Der Cabo sprang auf. »Was hat er denn?«

Der Soldat zuckte mit der Schulter. »Ich weiß es nicht, ich glaube, er hat Fieber.«

9

Hospital Santa Catarina, São Sebastião, Amazonasgebiet

Lila hatte schlecht geschlafen. In der Nacht war es nur leidlich kühler geworden und die hohe Luftfeuchtigkeit beinahe unerträglich gewesen. Aber als Lila gegen acht Uhr ihren Dienst in der Patientenaufnahme antrat, hatte ein schweres Gewitter die Luft reingewaschen. Bereits zwölf Patienten saßen im Wartezimmer.

Lila behandelte zuerst einen kleinen Indio-Jungen, der von seiner Mutter in die Station gebracht worden war und nun nur unwillig der Ärztin in den Behandlungsraum folgte. Seine Augen waren ganz verquollen, und er heulte Rotz und Wasser, während er sich an seine Mutter klammerte. Der Junge hatte bereits seit einigen Tagen Husten und Halsschmerzen, und auf dem Körper des Achtjährigen breitete sich ein entzündlicher Hautausschlag aus.

Als Lila mit dem Fieberthermometer kam, konnte die Mutter den Kleinen kaum ruhig halten. Beide gehörten dem Stamme der Yanomamis an und kamen aus einer Indianersiedlung, die in einiger Entfernung westlich von São Sebastião lag. Mit ihrem Einbaum ohne Motor hatten sie für ihre Fahrt auf dem Fluss zwei Tage bis zur Krankenstation gebraucht. Der Vater war im Hafen beim Boot zurückgeblieben. Conceição, die Krankenschwester, assistierte Lila und redete beschwichtigend auf den Jungen ein. Conceição, selbst indianischer Abstammung, beherrschte die vielen unterschiedlichen Dialekte der Indianerstämme, und ihre einfühlsamen Worte vermochten den Jungen zu beruhigen. Zögerlich, doch deutlich zutraulicher, ließ er Lila gewähren, die ihm das Fieberthermometer in den Mund steckte. Mit großen, verweinten

Kulleraugen sah er die junge Ärztin an. Nach knapp einer Minute gab das Thermometer ein kleines Signal von sich.

»Achtunddreißig fünf«, sagte Lila. »Kein Zweifel, der junge Mann hat Masern. Er darf in der nächsten Woche nicht mit anderen Kindern zusammenkommen, denn sonst muss bald das ganze Dorf hier nach São Sebastião rudern. Absolute Ansteckungsgefahr für alle, die noch keine Immunkräfte aufgebaut haben.«

Die Indianerin blickte Conceição fragend an.

»Was soll ich ihr sagen?«, fragte die Krankenschwester.

Lila ging an den Apothekenschrank und holte ein Antibiotikum und ein fiebersenkendes Schmerzmittel hervor.

»Sag ihr, dass er bald wieder gesund wird«, antwortete Lila. »Und sag ihr, er soll jeden Tag nach dem Essen eine weiße Pille nehmen, bis die Packung leer ist. Die roten Pillen nur, wenn ihm schlecht wird und er hohe Temperatur hat. Und er soll nicht mit anderen Kindern spielen, sonst werden die ebenfalls krank. Und Schwangere sollen auch nicht in seine Nähe.«

Noch bevor die Krankenschwester mit ihrer Übersetzung am Ende war, wurde plötzlich die Tür aufgestoßen. João, der Krankenpfleger, streckte den Kopf herein.

»Schnell, dringend, ein Notfall!«, rief er.

Lila legte das Fieberthermometer zur Seite. »Was ist mit Doktor Alonso, er hat Notfalldienst.«

»Der Doktor ist nicht gekommen«, antwortete João. »Schnell, wir brauchen Hilfe, sonst stirbt der Patient.«

Lila streifte ihre Handschuhe ab, verabschiedete sich hastig von ihrem jungen Patienten und der Mutter und folgte João den Flur entlang in den Quarantäneraum.

»Wo ist Alonso, weshalb ist er nicht gekommen?«, fragte sie den Pfleger.

João zuckte mit der Schulter. »Violante hat mit ihm kurz gesprochen, er fühlt sich krank.«

Außer Atem kam Lila an der kleinen Quarantänestation an.

Hastig streifte sie ihre Schutzkleidung über. Durch die Glasscheibe sah sie bereits, wie sich die beiden Krankenschwestern und ein Pfleger über den Patienten auf dem Behandlungstisch beugten und ihn darauf fixierten.

»Was ist los mit ihm«, rief Lila, als sie das Zimmer betrat.

»Er hat einen Krampfanfall«, erwiderte Schwester Violante schwer atmend. »Wir können ihn nicht mehr lange halten.«

Lila warf einen prüfenden Blick auf den dunkelhäutigen Patienten. Ein Mann um die vierzig.

»Ein Kautschuksammler«, sagte die Schwester. »Sein Partner hat ihn gebracht.«

Lila nickte. »Diazepam, zehn Milligramm, schnell!«

Schwester Violante rannte zum Arzneischrank, während João ihre Position einnahm und den Patienten mit aller Kraft auf den Behandlungstisch drückte.

Lila schaute in das schmerzverzerrte Gesicht des Mannes. Blut trat aus seinem Mund hervor, erst war es ein kleines Rinnsal, doch schon vergrößerte sich der Blutstrom. Lila prüfte noch einmal den festen Sitz ihrer Latexhandschuhe. Schwester Violante kam zurück und reichte ihr eine Spritze. Plötzlich erschlaffte der Körper des Mannes. Ein dunkler Blutstrom ergoss sich aus Mund, Nase und Ohren, und bald schon war der Boden unter dem Behandlungstisch rot gefärbt.

»Er atmet nicht mehr«, sagte Nuno, der junge Pfleger, der wie João aus São Sebastião stammte.

»Beatmen und den Defibrillator, schnell!«

Hektisch versuchte Lila den Kautschukpflücker wieder ins Leben zurückzuholen, doch das Herz des Mannes hatte aufgehört zu schlagen, und ihre Bemühungen waren vergeblich. Bevor sie dem Patienten die Decke über den Kopf zog, entnahm sie ihm mit einer Spritze Blut und zog die Kanüle vorsichtig ab. Aus dem Medizinschrank holte sie eine luftdicht verschließbare Medibox, die zum Transport von Blutproben verwendet wurde, und verstaute die Spritze darin. Sie schwitzte unter ihrer Schutzkleidung. »Hier muss alles desinfiziert werden, und dass mir niemand mit dem Blut in Kontakt kommt.«

Lila verließ den hellen und von der Außenwelt durch eine Schleuse abgetrennten Isolierraum. Sie entledigte sich ihrer Schutzkleidung und wusch sich von Kopf bis Fuß. Anschließend rieb sie sich mit einem Desinfektionsmittel ein. Sie dachte an die junge Frau, die von den Militärpolizisten eingeliefert worden war.

Nachdem sie die Schleuse verlassen hatte, wartete sie, bis Schwester Violante folgte.

»Wo ist der Mann, der ihn hierher gebracht hat?«, fragte Lila.

Schwester Violante schaute den Flur entlang. »Er hat hier gewartet, aber jetzt ist er gegangen.«

»Und wer hat den Patienten aufgenommen?«

»Das war ich.«

»Hat er etwas gesagt?«

Violante war schon seit Ewigkeiten in dieser Station. Sie gehörte zu den ersten Schwestern, die hier ihren Dienst versehen hatten, und war zuvor bereits in vielen Krankenhäusern des Landes, unter anderem auch in Belém und in Manaus, tätig gewesen. Lila gegenüber verhielt sie sich reserviert und manchmal sogar ein klein wenig abweisend, dennoch schätzte Lila ihre Fachkenntnisse und ihre Arbeit sehr.

»Was soll er gesagt haben?«, fragte sie.

»Hat er erzählt, was passiert ist?«, präzisierte Lila ihre Frage.

»Sie waren nördlich von Chalana unterwegs und fanden dort zwei Leichen«, berichtete die Schwester. »Einen Tag später fühlte sich der Verstorbene nicht mehr gut und bekam Fieber. Sein Partner kehrte um und brachte den Mann zu uns.«

»Und was ist mit den Leichen?«

Schwester Violante ging an Lila vorüber. »Woher soll ich das wissen«, gab sie zurück.

Brás am Rio Jatapu, Amazonasgebiet

Der Cabo hatte sich des erkrankten Militärpolizisten angenommen, hatte ihm ein fiebersenkendes Medikament verabreicht und ihm mit kaltem Wasser die Stirn gekühlt, doch das Fieber nahm an Intensität zu. Und bald schon fiel Pedro, der Polizist, in einen tiefen Schlaf.

Dröhnend und qualmend schipperte das Boot mit den angeschlagenen Motoren den Rio Jatapu hinauf. Brás war nur noch knapp dreißig Kilometer entfernt, doch das Boot machte nur langsame Fahrt. Das Funkgerät gab lediglich statisches Rauschen von sich. Der Motor brummte dermaßen laut, dass man sich an Bord nur durch Rufen verständigen konnte.

Brás war eine kleine Stadt, ähnlich wie São Sebastião. Beinahe fünftausend Menschen wohnten hier. Sie lebten von Ackerbau, vom Fischen, von der Holzwirtschaft und der Kautschukernte. Auch wenn der Kautschukboom längst vorbei war und mittlerweile billigere Produktionsstätten Brasilien den Rang abgelaufen hatten, so gab es immer noch einen kleinen Markt für das Blut der brasilianischen Bäume. Doch auch in Brás hatten die kargen Böden und der stete Kampf ums Überleben dafür gesorgt, dass immer mehr Menschen abwanderten und in die großen Städte an den Küsten zogen. Wenngleich die meisten dort in den Favelas endeten, so warfen die großen Städte doch immer noch mehr ab als der Urwald freiwillig zu geben bereit war.

»Wie geht es Pedro?«, rief der Kommandant dem Cabo zu.

Der nahm seinen Mundschutz ab. »Ich hoffe, ich bekomme das Fieber in den Griff.«

»Dieser Urwald ist die Hölle«, antwortete der Kommandant. »Ich bete, dass wir möglichst bald die Stadt erreichen und endlich Hilfe holen können. Das Boot wird uns nicht mehr zurückbringen, da bin ich mir sicher. Wir können froh sein, wenn wir damit überhaupt in Brás ankommen.«

Der Cabo senkte seinen Blick. »Ich befürchte, Pedro ist ernsthaft erkrankt. Ich denke sogar, er hat die gleiche Krankheit wie die Frau, die wir fanden. Er hat sie zusammen mit Chicko an Bord geholt.«

Der Kommandant runzelte die Stirn. »Was ist das für eine heimtückische Krankheit?«

»Wenn ich das nur wüsste, nicht einmal die Ärzte in der Krankenstation wussten Bescheid. Wir müssen vorsichtig sein. Niemand sollte zu ihm. Wenn es Bakterien oder Viren sind, dann genügt es schon, wenn man in seiner Nähe ist, um angesteckt zu werden.«

»Wir sind auf einem kleinen Boot«, antwortete der Kommandant. »Wir können uns auf Dauer nicht aus dem Wege gehen. Außerdem müsste doch auch Chicko krank werden, wenn es so ist, wie du denkst.«

Der Cabo streifte sich seine Handschuhe ab. »Jeder Mensch ist anders. Jeder Mensch hat ein eigenes Immunsystem. Wenn jemand durch eine bakterielle Infektion befallen wird, dann ist es noch lange nicht gesagt, dass die Krankheit bei ihm ausbricht. Es kommt darauf an, ob das Abwehrsystem des Körpers stark genug ist, die Infektion abzuwehren.«

»Im kleinen Dorf hat es aber offenbar viele Bewohner erwischt«, gab der Kommandant zu bedenken.

»Genau das macht mir große Sorgen.«

10

Amt für Zivilschutz in Manaus,
Hauptstadt des Bundesstaates Amazonas

Antonio Dumas, der Leiter des Amtes für Zivilschutz, das dem Militär angehörte, brütete über der Landkarte. Eingehend betrachtete er die Fotos, die von der Katastrophe am Balbina-Stausee vorlagen. Nach heftigen Regenfällen vor zwei Wochen hatte es mehrere Erdrutsche in diesem Bereich gegeben, so dass Teile der Stromversorgung lahmgelegt wurden. Die Auswirkungen waren auch in Manaus zu spüren, wo in einigen Stadtteilen das Stromnetz noch immer unterbrochen blieb. Mehrere Bautrupps versuchten mit Hochdruck, die Leitungen zu reparieren, sogar das Militär war mit schwerem Gerät und Helikoptern im Einsatz, um die Lage unter Kontrolle zu bringen.

Als es an der Tür klopfte, blickte Dumas vom Schreibtisch auf und brüllte ein genervtes »Herein!«.

Der Unteroffizier machte eine besorgte Miene, als er das Büro des kommandierenden Offiziers für Zivilschutz betrat.

»Was ist nun schon wieder?«, fuhr Dumas den Unteroffizier an.

»Wir haben schlechte Nachrichten aus der Region um den Rio Jatapu«, erklärte der Unteroffizier. »Es mehren sich die Meldungen über eine seltsame Krankheit, die sich dort ausbreitet. Es sollen schon mehrere Menschen befallen worden sein. Es ist eine Art Fieber, das schließlich mit dem Tode endet.«

»Woher habt ihr diese Nachrichten?«, fragte Dumas und schnippte die Asche seiner Zigarre in den Aschenbecher.

Der Unteroffizier präsentierte mehrere Meldungen. »Ärzte,

Missionare, sogar der Bürgermeister von Brás haben uns über Funk eine Meldung geschickt. Die Mediziner sind ratlos. Es gibt bereits mehrere Tote.«

Dumas räusperte sich und drückte seine Zigarre im Aschenbecher aus. Er erhob sich und ging zum Fenster. Nachdenklich blickte er hinaus auf die Avenida Codajás, auf der sich die wenigen Bäume im Wind wiegten.

»Ist es wirklich so schlimm?«

»Das können wir nicht sagen, der Kontakt ist abgebrochen«, erklärte der Unteroffizier.

»Was heißt das, der Kontakt ist abgebrochen?«

»Wir haben keine Verbindungen zu den Orten am Oberlauf des Flusses«, entgegnete der Unteroffizier. »Wir haben versucht, mit einem Patrouillenboot der Militärpolizei Kontakt aufzunehmen, aber bislang erfolglos.«

Dumas runzelte die Stirn.

»Wir sollten einen Erkundungstrupp losschicken«, empfahl der Unteroffizier. »Hubschrauber. Wir benötigen schnellstens Erkenntnisse aus den betroffenen Gebieten.«

»Vielleicht hat sich die Lage dort längst wieder stabilisiert«, wiegelte Dumas ab und griff nach den Meldeprotokollen, die der Unteroffizier in seinen Händen hielt. Er überflog die Zeilen.

»Die älteste Nachricht ist gerade mal vier Tage alt. Wir sollten die Pferde nicht scheu machen. Der Landstrich dort ist dünn besiedelt, und bei der vorherrschenden Wetterlage sind Störungen im Funkverkehr nichts Außergewöhnliches. Ich denke, wir warten noch ab. Wenn wir in drei Tagen nichts aus dem Gebiet hören, dann werden wir einen Helikopter nach Brás schicken. Sie wissen selbst, dass unsere Einheiten alle am Balbina-See im Einsatz sind. Dort ist die Lage noch immer nicht unter Kontrolle.«

Der Unteroffizier nickte.

»Ist sonst noch etwas?«

Einen kurzen Moment überlegte der Unteroffizier, schließlich schüttelte er den Kopf, griff nach den Meldungen und verließ das Büro.

Dumas widmete sich wieder den Fotografien vom Balbina-Stausee.

Brás am Rio Jatapu, Amazonasgebiet

Gegen Mittag steuerte das lädierte Patrouillenboot die kleine Stadt am Oberlauf des Rio Jatapu an. Nachdem das qualmende und lärmende Boot die letzte große Flusswindung durchfahren hatte, tauchten am linken Flussufer die ersten Anzeichen der Zivilisation auf. Die Bäume wichen vom Ufer zurück und machten einer breiten Graslandschaft Platz, die sich entlang des Flusslaufs erstreckte, bis sie durch die ersten Gebäude und gerodete Flächen verdrängt wurde. Ein einzelner Anleger ragte in den Fluss hinaus, an dem kleine Fischerboote vertäut waren. Der Cabo stand an der Reling und schaute über das Wasser. Keine Menschenseele war zu sehen. Der Kommandant steuerte das Boot auf einen der Anleger zu, schließlich nahm er das Gas weg und das Boot glitt langsam dem Ufer entgegen. Chicko stand bereit und wartete geduldig, bis er das Tau um einen der hölzernen Poller legen konnte. Er brauchte einen einzigen Wurf dafür. Dann stemmte er sich zusammen mit Gustavo, dem weiteren Besatzungsmitglied, gegen den Vortrieb und stoppte sanft das Boot.

Pedro, der erkrankte Soldat, lag noch immer mit Fieberkrämpfen auf seiner Liege. Der Cabo hatte für ihn getan, was er tun konnte, doch sein Zustand verschlechterte sich rapide. Der Cabo nahm seine qualmende Pfeife aus dem Mund und fuhr sich über die dunklen Haare.

»Wie ausgestorben«, murmelte er.

»Was sagst du?«, fragte der Kommandant.

»Wo sind die spielenden Kinder, wo die Fischer? Es ist mitten am Tag, und niemand läuft über die Straßen. Noch nicht einmal ein räudiger Straßenköter.«

Der Kommandant verließ das Ruder und gesellte sich an die Seite seines Unteroffiziers. Mit skeptischem Blick musterte er die Umgebung.

Baufällig anmutende Hallen aus verrostetem Wellblech standen am Ufer, im Hintergrund führte eine staubige Straße in das kleine Dorf. Kleine Häuser mit bröckelndem Putz und schmutzig roten Ziegeln, teils mit Pflanzen überwuchert, säumten den Weg. Nirgendwo eine Bewegung. »Es ist Mittag, es liegt wohl an der Hitze«, antwortete der Kommandant.

Nachdem das Boot ordentlich vertäut war, ging er von Bord. »Chicko, Sie bleiben mit Gustavo hier und bewachen das Boot, kümmern Sie sich um Pedro, wenn er aufwacht.«

»Aber Vorsicht!«, rief der Cabo. »Denken Sie daran, bei jedem Hautkontakt kann die Krankheit übertragen werden.«

Der Kommandant griff nach seinem Gewehr. »Komm, wir gehen. Niemand nähert sich dem Boot, ist das klar!«

Chicko salutierte.

Die Straße in den Ort führte über eine kleine Anhöhe. Steinhäuser standen rechts und links des Weges, die Fensterläden und die Türen waren geschlossen. Die Häuser schienen unbewohnt. Bedächtig schritten die beiden Militärpolizisten voran. An einer Wegegabelung wandten sie sich nach Osten. Eine Lagerhalle, gefüllt mit Baumstämmen, lag an der Straße. An einem großen Radlader hingen zwei Stämme und schaukelten im sanften Wind. Ein Zaun versperrte ihnen die Sicht auf das benachbarte Gebäude.

»Wirklich wie ausgestorben«, flüsterte der Kommandant. »Hier stimmt etwas nicht.«

»Keine Arbeiter, keine Kinder, keine Tiere, nichts, das auf Leben hindeutet«, entgegnete der Cabo. »Wo sind bloß all die Menschen hin?«

Der Kommandant wandte sich um. Ein Kirchturm erhob sich hinter den Dächern. Der Kommandant zeigte auf den Turm. »Versuchen wir es in der Mission.«

Der Cabo nickte. Sie gingen weiter, doch noch ehe sie die Kirche erreichten, erblickten sie einen alten Mann, der auf einer Bank im Schatten eines Baumes saß.

Vorsichtig näherten sie sich. »Wir müssen aufpassen«, mahnte der Cabo. »Möglicherweise ist die gleiche Krankheit hier ausgebrochen wie in der kleinen Siedlung flussabwärts. Der Alte könnte ebenfalls infiziert sein.«

In einiger Entfernung blieben die beiden Militärpolizisten stehen. Der alte Mann blickte mit leeren Augen die Straße hinab.

»Senhor«, rief ihm der Kommandant zu, »was ist in diesem Dorf los, wo haben sich die Einwohner versteckt?«

Der Kopf des Alten fuhr herum, doch seine Augen blieben leer.

»Er scheint blind zu sein«, flüsterte der Cabo.

Der Kommandant nickte. »Senhor, wir sind von der Polizei. Was ist in dieser Stadt passiert, wo sind die Menschen?«

Die Miene des Alten verfinsterte sich. »Flieht, der Teufel ist unter uns. Und er hat diesem verfluchten Ort den Tod gebracht. Flieht, solange ihr noch könnt.«

»Er spinnt«, murmelte der Kommandant. »Es hat keinen Sinn, wir müssen weiter. Es können doch nicht alle den Ort verlassen haben.«

»Was ist hier passiert?«, wandte sich der Cabo noch einmal an den Alten.

»Sie kamen vor ein paar Tagen«, stieß er hervor. »Sie kamen mit Booten aus dem Süden. Der Teufel war unter ihnen. Sie sind gestorben und sie haben viele Menschen mit sich in die Hölle genommen.«

»Aber es gibt hier keine Toten«, widersprach der Cabo.

»Die Pater der Mission haben sie mitgenommen«, erklärte der Mann. »Sie haben den Menschen gesagt, sie sollen in ihren Häusern bleiben. Wer sich nicht daran hält, den wird der Teufel mit sich in die Hölle nehmen.«

»Und was ist mit Ihnen?«

»Ich habe keine Angst vor dem Teufel«, erklärte der Alte, lachte krächzend und wandte sich von ihnen ab.

Der Kommandant beobachtete währenddessen die Fenster der umliegenden Häuser. Auf der gegenüberliegenden Straßenseite gab es eine kleine Bar. Er zeigte darauf. »Wir versuchen es dort drüben! Vielleicht gibt es hier ja doch jemanden.«

Sie überquerten die Straße. Über dem Eingang hing ein blaues Schild mit der Aufschrift *Estalagem.* Die Tür war verschlossen. Der Kommandant klopfte mit der Faust gegen die Holztür, doch nichts rührte sich.

»Hallo, ist jemand dort drinnen«, rief der Kommandant. »Hier ist die Polizei, machen Sie auf!«

Sekunden verstrichen. Der Kommandant klopfte erneut. Diesmal heftiger als zuvor.

»Verschwindet!«, drang eine Stimme durch die verschlossene Holztür.

»Machen Sie auf, hier ist die Polizei!«

»Verschwindet von hier!«, ertönte erneut eine männliche Stimme.

»Mach auf, sonst brechen wir die Tür auf«, wiederholte der Kommandant streng und richtete sein Gewehr auf die Tür. Der Cabo trat einen Schritt zur Seite und nahm ebenfalls sein Gewehr von der Schulter.

»Aufmachen, sofort …«

Bevor der Kommandant die Worte zu Ende gesprochen hatte, knallte es laut. Der Cabo ließ sich zu Boden fallen. Aus den Augenwinkeln nahm er wahr, wie der Kommandant für einen kurzen Moment erstarrte und sein Gewehr fallen ließ. Ein weiterer Schuss, und der Kommandant wurde zu Boden geschleudert. Mit schreckensweit geöffneten Augen verfolgte der Cabo die Szene wie in Trance. Blut spritzte durch die Luft.

»Verschwindet, ihr Schweine!«, donnerte die Stimme aus dem Lokal. »Habt ihr nicht schon genug angerichtet?«

Ein metallisches Geräusch ließ den Cabo zusammenzucken. Das hatte er schon oft gehört, immer dann, wenn bei den Schießübungen das Schrotgewehr nachgeladen wurde. Eilends erhob er sich und suchte Deckung hinter der nächsten Hausecke.

»Hören Sie auf zu schießen!«, rief er in Richtung der Bar. Erneut brach ein Schuss. Das Mündungsfeuer verriet dem Cabo, dass sich der Schütze unmittelbar neben der Tür befand und durch ein kleines Fenster schoss.

Schrotkugeln schlugen in die Hauswand ein, hinter der der Cabo Schutz gesucht hatte. Bevor der Schütze einen zweiten Schuss abgeben konnte, hob der Cabo sein Gewehr an und zielte in Richtung des Fensters. Er atmete kurz durch, dann hielt er die Luft an und krümmte seinen Finger. Der Schuss aus dem Imbel-MD-97-Sturmgewehr, der Standardausrüstung des brasilianischen Militärs, klang scharf wie ein Peitschenhieb. Das Geschoss durchschlug das Holz des wurmstichigen kleinen Fensterladens und ein gellender Schrei ertönte. Schließlich flog die Tür auf und ein untersetzter, glatzköpfiger Mann wankte nach draußen. Das Schrotgewehr umklammerte er wie einen Rettungsring.

»Waffe weg!«, schrie der Cabo.

Der Glatzköpfige versuchte das Schrotgewehr anzuheben, doch ihm fehlte die Kraft. Schließlich sank er auf die Knie. Kurz verdrehte er seine Augen, dann stürzte er in den Staub und begrub die Flinte unter sich.

Der Cabo wartete einen Moment, bevor er sich aus der Deckung wagte. Mit angelegtem Gewehr ging er auf den am Boden Liegenden zu und drehte ihn mit dem Fuß auf den Rücken. Leblose Augen blickten ihm entgegen. Der Cabo atmete auf, zielte aber weiter in Richtung der Tür, denn noch immer konnten Komplizen des Toten auftauchen. Langsam näherte er sich dem Kommandanten, der auf dem Rücken lag. Auch er war tot, das Schrot hatte seinen Brustkorb regelrecht zerfetzt, das Hemd war blutdurchtränkt.

»Ich sagte doch, alle haben sie Angst vor dem Teufel.«

Der Cabo fuhr herum und riss das Gewehr in die Höhe. Der blinde, alte Mann stand vor ihm.

»Maldita!«, fluchte der Cabo. »Alter Mann, was tust du hier, beinahe hätte ich dich erschossen.«

Die Miene des alten Mannes blieb unbeeindruckt. »Ihr müsst verschwinden, sonst holt euch der Teufel ebenfalls zu sich in die Hölle.«

Hospital Santa Catarina, São Sebastião, Amazonasgebiet

Lila hatte sich in das kleine Labor des Hospitals zurückgezogen. Es wurde eigentlich von Doktor Alonso betreut, der eine Ausbildung zum Laborarzt durchlaufen, sich hier aber schon lange nicht mehr aufgehalten hatte. Schwester Violante, die vor ihrer Versetzung nach Santa Catarina bereits in Manaus Erfahrungen im Labor hatte sammeln können, war in letzter Zeit für die Laborarbeiten in der Krankenstation zuständig gewesen. Doch Lila wollte ihr nicht zumuten, das Blut des verstorbenen Kautschukpflückers zu untersuchen. Sie hatte den Verdacht, dass eine schwere bakterielle oder virale Erkrankung vorliegen musste, die das hämorrhagische Fieber auslöste und sehr ansteckend zu sein schien.

Das Labor war zwar nur einfach und mit einer ziemlich alten Zentrifuge ausgestattet, aber das Lichtmikroskop war kaum älter als ein Jahr und von sehr guter Qualität.

Lila machte sich an die Arbeit, um ein Blutbild zu erstellen und gleichzeitig einen Blutausstrich für das Mikroskop vorzubereiten.

Draußen wurde es bereits dunkel und sie schaltete das Licht ein, das von Zeit zu Zeit flackerte, da die Stromversorgung nach dem großen Sturm der vergangenen Woche noch nicht wieder einwandfrei funktionierte und die Arbeiten daran wohl noch etwas andauerten. Als sie durch das Mikroskop den Blutausstrich betrachtete, kniff sie ihre Augen zusammen und wischte sich mit der Hand darüber. Der erneute Blick durch das Mikroskop zeigte ihr, dass sie sich nicht getäuscht hatte. Die Anzahl der Thrombozyten hatte sich in einer Weise verringert, die auf eine schwere Infektionskrankheit hindeutete. Doch welchen Ursprung hatte diese Infektion? Sie ging zum Kühlschrank und griff nach einem CRP-Schnelltest. Kaum zehn Minuten später hatte sie das Ergebnis. Alles sprach dafür, dass die Erkrankung durch einen Virus ausgelöst wurde, denn der ermittelte Wert lag weit über 100.

Gegen Mitternacht fiel der Strom ganz aus, und die beiden Notstromaggregate setzten laut dröhnend ein. So hörte Lila gar nicht, dass Schwester Violante das Labor betrat.

»Entschuldigen Sie, ich sah, dass noch Licht brannte«, sagte Schwester Violante und hob entschuldigend die Hände.

»Kommen Sie, nehmen Sie einen Mundschutz und streifen Sie sich Handschuhe über, ich will Ihnen etwas zeigen«, antwortete Lila und wies auf das Mikroskop. Nachdem Schwester Violante die Schutzausrüstung angelegt hatte, machte ihr Lila auf ihrem Stuhl vor dem Mikroskop Platz. Schwester Violante setzte sich und warf einen langen Blick durch das Mikroskop. Schließlich richtete sie sich wieder auf und schaute Lila fragend an.

»Sie haben es auch gesehen«, sagte Lila. »Das ist das Blut des Kautschukpflückers, das ich von ihm genommen habe, kurz nachdem er gestorben ist.«

»Seine Thrombozyten …«

»Ich will, dass alle Schwestern und Pfleger ausreichende Schutzkleidung tragen, wenn sie Patienten behandeln. Wir müssen von einer schweren Virusinfektion ausgehen. Und ich glaube, dass das Virus sehr ansteckend ist.«

Schwester Violante nickte und blickte betreten auf das Mikroskop.

11

Port Said Road in Miami, Florida

Magret Stone bewohnte ein Appartement in einem schäbigen, heruntergekommenen Mehrfamilienhaus in der Port Said Road, direkt neben einer großen Schrotthandlung. Unzählige Autowracks waren auf dem ausgedehnten Gelände übereinandergestapelt.

Als Gene seinen Wagen parkte und auf das Haus zuging, wurde er vom Lärm der Schrottverwertung empfangen. Ein großer Radlader transportierte ausgeschlachtete Wagen über den Hof zu einer Presse.

Die Tür des Hauses stand offen, und Gene betrat den Hausflur. Magret Stone wohnte im ersten Stock. Er benutzte die Treppe und hielt sich die Nase zu. Offenbar hatten ein paar Hunde den Hausflur als Toilette auserkoren. Der Gestank war schier unerträglich. Auf dem Namensschild neben einer Tür fand er den Namen Stone in Kinderschrift auf einen Fetzen Papier gekritzelt. Gene suchte vergeblich nach einer Klingel, schließlich klopfte er. Es dauerte ein paar Sekunden, bis ein Mädchen mit langen Zöpfen und einer Zahnlücke öffnete.

»Ist deine Mama zu sprechen?«

»Frag, was er will!«, tönte es aus der Wohnung.

»Misses Stone, hätten Sie eine Minute«, rief Gene zurück. »Ich hätte ein paar Fragen.«

Das Mädchen verschwand im düsteren Flur.

Eine Frau um die vierzig tauchte auf. Sie war nur wenig größer als das Mädchen, wog aber mindestens einhundert Kilo.

»Misses Stone?«, fragte Gene.

»Nein, ich bin Lady Di, und wer sind Sie, zum Teufel?«

Gene kramte seinen Ausweis aus der Hosentasche.

»Schon wieder ein Bulle, verdammt noch mal, ich weiß nicht, wo sich dieses Arschloch herumtreibt. Und wenn ich ihn erwische, dann kratze ich ihm die Augen aus.«

»Ich bin Privatdetektiv. Ich wollte mich mit Ihnen über Rick Tarston unterhalten.«

»Kommen Sie rein!«

Die Frau wackelte zurück in die Küche. Kaum hatte Gene die Wohnung betreten, rannte ein kleiner Yorkshire-Terrier bellend und knurrend auf ihn zu.

»Kommen Sie, keine Angst, der frisst Sie schon nicht.«

Gene folgte der Frau in die Küche, während das Hündchen noch immer lauthals sein Revier verteidigte.

»Sam!«, rief Magret Stone. »Verschwinde!«

Der Hund zeigte Respekt und trollte sich.

»Der ist so wie alle Kerle, nur im ersten Moment stark, aber wenn man ihn scharf ansieht, dann macht er sich in die Hosen.«

Magret Stone thronte auf einem Stuhl am Küchentisch und bot Gene mit einer einladenden Geste Platz an.

»Sie halten wohl nicht viel von Männern?«, antwortete Gene und setzte sich.

»Die meisten taugen nichts. So wie Tarston. Ein großes Maul und nichts dahinter.«

»Leben Sie hier allein?«

»Jody und ich sind schon lange allein. Na ja, Sam ist unser Beschützer.«

Gene schaute sich um. Das Küchenmobiliar war alt, aber der Raum war trotzdem ordentlich und sauber.

»Sie haben bei Tarstons Fluggesellschaft gearbeitet und vor ein paar Wochen dort aufgehört …«

»Tarston schuldet mir noch drei Monatslöhne. Haben seine Gläubiger Sie zu mir geschickt?«

»Und wenn es so wäre?«

»Dann schminken Sie es sich ab, dass Sie auch nur einen Cent zu Gesicht bekommen. Der Kerl ist so pleite, wie man es nur sein kann. Hat total abgewirtschaftet, der blöde Hund.«

»Wie kam das, ich dachte, seine Fluggesellschaft hätte volle Auftragsbücher?«

»Anfänglich schon«, sagte sie mit einem Augenzwinkern. »Damals hat er Frachtflüge in die entlegensten Gebiete gemacht. Ihm war kein Flug zu gefährlich. Egal was er an Bord hatte. Einmal transportierten wir sogar Alligatoren nach Orlando. Als er vor zwei Jahren dann in das Passagiergeschäft einsteigen wollte, hat er sich komplett übernommen. Die Maschine, die er kaufte, war nur noch Schrott. Und dann stellte er auch noch einen weiteren Piloten ein. Einen Säufer namens Ramirez. Wir hätten damit nie anfangen dürfen.«

»Er ist seit ein paar Wochen verschwunden, mitsamt seiner Maschine«, erklärte Gene. »An seinem Zielflughafen in Baton Rouge ist er nie angekommen.«

»Das sieht ihm ähnlich«, antwortete Magret. »Der Kerl hat sich aus dem Staub gemacht. Ihr werdet ihn nicht finden, wenn er nicht will.«

»Was soll das heißen?«

»Rick ist ein ausgezeichneter Pilot«, fuhr Magret fort. »Er war so etwas wie ein Held im Golfkrieg. Er weiß, wie man die Luftüberwachung ausschaltet, und mit seiner Maschine ist er quasi verwachsen. Weswegen suchen Sie überhaupt nach ihm?«

Gene holte das Bild des vermissten Peter Harrison aus seiner Tasche und legte es vor Magret Stone auf den Tisch. »Ich arbeite für die Verlobte dieses Mannes. Haben Sie ihn schon einmal gesehen?«

Magret nahm das Bild in die Hand, betrachtete es eingehend und nickte. »Das ist Peter, er hat ab und zu für uns gearbeitet. Ich glaube, er ist ein Freund von Ricks nichtsnutzigem Bruder.«

»Er ist ebenfalls seit drei Wochen verschollen. Glauben Sie, dass Tarston abgestürzt sein könnte?«

Magret lachte laut. »Der und abgestürzt«, gluckste sie. »Manchmal glaubte ich, er braucht überhaupt keine Flügel zum Fliegen. Nein, abgestürzt ist der nicht. Der hat sich hier verzogen, es wurde ihm zu heiß. Wahrscheinlich ist er längst schon in der Karibik.«

»Es gibt doch eine Luftüberwachung«, gab Gene zu bedenken.

»Hören Sie, die Lockheed ist eine Militärmaschine, die wurden dafür konstruiert, um nicht jedem Idioten aufzufallen, der an einem Radarschirm sitzt. Und Rick ist ein Könner, der weiß, wie man die Luftüberwachung umgehen kann. Warum suchen Sie überhaupt nach dem Jungen, hat er etwas ausgefressen?«

»Ich sagte doch schon, sein Mädchen würde ihn gerne wieder zurückhaben. Sie ist schwanger und sie hätte gerne, dass der Vater ihres Kindes wieder nach Hause kommt.«

Magret schlug sich lachend und feixend auf die Schenkel. »Na also, da haben wir es. Mein Macker ging damals auch stiften, als ich mit Jody schwanger war. Die Kerle sind eben so. Solange sie ihren Spaß haben, ist alles okay, aber sobald es ernst wird, ziehen sie ihren Schwanz ein und … Sind eben nichts wert, die meisten Kerle.«

»Haben Sie wirklich keine Ahnung, wo er sein könnte?«

»Hören Sie, Mister«, antwortete Magret entschieden. »Der Kerl schuldet mir noch eine Menge Geld. Glauben Sie mir, wenn ich wüsste, wo er ist, dann würde ich mich persönlich in meinen Wagen setzen und zu ihm fahren. Ich würde ihm seine verdammte Dummheit aus dem Schädel prügeln, aber ich weiß es nicht, verdammt!«

Gene erhob sich. »Danke«, sagte er und zog eine Visitenkarte hervor.

Sie ergriff seine Hand und zog ihn ein Stück zu sich. »Das bleibt unter uns, was ich Ihnen jetzt sage«, flüsterte sie.

Gene nickte.

»Es gab ein paar Flüge ins Ausland, die als Rundflüge angemeldet worden waren. Da kräht keiner von der Flugsicherung danach. Sie müssen nur unter dem Radar bleiben. Also knapp unterhalb von sechshundert Fuß. Und für einen Piloten wie Rick ist das überhaupt kein Problem.«

»Hat er geschmuggelt?«

Magret lächelte verschwörerisch. »Das waren teilweise sehr lukrative Aufträge. Aber das ist alles inoffiziell, ich habe nichts gesagt.«

»Wohin gingen diese Flüge?«

Sie zuckte mit der Schulter. »Kuba, Venezuela, Kolumbien, ich weiß es nicht, ich habe nicht danach gefragt. Aber die Entlohnung war stets üppig.«

»Wie kam er an diese Aufträge?«

»Er hatte einen Bekannten, der sie ihm vermittelte.«

»Wo kann ich den finden?«

»Am Opa Locka«, antwortete Magret. »Er heißt Steve Miller und arbeitet bei der Aufsicht. Aber mehr weiß ich nicht über ihn. Ich sage Ihnen das auch nur, weil Sie kein übler Bursche sind, wie es scheint.«

Gene drückte der Frau die Hand, ehe er sich verabschiedete.

Hospital Santa Catarina, São Sebastião, Amazonasgebiet

Lila Faro tupfte sich den Schweiß von der Stirn und ließ sich erschöpft in den Sessel fallen. Der Zustrom von Patienten schien kein Ende nehmen zu wollen. Aus allen Teilen der Region kamen die Patienten, aber vor allem waren es Bewohner der Flussregionen. Schwester Violante hatte mit den Pflegern das Wartezimmer leer geräumt und auf dem Boden eine Lagerstätte eingerichtet. Doktor Williamson lag betrunken in seinem Ärztezimmer und Doktor Alonso war immer noch nicht wieder aufgetaucht. Lila hatte einen Pfleger zu ihm geschickt, um ihn zu holen, aber sein

Zimmer war verschlossen, und niemand meldete sich. Mittlerweile lagen acht Patienten, sechs Männer und zwei Frauen, in dem behelfsmäßig eingerichteten Wartesaal. Allesamt hatten sie Fieber und wiesen die gleichen mysteriösen Symptome auf wie die Frau vom Rio Jatapu. Lila war der Verzweiflung nah. Mit fiebersenkenden Medikamenten versuchte sie, der Lage Herr zu werden, doch die Ursache für die Erkrankung blieb rätselhaft. Durch den Sturm, der hier vor ein paar Tagen getobt hatte, waren zudem Teile der Infrastruktur zusammengebrochen und die Telefonverbindung nach Manaus aufgrund defekter Leitungen und Übersetzer noch immer gestört. Auch der Handyempfang war nach wie vor eingeschränkt.

Lila hatte die Krankenschwestern und die Pfleger angewiesen, sich mit Mundschutz und mit Einweghandschuhen auszurüsten und jeden Körperkontakt mit den Erkrankten zu vermeiden. Pater Innocento war der Einzige, der Lila zur Seite stand. Als er von den vielen Patienten erfahren hatte, war er sofort in die kleine Krankenstation geeilt, um zu helfen.

Der Pater hatte seine Soutane mit einem Ärztekittel getauscht und trug ebenfalls Einweghandschuhe. Seufzend nahm er neben Lila Platz, die sich ihrer Schutzausrüstung entledigte.

»Wir müssen irgendwie Manaus erreichen«, sagte sie. »Wir brauchen weitere Ärzte und Medikamente. Außerdem brauchen wir hier dringend ein paar Spezialisten. Ich habe keine Ahnung, unter welcher Virusinfektion die Patienten leiden. Unser Labor ist dafür nicht ausgestattet.«

Pater Innocento nickte. »Das Telefon wird erst in ein paar Tagen wieder hergestellt sein, ich habe schon jemanden zum Hafen geschickt. Es wird doch jemanden geben, der ein Funkgerät besitzt.«

Es klopfte an der Tür. »Ja«, rief Lila laut.

Schwester Conceição streckte ihren Kopf durch den Türspalt. »Schnell, kommen Sie, Doktor Alonso, es geht ihm sehr schlecht.«

Lila sprang auf, griff nach ihrer Schürze und streifte sich im

Laufen ihre Schutzhandschuhe über. Conceição lief voraus, verließ die Klinik und rannte über die kleine Wiese auf den Wohnkomplex zu. João, der Krankenpfleger, stand vor Alonsos Wohnungstür. Er erschien sehr besorgt. »Was ist mit Alonso?«, rief ihm Lila zu.

»Als ich nach ihm sehen wollte, hörte ich lautes Stöhnen aus dem Zimmer«, erklärte João. »Ich habe die Tür aufgebrochen und fand ihn auf dem Boden. Er hat hohes Fieber.«

Lila betrat die Wohnung. Alonso lag im Flur. Er war nackt und zitterte am ganzen Körper. Seine Stirn glänzte vor Fieberschweiß.

»Schnell, wir legen ihn auf das Bett!«, entschied Lila. »Aber nehmt eure Handschuhe.«

Pater Innocento bahnte sich einen Weg durch das Krankenhauspersonal, während Lila ihren Kollegen untersuchte.

»Verdammt, ich habe es ihm gesagt, mehrmals habe ich es ihm gesagt, aber er wollte nicht hören!«, fluchte sie.

Pater Innocento legte Lila die Hand auf die Schulter. »Er hat sich angesteckt?«

»Als die Frau eingeliefert wurde, hat er sie untersucht, ohne sich ausreichend zu schützen. Als ich es ihm sagte, hat er nur gelacht.«

»Was kann es für eine Krankheit sein, die so rasch um sich greift?«

Lila richtete sich auf. »Äußerst aggressive Viren, ich weiß es nicht. Wir benötigen dringend einen Spezialisten. Diese Art der Krankheit ist hier noch nicht vorgekommen. Ich habe schon meine Bücher gewälzt, Es scheint eine Sepsis durch gefährliche Viren zu sein, ich dachte zuerst an Gelbfieber, doch der Verlauf ist ein anderer. Und wenn ich an die Frau denke, die uns unter den Händen wegstarb, dann habe ich kein gutes Gefühl.«

»Eine Seuche?«

»Es sieht so aus«, bestätigte Lila. »Eine virale Infektion, die ein hohes Fieber auslöst und die Zahl der Thrombozyten stark verringert. Das Blut zersetzt sich und tritt aus dem Kreislauf aus, wie bei einer Hämophilie. Wir brauchen dringend eine genaue Analyse im Labor. Mit unseren beschränkten Mitteln sind wir dieser Krankheit nicht gewachsen.«

Pater Innocento nickte verständig. »Die Telefone werden erst in ein paar Tagen wieder funktionieren. Wir sollten ein paar Leute losschicken. Hast du eine Blutprobe, die wir mitnehmen könnten?«

»Genügend, nur kann ich hier wirklich niemanden entbehren.«

»Ich werde gehen«, antwortete Pater Innocento entschlossen. »Und ich werde Rojás fragen, ob er mich mit seinem Schnellboot fährt.«

Brás am Rio Jatapu, Amazonasgebiet

Der Cabo hetzte mit letzter Anstrengung auf das Patrouillenboot zu. Noch bevor er den Ausleger erreichte, sah er Chicko, der auf den Holzplanken stand und wild mit den Armen fuchtelte.

»Schnell, Cabo!«, rief ihm Chicko zu. »Pedro geht es schlecht, er stirbt.«

Der Cabo blieb vor Chicko stehen, sein Atem ging heftig, er brauchte eine Weile, bevor er wieder zu Kräften kam.

»Wir müssen hier weg, sofort!«, zischte er.

»Was ist passiert, und wo ist der Kommandant?«, fragte Chicko erstaunt.

»Dieser Ort ist verflucht«, stammelte der Cabo. »Überall gibt es Leichen. Viele sind bereits in den Norden geflüchtet.«

»Aber Pedro, er wird sterben.«

»Wir können hier nicht bleiben.«

Gustavo, der zweite Soldat, näherte sich und blieb an der Reling stehen. »Pedro ist tot«, sagte er. »Er hat sich übergeben und noch Blut gespuckt, bevor er starb.«

»Bist du mit Blut oder Sekret in Kontakt …«

»Ich bin zur Seite gesprungen.«

»Schnell, wir müssen hier verschwinden, sie haben den Sargento erschossen, er ist tot, wir müssen hier weg, sonst wird es uns nicht anders ergehen«, rief der Cabo und sprang an Bord.

»Aber die Motoren, wir werden nicht mehr weit kommen«, gab Chicko zu bedenken. »Die Batterien sind fast leer, und die Motoren werden einer weiteren Fahrt nicht standhalten.«

Der Cabo überlegte. Er schaute sich suchend um. Sein Blick fiel auf ein Fischerboot, das auf der anderen Seite des Auslegers festgemacht war.

»Wir lassen unser Boot hier zurück«, entschied der Cabo und zeigte auf das kleine, weiß gestrichene Langboot mit Außenbordmotor. »Schau nach, ob Sprit im Tank ist.«

Chicko nickte und folgte dem Befehl des Unteroffiziers.

»Wir brauchen Sprit«, wandte er sich an den zweiten Soldat. »Wasser und Vorräte ebenfalls.«

Chicko sprang an Bord des Fischerbootes und überprüfte den Motor und den Tank. »Diesel, halb voll«, rief er.

Der Cabo atmete erleichtert auf.

Gustavo schleppte zwei Kanister an und reichte sie dem Cabo, der sie auf das Fischerboot brachte.

»Kannst du den Motor starten?«, fragte er Chicko. Dieser nestelte an zwei Kabeln herum, die zur Batterie führten.

»Ja.«

Während Gustavo und Chicko das Fischerboot mit dem Nötigsten beluden, ging der Cabo zu Pedro. Schon von weitem erkannte er an den weit aufgerissenen und leblosen Augen, dass dem jungen Soldaten nicht mehr zu helfen war. Einige Sekunden hielt er inne und murmelte ein Gebet. Als er das laute Brummen des Außenbordmotors vernahm, wandte er sich um und schwang sich an Bord des Fischerboots. Chicko steuerte es geschickt hinaus auf den Fluss. Erst als sie ein ganzes Stück zurückgelegt hatten, nahm Chicko Gas weg, und das laute Getöse des Motors ging in ein gutmütiges Tuckern über.

»Was ist denn nur geschehen?«, rief Chicko dem Cabo zu.

»Die Leute sind verrückt geworden«, antwortete der Cabo. »Sie haben den Kommandanten erschossen. In vielen Häusern liegen Leichen herum. In der Mission sind alle tot. Die Telefone funktionieren nicht. Im Rathaus fand ich ein Funkgerät, aber die Batterien waren leer. Strom gibt es dort ebenfalls keinen mehr.«

»Was sollen wir jetzt nur tun?«, fragte Chicko.

»Wir fahren zurück in die Klinik nach São Sebastião«, antwortete der Cabo. »Wir müssen die Leute dort warnen.«

12

An den Docks von Manaus,
Hauptstadt des Bundesstaates Amazonas

Paco de la Pace war Geschäftsmann, ein überaus erfolgreicher Geschäftsmann sogar. Er entstammte den Favelas um Manaus, doch er hatte schnell dazugelernt. Nun leitete er eine Firma, die offiziell sechzig Mann beschäftigte. Doch inoffiziell oder auch illegal arbeiteten noch weitaus mehr Menschen für Paco de la Pace. Sein Geschäft war der Wald – und in diesem Wald, der sich von Manaus bis über die Grenze zu Venezuela erstreckte, gab es allerhand, für das viele Menschen sehr viel Geld bezahlten. Holz, Diamanten und Gold. Und überall hatte Paco de la Pace seine Finger mit im Spiel. Es kostete eine lange Zeit und sehr viele Anstrengungen, bis er sich endlich an die Spitze gesetzt hatte. Viele Dollars an Bestechungsgeldern waren geflossen. Bis in die höchsten Kreise der Bezirksregierung reichte mittlerweile sein Einfluss. Konkurrenten hatte er kaltgestellt. Manchmal sogar im wahrsten Sinne des Wortes. Offiziell handelte er mit Schrott, doch sein einträgliches und natürlich auch das gewinnbringende Standbein war das Geschäft mit den vielen tausenden von Glücksrittern, die in den Urwald aufgebrochen waren, um dem Elend der Favelas zu entkommen. Mittlerweile stand der Urwald unter dem besonderen Schutz der Regierung. Paramilitärs patrouillierten in den Wäldern und versuchten rigoros, dem Raubbau an der Natur ein Ende zu setzen. Deshalb war es für den illegalen Holzeinschlag immer schwieriger geworden. Einen Baum zu fällen, war die eine Sache, ihn zu einem geeigneten Transportmittel zu schaffen, war ebenfalls noch nicht die große

Schwierigkeit, denn unzählige schiffbare Flussläufe durchzogen das Amazonasgebiet. Doch das wertvolle Holz am Ende ungehindert außer Landes zu schaffen und den Märkten der Welt zuzuführen, das war durch die Patrouillen und immer häufigeren Zugriffe der Paras ein wirklich gefährliches Unterfangen geworden.

Und hier trat Paco auf den Plan. Mit seiner Flotte von Schnellbooten, die in der Lage waren, den veralteten Patrouillenbooten der Militärpolizisten zu entkommen, schaffte er es immer wieder, seinen Reichtum zu vermehren. Und auch die Schürfer, die das Land nach Gold- oder Diamantenvorkommen durchkämmten, brauchten Pacos Hilfe, um aus dem Edelmetall oder den wertvollen Kohlestoffverbindungen bare Münze zu machen.

Paco hatte die Mittel, um die Wertstoffe außer Landes zu bringen, er hatte die Verbindungen, und er besaß stets aktuelle Informationen über die Streifen der Militärpolizei.

Er lächelte, als er im Schatten eines Wellblechdaches auf einem Fass Platz nahm und wartete, bis die dunkle Limousine zum Stehen gekommen war. Ein großgewachsener Mann in schwarzem Anzug stieg aus. Paco wusste nur, dass der Mann Luela hieß und ein hohes Tier in der Bezirksregierung war, doch wer hinter dem Mann stand, das wusste er nicht. Es interessierte ihn auch nicht, solange weiterhin alles nach Plan lief.

Paco nahm eine Zigarre aus der Jackentasche und zündete sie an. Als er lächelte, blitzten die Diamanten auf, mit denen seine Schneidezähne besetzt waren. Die Zähne waren genauso falsch wie sein Name, den er sich aus einem Roman entliehen hatte. Zwei Leibwächter mit großen Pistolen im Schulterhalfter waren an seiner Seite.

Luela war ebenfalls in Begleitung. Der Chauffeur der dunklen Limousine baute sich neben dem Wagen auf. Zweifellos war auch er bewaffnet.

»Luela, schön, dich zu sehen«, empfing Paco seinen Besucher.

»Paco«, entgegnete Luela. »Geht es dir gut?«

»Es geht.« Paco erhob sich und öffnete einen schwarzen Aktenkoffer, der auf dem Fass neben ihm gelegen hatte. Er war randvoll gefüllt mit blütenreinen Dollarnoten.

»Ich sehe, die Geschäfte laufen gut«, sagte Luela und warf einen Blick in den Koffer.

»Einhunderttausend. Wie abgemacht.«

Luela nickte und nahm ein Bündel Geldscheine heraus. »Was ist am Rio Jatapu geschehen?«

Paco verzog seine Lippen. »Ihr habt davon gehört?«

»Man spricht darüber in der Stadt. Vielleicht ist es besser, das Gebiet zu verlassen. Wenn die Gesundheitsbehörde davon etwas erfährt, dann wimmelt es da bald von Militärs.«

»Es ist nichts weiter als eine Krankheit«, beschwichtigte Paco. »Das wird vergehen. Wir können uns noch nicht zurückziehen. Die Früchte der letzten vier Monate lagern noch immer in der Nähe des Camps.«

»Dann holt sie ab, so schnell wie möglich.«

»Das wird nicht leicht, wir haben ein kleines logistisches Problem.«

»Was soll das heißen?«

»Wir sind noch nicht so weit. Viele im Camp starben. Einige sind geflohen und haben sich bis Brás durchgeschlagen. Die Lieferung wartet noch auf ihre Abholung und solange bleiben wir.«

»Du hast deine Leute noch dort?«, fragte Luela.

»Sie warten auf den Lieferwagen, verstehst du.«

»Du wirst dir nicht zu viel Zeit lassen dürfen. Wenn diese Krankheit tatsächlich so schlimm ist, wie manche befürchten, dann wird Brasilia reagieren. Wenn erst einmal das Gebiet unter Quarantäne gestellt ist, dann können selbst wir dir nicht mehr helfen.«

»Wir gehen erst, wenn alles erledigt ist. Außerdem bleibt uns noch immer der Weg nach Norden.«

»Trotzdem«, antwortete Luela, klappte den Aktenkoffer zu und nahm ihn an sich. »Trotzdem wirst du dich beeilen müssen.«

São Sebastião do Uatumã, Amazonasgebiet

Rojás besaß das schnellste Boot am Rio Uatumá. Als ihn Pater Innocento darum bat, ihn nach Manaus zu bringen, hatte der treue Rojás sofort zugestimmt. Er verdankte dem Franziskanerpater viel, denn er hatte vor einigen Jahren seine Familie vor dem Tod gerettet und sich aufopferungsvoll um Rojás' Frau gekümmert, als diese damals an einer gefährlichen Durchfallkrankheit litt.

In einem heißen Land wie Brasilien wurden ungekühlte Blut- oder Gewebeproben schnell unbrauchbar. Lila Faro hatte deshalb die Blutproben mit Trockeneis in einen eigens für deren Transport vorgesehenen, lichtundurchlässigen Vakuumcontainer verpackt.

Als Pater Innocento den roten Behälter in Form eines Schmuckkoffers mit an Bord brachte, zuckte Rojás zusammen. Der gelbe Aufkleber mit dem Totenkopfsymbol hatte ihn erschreckt.

»Mach dir keine Sorgen«, beruhigte ihn der Pater. »Solange das Blut da drinnen ist, kann uns nichts passieren. Selbst wenn der Koffer herunterfällt, hält er dicht.«

Rojás blieb aber trotzdem in sicherem Abstand zu dem Accessoire, das der Pater vor sich im Boot platzierte.

»Und jetzt gib Gas, Rojás, wir haben keine Zeit zu verlieren, jede Minute zählt.«

Geschickt manövrierte Rojás das Boot aus dem Hafen, bevor er den Gashebel aufdrehte.

»Wie lange werden wir unterwegs sein?«, rief ihm Pater Innocento zu.

»Zwölf bis vierzehn Stunden wird es schon dauern«, antwortete der Fischer.

Pater Innocento nickte. Er wusste, die Wege hier in dieser Region waren weit und beschwerlich. Knapp fünfhundert Kilometer trennte sie von der Bezirkshauptstadt. Das Boot machte fünfundzwanzig Knoten. Der Pater betete und hoffte, dass sein Gebet erhört werden würde.

In der Nähe von Brás am Rio Jatapu, Amazonasgebiet

Der Cabo atmete tief durch, als sie sich ein paar Kilometer von Brás entfernt hatten. In dieser Stadt hatte längst der Wahnsinn die Herrschaft übernommen, anders konnte er sich die Reaktion der Menschen dort nicht erklären. Auf alle Fälle, das war nicht zu übersehen, hatte die Krankheit die Stadt am Rio Jatapu längst erreicht. Lag dort der Ursprung der Seuche? Er dachte an das kleine, offensichtlich illegale Holzfäller-Camp, knapp zwanzig Kilometer weiter südlich. Waren die Holzfäller auf ihrer Suche nach Beute weiter durch den Dschungel nach Norden gezogen? Er hatte während seiner Ausbildung zum Sanitäter in Rio viel über die heimtückischen Tropenkrankheiten gehört. Viren, Bakterien, Pilze, der Urwald war ein in sich geschlossenes System und zweifellos war der Mensch dort ein ungebetener Eindringling. Hatte womöglich die Gier nach dem Gold des Waldes für den Ausbruch der Seuche gesorgt?

»Was ist in der Stadt geschehen?«, rief ihm einer seiner Männer zu. Durch das Dröhnen des Bootsmotors hindurch versuchte der Cabo, seinen Männern zu erklären, was sich in der Stadt ereignet hatte. Dann legte er sich erschöpft zurück. Es war nicht leicht, gegen diesen Lärm die Oberhand zu behalten.

Schweigend setzten sie ihren Weg fort. Es würde noch eine ganze Weile dauern, bis sie die Stadt am Rio Uatumá erreichten. Er hoffte, dass sich die Lage dort inzwischen gebessert hatte. Gegen diese Mikroorganismen war jede Waffe wirkungslos. Er hätte lieber einen Feind aus Fleisch und Blut, einen gewöhnlichen Verbrecher gejagt. Erschöpft fiel der Cabo in einen traumlosen Schlaf, aus dem er erst wieder aufwachte, als das Boot nach einer neunstündigen Fahrt in den Hafen von São Sebastião einlief.

»Was sollen wir jetzt tun?«, fragte ihn Gustavo, einer der Polizisten.

»Wir gehen in die Klinik und berichten, was sich in Brás ereignet hat. Außerdem müssen wir alles daransetzen, unser Hauptquartier zu informieren. In Manaus muss man wissen, was hier vor sich geht. Wir benötigen dringend ein Funkgerät oder ein funktionierendes Telefon.«

Selbst in den Gängen der mittlerweile überfüllten Klinik wimmelte es von Menschen. Die Bediensteten versahen ihren Dienst ausnahmslos in Schutzkleidung. Man hatte erkannt, welch tückische Krankheit sich hier verbreitete. Der Cabo suchte die junge Ärztin auf, die entmutigt und der Erschöpfung nahe in ihrem Bereitschaftszimmer ihr Essen verschlang. Draußen warteten schon wieder neue Patienten, die ebenfalls von hämorrhagischem Fieber geplagt wurden.

»Der Arzt, der die Frau behandelte, ist ebenfalls an der Krankheit gestorben«, erzählte Lila, nachdem sie dem Bericht des Cabos aufmerksam zugehört hatte. »Wir haben ein Boot nach Manaus geschickt. Ich befürchte, vor drei bis vier Tagen wird uns niemand helfen.«

»Wir versuchen das Hauptquartier zu informieren, aber selbst in Brás war kein funktionierendes Telefon und auch kein Funkgerät aufzutreiben.«

»Und was wollen Sie jetzt tun?«, fragte Lila.

»Meine Männer durchkämmen die Stadt, vielleicht gibt es hier eine Möglichkeit. Irgendein Händler oder ein Boot, das mit Funk ausgestattet ist. Ansonsten sitzen wir hier fest.«

»Sie sollten uns helfen, wir brauchen hier jeden Mann, der etwas von Medizin versteht«, schlug Lila vor. »Solange wir aus der Hauptstadt keine Unterstützung bekommen, sind wir auf uns selbst angewiesen.«

Der Cabo nickte stumm.

Cuiabá, Bundesstaat Mato Grosso

Es war wie verhext. Es gab keine Spuren, keine Hinweise und keine Tipps von Informanten. Zagallos Versuch, den Druck auf die Favelas der Stadt zu erhöhen und durch die Durchsuchungsaktionen und Razzien die Unterwelt dazu zu bringen, Hinweise auf den Täter abzuliefern, der seine verbrannten Leichen rund um die Stadt platzierte, schien zu scheitern. Als er am Abend zurück auf die Dienststelle kam und erfuhr, dass der Polizeipräsident der Stadt mit ihm reden wolle, hatte er einen schalen Geschmack im Mund.

Wortlos machte er kehrt und ging über die langen Flure und die lauten Treppenhäuser in den oberen Stock, wo die Polizeiführung thronte. Vor dem Büro des Präsidenten wurde er von einer ergrauten Sekretärin empfangen, die ihn beinahe eine volle Stunde warten ließ, bis sie ihn zum Rapport vorließ.

»Ah, Capitão Zagallo«, begrüßte der Präsident seinen Untergebenen mit überschwänglicher Freundlichkeit. »Nehmen Sie Platz, wir müssen miteinander reden.«

Zagallo reichte dem Präsidenten die Hand und setzte sich auf den angebotenen Stuhl. Er fühlte sich nicht wohl in seiner Haut, denn er ahnte, dass der Polizeichef von seinen bisherigen Fehlschlägen nicht angetan war.

»Capitão Zagallo, Carlos, ich freue mich immer, wenn mich meine besten Männer besuchen«, fuhr der Polizeipräsident mit gespielter Freundlichkeit fort. »Aber was muss ich da hören? Einhundertsechzig Polizisten waren heute wieder auf Ihren Befehl hin im Einsatz. Das ist das vierte Mal in den letzten Tagen. Finden Sie den Aufwand nicht ein wenig übertrieben?«

Zagallo fuhr sich mit dem Handrücken über das Kinn. »Sehen Sie, Herr Präsident, bislang tappen wir absolut im Dunkeln. Aber wir sind sicher, dass sich bald etwas tun wird, wenn wir jetzt am Ball bleiben.«

»Was macht Sie da so sicher?«

»Wir graben den Banden in den Favelas das Wasser ab. Sie können nicht mehr frei agieren. Unsere Aktionen verhindern die Geschäfte dieser Subjekte, deswegen werden sie reden, früher oder später.«

»Später?«, wiederholte der Polizeipräsident. »Es haben sich mittlerweile über zweitausend Überstunden angesammelt. Der Kommandant der Bundespolizei hat angefragt, wie lange sich diese Aktionen noch hinziehen wird. Und ich bin ehrlich gesagt auch nicht länger willens, Ihnen freie Hand zu lassen.«

»Aber …«

»Niemand vermisst die Toten, niemand weiß etwas über sie. Seit Wochen zieht sich diese Serie hin, doch keiner hat etwas gesehen. Ich denke, es wird eines Tages zu Ende sein. Wir sollten in diesem Fall abwarten und sehen, was sich ergibt. Wir müssen uns auch den anderen Dingen zuwenden, das ist nicht das einzige Verbrechen in unserer Stadt.«

Zagallo schüttelte den Kopf. »Ich glaube nicht, dass der Mörder einfach so aufhört, es wird weitere Leichen geben.«

»Ich verstehe Ihren Ehrgeiz nicht«, antwortete der Polizeipräsident. »Es gibt keine Vermisstenfälle, und es gibt keine Anzeichen für einen Bandenkrieg. Sicherlich sollten wir alles daransetzen, die Sache aufzuklären, aber alles muss im Verhältnis stehen. Und diese andauernden Einsätze übersteigen langsam unser Budget. Der Bürgermeister hat bereits angefragt, und die Bezirksregierung ist ebenfalls unruhig geworden. Carlos, den Staub, den Sie aufwirbeln, der kratzt uns allen langsam im Hals.«

»Er fordert uns heraus«, konterte Zagallo. »Und nur, weil wir keine Vermisstenfälle haben, die auf die Leichen zutreffen, sollten wir unsere Bemühungen nicht einstellen. Schließlich sind wir die Polizei und sollten uns nicht auf der Nase herumtanzen lassen.«

Der Polizeipräsident fuhr sich nachdenklich über die Stirn. Schließlich schlug er mit der flachen Hand auf den Schreibtisch. »So gesehen, Carlos, haben Sie natürlich Recht. Ich werde mit dem

Kommandanten der Bundespolizei reden und auch versuchen, den Bürgermeister und die Regierung im Zaum zu halten. Aber überspannen Sie den Bogen nicht. Wir halten die Aktionen noch zehn Tage aufrecht, dann bleibt uns keine andere Möglichkeit, als unsere Bemühungen ein Stück zurückzufahren.«

Carlos Zagallo lächelte. »Danke«, sagte er.

»Aber denken Sie daran, Carlos, zehn Tage, mehr Zeit werde ich Ihnen nicht verschaffen können.«

13

Centro de Oncologia in Manaus,
Hauptstadt des Bundesstaates Amazonas

Pater Innocento war wie gerädert, als er zusammen mit Rojás nach langer Fahrt die hell erleuchtete Distrikthauptstadt des Bundesstaates Amazonas erreicht hatte. Den Behälter mit den Blutproben der Infizierten hielt er fest umklammert. Noch zeigte das kleine Thermometer des Behälters nur um die sieben Grad Celsius an.

»Wohin gehen wir jetzt?«, fragte Rojás, als er sein Boot am Anleger vertäut hatte.

»Lila sagte, die Klinik liegt in der Rua Francisco Orellana, im Norden der Stadt. Wir nehmen ein Taxi.«

In den nahen Hausbooten, die sanft auf den Wellen schaukelten, brannte noch Licht. Im Dunkeln gingen sie über einen kleinen Fußweg in die Stadt.

»Wo finden wir um diese Zeit noch ein Taxi?«, fragte Pater Innocento.

Rojás wies auf ein Hotel, über dessen Eingang eine erleuchtete Reklametafel hing. *Aberto* stand auf einem Schild.

»Gute Idee«, nickte Pater Innocento.

Gemeinsam betraten sie das Hotel. Ein verschlafener Nachtportier richtete sich hinter dem Tresen auf.

»Können Sie uns ein Taxi rufen«, sagte der Pater. »Wir müssen schleunigst in die Rua Francisco Orellana.«

Der verdutzte Portier nickte.

Es dauerte zwanzig Minuten, bis ein Taxi um die Ecke bog.

Quer durch die erleuchtete Stadt fuhren sie nach Norden und erreichten über die Av. Epaminondas schließlich das Onkologische Zentrum. Lila hatte Pater Innocento instruiert und ihn in die Zytologische Abteilung verwiesen. Dort gäbe es einen Laborarzt mit dem Namen Perez. Ihm solle er die Blutproben aushändigen.

Als sie in der Rua Francisco Orellana das Taxi verließen und den Fahrpreis beglichen, erwartete sie ein dunkles Gebäude.

»Hier ist niemand«, meinte Rojás.

Auch Pater Innocento blickte nachdenklich auf das große Gebäude, dessen Fenster im fahlen Licht einer Straßenlaterne glänzten. Nebenan lag die Klinik, die dem heiligen Sebastian, dem Schutzpatron gegen die Pestilenz, gewidmet war. Das Eingangsportal war hell erleuchtet.

»Wir versuchen es dort drüben«, entschied der Pater.

Im Klinikum versah eine Krankenschwester Nachtdienst hinter der Anmeldung. Pater Innocento lächelte der Frau freundlich zu.

»Wir sind auf der Suche nach einem Arzt, der gegenüber im Onkologischen Zentrum arbeitet, aber dort drüben scheint niemand zu sein. Es ist überaus wichtig.«

»Werfen Sie einen Blick auf die Uhr«, antwortete die Krankenschwester. »Die sind erst wieder am Morgen da. Welchen Arzt suchen Sie, unsere Institute arbeiten zusammen.«

»Der Arzt heißt Perez, mehr weiß ich von ihm nicht.«

»Ah, Doktor Antonio Perez, Sie haben Glück, er ist hier und hat heute Bereitschaft. Nehmen Sie dort drüben Platz, ich werde ihn holen lassen.«

Keine fünf Minuten später kam ein verschlafener Arzt im weißen Kittel den Gang entlang.

»Ich hörte, Sie suchen nach mir?«

Pater Innocento erhob sich. »Ich bin aus São Sebastião und habe den langen Weg zu Ihnen gemacht, weil mich Lila Faro schickt.«

»Ah, die schöne Lila«, antwortete Doktor Perez.

»Wie geht es ihr?«

»Wir sind verzweifelt«, erklärte der Pater. »Ich habe Blutproben bei mir, die dringend untersucht werden müssen. Aber das sollte in einem sicheren Labor geschehen. Und mit äußerster Vorsicht.«

Pater Innocento stellte die Kühltasche auf den kleinen Tisch neben der Sitzgruppe.

»Das sieht Lila ähnlich«, schmunzelte der Arzt. »Sie hatte schon immer einen Tick, was die Sicherheit bei Untersuchungen angeht.«

»Sie sollten wirklich vorsichtig sein.«

»Wieso, was ist mit dem Blut?«

»Jeder, der bisher damit in Kontakt kam, ist kaum drei oder vier Tage später gestorben. Es müssen gefährliche Bakterien oder Viren sein. Lilas Kollege behandelte eine Frau, die kurz darauf starb. Gestern fanden wir seine Leiche. Er trug keine Schutzkleidung bei der Behandlung.«

Der Arzt runzelte die Stirn. »So schlimm, warum habe ich davon bislang nichts gehört?«

»Sie machen sich keine Vorstellung«, erwiderte Pater Innocento und berichtete in aller Ausführlichkeit von den Symptomen der geheimnisvollen Krankheit.

Doktor Perez setzte sich neben ihn auf den Stuhl und hob das kleine Paket in die Höhe. »Dann werden wir es in unserem Sicherheitslabor untersuchen, gleich morgen früh. Haben Sie eine Unterkunft, Pater?«

»Ich werde hier warten, denn wir müssen die Ergebnisse schnellstmöglich erfahren.«

»Ich kann Lila anrufen.«

Der Pater schüttelte den Kopf. »Der Sturm hat die Telefonleitungen und die Funkmasten zerstört. Wir müssen erfahren, welche Krankheit dieses Blut verseucht hat, und wir müssen es schnell erfahren. Jeden Tag kommen neue Fälle hinzu. Und wir sind derzeit die Einzigen, die diesen Menschen helfen können.«

Kasim Street in Miami, Florida

Unweit des Flughafens Opa Locka lag ein neu erschlossenes Wohngebiet, in dem sich zahllose gleichartige Häuser mit einheitlich weiß getünchten Holzfassaden entlang der sichelförmigen Straßen rankten. Umgeben vom schmucklosen Grün, mit einem obligatorischen Busch neben dem Briefkasten am Zugang, der zu einer Veranda führte.

Gene suchte angestrengt nach der Hausnummer im monoton geplanten Wirrwarr. Ein einziger Hausentwurf für ein ganzes Viertel, in dem sich die Mittelschicht der Stadt niedergelassen hatte. Das Haus mit der Nummer 11 lag inmitten der Straße. Es unterschied sich nur dadurch vom Nachbarn, dass in der Einfahrt ein blauer Ford stand.

Gene parkte seinen Wagen am Straßenrand. Er wusste nicht, ob Miller hier alleine lebte oder ob er Familie hatte, dennoch wollte er dem Mann gleich die Pistole auf die Brust setzen. Er brauchte endlich Ergebnisse, denn bislang waren seine Fortschritte eher bescheiden. Am Flughafen hatte er erfahren, dass Miller krankgeschrieben sei, doch als Detektiv war es für ihn nicht schwer gewesen, an die Adresse des Mannes zu kommen. In der Bar, in der sich die Mitarbeiter der Flugaufsicht nach Feierabend oft noch auf einen Drink zusammensetzten, hatte er sich umgehört und sich als langjähriger Freund Millers vorgestellt. Schließlich verriet ihm der Wirt, wo er Miller finden konnte. Er ging den Fußweg aus sandfarbenen Platten entlang, betrat die Veranda und klopfte. Nichts rührte sich.

Gene versuchte einen Blick durch die Glasscheibe neben der Tür zu werfen, doch im düsteren Flur war nichts zu erkennen. Erneut klopfte er, diesmal heftiger. Wieder horchte er an der Tür, doch es rührte sich nichts. Erwartete ihn Miller bereits, hatte ihn der Wirt aus der Bar vor einem Besucher gewarnt?

Gene überlegte, schließlich verließ er die Veranda und umrundete das Haus. Auf dem gegenüberliegenden Grundstück stand eine Frau und goss einen Strauch. Sie warf ihm einen freundlichen Blick zu.

Am Hintereingang versuchte Gene erneut sein Glück. Nach zweimaligem erfolglosem Klopfen entschloss er sich, die Tür zu öffnen. Sie war unverschlossen.

»Mister Miller!«, rief er, doch es blieb still. Zögerlich betrat Gene den Raum, der wohl das Esszimmer darstellte. Ein runder Tisch und vier Stühle standen auf einem orangeroten Teppich, eine Glasvitrine mit Geschirr an der Wand. Der flüchtige Duft von Veilchen lag in der Luft. Er ging weiter und bog in den Flur ein, bis er wie vom Blitz getroffen stehen blieb.

Vor ihm lag der leblose Körper eines Mannes. Blut sickerte noch immer aus einer Wunde am Kopf, das sich zu einer großen Lache gebildet hatte. Der Spiegel über der Kommode zerbrochen, Blutspritzer an den weißen Wänden. Gene beugte sich zu dem Mann hinab und hörte auf dessen Atem. Kein Zweifel, der Mann lebte noch.

»Mister Miller!«, sagte Gene laut, doch der Mann war ohne Bewusstsein. Er schaute sich um. Mit einem Tuch, das er aus der Kommode holte, versuchte er die Blutung der Wunde zu stillen. Er drehte den leblosen Körper auf die Seite und suchte nach dem Telefon, als er ein leises Stöhnen vernahm. Der Mann war zu sich gekommen.

»Können Sie mich hören?«, fragte Gene.

Der Verwundete murmelte ein paar unverständliche Worte. Gene beugte sich zu ihm herab.

»... Tanner ... Red Wing ... Pocone ...«, stammelte der Schwerverletzte mit brüchiger Stimme.

»Sind Sie Miller?«

Der Mann nickte.

»Wer ist Tanner, und wo ist die Maschine der Red Wing hingeflogen?«, fragte Gene.

»… Tanner … er … Tanner ist … ist der Boss … er …«

Millers Stimme versagte. Er bäumte sich noch einmal kurz auf, bevor er in sich zusammensackte. Seine Augen erloschen. Miller war tot.

»Verdammt, wer ist Tanner?«, fluchte Gene, als er plötzlich ein lautes Klirren hörte. Er sprang auf und wandte sich zur Tür.

»Keine Bewegung, Mister!«, stoppte ihn eine kalte Stimme. »Hände nach oben und umdrehen!«

Gene hob zögernd die Hände und wandte sich um. In der Tür zum Esszimmer stand ein dunkelhäutiger Polizist und zielte mit einer Waffe auf seinen Körper. Ein zweiter Beamter in blauer Uniform kniete vor seinem Kollegen auf dem Boden. Auch er hielt eine Waffe in der Hand.

»Verdammt, es ist nicht so, wie Sie denken!«, sagte Gene. »Ich war mal Polizist und habe den Mann sterbend gefunden.«

»Keine Bewegung, knien Sie nieder, und wenn ich den Eindruck habe, dass Sie nicht tun, was ich sage, dann schieße ich.«

Gene verzog die Mundwinkel. Mit einem Seufzer ging er auf die Knie.

»Die Hände hinter den Kopf!«

Er folgte den Anweisungen. Schließlich erhob sich der kniende Polizist und kam auf ihn zu. Er drehte Genes Arme auf den Rücken und legte ihm Handschellen an.

»Sie sind festgenommen, Sie haben das Recht zu schweigen. Alles, was Sie jetzt sagen, kann gegen Sie verwendet werden. Haben Sie mich verstanden?«, murmelte der Dunkelhäutige die gesetzlich vorgeschriebene Belehrungsformel.

»Mann, glauben Sie mir, Officer«, beteuerte Gene. »Ich habe den Mann hier liegend gefunden. Ich bin Privatdetektiv. Fragen Sie Detective Leutnant Ryan. Ich habe ihn nicht umgebracht.«

Es klopfte an der Vordertür. Während Gene noch immer auf dem Boden kniete und von dem Dunkelhäutigen mit der Waffe bedroht wurde, öffnete der Kollege die Tür.

Zwei zivile Detectives betraten den Flur.

»Wen haben wir denn da!«

»Cavallino«, stöhnte Gene. »Ich habe nichts mit der Sache zu tun. Ruf Ryan an.«

Cavallino grinste. »Ich wusste, dass wir dich eines Tages schnappen«, entgegnete er kalt.

»Er sagt, er war ein Kollege von uns und ist Privatdetektiv«, sagte der dunkelhäutige Polizist.

»Er ist ein nichtsnutziger Säufer«, erwiderte Cavallino.

Hospital Santa Catarina, São Sebastião, Amazonasgebiet

Das kleine Klinikum in der Stadt am Flusslauf des Rio Uatumá war völlig überfüllt. Aus der gesamten Region trafen Patienten ein, zumeist Fischer und Bewohner der Flussufer aus dem Norden. Gemessen an der dort äußerst geringen Bevölkerungsdichte deutete das Vorherrschen des immer wieder gleichen Krankheitsbildes auf eine extrem hohe Ansteckungsgefahr. Die meisten hatten sich wohl bei Verwandten und Bekannten infiziert, die bereits gestorben waren oder den langen Weg in die Klinik nicht überlebt hatten. Der Ursprung der Erkrankung lag noch immer im Dunkeln. Doch es war an der Zeit, von einer Epidemie auszugehen, hervorgerufen durch einen unbekannten viralen Erreger. Erste Tests im kleinen Labor der Klinik hatten einen CRP-Spiegel im Blut ergeben, der für eine Virusinfektion sprach. Es gab so gut wie keine nachweisbaren Reaktionen, die auf bakteriellen Einfluss hindeuteten.

Inzwischen hatte sich auch Doktor Williamson wieder erholt. Er war sich offenbar dem Ernst der Lage bewusst geworden und arbeitete bis zur Erschöpfung mit. Doch bis auf die Verabreichung von fiebersenkenden und schmerzstillenden Mitteln gab es bislang keine Therapie. Inzwischen waren siebzehn weitere Todesfälle zu beklagen. Doch die Zeit zwischen Ansteckung, Ausbruch und letztlich dem Tode eines Patienten differierte um mehrere Tage.

»Zwischen Ausbruch und dem Tod liegen zwei bis sieben Tage«, resümierte Lila, die sich mit dem Cabo und Doktor Williamson im Ärztezimmer der Klinik unterhielt. »Der Zeitraum zwischen Ansteckung und Ausbruch ist lediglich durch die Beobachtung der beiden verstorbenen Polizisten dokumentiert, das ist zu wenig.«

»Bei Pedro ging es rasend schnell«, sagte der Cabo.

»Wissen Sie, ob er schon vorher an irgendwelchen Erkrankungen litt?«, fragte Doktor Williamson.

Der Cabo zuckte mit der Schulter. »Keine Ahnung.«

»Eine rasche Inkubationszeit würde die Eingrenzung der Krankheit vereinfachen, wenn wir nur den Erreger identifizieren könnten.«

Doktor Williamson richtete sich auf. »Je länger sich der Zeitraum zwischen Ansteckung und Ausbruch hinzieht, umso größer ist die Gefahr der Verbreitung. Wir sind hier nicht in der Lage, Kulturen anzulegen und die näheren Umstände zu erforschen. Vor allem nicht, nachdem Alonso von uns gegangen ist. Dennoch müssen wir die Möglichkeit einer Epidemie in Betracht ziehen.«

Lila seufzte. »Wenn diese Krankheit Manaus erreicht, dann kann sie zu einer Pandemie mutieren. Ich kann nur hoffen, dass es Perez gelingt, den Erreger zu isolieren und zu bestimmen, ansonsten sehe ich keine Möglichkeit, den armen Menschen dort draußen zu helfen.«

Doktor Williamson nickte zustimmend. »Unsere Medikamente neigen sich dem Ende zu. Wir brauchen dringend Hilfe.«

Der Cabo wischte sich den Schweiß von der Stirn. »Meine Männer haben die ganze Stadt abgesucht, es gibt kein einziges funktionsfähiges Telefon, selbst die Handys taugen nichts, weil nach dem Sturm die Übersetzer ausgefallen sind. Es wird noch Wochen dauern, bis hier wieder Normalität herrscht.«

»Normalität!«, wiederholte Doktor Williamson spöttisch. »Hier ist nichts mehr normal. Wir haben den Ausnahmezustand. *Outbreak* nennt man das, was hier geschieht. Wir müssen den Bezirksgouverneur informieren und benötigen Spezialisten hier vor Ort, ansonsten breitet sich die Krankheit unaufhaltsam aus. Bald gibt es nur noch Tote an unserem Fluss. Und jetzt gehen wir wieder an die Arbeit.«

Doktor Williamson wandte sich zur Tür und verließ das Zimmer.

»Ich fürchte, er hat Recht«, antwortete Lila. »Es ist schön, dass Sie uns helfen.«

»Ich bin kein Mediziner, ich bin Sanitäter, aber ich tue, was ich kann«, antwortete der Cabo.

Lila sah ihn dankbar an. »Ich kenne eigentlich gar nicht Ihren Namen.«

Der Cabo schmunzelte. »Mein Name ist Ricardo da Silveira Jesus, aber alle nennen mich nur Cabo. Seit Jahren schon, an diesen Namen habe ich mich gewöhnt. Ich drehe mich nicht einmal mehr um, wenn jemand meinen richtigen Namen ruft.«

Lila lächelte. »Also gut, Cabo, dann machen wir uns wieder an die Arbeit. Wenn wir den Menschen schon nicht helfen können, dann gelingt es uns vielleicht wenigstens, ihre letzten Stunden zu erleichtern.«

14

Dade Police Department in Miami, Florida

Gene saß auf einem einfachen Metallstuhl im Vernehmungsraum der Miami Dade Police. Seine Hände waren mit Handschellen auf seinem Rücken gefesselt. Vor ihm stand ein Metalltisch, auf dem Cavallino Platz genommen hatte. Detective Sergeant Myers hatte sich auf dem Stuhl gegenüber niedergelassen und richtete das kleine Mikrophon des Aufzeichungsgerätes aus.

Gene blickte sich um. Noch immer die gleiche trostlose Umgebung. Außer dem Tisch und vier unbequemen Stühlen gab es nichts in diesem hellgrün getünchten Zimmer. Lediglich die große undurchlässliche Glasscheibe vis-à-vis hielt seinen Blick für kurze Zeit gefangen.

Hier in diesem Zimmer war er auch damals gelandet, nachdem er auf der Straße die Beherrschung verloren und einen jungen Farbigen niedergeschlagen hatte. Damals, als er selbst noch das Abzeichen des Police Departments trug. Die Dienstaufsicht hatte ihn nach diesem Vorfall im gleichen Raum verhört. Hier hatte sich nichts verändert.

»Wir können«, sagte Myers und drückte auf den kleinen roten Aufnahmeknopf des Bandgerätes.

»Gene Mcfaddin, Sie stehen unter Mordverdacht«, begann Cavallino die Vernehmung. »Sie haben das Recht zu schweigen, Sie können auch einen Anwalt …«

»Ich kenne meine Rechte«, schnitt ihm Gene das Wort ab. »Macht mir jetzt endlich die Handschellen ab.«

»Umso besser«, antwortete Cavallino und zog einen kleinen

Schlüssel aus seiner Hosentasche. Er trat hinter Gene und öffnete umständlich die Handschellen.

Gene atmete erleichtert auf und rieb sich die schmerzenden Handgelenke. Die Handschellen hatten sich tief in die Haut geschnitten. Er wusste, dass Cavallino diesen Moment auskostete. Schon damals, als sie noch im gleichen Dezernat arbeiteten, war ihre gegenseitige Aversion offensichtlich.

Cavallino zog sich einen Stuhl heran und setzte sich rittlings darauf.

»Fangen wir an«, sagte er. »Warum haben Sie Steve Miller umgebracht?«

Gene lachte auf. »Cavallino, du warst schon immer einfältig, aber offenbar ist es mit dir noch schlimmer geworden.«

Cavallino sprang auf, so dass sein Stuhl umfiel, und packte Gene am Kragen. »Pass auf, du Säufer …«

Myers zog Cavallino zurück. »Bist du verrückt geworden, der Kerl provoziert dich doch nur. Fall bloß nicht darauf herein.«

Cavallino ließ Gene los, stellte seinen Stuhl auf und setzte sich wieder. »Du bist es nicht wert«, murmelte er.

»Wer ist hinter der Glasscheibe?«, fragte Gene an Myers gewandt.

»Niemand«, antwortete Myers.

»Also Schluss mit den Spielchen«, mischte sich Cavallino ein. »Was haben Sie im Haus von Steve Miller gesucht?«

Gene überlegte. »Ich bin Privatdetektiv und arbeite an einem Fall. Steve Miller war ein Zeuge. Er arbeitet bei der Flughafenaufsicht in Opa Locka. Ich wollte mit ihm sprechen.«

»Und weiter?«, fragte Myers.

Gene wandte sich Myers zu. »Ich habe geklopft, und niemand hat geöffnet. Da habe ich im Garten nachgeschaut und sah, dass die Hintertür offen stand.«

»Du hast sie geöffnet«, warf ihm Cavallino vor. »Wir haben die Aussage der Nachbarin.«

Gene überlegte. »Ja«, sagte er trocken. »Ich habe sie geöffnet und bin reingegangen. Ich habe etwas Verdächtiges gehört.«

»Verdächtiges, was war das?«, fragte Myers.

»Der Kerl lügt, wenn er das Maul aufmacht«, zischte Cavallino.

»Ein Geräusch«, antwortete Gene und ignorierte Cavallinos Einwand. »Ich ging rein und fand Miller auf dem Boden liegend, er blutete am Kopf. Ich habe mich über ihn gebeugt. Er lebte noch. Ich habe seinen Namen gesagt, dann ist er gestorben. Und dann kam das Rollkommando, das war alles.«

»Er blutete, weil du ihm mit dem Schürhaken eine übergezogen hast«, sagte Cavallino kalt.

»Es sieht nicht gut für dich aus, Mcfaddin«, bekräftigte Myers. »Du bist am Tatort festgenommen worden, der Todeszeitpunkt von Miller stimmt etwa mit der Festnahmezeit überein. Du bist in das Haus eingedrungen, dabei wurdest du beobachtet, und deine Kleider waren blutverschmiert …«

»Dazu werdet ihr meine DNA an der Leiche finden«, vervollständigte Gene. »Ich habe versucht ihm zu helfen, aber ich habe ihn nicht umgebracht.«

»Wer ist dein Auftraggeber?«, fragte Cavallino nach einer Weile des Schweigens.

Gene verzog seine Mundwinkel. »Betriebsgeheimnis.«

»Es ist wohl besser, wenn du dir einen Anwalt nimmst«, riet ihm Myers.

Die Tür zum Vernehmungsraum wurde aufgestoßen, und Ryan streckte seinen Kopf herein.

»Cavallino, Myers, ich muss mit euch reden!«, sagte der Leutnant.

»Okay, Boss«, antwortete Myers und erhob sich.

Cavallino wartete einen kleinen Moment, bevor er aufstand. »Diesmal haben wir dich am Arsch, und nicht mal dein Freund Ryan kann dir jetzt noch helfen«, flüsterte er.

Gene warf ihm einen verächtlichen Blick zu. »Du siehst den Wald nicht mal, wenn die Bäume direkt vor dir stehen.«

Als beide Detectives den Raum verlassen hatten und die Tür geschlossen wurde, schüttelte Gene den Kopf. Er wusste, dass er tief im Schlamassel steckte. Cavallino würde nicht eher ruhen, bis sich die eisernen Türen des Dade County Starke Prisons hinter Gene geschlossen hatten. Doch was sollte er tun? Er war blindlings in eine Falle getappt, und es würde schwer werden, ungeschoren aus der Sache wieder herauszukommen.

Centro de Oncologia in Manaus,
Hauptstadt des Bundesstaates Amazonas

Pater Innocento war eingeschlafen. Er hatte es sich auf dem Sofa in einem kleinen Raum im Onkologischen Zentrum bequem gemacht, nachdem ihn Doktor Perez gebeten hatte, ihn in das Institut zu begleiten.

»Es wird eine ganze Weile dauern, Pater«, hatte der Doktor noch gesagt, bevor er in den Labors verschwunden war.

Pater Innocento erwachte, als ihn Doktor Perez an der Schulter rüttelte. »Pater, sind Sie wach?«.

»Ähm … wie spät … ich habe geschlafen.« Draußen schien bereits die Sonne.

»Sie haben nichts versäumt. Ihr Begleiter befindet sich bereits im Untersuchungszimmer. Wir müssen uns vergewissern, dass Sie gesund sind.«

»Haben Sie …«

»Ein Ergebnis?«, vervollständigte Doktor Perez und machte eine besorgte Miene. »In der kurzen Zeit waren natürlich nur einige Grunduntersuchungen möglich, aber wir haben es mit einer schlimmen Infektion zu tun. Die Ergebnisse und Lilas Bericht belegen eindeutig, dass ein gefährlicher Virus dahintersteckt. Es wird nicht einfach, den Typus näher zu bestimmen. Wir benötigen Zeit, geeignete Labors, und wir benötigen Spezialisten, um das Virus eindeutig zu identifizieren. Aber nach all dem, was Sie mir erzählten und was in Lilas Bericht steht, muss es ein Virus sein, der eine hohe Letalitätsrate verursacht. Ich befürchte, das Virus ist in der Lage, viele Menschen zu infizieren. Und dann geht alles sehr schnell. Das Virus hat sich noch nicht an den Menschen angepasst. Die Auswirkungen in der Zusammensetzung des Blutes der Patienten sind allerdings enorm, so dass ich fürchte, dass nur wenige Erkrankte überleben werden. Zwar benötigen wir noch umfangreiche immunologische und molekularbiologische Tests, aber eines kann ich sagen: Das Virus ist äußerst aggressiv und offenbar resistent gegen das körpereigene Immunsystem.«

»Lieber Doktor Perez«, sagte Pater Innocento. »Ich bin ein Mann des Glaubens und kein Arzt. Ihre Fachbegriffe sagen mir nur sehr wenig. Gibt es eine Möglichkeit, diese Menschen zu heilen?«

»Solange wir das Virus noch nicht identifiziert haben, sind die Chancen auf Heilung gleich null. Das Virus wird offenbar durch direkten Blut- oder Schleimhautkontakt übertragen. Es befällt die Zellen und zerstört sie mit rasanter Geschwindigkeit. Das Blut wird – um es mit einfachen Worten zu sagen – zu einer unbrauchbaren Flüssigkeit. Weder der Transport von Sauerstoff noch von anderen Nährstoffen ist dann möglich. Und wenn der Patient nicht vorher erstickt, dann verblutet er innerlich.«

Pater Innocento war bestürzt. »Das heißt, es gibt keine Heilungschance?«

»Nicht, solange wir diesen Virustyp nicht einwandfrei identifiziert haben«, antwortete der Doktor. »Ich bin nur ein einfacher Laborarzt, dafür benötigen wir Spezialisten und eine entsprechende Ausrüstung.«

Der Pater erhob sich und ging ans Fenster, Nachdenklich blickte er hinaus.

»Ich habe in den Datenbanken der WHO recherchiert, es muss sich um einen Level-4-Virus handeln«, fuhr der Arzt fort. »Die beschriebenen Symptome gleichen denen, die das Ebola-Virus auslöst. Aber Ebola ist in Afrika beheimatet. Es könnte aber eine Unterart oder eine Mutation sein.«

»Was sollen wir tun?«

»Ich werde Meldung an die Bezirksregierung erstatten müssen«, sagte Doktor Perez. »Die Reaktionen des Virus in den verschiedenen Blutproben zeigen unterschiedliche Verläufe, obwohl sie am gleichen Tag genommen wurden und die Erkrankten auch etwa zur gleichen Zeit die gleichen Krankheitssymptome aufwiesen. Das deutet darauf hin, dass das Virus durchaus fähig ist, eine gewisse Zeit im Blut zu überleben, bevor die Krankheit ausbricht.«

»Das verstehe ich nicht.«

»Das Virus ist aufgrund seiner langen Inkubationszeit in der Lage, sich über das ganze Land auszubreiten. Sehen Sie, das Ebola-Virus führt innerhalb kürzester Zeit zum Ausbruch der Krankheit. Bei schnellen und gezielten Maßnahmen lässt es sich innerhalb einer überschaubaren Region halten. Dieser Virustyp jedoch ist offenbar in der Lage, für längere Zeit im Körper inaktiv zu bleiben. Das erhöht natürlich die Gefahr einer überregionalen Epidemie bis hin zu einer Pandemie, die sich über Südamerika oder die ganze Welt ausbreiten kann.«

»Das ist ja furchtbar«, stöhnte der Pater.

»Lila schreibt in ihrem Bericht, dass die erste Person, die dieses Virus in sich trug, eine Frau war. Weiß man, woher sie stammt?«

Pater Innocento zuckte die Schulter. »Ja, es war eine Frau. Sie wurde von Militärpolizisten beinahe leblos in einem Boot auf dem Rio Jatapu gefunden. Ihre Begleiter waren bereits tot. Man nimmt an, dass es sich um eine Prostituierte handelt, die in irgendeinem illegalen Camp entlang des Flusses lebte.«

»Ich frage mich, ob sie das Virus der ersten Generation in sich trug«, sagte der Doktor nachdenklich. »Es wäre gut zu wissen, woher das Virus stammt. Manche Viren mutieren im Laufe ihrer Entwicklung. Möglicherweise enthält der Urtypus Informationen, die für eine gezielte Therapie hilfreich wären. Wir müssen den natürlichen Wirt finden.«

»Sehen Sie, Doktor«, erwiderte der Pater. »Entlang der Flüsse gibt es viele illegale Camps. Es wird schwierig werden, den Ursprung dieser Krankheit zu finden. Das Land ist groß und der Urwald dicht. Und selbst wenn wir noch auf einige dieser Glücksritter stießen, die sich an den Flussufern niedergelassen haben, so würden sie bestimmt nicht mit uns reden wollen.«

Der Doktor nickte. »Das verstehe ich. Ich denke, es ist nun Zeit zu gehen. Wir müssen auch Sie untersuchen. Und danach haben wir einen Termin beim Amt für Zivilschutz.«

»Ich soll Sie dorthin begleiten?«

»Unbedingt«, antwortete der Arzt. »Die einzige Möglichkeit, sich bislang vor der Krankheit zu schützen, ist die Ausbreitung zu verhindern. Wir müssen den gesamten Bereich, in dem das Virus bislang aktiv wurde, unter Quarantäne stellen. Ich glaube, wir haben es mit einem äußerst gefährlichen und bislang unbekannten Level-4-Virus zu tun.«

Dade Police Department in Miami, Florida

Beinahe eine halbe Stunde saß Gene alleine im Vernehmungszimmer und sinnierte. Welche Chance hatte er, die Polizisten davon zu überzeugen, dass er nichts mit dem Tod von Steve Miller zu tun hatte? Ihm fiel nicht viel dazu ein. Ausgerechnet Cavallino war der zuständige Sachbearbeiter. Und der war schon damals in seiner Zeit auf diesem Revier so etwas wie ein persönlicher Feind gewesen. Der Grund dafür war einfach, Gene hatte fast immer die Nase vorn, wenn es um Beförderungen oder um gute Aufträge ging. Der damalige Dienststellenleiter, Captain Moore, hielt viel von seinem Detective, der in Downtown Miami aufgewachsen war und sich in der Stadt auskannte wie kein Zweiter. Doch dies alles änderte sich, als seine Ehe scheiterte. In Beziehungen hatte er einfach kein Glück, nur mit seinem Kollegen Mendoza hielt er es lange Zeit aus, doch dann starb Mendoza im Einsatz, als sie ein paar Jugendliche festnehmen wollten, weil sie zuvor einen Straßenpenner beinahe totgeschlagen hatten. Mendoza hatte nicht aufgepasst, und einer der jungen Randalierer zog ein Messer und rammte es ihm in den Hals. Es dauerte nicht einmal eine Minute, bis Mendoza verblutet war.

Vielleicht war Gene deshalb so ausgerastet, als der farbige Junge bei seiner Verhaftung ein Messer zog. Ryan war der Einzige gewesen, der ihm damals den Rücken stärkte. Aber Ryan versah seit Jahren schon Innendienst, seit ihm eine Kugel im Einsatz den Magen zerfetzt hatte. Und nun saß er hier, auf dem Stuhl, auf dem ihm selbst schon viele Verhaftete gegenübergesessen hatten, die unablässig ihre Unschuld beteuert hatten. Eigentlich konnte er Cavallino gar keinen Vorwurf machen. Auch er hatte damals den Kerlen auf diesem Metallstuhl nicht geglaubt.

Gene zuckte zusammen, als die Tür aufgestoßen wurde. Ryan betrat den Raum. Seine Miene verriet Besorgnis. Schweigend ging er an den Tisch und versicherte sich, dass das Mikrophon abgeschaltet war.

»Eine schöne Scheiße, in die du da geraten bist«, sagte er. »Cavallino spricht gerade mit dem Staatsanwalt. Er lässt sich nicht von seiner besessenen Idee abbringen, dass du der Mörder von diesem Miller bist. Du bist es doch nicht, oder?«

Gene schüttelte den Kopf. »Ich habe mit der Sache nichts zu tun. Nachdem ich dich angerufen habe, bin ich in die Kasim Street gefahren und habe bei Miller an die Tür geklopft. Er hat nicht geöffnet, da bin ich durch den Hintereingang gegangen und habe ihn gefunden. Er lebte noch einen kurzen Augenblick. Das ist alles.«

»Warum wolltest du mit ihm sprechen?«

»Ich bin auf der Suche nach einem Jungen, das habe ich dir bereits erklärt. Miller arbeitete bei der Flughafenaufsicht. Es deutet alles darauf hin, dass mein flüchtiger werdender Vater mit einem Frachtflugzeug der Red Wing Air unterwegs ist. Doch niemand kann mir genau sagen, wohin die Maschine geflogen ist.«

»Wer ist dein Auftraggeber?«

»Die Freundin des Jungen«, entgegnete Gene. »Sie war auch schon ein paar Mal bei euch, aber ihr habt sie einfach weggeschickt. Der Junge ist volljährig, und außerdem, meinte der Kollege, will er wahrscheinlich von einem Kind nichts wissen. Er geht noch aufs College.«

»Du solltest Cavallino deine Auftraggeberin nennen. Bislang hält er alle Trümpfe in der Hand. Und ein Motiv lässt sich leichter konstruieren, wenn der Verdächtige mauert.«

»Sie heißt Sharon Cruiz und wohnt in Gladeview in der 71st Street. Ecke 19th gegenüber dem Palmetto-Krankenhaus. Ich will aber nicht, dass sie in die Sache hineingezogen wird. Sie ist schwanger.«

»Ich schicke sofort jemanden hin, der ihre Aussage aufnimmt. Es kann dir nur nutzen. Richter Hayes macht heute die Vorführungen, und du weißt, er ist ein harter Hund.«

»Wie sieht es für mich aus?«, fragte Gene.

»Du warst am Tatort, es gibt überall Spuren von dir, und er ist gestorben, als du bei ihm warst. Du bist in das Haus eingedrungen, obwohl die Tür nicht offen stand, und wurdest dabei von der Nachbarin beobachtet. Urteile selbst.«

Gene seufzte. »Da gibt es nicht viel, das für mich spricht.«

»Ich habe Keller angerufen.«

»Den Anwalt, aber ich kann mir keinen Anwalt leisten.«

»Keller schuldet mir noch einen Gefallen. Cavallino hat noch kein Motiv für die Tat, und wenn diese Kleine deine Angaben bestätigt, dann spazierst du in ein paar Stunden wieder aus dem Revier.«

»Ich hoffe es, denn ich glaube, ich stecke hier mitten in einer großen Schweinerei. Offenbar geht es hier um illegale Frachtflüge, wie die DEA schon richtig vermutet. Und dieser Miller war so etwas wie ein Auftragsvermittler, verstehst du!«

»Gibt es dafür Beweise?«

»Ich habe eine Zeugin, aber ich glaube, die sagt euch kein Wort darüber. Wahrscheinlich steckt sie selbst mit drin.«

»Ich werde mal mit der DEA sprechen, vielleicht wissen die mehr in dieser Sache.«

»Dann werden sie es uns bestimmt nicht auf die Nase binden.«

»Offiziell natürlich nicht, aber wenn ich mit Stanton rede, dann denke ich, wird er mir den ein oder anderen Tipp zukommen lassen.«

»Bei der Gelegenheit versuch mal etwas über einen gewissen Tanner zu erfahren. Miller nannte mir diesen Namen, kurz bevor er starb.«

»Tanner, mehr hast du nicht?«

»Tanner, mehr nicht«, bestätigte Gene.

»Hast du eine Ahnung, wie viele Menschen hier in Miami diesen Namen tragen? Das ist unmöglich.«

Die Tür wurde aufgestoßen. Cavallino und Myers betraten den Raum.

»Leutnant, tut mir leid, aber das ist unser Fall. Richter Hayes freut sich schon auf unseren dubiosen Ex-Kollegen.«

Noch bevor Ryan antworten konnte, wurde Anwalt Keller von einem uniformierten Beamten in den Raum geführt.

»Ich will alleine mit meinem Mandanten sprechen, außerdem will ich den Bericht sehen und wissen, was ihm vorgeworfen wird«, kam Anwalt Keller gleich zur Sache.

»Wer hat Sie denn gerufen?«, fragte Cavallino entgeistert.

»Das, Detective, geht Sie einen feuchten Kehricht an. Und jetzt bewegen Sie sich, bevor ich Sie wegen Freiheitsberaubung anzeige. Lassen Sie uns alleine!«

15

Amt für Zivilschutz, Manaus,
Hauptstadt des Bundesstaates Amazonas

Der Sekretär traute seinen Ohren kaum, als Direktor Dumas die Schilderung der beiden Besucher mit einer Handbewegung zur Seite fegte, als würde er eine lästige Fliege verscheuchen.

»Glauben Sie mir, Herr Direktor«, beteuerte Doktor Perez. »Es handelt sich zweifelsfrei um einen bislang unbekannten Virus des Level 4. Er wirkt absolut tödlich, und bislang ist seine Struktur gänzlich unbekannt. Wir benötigen Spezialisten, wir brauchen ein Labor der Sicherheitsstufe 4, und wir sollten den gesamten Bereich um den Rio Jatapu unter Quarantäne stellen. Es gibt eindeutige Bestimmungen im Falle eines Level-4-Falles, und unser Land hat diese internationalen Verträge unterzeichnet.«

»Doktor, das lassen Sie ruhig meine Sorge sein«, antwortete Dumas. Er erhob sich und ging zu der großen Karte des Bundesstaates. Suchend fuhr er mit dem Finger über die Tafel. »Rio Jatapu, sagten Sie?«

Doktor Perez nickte. Es gab klare Bundesgesetze, die eine verspätete Meldung oder gar unterlassene Anzeige beim Auftreten eines Klasse-4-Virus unter empfindliche Strafe stellten. Und nun schien es, als ob Direktor Dumas, der Leiter des Amtes für Zivilschutz, seine Informationen sogar als lästig empfand. Selbst der Sekretär des Amtes schüttelte verständnislos den Kopf.

»Ich habe keine Männer«, seufzte Dumas. »Alle meine Einheiten, Militär, Lastwagen, Hubschrauber, sogar die Militärpolizei … Mann und Maus sind derzeit im Einsatz, um die Schäden des

Sturmes zu beseitigen, der über dem Balbina-Stausee getobt hat. Noch immer sind viele Städte im Norden ohne Strom, Telefonleitungen sind zerstört. Funkmasten und Übersetzer wurden umgeknickt wie Streichhölzer. Ich habe keine Männer mehr, und ich kann keinen einzigen aus dem Einsatz entbehren.«

»Aber …«

»Sehen Sie, Doktor Perez«, schnitt ihm Dumas das Wort ab. »Wir sind hier meilenweit von der Zivilisation entfernt. Manaus ist die letzte Bastion vor der grünen Hölle. Wenn wir unsere Männer abziehen, um dieses schier endlose Stück Land zu bewachen, dann wird uns dies eine Menge Zeit kosten. Wie viele Menschen leben dort? Zweitausend, dreitausend? Zehntausend? Ich muss als Direktor dieses Amtes meine Maßnahmen abwägen. Hier in der Umgebung leben über zwei Millionen Menschen. Ich muss alle Belange sondieren und dann zu einer Entscheidung kommen. Und meine Entscheidung steht fest. Die Reparaturarbeiten haben absoluten Vorrang. Die Gefahr einer Epidemie ist sehr gering. In der Gegend um den Rio Jatapu wohnen Fischer und ein paar Indios. Die Wahrscheinlichkeit, dass einer dieser Menschen nach Manaus kommt, ist sehr gering. Außerdem, so sagten Sie, bricht die Krankheit nur aus, wenn man mit dem Blut eines Infizierten in Kontakt kommt. Wie hoch stehen die Chancen? Eins zu hunderttausend, eins zu einer Million? Oder sogar noch höher? Wenn es uns nicht gelingt, die Kraftwerke und die Leitungen zu reparieren, sind die Folgen für unsere Region ungleich gravierender. Es tut mir leid. Wir werden diese Krankheit beobachten, und wir werden handeln, aber erst, wenn wir auch die Zeit dazu haben. Und nun entschuldigen Sie mich, ich habe zu tun.«

Dumas nickte seinem Sekretär zu.

»Vielleicht wird es dann nicht mehr notwendig sein, dass Strom und Telefon funktionieren«, antwortete Doktor Perez betrübt. »Vielleicht gibt es bis dahin keine gesunden Menschen mehr in dieser Stadt.«

Der Sekretär nahm ihn am Arm und führte ihn zur Tür.

»Es tut mir leid«, sagte der Sekretär, nachdem sie die Tür geschlossen hatten. »Ist es tatsächlich so schlimm?«

»Schlimmer«, antwortete Doktor Perez und verließ das Gebäude.

Pater Innocento erwartete ihn im Schatten eines großen Baumes. Er saß auf einer Bank und erkannte schon von weitem, dass der Doktor verärgert war.

»Dieser elende Ignorant«, schimpfte er, als er sich neben Pater Innocento auf der Bank niederließ.

»Was hat er gesagt?«

»Er hat keine Leute«, antwortete Doktor Perez. »Seine Leute arbeiten an der Reparatur der Stromleitungen, die der Sturm zerstörte, und das hat für ihn Vorrang. Er hat keine Ahnung. Er weiß überhaupt nicht, wie gefährlich dieses Spiel für alle Bewohner des großen Flusses werden kann.«

»Was können wir tun?«

»Es gibt Gesetze, doch er schert sich nicht darum«, antwortete Perez. »Die Existenz eines Level-4-Virus muss gemeldet werden. Das Gebiet muss abgeriegelt werden. Es gibt klare Vorschriften. Unser Land hat die Verträge unterzeichnet. Die Weltgesundheitsorganisation muss über diesen Fall informiert werden.«

Pater Innocento erhob sich. »Dann werden wir das tun!«, sagte er entschlossen.

Dade County Courthouse in Miami, Florida

Der Gerichtssaal im Dade County Courthouse in Miami war nahezu leer. Außer Richter Hayes, zwei uniformierten Polizisten, die Gene bewachten, Rechtsanwalt Keller, Cavallino und Staatsanwalt Chang hatte nur Ryan auf den Plätzen der Zuhörer Platz genommen. Es war heiß, und die Deckenventilatoren wirbelten die warme Luft durcheinander.

Dieses Anhörungsverfahren diente lediglich dem Zweck, festzulegen, ob die Beweise gegen Gene ausreichten, um ihn in Untersuchungshaft zu nehmen. Nach der Vorlage der Beweismittel und der Würdigung durch Staatsanwalt Chang hatte sich der zuständige Richter noch einmal eindringlich mit der Akte beschäftigt. Dann hatte die Staatsanwaltschaft beantragt, die Untersuchungshaft anzuordnen, und nun war Rechtsanwalt Keller an der Reihe. Er war ein sehr versierter Anwalt und deshalb in Polizeikreisen unbeliebt. Mehr als einmal hatte er dafür gesorgt, dass ein anscheinend klarer Fall nach seinen Einlassungen überhaupt nicht mehr so klar erschien wie zuvor. Und auch diesmal sparte er nicht damit, Cavallinos Feststellungen in Zweifel zu ziehen. Staatsanwalt Chang warf Keller einen missmutigen Blick zu, als er zum Richtertisch schritt.

»... und dann haben wir da noch die Tatwaffe, ein Schürhaken, der wohl aus dem Haus des Opfers stammt. Er ist mit Blutanhaftungen nur so übersät. Mein Mandant jedoch hat keinerlei Blutspritzer an der Kleidung, sondern lediglich großflächige Anhaftungen, die entstehen, wenn man sich über einen blutenden Körper beugt. Des Weiteren befinden sich keine Fingerabdrücke auf dem Schürhaken. Mein Mandant wurde am Tatort festgenommen, jedoch trug er weder Handschuhe, noch hatte er welche bei sich.«

»Das Tatwerkzeug war am Griffstück gereinigt, er hatte Zeit dazu«, wandte Staatsanwalt Chang ein. »Zwischen dem Zeitpunkt, als er das Haus betrat, und dem Eintreffen der Streife vergingen beinahe zehn Minuten.«

Keller lächelte, während sich Richter Hayes mit einem Taschentuch über die Stirn fuhr. Die Tür wurde geöffnet, und ein Detective aus Ryans Einheit betrat den Gerichtssaal. Leise ging er auf Ryan zu, setzte sich neben ihn und flüsterte ihm etwas ins Ohr.

Keller räusperte sich. »Mein Mandant ist Privatdetektiv. Er sucht im Auftrag einer Klientin einen abgängigen jungen Mann.

Im Rahmen seiner Ermittlungen wollte er mit Steve Miller sprechen und ihn als Zeugen hören. Offenbar ist der junge Mann in dunkle Machenschaften verstrickt. Für meinen Mandanten ist jedenfalls kein Motiv ersichtlich, Mister Miller zu töten. Diesen Umstand bleibt uns die Staatsanwaltschaft bislang schuldig.«

»Ja, ja, ich weiß«, sagte Richter Hayes und steckte sein Taschentuch wieder ein. »Mister Mcfaddin«, fuhr der Richter fort. »Ich kenne Sie noch aus Ihrer Zeit als Polizeibeamter. Bislang haben Sie keine Vorstrafen. Allerdings ist die Beweislast nicht unerheblich. Ihr Anwalt hat Recht, es könnte auch so gewesen sein, wie Sie behaupten. Kurzum, Leutnant Ryan, Sie kennen den Beschuldigten gut. Können Sie sich dafür verbürgen, dass er nicht einfach verschwindet?«

Ryan räusperte sich, als er angesprochen wurde. Er erhob sich. »Ich kenne Mister Mcfaddin schon sehr lange. Ich halte ihn nicht für den Mörder von Mister Miller.«

»Gut, das wollte ich hören«, seufzte der Richter. »Machen wir dieser Anhörung ein Ende. Es ergeht der Beschluss, der Beschuldigte wird auf freien Fuß gesetzt, die Kaution beträgt 50 000 Dollar, und er hat sich einmal pro Woche bei der Miami Dade Police zu melden, bis er von dieser Pflicht befreit wird. Damit, so denke ich, genügen wir beiden Seiten.«

Richter Hayes schlug mit einem Hammer auf den Tisch. »Damit ist die Anhörung beendet«, sagte er.

Gene biss sich auf die Lippen. Woher sollte er 50 000 Dollar nehmen? Er hatte gerade mal ein Fünftel auf seinen Konten.

Richter Hayes erhob sich. Die Uniformierten traten neben Gene und legten ihm die Hand auf die Schulter. Er erhob sich und ließ sich die Handschellen anlegen.

Ryan kam herbei. »Fünfzigtausend, hast du so viel?«

»Woher denn?«, entgegnete Gene.

»Ich werde das Geld für dich aufbringen«, sagte Ryan. »Bis zum Abend bist du frei.«

»Es hätte schlimmer kommen können, angesichts der Beweise«, murmelte Keller und klopfte Gene auf die Schulter, bevor er sich seine Aktentasche schnappte und nach draußen strebte.

Ryan beugte sich ein Stück vor und flüsterte Gene zu: »Mein Detective hat die Adresse deiner Auftraggeberin überprüft, aber im ganzen Viertel rund um das Krankenhaus gibt es niemand, der Sharon Cruiz heißt. Niemand kennt die Frau dort. Kannst du dir das erklären?«

Gene blickte Ryan verblüfft an. »Das kann nicht sein«, stammelte er.

»Wenn Cavallino dahinterkommt, dann wird es nicht mehr mit einer Kaution abgehen, das ist dir doch hoffentlich klar.«

Gene nickte stumm und starrte auf den Boden. »Ich verstehe das nicht«, sagte er, bevor ihn die uniformierten Polizisten abführten.

Manaus, Hauptstadt des Bundesstaates Amazonas

Pater Innocento hatte seine Verbindungen genutzt. Er hatte seine Ordensbrüder in Manaus besucht, und diese hatten ihm den Kontakt zum amerikanischen Konsulat in der Hauptstadt des Bundesstaates Amazonas vermittelt. Natürlich hatte er verschwiegen, dass sie bereits beim Amt für Zivilschutz vorstellig geworden waren. Zwischen den Vereinigten Staaten und der Regierung von Brasilien war vor Jahren ein Programm zur Unterstützung in medizinischen Belangen vereinbart worden. Marineärzte der Navy unterstützten brasilianische Ärzte bei ihrer Arbeit. Admiral Leschinsky war der verantwortliche Leiter des Projektes. Nachdem Pater Innocento sein Anliegen vorgetragen hatte, war er umgehend in das Büro des Admirals geführt worden. Als Doktor Perez den Level-4-Virus erwähnte, ging alles sehr schnell; umgehend wurde der Bezirksgouverneur höchstpersönlich über den Verdacht informiert.

Keine dreißig Minuten später trat der für solche Fälle vorgesehene Katastrophenplan in Kraft. Das Gesundheitsministerium in Brasilia wurde informiert und die Abriegelung des Gebietes in die Wege geleitet. Direktor Dumas hatte geflucht, als ihn der Gouverneur aufforderte, seine Kräfte von den Reparaturarbeiten abzuziehen und den Bereich um den Rio Jatapu abzusperren. Aus allen umliegenden großen Städten, in denen es Militärstützpunkte gab, wurden Einheiten in Marsch und Schiffe in Bewegung gesetzt. Es herrschte Alarmzustand. Spezialisten aus Brasilia und Rio waren auf dem Weg; Tropenmediziner, Fachärzte und Mikrobiologen wurden angefordert. Admiral Leschinsky sagte seine Hilfe zu. Die U.S. Marine verfügte über ein mobiles Klasse-4-Labor, das per Schiff oder auch Transporthubschrauber verlagert werden konnte.

Die WHO wurde direkt aus der Hauptstadt Brasilia über die Vorfälle am Rio Jatapu informiert. Das AMRO in Washington, zuständig für die beiden amerikanischen Kontinente, leitete umgehend die Notfallmaßnahmen ein und übernahm die Koordinierung.

»Ich hoffe, dass es uns gelingt, die Krankheit frühzeitig einzudämmen«, sagte Admiral Leschinsky zu Pater Innocento, als er ihm die Hand schüttelte.

»Ich danke Ihnen, Admiral.«

»Es ist unsere Pflicht. Wir haben nur eine Chance, wenn wir in einer solchen Krise zusammenhalten.«

Nachdem Pater Innocento gemeinsam mit Doktor Perez das Regierungsgebäude in Manaus verlassen hatte, setzten sie sich zuerst einmal in den Schatten eines hohen Baumes und starrten wortlos zu Boden.

»Das war knapp«, sagte der Doktor nach einer Weile.

»Wir haben es dennoch geschafft«, antwortete Pater Innocento.

»Was ist mit Ihnen, bleiben Sie in der Stadt?«

Pater Innocento schüttelte den Kopf. »Ich kann Lila doch nicht alleine lassen. Der Admiral hat mir angeboten, mich mit dem ersten Flug der Hubschrauber nach São Sebastião mitzunehmen. Ich fliege morgen früh um sechs.«

»Und wo werden Sie und Ihr Begleiter schlafen?«

»Bei meinen Brüdern in der Mission.«

Doktor Perez stand auf. »Ich werde mich freiwillig melden, wenn das Labor in São Sebastião errichtet wird. Ich denke, ich kann dort besser helfen als hier in der Stadt.«

Der Pater erhob sich ebenfalls und legte dem Arzt die Hand auf den Kopf. »Ich danke dir, mein Sohn. Ich werde Lila von dir grüßen, und ich freue mich auf ein Wiedersehen.«

16

Macapá, Mündung des Amazonas, Brasilien

Als das Telefon klingelte, meldete sich Paco de la Pace missmutig mit einem langgezogenen, genervten »Ja«.

Luela war am Apparat. In Macapá waren mittlerweile sämtliche Spuren des heftigen Sturmes beseitigt, und Paco überwachte die Reparatur zweier Schiffe, die zu seiner mittlerweile imposanten Flotte gehörten.

»Senhor de la Pace, wir haben ein Problem. Sie müssen Ihre Männer aus der Region um Brás abziehen, das Militär wird kommen. Wir haben getan, was wir konnten, aber wir haben keinen Einfluss mehr darauf. Die offiziellen Stellen in Brasilia haben den Ausnahmezustand für den Bezirk ausgerufen. Das Gebiet wird unter Quarantäne gestellt. Niemand kommt mehr hinein oder kann die Region verlassen. Die Krankheit hat sich ausgebreitet.«

»Wann werden die Truppen hier sein?«, fragte Paco de la Pace.

»Es werden Einheiten der Landstreitkräfte, aber auch der Marine und der Luftwaffe verlagert. Mehrere Patrouillenboote, zwei Kreuzer und eine Korvette, zusätzlich Hubschrauber und Transportflugzeuge. Das wird einige Tage dauern, aber die Einheiten haben strikte Befehle, jegliche Versuche, den gesperrten Bereich zu betreten oder zu verlassen, nötigenfalls auch mit Waffengewalt zu unterbinden. Das Hauptquartier wird in Urucará eingerichtet.«

Paco de la Pace strich sich nachdenklich über das Kinn. »Habe verstanden«, antwortete er. »Aber ich brauche mehr Zeit, und ihr müsst sie mir verschaffen.« Brüsk beendete er das Gespräch. Ein lauter Fluch kam über seine Lippen. Noch immer hielten sich seine Männer am Rio Jatapu auf; die Schätze waren noch nicht geborgen. Aber Paco hatte keineswegs Lust dazu, auf die Früchte der letzten Monate zu verzichten.

Irgendwo im riesigen Dschungel am kleinen Fluss warteten wertvolle Erze, Diamanten und Baumstämme auf den Weitertransport. Diesen Millionenverlust konnte er nicht hinnehmen.

Nachdenklich betrachtete er das Telefon in seiner Hand. Schließlich rief er einen seiner Männer zu sich.

»Nelio braucht Verstärkung«, sagte er. »Sie haben drei Tage und keine Stunde länger.«

Pacos Vertrauter nickte stumm.

»Und sag Nelio, dass es Probleme geben wird. Das Militär ist auf dem Anmarsch.«

Mit einer Handbewegung schickte er seinen Mittelsmann davon. Dann griff er in seine Hemdtasche und holte eine Zigarre hervor. Das Militär würde ihn nicht aufhalten können, dachte er sich, als er sie sich anzündete.

São Sebastião do Uatumã, Amazonasgebiet

Die Lage wurde immer bedrohlicher, mittlerweile platzte das kleine Krankenhaus an der Mündung des Rio Jatapu aus allen Nähten. In den Zimmern, in den Gängen, in den Büros – überall lagen Männer, Frauen und Kinder. Alle erfasst von einem unheimlichen und todbringenden Fieber. Ein hämorrhagisches Fieber, das den Körper schwächte, zu Krämpfen führte und schließlich Blutungen in Mund, Nase, Augen und allen natürlichen Körperöffnungen verursachte. Bis die Patienten, von der unheimlichen Krankheit entkräftet, ins Koma fielen und starben. Allein innerhalb der vergangenen Woche waren über vierzig Patienten gestorben. Weitere sechzig lagen in Betten, auf Matratzen oder auch nur auf dem Boden und warteten auf ihren Tod. Lila war der Verzweiflung nahe.

Sie hatte alle Möglichkeiten der Behandlung genutzt, die ihr zur Verfügung standen. Doch nachdem Pater Innocento wieder aus Manaus zurückgekehrt war, stand fest, dass es sich um einen bislang unbekannten Virus handelte, der diese Symptome verursachte. Doktor Williamson hatte resigniert, in den ersten Tagen war er über sich hinausgewachsen und hatte Lila und den Cabo tatkräftig unterstützt, doch mittlerweile hing er nur noch an der Flasche. Lila und ihr Helfer, der Militärpolizist aus Manaus, waren auf sich alleine gestellt.

Der Infektionsweg dieser Krankheit verlief eindeutig über Kontakt- und Schmierinfektionen. Mittlerweile war es Lila zumindest gelungen, die Krankenschwester und Pfleger so weit zu sensibilisieren, dass sie sich den Patienten nur noch mit Schutzkleidung, Latex-Handschuhen, Mundschutz und Schutzkitteln näherten und diese anschließend entsorgten. Drei der Schwestern waren allerdings aus Angst vor Ansteckung nicht mehr zum Dienst erschienen. Pater Innocento blieb im Krankenhaus; er half, wo er konnte, spendete Trost und gab den Todgeweihten das letzte Geleit. Das Gebiet um die Stadt und entlang des Rio Jatapu hatte sich zu einer Zone des Todes entwickelt.

Kein Tag verging, ohne dass nicht weitere Boote in São Sebastião anlandeten und neue Infizierte in die Klinik in der Nähe des Hafens gebracht wurden. Pater Innocento hatte deshalb mit einem benachbarten Unternehmer Kontakt aufgenommen, der direkt neben dem Krankenhaus ein großes Lagergebäude für Getreide errichtet hatte, das bislang noch ungenutzt war. Doch der, ein sehr gläubiger Mensch, war nicht so leicht zu überzeugen, der Klinik seine Lagerhalle als Ausweichstätte für schwersterkrankte Patienten zu überlassen.

Lila hatte ihren Schutzkittel und die Handschuhe abgelegt, als sie sich ihrer kleinen Wohnung hinter der Klinik näherte. Pater Innocento saß auf den Stufen der Veranda und warf ihr einen mitleidigen Blick zu. Seit über vierundzwanzig Stunden hatte

Lila kein Auge mehr zugetan. Sie war der Erschöpfung nahe und sehnte sich nach ein paar Stunden Schlaf. Ihre dunklen, gelockten Haare hingen wirr in die Stirn. Und sie war schweißgebadet, denn die schwüle Mittagshitze hielt Fluss und Land mit eisernem Griff umklammert.

»Du musst dich ausruhen«, empfing sie der Pater mit sanfter Stimme.

»Wie soll ich schlafen, wenn die Menschen dort drüben sterben«, antwortete sie matt und ließ sich neben dem Pater auf den Treppenstufen nieder.

»Du wirst ihnen nicht helfen können, wenn du dich selbst an den Rand des Zusammenbruchs bringst. Der Cabo übernimmt die nächste Schicht, ich habe mit ihm gesprochen.«

Lila lächelte. »Er ist ein Geschenk des Himmels, wenn ich auch angesichts des Elends, das hier herrscht, kaum noch glauben kann, dass es einen Himmel gibt.«

Pater Innocento nahm sie freundschaftlich in den Arm. »Gott ist uns Menschen immer nah, selbst in den dunkelsten Stunden steht er zu uns. Doch die Menschen verzagen, wenn sie dem Tod von Angesicht zu Angesicht gegenüberstehen.«

»Lange halten wir es nicht mehr durch«, erwiderte Lila. »Wenn nicht bald etwas geschieht, dann wird es diese Stadt nicht mehr lange geben.«

Ein lautes Brummen überlagerte die Antwort des Paters. Erschrocken richtete sich Lila auf und schaute in den Himmel. Über den Fluss schwebten drei große Hubschrauber auf die Stadt zu. Auch der Pater hatte sich erhoben. Gemeinsam standen die beiden neben dem Haus und folgten den Helikoptern mit ihren Blicken.

»Siehst du, Gott ist bei uns, er hat dich gehört«, rief er Lila ins Ohr, als die Helikopter in der Nähe des Krankenhauses mit lautem Getöse auf einer Wiese niedergingen.

»Mein Gott«, seufzte Lila, nachdem die Rotorblätter der Super-

Puma Helikopter der Força Aéra Brasileira zur Ruhe gekommen waren. »Ich habe schon fast nicht mehr daran geglaubt.«

Cuiabá, Bundesstaat Mato Grosso

Dieses Mal hatten sie sich den Süden der Stadt vorgenommen. Noch vor Sonnenaufgang hatten Einheiten der Bundespolizei zusammen mit der Kriminalpolizei eine Siedlung in der Nähe des Kraftwerks an der Rod dos Imigrantes umstellt. Über den mit Unrat angefüllten Straßen und Gassen hing ein entsetzlicher Gestank, und in dem Gewirr aus Holz- und Wellblechhütten konnte man leicht die Orientierung verlieren. Dennoch gingen die Polizisten systematisch vor. Haus um Haus, Hütte um Hütte wurden umstellt und anschließend durchsucht. Nach sieben Stunden zogen die Polizisten ergebnislos ab.

Zagallo ließ sich resigniert auf dem Stuhl in seinem Büro nieder. »Geld, Waffen, Rauschgift, sieben Festnahmen, aber immer noch keine Spur von unserem Mörder.«

Falcáo setzte sich auf den Rand des Schreibtisches und überflog den Einsatzbericht.

»Wir haben noch sechs Tage, dann wird die Aktion eingestellt. Langsam sollten wir etwas in Erfahrung bringen.«

Falcáo lächelte. »Dann werde ich in sechs Tagen meine Wette gewinnen.«

Zagallo schüttelte den Kopf. »Sechs Tage sind eine lange Zeit. Wir werden uns morgen noch einmal das Viertel vornehmen. Damit rechnen die Verbrecher nicht. Das wird sie komplett aus der Fassung bringen.«

Bevor Falcáo antworten konnte, klopfte es an der Tür.

»Ja«, rief Zagallo.

Die Tür wurde geöffnet, und ein uniformierter Sergeanto trat ein und salutierte.

»Was ist?«

»Capitão, wir haben einen Mann festgenommen, der etwas über den gesuchten Mörder weiß. Er will mit Ihnen sprechen.«

Zagallo sprang auf, wie aus einem Lauf geschossen. »Wo ist der Kerl? Herein mit ihm!«

Der Sergeanto salutierte erneut.

»Bringen Sie den Mann in das Vernehmungszimmer nebenan, wir werden ihn uns vornehmen.«

Zehn Minuten später saß ein zerlumpter und nach Schweiß riechender Tagelöhner auf dem Stuhl im Vernehmungsraum und blickte Zagallo aus nervösen Augen an. Der Mann, er hieß Tiago und war Mitte zwanzig, stammte aus den südlichen Elendsvierteln. In seinem Haus waren drei Handgranaten und eine Pistole sichergestellt worden. Er war vorbestraft und hatte bereits fünf Jahre seines Lebens in einem Straflager in der Nähe von Trevo zugebracht.

»Das wird dir zwanzig Jahre einbringen«, sagte Falcáo und warf dem Mann einen drohenden Blick zu.

Eingeschüchtert blickte Tiago zu Boden.

»Was weißt du über die Morde mit den Brandleichen«, durchbrach Zagallo nach einer Weile die lastende Stille.

Tiago richtete sich auf. »Ich kenne den Mann, der das getan hat«, sagte er mit brüchiger Stimme.

»Das sagst du nur, damit wir die Anklage gegen dich fallen lassen«, wies ihn Falcáo schroff zurecht.

»Nein, ich schwöre es, beim Leben meiner Kinder«, versicherte Tiago eilends.

»Das Leben deiner Kinder ist genauso viel wert wie du, du Bastard«, herrschte ihn Falcáo an.

Zagallo erhob sich. »Wir suchen schon seit Wochen nach dem Mann. Wenn du uns sagen kannst, wer er ist, dann legen wir ein gutes Wort für dich ein, und du kommst mit einer geringen Strafe davon. Ansonsten verfaulst du in den Arbeitslagern im Pantanal, dafür werde ich sorgen.«

Tiago schlug die Hände vor das Gesicht. »Meine Kinder werden verhungern.«

»Wie ist der Name des Mannes?«, fragte Zagallo.

»Wenn ich ins Gefängnis komme, dann wird meine Familie ausgelöscht«, klagte Tiago. »Ich bitte Sie, helfen Sie mir, lassen Sie mich gehen.«

»Du hattest eine Waffe und Granaten bei dir im Haus«, hielt ihm Falcáo vor. »Da spaziert man nicht einfach so aus der Polizeiwache.«

»Den Namen«, wiederholte Zagallo fordernd.

»Zwanzig Jahre deines Lebens kostet dich das«, fügte Falcáo hinzu. »Du wirst alt und grau sein, wenn du die Zeit überhaupt überlebst. Es ist kein Zuckerschlecken draußen in den Sümpfen. Nicht viele kommen wieder, die meisten, die ich kannte, blieben dort.«

»Vier bis fünf Jahre in einem Straflager ist nichts gegen die Arbeitslager im Pantanal«, sagte Zagallo. »Also, nenne uns den Namen!«

»Ich habe die Granaten und die Waffe nur für jemanden aufbewahrt, ich selbst gehöre zu keiner Gang. Ich bin nur ein Tagelöhner und versuche, meine Familie zu ernähren.«

»Zwanzig Jahre oder fünf«, entgegnete Zagallo und erhob sich. Langsam schritt er zur Tür.

»Cielo«, sagte der Mann leise.

»Was hast du gesagt?«

»Cielo, sein Name ist Cielo«, wiederholte Tiago, diesmal lauter. »Er fährt einen dunklen Pick-up, einen Toyota, und arbeitet auf einem Hof.«

»Wo liegt dieser Hof?«

»Er liegt an der Baia de Vincentinho, dort wo die Straße nach Corre Rafael führt. Hinter den Wäldern gibt es große Blumenfelder.«

»Und woher kennst du diesen Mann?«, fragte Falcáo.

»Ich habe ein paar Mal für ihn gearbeitet, auf seinen Blumenfeldern«, erklärte Tiago. »Er ist gefährlich, und ich glaube, er ist auch ein wenig verrückt. Genauso wie sein Bruder.«

»Kennst du seinen Nachnamen?«, wollte Zagallo wissen, doch Tiago schüttelte den Kopf.

»Na ja, den werden wir schon herauskriegen«, murmelte der Capitão. »Aber woher sollen wir wissen, dass du uns nicht anlügst und er wirklich unser gesuchter Mörder ist?«

Tiago räusperte sich. »Als ich vor einer Woche für ihn arbeitete, da sah ich ihn einen großen Sack auf seinen Laster laden. Als er mit seinem Bruder den Sack auflud, da war kurz die Hand eines Menschen darin zu sehen.«

Zagallo erhob sich. »Wenn das die Wahrheit ist, dann werden wir dir helfen, aber wenn du uns anlügst, dann schmorst du in der Hölle.«

»Bei allen Heiligen, das ist die Wahrheit«, schluchzte Tiago.

»Wir werden sehen«, antwortete Zagallo und verließ den Vernehmungsraum.

Liberty City in Miami, Florida

Nachdem noch am Abend der Vorverhandlung das Geld über eine Kautionsvermittlung in die Gerichtskasse einbezahlt worden war, hatte man Gene wieder auf freien Fuß gesetzt. Nun saß er in seinem Büro in Liberty City, hatte die Beine auf den Schreibtisch gelegt und eine Flasche Bourbon in der Hand. Man hatte ihn geleimt. Diese junge Frau, die vor Tagen den sterbenden Schwan in seinem Büro gespielt hatte, gab es nicht. Zumindest nicht unter der angegebenen Adresse. Peter Harrison und sein Kumpel Tarston waren noch immer wie vom Erdboden verschluckt, und er stand unter Mordverdacht und hatte überdies noch 50 000 Dollar Schulden bei einer Kautionsvermittlung in Virginia Gardens.

Seine Situation war nicht besonders rosig, zumal Cavallino ihm noch immer im Nacken saß. Er machte sich nichts vor; Cavallino würde seine Chance nutzen und nicht eher ruhen, bis er genug für eine Anklage wegen Mordes gegen ihn in der Hand hatte. Wenn Cavallino herausfand, dass Sharon Cruiz nicht existierte, dann konnte alles sehr schnell gehen und er sich schon morgen in Untersuchungshaft wiederfinden. Was Richter Hayes von dieser neuen Situation halten würde, das konnte sich Gene haarklein ausmalen. Er hatte keine Lust, den Rest seines Lebens in irgendeinem Knast zu verbringen. Also blieb ihm gar nichts anderes übrig, als auf eigene Faust nach Millers Mörder zu suchen.

Langsam wurde ihm klar, dass er mitten in einem mörderischen Komplott steckte und man ihn zum Sündenbock abstempeln wollte. Doch was steckte dahinter? Peter Harrison war offensichtlich nicht mehr als ein harmloser Collegeboy, der sich durch seinen Freund Tarston auf schlüpfriges Terrain begeben hatte. Und Tarstons Bruder war mit seiner Fluggesellschaft pleitegegangen und untergetaucht.

Tanner, Red Wing, Pocone, das waren Millers letzte Worte gewesen, bevor er starb. Doch was bedeuteten sie? Tanner war klar: Das war wohl der Boss. Doch der Boss von wem und von was? Und die Red Wing, Tarstons Fluggesellschaft, war darin verwickelt. Aber was verbarg sich hinter Pocone?

Gene wusste, dass er nur eine Chance hatte, unbeschadet aus dieser Nummer herauszukommen. Er musste der Sache auf den Grund gehen, koste es, was es wolle. Wenn er sich auf die Ermittlungen der Polizei verließ, dann konnte er sich bereits jetzt freiwillig in der nächsten Haftanstalt einfinden. Cavallino würde nichts für ihn tun, im Gegenteil, dessen konnte er sich sicher sein.

Die Auflagen besagten, dass er Miami nicht verlassen durfte und sich zweimal am Tage persönlich bei der Miami Dade Police zu melden hatte. Also beschloss er, zuerst in der Stadt zu bleiben und nach dem Mädchen zu suchen. Sie war eine Latina gewesen, davon wimmelte es in der Stadt, aber wenn sich jemand bei den Latinos auskannte, dann war es sein alter Informant Ruiz, der am Bayside Park eine Kneipe unterhielt.

Gene nahm einen kräftigen Schluck aus der Bourbonflasche und erhob sich. Es wurde Zeit, etwas für sich selbst zu unternehmen. Wenn die Kerle, die ihm das eingebrockt hatten, der Meinung waren, dass ein in Ungnade gefallener und dem Alkohol zugetaner Ex-Bulle nichts mehr zuwege brachte, dann sollten sie sich schwer täuschen. Er würde nicht eher ruhen, bis er herausgefunden hatte, was hinter der ganzen Sache steckte.

17

São Sebastião do Uatumã, Amazonasgebiet

Die Soldaten schwärmten aus, bewaffnet mit modernen Imbel-MD-97-Sturmgewehren. Sie trugen Gasmasken und Kampfanzüge. Lila und Pater Innocento hatten sich erhoben und waren hinaus auf den freien Platz gelaufen. Auch andere Neugierige, Kinder vor allem, näherten sich den drei Hubschraubern. Die Soldaten errichteten einen Kreis um die Helikopter und drängten die Menschen zurück, wobei sie ziemlich rücksichtslos vorgingen und die Leute mit einem Megaphon aufforderten, den Platz zu räumen und sich in die Häuser zu begeben. Als sich jedoch niemand anschickte, dem Befehl Folge zu leisten, nahm der Soldat mit dem Megaphon, offensichtlich ein Offizier, seine Maschinenpistole in Anschlag und schoss eine Salve in den Himmel. Die meisten Menschen erschraken und liefen davon. Lila blieb stehen.

»Was soll das?«, fragte sie den Pater.

Erneut wurden sie aufgefordert, in die Häuser zu gehen. Es herrsche Ausnahmezustand, und der Präsident habe die Region unter Militärrecht gestellt. Wenn den Anordnungen des Militärs nicht Folge geleistet würde, müsste von der Schusswaffe Gebrauch gemacht werden. Zur Verdeutlichung der Worte schoss der Offizier erneut in die Luft. Jetzt leerte sich der Platz. Nur Lila und der Pater blieben zurück. Als sich zwei Soldaten näherten und mit ihren Waffen auf Lila zielten, hob diese die Hände in die Höhe.

»Ich will mit dem kommandierenden Offizier sprechen, ich bin Ärztin«, rief sie den Soldaten zu.

Zu dem Offizier mit dem Megaphon hatten sich zwei weitere

Offiziere gesellt. Einer davon hatte das Symbol des »Roten Kreuzes« auf seiner Einsatzjacke.

»Ich bin die Ärztin aus der hiesigen Klinik«, redete Lila auf die schweigenden Soldaten ein, die keine Anstalten machten, sie durchzulassen. Sie nahmen ihre Gewehre vor die Brust und drängten Lila ein Stück zurück. Pater Innocento sprang hinzu und hob beschwichtigend die Hände, während Lila laut aufschrie und von einem der Soldaten derart heftig gestoßen wurde, dass sie zu Boden fiel.

»Was ist hier los!«, fragte plötzlich eine Stimme im Hintergrund.

Der Offizier mit dem Roten Kreuz auf der Brust hatte sich genähert.

»Hören Sie, diese Frau ist die Ärztin im hiesigen Krankenhaus«, antwortete Pater Innocento. »Wir möchten mit Ihnen sprechen.«

Der Offizier gab den beiden Soldaten ein Zeichen. Einer ergriff Lila am Arm und half ihr auf.

»Ich bin der leitende Militärarzt«, erklärte der Offizier. »Wir sollen die Lage in diesem Ort sondieren.«

»Sie machen diesen Menschen hier Angst«, protestierte Lila. »Das Virus ist schon schlimm genug.«

»Senhora, ich habe meine Befehle. Wie viele Infizierte befinden sich derzeit in Ihrem Krankenhaus, und wie ist die Lage?«

Lila wies auf die nahe liegende Krankenstation. »Inzwischen betreuen wir über sechzig Personen, die sich mit dem Virus infiziert haben. Vierzehn davon befinden sich im Endstadium der Krankheit und werden im Laufe der nächsten Stunden sterben. Über fünfzig Menschen sind bereits tot. Unser Medikamentenvorrat ist bald verbraucht, und wir brauchen hier Spezialisten.«

»Wo haben Sie die Leichen aufgebahrt?«

»In der Kapelle«, erwiderte Pater Innocento.

Der Militärarzt schrie einigen umstehenden Soldaten Befehle

zu. »Die Leichen werden umgehend verbrannt und das Krankenhaus wird evakuiert. Es wird ein Boot eintreffen. Bringen Sie Ihre Patienten an Bord, sofern sie noch dazu in der Lage sind. In Urucará wird ein Lager errichtet. Die amerikanische Marine verfügt über ein mobiles Level-4-Labor. Pioniereinheiten sind bereits damit beschäftigt, eine Zeltstadt aufzubauen. Dorthin werden wir alle Patienten bringen. Ausnahmslos. Die Regierung hat angeordnet, dass wir die Zonen hier absperren. Das Virus darf sich nicht ausbreiten. Der Fluss ist die Grenze der Sperrzone. Niemand darf unkontrolliert dieses Gebiet verlassen. Wie viele Ärzte haben Sie hier in der Klinik?«

»Außer mir arbeitet noch Doktor Williamson in der Klinik.«

»Informieren Sie ihn bitte umgehend. Jeder Arzt wird in Urucará gebraucht.«

»Aber wir können die Menschen hier doch nicht im Stich lassen«, wandte Lila ein.

»Hier steht von nun an alles unter Quarantäne, die Einwohner werden in ihren Häusern bleiben. Patrouillen werden entlang des Flusses eingesetzt, außerdem haben wir Helikopter im Einsatz. Glauben Sie mir, es ist besser, wenn wir uns zentral um die Leute kümmern. Und Urucará verfügt über eine ausreichend lange Landebahn für Flugzeuge. Nur so können wir schnellstmöglich ausreichend Material in diese gottverlassene Gegend schaffen. Also, machen Sie sich reisefertig. Heute Abend, vor Einbruch der Dunkelheit, rücken wir ab.«

Lila nickte. Zusammen mit dem Pater ging sie zurück in die Klinik.

»Der Offizier hat vielleicht Recht«, gab Pater Innocento zu bedenken.

Lila zuckte mit den Schultern. »Das Militär wird den Kranken nicht helfen können. Wir brauchen wirksame Medikamente gegen das Virus. Doch dazu benötigen wir Spezialisten, die in der Lage sind, das Virus zu isolieren. Wir müssten den Überträger ausfindig machen, vielleicht trägt er Antikörper in sich. Wir brauchen den Index-Fall.«

»Index-Fall, was bedeutet das?«

Lila atmete tief ein. »Wir müssen den ersten Infizierten finden, damit wir nachvollziehen können, wie und durch wen sich das Virus übertragen hat. Das ist der Schlüssel zur Suche nach einem Gegenmittel.«

In der Nähe von Cuiabá, Bundesstaat Mato Grosso

Auf der Fahrt nach Baia de Vincentinho waren sie an abgeernteten Blumenfeldern vorbeigefahren. Das Anwesen selbst bestand aus zwei großen Hallen und einem halb verfallenen Haus und lag abseits der Straße nach Corre Rafael. Zwei Busse der Bundespolizei mit insgesamt sechzig schwer bewaffneten Polizisten befanden sich in Zagallos Schlepptau. Noch vor der Morgendämmerung schwärmten die Polizisten aus, um das Anwesen zu umstellen.

Mittlerweile hatte Zagallo Erkundigungen über Cielo Duarte Faria eingezogen. Bislang lag nichts gegen den Mann vor. Er arbeitete und verwaltete das Blumenfeld am Eingang zum Pantanal für eine Firma, die Blumen bis in die Vereinigten Staaten exportierte. Zusammen mit seinem Bruder Tizio wohnte er hier draußen in der Einsamkeit. Ansonsten gab es nur Gerüchte, dass er ein klein wenig verrückt sein sollte, weswegen man ihn auch *Da Louco* nannte. Er hatte nur wenig Kontakte in die Stadt, doch wenn die Ernte bevorstand, dann arbeiteten hier bis zu einhundert Personen, die meist mit einem Bus hergebracht wurden und auf dem Gelände campierten, bis ihre Arbeit erledigt war.

Als die Polizeibeamten nach Sonnenaufgang vorrückten und das Gehöft durchsuchten, war das einzige Lebewesen, das sie entdeckten, ein räudiger Köter, der an seine Hundehütte angeleint war und die uniformierten Polizisten vehement ankläffte. Nachdem das Haus durchsucht worden war, bat der Kommandant Zagallo und Falcáo zu sich.

»Es scheint, dass das Haus bereits vor längerer Zeit verlassen worden ist«, berichtete der Kommandant. »Wir haben Speisen gefunden, die bereits Schimmel angesetzt haben. Es sieht nach einem überstürzten Aufbruch aus.«

Zagallo nickte. »Ich will, dass alle Hallen und der gesamte Bereich hier gründlich durchsucht werden. Sie wissen, was wir suchen?«

Der Kommandant nickte und entfernte sich.

»Er ist wohl ausgeflogen«, murmelte Falcáo.

»Ob ihn jemand gewarnt hat?«

»Vielleicht hat er von unseren Aktionen erfahren und hat damit gerechnet, dass wir kommen«, mutmaßte Falcáo.

Zagallo lehnte am Dienstwagen und blickte sich nachdenklich um. »Ich glaube nicht, dass er mit unserem Erscheinen gerechnet hat. Im Gegenteil, ich glaube, er fühlt sich hier draußen sicher. Hier gibt es weit und breit keine Menschen.«

Der Kommandant eilte herbei. »Wir haben einen Wagen gefunden, einen schwarzen Pick-up. Er steht drüben in der großen Lagerhalle.«

Zagallo wandte sich seinem Kollegen zu. »Ich will, dass die Spurensicherung den Wagen genau unter die Lupe nimmt.«

»Ich kümmere mich darum.«

Noch bevor Zagallo zusammen mit dem Kommandanten die Lagerhalle erreicht hatte, wurden sie von einem Polizisten gerufen. Der Mann fuchtelte mit den Armen in der Luft und hetzte auf sie zu. Er führte sie hinter eine der Hallen. Auf einer Koppel grasten vier Pferde. Zwischen Heuballen und dem Brunnen lag die Leiche eines Mannes. Sein Kopf war übel zugerichtet. Ein Spaten mit blutigem Blatt lag unmittelbar neben dem Toten. Der Mann trug eine blaue Arbeitshose, Stiefel und ein kurzes Hemd. Von seinem Gesicht war nicht mehr sehr viel übrig.

»Er ist wohl mit dem Spaten erschlagen worden«, sagte einer der Polizisten. »Es ist wohl schon eine Weile her.« In der Tat hatte das Blut bereits eine braune Färbung angenommen. Fliegen summten umher und belagerten den Leichnam.

»Hatte er etwas bei sich?«, fragte Zagallo.

Der angesprochene Polizist reichte Zagallo eine braune Ledertasche.

»Die trug er um den Hals, darin ist ein Führerschein. Es handelt sich demnach um Cielo Duarte Faria.«

»Holen Sie meinen Kollegen«, befahl Zagallo. »Ich will, dass hier jeder Stein umgegraben wird. Er hatte einen Bruder, der muss sich hier noch irgendwo herumtreiben. Die Spurensicherung soll sich um die Leiche kümmern.«

Der Polizist salutierte und eilte davon.

Kurze Zeit später traf Falcáo am Tatort ein. »Ist das *Da Louco?*«

»Wir müssen davon ausgehen, habt ihr etwas gefunden?«

»Der Wagen deckt sich zumindest mit der Beschreibung, die wir haben. Außerdem lagern in einem Stahlschrank mehrere Säcke mit Thermit. Ich glaube, dieser Tiago hat die Wahrheit gesagt.«

Zagallo nickte. »Wir müssen hier alles genauestens untersuchen. Ich will, dass wir Leichenspürhunde hierher holen. Außerdem müssen wir nach Farias Bruder fahnden. Fahr zurück und unterhalte dich noch einmal mit Tiago. Wir brauchen eine Beschreibung von ihm.«

»Glaubst du, sein Bruder hat das getan?«

»Ich weiß nicht, was ich glauben soll. Aber zumindest sieht es so aus, als ob wir den Mörder gefunden haben, der seine Opfer vor unserer Nase ablegte. Er ist schon ein paar Tage tot. Vielleicht gab es auch deswegen keine Leichenfunde in Cuiabá mehr.«

Falcáo blickte sich nachdenklich um. »Warum hat er die Leichen nicht einfach hier verscharrt? Niemand hätte davon etwas bemerkt.«

»Genau deswegen will ich Leichenhunde hier haben. Wer weiß, ob es hier nicht schon Gräber gibt. Und jetzt fahr zurück nach Cuiabá und rede mit Tiago, ich bleibe noch hier.«

Nachdem Falcáo gegangen war, ließ sich Zagallo seufzend im Schatten der Halle auf einem Holzfass nieder. War Faria tatsächlich der gesuchte Mörder? Steckte er allein hinter der Sache, oder war sein Bruder ebenfalls beteiligt? Und welches Motiv gab es für die Taten?

Zagallo wusste, dass er eigentlich noch keinen wesentlichen Schritt vorangekommen war.

Sitz der Bezirksregierung in Manaus,
Hauptstadt des Bundesstaates Amazonas

Der Gouverneur war ungehalten.

»Dumas, Sie hätten mich informieren müssen!«, polterte er laut. »Nun hat Brasilia die Oberhand. Wie stehe ich jetzt da?«

Schuldbewusst senkte Antonio Dumas das Haupt. »Die Verbindungen waren abgebrochen. Sie selbst hatten angeordnet, dass die Beseitigung der Sturmschäden absoluten Vorrang hat. Alle meine Männer sind im Einsatz, um die Strom- und Telefonleitungen wieder instand zu setzen.«

»Dumas, Sie erhielten bereits vor einer Woche Kenntnis über den Ausbruch der Krankheit, dennoch hielten Sie es nicht für notwendig, mich zu informieren. Ich muss über Brasilia erfahren, was in meinem Gouvernement los ist. Warum müssen die Amerikaner kommen, damit die ersten Maßnahmen anlaufen? Weil der Leiter unseres Amtes für Zivilschutz nicht in der Lage ist, die richtigen Entscheidungen zu treffen! Dumas, Sie haben mich schwer enttäuscht.«

»Die Region ist dünn besiedelt …«

»Der Ausbruch der Krankheit stellt eine ernste Gefahr für unser

Land dar. Nicht auszudenken, wenn dieses Virus bis nach Manaus gelangt wäre. Ich hätte gute Lust, Sie Ihrer Ämter zu entheben, aber ich brauche Sie noch, Dumas. Sie werden sich persönlich darum kümmern, dass bis zum Ende dieser Woche zumindest die Kommunikationssysteme nach Urucará wieder funktionsfähig sind. Sie haften mir persönlich dafür. Das Militär hat nun das Kommando. Niemand wird die Region um den Rio Jatapu verlassen können. Sie leiten alle Meldungen bezüglich neuer Krankheitsfälle umgehend an mich weiter. Haben Sie mich verstanden?«

Dumas nickte stumm.

»Und jetzt gehen Sie mir aus den Augen!«

Dumas erhob sich und verließ das Büro des Gouverneurs. Durch die langen Gänge verließ er den Regierungspalast. Vor dem Gebäude wartete Luela im Wagen auf ihn.

Dumas ließ sich in den Fondsitz fallen.

»Wie ist es gelaufen?«, fragte Luela.

»Gelaufen? Careido hat mich in der Luft zerrissen.«

»Fahren wir zurück ins Amt?«

Dumas schüttelte den Kopf. »Wir fahren zu Montalbo, er soll wissen, was hier vor sich geht.«

Luela nickte und startete den Wagen.

»Haben Sie mit Pace gesprochen?«

»Gestern«, bestätigte Luela.

»Wird er sich an die Regeln halten?«

Luela verzog seine Mundwinkel. »Ich bin mir nicht sicher. Ich glaube nicht, dass er seine Leute zurückholt, bevor er nicht alles aus dem Lager fortgeschafft hat.«

Dumas warf einen missmutigen Blick durch die Seitenscheibe. Häuserfassaden flogen vorbei.

»Ich verstehe überhaupt nicht, wie das passieren konnte.«

»Es sind viele gestorben«, erläuterte Luela. »Die Männer, die es bis nach Brás geschafft haben, trugen das Fieber schon in sich. Sie sind einfach davongelaufen, weil sie Angst hatten.«

»Ist diese Krankheit wirklich so schlimm?«

»Bislang hat niemand die Infektion überlebt«, gab Luela zurück.

Hauptquartier der WHO in Genf, Schweiz

»Die Berichte sind eindeutig, es muss sich um einen neuen Virenstamm handeln, der bislang noch nicht in Erscheinung getreten ist«, erklärte der Direktor. »Es dürfte sich um einen Level-3- oder gar um einen Level-4-Virus handeln. Bislang konnte es noch nicht isoliert werden.«

»Wen haben wir noch auf unserer Liste?«, fragte Professor Michael Sander von der Universität München.

Sander war ein hervorragender Wissenschaftler und ausgezeichneter Epidemiologe, der schon seit mehreren Jahren in den Diensten der Weltgesundheitsorganisation stand. Vor einigen Wochen erst war er aus Afrika zurückgekehrt; im Kongo hatte es eine Choleraepidemie gegeben, die aber zwischenzeitlich eingedämmt worden war.

»Pinto, Losaka, Behringer, Hubbard und Clairemont. Sie brauchen für die Feldforschung jemanden, der portugiesisch spricht.«

»Ist Kim mit von der Partie?«

»Sie wird das Referenzlabor im Center for Disease Control in Atlanta übernehmen«, antwortete der Direktor. »Die CDC wird uns logistisch unterstützen, außerdem hat die amerikanische Marine ein mobiles BSL-4-Labor und ausreichend Personal zur Verfügung gestellt. Sie werden nach Manaus fliegen und von dort aus mit einer Militärmaschine nach Urucará gebracht. Das Regionalbüro in Washington ist informiert.«

»Und wen geben Sie mir mit?«

»Pinto ist natürlich gesetzt, er spricht portugiesisch. Ich dachte noch an Clairemont, aber der ist leider verhindert. Hat sich den

Arm gebrochen, beim Radfahren, der Arme. Da bleibt nur noch Behringer.«

Professor Sander nickte. »Okay, und wie ist die derzeitige Lage?«

Der Direktor warf einen Aktenordner auf den Tisch. »Dort drinnen steht alles, was wir bislang wissen. Die brasilianische Regierung hat den Notstand ausgerufen und das Militär in die Region entsandt. Sie haben einen Cordon sanitaire um die betroffene Region errichtet. Wobei die Ausbreitung nach Norden so gut wie nicht möglich ist, denn dort ist nur noch dichter Urwald.«

»Der Übertragungsweg ist geklärt, der Indexfall bekannt?«

»Sagen wir so, es ist wie damals bei McCormick und Ebola«, antwortete der Direktor. »Den Berichten der Ärzte nach dürfte es sich um eine Blut- und Schmierinfektion handeln, aber bislang ist noch keine These verifiziert. Klar ist nur, dass die dort drüben allein nicht klarkommen und unsere Hilfe erbeten haben. Der Präsident persönlich hat unsere Behörde um Unterstützung ersucht.«

Professor Michael Sander nickte. »Kurzum, keiner weiß überhaupt etwas, wir müssen ganz von vorne beginnen.«

Der Direktor erhob sich, umrundete seinen Schreibtisch und legte Sander die Hand auf die Schulter.

»Das ist nun eben mal unser Job«, sagte er mit einem Lächeln.

18

Goulds in Miami, Florida

Goulds war ein heruntergekommenes Viertel im Südwesten Miamis. In der 117th Street nahe des Dixie-Highways hatte sich vor allem die ärmere Bevölkerung Miamis niedergelassen. Die Straßen waren schmutzig und zwischen den oft baufälligen, kleinen weißen Häusern im Einheitsstil der frühen Achtziger standen allerlei freie Flächen zum Verkauf an, hatten aber trotz aller Wohnungsknappheit in der Stadt noch keine Käufer gefunden. Zu verrufen war diese Gegend, während sich auf der gegenüberliegenden Seite des Black-Creek-Kanals der gutsituierte Mittelstand niederließ und sich dort die Stadt immer weiter und gediegen ausdehnte.

Rick Tarston bewohnte ein kleines Haus an der 117th Street, dessen gelbe Fassade bereits große dunkle Flecken aufwies. Das Schild eines Immobilienmaklers mit dem Hinweis, dass das Grundstück samt Haus zu kaufen sei, stand neben dem kleinen Zugangsweg, der zur Tür führte. In der Einfahrt parkte ein alter, rostiger Dodge, der teilweise ausgeschlachtet war. Dunkle Ölflecken bedeckten den geschotterten Boden.

Gene hatte sich die Adresse über einen Bekannten besorgt, der bei der Stadt arbeitete. Zwar hatte Rick Tarston nach seinen Ermittlungen meist in seinem Büro auf dem Flughafen genächtigt, dennoch gehörte ihm noch immer dieses Haus. Gene hoffte, dass er vielleicht hier einen Hinweis auf den Verbleib von Tarston finden konnte. Die Büroräume in Opa Locka waren zu gut gesichert, also hatte er beschlossen, hier in Goulds mit seinen Nachforschungen zu beginnen. Seinen Wagen hatte er vorsichtshalber auf der gegenüberliegenden Seite des Kanals geparkt, da er ihn später wieder an einem Stück und wohlbehalten zurückhaben wollte. Zu Fuß hatte er sich dann bei einbrechender Dunkelheit über die kleine Brücke in das Viertel entlang des Dixie-Highways begeben. Im Schatten einer großen Esche wartete er, bis sich die wenigen Menschen in ihre Häuser zurückgezogen hatten.

Über die Hintertür drang er in das dunkle Gebäude ein. Die einfache Holztür bot kein Hindernis. Mit seinem Taschenmesser öffnete er das Schloss. Doch im Strahl der Taschenlampe musste er erkennen, dass wohl schon lange niemand mehr das Haus in der 117th Street bewohnte. Die Küche war ein einziges Schlachtfeld. Die Schränke waren von der Wand gerissen und zertrümmert worden. Auch im Flur und in den anderen Zimmern lag Unrat.

Neben der Küche gab es noch zwei weitere Räume. In einem lagen Matratzen auf dem Boden, im anderen standen neben einem großen, altersschwachen Schrank noch ein Sessel und ein Tisch. Sogar einen alten, verstaubten Fernseher gab es hier. Gene widmete sich zuerst der Küche. Er trug Handschuhe. In den Trümmern suchte er nach Hinweisen: Briefe, Schriftstücke oder Notizzettel. Doch er fand nichts, was einen Aufschluss darüber gab, wo sich Rick Tarston aufhielt. Im kleinen Badezimmer, in dem es neben einer verschmutzten Toilette noch eine Duschkabine gab, deren Glastür zerborsten war, fand er eine Tageszeitung vom 12. Mai. Das einzige Anzeichen dafür, dass in den letzten Monaten überhaupt jemand hier im Haus gewesen war. Das kleine Badezimmerfenster stand offen. Möglichweise waren die Verwüstungen die Folgen eines Einbruchs.

Gene ließ sich Zeit. Nach Küche und Bad inspizierte er das Schlafzimmer, konnte aber auch dort nichts finden, was für ihn von Nutzen gewesen wäre. Im einigermaßen intakten Wohnzimmer, wo zwar die Schrankschubladen durchwühlt worden waren, sich jedoch die Verwüstungen in Grenzen hielten, dauerte seine

Suche etwas länger. In einer braunen Ledertasche, deren Reißverschluss mit grober Gewalt aufgerissen worden war, befanden sich diverse Papiere. Gene nahm das Bündel heraus. Sie enthielten handschriftliche Aufzeichnungen mit Telefonnummern und Adressen. Als er das zweite Blatt auseinanderfaltete, runzelte er die Stirn. Es war das Datenblatt eines Flughafens mit genauen Kursangaben und den dazugehörigen FAA-Informationen. Der Flugplatz lag in White Castle in Louisiana und hieß Leblanc Airport. Offenbar ein Flugfeld, das von einer Privatperson betrieben wurde. Handschriftlich waren der Name *Joe Hastings* und seine Telefonnummer vermerkt.

Gene faltete das Blatt zusammen. Hatte Tarston bei seiner vermeintlichen Flucht mit dem Flugzeug der Flugaufsicht nicht Baton Rouge als Zielort genannt? Baton Rouge, die Hauptstadt des Bundesstaates Louisiana? Er steckte die Schriftstücke ein und suchte weiter. Beinahe eine Stunde blieb er noch in dem Haus, doch seine Suche, auch nach Verstecken unter dem Fußboden oder in der Wand, blieb ergebnislos. Schließlich verließ er das Haus auf dem Weg, auf dem er gekommen war. Eine Stunde später saß er in einem Schnellrestaurant in Pinecrest und aß einen üppig belegten Hamburger. Eine Landkarte von Louisiana lag vor ihm auf dem Tisch. White Castle lag nicht einmal dreißig Kilometer von Baton Rouge entfernt. Genes Puls war deutlich erhöht, als er die Karte einsteckte. Er würde diesem Joe Hastings aus White Castle wohl mal ein bisschen auf den Zahn fühlen. Auch wenn Baton Rouge nicht gerade um die Ecke lag. Schließlich war dies der einzige Hinweis auf den Verbleib Tarstons, den er bislang überhaupt gefunden hatte. Und sein Kontaktmann aus Downtown Miami hatte bisher noch nicht in Erfahrung bringen können, ob es eine Sharon Cruiz in der Umgebung tatsächlich gab.

In der Nähe von Cuiabá, Bundesstaat Mato Grosso

Die Hunde hatten eine Spur aufgenommen. Abseits der Lagerhallen erstreckte sich ein weitläufiges, brachliegendes Gelände, das von einem kleinen Wäldchen umgeben war. Dort hatten die beiden Leichenspürhunde eine Fährte aufgenommen und begannen auch sofort, mit den Pfoten auf dem Boden zu scharren. Die Erde war an dieser Stelle ganz augenscheinlich erst vor geraumer Zeit bearbeitet worden. Lockerer, sandfarbener Staub bedeckte den Boden.

»Hierher!«, rief einer der Hundeführer einem Trupp Polizisten zu, die mit Haken und Schaufeln bereitstanden und warteten.

»Sie haben etwas gefunden«, sagte Falcáo.

»Bin mal gespannt«, entgegnete Zagallo und zündete sich ein Zigarillo an.

Die Hundeführer ließen ihre Tiere von der Leine. Sie schnüffelten herum und scharrten hier und da wie wild herum. Plötzlich hetzte einer der Hunde in Richtung Wäldchen davon. Die Rufe seines Herrchens ignorierte er.

»Was ist denn da los?«, rief Zagallo.

Der Hundeführer, ein kleiner dicklicher Kollege, schrie seinem Hund hinterher, doch der verschwand unbeirrbar in dem kleinen Araukarienwald. Dem Polizisten blieb nichts weiter, als dem Vierbeiner zu folgen.

Falcáo musste lachen, als er den Mann hinter seinem Hund herlaufen sah.

»Da fragt sich, wer hier wen führt«, scherzte er, als der Polizist laut fluchend im dichten Gestrüpp des Wäldchens verschwand. Lautes Bellen drang aus dem grünen Dickicht. Kurz darauf tauchte der Uniformierte wieder auf und wedelte aufgeregt mit seinen Armen. Die Kollegen auf dem Feld reagierten sofort, ließen die Schaufeln und Hacken fallen und griffen nach ihren Pistolen. Alle, Zagallo und Falcáo inklusive, rannten zum Wald.

»Dort, dort ist er!«, rief der Polizist aufgeregt. Noch immer bellte der Hund wie verrückt. Als Zagallo in das Geäst vordrang, streifte ihn ein kleiner Ast und hinterließ eine blutige Furche auf seinem Arm. Er fluchte. Die Polizisten neben ihm hielten ihre Pistolen im Anschlag. Kaum zwei Meter innerhalb des Gebüsches, in einer Erdkuhle, lag ein Mann. Der Hund stand drohend vor ihm und verbellte ihn, während sich der Mann tief auf den Boden drückte und abwehrend seine Hände in die Höhe hob.

Der Hundeführer hetzte schnaufend an Zagallo vorbei und riss den Schäferhund am Halsband zurück.

»Wer sind Sie?«, fragte Zagallo und trat einen Schritt auf den am Boden Liegenden zu. Der Mann war blutüberströmt, seine Hände wiesen die Striemen einer Fesselung auf, ein Lederband hing noch um das rechte Handgelenk.

»Sie sind nachts gekommen … plötzlich waren sie da … sie haben ihn umgebracht …«, stammelte er.

»Wer sind Sie?«, schrie Zagallo.

»Tizio … ich bin Tizio«, entgegnete der Mann hastig. Die Angst stand ihm im Gesicht geschrieben.

»Wir sind von der Polizei«, antwortete Zagallo. »Sind Sie der Bruder von Cielo Duarte Faria?«

Der Mann nickte. »Sie haben ihn umgebracht«, stieß er hervor und schlug die Hände vor das Gesicht.

»Festnehmen!«, befahl Zagallo den umstehenden Polizisten.

Eine Viertelstunde später saß Tizio Duarte Faria in einem blauen Overall im Schatten eines Lagerhauses auf einer einfachen Holzbank. Um seine Gelenke glänzten silberne Handschellen. Falcáo hatte ein Bein auf die Bank gestellt und sich zu Tizio hinabgebeugt.

»Erzähl uns in allen Einzelheiten, was geschehen ist!«, forderte er den verängstigten Mann auf, dessen blutbespritzte Kleidung gerade von Beamten der Spurensicherung in Tüten verpackt wurde.

Tizio nickte. »Sie sind mitten in der Nacht gekommen. Sie

waren zu dritt. Cielo hat sie gekannt. Ich habe sie vorher noch nie gesehen. Sie trugen schwarze Masken vor dem Gesicht. Sie haben uns im Schlaf überrascht und gefesselt. Dann haben sie Cielo und mich geschlagen. ›Warum habt ihr das getan?‹, haben sie immerzu gefragt. Dann haben sie uns hinausgezerrt und Cielo getötet. Mit einem Spaten. Plötzlich kam ein Wagen angefahren. Sie haben für einen kurzen Moment nicht aufgepasst, da bin ich ihnen entwischt. Ich habe mich im Wald versteckt. Zwei Tage ist das her.«

»Wer waren diese Männer?«

»Ich kenne sie nicht, Cielo muss sie gekannt haben, aber Cielo ist tot. Er hat geblutet wie ein Schwein. Immer wieder haben sie auf ihn eingeschlagen, diese Unmenschen. Und dann haben sie den Spaten genommen.«

Zagallo bog um die Ecke des Lagerhauses und blieb vor der Bank stehen. »Hat er schon etwas gesagt?«, fragte er seinen Kollegen.

Falcáo nickte. »Drei Männer sind vor zwei Tagen mitten in der Nacht aufgetaucht und haben *Da Louco* erschlagen. Ihm gelang die Flucht.«

Zagallo wandte sich Tizio zu. »Woher stammen die Leichen, die da drüben auf dem Feld begraben liegen?«

Tizio blickte schuldbewusst zu Boden.

»Leichen?«, wiederholte Falcáo.

»Mindestens sieben verkohlte Körper liegen da drüben begraben.«

»Red schon, du Hund!«, schnauzte Falcáo den zusammengesunkenen Mann auf der Bank an. »Was habt ihr mit den Leuten dort gemacht?«

»Hast du deinen Bruder umgebracht?«, fügte Zagallo hinzu.

Tizio atmete tief ein. »Ich ... ich habe ... ich bin geflüchtet, die Kerle hätten mich sonst ebenfalls umgebracht.«

»Hat dein Bruder die Menschen auf dem Feld ermordet?«

Tizio blickte wieder zu Boden.

»Hast du ihm dabei geholfen?«

»Es … es ist nicht so, wie Sie glauben«, erwiderte Tizio mit brüchiger Stimme.

»Dort drüben liegen sieben Leichen, und hinter dem Schuppen lag dein Bruder. Erschlagen mit einem Spaten, der von dieser Gärtnerei stammt. Dein Hemd war voller Blut. Cielos Blut, stimmt's?«

»Sie irren sich.«

»Wieso sollte ich mich irren«, antwortete Zagallo. »Acht tote Menschen, und nur noch du bist am Leben. Das spricht nicht unbedingt für dich.«

»Ich habe niemanden umgebracht!«

»Du wirst bis zum Jüngsten Tag in einem Gefängnis schmoren«, drohte Falcáo.

»Ich sage nichts mehr«, gab Tizio trotzig zurück.

»Bringt ihn auf das Revier und sperrt ihn ein!«, befahl Zagallo zwei uniformierten Polizisten, die in der Nähe standen.

Sie warteten, bis die Polizisten den Verdächtigen abgeführt hatten.

»Glaubst du ihm?«, fragte Zagallo.

Falcáo zuckte mit der Schulter. »Ich bin mir nicht sicher.«

Zagallo zündete sich schon wieder ein Zigarillo an. »Hier wird alles untersucht. Und wenn es Tage dauert. Wir müssen herausfinden, was hier geschehen ist.«

»Sie könnten in Streit geraten sein«, überlegte Falcáo. »Kann man die Leichen identifizieren?«

Zagallo schüttelte den Kopf. »Sie wurden verbrannt, es sind nur noch Leichenteile übrig.«

»Dann wissen wir zumindest sicher, dass die beiden die Leichen in unserer Stadt abgelegt haben.«

»Das wissen wir jetzt, aber den Grund dafür kennen wir immer noch nicht«, knurrte Zagallo.

São Sebastião do Uatumã, Amazonasgebiet

In der Stadt wimmelte es mittlerweile von bewaffneten Militärstreifen. In Zweiergruppen, mit Mundschutz ausgestattet, patrouillierten sie in den Straßen. Die Menschen hatten sich wie befohlen in ihre Häuser zurückgezogen. Die Gassen und Plätze waren menschenleer. In der inmitten des Ortes gelegenen Stadtverwaltung hatten die Militärs ihr Hauptquartier eingerichtet.

Gemeinsam mit Lila und Pater Innocento inspizierte der leitende Militärarzt das Krankenhaus. Als er das Behandlungszimmer betrat und dort auf den Cabo stieß, wollte er ihn sofort zum kommandierenden Offizier ins Hauptquartier beordern.

»Ich brauche ihn hier«, protestierte Lila und versperrte die Tür.

Der Cabo berichtete dem Militärarzt, was ihm und seiner Crew auf der Patrouillenfahrt widerfahren war.

»Dann wissen Sie unter Umständen, von wo aus sich die Infektion ausgebreitet hat«, antwortete der Arzt. »Ich brauche bis heute Abend schriftlich Ihren Bericht. Und geben Sie die genaue Position dieses Camps an. Wir kümmern uns um das Weitere.«

Der Cabo nickte. »Ich nehme an, alles begann in der kleinen Siedlung am Flusslauf des Rio Jatapu.«

»Bleiben Sie meinetwegen hier, aber halten Sie sich zu meiner Verfügung«, befahl der Militärarzt.

Als sie auf ihrem weiteren Rundgang durch das Krankenhaus auf den betrunkenen Chefarzt Doktor Williamson stießen, ließ ihn der Militärarzt kurzerhand festnehmen.

»Sorgen Sie dafür, dass er bald wieder nüchtern ist«, sagte er zu den beiden Soldaten, die den lauthals protestierenden Chefarzt hinausführten.

In der Zwischenzeit hatten drei große Amazonas-Passagierschiffe mit ihren typischen hohen Aufbauten im Hafen festgemacht. Zwei Patrouillenboote begleiteten die Passagierdampfer und sicherten das Gebiet. Niemand durfte die Stadt ohne Genehmigung verlassen. Die Einsatzkräfte hatten Befehl, bei Zuwiderhandlungen Warnschüsse abzugeben und anschließend, sollten sich die Flüchtigen nicht stoppen lassen, gezielt von der Waffe Gebrauch zu machen. Dies galt auch für die Bodentruppen, die in den größeren Orten stationiert wurden. Sollte es zu weiteren Erkrankungen unter der Bevölkerung kommen, so sollten sich die Betroffenen im Krankenhaus einfinden.

»Wir werden rund um die Uhr einen Fährbetrieb einrichten, der die Infizierten in das Zentrallager nach Urucará bringt«, versprach der Militärarzt. Die ersten Kranken waren bereits durch Soldaten mit Schutzkleidung auf die Passagierdampfer gebracht worden. Die Verstorbenen wurden vor dem Ort auf großen Scheiterhaufen verbrannt.

Lila und der Cabo und alle anderen Helfer in der kleinen Krankenstation von São Sebastião do Uatumã hatten alle Hände voll zu tun.

»Wohin werden wir gebracht?«, fragte einer der Erkrankten, bei dem sich die Infektion noch im Anfangsstadium befand.

Lila fuhr ihm mit einem nassen Schwamm über die Stirn. »Nach Urucará«, antwortete sie. »Da wird man euch besser helfen können als hier.«

Der Mann stöhnte. »Sie bringen uns auf einen Friedhof.«

Lila schüttelte vehement den Kopf. »In Urucará gibt es mehr Ärzte, Spezialisten, glauben Sie mir, da wird man Ihnen helfen.«

Der Mann nickte stumm und wandte sich ab.

Nachdem Lila die Krankenstation verlassen und ihre Schutzkleidung abgelegt hatte, zog sie sich in das kleine Arztzimmer am Ende des Ganges zurück. Sie weinte und bemerkte überhaupt nicht, wie der Cabo eintrat. Er ging auf sie zu und legte ihr die Hand auf die Schulter. Erschrocken blickte sie auf und wischte sich die Tränen von den Wangen, die bereits eine glänzende Spur hinterlassen hatten.

»Wir tun, was in unseren Kräften steht«, sagte der Cabo leise.

Lila seufzte. »Wir verlieren diesen Kampf. Wir belügen die Sterbenden. Ein Mann hat gerade zu mir gesagt, dass wir ihn auf den Friedhof bringen. Und er hat Recht. Cemitério, das ist der Name des Camps vor den Toren von Urucará.«

»Hier hat niemand eine Chance«, antwortete der Cabo.

»Haben wir überhaupt eine Chance?«

Es klopfte an der Tür. »Ja«, rief Lila.

Pater Innocento betrat den Raum. Er trug eine Tasche bei sich. »Draußen stehen zwei Wagen für uns bereit.«

Lila erhob sich und schaute den Pater fragend an.

»Ja, ich begleite euch«, kam der Pater Lilas Frage zuvor. »Ich denke, ich werde in Urucará gebraucht. Und ich denke, euch braucht man dort ebenfalls.«

Lila ließ sich in die Arme des Paters fallen und schluchzte laut.

»Du musst stark sein, mein Kind. Dies ist nicht die Stunde der Trauer, dies ist die Stunde der Taten. Und jetzt kommt, die Soldaten warten.«

Lila löste sich aus der Umarmung und fuhr sich mit dem Ärmel über das Gesicht. Kurz amtete sie durch. »Dann lasst uns gehen«, sagte sie und griff nach ihrer Reisetasche, die sie auf dem kleinen Schreibtisch abgestellt hatte.

Hauptquartier der WHO in Genf, Schweiz

»Es ist ihr zweiter Einsatz vor Ort«, gab der Sekretär zu bedenken.

»Sie hat sich freiwillig gemeldet, sie ist überaus qualifiziert und sie spricht portugiesisch«, antwortete der Direktor. »Und wir haben keinen anderen, der abkömmlich ist.«

»Das sind durchaus überzeugende Argumente«, entgegnete der Sekretär. »Was sagt Sander dazu?«

»Er weiß noch nichts von seinem Glück. Aber er wird es akzeptieren. Er weiß, wie wichtig es ist, die Sprache der Menschen dort zu verstehen. Und Luisa Behringer ist keine Anfängerin mehr.«

»Aber sie ist eine Frau und dort drüben ist die Hölle los.«

Der Direktor schüttelte den Kopf. »Schicken Sie das Fax nach München. Und bereiten Sie alles Weitere vor. Ich will, dass nichts schiefläuft. Und Sander überlassen Sie mir. Ich komme schon mit ihm klar.«

Der Sekretär nickte. »Es ist alles vorbereitet, in zwei Tagen steht das Feldlabor zur Verfügung. Außerdem hat das Brasilianische Militär volle Unterstützung zugesichert. Und die Navy der Vereinigten Staaten ist ebenfalls dort vertreten.«

Der Direktor verzog die Mundwinkel. »Die Amis?«

»Zwei Einheiten und eine Medical Crew.«

»Das gefällt mir gar nicht«, antwortete der Direktor. »Immer wenn die Cowboys auftauchen, meinen sie, es muss nach ihren Spielregeln gespielt werden. Aber das hier ist unsere Sache, machen Sie das den Amerikanern klar. Unterstützung ist willkommen, aber die Führung übernimmt Professor Sander. Ansonsten können wir dort nicht frei arbeiten. Das haben wir schon ein paar Mal erlebt.«

Der Sekretär nickte. »Ich werde mich umgehend mit dem Botschafter in Verbindung setzen«, versprach er.

»Und vergessen Sie das Fax nach München nicht«, rief ihm der Direktor hinterher, als der Sekretär den Raum verließ.

19

Dade Police Department in Miami, Florida

Das Telefon auf Ryans Schreibtisch klingelte. Ryan nahm den Hörer ab.

»Hallo Ryan, du musst mir noch einmal aus der Patsche helfen«, sagte Gene.

Ryan nahm den Hörer noch dichter an den Mund. »Gene, bist du verrückt«, flüsterte er und schaute durch die gläserne Scheibe hinaus in das Großraumbüro, wo all die Detectives hinter ihren Schreibtischen saßen. »Cavallino ist hinter dir her. Er lässt gerade dein Büro durchsuchen. Wo treibst du dich herum und von wo aus rufst du an?«

»Von einer Telefonzelle, irgendwo in Goulds.«

»Cavallino hat einen Zeugen aufgetan, der Miller noch lebend gesehen haben will, kurz bevor du in sein Haus eingedrungen bist«, erklärte Ryan. »Der Zeuge hat Richter Hayes beeindruckt. Er hat einen Haftbefehl gegen dich erlassen und die Kaution widerrufen. Die ganze Miami Dade Police fahndet nach dir, nachdem man dich in deinem Büro nicht angetroffen hat. Cavallino ist scharf auf dich, er will deinen Arsch, und ich kann nichts dagegen tun.«

Eine kurze Weile herrschte Schweigen am Telefon.

»Es ist besser, wenn du dich stellst«, schob Ryan nach.

»Ich habe keine Chance, wenn ich nicht selbst herausfinde, wer Miller umgebracht hat«, antwortete Gene. »Du musst mir helfen.«

Ryan atmete tief ein. »Wenn herauskommt, dass ich dir helfe, dann kann ich wieder Strafzettel am Paradise Bay verteilen.«

Gene ging nicht auf Ryans Antwort ein. »Ich muss alles über einen gewissen Joe Hastings aus White Castle in der Nähe von Baton Rouge wissen. Es ist überaus wichtig. Außerdem interessiert mich, was die Jungs von der Drogenfahndung gegen Rick Tarston in den Händen halten.«

»Mann, Gene, du weißt, was du da von mir verlangst. Wenn die DEA davon Wind bekommt, dann ziehe ich meinen Kittel aus. Ich habe nichts anderes gelernt als meinen Polizistenjob.«

»Privatdetektiv ist auch kein schlechter Beruf«, ulkte Gene.

»Das sehe ich an dir«, entgegnete Ryan. »Wo bist du jetzt?«

»Ich sagte doch schon, ich telefoniere von einer Telefonzelle in Goulds mit dir. Aber ich werde mich erst einmal absetzen. Cavallino wird für mich keinen Finger rühren, wenn ich erst mal im Knast sitze. Im Gegenteil, er wird eher dafür sorgen, dass dem Richter keine andere Wahl bleibt, als mich zu verurteilen. Ich muss schon selbst sehen, wo ich bleibe. Da ist 'ne Sache am Laufen, die einfach eine Nummer zu groß für Cavallino ist.«

Ryan fuhr sich mit der Hand über das Kinn. Nachdenklich runzelte er die Stirn. »Okay, ich werde sehen, was ich für dich tun kann, aber ich garantiere für nichts. Ruf mich in vier Stunden bei mir zu Hause an und geh erst einmal in Deckung. Die Streifen suchen auch nach deinem Wagen.«

»Keine Angst«, entgegnete Gene. »Ich pass schon auf mich auf.«

Die Leitung knackte. Ryan legte den Hörer zurück und stand auf. Gene hatte Recht, wenn er nicht selbst für seine Entlastung sorgte, würde ihm niemand anderes aus dem Dezernat helfen. Und schließlich verdankte er Gene Mcfaddin sein Leben. Auch wenn Gene eine schlimme Zeit durchgemacht hatte und damals dem Alkohol verfallen war, so würde er ihm nie vergessen, dass er ihn beim Einsatz in Liberty vor einer Kugel im Rücken bewahrt hatte.

Institut für Molekularbiologie der Universität München, Deutschland

Doktor Luisa Behringer schaute angestrengt durch das Okular ihres Mikroskops. Schließlich richtete sie sich auf und schob die Petrischale mit den Bakterienkulturen auf ein Tablett, auf dem bereits vier weitere Petrischalen abgestellt und beschriftet worden waren.

»Sie wachsen und gedeihen«, sagte sie und betrachtete die rötliche, gallertartige Masse.

»Staphylococcus epidermidis«, antwortete die Kollegin. »Diese kleinen, hinterlistigen Biester.«

»Okay, dann machen wir unseren Bericht fertig«, entgegnete Luisa und streckte und dehnte sich. »Ich denke, eine ordentliche Grundreinigung und das Problem ist behoben.«

Luisa war Molekularbiologin und Epidemiologin am Molekularbiologischen Institut der Universität in München. Als Einzelkind geboren, wuchs sie in Würzburg auf. Ihr Vater war dort Laborarzt an der Missionsärztlichen Klinik, Fachbereich Tropenmedizin. Ihre Mutter war Krankenschwester und aus dem portugiesischen Porto nach Deutschland gekommen. In Heidelberg hatte Luisa die ersten Semester ihres Studiums hinter sich gebracht, bevor sie sich entschloss, in den Vereinigten Staaten ihr Wissen zu verfeinern, bevor sie nach Heidelberg zurückkehrte und dort das Studium abschloss. Ihre Doktorarbeit über die Generierung rekombinater Proteine fand große Beachtung in wissenschaftlichen Kreisen.

Durch ihren Vater war sie sehr früh an die Mikrobiologie, Bakteriologie und Virologie herangeführt worden. Als Labormediziner hatte er über zehn Jahre seines Lebens für die Weltgesundheitsorganisation gearbeitet und sich bei Feldforschungsarbeiten in den Entwicklungsländern einen Namen gemacht. Vielleicht auch ein Grund dafür, warum Luisa sich später selbst bei der WHO bewarb und in deren Auftrag bereits als junge Wissenschaftlerin 1997 an der Isolierung des Ebola-Virus beteiligt gewesen war.

Vor drei Jahren war ihr Vater gestorben und ihre Mutter nach langem Hin und Her zu ihrer Familie nach Porto zurückgekehrt. Luisa hatte vergeblich versucht, ihre Mutter zu sich nach München zu holen. »In Deutschland wirst du als alter Mensch in ein Heim gesteckt und musst darauf warten, dass du stirbst«, hatte ihre Mutter gesagt. »In Portugal leben noch alle meine Brüder und Schwestern, und wenn du dann frei hast und mich im Urlaub besuchst, dann habe ich dich ganz für mich. Einen Mann findest du sowieso nicht mehr. Und in München bist du den ganzen Tag mit deiner Arbeit beschäftigt. Da geht es mir dann so wie hier in Würzburg, seit Vater gestorben ist.«

Schließlich hatte Luisa zugestimmt und ihrer Mutter beim Umzug nach Arcozelo geholfen. Dort, südlich von Porto, direkt an der Küste, hatte sich ihre Mutter ein Haus gekauft. Seitdem verbrachte Luisa ihren Urlaub in Portugal.

Durch ihre Mutter war sie als Kind zweisprachig aufgewachsen; außerdem sprach sie noch Spanisch, Englisch und Französisch, was bei ihren Missionen im Auftrag der WHO oft genug von Vorteil war.

Luisa erhob sich und brachte das Tablett mit den Petrischalen in den Kühlschrank, bevor sie den Mundschutz ablegte und sich die Handschuhe abstreifte.

»Kommst du heute Abend mit?«, fragte ihre Kollegin. »Gerd feiert Geburtstag. Wir gehen in den Augustinerkeller.«

Luisa schüttelt den Kopf. »Ich muss meine Koffer packen, ich fliege über die freien Tage zu meiner Mutter.«

»Das kannst du doch noch morgen machen.«

»Das wird mir zu knapp.«

Nachdem sie das Labor verlassen, ihre Kleidung abgelegt und die vorgeschriebene Desinfektionsprozedur hinter sich gebracht hatte, klingelte das Telefon im Umkleideraum. Luisa nahm den Hörer ab und meldete sich.

»Guten Tag, Frau Doktor Behringer«, sagte der Anrufer auf

Französisch. Sie erkannte die Stimme von Direktor Hausser von der WHO in Genf sofort.

»Hallo, Herr Direktor«, antwortete sie. »Ich gehe nicht davon aus, dass Sie wissen wollen, wie es mir geht.«

»Immer sehr direkt, die Madame«, scherzte er. »Aber Sie haben Recht, Luisa. Wir benötigen Ihre Dienste. Es ist ein unbekannter Virus aufgetaucht und wir brauchen eine kompetente Wissenschaftlerin im Feldforschungsteam. Professor Sander leitet die Arbeiten vor Ort.«

»Und wo soll es hingehen?«

»Ein idealer Ort für Sie, um Ihr Portugiesisch aufzubessern. In zwei Tagen geht es los. Von München nach New York und dann weiter bis Belem in Brasilien. Es ist alles organisiert, und Ihre Vorgesetzten haben bereits zugestimmt. Das Ticket wird am Flughafen hinterlegt.«

»Ich habe noch gar nichts von einer Epidemie in Brasilien gehört«, sagte Luisa. »Ist es tatsächlich so gefährlich?«

Sie hörte ein Räuspern. »Die Letalitätsrate liegt bislang bei nahezu einhundert Prozent, und wir haben noch keine Ahnung, was da auf uns zukommt.«

»Einhundert Prozent«, wiederholte Luisa erschrocken.

»Ja«, bestätigte der Direktor. »Unser kleiner Freund ist nicht nur gefährlich, er ist absolut tödlich.«

Miramar nahe Miami, Florida

Gene hatte seinen Wagen in Goulds zurückgelassen. Er war vom Verdächtigen zu einem Gejagten geworden. Mit einem Taxi war er von Goulds hinauf zum Opa-Locka-Flughafen gefahren. Er wartete in einer kleinen Bar in der Nähe, bis es dunkel wurde, ehe er sich in Richtung der großen Frachthallen begab. Sein Weg führte ihn in das Büro der *ATTS,* wo ihn Mona bereits erwartete.

»Du hast dich in den letzten Tagen ganz schön rar gemacht«, empfing sie ihn.

»Ich hatte viel zu tun.«

»Noch immer auf der Suche nach dem Collegeboy?«

»Habe ihn bislang noch nicht gefunden. Und was machst du?«

»Ich mache jetzt Feierabend. Nehmen wir noch einen Drink?«, fragte ihn Mona mit einem einladenden Lächeln.

Gene hatte nicht übel Lust. »Ich hätte Zeit. Aber bei mir zu Hause wird gerade renoviert.«

Mona griff nach ihrer Jacke. »Dann komm schon mit, du Privatschnüffler.«

Mit ihrem Rabbit fuhren sie über den Expressway hinauf nach Miramar. Mona bewohnte eine Apartmentwohnung in einer Neubausiedlung entlang der Flamingo Road. Die Zweizimmerwohnung war geschmackvoll eingerichtet. Gene ließ sich auf der Couch nieder.

»Whiskey oder ein Bier?«, fragte Mona.

»Mit einem Whiskey wäre ich schon zufrieden.«

Sie schenkte einen Bourbon ein und verschwand im Badezimmer. Als sie wieder auftauchte, trug sie einen weißen Bademantel. Seufzend ließ sie sich neben Gene auf dem Sofa nieder und lehnte sich an ihn an.

»In welchen Schwierigkeiten steckt denn mein kleiner Privatschnüffler?«, fragte sie und streichelte mit ihrer Hand über Genes Wange.

»Schwierigkeiten, wie kommst du darauf?«

»Komm, tu nicht so«, erwiderte sie. »Du bist mindestens zehn Jahre jünger als ich, siehst gut aus und könntest jede andere haben. Ich bin nicht dumm. Warum tauchst du so plötzlich wieder bei mir auf? Du wirst dich wohl kaum in mich verliebt haben.«

Gene fuhr Mona über die Haare.

»Also, was ist los?«

Gene zog seine Hand zurück. »Also gut, soll ich gehen?«

»Warum glauben alle Kerle immer, dass sie sich in ihr Schneckenhaus zurückziehen müssen, wenn man sie durchschaut hat.«

Sie zog ihn zu sich heran und küsste ihn lang und anhaltend.

»Bleib!«

»Also gut, die Polizei sucht nach mir«, antwortete Gene. »Jemand hat mich hereingelegt, und jetzt sitze ich hier fest.«

»Und da hast du an mich gedacht?«

Gene wollte sich erheben, doch sie hielt ihn zurück.

»Es ist mir egal, wenn man nach dir sucht, ich will nur wissen, ob du etwas angestellt hast.«

Gene schüttelte den Kopf. »Man will mir einen Mord in die Schuhe schieben. Ehemalige Kollegen von mir …«

»Psst!«, sagte sie und küsste ihn erneut. Eine Stunde später lagen sie müde und erschöpft auf der Couch, und Genes Kopf ruhte auf ihrem Bauch.

»Ich muss hier dringend weg«, flüsterte er. »Ich muss nach Baton Rouge und herausfinden, was hier gespielt wird. Ein ehemaliger Kollege von mir ermittelt gegen mich, und er wird alles daransetzen, mich in den Knast zu bringen. Ich muss mir selbst helfen, sonst habe ich keine Chance.«

Mona streichelte ihm über die Haare. »Baton Rouge liegt nicht auf unserer Route, aber New Orleans fliegen wir an, und zufällig ist einer unserer Passagiere ausgefallen. Ein Kanadier namens Morrison. Er hat sogar ungefähr deine Statur und sieht dir mit ein wenig Fantasie sehr ähnlich.«

»Könntest du mich an Bord der Maschine schmuggeln?«

Sie zog ihn zu sich heran und hauchte ihm einen weiteren Kuss auf die Lippen. »Wirst du mich auch noch besuchen, wenn die Sache vorbei ist?«

Gene lächelte und hob die Hand. »Ich schwöre«, flüsterte er.

»Komm, hör auf«, entgegnete sie. »Der letzte Kerl, der mir etwas geschworen hat, hat sich kurz darauf aus dem Staub gemacht. Seitdem habe ich nie mehr etwas von ihm gehört.«

Als Gene bei Ryan anrief, war es bereits weit nach Mitternacht. Ryan fluchte mit verschlafener Stimme. »Verdammt, ich sagte vier Stunden, nicht mitten in der Nacht.«

»Konntest du etwas herausfinden?«, überging Gene Ryans Protest.

»Ja, verdammt«, schnauzte Ryan. »Die DEA hält sich bedeckt. Offenbar haben sie nicht viel gegen Tarston in der Hand. Es geht um ein paar Flüge, bei denen er einen falschen Zielflughafen angegeben hat. Die Flugaufsicht hat Ermittlungen eingeleitet und die DEA verständigt. Tarston behauptete, ein paar Rundflüge über den Golf organisiert zu haben. Aber Beweise für Rauschgiftschmuggel gibt es nicht.«

»Verdammt!«, fluchte Gene. »Konntest du wenigstens etwas über diesen Joe Hastings herausfinden?«

»Ich habe bei den Kollegen in Baton Rouge angefragt«, erzählte Ryan. »In White Castle gibt es einen einzigen Hastings. Er heißt Joseph T., ist um die vierzig und handelt mit Rohstoffen.«

»Rohstoffen, wie handelt man mit Rohstoffen?«

»Wohl an der Börse eben. Aber polizeilich liegt nichts gegen ihn vor. Er stammt aus einem betuchten Haus. Sein Vater muss im Staatsdienst gewesen sein.«

»Hast du eine Adresse?«

»Hastings wohnt in der Bowie Street in White Castle, aber ich glaube nicht, dass er dich weiterbringt.«

»Wo hat er sein Büro?«

Ryan lachte kehlig. »Ein Büro, das war früher. An der Börse handelt man online. Das geht mit einem Laptop sogar von einem Liegestuhl am Pool.«

»Danke«, antwortete Gene, ehe er auflegte.

»Hast du etwas erfahren, das dir weiterhilft?«, fragte Mona.

Gene erschrak. »Ich dachte, du schläfst.«

Sie kam auf ihn zu und legte ihre Arme um seinen Hals. »Zum Schlafen habe ich später noch Zeit«, antwortete sie, bevor sie ihn erneut küsste.

Sitz der Bezirksregierung in Manaus,
Hauptstadt des Bundesstaates Amazonas

Gouverneur Careido fuhr sich mit der Zunge über seine Lippen, ehe er die Seiten umblätterte.

»Gut, sehr gut, Dumas«, sagte er. »Ich sehe, Sie haben sich an meine Anweisungen gehalten. Ich bin zufrieden.«

Dumas lächelte erleichtert.

»Ich habe die Information erhalten, dass die WHO ein Expertenteam nach Urucará entsendet«, fuhr Careido fort. »Sie werden mir persönlich dafür haften, dass dieses Team in jeglicher Form unterstützt wird. Wir stehen an einem Scheideweg, Dumas. Irgendjemand hat einen Drachen geweckt, der uns alle zu verschlingen droht. Die Mitglieder dieses Teams sind Spezialisten im Kampf gegen Epidemien. Sie riskieren ihr eigenes Leben, um uns zu unterstützen. Deshalb sind Sie mir persönlich für das Wohlergehen dieser Ärzte verantwortlich.«

Dumas verzog seine Mundwinkel. »Aber wir verfügen doch selbst über ausgezeichnete Mediziner, die in den USA oder Europa studiert haben.«

Careido hob abwehrend die Hände. »Unsere Mediziner leisten ausgezeichnete Arbeit, aber diese Leute haben mehr Erfahrung im Umgang mit diesen lautlosen und heimtückischen Killern. Es bleibt dabei, Dumas. Sie tun alles, was in Ihrer Kraft steht, um die Ärzte der WHO in jeglicher Hinsicht zu unterstützen. Stellen Sie meine Geduld nicht noch einmal auf die Probe.«

Dumas nickte. »Es ist Ihre Entscheidung, Gouverneur.«

»Richtig, und daran sollten Sie in den nächsten Tagen denken.«

Als Dumas das Gebäude verlassen hatte, murmelte er einen leisen Fluch, bevor er zu seinem Handy griff und Luelas Nummer wählte.

20

Acampamento dos infectados nahe Urucará, Amazonasgebiet

Lager der Infizierten war die offizielle Bezeichnung der Regierung für die Zeltstadt nahe Urucará, wo sich weit über einhundert große Militärzelte aneinanderreihten und eine Sicherheitszone aus mehreren Reihen Stacheldraht um das Areal errichtet worden war. *Campo dos moribundos, Camp der Todgeweihten,* nannten es die Einheimischen, denn jeder, der hier eingeliefert wurde, war zum Tode verdammt. Bislang blieben alle Bemühungen der zahlreichen Ärzteteams vergebens, die von der Regierung hier zusammengezogen worden waren; niemand überlebte die Virusinfektion. Die Zahl der Verstorbenen war mittlerweile auf über dreihundert angestiegen, und beinahe die gleiche Anzahl von Menschen lag in den Zelten und wartete auf den Tod.

Militärstreifen patrouillierten um das Gelände, niemand durfte das Lager ohne Genehmigung verlassen. Pioniereinheiten hatten direkt am Fluss einen Anlegesteg errichtet, wo beinahe stündlich weitere Infizierte mit den großen Amazonasfährschiffen eingeliefert wurden. Die Erkrankten stammten beinahe ausnahmslos aus der Region um den Rio Jatapu, doch auch die ersten Fälle aus Santana, einer kleinen Siedlung am Rio Uatumá, waren bekannt geworden.

Patrouillenboote des brasilianischen Militärs sicherten den Flusslauf. Über Lautsprecher wurde in allen Sprachen und Dialekten des Amazonasbeckens verkündet, dass niemand den Fluss überqueren dürfe, da sonst rücksichtslos von der Schusswaffe Gebrauch gemacht würde.

Dennoch hatten ein paar Fischer versucht, die Region um den Rio Uatumá zu verlassen. Erst als gezielte Salven aus den Maschinengewehren der Patrouillenboote unmittelbar neben ihnen im Wasser einschlugen, drehten die Fischerboote ab und landeten am nördlichen Ufer des großen Flusses.

Das Dröhnen von Hubschraubern war zu hören, und Einheiten des Zivilschutzes arbeiteten unter Hochdruck, um die Kommunikation mit der Hauptstadt des Bundesstaates wieder herzustellen. Die Soldaten und Militärpolizisten trugen trotz der sengenden Hitze des Tages Gasmasken und hochgeschlossene Overalls.

Lila hatte sich mit dem Cabo und Pater Innocento am Anlegesteg getroffen, um den Transport ihrer Erkrankten ins nahe Camp zu überwachen. Sie waren mit einem Hubschrauber des Militärs vor zwei Stunden gelandet und hatten ihr Quartier innerhalb der Sicherheitszone bezogen. Auf dem Weg zur Landungsstelle kamen Lila und der Cabo an einem nochmals separat abgesperrten Sicherheitsbereich vorbei, in dem amerikanische Marinesoldaten gerade ein Labor aus mehreren silberglänzenden Containern errichteten.

»Das ist ein spezielles Hochsicherheitslabor«, erklärte Lila dem Cabo. »Es gibt nicht viele davon. Die US-Marine hat ihre Unterstützung zugesagt, außerdem wird die Weltgesundheitsorganisation ein paar Spezialisten hierher schicken. Ich kann nur hoffen, dass es ihnen schnell gelingt, eine geeignete Therapie und Medikation zu finden.«

Der Cabo schaute sie fragend an. »Haben wir keine solchen Spezialisten im eigenen Land?«

Lila lächelte mitleidig. »Leider sind unsere medizinischen Kapazitäten noch nicht so weit entwickelt wie in anderen Ländern. In den USA forschen Virologen und Molekularbiologen schon seit Jahren an den genetischen Mustern der gefährlichsten Viren aus aller Welt. Es ist dort ein eigenes Fachgebiet mit Hochsicherheitslaboren und Instituten, die sich speziell mit der Infektionsthematik befassen. In Brasilien sind wir noch dabei, die medizinische Grundversorgung überhaupt erst einmal flächendeckend auszubauen.«

Der Cabo blieb kurz stehen und zeigte auf drei amerikanische Marinesoldaten, die einen der silbernen Container mit einer Plastikfolie überzogen.

»Was tun die drei da?«, fragte er die Ärztin.

»Dieses Labor wird mit einer speziellen luftdichten Hülle umgeben, damit jederzeit ein Vakuum erzeugt werden kann. Viren sind zwar keine Lebewesen, so wie Bakterien, aber auch sie benötigen Sauerstoff zum Überleben.«

»Ich beneide niemanden, der dort drinnen arbeiten muss«, murmelte er nachdenklich.

»Es sind Fachleute, die genau wissen, was sie tun«, beschwichtigte Lila. »Damals in den USA, als ich noch eine junge und unerfahrene Studentin war, da träumte ich davon, einmal in einem solchen Labor zu arbeiten. Aber dazu hätte ich in Amerika bleiben müssen.«

Der Cabo schlenderte langsam weiter. »Und was hat dich dazu bewogen, hierher zurückzukommen?«

»Ich liebe mein Land und ich denke, hier ist meine Hilfe noch wichtiger als in einem Labor in den Staaten.«

»Deswegen das kleine Krankenhaus im Dschungel?«

Lila nickte. »Ja, deswegen. Hier sind uns die Menschen dankbar, dass wir für sie da sind.«

Sitz der Bezirksregierung in Manaus,
Hauptstadt des Bundesstaates Amazonas

Gouverneur Careido reichte dem amerikanischen Attaché die Hand und lächelte freundlich. »Wir stehen tief in Ihrer Schuld«, sagte er.

Phillip Rosburn schüttelte den Kopf. »Wir sind Nachbarn, und Nachbarn helfen sich, wenn es Probleme gibt. In einer solchen Situation ist es doch nur selbstverständlich, dass wir unsere logistische Hilfe anbieten. Schließlich bewohnen wir alle diesen Kontinent und unsere Länder sind schon seit Jahrzehnten freundschaftlich miteinander verbunden.«

Phillip Rosburn, amerikanischer Attaché für Umwelt und Gesundheit der US-Botschaft in Brasilia, setzte sich in den gepolsterten Sessel, den ihm der Gouverneur als Platz angeboten hatte. »Gerade in solch schwierigen Zeiten ist es gut, wenn man Freunde hat.«

»Sie sagen es, Senhor Rosburn«, entgegnete Gouverneur Careido. »Leider werden wir in dieser entlegenen Region oft von unserer Hauptstadt vergessen, wenn es um Fragen der staatlichen Versorgung geht. Aber angesichts der Ausnahmesituation hat uns Brasilia umfangreiche logistische und auch fachliche Hilfe zugesichert. Bedauerlicherweise sind wir in unserem Land noch nicht ganz so weit wie in der übrigen zivilisierten Welt. Aus diesem Grund nehmen wir Ihr Hilfsangebot sehr gerne an. Auch die WHO wird in Kürze ein Expertenteam entsenden. Denn es ist natürlich immer besser, wenn sich mehrere Spezialisten der Sache annehmen.«

»Das ist auch die Meinung unseres Botschafters«, stimmte Rosburn zu. »Es ist eine glückliche Fügung des Schicksals, dass es zwischen den Marineeinheiten unserer Länder ein Kooperationsprojekt gibt, das es uns ermöglicht, gemeinsam schnell zu reagieren. Nur so können wir im Falle einer drohenden Pandemie eine Ausbreitung des Virus verhindern.«

»Unsere Armeeeinheiten haben das Gebiet abgeriegelt, kein Mensch kann daraus unkontrolliert entkommen. Unser Präsident hat außerdem eine Luftraumsperre über der Region verhängt. Nur noch militärische Flugbewegungen sind gestattet. Wir hoffen durch diese Maßnahmen, das Ausbreitungsgebiet einzudämmen.

Außerdem wird derzeit unter meiner Führung ein Krisenstab eingerichtet, der die Maßnahmen koordiniert. Neben dem Kommandeur der Militäreinheiten werden wir natürlich auch Ihrer Regierung eine Stimme in diesem Gremium einräumen. Schließlich sind wir an einer offenen und konstruktiven Zusammenarbeit sehr interessiert.«

Rosburn lächelte verbindlich. »Es ist uns eine Ehre. Wir haben zwei Ärzteteams unserer Marineinfanterie in die Region beordert. Wichtig ist es, den Index-Fall ausfindig zu machen, um den Infektionsweg nachvollziehen zu können. Außerdem werden unsere Wissenschaftler des National Naval Medical Center in Bethesda die Strukturen des Jatapu-Virus bestimmen, um ein geeignetes Medikament herzustellen.«

Careido zog die Stirn kraus. »Aber ist das nicht genau das, was auch die Spezialisten der WHO vorhaben?«

Rosburn hob beschwichtigend die Hände. »Natürlich räumen wir den Mitarbeitern der WHO absolute Priorität ein, jedoch ist es in einem solchen Fall immer besser, wenn verschiedene Wissenschaftler unabhängig voneinander an einer Lösung arbeiten. Ein entsprechender Datenaustausch ist auf jeden Fall gewährleistet. Das ist doch keine Frage, bereits im Falle der großen Ebola-Infektion hat sich diese Arbeitsweise bewährt.«

Careido nickte zufrieden. »Senhor Rosburn, ich danke Ihnen nochmals für Ihren Einsatz. Ihre Leute sind selbstverständlich willkommen.«

Louis Armstrong International Airport, New Orleans, USA

»Mister Morrison, bitte schnallen Sie sich an!«, sagte die Stewardess an Bord der Boing 727.

Gene war eingeschlafen. Sie rüttelte an seiner Schulter. »Mister Morrison, anschnallen bitte, wir landen in Kürze in New Orleans.«

Gene schlug die Augen auf und schaute in das Gesicht der Flugbegleiterin.

»Mister Morrison, schnallen Sie sich bitte an!«

Gene räusperte sich. »Was … was wollen Sie von mir«, krächzte er.

»Anschnallen bitte«, wiederholte die Stewardess. »Wir landen, Mister Morrison.«

Schläfrig schaute sich Gene um, neben ihm saß ein Japaner, der ihn lächelnd musterte. »Ich bin … ich habe … ja, schon gut, schon gut«, entgegnete Gene nach einer Weile und griff zum Gurt. Beinahe hätte er sich verraten, doch ihm war noch rechtzeitig eingefallen, dass ihn Mona unter falschem Namen an Bord der Maschine geschmuggelt hatte.

Etwa zehn Minuten später setzte die Maschine auf dem Louis-Armstrong-Flughafen auf. In der Menschenmenge trottete Gene zum Gateway. Eine Passkontrolle war auf Inlandsflügen nicht vorgesehen. So passierte er unbehelligt die Drehtür zur Gepäckabfertigung, holte seinen Koffer und begab sich zum Ausgang des Abfertigungsgebäudes, wo mehrere Schalter von Autovermietungen untergebracht waren. Am Schalter von Alamo mietete er sich einen Dodge Ram, wobei er eine Kreditkarte mit einem anderen Namen vorlegte. Einen entsprechenden Führerschein besaß er ebenfalls. Als Privatdetektiv hatte er damals schnell gelernt, dass falsche Papiere bei der Ausübung seines Berufs bisweilen unentbehrlich waren. Sich solche Papiere zu beschaffen, war in einem Moloch wie Miami kein Problem; man musste nur die richtigen Leute kennen.

Eine halbe Stunde später fuhr Gene Mcfaddin mit seinem gemieteten Dodge über die Interstate Nummer 10 in Richtung Baton Rouge. Die Stadt lag knapp einhundert Kilometer von New Orleans entfernt. Er war gespannt, was ihn in Baton Rouge oder besser gesagt in White Castle erwartete. Welche Rolle spielte ein texanischer Onlinebroker aus einer Beamtenfamilie in diesem

Fall? Zumindest würde er nicht wieder abreisen, bis er mit Hastings geredet hatte. Noch bevor er Bonet Carre hinter sich gelassen hatte, stand er das erste Mal im Stau. Wagen reihte sich an Wagen. Gene seufzte. Wenn das so weiterging, dann würde er Baton Rouge erst in den Abendstunden erreichen. Und das, obwohl er sich vorgenommen hatte, noch heute mit seinen Nachforschungen in White Castle zu beginnen.

Flughafen Franz Josef Strauß, München, Deutschland

Luisa Behringer hatte am frühen Morgen eingecheckt und wartete ungeduldig auf den Abflug der A 330 von München nach New York, wo im The Benjamin Hotel unweit von Ground Zero schon am nächsten Tag ein Treffen mit Professor Sander und dem restlichen Team geplant war. Luisa freute sich auf ihren Auftrag, obwohl sie auch ein klein wenig angespannt war angesichts der schwierigen Aufgabe, die ihr bevorstand. Inzwischen hatte sie aus Genf genügend Infomaterial über den bislang noch unbekannte Virus erhalten, das Jatapu-Virus, wie es inzwischen analog zum Ebola-Virus genannt wurde, da es das erste Mal in der Region um den Rio Jatapu auftrat. Damals vor knapp zehn Jahren, bei ihrem ersten Einsatz anlässlich des Ebola-Virus in Mittelafrika, hatte sie die meiste Zeit in einem Labor in Europa zugebracht. Diesmal sollte es anders werden, diesmal war sie direkt an der Front. Übermorgen würde das Team nach Brasilien aufbrechen. Feldforschung bedeutete, direkt vor Ort des Geschehens zu sein, direkt mit den infizierten Menschen in Kontakt zu kommen und direkt mitzuerleben, welch verheerende Wirkung diese noch unbekannte Krankheit auf den menschlichen Organismus hatte. Natürlich war diese Arbeit gefährlich, doch Angst vor einer Ansteckung hatte sie nicht.

»Wenn man nur die Regeln der Sicherheitsstufe 4 befolgt, dann kann einem nichts geschehen«, hörte sie die Stimme ihres ehemaligen Professors sagen, der während ihres Studiums keine Möglichkeit ausließ, um auf die Gefährlichkeit im Umgang mit höchst aggressiven Viren hinzuweisen. Und genau das hatte sie vor.

»Ich hoffe nur, dass wir heute überhaupt noch abheben«, sagte die ältere Frau, die neben Luisa in der Businessclass am Fenster Platz genommen hatte.

»Ich denke schon«, gab Luisa zurück.

»Ich fliege nach New York zu meiner Tochter, um meine Enkel zu besuchen«, fuhr die Dame im beigen Kostüm fort. Sie mochte wohl schon weit über sechzig Jahre alt sein.

»Das ist schön«, antwortete Luisa kurz angebunden. Ihr Sinn stand nicht nach einer Unterhaltung.

»Besuchen Sie auch jemanden?«

»Ich bin geschäftlich unterwegs«, entgegnete Luisa knapp, als sich die Triebwerke plötzlich lautstark bemerkbar machten.

»Na endlich«, seufzte die Dame, als sich der Airbus in Bewegung setzte und über den Rollway zur Startbahn rollte.

Zweiter Teil

Todeszone

21

Acampamento dos infectados nahe Urucará, Amazonasgebiet

Stille lag über der Zeltstadt vor den Toren Urucarás. Die Morgensonne war noch von dichtem Nebel verdeckt, und die Luft war erfüllt von der Frische des beginnenden Tages.

Die Zeltstadt glich einem schwer bewachten Gefangenenlager. Mit Stacheldrahtrollen verstärkte Zäune und ausgehobene Gräben verhinderten den unkontrollierten Zugang zum Areal. Im nördlichen Bereich, getrennt vom Feldlazarett, waren die Unterkünfte der Ärzte und des Personals errichtet worden. Container und große Zelte standen dort in Reih und Glied. Daran angrenzend das aus drei Containern bestehende mobile Labor, wiederum mit einem Stacheldrahtzaun gesichert und von einem Kontrollposten bewacht. Der hochsensible Bereich durfte nur mit einer Spezialgenehmigung betreten werden. Verkleidet mit silberglänzendem Kunststoff, erstrahlte das seltsame Gebäude mit seinen schlauchähnlichen Verbindungsgängen im aufgehenden Sonnenlicht. Neben der Sicherheitsschleuse, die nur durch eine Entgiftungsanlage verlassen werden konnte, prangte das amerikanische Banner. *US-NAVY Research Center BSL 4* stand darunter.

Das ganze Gebilde wirkte wie eine Mondbasis und erschien deplatziert und grotesk angesichts der olivgrünen Zeltstadt, in der bewaffnete Soldaten mit Mundschutz patrouillierten.

Das Lager war in der Nähe des Flussufers erbaut worden, wo Pioniereinheiten inzwischen zwei schwimmende Landestege errichtet hatten, an denen stündlich die Amazonasboote mit ihren großen Aufbauten anlegten, um weitere Infizierte aus der Region ins Lager zu bringen.

Am Nordende, direkt neben den Unterkünften des medizinischen Personals, hatte sich das Militär niedergelassen. Zwei Hubschrauberlandeplätze waren eingerichtet worden. In der Nähe gab es ein Flugfeld, auf dem zwei Transportflugzeuge des Typs Embraer 110 der Força Aéra Brasileira standen, die erst am Vortag gelandet waren, um Medikamente und Nahrung zu bringen. Zwei weitere Maschinen wurden für den heutigen Tag erwartet. Aber sie brachten vorerst nur fiebersenkende und schmerzhemmende Medikamente, denn bislang war der Virustyp, der das hämorrhagische Fieber hervorrief, ja noch nicht isoliert und bestimmt worden. Und das Virostatikum Ribavirin war zudem nicht im ausreichenden Maße vorhanden und hatte bislang den Krankheitsverlauf allenfalls verzögern, aber nicht aufhalten können. Ein wirklich antigenes Mittel war noch nicht gefunden, und es würde wohl Wochen dauern, bis erste Ergebnisse erzielt werden konnten.

Also beschränkten sich die Bezirksregierung und das Militär darauf, die Ausbreitung der Krankheit durch Quarantäne und Informationsmaßnahmen der Bevölkerung zu verhindern. Und bislang schien diese Taktik durchaus angemessen, denn die Fälle von Infektionen nahmen ab. Auch heute hatten die Boote nicht mehr als zwanzig Patienten in das Camp überführt. Sollte das Virus seine tödliche Wirkung bereits verloren und sich mittlerweile an seine Wirtskörper angepasst haben?

Lila Faro hatte eine harte Nacht hinter sich. Sie saß vor ihrer Unterkunft, trank Kaffee und rauchte eine Zigarette. Vier Menschen, darunter ein Mädchen, nicht älter als zehn Jahre, waren in dieser Nacht gestorben. Angesichts des Fiebers und der Krämpfe, welche die geschundenen Körper heimsuchten, war der Tod zwar eine Erlösung. Doch Lila war schließlich Ärztin geworden, um sich dem Tod entgegenzustellen, und hier in diesem Camp, bei dieser Krankheit, war sie machtlos! Das Jatapu-Virus wirkte tödlich. Eine beinahe einhundertprozentige Letalitätsrate sprach für sich.

»Ah, Lila, mein Kind«, seufzte Pater Innocento. »Manchmal kommen mir schon Zweifel, ob Gott mich und meine Gebete für die leidenden Menschen überhaupt hört.«

Lila lächelte matt. »Gott wird uns nicht helfen können, was wir brauchen, sind geeignete Medikamente oder eben ein Wunder.«

Pater Innocento hob den Zeigefinger. »Meine Tochter, du vergisst dich, es ist doch eben unser Gott, der Wunder vollbringt.«

»Wenn er nicht mehr auf Euch hört, Pater, auf wen sollte er sonst noch hören?«

Pater Innocento setzte sich auf eine Kiste und schaute Lila beim Rauchen zu.

»Es ist lange her«, sinnierte er. »Ich habe das Rauchen aufgegeben, aber angesichts der vergangenen Nacht könnte ich durchaus …«

Lila kramte die Schachtel aus der Hosentasche und bot ihm eine Zigarette an. Der Pater nickte dankbar. Sie gab Pater Innocento gerade Feuer, als der Cabo aufgeregt zwischen den Zelten auftauchte.

»Lila, ich habe dich überall gesucht«, stieß er atemlos hervor.

»Ich habe vierzehn Stunden gearbeitet«, antwortete sie. »Ich will nur noch schlafen.«

»Schnell, du musst mit mir kommen!«

»Was ist passiert?« Lila sprang auf.

»Es geht um Schwester Violante, du solltest es dir selbst ansehen.«

Sitz der Bezirksregierung in Manaus,
Hauptstadt des Bundesstaates Amazonas

»Wir haben alles unter Kontrolle«, berichtete Gouverneur Careido dem Minister für Zivilschutz und Gesundheit. »Unsere Bemühungen haben gefruchtet. Mittlerweile ist die Krankheit eingedämmt. Es gibt nur noch wenige neue Fälle.«

»Wie viele Infizierte befinden sich derzeit im Lager?«, fragte der Minister.

Careido sah Dumas fragend an. Der Lautsprecher des Telefons war eingeschaltet, so dass Dumas die Frage verstehen konnte.

»Derzeit befinden sich etwa sechs- bis siebenhundert Personen in Behandlung«, entgegnete Dumas. »Wir haben beinahe einhundert Helfer und dreißig Ärzte vor Ort. Außerdem werden in Kürze Spezialisten der WHO vor Ort eintreffen. Einzig die Versorgung mit geeigneten Medikamenten bereitet uns Sorgen. Wir benötigen spezielle Präparate, die sehr teuer und nur schwer zu erhalten sind. Unsere amerikanischen Freunde haben uns Unterstützung zugesagt. Wir hoffen, dass in Kürze eine Lieferung eintrifft.«

Eine kurze Weile herrschte Schweigen, bevor sich der Gesundheitsminister aus Brasilia wieder zu Wort meldete. »Hat man schon eine Ahnung, um welchen Erreger es sich handelt?«

Gouverneur Careido räusperte sich. »Unsere Wissenschaftler gehen davon aus, dass es sich um einen sehr gefährlichen Ableger des Ebola-Virus handeln könnte. Die Symptome sind ähnlich. Außerdem gibt es eine weitere Gemeinsamkeit, die zu dieser Annahme führt.«

»So, welche denn?«, fragte der Minister.

»Das Gebiet um den Rio Jatapu liegt auf dem gleichen Breitengrad wie der Fluss Ebola in der Republik Kongo. Es könnten klimatisch die gleichen Voraussetzungen wie im Kongo vorliegen.«

»Wurde Ebola nicht anfänglich durch Ratten übertragen?«, warf der Gesundheitsminister ein.

»Fledermäuse, Fledermäuse wie zum Beispiel unsere heimische Art, die Desmodus Rotundus, kämen da in Betracht«, beeilte sich Dumas mit der Antwort.

»Schön, ich denke, wenn die Spezialisten der WHO hier eingetroffen sind, wird es uns schon gelingen, ein geeignetes Medikament gegen diese Seuche zu entwickeln. Halten Sie mich auf dem Laufenden, der Präsident ist beunruhigt, schließlich hat eine Epidemie weitreichende Folgen für unsere Wirtschaft.«

»Ganz wie Sie wünschen, Herr Minister«, entgegnete der Gouverneur und beendete das Gespräch.

»Dieser Emporkömmling«, fluchte er, nachdem er den Hörer aufgelegt hatte. »Er hat diesen Posten nur, weil er aus dem Dunstkreis des Präsidenten stammt. Er hat überhaupt keine Ahnung, was hier vor sich geht.«

»Ist er kein Mediziner?«, fragte Dumas.

»Tja«, antwortete Careido spöttisch. »So weit hat es bei ihm nie gereicht. Er war Polizeichef in Rio und ansonsten ist er reich, wobei viele annehmen, dass ein Teil seines Reichtums daher stammt, dass er als Polizeichef immer zum richtigen Zeitpunkt die Augen schloss.«

»Es kommen täglich nur noch zehn bis zwölf Infizierte in das Lager, es scheint, als hätten wir das Schlimmste überstanden.«

»Dumas, Ihr Wort in Gottes Ohr«, beendete Gouverneur Careido die Unterredung.

Marque Street in White Castle, Louisiana, USA

Er hatte es geschafft, nach mehreren Umwegen und kurzen Staus hatte Gene endlich Baton Rouge hinter sich gelassen und seinen Weg in den Süden fortgesetzt.

Am späten Nachmittag erreichte er White Castle, einen kleinen Ort, der sich entlang der Staatsstraße 69 erstreckte und in dem etwa zweitausend Menschen, vorwiegend Schwarze, lebten. Gene lenkte seinen Dodge durch die Hauptstraße in Richtung Süden. Er fuhr zunächst in Richtung Samstown weiter, um sich den kleinen Privatflughafen an der Bowie Street anzuschauen. Der Flughafen bestand aus einem langen Wiesengelände. Lediglich ein großer Schuppen, neben dem zwei rostige Tanks standen, sowie der rot-weiße Luftsack, der sich an einem hohen Mast im Wind hin und her bewegte, deuteten darauf hin, dass die Wiese als Flugfeld genutzt wurde. Nach allem, was er bislang über die Fliegerei wusste, war es durchaus denkbar, dass eine Lockheed C 130 hier landen konnte. Er fuhr an einem landwirtschaftlichen Anwesen vorbei, das direkt neben dem eingezäunten Flugfeld lag. Er parkte auf dem geschotterten Platz vor der Scheune und stieg aus. Außerhalb des klimatisierten Wagens empfing ihn die Schwüle des Tages mit aller Wucht. Ein dunkelhäutiger Mann im blauen Overall war vor der Scheune damit beschäftigt, einen alten Traktor zu reparieren. Gene streckte sich und ordnete seine Kleidung; schließlich schlenderte er auf den Arbeiter zu, der ihn argwöhnisch musterte.

»Hallo Mister«, grüßte Gene. »Verdammt heiß heute.«

»Ja, Mister«, erwiderte der Mann mürrisch.

»Er will wohl nicht mehr so richtig«, sagte Gene und deutete auf den Traktor, der mit offener Motorhaube auf dem Schotter stand.

»Hat seine besten Jahre schon hinter sich«, kam die Antwort im breiten Südstaatendialekt.

»Gehört der Hof Ihnen?«

Der Arbeiter schüttelte den Kopf. »Ich mach hier nur meinen Job.«

Gene schaute sich um und wies auf das nahe Flugfeld. »Gehört das Flugfeld ebenfalls zum Hof?«

»Das alles hier gehört Mister Hastings.«

»Ist wohl reich, dieser Mister Hastings.«

Der Arbeiter griff nach einem Schraubenschlüssel in seiner Werkzeugbox und versuchte eine rostige Schraube zu lösen.

»Hören Sie, Mister«, sagte er, »ich habe noch viel zu tun.«

»Oh, natürlich«, entgegnete Gene. »Lassen Sie sich nicht stören. Ich will mir nur die Beine etwas vertreten. Es war eine lange Fahrt. In Baton Rouge war viel Verkehr, ich bin mehr gestanden als gefahren. Sie wissen nicht zufällig, wo man hier ein günstiges Motel finden kann? Bin auf der Durchreise, aber für heute reicht's. Und bis Mobile ist es noch ein weiter Weg.«

Der Arbeiter hielt einen kurzen Moment inne und überlegte. »In Donaldsonville gibt es ein Motel, das liegt am Mississippi, etwa zehn Meilen von hier. Sie müssen zurück nach White Castle und dann nach Osten auf der 1. Hier gibt es nur Mama Dolita in Samstown, die ab und zu Zimmer vermietet.«

»Mama Dolita, das klingt gut, wo finde ich sie?«

»Gleich nach der Kreuzung auf der rechten Seite. Es ist einfach, dafür aber preiswert, und außerdem macht Mama Dolita ausgezeichnete Jambalaya. Wenn Sie nicht zu viel erwarten, dann ist es genau das Richtige.«

Gene bedankte sich und schaute in die Luft. Der Lärm eines Flugzeugmotors überlagerte die Unterhaltung. Eine einmotorige Maschine steuerte aus dem Norden den Flugplatz an. Gleichzeitig bog ein dunkler Pick-up über die Bowie Street in das Areal ein. Gene ging ein Stück zur Seite, als der Wagen an ihm vorbeidonnerte und Staub aufwirbelte. Zwei Männer mit dunklen Sonnenbrillen saßen im Wagen, der zwischen der Scheune und einem kleinen Lagerhaus hindurch in Richtung Flugfeld fuhr. Gene wartete, bis sich der Staub verzogen hatte. Die kleine, weißblau gestrichene Maschine war inzwischen auf dem Flugfeld gelandet und rollte in Richtung eines lang gestreckten Schuppens aus.

»Das ist wohl Ihr Boss?«, fragte Gene, nachdem der Lärm verklungen war.

Der Arbeiter schüttelte den Kopf. »Hier landen ständig irgendwelche Flugzeuge. Mister Hastings ist Geschäftsmann, er bekommt oft Besuch.«

»Aber kann man mit Landwirtschaft in der heutigen Zeit noch viel verdienen?«

»Mister Hastings ist kein Landwirt, das Anwesen hat er aufgekauft. Er macht schon lange keinen Finger mehr krumm.«

Gene schüttelte ungläubig den Kopf. »Womit kann man hier auf dem Land noch handeln, um reich zu werden?«

»Er handelt an der Börse, sagt man. Seine Geschäftspartner kommen aus den gesamten Staaten, sogar aus Kanada sind schon Leute hier gelandet.«

»Hier auf diesem abgelegenen Flugfeld, das kann ich gar nicht glauben.«

»Hier sind sogar schon große Transportmaschinen heruntergekommen«, verkündete der Arbeiter stolz. »Aber jetzt muss ich wirklich weitermachen.«

Gene hob entschuldigend die Hand. »Mama Dolita, gleich rechts nach der Kreuzung«, sagte er. »Einen schönen Tag noch.«

Langsam schlenderte er auf seinen Dodge zu.

Bevor er einstieg, fuhr der schwarze Pick-up schon wieder an ihm vorbei. Diesmal stand ein Mann auf der Ladefläche, der sich an einer Verstrebung festhielt und eine Langwaffe um seine Schulter trug. Offenbar waren Hastings' Mitarbeiter keine einfachen Angestellten.

Gene stieg ein und wartete einen kurzen Moment, bis er seinen Wagen startete. Er war müde und hatte Hunger. Kurz überlegte er, ob er nach White Castle fahren sollte, doch dann entschied er sich anders und fuhr auf der Staatsstraße in Richtung Samstown weiter.

Aeroporto Internacional do Belém, Bundesstaat Pará, Brasilien

Luisa war zufrieden. Das Treffen mit Professor Sander in New York war hervorragend verlaufen. Der symphatische, großgewachsene Epidemiologe, der seinen Lehrstuhl an der Universität München gegen die grausigen Schauplätze der gefährlichsten Infektionen dieser Welt eingetauscht hatte, erinnerte sie sehr an ihren Vater. Er schien sehr kompetent und engagiert zu sein und war sich auch durchaus bewusst, welchen Gefahren er sich selbst und seine Mitarbeiter aussetzte. Dennoch hatte Luisa das Gefühl, dass diesen Mann nichts so leicht aus der Bahn warf. Überhaupt war sie sehr mit dem Team zufrieden, das die WHO zusammengestellt hatte. Antonio Pinto, den dunkelhaarigen und smarten Portugiesen, der als Mikrobiologe an der Universität in Basel arbeitete, kannte sie bereits von mehreren Tagungen und Fortbildungsveranstaltungen. Anne Arlette vom Institut Pasteur in Paris hatte ebenfalls schon unzählige Auslandseinsätze hinter sich und machte einen sehr erfahrenen Eindruck. Sie verstärkte als Immunbiologin das Team. Und Professor Joanna Kim leitete das Referenzlabor der CDC in Atlanta.

Bei der gestrigen Besprechung hatte Sander einen besorgten Eindruck gemacht, als er von den bisherigen Erkenntnissen berichtete. Es war nicht viel, was er über das Virus sagen konnte, jedoch hegte Doktor Perez, der als erster Facharzt eine Untersuchung vorgenommen hatte, den Verdacht, dass es sich um eine Art des Ebola-Virus handeln könnte. Eine besonders aggressive Form, die mit einer Letalitätsrate von beinahe einhundert Prozent den Infizierten keine Überlebenschance gab.

Als erste Maßnahme musste das Virus isoliert und bestimmt werden. Dazu gehörte es, die Genstruktur zu entschlüsseln, um mögliche antiretrovirale Medikamente zu entwickeln. Die rasche Entschlüsselung war umso dringender, weil die Behandlungen mit Ribavirin bisher erfolglos blieben. Luisa war zuversichtlich, dass ihr Team in der Lage sein würde, umgehend Erfolge zu erzielen.

Als ihr Jet auf der Landebahn des Internationalen Flughafens von Belém aufsetzte, konnte sie es kaum abwarten, bis das Flugzeug ausrollte. Eine Militärmaschine wartete bereits auf sie und ihre Begleiter, um sie nach Urucará direkt in das Amazonasgebiet zu bringen, wo ein gut ausgestattetes Level-4-Labor errichtet worden war. Eine Leihgabe der amerikanischen Regierung, die nach Professor Sanders Aussage ebenfalls mit Mitarbeitern des amerikanischen Zentrums für Seuchenkrankheit, kurz CDC genannt, vor Ort war. Luisa war gespannt darauf, was sie dort erwartete und wie die Zusammenarbeit mit den Kollegen vom CDC funktionieren würde.

22

Acampamento dos infectados nahe Urucará, Amazonasgebiet

Schwester Violante lag in einem Zelt auf einem Feldbett und starrte mit müden Augen an die Decke. Ihr Gesicht war kalkweiß, und um ihre Augen lag ein fiebriger Glanz. Sie fühlte sich matt und kraftlos, ihre Glieder schmerzten.

»Sie leidet unter Halsschmerzen und Schluckbeschwerden«, flüsterte der Cabo Lila zu.

Lila streifte sich ihre Handschuhe über und setzte sich auf Violantes Bett. Der behandelnde Militärarzt aus Manaus wollte sie daran hindern, doch Lila ließ sich nicht zurückhalten.

»Violante, wie fühlst du dich?«, fragte sie. Ihre Stimme klang dumpf durch den Mundschutz.

Die Erkrankte wandte ihr den Kopf zu und versuchte ein Lächeln. »Frau Doktor, es hat mich erwischt«, antwortete sie ermattet.

Lila schüttelte den Kopf. »Es ist vielleicht nur eine harmlose Grippe.«

»Nein, ich habe genügend Menschen hier sterben sehen, ich weiß, dass es diese verfluchte Virusinfektion ist«, entgegnete die Schwester. »Ich weiß nur nicht, wie es passieren konnte. Ich trug immer meine Handschuhe, und ich trug meine Schutzkleidung. Jeden Tag habe ich mindestens vier- bis fünfmal geduscht, aber trotzdem hat es mich erwischt.«

Lila erhob sich vom Bett und trat an die Seite des Militärarztes. »Was geben Sie ihr?«

»Acetaminophen und eine Kochsalzlösung«, antwortete der

Kollege. »Wir erwarten eine neue Lieferung von Ribavirin sowie ein ähnliches, aber offenbar verbessertes Medikament, das sich noch in der Versuchsphase befindet und uns von den Amerikanern zur Verfügung gestellt wird. Nur nützt dies alles wenig, wenn wir nicht genau wissen, mit welchem Virustyp wir es zu tun haben.«

»Ich kenne Violante, sie arbeitet hier bereits seit über dreißig Jahren in verschiedenen Krankenhäusern und ist sehr erfahren, und wenn sie beteuert, dass sie sich vor der Infektion ausreichend geschützt hat, dann glaube ich ihr«, sagte Lila besorgt.

Der Arzt runzelte die Stirn. »Sie meinen …«

Lila nickte. »Ich befürchte, dass unser Virus mutiert sein könnte.«

»Genetische Mutation?«

»Ich bin keine Virologin, aber ich kann mich noch dunkel daran erinnern, dass Viren, wenn sie auf andere Viren stoßen, durchaus in der Lage sind, genetische Informationen auszutauschen.«

Der Militärarzt blickte besorgt. »Sie meinen, das Virus hat andere Übertragungseigenschaften angenommen?«

Lila seufzte. »Wir sollten diese Möglichkeit jedenfalls in Betracht ziehen.«

Der Militärarzt fasste sich an die Stirn. »Das würde bedeuten, dass wir die Patienten isolieren und die Behandlungen mit Schutzanzügen durchführen müssten, ich werde sofort Kommandeur Santoro unterrichten.«

Der Militärarzt wandte sich um und eilte davon.

»Ich habe so etwas befürchtet«, stöhnte Lila. »Das ist das Schlimmste, was passieren kann. Das Virus wird sich ausbreiten, und wir haben keine Chance, diese Entwicklung einzudämmen. Es wird nun weitergereicht wie eine Grippe.«

Der Cabo blickte zu Violante. »Werden wir ihr helfen können?«

Lila zuckte mit den Schultern. »Vielleicht ist das neue Präparat dazu in der Lage. Ich habe gehört, es soll direkt aus den Labors der amerikanischen Gesundheitsbehörde stammen. Es ist nur die

Frage, ob es in ausreichendem Maß vorhanden ist oder ob es sich nur um ein Gerücht handelt.«

Der Cabo wandte sich zum Gehen. Lila zögerte. »Ich werde noch hier bei Violante bleiben«, sagte sie. »Auch wenn sie manchmal ein klein wenig kratzbürstig wirkt, ist sie doch eine treue Freundin. Ich konnte mich in der Klink immer auf sie verlassen, während Doktor Williamson stets gegen mich arbeitete.«

»Aber du bist müde, du musst schlafen, die anderen Patienten brauchen dich ebenfalls.«

»Keine Sorge, ich komme schon klar«, erwiderte Lila und richtete ihren Mundschutz, während Schwester Violante regungslos auf ihrem Bett lag und auf den Tod wartete.

Samstown, Mama Dolitas Inn, Louisiana, USA

Mama Dolitas Inn war kein Gasthaus im eigentlichen Sinne, es war ein einfaches und schmuckloses Wohnhaus mit einem Nebengebäude, einer ehemaligen Scheune, die zu kleinen Appartements umgebaut worden war. Vier kleine Wohneinheiten gab es dort, außerdem noch zwei Gästezimmer im Wohnhaus. Mama Dolita selbst war eine dunkelhäutige Frau, um die sechzig Jahre alt, die wohl an die zweihundert Pfund wog. Sie war einen ganzen Kopf kleiner als Gene, doch versprühte sie eine Energie, die er ihr bei dieser Körperfülle nicht zugetraut hätte.

Als er das weiß getünchte Haus mit den schmutzig braunen Flecken an der Fassade betrat, empfing sie ihn mit ihrem breiten Louisiana-Dialekt, als würden sie sich schon Jahre kennen. Mama Dolita war das, was viele eine gute Seele nannten. Als sich Gene nach einem Zimmer erkundigte, kam sie bereits mit dem Schlüssel hinter dem kleinen Tresen hervor, der im Eingangsbereich stand, und lotste ihn durch die Tür zu einem Appartement. In dem Zimmer gab es ein breites Bett, das mit sauberen, weißen

Laken bezogen war, einen kleinen Schreibtisch und einen einfachen Stuhl.

»Ich hoffe, es gefällt Ihnen«, sagte sie. »Es ist nichts Besonderes, aber für zehn Dollar die Nacht muss man selbst in dieser gottverlassenen Gegend weit laufen. Es gibt auch eine Dusche und eine Toilette auf dem Gang.«

Gene nickte. »Es wird reichen.«

»Wie lange bleiben Sie?«

Er zuckte mit den Schultern. »Ich kann es noch nicht sagen, ich bin Vertreter und weiß noch nicht, wie die Geschäfte laufen werden.«

»Vertreter?« Mama Dolita zog die Augenbrauen hoch. »Frauenbesuch ist nicht gestattet, außerdem habe ich es nicht gerne, wenn hier in den Zimmern geraucht wird. Ansonsten fühlen Sie sich einfach wie zu Hause. Sie müssen hungrig sein. Ich habe Jambalaya auf dem Herd. In einer Stunde können Sie essen.«

Gene bedankte sich, nahm seinen Schlüssel in Empfang und wartete, bis Mama Dolita das Zimmer verlassen hatte. Er zog sein durchgeschwitztes Hemd aus und warf sich auf das Bett.

Nachdem er geduscht und sich frisch gemacht hatte, verließ er das Appartement. Das Hungergefühl kroch vom Magen über seine Speiseröhre direkt in sein Gehirn, und er war gespannt, was Mama Dolita auf den Tisch zaubern würde. Er betrat das Haus und ließ die schwüle Hitze hinter sich. Angenehm kühl war es, als er den Flur entlangging und dem Lärm der Töpfe folgte. In einem kleinen Gastraum stand ein langer Tisch, an dem sich zehn Stühle aufreihten. Nur an einem Platz war gedeckt.

»Setzen Sie sich!«, empfing ihn Mama Dolita, die durch eine andere Tür das Zimmer betrat und eine dampfende Pfanne in der Hand hielt. »Sie sind bislang mein einziger Gast. Ich hoffe, Sie haben genügend Hunger mitgebracht.«

»Ich könnte einen Bären verspeisen«, antwortete Gene und ging zum Tisch.

Noch bevor er Platz genommen hatte, wurde die Tür aufgestoßen, und der dunkelhäutige Arbeiter, der ihm am Flugplatz den Weg zu Mama Dolita gewiesen hatte, betrat den kleinen Gastraum.

»Terence«, begrüßte ihn die füllige Wirtin. »Wenn du Hunger hast, dann nimm gleich Platz, das Essen ist fertig.«

Der Angesprochene lächelte Gene zu und setzte sich ans andere Ende des Tischs, während die Frau das Zimmer verließ.

»Ich sehe, Sie haben es gefunden«, sagte er. »Ich hoffe, ich habe nicht zu viel versprochen. Mama Dolitas Jambalaya ist in der ganzen Gegend hier berühmt.«

»Ich bin gespannt«, erwiderte Gene und begann zu essen. Der Eintopf war scharf und schmeckte leicht säuerlich, genauso wie es sein musste.

»Und?«

»Sie haben nicht übertrieben, Mister.«

Mama Dolita kam mit zwei weiteren Portionen Jambalaya und einer Karaffe zurück. Nachdem sie sich neben Terence niedergelassen und drei Gläser mit klarem Wasser gefüllt hatte, schob sie eines davon Gene zu.

»Ich hoffe, es schmeckt Ihnen?«

»Phantastisch«, bestätigte Gene schmatzend.

»Früher waren um diese Zeit immer viele Saisonarbeiter aus dem Süden bei mir zu Gast«, erzählte sie, während sie aß. »Doch leider ist das schon lange her, damals bewirtschaftete der alte Leblanc das Land. Doch der ist leider schon beinahe vier Jahre unter der Erde. Seit Hastings das Land aufgekauft hat, ist es hier still geworden.«

»Wer ist dieser Hastings überhaupt?«

»Ihm gehört das ganze Land dort draußen«, erklärte Mama Dolita. »Er ist steinreich, sagt man. Aber er hält nicht viel vom Ackerbau. Er ist einer dieser modernen Menschen, die stets mit einem Handy und einem Computer herumlaufen. Aber das wird Sie wohl kaum interessieren. Wohin wollen Sie, Mister?«

»Richtung Süden«, antwortete Gene und trank einen Schluck Wasser.

»Dieser Hastings ist wohl nicht sehr beliebt hier.«

»Terence arbeitet für ihn, er hält seine Maschinen in Schuss«, wich Mama Dolita aus.

Gene wurde hellhörig. »Wozu braucht er noch Maschinen, wenn er keine Landwirtschaft mehr betreibt?«

Terence griff zu einem Maisbrötchen und biss herzhaft hinein. »Ich mähe damit seine Landebahn und pflege das Land rund um den Flugplatz«, sagte er schmatzend.

»Dieses Flugfeld, wozu wird es benutzt?«

»Manchmal landen hier Maschinen. Einmotorige meist, mit Leuten aus dem Osten. Mister Hastings hat Geschäftpartner in allen Teilen der Staaten. Manche stammen sogar aus dem Ausland.«

»Die Landebahn ist ziemlich groß für so einen kleinen Flugplatz. Landen dort auch große Maschinen?«

»Manchmal.«

»Hastings tauchte vor vier Jahren auf und kaufte das gesamte Land«, mischte sich Mama Dolita ein. »Er hat sich eine riesige Villa gebaut und lässt sie von Männern bewachen, die mir nicht geheuer sind. Sie laufen Tag und Nacht Patrouille. Sogar mit Hunden.«

»Woher stammt er?«

Terence wischte mit seinem Brötchen den letzten Rest Soße vom Teller und verspeiste es genüsslich. Dann seufzte er. »Er soll in Südamerika aufgewachsen sein, aber er ist Amerikaner. Sein Vater war irgendein hohes Tier in einer Botschaft. Aber genau weiß ich das nicht. Nachdem er das Land gekauft hat, baute er sich gleich die Villa, umgab sie mit einer hohen Mauer und zog noch einen hohen Zaun drum herum. Er lebt sehr zurückgezogen und hat für die Menschen hier nicht viel übrig. Kurz nach dem Kauf ließ er auch gleich das Flugfeld vergrößern.«

Gene überlegte kurz. Offenbar war Hastings bei den beiden

nicht sehr beliebt. Und nach allem, was er bislang erfahren hatte, dürfte es sich schwierig gestalten, mit Hastings zu reden. Vielleicht konnte ihm dieser dunkelhäutige Arbeiter dabei behilflich sein. Jedenfalls war er hier genau richtig, und es würde sich sicher lohnen, die Fühler weiter auszustrecken.

Muinkklaan, nahe der Universität Gent, Belgien

Pieter Lansberg hatte die Vorlesungen am Vormittag besucht und anschließend ein paar Stunden im Labor zugebracht. Als Student der Biowissenschaften an der Universität in Gent bereitete er sich auf sein bevorstehendes Examen in pflanzlicher Biochemie vor. In sechs Wochen war es so weit, und Pieter war ein eifriger und sehr pedantischer Mensch. Niemand in seinem Studiengang zweifelte daran, dass er eine herausragende Leistung abliefern würde. Deshalb hatten ihm auch schon einige Institute, allen voran das Max-Planck-Institut, einen Arbeitsplatz in der Forschung angeboten. Die Zukunft für Pieter erschien rosig, denn Spitzenkräfte wurden immer gebraucht und vor allem meist gut bezahlt. Als Sohn einer Lehrerfamilie aus der ostflandrischen Provinz um Zulte hatte er es mit seinen wissenschaftlichen Ambitionen anfangs nicht einfach gehabt. Schließlich erwartete die gesamte Familie, dass er die Tradition im Hause Lansberg weiterführen und so wie sein Vater und auch schon sein Großvater das Lehramt anstreben würde.

Doch Pieter hatte sich schon seit frühester Kindheit für die Natur und die Pflanzenwelt interessiert und den Drang verspürt, einen Blick hinter die Kulissen zu werfen. Wenn die Nachbarskinder auf der nahe gelegenen Wiese Fußball spielten, dann lag er auf seinem Bett und las biologische Fachbücher oder beobachtete die heimische Flora und Fauna.

Pieter war ein schlanker, großgewachsener junger Mann, dem

ein paar Pfund mehr auf den Rippen nicht geschadet hätten. Er spielte Badminton und joggte, sofern es sein Studium zuließ, wie alle Studenten im nahen Stadtpark. Doch in den letzten Tagen hatte er kaum Zeit dafür. Seit vorgestern plagten ihn heftige Halsschmerzen, die trotz der homöopathischen Pastillen nicht abklingen wollten. Kopf- und Gliederschmerzen waren gestern hinzugekommen, und ausgerechnet heute sollte ein wichtiges Thema behandelt werden. Weil er sich ein Fehlen nicht leisten konnte, hatte er den Arztbesuch auf morgen verschoben. Doch gegen Mittag waren nun Schweißausbrüche und weitere Symptome einer offensichtlich hartnäckigen Erkältung hinzugekommen, und er hatte sich kurzerhand entschlossen, nach Hause zu gehen und sich erst einmal hinzulegen. Noch bevor er jedoch den Ausgang des Universitätsgebäudes erreicht hatte, krümmte er sich unter heftigen Schmerzen zusammen. Ein plötzlicher Krampf traf ihn mit voller Wucht, und er musste sich am steinernen Geländer festhalten.

»Geht es Ihnen nicht gut?«, fragte ein älterer Herr, der ihm auf der Treppe entgegenkam.

»Es … es geht schon«, stammelte Pieter. Schweißperlen liefen ihm über die Stirn. Nur verschwommen erkannte er das Gesicht des Professors aus der Fakultät der Rechtswissenschaften.

»Sie sehen nicht gut aus«, bemerkte der Professor, als er Pieter ins Gesicht blickte.

»Ich … ich komme …«, weiter kam Pieter nicht. Erneut wurde er von einem heftigen Krampfanfall gepackt, laut stöhnend sank er zu Boden. Der Professor sprang hinzu und griff nach ihm, dennoch stürzte Pieter die Stufen hinab. Regungslos blieb er auf dem kalten Steinboden liegen. Blut lief ihm aus einer Platzwunde am Kopf über die Stirn.

Acampamento dos infectados nahe Urucará, Amazonasgebiet

Als der Pilot der EMB 110 nach Osten einschwenkte, das Gas wegnahm und die Landeklappen ausfuhr, warf Luisa durch das Seitenfenster einen Blick nach draußen. Unter ihr glitzerte das schwarze Wasser des Amazonas, dahinter tauchten die Dächer einiger Häuser auf. Boote lagen an den Anlegestegen. Im Hintergrund nahm sie am linken Fensterrand mehrere grüne Zelte wahr.

»Also gut, wir sind da«, rief ihr Professor Sander zu. »Rücken wir diesen kleinen Biestern auf den Leib.«

Sander sprach in seinen Vorträgen gerne von *kleinen Biestern,* wenn er über Viren redete, auch wenn es wissenschaftlich nicht korrekt war.

»Drei Aufgaben liegen vor uns«, fuhr er fort. »Wir müssen unseren Feind isolieren, identifizieren und dann den Wirt ausfindig machen, damit wir eine Chance haben, ein geeignetes Mittel gegen ihn zu finden. Und dann jagen wir ihn dahin zurück, woher er gekommen ist.«

Luisa lächelte. Aus Sanders Mund erschien alles so martialisch. Aber im Grunde genommen hatte er Recht. Hier tobte eine Schlacht, und sie waren die Geheimwaffe in diesem Krieg. Sie mussten all ihr Wissen und ihre detektivischen Fähigkeiten einsetzen, um die Herkunft des zerstörerischen Feindes zu ermitteln. Dazu gehörte es zuallererst, den Indexfall ausfindig zu machen, um Rückschlüsse auf das Wirtstier ziehen zu können. Gegen viele dieser Killerviren gab es noch immer keine geeigneten Mittel. Es gab zwar Virenhemmer und Immunstimulatoren, die den Krankheitsverlauf beeinflussten und die Überlebenschancen der Erkrankten erhöhten, aber der Mikrokosmos, in den die Virenforscher eindrangen, war noch immer rätselhaft und in manchen Fällen absolut tödlich. Das Auftauchen dieses neuen, bislang unbekannten Level-4-Virus hatte die Spezialisten der WHO beunruhigt. Obgleich die Organisation den Ausbruch des Jatapu-Virus bislang lediglich in die Pandemiewarnstufe vier einstufte, lagen die Nerven vieler Verantwortlicher dennoch blank. Denn die hohe Letalitätsrate sprach dafür, dass es sich um einen äußerst gefährlichen Gegner handelte, der möglicherweise sogar noch tödlicher war als beispielsweise das Ebola-Virus.

Luisa wurde aus ihren Gedanken gerissen, als die Reifen der EMB 110 den Boden berührten und ein Ruck durch das kleine Passagierflugzeug lief.

»Wir treffen uns umgehend mit Coronel Santoro«, rief Professor Sander. »Er befindet sich nicht in der Stadt und will uns abholen lassen. Sein Hauptquartier ist auf einem Schiff. Offenbar traut er dem Frieden nicht.«

»Er hat wohl Angst, dass er sich anstecken könnte«, bemerkte Luisa.

»Kann wohl sein.«

Nachdem die Maschine auf der Landebahn ausrollte, näherten sich zwei Geländewagen des Militärs.

Professor Sander löste seinen Sicherheitsgurt und erhob sich.

»Ziehen wir frohen Mutes in die Schlacht!«

Luisa stand auf und folgte dem Rest des Teams zur Tür, die bereits von einem Besatzungsmitglied geöffnet wurde. Als sie nach draußen trat, empfing sie eine feuchte Hitze. Die Stadt lag unter dem undurchdringlichen Schirm einer dumpfen Schwüle. In den Straßen waren nur Soldaten zu sehen. Ein Schützenpanzer stand vor der Zufahrt zum Flugfeld, und zwei uniformierte Posten mit schweren Maschinenpistolen patrouillierten auf dem Feldweg entlang der Landebahn.

Luisa ging die Stufen der Leiter hinunter, ein bedrückendes Gefühl hatte ihre Magengegend erfasst. Noch etwas fiel ihr auf, als sie auf die Geländewagen zuging: Es herrschte eine unheimliche Stille, nicht einmal das Gezwitscher von Vögeln war zu hören. Professor Sander hatte wohl recht, hier tobte ein Krieg, der selbst die Natur erfasst hatte.

23

White Castle, Louisiana, USA

Gene hatte sich nach dem reichlichen Essen kurz hingelegt und auf den Abend gewartet. Das Gespräch mit Mama Dolita und Terence über diesen Hastings hatte ihn endgültig davon überzeugt, dass er hier an der richtigen Adresse war: ein halbseidener Flugzeugpilot, der sich für nichts zu schade ist, und ein ominöser Geschäftsmann mit Verbindungen nach Mittel- und Südamerika, dazu noch mit eigenem Flughafen – das passte alles zusammen wie die Faust aufs Auge.

Nun musste sich Gene nur noch klar darüber werden, wie er bei seinen weiteren Nachforschungen vorgehen sollte. Auf alle Fälle war es erst einmal wichtig, die Lage zu sondieren. Und genau zu diesem Zweck streifte er seine dunkle Hose und das dunkle Shirt über und verließ kurz nach Anbruch der Dunkelheit seine Unterkunft.

Von Mama Dolita hatte er sich beiläufig den Weg erklären lassen, doch als er auf der Bowie Street in Richtung White Castle fuhr, fiel ihm schon von weitem das Lichtermeer jenseits der Straße auf. Laternen erhellten die Nacht entlang der Straße, doch sie waren nicht zur Straße hin gerichtet, sondern erleuchteten das Areal hinter einer hohen Mauer, das sich parallel zur Straße erstreckte. Dort residierte Joseph T. Hastings. Gene fuhr an einem großen schmiedeeisernen Tor vorbei, vor dem ein Jeep parkte. Zwei Männer standen neben dem Wagen und unterhielten sich. Joe Hastings musste viel Wert auf Sicherheit legen, wenn er sich bei Tag und Nacht bewachen ließ.

Offenbar war an der Börse sehr viel Geld zu verdienen. Oder hatte es mit diesen Vorsichtsmaßnahmen eine andere Bewandtnis auf sich?

Gene fuhr weiter und bog hinter einem kleinen Wäldchen rechts ab. Dort stoppte er den Wagen und stieg aus. Er hätte sich ein Fernglas besorgen sollen, denn so wie es aussah, erstreckte sich die Mauer rund um das gesamte riesige Anwesen. Sogar ein Fußweg war entlang der Mauer angelegt, auf dem er einen Mann mit Hund sah. Mama Dolita hatte nicht übertrieben. Fort Knox wurde wohl kaum besser bewacht.

Gene ging zurück zur Straße und bog in Richtung White Castle ab. Von weitem konnte er hinter der grauen Mauer das Obergeschoss einer Villa erkennen, deren Fenster hell erleuchtet waren. Hastings hatte sich offenbar ein Schloss mitten in die Landschaft gebaut. Er setzte seinen Weg fort und überquerte die Bowie Street. Kurz verharrte er im Schatten eines Baumes. Etwa einhundert Meter trennten ihn von Hastings' Anwesen, aber nirgends gab es einen Hügel oder eine erhöhte Stelle, von der aus er einen Blick über die Mauer hätte werfen können. Er wollte schon weitergehen, als ein Wagen die Bowie Street entlangfuhr und vor dem Tor stehen blieb. Es war ein Polizeiwagen des Iberville Parish Police Department, wie die Aufschrift des Wagens erkennen ließ. Die Polizisten blieben im Wagen sitzen und sprachen mit den Wachmännern. Lautes Lachen drang zu Gene herüber. Hastings hatte offensichtlich auch die Polizei hinter sich. Er drückte sich tiefer in den Schatten des Baumes, um nicht bemerkt zu werden. Der Polizeiwagen stand dort ein paar Minuten, bis er in Richtung Samstown davonfuhr. Angesichts des so gesicherten Areals wurde Gene klar, dass es nicht einfach sein würde, mit Hastings in Kontakt zu treten. Er musste sich etwas einfallen lassen. Und er hatte schon eine Idee.

An Bord der Corvette Barroso, vor Urucará, Amazonasgebiet

Mit einer Barkasse wurden Luisa Behringer, Professor Sander, Antonio Pinto und Anne Arlette an Bord der Corvette Barroso gebracht, die vor Urucará im Flachwasser dümpelte. Die Offiziere führten sie in die Messe, wo sie von Coronel Santoro, dem militärischen Oberbefehlshaber, erwartet wurden.

»Ich freue mich, dass Sie hier sind«, wurde Professor Sander von dem großen, grauhaarigen und aristokratisch wirkenden Offizier empfangen. Sander erwiderte die freundliche Begrüßung und stellte dem Offizier sein Team vor. Coronel Santoro reichte jedem die Hand und wies hinüber zum großen Tisch, an dem schon mehrere Personen Platz genommen hatten.

»Das ist unser kommandierender Militärarzt Doktor Braga«, stellte er einen weiteren uniformierten Soldaten am Tisch vor. »Er leitet das Camp in der Stadt und wird eng mit Ihnen zusammenarbeiten.«

Doktor Braga erhob sich und nickte förmlich.

Coronel Santoro ging weiter. »Mister Rosburn und Doktor Madson sind von der amerikanischen Regierung zu unserer Unterstützung entsandt, wofür wir sehr dankbar sind. Das Labor, in dem Sie arbeiten werden, wurde uns von der amerikanischen Marine zur Verfügung gestellt.«

Rosburn erhob sich und reichte Professor Sander die Hand. »Ich freue mich sehr und hoffe, dass wir gut vorankommen. Uns ist an einer guten Zusammenarbeit sehr gelegen, Professor Sander.«

»Vielen Dank«, antwortete Professor Sander. »Ich hörte schon, dass uns die CDC unterstützen wird.«

Rosburn lächelte ein wenig verlegen. »Doktor Madson vom Seuchendienst des amerikanischen Militärs hat die Leitung des Labors inne, es ist schließlich eine Einrichtung der Navy.«

»Die USAMRIID mischt mit, aber ich dachte, die CDC würde hier vor Ort die Koordination übernehmen, zumal uns doch Professor Joanna Kim unterstützen wird, die auch die Forschungsgruppe im Referenzlabor in Atlanta leitet.«

Rosburn räusperte sich. »Ich sehe es nicht als hinderlich, wenn verschiedene Institutionen unabhängig voneinander agieren. Und die USAMRIID hat große Erfahrungen auf dem Gebiet der Virologie. Doktor Madson ist sozusagen unsere gemeinsame Schnittstelle zwischen allen Beteiligten.«

Doktor Madson erhob sich und reichte Sander die Hand. »Auf eine gute Zusammenarbeit. Ich bin ebenfalls erst heute hier angekommen. Das ist eine schöne Scheiße, in der wir hier sitzen, was?«

Coronel Santoro schob den Professor sanft weiter. »Und hier haben wir Doktor Lila Faro aus São Sebastião do Uatumã und Corporal Silveira Jesus von der Militärpolizei. Die beiden haben die ersten Fälle diagnostiziert und können uns bei der Suche nach dem Indexfall behilflich sein. Außerdem haben wir, so wie Sie es in Ihrem Schreiben wünschten, aus einem nahen Dorf ein paar erfahrene Jäger rekrutiert, die Ihrem Team vor Ort behilflich sein werden.«

Nachdem Coronel Santoro die Anwesenden vorgestellt hatte, bat er Professor Sander und das WHO-Team, sich zu setzen.

Nachdem auch er Platz genommen hatte, atmete er erst einmal tief durch. »Nun, meine Damen und Herren, wir stehen vor einer großen Herausforderung. Wir wissen bislang nur, dass es sich um eine Virusinfektion handelt, an der bereits vierhundert Menschen gestorben sind. Weitere fünfhundert Erkrankte sind derzeit im Camp nahe der Stadt untergebracht. Wir haben keine Ahnung, um was für einen Virustyp es sich handelt. Aber wir müssen davon ausgehen, dass dieses Virus sehr gefährlich ist.«

»Ich dachte, das Virus ist bereits bestimmt worden«, wandte Professor Sander ein.

»Das ist so nicht richtig«, entgegnete Doktor Braga. »Im Onkologischen Zentrum in Manaus konnte lediglich festgestellt werden, dass es sich um eine Viruserkrankung handelt und dass das

Virus einen verheerenden Einfluss auf unsere Zellstruktur haben kann. Aber leider ist das dortige Labor für differenzierte Analysen nicht ausgestattet.«

»Welche Untersuchungen wurden vorgenommen?«, fragte Professor Sander.

Doktor Braga schob ihm einen Aktenordner zu. »Hier sind alle Untersuchungen dokumentiert, die bislang erfolgt sind. Leider ohne Ergebnis.«

»Wir stehen also noch immer am Anfang?«

»Wenn Sie so wollen.«

Coronel Santoro meldete sich zu Wort. »Zumindest scheint es, dass wir durch unsere Maßnahmen die weitere Ausbreitung eindämmen konnten. Aus anderen Regionen sind keine Meldungen bekannt, und die Zahl der Infizierten nimmt ab.«

»Aber wir stehen vor einem neuen Problem«, mischte sich Lila Faro ein. »Wir gingen davon aus, dass sich das Virus durch eine Schmierinfektion weiterverbreitet, doch jetzt überträgt es sich offenbar durch eine einfache Tröpfcheninfektion …«

»Das ist doch Blödsinn«, fiel ihr Doktor Braga ins Wort. »Dafür gibt es keinerlei Beweise.«

»Die Erkrankung von Schwester Violante ist der Beweis, sie ist eine überaus erfahrene …«

»Nichts als Spekulation«, unterbrach Doktor Braga erneut. »Sie kann sich auf dem üblichen Wege infiziert haben. Wie oft sind wir im Stress, und es geht etwas schief? Man vergisst die Ausrüstung oder verletzt sich an einer blutigen Nadel. Das ist schnell passiert.«

»Nicht bei Schwester Violante«, widersprach Lila.

Professor Sander runzelte die Stirn. »Wo ist Schwester Violante jetzt?«

Doktor Braga räusperte sich. »Wir haben sie isoliert. Uns stehen zwei Vollisolationseinheiten zur Verfügung.«

»Ich würde sie mir später gerne anschauen, aber zuvor möchte ich gerne wissen, wo sich die erste Infektion ereignet hat.«

Coronel Santoro wandte sich an Silveira Jesus, den Cabo. »Berichten Sie, was auf Ihrer Patrouille auf dem Rio Jatapu geschehen ist!«

Der Corporal nickte und begann von seiner Patrouillenfahrt auf dem Rio Jatapu in allen Einzelheiten zu berichten. Professor Sander und die anderen lauschten dem beinahe einstündigen Bericht. Ab und zu stellte er eine Zwischenfrage und notierte sich auf einem Notizblock wichtige Details. Als der Cabo von dem Zwischenfall in Brás berichtete, wandte sich Professor Sander an den Kommandanten.

»Weiß man, was mit den Bewohnern der Stadt geschehen ist?«

»Wir haben ein Kommando dorthin entsandt«, entgegnete Santoro. »Einige der Bewohner waren infiziert, aber in erster Linie war es wohl eher eine Panik, die dazu führte, dass sich die Leute in ihren Häusern verbarrikadierten und sogar von der Schusswaffe Gebrauch machten, als sich Fremde näherten. Sie müssen verstehen, diese Menschen leben in der Einsamkeit und sind von einer feindlichen Umwelt umgeben. Noch dazu sind einige sehr abergläubisch. Mittlerweile ist die Lage in der Stadt unter Kontrolle.«

»Und diese Niederlassung am Rio Jatapu war nirgends verzeichnet?«

Santoro schüttelte den Kopf. »Es gibt hier allerlei Glücksritter, die sich im Dschungel herumtreiben, um nach Gold zu schürfen oder wertvolle Edelhölzer zu schlagen. Das ist natürlich alles illegal und ihnen drohen empfindliche Strafen, wenn sie erwischt werden.«

Professor Sander nickte. »Ich denke, dort wird für unser Außenteam der erste Ansatzpunkt zu finden sein. Luisa und Antonio, ihr beide solltet das übernehmen, denn ihr sprecht die Sprache der Menschen hier.«

»Professor Sander, verstehen Sie mich nicht falsch«, entgegnete Coronel Santoro. »Ich bin Soldat und kein Arzt, ich will Ihnen keinesfalls Vorschriften machen, ganz im Gegenteil, ich sichere Ihnen und Ihrem Team unsere volle Unterstützung zu. Aber es ist sehr gefährlich draußen im Dschungel, nicht nur wegen der Tiere und der unzähligen Insekten. Dort draußen gibt es noch viel größere Gefahren, denen man begegnen kann. Für eine Frau, die keinerlei Erfahrung hat, ist das ein Himmelfahrtskommando.«

Professor Sander runzelte die Stirn und warf Luisa einen Blick zu. Sie erkannte die Frage, die in diesem Blick mitschwang, und nickte beinahe unmerklich.

»Coronel Santoro«, wandte sich Sander an den Kommandanten. »Für uns ist dies nicht der erste Einsatz, und wir hätten uns nicht zu dieser Mission gemeldet, wenn wir nicht um die Gefahren wüssten, die uns erwarten. Dennoch sind wir hier und haben nicht den weiten Weg gemacht, um am Ende zu kneifen. Wir müssen in Erfahrung bringen, woher dieses Virus stammt und wo es seinen Ursprung hat. Dazu müssen wir zwei Wege gehen. Ein Team arbeitet hier im Labor, und das andere sucht nach der Quelle der Infektion. Diese Arbeitsweise hat sich bislang immer bewährt, und deswegen werden wir sie auch nicht ändern. Wir sollten keine Zeit verlieren.«

Santoro nickte. »Der Cabo wird Ihre Leute begleiten, außerdem habe ich zwei Einsatzkommandos für den Schutz abgestellt. Es stehen zwei Patrouillenboote zur Verfügung.«

Lila musterte den Cabo an ihrer Seite, schließlich meldete sie sich zu Wort. »Wird bei dem Außenteam noch eine Ärztin gebraucht?«

Professor Sander lächelte. »Könnte auf alle Fälle nicht schaden. Es wird kein Spaziergang.«

»Dann bin ich dabei«, entschied Lila Faro, und ihre Stimme duldete keinen Widerspruch.

Cuiabá, Bundesstaat Mato Grosso

»Das war gute Arbeit, Zagallo«, sagte der Polizeichef und schlug ihm anerkennend auf die Schulter.

»Noch hat er nicht gestanden«, entgegnete Zagallo.

»Die Beweise sind erdrückend, ganz egal ob er redet oder weiterhin schweigt. Es besteht kein Zweifel an seiner Täterschaft. Er hatte das Blut seines Bruders an seinen Händen, und auch am Spaten wurden seine Abdrücke gesichert. Sie haben diese bestialischen Morde gemeinsam begangen und die Leichen auf dem Feld verscharrt. Als dann bekannt wurde, dass vom Inhaber neue Beete angelegt werden sollten, bekamen sie kalte Füße und haben die Leichen wieder ausgegraben und in unserer schönen Stadt verteilt.«

»Wir haben aber noch kein Motiv«, wandte Zagallo ein.

»Motiv hin oder her«, tat der Polizeichef den Einwand ab. »Es gibt Menschen, die Spaß am Leiden anderer haben. Das ist nun einmal so, die Menschen sind einfach nur schlecht.«

»Männer, Frauen und Kinder, es gibt keinen speziellen Opfertyp, und außerdem haben sie die Leichen verbrannt, das muss einen Grund haben.«

»Sie wollten einfach nicht, dass uns die Identität der Opfer zu ihnen führt. Nein, Zagallo, wir haben dort eine Bestie in unserer Zelle sitzen. Schreiben Sie Ihren Bericht, der Bezirksrichter wartet bereits darauf, und schließen Sie den Fall ab. In drei Wochen steht uns der Empfang des argentinischen Staatschefs ins Haus, da brauche ich jeden Mann.«

Noch einmal schlug ihm der Polizeichef anerkennend auf die Schulter. »Wirklich gute Arbeit, das gilt auch für Sie, Falcáo«, sagte er noch, wandte sich um und verließ das kleine und stickige Büro.

Zagallo seufzte, nachdem der Polizeichef draußen war.

»Er ist froh, dass er den Fall abschließen kann«, bemerkte er verbittert. »Die acht unverbrannten Leichen, die auf dem Gelände gefunden wurden, stammen alle aus den Favelas. Tagelöhner, für die sich niemand interessiert.«

»Und was denkst du?«

Zagallo griff in die Schublade seines Schreibtisches und warf einen Aktenordner vor Falcáo auf den Tisch. »Das sind die Obduktionsberichte. Die Leichen wiesen allesamt Verletzungen im Bauchraum auf. Außerdem fehlten teilweise Organe. Der Gerichtsmediziner schreibt, dass zum Teil Leber, Nieren, Herz und Lunge fachmännisch entnommen wurden. Wenn du mich fragst, dann sind wir einer Bande illegaler Organhändler auf der Spur. Mit funktionstüchtigen Organen ist eine Menge Geld zu machen. Reiche Organempfänger zahlen Unsummen, damit sie weiterleben können. Was zählt da schon das Leben dieser armen Schlucker.«

»Organhandel?«

»Deshalb wurden die Leichen angezündet. Niemand sollte etwas merken. Und deswegen auch scheinbar wahllos Kinder, Frauen und Männer. Morde ganz nach Bedarf, und einzig und alleine, um an gesunde Organe zu kommen.«

»Und wie passt dieser Tizio in das Bild?«

Zagallo machte eine abfällige Handbewegung. »Er war ein kleines Licht in dieser Organisation. Wahrscheinlich hat er nicht einmal gewusst, für wen und weswegen er die Drecksarbeit macht. Ich glaube ihm sogar, dass auch sein Bruder da mitmischte und dabei half, die Leichen verschwinden zu lassen.«

Falcáo schaute nachdenklich auf den Aktenordner. »Wenn wir den Fall abschließen, dann haben wir keine Chance mehr, weitere Ermittlungen zu führen.«

»Und genau deswegen werden wir weitermachen.«

»Und der Chef?«

»Das lass nur mal meine Sorge sein«, entgegnete Zagallo.

Acampamento dos infectados nahe Urucará, Amazonasgebiet

Nach der Unterredung auf der Corvette wurden das Team der WHO zusammen mit dem Cabo und Lila Faro unter Führung des leitenden Militärarztes Doktor Braga zurück an Land gebracht. Mit einem Militärbus fuhren sie in das Zeltlager vor der Stadt.

Luisa betrachtete die Stacheldrahtrollen und die schwer bewaffneten Wachsoldaten, die im Abstand von fünfzig Metern rund um das Lager Posten bezogen hatten. Das Camp erweckte den Eindruck eines Gefangenenlagers. Hier und da ging eine weiß gekleidete Gestalt in Schutzkleidung und Mundschutz von Zelt zu Zelt.

»Wir haben den gesamten Bereich unter Kontrolle«, erklärte der Militärarzt. »Niemand kommt hier unkontrolliert heraus oder herein. Glauben Sie mir, das ist das beste Mittel, diese Krankheit einzudämmen.«

Luisa vernahm die Worte des Arztes, doch dachte sie an die Menschen. Wie mussten sie sich fühlen? Unheilbar krank und einsam und noch dazu behandelt wie Gefangene! Luisa schauderte. Im Grunde genommen hatte der Arzt Recht, dennoch empfand sie es als grausam und entwürdigend, wie nüchtern Doktor Braga über das Schicksal all dieser Unglücklichen sprach.

»Die schweren Fälle sind im hinteren Teil des Geländes untergebracht. Allerdings ist es nur eine Frage der Zeit, bis man die Patienten aus den vorderen Zelttrakten nach hinten verlegt. Uns ist es bislang noch nicht gelungen, den Krankheitsverlauf zu stoppen. Bei der Behandlung mit diversen bekannten Medikamenten ist bei manchen Patienten zwar eine Verzögerung eingetreten, doch bislang hat keiner der Infizierten überlebt.«

Der Bus hielt vor dem gesicherten Zugangstor. Als der Wachposten Doktor Braga erkannte, salutierte er und ließ den Schlagbaum öffnen.

Der Fahrer steuerte den Bus den breiten Fahrweg entlang, der die Zeltstadt in zwei Hälften teilte.

»Wissen Sie, wie man dieses Lager hier nennt?«, wandte sich Lila Faro an Luisa, die nur mit den Schultern zuckte.

»Offiziell nennt man es *Das Lager der Infizierten,* aber die Einheimischen nennen es nur den *Friedhof.*«

»Wie viele Zelte sind das hier?«, fragte Luisa.

»Ich habe sie nie gezählt, aber fünfzig sind es bestimmt. Zwölf Patienten liegen darin auf einfachen Feldbetten. Aber den meisten ist es egal, sie werden mit schmerzstillenden Mitteln ruhiggestellt, weil sie die Krampfanfälle sonst umbringen würden.«

Als der Bus an der inneren Absperrung anhielt, erhob sich Doktor Braga und wies linker Hand auf zwei speziell eingezäunte Zelte, die von einer metallischen Folie umgeben waren. »Das sind zwei Isolierstationen, und vor uns liegt Ihr Refugium. Ein mobiles Level-4-Labor, das uns von der amerikanischen Marine zur Verfügung gestellt wurde.«

Luisa reckte den Kopf und betrachtete sich eingehend die Metallcontainer.

»Das Labor ist mit den besten Geräten ausgestattet und verfügt über eine eigene unabhängige Stromquelle. Außerdem beherbergt es ein modernes Zeiss-Elektronenmikroskop, das den modernsten Erfordernissen der medizinischen Forschung entspricht.«

»Er spricht, als wolle er etwas verkaufen«, flüsterte Lila.

»Sie können ihn wohl nicht besonders gut leiden?«

Lila verzichtete auf eine Antwort.

Der Bus fuhr weiter und hielt auf Höhe des Labors. »Die beiden Zelte links sind für Sie und Ihre Mannschaft vorgesehen«, sagte Doktor Braga zu Professor Sander. »Ich denke, Sie wollen sich erst frisch machen. In einer Stunde treffen wir uns im Besprechungsraum, hier gleich nebenan.«

Professor Sander nickte. »Also gut, richten wir uns ein, und dann fangen wir an. Die Schlacht wird nicht durch Untätigkeit gewonnen.«

24

Lou's Bar, White Castle, Louisiana

Gene hatte es sich anders überlegt. Er war nicht zurück zu Mama Dolita gefahren, sondern hatte den Wagen gewendet und das Zentrum von White Castle angesteuert. Er war ein wenig herumgefahren und hatte schließlich vor einer Bar in der Leona Avenue, Ecke Cambre Street, angehalten.

Das Haus aus rotem Backstein wirkte ein klein wenig baufällig, aber die blaue Leuchtreklame, die auf Live-Musik hinwies, und die vielen Wagen am Straßenrand machten ihm Laune auf einen Drink. Er parkte am Straßenrand und stieg aus. Leiser Gitarrenblues schwang durch die laue Nacht. Zwei dunkelhäutige Männer standen vor dem Eingang, rauchten und unterhielten sich. Sie warfen Gene einen misstrauischen Blick zu, als er an ihnen vorüberging und die Bar betrat.

Ein Geruch aus Schweiß, Whiskey und kaltem Zigarrenrauch empfing ihn im schummrigen Gastraum. An einem langen Tresen saßen mehrere Männer vor ihren Gläsern. Vier dunkelhäutige Arbeiter in blauen Overalls spielten in einer Ecke an einem Billardtisch, und ein alter Mann mit breitem Hut zupfte auf einem Barhocker an seiner Gitarre.

Weitere Männer in Arbeiterkluft saßen an den Tischen. Sie waren ausnahmslos dunkelhäutig. Gene steuerte einen freien Platz am Tresen an. Die Köpfe der Anwesenden folgten ihm. Ein schwergewichtiger, ebenfalls dunkelhäutiger Wirt mit der Figur eines Boxers und einer breitgedrückten Nase blickte ihn erstaunt an. Die Gitarre verstummte.

»Hallo Mister, Sie haben sich wohl verirrt«, empfing ihn der Barkeeper.

Gene zuckte die Schulter. »Ich stehe auf Blues.«

Bevor Gene den Barhocker zu sich heranziehen konnte, griff sein Nachbar danach und setzte sich.

»Hier ist besetzt, White Boy«, knurrte er.

»Ich wollte sowieso stehen«, antwortete Gene. »Gibt es hier etwas zu trinken?«

Der Barkeeper tat, als hätte er seine Frage überhört.

»Einen Bourbon!«, sagte er laut.

Der Mann hinter dem Tresen machte keine Anstalten, die Bestellung entgegenzunehmen. Er wandte sich um und ging davon.

Mittlerweile waren alle Augen auf Gene gerichtet. Er blickte sich um und nickte den Männern lächelnd zu.

Die Luft knisterte vor Spannung, doch Gene dachte gar nicht daran, klein beizugeben.

»Hey Bruder«, rief er dem Barkeeper zu. »Ich möchte einen Drink, und ich kann ihn auch bezahlen.«

»Ich bin nicht dein Bruder!«

Gene warf eine Dollarnote auf den Tresen. »Ist mein Geld nicht gut genug?«

Aus den Augenwinkeln nahm er einen Mann mit Strohhut wahr, der sich von seinem Tisch erhob und auf ihn zukam. Gene wandte sich um. Es war ein Riese, beinahe zwei Meter groß.

»Ich wusste nicht, dass in diesem Lokal die Rasse eine Rolle spielt. Ich dachte, ich bin in Amerika, und hier kriegt jeder etwas zu trinken, der dafür bezahlt.«

»Das hier ist eine geschlossene Gesellschaft«, antwortete der breitschultrige Mann mit dem Strohhut. »Du solltest verschwinden, White Boy.«

»Lass gut sein, Sam«, ertönte eine Stimme im Hintergrund. »Der ist in Ordnung.«

Gene schaute sich um und erkannte Terence, der aus dem Schatten einer Jukebox heraustrat.

»Du kennst ihn?«

Terence nickte. »Er ist nicht von hier, er wohnt bei Mama Dolita. Ist auf der Durchreise.«

Gene nickte zustimmend. »Und ich dachte, hier am Old Man River zählt Gastfreundschaft noch etwas, aber ich scheine mich zu täuschen. Also wenn bei uns in Florida ein Gast eine Bar betritt, dann bekommt er etwas zu trinken. Und wer solche Musik hört, der kann nicht wirklich einen Streit provozieren wollen.«

Sam, der Riese, gab dem Barkeeper ein Zeichen. »Josh, gib ihm seinen Drink!«, befahl er und wandte sich um. Der Gitarrist nahm wieder sein Instrument zur Hand und begann zu spielen. Der Wirt goss einen Drink ein und schob ihn über den Tresen.

Terence kam zu Gene herüber. »Sie sind wohl verrückt geworden.«

»Ich bin aus Miami«, gab Gene zurück. »Bei uns leben Weiße, Schwarze, Latinos, Mexicanos, Cubanos, Haoles, Thais, Filipinos und Gaijins, aber jeder bekommt einen Drink, und jeder kann die Musik hören, die er will.«

Terence schüttelte den Kopf. »Aber wir sind hier in Louisiana. Herzlich willkommen mitten im Reich der Sklaverei. Sie haben Glück gehabt, dass Sam heute gut gelaunt ist.«

»Ich hatte eher den Eindruck, dass er auf Sie hört.«

»Sagen wir, ich bin hier so etwas wie die gute Seele.«

»Arbeiten hier alle für Hastings?«

Terence legte den Finger vor den Mund. »Sie wollen doch nicht schon wieder in ein Fettnäpfchen treten. Die meisten hier haben durch Hastings ihren Job verloren. Früher gab es in der Gegend ein paar reiche Farmer, aber seit Hastings hier mit seinen Dollars um sich wirft, haben viele verkauft und sind in die Stadt gezogen. Jetzt leben die Menschen hier von ihren kleinen Feldern, die sie mehr schlecht als recht ernähren.«

»Hat er sich deswegen ein Fort gebaut?«

»Sie kennen seine Villa?«

»Ich bin daran vorbeigefahren. Sogar das Police Department scheint sich um ihn zu bemühen.«

»Mister, das hier ist Amerika, hier können Sie alles kaufen, sogar Polizisten, wenn Sie genügend Kleingeld in der Portokasse haben.«

»Und weswegen arbeiten Sie für ihn?«, fragte Gene.

Terence winkte dem Wirt. »Ich habe eine Familie zu ernähren.«

»Kinder?«

»Sieben«, antwortete Terence. »Und sie sollen es einmal besser haben als ich, auch wenn es sich meine Frau anders überlegt hat und mit einem Tischler durchgebrannt ist.«

»Und die Kinder?«

»Die sind bei ihr, sie wohnt jetzt in Saint James, aber der Tischler hat es auch nicht lange bei ihr ausgehalten.«

Nachdem der Wirt Terence einen Drink gebracht hatte, stieß Gene mit ihm an.

»Ich heiße Gene.«

»Terence.«

»Ich brauche Ihre Hilfe, Terence.«

Terence trank sein Glas leer und stellte es auf den Tresen. »Meine Hilfe, wobei?«

»Ich suche jemand, und ich glaube, Hastings könnte wissen, wo er sich aufhält.«

»Und warum fragen Sie ihn nicht selbst?«

»Ich glaube nicht, dass er mit mir sprechen will.«

»Sind Sie ein Bulle oder so etwas?«

Gene schüttelte den Kopf. »Ich tue es für eine entfernte Freundin. Es ist so etwas wie ein Gefallen.«

Terence musterte Gene skeptisch. »Sie sehen nicht aus, als würden Sie etwas tun, bei dem nichts für Sie herausspringt.«

»Touchdown, Sie sind ein guter Beobachter«, konterte Gene

und bestellte zwei weitere Drinks. Der Gitarrist stimmte währenddessen den *Cross Road Blues* an.

»Also, wer sind Sie, und was wollen Sie?«, fragte Terence.

»Ich bin ein Privatdetektiv, und ich suche einen entlaufenen Möchtegernehemann, der eine schwangere Studentin in ihrem Elend sitzen gelassen hat.«

»Das ist nicht Ihr Ernst.«

»Sie hat ihre letzte Kohle zusammengekratzt, damit ich ihn ihr zurückbringen, und, Gott verdammt, genau das habe ich vor.«

Terence lachte laut. Er lachte so laut, dass sich die Köpfe der Gäste wieder auf Gene richteten. Schließlich schlug er sich auf die Schenkel.

»Der arme Kerl«, flachste Terence. »Wenn er Ihnen in die Hände fällt, dann hat er wohl keine andere Chance, als die Dame zu ehelichen.«

»Der Bastard hat sie geschwängert, jetzt soll er auch für sie zahlen.«

»Und wer ist der Unglückliche?«

Gene nestelte an seiner Hosentasche und zog das Foto von Peter Harrison hervor. Er reichte es Terence, der einen langen Blick darauf warf.

»Noch nie gesehen«, sagte er und gab es an Gene zurück.

»Ihn vielleicht nicht, aber seine Maschine.«

»Ein Motorrad?«

»Ein Flugzeug«, verbesserte Gene. »Eine Lockheed der Red Wing Air aus Miami. Der Pilot heißt Tarston und ist vor drei Wochen hier gelandet.«

Terence betrachtete nachdenklich sein Glas. »Schon möglich, hier landete ein großer Vogel, das war vor etwa drei Wochen, wenn ich mich noch richtig erinnere.«

»Und wohin ging die Reise von hier aus?«

Terence schaute sich vorsichtig um. »Ich glaube, wir sollten jetzt gehen«, flüsterte er Gene zu. »Manchmal haben sogar die Wände Ohren.«

Acampamento dos infectados nahe Urucará, Amazonasgebiet

Zwei Militärlastwagen standen vor dem Level-4-Labor und den angrenzenden Unterkünften. Soldaten waren damit beschäftigt, Kisten und Behälter abzuladen, um sie in die Zelte und das benachbarte Labor zu schleppen.

Die Einsätze der Epidemiologen der WHO auf dem gesamten Erdball hatten gezeigt, dass es sinnvoll war, eine Standardausrüstung mitzuführen, da die örtlichen medizinischen und technischen Ausstattungen der Gesundheitsbehörden und Krankenhäuser nicht immer dem aktuellen wissenschaftlichen Stand entsprachen. Neben technischen und medizinischen Geräten von der einfachen Petrischale über die Schutzausstattung und Desinfektionsmittel bis hin zum Strahlensterilisator war alles vorhanden, was für eine erfolgreiche Feldforschung notwendig war. Darüber hinaus gab es Spezialgeräte wie Tierfallen, Fangnetze oder Betäubungsgewehre, um Untersuchungen der örtlichen Flora und Fauna zu ermöglichen, die als mögliche Wirte der Krankheitserreger in Frage kamen.

Professor Sander stand inmitten des Chaos, hielt eine Schreibkladde in der Hand und hakte die einzelnen Posten ab, die von den Soldaten ausgeladen wurden. Neben ihm stand Doktor Madson und schaute ihm kopfschüttelnd über die Schulter.

»Das wäre nicht nötig gewesen«, sagte er und zeigte auf das Labor. »Dort drinnen finden Sie eine Vollausstattung. Das ist kein Provisorium, das ist ein voll funktionsfähiges Level-4-Labor. Von diesen mobilen Einrichtungen gibt es auf der ganzen Welt nur drei. Die US-Marine verfügt über zwei davon. Sie werden nichts vermissen.«

Der Professor winkte ab. »Wissen Sie, Madson, ich weiß gerne, worauf ich mich einlasse. Und das hier ist kein Spaziergang. Bei einer solchen Prävalenz und der hohen Mortalität befinden wir uns mitten in einem Krieg, und da weiß ich gerne, was mir zu meiner Verteidigung zur Verfügung steht. Schließlich sind wir hier, um die Schlacht für uns zu entscheiden. Meinen Sie nicht auch?«

Madson kniff die Lippen zusammen. Schließlich wandte er sich ab und ging hinüber zum Labor.

»Und soviel ich weiß, hat Ihre Regierung dieses Labor der WHO zur Verfügung gestellt«, rief ihm Professor Sander nach. »Das bedeutet, dass wir frei über diese Einrichtung verfügen können. Ich arbeite nämlich gerne mit meinem Team zusammen.«

Madson hielt inne, drehte sich um und hob abwehrend die Hände in die Höhe. »Keine Angst, Professor Sander. Dieses Labor besteht aus zwei voneinander abgetrennten Komplexen. Die linke Hälfte gehört Ihnen und ich denke, Sie werden nichts dagegen haben, wenn wir uns die Aufenthaltsräume teilen.«

Sander schmunzelte. »Natürlich nicht, schließlich sind wir Verbündete, oder?«

Madson nickte und setzte seinen Weg fort.

»Verdammte Amis«, murmelte Professor Sander vor sich hin. »Stecken überall ihre verdammte Nase rein und halten uns nur von der Arbeit ab.«

»Aber Joanna ist doch auch Amerikanerin, und die CDC ist eine staatliche Organisation der Vereinigten Staaten, die in der ganzen Welt anerkannt ist«, ertönte Luisas Stimme in seinem Rücken.

Verlegen fuhr Professor Sander herum. »Na ja, es gibt Ausnahmen«, bemerkte er lakonisch. »Uns wurde zugesichert, dass wir von der CDC unterstützt werden, doch nun sind die Militärs hier zugange. Das passt mir überhaupt nicht in den Kram. Wir müssen vorsichtig sein. Ich bin überzeugt, dass dieser Madson und seine Leute von der USAMRIID nicht immer mit offenen Karten spielen.«

»Wieso?«, fragte Luisa.

»Sehen Sie, Doktor Behringer«, antwortete Professor Sander. »Das United States Army Medical Research Institute of Infectious Diseases wurde nicht in erster Linie ins Leben gerufen, um Menschen vor Infektionskrankheiten zu schützen, sondern um an biologischen und bakteriellen Waffen zu forschen. Zwar haben auch die Amis die Biowaffenkonvention unterschrieben, aber nicht immer wird das getan, was man politisch propagiert. Verstehen Sie? Ich habe nun mal meine Erfahrungen gemacht, und ich habe nicht nur gute Erinnerungen an meine Einsätze, bei denen das Militär im Spiel war. Aber ich dachte, Sie besprechen sich lieber mit der brasilianischen Ärztin und diesem Militärpolizisten. Wir sollten angesichts der Lage hier keine Zeit verlieren.«

»Ich bin schon auf dem Weg«, entgegnete sie und ging in das gegenüberliegende Zelt.

*

Dort herrschte eine erdrückende Schwüle. Luisa wurde bereits erwartet.

»Du kommst spät«, wurde sie von Antonio begrüßt, der mit einem Betäubungsgewehr herumhantierte.

Lila und der Cabo saßen an einem Tisch, der inmitten des großen Raumes stand, und unterhielten sich mit einem uniformierten Offizier. An einer Tafel in der Ecke war eine Landkarte aufgehängt. Gelbe und rote Markierungspfeile zeigten die Orte, die für Verlauf und Ausbreitung der Krankheit von Bedeutung waren. Luisa trug eine khakifarbene Hemdbluse und eine Cargohose; ihre zusammengebundenen Haare steckten unter einem Sonnenhut.

»Du siehst gut aus«, unkte Antonio.

Lila und die beiden Männer am Tisch schauten auf.

»Hallo«, grüßte Luisa schüchtern.

Der Cabo nickte und der Soldat salutierte.

Antonio trat von hinten an Luisa heran und flüsterte ihr ins Ohr: »Sander hat dich zur Anführerin unserer kleinen Gruppe erkoren.«

»Wieso ich?«

»Du bist die Spezialistin.«

Luisa war etwas mulmig zumute. In einem Labor die Laborassistenten anzuweisen, das war das eine. Aber eine Feldforschungscrew anzuführen, das war etwas ganz anderes. Sie schluckte.

»Hallo, ich bin Luisa Behringer«, begrüßte sie die Anwesenden unsicher. »Ich bin Virologin und Molekularbiologin und komme aus München.«

Der Cabo lächelte, umrundete den Tisch und streckte ihr freundlich die Hand entgegen. »Ich bin Ricardo da Silveira Jesus, aber nennen Sie mich ruhig Cabo, daran habe ich mich gewöhnt. Ich bin derjenige, der die infizierte Frau gefunden hat und weiß, wo sich das illegale Lager am Rio Jatapu befindet.«

Der freundliche und offene Händedruck nahm ihr einen Teil ihrer Anspannung.

»Das ist Doktor Lila Faro und der Offizier ist Tenente Farraz, er kommandiert die beiden Gruppen, die uns begleiten werden.«

Luisa trat an den Tisch und reichte beiden die Hand. »Ich denke, wir werden gut zusammenarbeiten, Antonio kennen Sie ja bereits.«

»Wann brechen wir auf?«, meldete sich Lila zu Wort.

»So früh wie möglich, wir müssen noch ein paar Dinge verladen, die wir benötigen.«

»Ich werde das umgehend veranlassen«, antwortete Tenente Farraz steif.

Langsam kehrte ihre Selbstsicherheit zurück. Luisa trat vor die Landkarte. »Wo haben Sie die Frau gefunden?«, fragte sie und blickte auf die Karte. Der Cabo trat an ihre Seite und zeigte auf einen gelben Pfeil. »Dort lag sie in einem Boot. Das Lager befindet sich dort oben. Wir gingen davon aus, dass die Frau ebenfalls aus dem Lager stammt.«

»Wie lange werden wir brauchen, bis wir das Camp erreichen?«

Der Cabo runzelte die Stirn. »Mit den Booten sind wir in einem halben Tag dort.«

»Gibt es dort Höhlen oder Grotten?«

»Weswegen?«, fragte Lila, die sich mit den anderen an die Karte gesellt hatte.

»Unsere Aufgabe wird es sein, parallel zu den Forschungen hier im Labor das mögliche Reservoir ausfindig zu machen, das diesen Virustyp beherbergt. Da das Virus die menschlichen Zellen befällt, gehen wir von Vertebraten oder Invertebraten aus, natürlich könnten sie auch der Familie der Rhabdoviridae oder der Bunyaviridae angehören, aber das erscheint erst einmal …«

»Entschuldigen Sie«, unterbrach der Cabo. »Ich bin zwar ausgebildeter Sanitäter, aber das ist mir nun doch ein klein wenig zu hoch.«

Luisa lächelte entschuldigend. »Sorry, ich vergaß, dass ich nicht in meinem Labor stehe. Kurzum, es können Wirbeltiere oder wirbellose Tiere als mögliche Wirte in Betracht kommen. Insekten können als Vektoren … entschuldigen Sie, können als mögliche Überträger eine Rolle spielen.«

»Und an welche Tiere dachten Sie?«

Luisa zuckte mit den Schultern. »Vögel, Affen, Fledermäuse oder auch Nagetiere können das Virus in sich tragen, denkbar wären auch Würmer, Blutegel oder Eidechsen.«

Lila winkte ab. »Ich gehe mit auf diese Expedition, weil drei Zelte weiter in der Isolierstation eine gute Freundin von mir auf den sicheren Tod wartet, wenn wir nicht schnellstens ein Mittel zur Behandlung finden. Wir sind hier im brasilianischen Regenwald, wenn Sie hier nach Tieren suchen, dann kann dies Jahre dauern. Es gibt hier Spezies, die wir selbst noch nicht einmal kennen.«

»Uns begleiten ein paar erfahrene Jäger zur Unterstützung«, entgegnete Luisa. »Außerdem werden wir die Leute befragen müssen, die entlang des Flusses wohnen. Möglicherweise gibt es noch viel mehr Infizierte in den Dörfern.«

»Das heißt, wir gehen auf die Jagd«, stellte Lila fest.

Bevor Luisa antworten konnte, wurde die Stoffbahn des Einganges zurückgeschlagen. Phillip Rosburn betrat das Zelt. In seinem Schlepptau befand sich ein kleinwüchsiger, zerknitterter Mann mit grauen Haaren und einer dicken Hornbrille.

»Sie haben schon ohne mich angefangen?«, polterte Rosburn los.

»Ich verstehe nicht …«, antwortete Luisa.

»Hat es Ihnen niemand gesagt, Doktor Hagen und ich gehören zum Außenteam. Wir werden mit einem weiteren Boot und ein paar von unseren Leuten an der Expedition teilnehmen.«

»Der Platz auf unseren Booten ist sehr eingeschränkt«, gab Tenente Farraz zu bedenken.

Rosburn hob beschwichtigend die Hand. »Keine Sorge, wir haben unser eigenes Transportmittel, und wir werden uns Ihren Anordnungen selbstverständlich unterordnen, schließlich sind wir Gast in Ihrem Land. Aber Doktor Hagen ist ein Spezialist in Sachen Feldforschung. Coronel Santoro hat unserem Ansinnen bereits zugestimmt.«

Hagen nickte den Anwesenden zu. Mit einer hohen Fistelstimme meldete er sich zu Wort. »Ich kenne die Gegend. Ein paar Kilometer oberhalb von Brás befinden sich ein paar Hügel. Dort gibt es Klüfte und Verwerfungen, das sollten wir uns unbedingt anschauen.«

Lila schüttelte den Kopf. »Warum sollten wir mit irgendwelchen Spalten unsere Zeit vergeuden?«

»Fledermäuse«, antwortete Dr. Hagen.

Lila runzelte die Stirn.

»Doktor Hagen forscht bereits seit Jahren an der Herkunft des Ebola-Virus«, erläuterte Rosburn. »Es gibt Anzeichen dafür, dass es sich bei dem Wirt um Fledermäuse handelt. Und diese Krankheit, die hier ausgebrochen ist, deckt sich sehr markant mit einer Ebola-Infektion.«

»Was haben wir davon, wenn wir den Wirt kennen?«, fragte der Cabo.

Hagen nahm seine Hornbrille ab. »Wenn wir den Wirt ausfindig machen, dann können wir möglicherweise erkennen, mit welchen Abwehrmechanismen das Immunsystem des befallenen Tieres reagiert und wo die Schwachstelle des Virus ist. Dann können wir eine wirksame Medikation entwickeln.«

»Worauf warten wir dann noch? Jede Sekunde zählt«, sagte Lila und zeigte auf der Karte an die Stelle, an der sich die Siedlung am Ufer des Rio Jatapu befand. »Fahren wir so schnell wie möglich dorthin und suchen wir nach diesen Viechern!«

Luisa warf dem Cabo einen fragenden Blick zu. Der nickte zustimmend. »Zwei Patrouillenboote warten auf uns am Ufer.«

Luisa zeigte auf die Karte und wandte sich an Tenente Farraz. »Draußen steht ein Lastwagen, darauf befindet sich unsere Ausrüstung. Sorgen Sie bitte dafür, dass sie umgehend verladen wird. In einer Stunde brechen wir auf. Wir sehen uns zuerst in diesem Camp um.«

Aeroporto de Belém, Bundesstaat Pará

Antonio Seramago parkte schon seit Stunden vor dem Aeroporto val de caes in Belém. Er war Taxifahrer und saß in einem gelben Chevrolet Corsica, doch bislang hatte er vergeblich auf einen Fahrgast gewartet.

Schon seit zwei Tagen fühlte er sich schlecht. Zu den Hals- und Kopfschmerzen, die ihn seit gestern quälten, waren in der Nacht Schweißausbrüche und Gliederschmerzen gekommen. Die Mittel aus der Apotheke schienen überhaupt nicht zu helfen.

Als er heute Morgen aufstand, waren zumindest die Rückenschmerzen abgeflaut. Er hatte hin und her überlegt, ob er zur Arbeit fahren sollte. Aber dann hatte er sich angezogen und auf den Weg zum Flughafen gemacht, wo er sich vor zwei Jahren einen festen Standplatz ergattert hatte. Er brauchte das Geld, schließlich war der Wagen noch immer nicht abbezahlt, und die nächste Rate wurde bald fällig. Also trank er einen starken Kaffee und fuhr los.

Antonio Seramago hatte noch nicht einmal eine halbe Stunde vor der Ankunftshalle gestanden, als die Gliederschmerzen wieder einsetzten. Er nahm eine Schmerztablette, die ihn müde machte, kurbelte den Fahrersitz ein Stück zurück und schloss die Augen. Zuvor hatte er noch einen Fahrgast vertröstet und an einen Kollegen verwiesen. Dann war er eingedöst, bis ihn heftige, krampfartige Schmerzen weckten. Seine Eingeweide brannten wie die Hölle, und sein Mund war völlig ausgetrocknet. Er konnte nicht mehr schlucken und er hatte das Gefühl, sein Gaumen wäre auf die Größe eines Tennisballes angeschwollen. Zum Aussteigen fehlte ihm die Kraft. Niemand achtete auf ihn, als er in halber Liegestellung in seinem Wagen saß. Seine Kollegen ignorierten ihn und fuhren in der Schlange einfach an ihm vorbei. Vielleicht hatte Antonio ja gestern einfach nur ein klein wenig zu tief ins Glas geschaut … Als das Taxi nach vier Stunden aber immer noch unbewegt an der gleichen Stelle stand, kam einer der Kollegen zu ihm herüber. Er öffnete die Beifahrertür und schaute Antonio fragend an. »Hast heute wohl keine Lust auf ein kleines Geschäft«, sagte er.

Antonio wandte den Kopf. Sein Gesicht war kalkweiß und seine Augen glänzten fiebrig. »Helft mir!«, krächzte er mit letzter Kraft.

25

Samstown, Louisiana, USA

Terence stieg in Genes Wagen und fuhr mit ihm zurück nach Samstown, da er ebenfalls bei Mama Dolita untergekrochen war, nachdem ihn seine Frau verlassen hatte.

»Mister, da haben Sie reichlich Glück gehabt«, sagte Terence, nachdem Gene losgefahren war. »Hier in der Gegend ist es unklug, sich auf solche Provokationen einzulassen. Vor allem, wenn man ein Weißbrot ist. Fast jeder Zweite hier hat seinen Job und sein Land verloren, seit Hastings aufgetaucht ist. Leblanc hatte Parzellen an seine Arbeiter verpachtet, aber Hastings hat diese Verträge gekündigt.«

»Und warum haben sich die Leute darauf eingelassen, schließlich ist ein Vertrag ein Vertrag.«

Terences Miene verhärtete sich. »Als Hastings damals hier auftauchte und das Regiment übernahm, war er nicht alleine. Er hatte ein paar üble Burschen dabei. Wer sein Land nicht zurückgab, der wachte mit gebrochenen Knochen in der Gosse auf.«

Gene schüttelte ungläubig den Kopf. »Wir sind hier in den Staaten und nicht mehr im Wilden Westen.«

»Wir sind in Louisiana«, gab Terence zurück. »Dieses Land ist bekannt dafür, dass man für Geld alles bekommt, sogar die Polizei. Hier zählst du nicht viel, wenn du die falsche Hautfarbe hast.«

»Aber Sie arbeiten doch selbst auch für Hastings«, erwiderte Gene und bog von der 69 in die 404 ab.

»Ich habe Familie. Was bleibt mir anderes übrig? Ich hatte einfach Glück, dass ich im Gegensatz zu vielen meiner Brüder einen Beruf erlernt habe und Mechaniker wurde. Das hat sich nun ausgezahlt.«

Als sie am Haus von Mama Dolita ankamen, stoppte Gene den Wagen.

»Noch einen Drink?«, fragte er.

»Da sage ich nicht nein«, antwortete Terence und folgte Gene zu seinem Appartement.

Gene nahm eine Flasche Bourbon und zwei Gläser aus der Minibar und schenkte Terence, der auf dem Stuhl am Schreibtisch Platz genommen hatte, das Glas voll. Anschließend ließ er sich mit einem Seufzer auf der Bettkante nieder.

»Ich muss wissen, in welche Geschäfte Hastings verwickelt ist, und Sie müssen mir dabei helfen, Terence«, sagte er und nahm einen großen Schluck.

»Sie sind lebensmüde«, entgegnete Terence.

»Sagt Ihnen der Name Tanner etwas?«

»Tanner?«, fragte Terence. »Habe ich noch nie gehört.«

»Und Pocone?«

Terence zuckte mit der Schulter. »Habe mich nie sonderlich für das interessiert, was Hastings macht. Ich mähe seinen Rasen, pflege die Wege und repariere hin und wieder den Traktor oder den Rasenmäher. Es ist nicht gesund, wenn man seine Nase zu tief in eine Sache steckt.«

»Hören Sie, Terence, ich kann Sie gut verstehen, aber für mich ist es wichtig.«

»Warum sagen Sie der Kleinen nicht einfach, dass sie sich einen anderen suchen soll, und fahren einfach wieder nach Hause.«

Gene trank sein Glas leer und schenkte noch einmal nach. »Weil mich die Polizei von Dade County sucht und ich nur eine Chance habe, wenn ich Harrison oder seine Freunde finde.«

»Und weswegen wird nach Ihnen gesucht?«, fragte Terence.

»Wegen Mordes«, antwortete Gene.

Terence machte nicht einmal den Versuch, seine Überraschung zu verbergen.

Hauptquartier der WHO in Genf, Schweiz

In der Abteilung für ansteckende Krankheiten herrschte Hektik. Aus allen Teilen der Welt häuften sich die Meldungen über sonderbare und unerklärliche Krankheitsfälle. Hals-, Kopf- und Gliederschmerzen, begleitet von hohem Fieber, das zu Krampfanfällen führte, waren bei mehreren Personen aufgetreten, die sich nun auf den Isolierstationen der Krankenhäuser befanden und für die Sicherheitsstufe 1 galt.

Im belgischen Gent hatte sich der erste Fall ereignet, doch auch in Belém in Brasilien, in der Grafschaft Sussex in England und im Departement Artois in Frankreich klagten Patienten über vergleichbare Symptome. In allen Fällen konnte der Index-Fall rasch lokalisiert werden. Ausnahmslos handelte es sich um Personen, die vor kurzem aus dem Amazonasgebiet in ihre Heimat zurückgekehrt waren. Es gab keine Zweifel, der am Rio Jatapu aufgetretene und bislang noch nicht identifizierte Erreger war vom Amazonas aus in die Welt gelangt. Insgesamt zwanzig Personen hatten sich angesteckt. Helfer, Krankenschwestern und Ärzte waren darunter, die sich der erkrankten Patienten angenommen hatten.

Phase 5 war erreicht. Es musste schnell gehandelt werden, denn das Risiko einer Pandemie war enorm. Und bislang wusste man noch nichts Genaues über den Erreger, der nach ersten Einschätzungen der Spezialisten der Gattung eines Ebola-Erregers aus der Familie der Filoviridae zugeordnet wurde: eine überaus seltene Art, die nur in den Regenwäldern des Amazonas vorkam und möglicherweise durch illegale Holzfäller oder Goldsucher den Weg in die Zivilisation gefunden hatte.

»Haben Sie Sander kontaktiert?«, fragte der Direktor, der vor einer Weltkarte stand, auf der die betroffenen Regionen mit roten Fähnchen markiert worden waren.

Der Sekretär nickte eifrig. »Sie haben das Labor in Betrieb genommen und Kulturen angesetzt. Er meldet sich umgehend, sobald sie erste Erkenntnisse haben.«

»Und in Atlanta?«

»Biopacks sind unterwegs, alles wartet schon darauf. Die Amis haben eine Fluglinie eingerichtet, es stehen zwei schnelle C-212-Maschinen der Airforce bereit und können von uns benutzt werden. Die brasilianische Regierung hat zugestimmt.«

»Ich habe mit Gesundheitsminister Leavitt gesprochen. Er hat uns volle und uneingeschränkte Unterstützung zugesagt. Vor Ort arbeiten wir mit einem Team der USAMRIID eng zusammen.«

»Das wird Sander nicht gefallen, er hat mit diesen Leuten nicht nur gute Erfahrungen gemacht«, erwiderte der Sekretär.

»Ich weiß, ich kenne seine Einstellung«, sagte der Direktor mit sorgenvoller Miene. »Aber irgendwann sollte er den Vorfall in Bolivien vergessen. Das lag dort auch an den beteiligten Personen. Schließlich ist es uns gelungen, das Mapucho-Virus schnell zu isolieren und die Zahl der Infektionen einzudämmen.«

»Ich denke, Sander wird sich mit Doktor Madson arrangieren, was bleibt ihm ansonsten übrig?«

Der Direktor runzelte die Stirn. »Ich hoffe es, wir brauchen schleunigst Ergebnisse. Die Regierungen in der Region sind unruhig. Der Druck auf uns steigt mit jeder Stunde, die vergeht. Wenn weitere Fälle auftreten, werden wir die Phase 6 ausrufen müssen, und das hat weitreichende Konsequenzen für die Menschen und die Wirtschaft.«

»Dieses Mal sind wir besser gerüstet, die Labore sind bereit, und die Pharmaindustrie wartet schon auf unsere Ergebnisse.«

Der Direktor lächelte. »Ihr Wort in Gottes Ohr, wenn ich an den Kongo denke, dann bekomme ich immer noch eine Gänsehaut. Eines Tages wird eine Gattung auftauchen, die unsere Menschheit dahinrafft, weil wir in unserer schnelllebigen und kleinen Welt nichts dagegensetzen können. Ich hoffe nicht, dass es schon das Jatapu-Virus ist, das unser Ende besiegelt.«

Acampamento dos infectados nahe Urucará, Amazonasgebiet

Die Petrischalen mit den Zellkulturen lagerten im Inkubator bei 38 Grad Celsius. Anne Arlette hatte verschiedene Nährmedien verwendet und dort die Zellen mit dem Blutplasma und dem Urin der Infizierten vermengt. Insbesondere die Kulturen, die von Schwester Violantes Blut angelegt worden waren, standen hierbei unter intensiver Beobachtung. Es war wichtig zu erfahren, ob das Virus tatsächlich mutiert war und seine Übertragungseigenschaften verändert hatte. Doch zuallererst musste das Virus nachgewiesen werden; bislang gab es ja nur Vermutungen und Spekulationen. Die Kulturen, die aus den von Pater Innocento ins Onkologische Zentrum nach Manaus gebrachten Blutproben angesetzt worden waren, hatten sich für eine nähere Untersuchung als untauglich erwiesen.

Anne Arlette trug einen Ganzkörperschutzanzug der Sicherheitsstufe 1 und streckte ihre Hände in die dicken Handschuhe der Sicherheitsvitrine. Dort träufelte sie infizierten Urin in eine Schale, die mit MacConkey-Agar, einem Selektivnährboden, gefüllt war. Es kam darauf an, das Virus so schnell wie möglich zu identifizieren, um endlich zu einer antiviralen Medikation zu gelangen. Doch hierzu mussten in den Petrischalen erst einmal genügend Viren für die molekularbiologischen Untersuchungen herangezüchtet werden. Anne arbeitete mit Hochdruck an ihrer Aufgabe. Zur Verstärkung war ihr von der amerikanischen Seuchenbehörde CDC eine Laborantin zugeteilt worden, gegen die sich Anne anfangs vehement gewehrt hatte, weil sie es gewohnt war, alleine zu arbeiten. Doch es war nun mal Vorschrift, dass der abgeschirmte und kameraüberwachte Sicherheitsbereich des Labors weder allein noch in Begleitung unautorisierten Personals betreten werden durfte. Deshalb hatte sie schließlich kapituliert und zähneknirschend zugestimmt. »Sie kann mir bei der Arbeit zusehen, aber sie soll ihre Finger im Zaum halten.«

Während Anne im Labor beschäftigt war, hatte sich Professor Sander in die Isolierstation begeben, um die erkrankte Schwester Violante einer ausgiebigen Untersuchung zu unterziehen. Er war überrascht, als er vor dem Isolierzelt auf Pater Innocento stieß, der dort auf einer Bank saß und die Hände gefaltet hielt.

»Ich dachte, das hier ist Sperrgebiet?«, fragte er den brasilianischen Armeeoffizier, der ihn begleitete.

»Ich finde, diese Menschen haben bei all der medizinischen Versorgung, die ihnen hier zuteilwird, auch eine seelische Betreuung verdient«, sagte Pater Innocento, der die englischen Worte des Professors verstanden hatte.

Professor Sander hob entschuldigend die Hände. »Oh, Verzeihung, das geht nicht gegen Sie, Hochwürden. Aber eine Isolierstation sollte sich nicht auf Durchgangsverkehr einlassen. Es ist viel zu gefährlich, und solange nicht geklärt ist, auf welchem Weg unsere Patientin infiziert wurde, muss ich leider darauf bestehen, dass keinerlei Besuch zugelassen wird.«

»Hören Sie«, antwortete Pater Innocento. »Ich bin mit Doktor Faro aus São Sebastião hierhergekommen, ich war dabei, als dort die Krankheit ausbrach, und ich habe eigenhändig das Blut der Unglückseligen nach Manaus zur Untersuchung gebracht. Sie glauben doch nicht allen Ernstes, dass ich meine Hände in den Schoß lege und den lieben Tag an mir vorbeiziehen lasse. Ich bin hier, um den Kranken zu helfen, und zwar auf meine Art. Schwester Violante wird sterben, wenn ihr nicht geholfen werden kann, und wenn sie ihren letzten Weg antritt, dann werde ich ihr den Abschied auf dieser Erde mit Gottes Wort und seinem Segen erleichtern. Das bin ich ihr und Gott schuldig.«

Professor Sander war perplex angesichts der Beharrlichkeit, die der Pater an den Tag legte, doch schließlich nickte er zustimmend. »Wir haben beide unseren Auftrag zu erfüllen, und ich will Ihnen den Ihren nicht verwehren. Aber ich muss Sie warnen, es ist gefährlich, diese kleinen Biester machen auch vor einem Mann Gottes nicht Halt. Deswegen müssen Sie einen Schutzanzug tragen, ansonsten dürfen Sie den Sicherheitsbereich nicht betreten.«

»Ich weiß, und Doktor Madson hat mir zugesichert, dass ich alles erhalten werde, was für den Sicherheitsbereich vorgeschrieben ist.«

Noch bevor Professor Sander antworten konnte, trat Doktor Madson durch den Vorhang des Vorzeltes ins Freie.

»Ah, Professor«, sagte er. »Gut, dass ich Sie treffe. Wir müssen dringend miteinander reden.«

»Wie geht es der Patientin?«

»Ihr Zustand ist unverändert.«

Der Professor runzelte die Stirn. »Unverändert – das ist eigentlich eine gute Nachricht.«

»Diese Ärztin behauptet, dass das Virus mutiert wäre«, antwortete Doktor Madson. »Es habe seine Übertragungseigenschaft verändert und wäre durch die Luft übertragen worden, aber das ist purer Blödsinn. So etwas gibt es nicht. Ich glaube, wir haben es bei der Schwester mit einer Patientin zu tun, die über ein ausgesprochen resistentes Immunsystem verfügt. Zumindest haben ihre T-Zellen es geschafft, der Infektion einstweilen Paroli zu bieten. Ich kann es nur hoffen, denn wenn niemand überlebt, werden wir nie über ein Rekonvaleszentenplasma verfügen.«

Rio Jatapu, Amazonasgebiet

»Sie haben uns keinen Ton davon gesagt«, sagte der Cabo ärgerlich und schaute sich suchend um. Dort, wo das illegale Camp am Ufer gestanden hatte, gab es nur noch verkohlte Baumstümpfe und schwarze Erde, aus der sich das erste zarte Grün erhob. Luisa Behringer und Lila Faro standen ratlos vor der brandgerodeten Fläche und schauten sich suchend um. Nichts deutete mehr darauf hin, dass es hier eine kleine Siedlung gegeben hatte, alles war ein Raub der Flammen geworden. Sogar die Leichen, die im Fluss getrieben waren, hatte die Erde verschluckt.

»Hier, genau hier ist es gewesen«, wiederholte der Cabo. »Sie hätten uns informieren müssen, dass sie das Lager zerstört haben.«

Tenente Farraz kehrte mit seiner Gruppe an den Flusslauf zurück. Selbst Antonio Henrique, der Spurensucher und Scout der Truppe, der sich hier in der Gegend auskannte wie kein anderer, hatte keinerlei Spuren gefunden, die darauf hindeuteten, dass hier Menschen gelebt hatten. Auch die Jäger, zwei Indios vom Stamme der Baniwa, die in einem Dorf am Uatumá lebten, waren zurückgekehrt und hatten nur mit dem Kopf geschüttelt.

»Ich habe Kommandant Santoro Meldung gemacht und ihm von dem Camp berichtet«, erklärte der Cabo. »Er hätte uns informieren müssen, dass er das Lager räumen ließ.«

Tenente Farraz schüttelte den Kopf und zeigte auf das Funkgerät. »Coronel Santoro gab keinen Befehl, das Camp zu räumen«, entgegnete Farraz. »Ich ließ in der Befehlsstelle nachfragen.«

»Der Brand ist über zehn Tage her«, meldete sich Henrique zu Wort.

Der Cabo blickte ihn fragend an. Henrique wies auf eine kleine grüne Pflanze. »Fächerfarn, er braucht diese Zeit zum Wachsen.«

»Das würde bedeuten, dass unmittelbar nach uns jemand hier gewesen sein muss, der die Spuren beseitigte«, folgerte der Cabo.

Währenddessen schaute Farraz in den undurchdringlichen

Wald, der sich hinter der Rodungsstelle am Flusslauf erhob. »Wir sollten vorsichtig sein«, sagte er und nahm die Maschinenpistole von der Schulter. Plötzlich fuhren sie herum, als sich aus nördlicher Richtung Personen aus dem Unterholz schälten, doch Tenente Farraz hob beschwichtigend die Hand. Die zweite Gruppe um Phillip Rosburn und Primeiro Sargento Marcos, die sich in die andere Richtung aufgemacht hatte, um das Gelände zu erkunden, kehrte zurück.

»Wir haben etwas gefunden«, berichtete Rosburn und hob einen Beutel in die Höhe. »Der lag auf einem kleinen Saumpfad, der sich am Fluss entlang in Richtung Norden erstreckt. Wir sind dem Pfad gefolgt, doch der endete etwa zwei Kilometer von hier entfernt am Fluss. Dort ist eine Stelle, wo man leicht mit Booten anlanden kann.«

Tenente Farraz griff nach dem Beutel und schaute hinein. Tabak befand sich darin.

»Ich glaube, wir sind hier nicht alleine«, murmelte er. Der Cabo nickte zustimmend. »Einige Überlebende sind wohl zurückgekehrt und haben das Dorf in Brand gesteckt.«

»Was machen wir jetzt?«, fragte Rosburn.

Farraz musterte die drei leichten Patrouillenboote, die vor dem Ufer ankerten. »Hier werden wir nichts mehr finden, was für uns von Nutzen ist. Was schlagen Sie vor, Doktor Behringer?«

»Wo finden wir die nächsten Höhlen?«, mischte sich Doktor Hagen ein.

Farraz warf Henrique einen fragenden Blick zu.

»In der Serra do Jatapu«, antwortete der Soldat.

»Wie weit ist das von hier entfernt?«

»Zwölf Stunden mit den Booten und noch einmal drei zu Fuß«, antwortete Henrique.

»Worauf warten wir dann noch?«, fragte Doktor Hagen ungeduldig.

»Ich glaube nicht, dass sich die Kerle so weit nördlich von hier aufgehalten haben«, mischte sich der Cabo ein. »Erfahrungsgemäß liegt ihr Einzugsgebiet nie weiter als fünfzig Kilometer vom Camp entfernt, und ein schiffbarer Fluss muss immer in der Nähe sein. Ich denke, sie sind längst schon über alle Berge.«

Luisa Behringer drängte sich in den Vordergrund. »Wir sind hier, um den Index-Fall ausfindig zu machen«, sagte sie. »Dazu wäre es natürlich gut, wenn wir mit Überlebenden aus dem Ort sprechen könnten. Aber da niemand mehr hier ist, sind wir auf uns allein gestellt.«

»Sollten wir nicht nach Brás?«, entgegnete der Cabo. »Dorthin haben sich viele von ihnen aufgemacht. So hat uns jedenfalls ein Einwohner berichtet.«

Luisa nickte. »Brás wird unsere nächste Station sein«, sagte sie entschlossen. »Aber erst einmal bleiben wir hier und machen uns an die Arbeit.«

»Und die Höhlen?«, widersprach Hagen aufgeregt. »Die Spalten und die Fledermäuse …«

»Sie haben es gehört, Doktor«, unterbrach Rosburn den Versuch des kleinen und schmächtigen Mannes, Luisa von einer Fahrt in die Serra do Jatapu zu überzeugen.

»Der Cabo hat recht, hier ist nichts mehr von der Siedlung übrig«, sagte Tenente Farraz. »Wir sollten nach Brás.«

»Wir bleiben hier und suchen nach dem Wirt«, beharrte Luisa Behringer energisch. »Es kann kein Mensch sein, das Virus ist noch nicht an den Menschen angepasst. Deswegen schlage ich vor, wir teilen uns in drei Gruppen und schwärmen aus. Nager, Vögel, Affen – jedes Wirbeltier, mit dessen Kot diese Menschen in Kontakt gekommen sein könnten, ist für unsere Untersuchungen von Belang. Vor allem Kadaver, doch auch von lebenden Tieren brauchen wir Blutproben, damit ich das Serum testen kann. Wir haben Netze, Betäubungsgewehre, genügend Einwegspritzen und Schnelltests. Zu jeder Gruppe gehören ein Arzt und ein Jäger. Seien Sie mit Ihren Aufzeichnungen sorgfältig. Dieses ehemalige Camp ist unsere einzige Spur, und wenn wir davon ausgehen, dass das Virus hier ausgebrochen ist, dann sollte es hier auch zu finden sein. Wir müssen aber sehr vorsichtig sein, verwenden Sie Mundschutz und Handschuhe. Wenn wir hier fertig sind, fahren wir nach Brás. Die Armee ist schon dort, und die Bewohner werden sicherlich gerne behilflich sein.«

»Das letzte Mal, als ich nach Brás kam, wurde mein Kommandant erschossen«, murmelte der Cabo.

Lila Faro legte ihre Hand auf seinen Arm. »Diesmal wird so etwas nicht passieren.«

26

St. Jude Children's Research Hospital, Memphis, USA

Das laute Schnarren des Summers riss Doktor Raider, die diensthabende Ärztin der Notfallaufnahme, aus ihrem traumlosen Schlaf. Vor vierzehn Stunden hatte ihre Schicht begonnen. Turbulent war es in der Notaufnahme zugegangen, einige chirurgische Notfälle, fiebrige Erkältungen und Vergiftungserscheinungen hatten das Team auf Trab gehalten. Seit zwei Stunden war es ruhig geblieben. Die Ärztin hatte die Pause genutzt, um ein klein wenig zu schlafen. Noch acht Stunden Dienst lagen vor ihr. Doch nun war es mit der Ruhe erst einmal vorbei.

Sie streifte sich ihren weißen Kittel über und rannte aus ihrem Ruheraum. Vor dem Behandlungsraum der Notfallstation wartete bereits ihr Team auf sie.

»Weiß man schon, was auf uns zukommt?«, fragte sie die Oberschwester.

»Ein vierjähriges Mädchen«, antwortete die dunkelhäutige Frau knapp. »Hohes Fieber, Hals-, Kopf- und Gliederschmerzen und beginnende Atemnot.«

»Ist alles vorbereitet?«

»Sauerstoff bereit«, antwortete der breitschultrige Pfleger mit den dunklen, gegelten Haaren und dem langen Pferdeschwanz.

Schließlich hörten sie das auf und ab schwellende Signal des Krankenwagens. Ein Lichtkegel schob sich an den Fenstern der Stahltür vorbei. Die Sirene verstummte, und die Schiebetür gab den Weg zur Schleuse frei, durch die das kranke Kind auf einer Bahre hereingeschoben wurde. Das Mädchen war mit einer gelben Decke zugedeckt. Ein Notarzt des Methodist University Hospitals lief neben der Bahre her. Graue Monitore lagen am Rand des kleinen Transportwagens, und grüne Kabel führten zu der kleinen Patientin. Eine gelbe Sauerstoffflasche ließ darauf schließen, dass das Kind Sauerstoff erhielt.

Doktor Raider warf einen Blick auf das kleine Mädchen. Der Inhalator, der ihr von einem Sanitäter auf den Mund gepresst wurde, verdeckte beinahe ihr ganzes Gesicht. Doch die weit aufgerissenen, ängstlichen und von Schmerz und Fieber gezeichneten dunklen Augen blickten starr an die Decke. Die Sanitäter schoben das Kind in das Behandlungszimmer. Gemeinsam legten sie es von der Bahre auf den Tisch.

»Haben Sie schon eine erste Diagnose?«, fragte Doktor Raider den Notarzt des Rettungsteams.

»Ich würde auf eine Meningitis tippen, aber das ist nur eine Annahme.«

»Wo sind die Eltern?«

»Eine Mutter, sie ist auf dem Weg in das Krankenhaus verstorben«, berichtete der Notarzt. »Der Vater ist irgendwo im Ausland. Die Mutter hatte ähnliche Symptome.«

Doktor Raider wandte sich zu ihrem Team um. Alle trugen Handschuhe, Schutzbrille und eine Atemmaske, erleichtert atmete sie auf.

»Vorsicht, es könnte sich um eine ansteckende Krankheit handeln«, rief sie den Schwestern und Pflegern zu.

»Gibt es sonst irgendwelche Angehörige, die man fragen könnte?«

Der Arzt zuckte mit den Schultern.

»Desinfizieren Sie die Geräte gut, und vergessen Sie sich selbst nicht«, ordnete Doktor Raider an, bevor sie sich der kleinen Patientin zuwandte. Das Rettungsteam hatte den Behandlungsraum bereits verlassen.

Die anwesende Anästhesistin übernahm die weitere Beatmung. Die bläuliche Färbung der Haut sprach für eine schwere Hypoxie.

»Das Sauerstoffniveau ist zu gering, wir sollten intubieren«, schlug die Anästhesistin vor. Doktor Raider nickte zustimmend.

Als die Anästhesistin die Atemmaske vom Mund entfernte und damit auch die Nase freigab, lief blutiger Schaum aus der Nase des Kindes.

Die Oberschwester, die eine weitere Kochsalzlösung am Tragegestell platzierte, warf der Ärztin einen besorgten Blick zu. Doktor Raider zog die Spitze aus dem Arm des Kindes und legte sie in eine Schale.

»Großes Blutbild, außerdem brauchen wir hier einen Spezialisten. Rufen Sie Morgan von der Tropenmedizin«, rief sie der Schwester zu. »Und schicken Sie nach Lance, wir müssen mehr über das Kind erfahren. Wir kennen noch nicht einmal den Namen.«

»Amanda«, sagte der Pfleger, der einen Blick auf das Begleitblatt geworfen hatte. »Amanda heißt die Kleine.«

Corrupira am Rio Jatapu, Amazonasgebiet

Sie hatten ihre Ausrüstung von Bord der Boote geholt und ein kleines Lager auf einem freien und vom Feuer verschonten Platz in der Nähe des Flusses errichtet. Die Bäume spendeten Schatten vor der erbarmungslosen Mittagssonne. Inzwischen hatte Tenente Farraz über Satellitentelefon Kontakt zur Basis aufgenommen. Von dort aus war ihm mitgeteilt worden, dass niemand den Befehl erhalten hatte, die kleine Siedlung am Rio Jatapu dem Erdboden gleichzumachen. Sofort hatte er um das Lager weitere Wachen postiert, denn vieles sprach dafür, dass es Überlebende im illegalen Camp gegeben hatte. Doch wo waren sie abgeblieben? Versteckten sie sich noch immer hier im dichten Dschungel oder waren sie mit ihren Booten weitergezogen?

»Wie lange bleiben wir?«, hatte der Tenente Luisa Behringer gefragt.

Sie hatte in den Urwald gezeigt und geantwortet: »So lange, bis wir unseren Auftrag ausgeführt haben.«

»Die Aktion gleicht der Suche nach der Nadel im Heuhaufen«, gab Farraz zu bedenken. »Es wird Wochen dauern, bis wir diesen Bereich hier überprüft haben.«

Luisa seufzte. »Ich weiß, aber irgendwo müssen wir mit unserer Suche beginnen, und es liegt nahe, dass wir hier genau am richtigen Ort sind.«

Farraz nickte stumm und wandte sich ab. Mit befehlsgewohnter Stimme teilte er seine Männer ein. Er selbst blieb mit einer Gruppe seiner Soldaten bei Luisa Behringer im Camp zurück, während der Cabo zusammen mit Lila, mehreren Soldaten und zwei der Indios in den nahen Urwald aufbrach. Eine zweite Gruppe um Antonio Pinto und Rosburn machte sich entlang des Flusses in Richtung Norden auf. Zuvor hatte Antonio den Cabo und zwei weitere Soldaten noch in den Gebrauch der Betäubungsgewehre eingewiesen. Mit Netzen, Käschern, Fallen und Ködern ausgestattet, sollten sie versuchen, so viele Tiere wie möglich einzufangen und die Standorte zu katalogisieren, damit bei anschließenden Tests vor Ort festgestellt werden konnte, ob sich Viren im Blut oder dem Gewebe der Tiere nachweisen ließen.

»Wir sind hier mitten im Urwald«, hatte Rosburn geantwortet, als Luisa Behringer die beiden Gruppen vor ihrem Abmarsch instruierte. »Es gibt hier unzählige Tierarten. Wenn wir alle einfangen sollen, dann sind wir in zehn Jahren noch hier.«

»Das ist mir bewusst«, hatte die deutsche Wissenschaftlerin geantwortet. »Wir suchen nach der Nadel im Heuhaufen, aber genau deswegen sind wir hierher gekommen. Wichtig sind für uns alle Tierarten, die den Menschen hier als Nahrung gedient haben.«

»Auch Fische?«, fragte Rosburn.

»Fische ebenfalls, wir können von vornherein nichts ausschließen.«

Schließlich hatten sich beide Gruppen in den Urwald aufgemacht. Begleitet von den Schreien der Aras und dem Gejammer der Brüllaffen, schlugen die Indios mit ihren Macheten eine Schneise in die Büsche. Schon nach kurzem und beschwerlichem Weg mitten hinein in die grüne Wildnis gaben die beiden Indianer, die sich mit ihrem traditionellen Bogen und Blasrohr an der Jagd beteiligten, der Gruppe ein Zeichen, ruhig und bewegungslos zu verharren. Sie zeigten nach oben in die Bäume, die mit ihren dichten Blättern das Sonnenlicht fernhielten, so dass die Umgebung in ein mattes Blau getaucht erschien. Der Cabo blickte angestrengt in die Baumwipfel, doch er konnte nichts erkennen. Einer der Indios tastete sich langsam voran und schob einen der kleinen Giftpfeile in das Blasrohr, bevor er im Schatten eines Buschwerks stehen blieb und das Blasrohr in einer langsamen Bewegung, fast wie in Zeitlupe, an den Mund führte.

»Siehst du etwas?«, flüsterte Lila dem Cabo zu, der noch immer den angezeigten Punkt fixierte.

Der Cabo schüttelte den Kopf.

Plötzlich gab es ein kurzes saugendes Geräusch, und der Pfeil schoss aus dem Blasrohr direkt auf einen großen Ast in der Höhe zu. Ein lautes Quieken erklang, und eine hektische Bewegung auf dem Ast signalisierte, dass die Jagd erfolgreich gewesen war. Rotbraunes Fell tauchte aus den Blättern auf, ein buschiger Schwanz folgte. Doch noch bevor der Brüllaffe zum Sprung ansetzen konnte, wirkte das Pfeilgift, das Tier verlor den Halt und stürzte in die Tiefe.

Der Indio rief in seiner Sprache der Gruppe ein paar Worte zu und der Soldat Moreira, der als Dolmetscher fungierte, teilte Lila mit, dass sie das Tier nun einsammeln könne.

»Sei vorsichtig!«, mahnte der Cabo.

Lila nahm ihren Rucksack ab und zog sich die langen Gummihandschuhe über. »Keine Angst, ich weiß schon, wie das geht«, antwortete sie, bevor sie den Mundschutz anlegte. Der Cabo und zwei Soldaten, die einen Metallcontainer trugen, folgten ihr.

Der Affe war direkt unterhalb des Baumes gelandet und lag regungslos im Laub. »Meinst du, er ist wirklich tot«, wandte sie sich zum Cabo um.

»Ich glaube schon, unsere Jäger wissen genau, was sie tun. Ich hätte das Tier noch nicht einmal entdeckt.«

Vorsichtig näherten sie sich der Beute, während die beiden Indios schmunzelnd und lachend in der Nähe standen und miteinander palaverten.

»Was haben die beiden nur«, rief der Cabo Moreira zu.

»Sie lachen nur über Menschen, die Angst vor einem toten Tier haben.«

Nachdem Lila den Affen aufgenommen und sich überzeugt hatte, dass das Tier tatsächlich tot war, wollte sie den Affen in die Kiste legen. Einer der Indios kam hinzu und sagte etwas zu ihr.

»Was will er?«, wandte sich Lila an den Dolmetscher.

Moreira deutete auf den kleinen buschigen Pfeil, der noch im Rücken des Tieres steckte.

»Er hätte seinen Pfeil gerne wieder.«

Lila hob abwehrend die Hand. »Auf keinen Fall«, antwortete sie. »Wenn der Affe das Virus in sich trägt, dann können wir uns alle infizieren.«

Der Dolmetscher erklärte es dem Indio, während Lila den Affen im Container verstaute. Der Indio schien damit überhaupt nicht einverstanden, denn als die Gruppe nach ein paar Minuten ihren Weg fortsetzte, schimpfte und haderte er noch immer.

White Castle, Leblanc Airport, Louisiana

»Ich weiß nicht, mir ist nicht wohl bei der Sache«, murmelte Terence.

Gene, der sich im Fond des alten Dodge auf den Boden presste, damit ihn keiner sehen konnte, schüttelte verständnislos den

Kopf. »Was soll schon passieren, es ist doch niemand hier«, flüsterte er. »Ich will nur einen kleinen Blick hinter die Kulissen werfen. Es muss doch ein paar Aufzeichnungen geben. Papiere, Tankquittungen oder so etwas Ähnliches.«

»Wenn Mister Tate uns erwischt, dann bin ich nicht nur meinen Job los«, entgegnete Terence. »Vor ein paar Wochen hat einer von seinen Männern heimlich etwas gestohlen. Ich habe gesehen, wie Mister Tate mit ihm umgesprungen ist. Er hat ihn grün und blau geschlagen.«

»Mister Tate kann nicht überall sein, und du hast gesagt, dass meistens niemand hier ist, außer dir.«

»Nur wenn eine Maschine landet, kommen sie«, antwortete Terence und bremste den Wagen ab, als er auf dem Hof neben dem Flughafenfeld vor dem verschlossenen Tor angekommen war.

»Ist jemand zu sehen?«, fragte Gene.

»Niemand«, flüsterte Terence und stieg aus. Gene richtete sich ein Stück auf und schaute zwischen den Sitzen hindurch. Tatsächlich war weit und breit kein Mensch in Sicht. Terence hatte ihm von einem kleinen Büro erzählt, das sich an den großen Schuppen anschloss und mit einer Sicherheitstür versehen war. Einen Schlüssel besaß er nicht, und es war ihm auch nicht erlaubt, dieses Gebäude zu betreten. Doch Gene hoffte, dort irgendetwas zu finden, das ihm weiterhalf. Er hatte sich damit abgefunden, dass es wohl vorerst unmöglich war, in Hastings' Burg vorzudringen; aber der kleine Flughafen barg möglicherweise ein Geheimnis, das ihn bei seiner Suche nach Tarston und Harrison endlich auf eine Spur führte. Gene hatte in der Nacht noch Ryan angerufen und erfahren, dass es so etwas wie ein Logbuch für den Flughafen geben musste, in dem die Starts und Landungen, die Tankungen und die Flugkontrollen vermerkt wurden. Die Flugaufsichtsbehörde pflegte zwar einen laschen Umgang mit den Privatflughäfen im Inland, die lediglich Flüge innerhalb der Staaten durchführten. Doch damit war nicht ausgeschlossen, dass ein versierter Pilot wie Tarston durchaus in der Lage war, kleine Abstecher in die benachbarten Regionen zu unternehmen, ohne dass die Flugüberwachung davon etwas mitbekam. Und Hastings blieb nach wie vor ein undurchsichtiger Zeitgenosse, der sehr viel Geld durch Export- und Importgeschäfte machte, die womöglich ein klein wenig illegal waren, obwohl er offiziell eine blütenreine Weste hatte.

»Die Luft ist rein«, sagte Terence, als er in den Wagen zurückkehrte und zur großen Scheune hinüberfuhr. Gene blieb im Auto, bis Terence die Scheune aufgesperrt und den Dodge hineingefahren hatte. Dann stieg er aus und streckte sich erst einmal, bevor er Terence zu den Traktoren folgte.

»Ich werde einfach nur Gras mähen«, sagte Terence. »Und falls sie dich erwischen, dann habe ich dich noch nie hier gesehen, klar?«

»Ganz klar!«

Terence startete den Traktor und fuhr aus der Scheune hinüber zum Flugfeld. Gene beobachtete ihn und wartete, bis er das Tor zum Flugfeld geöffnet hatte und mit seinem Traktor hinter dem Schuppen verschwand. Schließlich nahm er seine kleine Tasche mit dem Spezialwerkzeug und schlich im Schatten der Scheune ebenfalls zum Flugfeld. Er huschte durch das geöffnete Tor und lief direkt zum großen Schuppen. Terence hatte ihm erzählt, dass heute darin nur noch ein paar Kisten lagerten, nachdem er früher einmal als Unterstellmöglichkeit für Leblancs einmotorige Piper gedient hatte. Da Hastings mittlerweile über einen eigenen Hubschrauber verfügte und einen Landeplatz direkt auf seinem Anwesen in White Castle hatte, war das Flugzeug dort eingemottet worden.

Von Ryan hatte er bei seinem nächtlichen Anruf erfahren, dass sich Hastings auf dem Gebiet der Waren- und Rohstoffvermittlungsgeschäfte betätigte. Das bedeutete, dass er selbst keine Lagerhallen brauchte, sondern einfach nur die Geschäftspartner zusammenbrachte und die Provision kassierte. Hierzu reichte es, wenn er über einen vernetzten Computer verfügte und Onlinezugang zu den Rohstoffbörsen hatte. Gene hatte nur den Kopf geschüttelt. Es gab mittlerweile sonderbare Möglichkeiten, um Geld zu machen. Warum ließen sich Firmen von einem Mann wie Hastings für eine fette Provision Dinge vermitteln, die sie doch auch selbst direkt von ihrem Geschäftspartner beziehen konnten? Ryan hatte nur gelacht, als er ihn danach fragte. »Offenbar hat der Mann sehr gute Kontakte, und die sind in der heutigen Zeit sehr wertvoll.«

Gene war an der Hintertür angekommen und setzte seine Tasche ab. Ein einfaches Bügelschloss verwehrte ihm den Zugang, doch mit seiner Auswahl an Haken und Dietrichen würde dieses Schloss kein ernstzunehmendes Hindernis für ihn darstellen. Er probierte ein paar Haken durch, bis er schließlich den richtigen fand und das Bügelschloss nachgab. Er öffnete die Tür und wurde von einer erfrischenden Kühle empfangen. Im Schuppen war es düster. Staub lag auf den Kisten, die sich im rechten Bereich des Gebäudes stapelten. Auf der gegenüberliegenden Seite stand die altersschwache Piper. Der Propeller fehlte, und Teile der Karosserie waren abgeschraubt und lagen daneben auf dem Boden. Mit diesem Vogel war schon seit Jahren niemand mehr geflogen. Gene wandte sich den Kisten zu. Holzkisten, die einen Aufkleber in arabischer Sprache trugen und offensichtlich leer waren. Eine jede maß etwa zwei mal zwei Meter. Was mochte sich wohl darin befunden haben? Von draußen drang von Terence' Traktor noch immer das gleichmäßige Blubbern des Dieselmotors herein. Gene umrundete die Kisten und stieß hinter einem Vorhang auf einen kleinen Durchgang. Als er den Vorhang zur Seite geschoben hatte, war eine gehörige Portion Staub aufgewirbelt. Er hustete und presste seine Hände vor den Mund. Plötzlich horchte er auf. Das Blubbern des Traktormotors war verstummt.

Cuiabá, Bundesstaat Mato Grosso

»Wir haben eine Angehörige eines der Toten auf dem Blumenfeld ausfindig gemacht«, verkündete Falcáo stolz. »Die Mutter eines jungen Mannes. Ich habe sie abholen lassen, sie ist in einer halben Stunde hier.«

Zagallo drückte sein Zigarillo im Aschenbecher aus und erhob sich. »Sehr gut, Falcáo, sehr gut gemacht«, antwortete er. »Vielleicht erfahren wir von ihr, wie die Leute in die Fänge dieser Verbrecher geraten sind. Wo habt ihr sie gefunden?«

»Sie wohnt im Süden der Stadt an den Seen und hält sich mit Bettelei über Wasser. Es gibt eine Akte über sie, weil man sie vor ein paar Monaten festgenommen hat. Ein Mann hat sie beschuldigt, die Geldbörse geleert zu haben, während sie beide ... na, du weißt schon. Die Klage wurde fallen gelassen, weil man ihr nichts nachweisen konnte. Ihr Sohn hat sie damals herausgeholt und die Kaution bezahlt. Ganze 1000 Real.«

»Woher hat jemand, der im Süden wohnt, so viel Geld?«

»Das werden wir sie fragen, wenn sie hier ist.«

Zagallo nickte und ging zur Kaffeemaschine. »Auch einen?«

Falcáo schüttelte den Kopf. »Bei den anderen Toten handelt es sich offenbar um Alleinstehende. Wir konnten bisher keine Angehörigen finden.«

»Hat dich der Chef schon gesehen?«

Falcáo zuckte mit der Schulter. »Sucht er nach mir?«

»Ich habe gehört, dass eine Stelle in der internen Revisionsabteilung frei werden soll, eine Stelle, auf der man schnell befördert wird ...«

»... und auf der man sich bei allen Kollegen sehr beliebt machen kann«, fiel ihm Falcáo ins Wort. »Danke, kein Bedarf.«

»Schön«, sagte Zagallo. »Dann arbeiten wir weiter – und kein Wort zum Chef. Offiziell ist der Fall abgeschlossen.«

»Ich weiß ... obwohl ... wenn ich die Stelle bei der Revision annehmen würde und der Boss von deinem Alleingang erfährt, dann wärst du vielleicht mein erster Fall. Und ich glaube, da hätte ich einiges gegen dich in der Hand.«

Zagallo lächelte. »Vergiss nicht, wenn ich wieder Strafzettel schreibe, dann bist du derjenige, der sie an den Scheibenwischer klemmt, verstanden!«

Falcáo legte die Hand an die Stirn. »Aye, Sir, verstanden!«

Hauptquartier der WHO in Genf

Zwölf weitere Meldungen aus verschiedenen Teilen der Welt waren inzwischen bei der WHO in Genf eingegangen. Das Thema geisterte wie ein Gespenst durch die Presse, und dem Direktor war klar, dass sich die Menschen weltweit Sorgen machten. Die Fälle in Europa respektive in Belgien waren allesamt auf den Studenten zurückzuführen, der nahe der Universität in Gent zusammengebrochen war. Mittlerweile lagen zwei seiner Studienkollegen sowie seine Freundin auf der Isolierstation des Genter Krankenhauses. Ihre Lage schien aussichtslos.

Auch die Fälle in England und in Frankreich hatten ihren Ursprung bei dem belgischen Studenten, der mit den Engländern und Franzosen an einer Bootstour auf dem Rio Uatumá teilgenommen hatte. Doch mittlerweile gab es weitere Meldungen aus Südamerika und den USA, wo die Ermittlungen der dortigen Behörden noch andauerten. Ein Fall in Kanada war auf eine Infektion mit Hanta-Viren zurückzuführen; von dort gab es keine augenfälligen Verbindungen nach Brasilien.

Der Direktor seufzte und schlug die Hände vor das Gesicht. »Meine Damen, meine Herren!«, sagte er betont förmlich zu den Vertretern der einzelnen Staaten. »Wir befinden uns nunmehr in der Phase sechs. Wir sind noch nicht in der Lage, auf die Infektion angemessen zu reagieren, die sich scheinbar trotz aller Vorsichtsmaßnahmen weiter verbreitet und den Cordon sanitaire verlassen hat. Die Letalitätsrate liegt bislang bei einhundert Prozent, aber glauben Sie mir, dieser Wert ist nur von statistischer Bedeutung. Das Virus führt unweigerlich zum Tode des Patienten. Und hier haben wir den großen Unterschied zu Ebola. Die Verläufe variieren temporär, haben aber immer das gleiche Ergebnis – den Tod.«

»Was wissen wir bislang über die Herkunft?«, fragte die Vertreterin Frankreichs.

»Wir können derzeit über die Herkunft des Jatapu-Virus nur spekulieren«, erläuterte der Direktor. »Es könnte sich tatsächlich um eine Variante des Marburg- oder Ebola-Virus handeln, aber bislang ist es noch nicht gelungen, nähere Untersuchungen vorzunehmen. Unser Team ist vor Ort, und die CDC unterstützt unsere amerikanische Sektion. Ich denke, in frühestens zwei Wochen wissen wir mehr.«

»In zwei Wochen kann es schon zu spät sein«, warf der Vertreter Japans ein.

»Meine Damen und Herren, glauben Sie mir, wir arbeiten bei der Entschlüsselung mit Hochdruck. Wir haben ausgebildete Spezialisten vor Ort, und wenn es notwendig wird, dann stellen wir auch noch ein weiteres Team zusammen. Aber zuerst müssen wir wissen, mit welchem Erreger wir es zu tun haben.«

Gemurmel brach unter den anwesenden Regierungsvertretern aus. Phase 6 bedeutete deutliche Einschränkungen mit weitreichenden wirtschaftlichen Folgen für alle Nationen sowie der Einschränkung der Reisefreiheit. Phase 6 hatte begonnen.

27

St. Jude Children's Research Hospital, Memphis, USA

Als die Oberschwester die Sensoren der medizinischen Überwachungsgeräte angeschlossen hatte, setzte das Herz der kleinen Patientin aus. Der laute, gleichbleibende Signalton des EKG übertönte die hektischen Kommandos der Ärztin.

»Schnell, den Defibrillator, sechzig Joule!«, rief Doktor Raider, zog die Decke zur Seite, sprang auf den Untersuchungstisch und begann mit der Herzdruckmassage. Die Oberschwester ließ die Kabel fallen, rannte in die Ecke und holte den fahrbaren Tisch mit dem Defibrillator. Als sie den Stecker in die Steckdose steckte und das Gerät einschaltete, war ein lautes Summen zu hören. Doktor Raider griff nach den Elektroden und legte sie an den Oberkörper des Mädchens.

»Achtung, Strom!«, rief sie den anderen zu, die ein Stück zur Seite traten. »Drei, zwei, eins, los!«

Sie drückte auf den Schalter an den Paddles, ein kurzes Knacken ertönte, und die Brust und die Schultern des Mädchens zuckten ein klein wenig.

»Gehen wir auf achtzig!«, rief Doktor Raider und wartete, bis die Oberschwester den Regler gedreht und sich das Gerät wieder aufgeladen hatte. Auch beim zweiten Versuch blieb die Linie auf den Überwachungsmonitoren nahe der Null.

»Einhundert!«

Diesmal krampfte sich der Körper des Mädchens unter dem Stromstoß zusammen. Gespannt beobachteten die Anwesenden den Monitor.

»Ich glaube, es hat keinen Zweck«, resignierte die Anästhesistin.

Doktor Raider drehte den Regler des Defibrillators auf einhundertzwanzig Joule. »Ein letzter Versuch«, rief sie atemlos.

Als Doktor Raider den Defibrillator erneut auslöste, zuckte der Körper des kleinen Mädchens unter der Intensität des Stromstoßes zusammen, doch das Herz kam nicht mehr in Gang.

»Keine Chance«, sagte der Pfleger.

Bevor Doktor Raider antworten konnte, wurde die Tür des Behandlungszimmers aufgestoßen. Der Chefarzt betrat das Zimmer.

»Wie sieht es aus, Jane?«, fragte er.

»Zu spät«, erwiderte Doktor Raider. »Herzstillstand. Wir haben es viermal versucht.«

»Brechen Sie ab und versiegeln Sie dieses Zimmer«, befahl der Chefarzt. »Und dann ab zur Desinfektion, duschen Sie alle anständig.«

Doktor Raider schaute den Chefarzt ratlos an.

»Die Polizei ist draußen«, erklärte er der Ärztin. »Die Mutter ist ebenfalls an der gleichen Krankheit verstorben. Spezialisten von der CDC sind unterwegs.«

»Und der Vater?«, wollte Doktor Raider wissen.

»Der Vater ist nicht hier, er ist Ingenieur und arbeitet in Brasilien irgendwo an einem Staudamm. Die Leute sind erst vor ein paar Tagen aus Brasilien zurückgekehrt. Wir müssen davon ausgehen, dass sie an einer äußerst aggressiven Viruserkrankung leiden. Ich hoffe, ihr habt an eure Schutzausrüstung gedacht.«

Doktor Raider nahm den Mundschutz ab. »Und was ist mit dem Mädchen?«

»Darum kümmern sich die Spezialisten der CDC, so lange bleibt sie hier liegen.«

»Aber wir brauchen diesen Raum«, gab die Oberschwester zu bedenken.

Der Chefarzt schüttelte den Kopf. »Dieses Virus hat bereits fünfhundert Menschen auf dem Gewissen, die Sterblichkeitsrate liegt bei beinahe hundert Prozent. Bevor dieser Raum und die Geräte nicht gründlich gereinigt und desinfiziert wurden, hat niemand mehr Zutritt. Und das ist keine Bitte, das ist eine klare Anweisung. Und jetzt ab unter die Dusche. Anschließend begeben Sie sich in die Isolierstation. Sobald sich jemand schlecht fühlt oder Fieber bekommt, will ich es wissen.«

»Isolierstation«, wiederholte der Pfleger. »Heißt das, wir sollen hier bleiben?«

»Genau das soll es heißen.«

»Aber ich habe Karten für das Linkin-Park-Konzert.«

»Daraus wird wohl nichts werden«, beharrte der Chefarzt. »Isolierstation oder Gefängniszelle, Sie können es sich aussuchen.«

Der Pfleger schaute sich im Kreis der Anwesenden um. »Spielt dann wenigstens jemand Poker?«

Acampamento dos infectados nahe Urucará,
Amazonasgebiet

Es war heiß und stickig im Zelt. Die metallbeschichteten Bahnen der Isolierstation sollten die Hitze des Tages abhalten, doch die Sonne Brasiliens brannte gnadenlos auf die kleine Zeltstadt am Rio Uatumá.

Der Luftaustausch erfolgte über spezielle Filteranlagen, die zwar mit einer Klimaanlage kombiniert waren, dennoch herrschte beinahe eine tropische Hitze in der Isolierkammer. Professor Sander trug seinen gelben Vollschutzanzug, der mit einer eigenen, internen Luftversorgung ausgestattet war. Der behandelnde Arzt, ebenfalls im Vollschutzanzug, studierte die Aufzeichnungen, die von den Schwestern stündlich erfasst worden waren. Er schüttelte verständnislos den Kopf, was angesichts des Schutzhelmes allerdings nicht zu erkennen war.

»Das Fieber ist in den letzten beiden Stunden auf 37,4 Grad

gesunken, ihre Vitalfunktionen haben sich stabilisiert, und der Herzschlag ist normal. Blutdruck systolisch 125, diastolisch 72.«

Schwester Violante lag in ihrem Bett, Kabel liefen von ihrem Körper zu den medizinischen Geräten. Sie schlief, und ihr Atem ging ruhig und gleichmäßig.

»Welches Mittel haben Sie ihr gegeben?«

»Wir haben einen Protease-Hemmer verabreicht, optimierte Invirase, das neue Wundermittel aus den USA. Das wurde uns von den Amerikanern zur Verfügung gestellt.«

Professor Sander griff nach den Aufzeichnungen. »Es sieht so aus, als ob ihr Körper diesen Kampf gewinnt. Behandeln Sie weiter mit Virostatikum und beobachten Sie die Patientin, ich will sofort wissen, wenn sich eine Veränderung einstellt.«

»Okay«, antwortete der Arzt. »Ich hoffe, die Therapie schlägt weiterhin so gut an. Leider ist das Medikament nicht in ausreichendem Maße vorhanden. Wir brauchen dringend Hilfe.«

»Professor Sander … bitte im Labor melden!«, tönte es blechern aus dem Lautsprecher der Funkanlage, über die ständiger Kontakt mit der Außenwelt und dem Sicherheitsoffizier bestand, der hinter den Monitoren saß und alles beobachtete, was in den Isolierkammern vor sich ging. Professor Sander reckte den Daumen in die Höhe und streckte ihn in Richtung der Überwachungskamera.

»Sie entschuldigen«, sagte er zu dem Arzt, der bei Schwester Violante blieb.

Beinahe zwanzig Minuten dauerte es, bis der Professor alle Sicherheitsschleusen hinter sich gebracht und den Schutzanzug ausgezogen hatte, wobei er mehrfach desinfiziert wurde. Die Sicherheitsbestimmungen waren streng, und ihre Einhaltung war oberstes Gebot.

»Anruf aus Genf«, meldete der amerikanische Navy-Offizier, der für die Sicherheit des Labors und der Stationen verantwortlich war. »Man erwartet Ihren Rückruf.«

Der Offizier deutete auf den Telefonhörer des Satellitentelefons am dritten, freien Kontrollpult. Nachdem Professor Sander abgenommen hatte, wurde er von der Vermittlungsstelle umgehend durchgestellt.

»Michael, schön, Sie zu hören«, meldete sich der Direktor der Abteilung für ansteckende Infektionskrankheiten. »Sind Sie schon einen Schritt vorwärts gekommen?«

»Sie erwarten ein Wunder«, erwiderte Professor Sander. »Aber es gibt durchaus einen Erfolg zu vermelden, der Zustand einer Patientin hat sich stabilisiert.«

»Das ist gut«, antwortete der Direktor.

»Wir benötigen neue Medikamente, wenn wir nicht alles versuchen, können wir den Menschen hier nicht helfen.«

»Michael«, entgegnete der Direktor mit ernster Stimme. »Wir befinden uns in Phase 6. Das Virus hat das Land verlassen. Wir haben Fälle in Europa, den Vereinigten Staaten und auch weitere in Brasilien, außerhalb des Sicherheitssektors. Die pharmakologische Industrie hat die Produktion umgestellt, schicken Sie mir eine Liste, was Sie alles benötigen. Es wird zwar ein paar Tage dauern, aber wir tun, was wir können.«

»Gibt es Neuigkeiten aus Atlanta?«

»Noch immer kein Ergebnis, Joanna arbeitet mit Hochdruck an der Identifizierung, doch das braucht seine Zeit.«

»Wir haben ebenfalls unzählige Kulturen angesetzt«, antwortete Professor Sander. »Unser Team ist in den Dschungel aufgebrochen, um den Wirt ausfindig zu machen. Aber das Camp, wo die ersten Fälle aufgetreten sind, wurde zerstört.«

»Michael, uns muss es gelingen, diese Epidemie im Zaum zu halten. Wir dürfen nicht lockerlassen. Wenn dieses Virus sich ausbreitet, dann rechnen wir mit einer Letalitätsrate von über dreißig Prozent, Sie wissen, was das für die Menschheit bedeutet.«

Professor Sander schlug die Augen nieder. »So etwas war zu erwarten. Die Leute reden von Klimawandel und von Atomkrieg, aber diese kleinen Biester hat niemand auf der Rechnung, dabei werden es die Viren sein, die unsere Menschheit eines Tages ausrotten.«

»Na, na, Michael, jetzt malen Sie den Teufel nicht an die Wand.«

Professor Sander warf einen Blick auf den Monitor, wo Schwester Violante noch immer friedlich schlief. »Ich bin hier und habe das große Sterben gesehen. Jeden Tag sehe ich in die gequälten Gesichter, und jeden Tag werden hier neue Leichen aus den Zelten getragen und am Waldrand verbrannt. Die Asche von hunderten Menschen hat sich dort schon zu einem kleinen Hügel aufgetürmt.«

Einen Augenblick herrschte Schweigen. »Ich weiß«, antwortete der Direktor betreten. »Ein zweites Team für die Vorfälle in Belgien wird gerade zusammengestellt. In Gent sind siebzehn Menschen erkrankt. Gott sei Dank sind dort bislang keine weiteren Infektionen aufgetreten. Die Behörden dort haben schnell gehandelt.«

»Es gab Anzeichen einer Mutation, eines genetischen Shifts bei der Übertragung der Krankheit, aber bevor wir keine Vergleiche haben, ist das reine Spekulation. Wir können hier nur abwarten, was weiter passiert und wen es als Nächsten erwischt.«

»Ich hörte, die Zahl der Neuaufnahmen ist stark rückläufig?«

»Zehn am Tag«, berichtete Professor Sander. »Zehn kommen, dreißig sterben. Noch haben wir fünfhundertsiebzehn Patienten hier. Manche schleppen sich mit letzter Kraft durch den Urwald, um hier zu sterben.«

»Schicken Sie mir Ihre Liste. Ich sorge dafür, dass Sie alles bekommen, was Sie benötigen«, beendete der Direktor das Gespräch und verabschiedete sich.

Nachdem Professor Sander den Hörer aufgelegt hatte, atmete er erst einmal tief durch.

»Es sieht nicht gut aus, Sir?«, fragte der Navy-Offizier.

Professor Sander versuchte zu lächeln. »Die Schlacht ist im

Gange, und wir haben noch nicht verloren. Solange noch Blut durch unsere Adern fließt, geben wir nicht auf.«

»Yes, Sir!«, antwortete der Offizier und nahm Haltung an.

White Castle, Leblanc Airport, Louisiana

Hinter einem Stapel Kisten war Gene in Deckung gegangen, als er das Schloss des großen Rolltores knacken hörte. Knarrend und ächzend wurde es zur Seite geschoben, und das Sonnenlicht fiel in die dunkle Halle.

Gene versuchte einen Blick auf den Eingang zu erhaschen, doch die Kisten verdeckten ihm die Sicht. Die Stimmen zweier Männer drangen dumpf an sein Ohr. Er presste sich tiefer in das Labyrinth aus Kisten und Boxen und konzentrierte sich. Die Stimmen kamen näher.

»... ich habe keine Ahnung, der Kontakt ist einfach abgerissen«, sagte die nasale Stimme mit dem typischen Südstaatendialekt.

»Aber wie kann das sein?«, fragte der andere im dumpfen, sonoren Tonfall. »Wir haben uns darauf verlassen, dass alles in Ordnung geht. Meine Leute machen mir schon die Hölle heiß.«

»Kann ich auch nicht ändern«, sagte der Näselnde. »Das Risiko war uns allen klar, schließlich veranstalten wir keine Ausflugsfahrten. Es kann immer mal etwas schiefgehen.«

»Wann wird es einen neuen ...«

»... wir haben nicht nur einen Piloten, unsere Männer wissen, worauf es ankommt. Waren alle mal bei der Armee und kennen die Tricks. Am nächsten Donnerstag, mitten in der Nacht, starten wir. Also wenn es eine weitere Lieferung geben soll, dann müssen Sie pünktlich sein, wir können nicht warten.«

»Ich verstehe«, antwortete die dunkle Stimme. »Wir sind pünktlich, unsere Leute warten schon.«

Die Stimmen entfernten sich, und Gene richtete sich wieder

auf. Die Schritte der Männer verrieten ihm, dass sie sich wieder dem Tor näherten. Vorsichtig warf er einen verstohlenen Blick um die Ecke. Das Einzige, was er erkennen konnte, war ein korpulenter, leicht untersetzter Mann in einem dunklen Anzug. In der Luft lag der aufdringliche Duft von künstlichem Veilchenaroma.

Die Männer verließen das Gebäude, und knarrend wurde die Tür wieder zugeschoben. Gene blieb im Dämmerlicht zurück. Er erhob sich und klopfte sich den Staub von der Kleidung. Schließlich umrundete er den Stapel Kisten und ging zu der Stelle, an der sich die beiden Männer aufgehalten hatten. In der Ecke stand ein altersschwacher Schreibtisch. Als er die Schublade öffnen wollte, heulte draußen ein Motor auf und entfernte sich dröhnend. Kurz darauf hörte er ein Klopfen am Tor.

»Hallo, Gene … die Luft ist rein. Bist du noch da drinnen?«, hörte er Terence' Stimme, die gedämpft durch die Holztür drang.

Es klopfte erneut. Gene wandte sich zum Tor. »Alles in Ordnung«, antwortete er. »Sie haben mich nicht bemerkt.«

»Mister Tate ist mit dem Fremden weggefahren. Er hat gesagt, dass heute noch ein Tankwagen kommt.«

»Bin gleich da«, gab Gene zurück und ging noch einmal zum Schreibtisch. Mit einem Taschenmesser öffnete er die verschlossene Schublade. Er fand einen Aktenordner und blätterte die einzelnen Seiten durch. Es waren Rechungsbelege für Flugzeugbenzin einer Ölhandelsgesellschaft aus Baton Rouge. Sie stammten aus diesem Jahr und reichten zurück bis zum Jahresbeginn. Gene pfiff durch die Zähne, nachdem er die Menge an Kerosin zusammengezählt hatte, die bislang hier auf diesem Flugfeld angeliefert worden war. Das hätte ausgereicht, um einen mittleren Flughafen zu versorgen. Nach allem, was Terence ihm über den Flugverkehr hier berichtet hatte, mussten bei der geringen Anzahl der Flüge immense Entfernungen zurückgelegt werden. Die Tanks draußen in der Nähe des Flugfeldes fassten beinahe zwanzigtausend Liter. Doch sie waren bereits viermal in diesem Jahr wieder aufgefüllt worden. Einhunderttausend Liter Kerosin reichten für beinahe 65 000 Flugkilometer. Eine gigantische Menge für einen kleinen Provinzflughafen!

Gene schob den Ordner zurück in die Schublade und drückte sie wieder zu. Er achtete sorgfältig darauf, dass der Riegel des Schlosses wieder einhakte, damit niemand merkte, dass die Schublade geöffnet worden war. Anschließend verließ er den Lagerschuppen.

Draußen saß Terence im Schatten des Traktors und erwartete ihn. Er reichte Gene eine Flasche.

»Schnaps?«, fragte Gene.

Terence lachte und schüttelte den Kopf. »Gutes, kühles und frisches Wasser, aus dem Brunnen«, antwortete er, als sich Gene neben ihm im Gras niedersetzte.

»Hast du etwas gefunden?«

Gene trank einen Schluck und nickte. »Ich denke schon.«

»Mir ist ganz schön mulmig geworden, als Mister Tate hier auftauchte.«

»Kennst du den Mann, der ihn begleitet hat?«

Terence überlegte. »War schon ein paar Mal hier, aber seinen Namen kenne ich nicht. Ist nicht aus der Gegend. Ich tippe auf den Osten.«

»Hatte er einen Wagen dabei?«

Terence schüttelte den Kopf. »Kam mit Mister Tate. War aber schon mal mit einem schwarzen Blazer hier. Vor vier Wochen war das.«

Gene fuhr sich mit der Hand über das Kinn.

»Du kennst ihn?«

»Ich glaube, ich bin ihm schon mal begegnet«, antwortete Gene und ärgerte sich darüber, dass er damals, als er von dem Wagen des Mannes erfuhr, die Spur bei der Alamo-Autovermietung nicht weiterverfolgt hatte. Vielleicht war der Kerl sogar der Mörder, dessentwegen er sich nun auf der Flucht befand.

»Am Donnerstag soll ein Flug stattfinden, weißt du etwas darüber?«, fragte er Terence.

»Keine Ahnung. Aber wenn der Tankwagen kommt, landet hier fast immer ein dicker Pott.«

»Ich muss am Donnerstag wieder hier sein«, sagte Gene nachdenklich.

Cuiabá, Bundesstaat Mato Grosso

»Das ist Mama Aquela«, stellte Falcáo die verhärmte und schüchterne Frau vor, die er in das Vernehmungszimmer der Polizeidirektion schob. Die Frau trug ein altes, abgewetztes geblümtes Kleid. Ihre grauen Haare waren hochgesteckt, und ihre braune Haut wirkte ungesund und zerfurcht.

»Hallo Mama Aquela«, grüßte Zagallo und streckte ihr die Hand entgegen. »Nehmen Sie Platz, darf ich Ihnen etwas anbieten, Kaffee, Wasser, Limonade?«

Die Frau schaute sich unsicher um. Ihr ausgemergelter Körper sprach dafür, dass die Frau aus ärmlichen Verhältnissen stammte und wohl nicht regelmäßig etwas zu essen bekam.

Zagallo warf Falcáo einen Blick zu; dieser nickte und verließ den Vernehmungsraum.

Zagallo beugte sich über den Schreibtisch.

»Es ist schlimm, was mit Gabriel passiert ist«, eröffnete er den Dialog.

Die Frau blickte betreten zu Boden. »Gabriel«, wiederholte sie. »Er hat niemandem etwas getan.«

»Seit wann ist er verschwunden?«, fragte Zagallo.

»Mein armer Junge, er hatte nichts Schönes auf der Welt, er war krank. Schon als kleiner Junge war er fast immer krank.«

»Welche Krankheit hatte er denn?«

Die Frau atmete tief ein. »Er hatte böses Blut und war immer nur zu Hause. Wenn die anderen Kinder spielten, dann lag er auf seinem Bett. Aber er hat gemalt, er war immer still, mein armer Gabriel.«

»War er in Behandlung?«

Die Frau schüttelte den Kopf und wischte sich eine Träne aus den Augen. »Wir haben kein Geld, und der Arzt kostet zu viel.«

»Wann und wie verschwand Ihr Junge?«, versuchte Zagallo die Frau wieder zurück zu seiner Frage zu bringen.

Die Frau griff in die Tasche ihres Kleides und zog ein Tuch hervor, mit dem sie sich über die Augen wischte.

»Ihm ging es sehr schlecht«, berichtete sie, nachdem sie tief eingeatmet hatte. »Das war vor sechs Wochen, da kam ein Mann zu uns. Er sagte, er könne Gabriel helfen. Er wäre Arzt. Ich sagte, dass ich nicht bezahlen könne, doch der Mann winkte ab und sagte, er helfe, weil er helfen wolle und nicht wegen des Geldes.«

»Kennen Sie den Mann?«

»Ich habe ihn nie zuvor gesehen«, antwortete sie. »Er kam dreimal. Beim dritten Mal hat er meinen Gabriel mitgenommen. Er hat gesagt, dass Gabriel gesund würde und dass es ein paar Monate dauern kann. Aber wenn er wiederkommt, dann wäre er geheilt.«

»Wie sah der Mann aus, nannte er einen Namen?«

Die Frau räusperte sich. »Er nannte sich Anjo, und er kam uns auch so vor, wie ein Engel. Er hat meinen Gabriel mitgenommen, und ich habe ihn nie wieder gesehen. Jetzt ist er tot.«

Sie weinte. Falcáo betrat das Zimmer mit einer dampfenden Tasse in der Hand und stellte sie vor die Frau.

»Dieser Anjo«, fragte Zagallo. »Stammte er aus der Stadt?«

Die Frau zuckte mit der Schulter.

»Kannst du ihn beschreiben?«, mischte sich Falcáo ein.

Sie nickte und schnäuzte sich.

»Kannst du ihn so gut beschreiben, dass wir einen Zeichner holen können?«, hakte Falcáo noch einmal eindringlich nach.

»Ich vergesse das Gesicht nie mehr«, antwortete die Frau.

Falcáo warf seinem Chef einen fragenden Blick zu.

Zagallo fuhr sich über die Stirn. »Lass einen Zeichner kommen!«, entschied er.

Falcáo verschwand, und Zagallo wandte sich wieder der Frau zu. Doch viel mehr, als er bisher erfahren hatte, war nicht aus ihr herauszuholen. Sie wusste weder, ob der Mann einen Wagen fuhr, noch wohin er gegangen war und woher er stammte. Zagallo wartete, bis sein Kollege mit dem Polizeizeichner zurückkam. Er hoffte, dass das Bild gut genug werden würde, um den Mann, der sich selbst *Engel* nannte, zu identifizieren.

28

Acampamento dos infectados nahe Urucará, Amazonasgebiet

Anne Arlette saß am langen Tisch im Aufenthaltsraum des Labors und trank eine eisgekühlte Cola, die sie sich zuvor aus dem Kühlschrank der gegenüberliegenden kleinen Küchenzeile geholt hatte. Nach dem ersten Schluck amtete sie erst einmal aus und fuhr sich mit dem Handrücken über die Stirn. Im Raum herrschten angenehme zwanzig Grad, die von der Klimaanlage erzeugt wurden.

»Das muss man den Amis lassen«, sagte sie. »Die lassen sich nicht lumpen. Selbst hier ist die Unterbringung first class.«

Professor Sander saß ihr gegenüber und blickte sich verstohlen um. »Die Blutausstriche von Schwester Violante sind bemerkenswert. Das Vollblut weist nur noch einen geringen virulenten Anteil auf. Ich glaube tatsächlich, dass sie auf dem Weg der Besserung ist.«

»Ich hoffe, dass du dich nicht irrst. Es wäre zumindest eine Chance, an ein geeignetes Serum zu kommen. Leider werden wir noch ein paar Wochen warten müssen, bevor wir es einsetzen können.«

»Ich frage mich, wie viele Menschen noch sterben, ehe wir die Krankheit einigermaßen in den Griff bekommen.«

Inzwischen wusste jeder im Camp, dass sich das Virus auch in anderen Teilen der Erde ausgebreitet hatte. Die Sperrung der Region war zu spät erfolgt, denn alle Erkrankten hatten sich zum Zeitpunkt des Ausbruchs in der Region um den Rio Jatapu aufgehalten. Ungehindert war das Virus auf diesem Weg entkommen.

»In drei Tagen verfügen wir über so viele Kulturen, dass wir uns an unsere Arbeit machen können«, seufzte Anne und trank ihre Cola auf einen Schluck leer. »Jetzt bleibt uns nicht viel mehr, als abzuwarten.«

Der ohrenbetäubende Lärm eines Flugzeugmotors überlagerte das Summen der Klimaanlage.

Professor Sander wies mit seinem Daumen an die Decke. »Ich hoffe, Joanna kommt in Atlanta zum gleichen Ergebnis. Ich habe drei Proben für Atlanta beigefügt. Bist du ein Stück weitergekommen?«

»Ebola, Lassa, Marburg, Hanta, Mabucho, Junin – alle Testreihen verliefen bislang negativ. Bevor wir uns das kleine Biest nicht betrachten können, fischen wir im Trüben. Die Diagnose anhand des Krankheitsverlaufs deutet auf eine Unterart des Ebola-Virus hin, aber das ist zum jetzigen Zeitpunkt reine Spekulation.«

Professor Sander runzelte die Stirn. »Irgendwie passt es mir gar nicht, dass uns das amerikanische Militär über die Schultern schaut. Ich habe kein gutes Gefühl bei der Sache, und Madson ist mir äußerst suspekt. Für das Militär wäre ein Virus mit einer solch hohen Sterblichkeitsrate eine ideale Waffe. Ich denke, wir sollten mit unseren Ergebnissen nicht allzu freizügig umgehen.«

Anne erhob sich und stellte ihre Cola-Flasche zurück in den Kasten, der neben der Tür stand. Sie biss sich auf die Unterlippe und stemmte ihre Arme in die Hüfte. »Ich weiß nicht, ich denke, wir sollten uns nicht selbst auseinanderdividieren. Ich bin auch kein Freund von militärischer Forschung, aber ich glaube nicht, dass uns Madson hintergehen wird. Besonders jetzt nicht, wo es auch in den USA die ersten Fälle gibt. Wir sollten alle an einem Strang ziehen, schließlich ist unsere Aufgabe jetzt schon schwer genug. Und solange es keine wirksame Medizin geben wird, taugt kein Virus dazu, als Waffe eingesetzt zu werden. Die Gefahr einer unkontrollierten Ausbreitung ist viel zu groß.«

Professor Sander hob beschwichtigend die Hände. »Sei dir in diesem Fall nicht allzu sicher. Ich habe in Bolivien schon meine Erfahrungen gemacht, und das soll sich kein zweites Mal wiederholen. Ich will, dass wir uns erst besprechen, wenn die ersten Ergebnisse vorliegen.«

»Du vergisst, dass ich nicht allein im Labor arbeite«, entgegnete Anne mit Skepsis.

»Ich weiß, aber trotzdem traue ich den Amis nicht.«

Corrupira, am Rio Jatapu, Amazonasgebiet

Der Tag war vergangen, und die Nacht kam schnell über die östlichen Hügel in die Niederung am Fluss. Zwei große Lagerfeuer brannten, und die Indios bereiteten über einem Feuer einen Tapir zu, den sie vor Einbruch der Dämmerung am Flusslauf erlegt hatten.

Die Proteste Luisas waren ungehört verhallt. Frisches Fleisch war eine Delikatesse, die man nicht so einfach verkommen ließ.

Nachdem Antonio mit seiner Gruppe vor zwei Stunden aus dem Dschungel zurückgekehrt war, hatte er sich zusammen mit Luisa an die Arbeit gemacht und die Beute des Tages mit Schnelltests einer ersten Überprüfung unterzogen. Insgesamt 74 Blutproben diverser Tiere und Insekten waren auf Antikörper untersucht worden, doch alle Tests verliefen negativ. Augenscheinlich kranke oder gar verendete Tiere hatten sie bislang nicht gefunden. Die Gruppe um Rosburn und Hagen war allerdings noch nicht zurückgekehrt. Vorerst machten es sich die Soldaten, soweit sie nicht zur Wache eingeteilt waren, rund um die Feuer bequem. Herzhafter Bratenduft zog durch das kleine Lager, und Luisa musste sich eingestehen, dass ihr selbst das Wasser im Munde zusammenlief.

»Viren überleben nicht bei zweihundert Grad«, sagte Antonio und erhob sich, als die Indios begannen, mit ihren Messern Fleischstücke des Bratens auszulösen und an die Soldaten zu verteilen, die sich um die zweite Feuerstelle versammelt hatten.

Luisa biss in das trockene Brot, das aus der Marschverpflegung stammte, und bekämpfte ihren aufkommenden Appetit. Schließlich räusperte sich Antonio. »Du willst wirklich nichts davon? Ich habe das Blut getestet, es war absolut frei von Viren und anderen Keimen. Außerdem wissen die Indios, was sie tun. Also, soll ich dir ein Stück Braten mitbringen?«

Luisa pumpte ihre Backen auf, schließlich nickte sie. »Ich habe einen Bärenhunger.«

Noch bevor Antonio das Lagerfeuer erreicht hatte, drang der Lärm von Schüssen durch den dichten Urwald in das provisorische Camp. Zunächst ein einzelner Schuss, dann folgten zwei weitere, schließlich blieb es ruhig. Bis auf die Schreie einiger Affen und die Warnrufe und den Flügelschlag aufgeschreckter Vögel war nichts mehr zu hören. Die Soldaten sprangen auf und griffen nach ihren Gewehren. Tenente Farraz brüllte ihnen Befehle zu, und sie verschwanden in der Richtung, aus der die Schüsse gekommen waren.

»Löscht die Feuer!«, rief der Cabo, der eine Pistole in den Händen hielt und zusammen mit Lila Faro zu Luisa herüberhastete.

»Schnell, kommen Sie«, rief er Luisa zu.

Luisa erhob sich und folgte dem Offizier, der sie in den Schatten einer Baumgruppe führte und anwies, sich hinter den Bäumen zu verstecken.

»Was ist los?«, fragte Luisa. Das Herz pochte ihr bis zum Hals.

»Das waren Schüsse aus einem Schrotgewehr, vielleicht fünfhundert Meter nördlich von hier.«

»Könnten das nicht Rosburn …«

»Glaube ich nicht«, antwortete der Cabo. »Unsere Leute haben keine Schrotgewehre. Und jetzt duckt euch und bleibt hier liegen, egal was passiert!«

White Castle, Leblanc Airport, Louisiana

Terence rümpfte die Nase. Der Gestank war schier unerträglich. Gene hatte das Fass in der Ecke des alten Schuppens geöffnet; es war bis zum Rand mit einer stinkenden braunen Flüssigkeit gefüllt. Innerhalb von vierundzwanzig Stunden war Gene zum zweiten Mal in die Scheune eingebrochen, nachdem ihm Terence berichtet hatte, dass Hastings' Männer am Vormittag zwei große Kisten darin eingelagert hatten.

»Hier ist nichts«, sagte Gene, nachdem er das Fass wieder verschlossen hatte.

»Ich habe die Kisten mit eigenen Augen gesehen«, widersprach Terence verschnupft. »Ich bin doch nicht blind. Sie waren schwer, zwei Mann mussten sie schleppen.«

Gene wies mit der Hand in die Ecke. »Die alten Kisten standen gestern schon hier, sie sind leer.«

Terence begann damit, die Holzwände abzutasten. »Die beiden Kisten, die von den Männern hereingetragen wurden, sahen anders aus. Es muss ein Versteck geben.«

»Vielleicht haben sie die Kisten schon wieder abgeholt«, mutmaßte Gene.

»Das kann nicht sein. Ich war den ganzen Tag über hier beschäftigt, das hätte ich sehen müssen.«

»Hier ist nichts, lass uns verschwinden!«

Mit der Faust klopfte Terence die fensterlosen Wände ab. Die Taschenlampe spendete genügend Licht, dennoch war nirgends ein Spalt oder eine Ausbuchtung zu erkennen, die auf eine Geheimtür hingedeutet hätte.

»Ich bin doch nicht verrückt«, murmelte Terence.

Gene beobachtete den Mann und schüttelte den Kopf. Geduldig wartete er, bis Terence alle Wände untersucht hatte. Schließlich seufzte er und ließ die Taschenlampe zu Boden sinken.

»Hier ist nichts«, wiederholte Gene. »Komm, gehen wir!«

Es war ein winziger Spalt, nicht viel größer als ein dunkler Faden, der sich auf dem staubigen Bretterboden abzeichnete. Unmittelbar dort, wo das Fass in der Ecke stand, verlief er bis zur Wand.

»Wie konnten wir bloß?«, rief Terence und wies auf das Fass. »Hilf mir mal.«

Gene erkannte jetzt ebenfalls, dass sich im Boden direkt unter dem Fass eine Art Falltür befinden musste. Mit gemeinsamer Anstrengung gelang es ihnen, das Fass, dessen Deckel Gene mit einem Spannring verschlossen hatte, Stück um Stück zur Seite zu wuchten. Terence kniete sich nieder und untersuchte den Spalt. Bald hatte er die Umrisse der Falltür abgetastet. Doch wo befand sich der Mechanismus zum Öffnen, und in welche Richtung ließ sich die Tür bewegen? Mit spitzen Fingern versuchten sie, die Tür anzuheben. Schließlich griff Gene in seine Hosentasche und zog sein Taschenmesser hervor. Nach mehreren vergeblichen Versuchen schaffte er es, den Spalt mit der Klinge so weit zu vergrößern, dass Terence seine Finger in die Fuge schieben konnte.

»Jetzt bin ich mal gespannt«, sagte Gene, als er sein Messer zur Seite legte und Terence half. Die Tür schwang auf. Sie war beinahe zwei Meter lang und einen Meter breit. Gene nahm seine Taschenlampe und leuchtete in das Versteck. Die Grube war knapp zwei Meter tief. Zwei aufeinandergestapelte Kisten lagerten darin.

»Siehst du, ich habe mich nicht getäuscht«, triumphierte Terence.

»Hitachi Industries Power Tools«, las Gene vom Etikett einer Kiste ab.

»Was ist das?«, fragte Terence.

»Das ist Werkzeug«, erklärte Gene. »Ein Abbruchhammer.«

»Und wozu braucht man das?«

»Zum Aufreißen von Straßen oder zum Abreißen von Gebäuden.«

»Ich wusste gar nicht, dass Hastings ins Baugeschäft eingestiegen ist«, murmelte Terence.

Gene öffnete mit seinem Messer den Deckel der hölzernen Kiste. Tatsächlich befand sich ein neuwertig verpackter Abbruchhammer samt Zubehör darin. Nachdem er die Kiste und den Inhalt untersucht hatte, ließ er sich zu Boden sinken und schüttelte verständnislos den Kopf. »Da ist tatsächlich nur das Werkzeug drin.«

»Ich verstehe das nicht«, überlegte Terence laut. »Warum versteckt Hastings Werkzeug? Ist es gestohlen?«

»Wenn er tatsächlich so reich ist, wie du sagst, dann hat er das nicht nötig«, antwortete Gene. »Aber du hast Recht. Warum in aller Welt versteckt er das Werkzeug in dieser Grube?«

Cuiabá, Bundesstaat Mato Grosso

Die Fahndung nach Anjo lief auf vollen Touren. Doch egal wen sie fragten, niemand kannte den Mann, der auf dem Phantombild abgebildet war und der sich selbstherrlich *Engel* nannte.

Die kleine heruntergekommene Spelunke in der Nähe von Campo Grandé lag im fahlen Schein der wenigen Laternen, die im Zentrum der Altstadt ihr schummriges Licht verbreiteten. Abseits der großen und breiten Straßen, in dem Gewirr aus engen und verwinkelten Gassen herrschten nachts die Gewalt und das Verbrechen. Die Mafia hatte hier längst das Sagen und hinterließ einen Sumpf aus Drogenhandel, Prostitution und Mord. Die Verbrechensrate, die im gesamten Land ohnehin schon sehr hoch lag, wurde in diesem heruntergekommenen Stadtteil sogar noch übertroffen. Zagallo wusste, worauf er sich eingelassen hatte, als er mit Falcáo die schummrige Bar betrat, in der ein dicker, schwitzender Wirt selbstgebrannten Cachaça und schales Bier ausschenkte. In der Bar wimmelte es von leicht bekleideten Damen und lichtscheuen Gestalten, die sich in die Ecke drückten und jeden ungebetenen Besucher mit argwöhnischen Augen musterten. Zagallo bahnte sich einen Weg durch die Menge, die einer Band lauschte, welche sich auf einer behelfsmäßigen Bühne mit Akkordeon, Gitarre und Bass an einem Stück Música gaúcha versuchte. Falcáo hatte sich von seinem Chef getrennt und strebte auf den Hintereingang zu, wo er sich locker gegen die Wand lehnte und mit wachen Augen die Menschen um ihn herum beobachtete.

Zagallo hatte keine Angst, denn er war in diesem Stadtviertel einmal zu Hause gewesen und kannte die Spielregeln. Jeder hier wusste, dass er ein Bulle war, ein verhasster *cana*, der noch dazu keinen Respekt vor den lokalen Größen der verbrecherischen Organisationen hatte. Als sich Zagallo nun seinen Weg bis zum Tresen bahnte, wagte es niemand, sich ihm in den Weg zu stellen. Es war ein ungeschriebenes Gesetz, sich nicht mit einem Polizisten einzulassen, denn hier war niemand an Problemen mit der Justiz interessiert. Sie beeinträchtigten nur die Geschäfte und zogen unzählige Razzien nach sich.

Porceá hatte Zagallo den Tipp gegeben, dass es in der Altstadt jemanden gab, der sich in den zwielichtigen Kreisen damit brüstete, zu wissen, wer für die Morde in den Blumenfeldern der Baia de Vincentinho verantwortlich war. Und genau aus diesem Grund statteten Zagallo und Falcáo der Bar einen Besuch ab. Sie würden sich den Kerl schnappen und ausquetschen, denn Porceá hatte einige Details über die Leichenfunde auf den Blumenfeldern gekannt, die nur ein Insider wissen konnte. Und dieser Insider stand nun keine zehn Meter entfernt mit dem Rücken zu Zagallo und hielt eine hübsche, kaffeebraune *bagulho* in seinen Armen. Der mausgesichtige Mann, der sich Craigo nannte und aus Santo António stammte, trieb sich schon seit ein paar Monaten in der Stadt herum. Die Streifenpolizisten kannten ihn, doch meistens – so hatten die Kollegen Zagallo berichtet – machte er sich aus dem Staub, wenn sich Schwierigkeiten ergaben. Zagallo war gespannt, wie er heute reagieren würde.

Eine Gruppe junger Männer lungerte in Craigos Nähe herum.

Nur widerwillig machten sie Platz, als Zagallo an ihnen vorbei wollte. Noch bevor er den Tresen erreicht hatte, wandte sich der Mausgesichtige um. Sein Blick traf Zagallo und blieb an ihm haften – nur ganz kurz, dann sprintete der Mann davon und tauchte in der Menge unter. Zagallo blieb gelassen, denn er hatte damit gerechnet, dass dieser Craigo wohl kein großes Interesse daran hatte, mit der Polizei zu sprechen. Zagallo wechselte die Richtung und ging langsam zur Hintertür. Als er dort eintraf, stand Craigo bereits an der Wand und hielt sich seine blutende Nase.

»Er wollte uns einfach keine Gesellschaft leisten«, murmelte Falcáo, als er den Mann am Hemdkragen packte und durch die Hintertür ins Freie schob. Draußen hatte es zu regnen begonnen.

Zagallo musterte den Gefangenen von oben bis unten.

»Du kannst uns etwas über die Morde in den Blumenfeldern erzählen«, sagte er, während ihm Falcáo Handschellen anlegte.

»Ich … ich weiß nichts«, stammelte Craigo hastig.

»Das werden wir sehen.«

Hauptquartier der WHO in Genf

Sieben neue Fälle von hämorrhagischem Fieber waren in Memphis diagnostiziert worden. Es handelte sich dabei durchgehend um Personen aus dem Umfeld des verstorbenen Kindes und seiner Mutter. Die Ärzte hegten keinen Zweifel daran, dass sich das Virus ausgebreitet hatte. Auch im belgischen Gent war es im Krankenhaus, in das der junge Student nach seinem Zusammenbruch eingeliefert worden war, zu weiteren Infektionen beim medizinischen Personal gekommen. Und auch in Brasilien gab es eine ganze Reihe neuer Fälle.

Im Zentrum für ansteckende Infektionskrankheiten war ein Krisenstab damit beschäftigt, alle Meldungen sonderbarer und nicht zu bestimmender Fieberkrankheiten zu überprüfen. Und noch immer war nicht bekannt, um welchen Erreger es sich definitiv handelte. In der Presse wurden abenteuerliche Berichte veröffentlicht, die von einer tödlichen Seuche berichteten, für die es keine Heilungschancen gab. Dies führte in manchen Teilen der Erde bereits zu panischen Reaktionen der Bevölkerung. Manche Menschen verbarrikadierten sich in ihren Häusern und nahmen noch nicht einmal die Post entgegen. In einem Vorort von Memphis war ein Mann nach einem Sturz verblutet, weil niemand ihm zu Hilfe kam – aus Angst, man könne sich an dem Blut des Gestürzten infizieren.

»Hast du das gelesen?«, fragte der Operator seinen Kollegen, mit dem er in der Einsatzzentrale der WHO vor dem Computer saß und das Internet nach Meldungen über weitere verdächtige Krankheitsfälle absuchte.

»Was meinst du?«

»In einem kleinen Ort namens Nutbush in Tennessee ist eine schwangere Frau verblutet. Sie wollte mit dem Taxi in eine Klinik fahren, weil sie Schmerzen im Bauchbereich hatte. Während der Fahrt begann sie zu bluten. Da hat der Taxifahrer mitten im Nirgendwo einfach angehalten und sie ausgesetzt, weil er Angst hatte, die Frau habe das Fieber. Als ein anderer Autofahrer die Frau fand, war sie bereits nicht mehr zu retten.«

»Gib die Meldung an den Einsatzstab weiter«, sagte der Kollege und schüttelte verständnislos den Kopf.

29

Corrupira am Rio Jatapu, Amazonasgebiet

Lila hatte sich tief hinter die Wurzel eines Mangrovenbaumes geduckt. Noch immer hallten Schüsse durch den Urwald. Tenente Farraz brüllte seinen Soldaten Befehle zu, die Deckung gesucht hatten und mit ihren automatischen Waffen in die Richtung zielten, aus der die Schüsse kamen. Unter das laute Donnern des Schrotgewehrs und dem trockenen Plop der Pistolen mischten sich hektische Feuerstöße. Lila zitterte am ganzen Körper. Neben ihr lag der Cabo und hielt seine Pistole in der Hand. Ein paar Meter neben ihr hatte Luisa Behringer hinter dem gewaltigen Wurzelwerk der Mangrovenbäume Deckung gesucht.

Der Tenente hastete zu ihnen herüber und ließ sich auf den Boden fallen.

»Bleiben Sie mit einer Gruppe hier«, sagte er atemlos. »Ich werde mit der zweiten Gruppe nachsehen, was passiert ist. Rosburn muss mit seinen Männern auf ein paar versprengte Bewohner gestoßen sein.«

Der Cabo quittierte den Befehl. »Haben Sie Kontakt zu Rosburn?«

Tenente Farraz schüttelte den Kopf.

Wieder brandeten Schüsse auf. Diesmal näher noch als zuvor. Sie kamen aus Richtung des Flusses. Salven aus Maschinenpistolen folgten, dann eine laute Explosion.

Tenente Farraz richtete sich auf. »Schnell zum Fluss!«, wies er seine Soldaten an und zeigte in östliche Richtung. »Sie haben Granaten. Wir müssen die Boote sichern!« Erneut detonierte eine Handgranate in einiger Entfernung, ein markerschütternder Schrei erklang. Schon hasteten die Soldaten unter Farraz' Führung in östliche Richtung.

»Sie bleiben hier!«, hatte er noch dem Cabo zugerufen, ehe er aufgesprungen war.

»Was wollen die nur von uns?«, fragte Lila und ihre Stimme zitterte.

»Das sind Verbrecher«, erklärte der Cabo. »Wer ihnen zu nahe kommt, der wird getötet.«

Der Sargento der verbliebenen Gruppe rückte näher an das Mangrovenwäldchen heran und bildete mit seinen Männern einen Ring um das Versteck. Noch immer fielen am Fluss und nördlich ihrer kleinen Festung Schüsse. Der Lärm eines Motors erklang.

»Verdammt, die Kerle klauen unsere Boote!«, stieß der Sargento aus.

Plötzlich tauchten zwischen den Bäumen Männer auf. Die Soldaten legten ihre Gewehre an, doch der Cabo hob beschwichtigend die Hände. »Nicht schießen, das sind unsere Leute!«, rief er den Soldaten zu.

Rosburn hatte einen Mann umklammert und führte ihn auf die Mangrovenbäume zu. Drei Mann in Uniform folgten ihm, sie gingen rückwärts und hielten ihre Gewehre schussbereit in Richtung des Dschungelpfades.

»Nicht schießen!«, rief Rosburn, als er die Soldaten hinter den Mangrovenwurzeln erkannte.

»Kommen Sie zu uns herüber!«, forderte ihn der Cabo auf.

»Das ist Doktor Hagen«, flüsterte Lila und wies auf den Mann, der von Rosburn am Arm geführt wurde. »Er ist anscheinend verwundet.«

Der Cabo erhob sich und hastete auf die kleine Gruppe zu. Als er Rosburn erreicht hatte, nahm er ihm seine Last ab und trug den verwundeten Wissenschaftler in den Schatten der Bäume. Hinter den Mangrovenwurzeln ließen sich die Männer um Rosburn in den Schatten sinken.

Lila, Antonio und Luisa Behringer kümmerten sich um Doktor Hagen, an dessen Oberschenkel sich ein großer Blutfleck ausgebreitet hatte.

»Wir sind auf einen Trupp von bewaffneten Männern gestoßen«, berichtete Rosburn atemlos. »Sie haben sofort das Feuer eröffnet. Zwei unserer Leute sind gefallen, und Hagen ist schwer verletzt.«

»Konnten Sie erkennen, wie viele Männer es waren?«, fragte der Cabo.

»Zwanzig mindestens, ich glaube sogar noch mehr, und sie sind schwer bewaffnet.«

Das Tuckern des Bootsmotors mischte sich mit dem Stakkato eines Maschinengewehrs. Einer der Indios kam durch das flache Gras herangerobbt. Er zeigte aufgeregt in die Richtung des Flusses und sprach ein paar Worte in seiner indianischen Muttersprache.

Der Cabo zuckte mit der Schulter. »Was will er?«, fragte er die Männer um sich herum.

»Die Banditen haben zwei Boote versenkt und das dritte gestohlen«, erklärte der Sargento. »Sie haben unsere Wachen überwältigt und getötet.«

Der Cabo nickte stumm. Die Schüsse am knapp zweihundert Meter entfernten Flussufer waren verstummt, ebenso der Bootsmotor. In der anbrechenden Dunkelheit tauchte Tenente Farraz mit seinen Männern vom Flussufer wieder auf. Sie trieben einen Mann vor sich her.

»Diese Hunde haben unsere Boote. Da Costa und Moreira sind tot, und Coelho ist schwer verwundet«, berichtete er. »Den haben wir am Ufer geschnappt. Wir sitzen hier fest.«

»Aber wir haben doch unsere Funkgeräte«, mischte sich Luisa ein. »Wir müssen Hilfe holen, Doktor Hagen muss unbedingt behandelt werden.«

»Unsere Handfunkgeräte reichen nicht bis ins Lager nach Urucará und das einzige heile Gerät ist auf dem Boot, das sich jetzt in den Händen der Banditen befindet. Die beiden anderen Boote sind gesunken.«

»Das heißt, wir sitzen hier fest«, antwortete der Cabo.

»Wenn wir Doktor Hagen und den verwundeten Soldaten nicht schnell in eine Klinik bringen, dann haben sie keine Chance«, protestierte Lila.

»Ich dachte, das Gebiet ist abgeriegelt. Es muss sich doch in der Nähe ein Stützpunkt oder eine Patrouille befinden.«

»Der nächste Stützpunkt ist in Brás«, entgegnete Farraz. »Das Gebiet ist einfach zu groß und zu unübersichtlich, um es vollständig kontrollieren zu können.«

Luisa, die sich um den verwundeten Soldaten kümmerte, seufzte und richtete sich auf.

»Was ist?«, fragte der Cabo.

»Er ist tot«, antwortete sie und wischte sich mit dem Handrücken über die Stirn.

Mittlerweile war es so dunkel geworden, dass sich nur noch schemenhaft erahnen ließ, wo sich die Soldaten verschanzt hatten.

»Was schlagen Sie vor?«, fragte Farraz den Cabo.

»Bis Brás sind es an die zwanzig Kilometer«, erwiderte der Cabo, während er sich umschaute. »Dieses Mangrovenwäldchen bietet uns ausreichend Deckung. Wir bleiben hier und warten den nächsten Morgen ab. Dann schlagen wir uns nach Brás durch.«

»Aber Doktor Hagen …«, versuchte Lila einen letzten Protest.

»Ich weiß«, gab der Cabo zurück. »Aber wir haben keine andere Wahl. Der Dschungel ist dicht und undurchlässig, zwanzig Kilometer durch dieses Gelände sind eine Tortur.«

»Und wenn wir am Fluss entlanggehen?«, fragte Antonio Pinto.

»Diese Banditen warten nur darauf, dass wir ihnen in die Arme laufen«, antwortete der Cabo. »Sie haben schon fünf unserer Männer getötet und sind gut bewaffnet, außerdem besitzen sie jetzt noch unser Patrouillenboot mit einem General-Dynamics-Maschinengewehr. Wir haben nur eine Chance, wenn wir uns direkt nach Norden wenden.«

»Und was wird mit ihm?«, fragte der Sargento und deutete auf den Gefangenen, der mit gefesselten Händen an einem Mangrovenbaum lehnte und die Umstehenden mit funkelnden Augen musterte.

»Um ihn kümmern wir uns später«, erwiderte der Cabo. »Zuerst müssen wir unsere Ausrüstung bergen, und wir müssen auf der Hut sein.«

»Glaubst du, die Kerle kommen wieder?«, fragte Lila.

Der Cabo zögerte einen Moment: »Es muss einen guten Grund haben, dass sie sich noch immer hier herumtreiben.«

Acampamento dos infectados nahe Urucará, Amazonasgebiet

Schwester Violante saß aufrecht in ihrem Bett und löffelte die Tasse Suppe aus, die ihr eine Krankenschwester gebracht hatte. Seit dem gestrigen Tage ging es ihr wesentlich besser. Sie hatte kein Fieber mehr, und die violettblaue Färbung ihrer Haut war einer rosigen Farbe gewichen.

»Wie fühlen Sie sich heute?«, fragte Professor Sander, der neben ihrem Bett stand und verschiedene Kanülen zur Blutabnahme vorbereitete. Er trug lediglich einen Mundschutz, Handschuhe und einen Schutzkittel. Den Vollschutzanzug hatte er nicht angelegt.

Schwester Violante lächelte und stellte die Suppentasse auf den Tisch neben dem Bett.

»Ein klein wenig schwach vielleicht noch, aber alles in allem geht es mir von Tag zu Tag besser.«

»Das freut mich, schließlich sind Sie unsere wichtigste Person in diesem Camp. Ihr Blutserum gibt uns zumindest eine kleine

Chance, das Virus zu bekämpfen. Wir haben cytotoxische T-Zellen in Ihrem Serum nachgewiesen. Ihr körpereigenes Immunsystem hat das Virus erkannt und darauf reagiert. Der erste Schritt zu einem Hyperimmunserum ist getan. Die Blutproben sind bereits auf dem Weg nach Atlanta, wo wir hoffen, ein wirksames Hyperimmunserum im ausreichenden Maß produzieren zu können.«

»Wie lange wird das dauern, Doktor?«

»Die Labors arbeiten mit Hochdruck daran«, entgegnete Professor Sander. »Natürlich ist es ein schwieriger und zeitraubender Prozess, aber es ist eine erste Chance. Ich denke, in vier bis sechs Wochen haben wir genug Hyperimmunserum.«

»Vier bis sechs Wochen, Professor?«, entgegnete Schwester Violante ungläubig. »Hier liegen Menschen im Sterben, die dringend schnelle Hilfe brauchen. In vier Wochen wird niemand mehr am Leben sein, dem Sie das Serum verabreichen können.«

Professor Sander blickte betreten zu Boden. Er wusste, dass Schwester Violante Recht hatte. Doch er wusste auch, dass es nur diese Alternative gab. Bislang hatten alle Mittel gegen bekannte Viren versagt. Was konnte er also anderes tun, als zu hoffen, dass nun endlich das Hyperimmunserum half. Selbst wenn es ihm und seiner Crew gelingen sollte, das neue Virus zu identifizieren, so war noch lange nicht gesagt, dass es ein wirksames Mittel gegen die Infektion gab. Gegen Viren wie Ebola oder Marburg aus der Familie der Filoviren gab es noch immer keine wirksamen Medikamente.

»Wissen Sie noch, wie es zur Ansteckung gekommen sein könnte?«, lenkte Professor Sander vom Thema ab.

Schwester Violante schüttelte den Kopf. »Ich habe stets Handschuhe und Schutzkleidung getragen, wenn ich mich um Kranke kümmerte. Ich habe keine Ahnung. Doktor Faro meinte, dass das Virus durch die Luft übertragen wurde.«

Professor Sander runzelte die Stirn. »Das ist nicht möglich. Eine solche Mutation wurde bislang noch nicht beobachtet. Ich glaube auch nicht daran, dass das Virus über Aerosole übertragen wird. Unsere Versuche im Labor waren eindeutig. Wir haben über einhundert Tests durchgeführt, es gab keine Übertragung.«

»Entschuldigen Sie, Herr Professor, aber ich kann nur wiederholen, dass ich mir nicht erklären kann, auf welche Weise ich mich infiziert habe. Ich war stets darauf bedacht, die Sicherheitsvorschriften einzuhalten.«

Professor Sander hatte die Spritzen gerichtet und strich der Schwester den Ärmel zurück.

»Es wird nun ein klein wenig piksen«, warnte er. Schwester Violante streckte ihm tapfer die Schulter entgegen. Drei Plastikbehälter füllte der Professor, bevor er die Kanüle wieder abzog.

»So, das hätten wir«, sagte er. »Kann ich sonst noch etwas für Sie tun?«

Die Patientin lächelte. »Glauben Sie, dass noch etwas von der leckeren Suppe vorhanden ist?«

Professor Sander schmunzelte. »Ich werde dafür sorgen, dass Sie noch eine Portion erhalten. Außerdem ist dort draußen jemand, der Sie unbedingt sehen will.«

»Pater Innocento?«

»Er hat die meiste Zeit in den letzten Tagen vor dem Zelt zugebracht. Ich denke, ich sollte ihn in die Küche schicken.«

»Es wäre mir eine Freude.«

Mama Dolitas Inn, Samstown, Louisiana

»Er ist vor zwei Stunden hier aufgetaucht«, berichtete Mama Dolita verschwörerisch. »Ich habe ihm erzählt, dass Sie weitergefahren sind.«

Gene räusperte sich. »Danke«, sagte er. »Ich möchte nur wissen, woher der Sheriff weiß, dass ich hier bin.«

»Hier haben sogar die Wände Ohren«, entgegnete Mama Dolita. »Er wird bestimmt bald wieder hier aufkreuzen. Noch weiß er nicht, wer Sie sind.«

»Hastings hat seine Spitzel überall«, fügte Terence hinzu. »Du bist hier nicht mehr sicher, wir werden dich drüben in Lone Star verstecken.«

»Warum tut ihr das für mich?«, fragte Gene.

»Ich weiß es nicht«, antwortete Terence. »Aber ich hatte von Anfang an das Gefühl, dass du mit Hastings fertig werden kannst. Und dieser Mann ist der Ruin für unsere Region. Er saugt die Farmer aus, bis sie aufgeben und ihr Land verlassen. Dieser Mann benimmt sich wie ein König, und White Castle ist sein Reich. Wer sich ihm widersetzt, hat keine Chance. Hastings' Schläger finden jeden.«

Gene nickte. »Ich will eure Hoffnungen nicht enttäuschen, aber wie du weißt, habe ich selbst Probleme.«

»Du hast mich gefragt, ob ich dir helfe, und ich habe ja gesagt. Irgendwann kommt der Zeitpunkt, wo *du* uns helfen wirst. Und ich weiß, dass du es tun wirst. Mein Gefühl hat mich noch nie getäuscht.«

»Ich brauche noch zwei Tage, ich muss wissen, was hinter der Sache mit den Flugzeugen steckt.«

»Und was willst du tun?«

»Ich weiß es noch nicht, aber ich lasse mir schon etwas einfallen.«

»Du sollst deine Chance haben. Und jetzt komm, wir stellen deinen Wagen in einen Schuppen, wo ihn niemand so schnell findet.«

Gene erhob sich und reichte Mama Dolita zum Abschied die Hand. »Ich weiß nicht, ob ich noch einmal hierher kommen werde, aber ich möchte mich für die freundliche Aufnahme bedanken. Ich weiß echte Gastfreundschaft zu schätzen.«

Mama Dolita ergriff Genes Hand und zog ihn zu sich heran. Herzlich umarmte sie ihn. »Pass gut auf dich auf, mein Junge!«, sagte sie. »Hastings' Bande ist gefährlich, sei auf der Hut und lass dich nicht erwischen. Dieser Kerl ist ein Monster. Es wird Zeit, dass ihm endlich jemand das Handwerk legt.«

Cuiabá, Bundesstaat Mato Grosso

Craigo saß in dem dunklen und nüchtern eingerichteten Vernehmungszimmer der Kriminalpolizei von Cuiabá und blickte stumm auf den Tisch. Seine Hände waren mit Handschellen auf den Rücken gefesselt, und seine blutende Nase war inzwischen versorgt worden. Falcáo hatte sich provokativ auf die Tischkante gesetzt und wartete geduldig, bis Zagallo den kleinen Raum betrat, sich einen Stuhl heranzog und auf der anderen Seite des Tisches Platz nahm. Kurz nickte er Falcáo zu, der sich daraufhin erhob und Craigo zum Aufstehen aufforderte. Nur widerwillig kam der Mann dem Befehl nach. Falcáo holte einen Schlüssel aus seiner Hosentasche und öffnete Craigos Handschellen. Seine Handgelenke waren gerötet, und der junge Mann begann sofort die Stellen zu massieren, an denen die Handschellen in seine Haut geschnitten hatten.

Zagallo beobachtete ihn teilnahmslos und zündete sich ein Zigarillo an.

»Setz dich!«, sagte Falcáo barsch.

Nur kurz murrte Craigo, doch er kam der Aufforderung nach.

»Du weißt, warum du hier bist?«

Craigo zuckte mit der Schulter.

Zagallo bot dem jungen Mann ein Zigarillo an. »Du wirst dich an die Blumenfelder an der Baia de Vincentinho erinnern.«

»Ich weiß nicht, wovon Sie sprechen.«

Zagallo zog das Etui mit den Zigarillos zurück.

»Ich glaube dir nicht.«

»Ich will mit einem Anwalt sprechen«, wandte Craigo ein. »Sie halten mich zu Unrecht hier fest.«

Zagallo blies den Rauch zur Decke. »Glaube mir, ich habe gute Gründe, dich hier festzuhalten. Und wenn du weiterhin schweigst, dann lasse ich dich in das tiefste Loch werfen, das wir haben. Und, wer weiß, vielleicht vergesse ich sogar, das du hier bei uns bist. Das wäre nicht das erste Mal.«

Craigo schüttelte den Kopf. »Ich weiß nichts über die Blumenfelder der Baia de Vincentinho.«

»Und warum hast du darüber Geschichten erzählt?«

»Ich … ich habe nur erzählt, was ich irgendwo gehört habe«, stammelte der junge Mann.

Falcáo schlug mit der Faust auf den Tisch, so dass Craigo zusammenzuckte. »Du glaubst wohl, du kannst uns verarschen!«, herrschte er den Festgenommenen an. »Wir haben ausreichend Beweise, um dir die Mittäterschaft an den Morden auf den Blumenfeldern beweisen zu können. Wenn du nicht endlich dein Maul aufmachst, dann werde ich dafür sorgen, dass du bis ans Ende deiner Tage in einer Zelle schmorst. Hast du mich verstanden?«

Craigos Augen flogen zwischen Falcáo und Zagallo hin und her.

»Er hat Recht«, bestätigte Zagallo seinen Kollegen. »Es kommt ganz darauf an, wie du dich verhältst. Du kannst schweigen, dann wanderst du ins Loch, oder du kannst uns behilflich sein. Wir sind nicht hinter dir her.«

Craigo überlegte einen kurzen Augenblick. Schließlich sank er auf dem Stuhl zusammen. »Was wollen Sie wissen?«

»Anjo«, sagte Zagallo. »Wo finden wir ihn?«

Craigo rutschte unruhig auf seinem Stuhl hin und her. »Ich bin ihm ein paar Mal begegnet, aber ich habe keine Ahnung, wo er zu finden ist.«

»Dann erzähle uns, was du weißt«, forderte ihn Falcáo zum Sprechen auf. »Wenn du lügst, dann …«

Craigo hob anwehrend die Hände. »Schon gut, ich sage alles, auch wenn es nicht viel ist, was ich weiß.«

30

Drongen nahe Gent, Belgien

Sie hatten sich in der kleinen Gartenkolonie nahe des Bahnhofs getroffen, um den lauen Sommerabend gemeinsam ausklingen zu lassen. Drei Familien, die sich schon seit Jahren kannten und deren Gartengrundstücke aneinandergrenzten. Auf der Wiese gegenüber der Kolonie spielten die Jungs Fußball, während die Mädchen zusammensaßen, die Jungs beobachteten und miteinander tuschelten. Auf dem Grundstück der van Dahls qualmten drei Grills, auf denen Steaks und Würstchen schmorten und die langsam den angenehmen Duft von gebratenem Fleisch verbreiteten. Ausgelassen saßen die Männer und Frauen auf ihren Bänken, tranken, rauchten und erzählten sich allerlei Neuigkeiten und Gerüchte, die in der Stadt kursierten.

Die Jungs sahen den alten Mann zuerst, der den schmalen Pfad entlangtaumelte, sich mit beiden Händen an den Hals fasste und unverständliche Worte ausstieß. Auch das Kichern der Mädchen erstarb beim Anblick des grauhaarigen Mannes, der an ihnen vorüberstolperte und durch die Gartentür das Grundstück der van Dahls betrat.

Der spitze Schrei einer Frau zerriss die Idylle, und die Männer sprangen von ihrer Bank auf, die daraufhin zu Boden stürzte.

»Was ist denn mit dem los?«, fragte einer der Männer, als der Grauhaarige stehen blieb, die Augen verdrehte und mit einem gurgelnden Laut zu Boden fiel, wo er regungslos liegen blieb.

»Schnell, ruft den Rettungsdienst!«, rief ein anderer und umrundete den Tisch. Seine Frau hielt ihn an der Schulter fest.

»Warte, wir kennen den doch gar nicht«, schrie sie ihm zu. »Das ist bestimmt ein Landstreicher. Wer weiß, was der für eine Krankheit hat?«

»Bestimmt ist sie ansteckend«, fügte eine andere Frau hinzu.

Der Mann blieb stehen.

»Siv hat Recht«, mischte sich van Dahl ein. »Erst gestern stand ein Artikel in der Zeitung, dass ein unbekannter Virus im Land kursiert.«

»Aber wir können ihn doch nicht ...«

»Ich habe den Rettungsdienst gerufen«, unterbrach Frau van Dahl und hielt demonstrativ ihr Handy in die Höhe.

»Bleibt weg!«, forderte eine Frau ihre Kinder auf, die sich dem Zaun näherten.

»Dieser Virus, der von einem Studenten aus Brasilien eingeschleppt worden ist, hat schon über zehn Menschen getötet«, sagte Siv.

Der grauhaarige Mann rührte sich nicht mehr. Als genau 17 Minuten später zwei Rettungssanitäter eintrafen, war der Mann bereits tot.

Nachdem der Notarzt den Verstorbenen untersucht hatte, richtete er sich auf und schüttelte den Kopf.

»Er ist erstickt«, sagte er. »Er hat offenbar etwas verschluckt.«

Inzwischen waren noch weitere Menschen in der Gartenkolonie auf den Vorfall aufmerksam geworden und hatten sich vor dem Grundstück der van Dahls eingefunden.

Eine alte Frau löste sich aus der Gruppe und rannte auf den Toten zu.

»Henry ... nein ... um Gottes willen«, schluchzte sie und ließ sich neben dem Toten nieder. Ihr herzzerreißendes Klagen durchdrang Mark und Bein.

»Wenn man seine Atemwege freigelegt hätte, dann wäre ihm noch zu helfen gewesen«, sagte der Arzt und packte seine Notfalltasche zusammen.

Betreten blickten sich die Anwesenden im Gartengrundstück der van Dahls an.

Cuiabá, Bundesstaat Mato Grosso

Zagallo saß an seinem Schreibtisch und rieb sich über den Nasenrücken. Craigos Aussage hatte Zagallos Verdacht bestätigt, dass eine gut organisierte Bande für die Leichen auf den Blumenfeldern verantwortlich war und dass es sich offenbar um Organhandel als Tatmotiv handelte. Doch wie passte der erkrankte Sohn von Mama Aquela ins Bild? Anjo, der grausame Engel, hatte ihn gezielt ausgesucht.

»Du denkst über den Fall nach, richtig?«, fragte Falcáo, der auf dem Schreibtisch saß und ein paar Luftbilder der Blumenfelder betrachtete.

»Ich werde noch immer nicht ganz schlau daraus«, murmelte Zagallo. »Ein kranker Junge, welche Organe sind da brauchbar? Ich dachte immer, die Mediziner legen sehr viel Wert auf gesunde Menschen.«

»Vielleicht kommt es auf die Krankheit an.«

Zagallo schüttelte den Kopf. »Es ist möglich, dass wir auf dem Holzweg sind. Leider ist es bislang noch nicht gelungen, weitere Opfer zu identifizieren. Es wäre sehr interessant zu erfahren, ob sie auch krank gewesen sind.«

Falcáo warf die Luftbilder auf den Schreibtisch. »Leider war nicht viel aus Craigo herauszubringen, er hat diesen Anjo ein paar Mal gesehen und sagt, dass er aus dem Süden stammt. Das ist nicht genug, um den Mann ausfindig zu machen.«

»Was wissen wir überhaupt bislang?«, sinnierte Zagallo.

»Faria und sein Bruder Tizio wurden dafür bezahlt, Leichen auf den Blumenfeldern verschwinden zu lassen«, rekapitulierte Falcáo. »Craigo hat ihnen dabei geholfen. Es waren ganz spezielle Leichen, denn ihnen wurden vor dem Tod die Organe entnommen. Als sich der Besitzer der Blumenfelder entschließt, die Zuchtanlagen auszuweiten, bleibt den Brüdern nichts weiter übrig, als die Leichen wieder auszugraben und anderweitig zu entsorgen. Damit nicht auffällt, dass den Leichen Organe fehlen, verbrennen sie die Opfer. Doch das scheint dem Boss nicht zu gefallen, also gibt er Befehl, Faria und seinen Bruder zu beseitigen, doch Tizio gelingt es zu entkommen.«

»Bis hierher ist alles einleuchtend«, entgegnete Zagallo. »Aber mit dem Jungen von Mama Aquela erhält unsere schöne Theorie einen ganz gehörigen Knacks. Der Junge hatte Leukämie, und ich glaube nicht, dass sich seine Organe zu einer Transplantation eigneten.«

»Also muss etwas anderes dahinterstecken«, überlegte Falcáo. »Nehmen wir an, dieser Anjo sucht kranke Menschen für seine Geschäfte, was kann man mit kranken Menschen anfangen?«

»Anjo stammt aus dem Süden, doch der Süden ist groß. Ich glaube jedoch nicht, dass er aus den großen Städten im Süden stammt. Er ist aus der Umgebung und kennt sich hier in unserer Stadt gut aus.«

Zagallo umrundete den Schreibtisch und griff nach einer Schutzfolie, in der sich das Phantombild des gesuchten Anjo befand.

»Zieh dir deine Jacke über, wir fahren in die Stadt«, sagte er entschlossen.

»Wo willst du hin?«

»Ich kenne eine Krankenschwester im Klinikum Santa Margarida in der Avenida Mato Grosso. Ich denke, die wird uns weiterhelfen.«

»Du meinst, er ist Arzt hier in der Stadt?«

Zagallo zuckte die Schulter. »Nein, das nicht, aber ich denke, die Ärzte in der Klinik können uns etwas über Organtransplantationen erzählen.«

Falcáo schaute auf seine Armbanduhr.

»Hast du heute noch etwas vor?«, fragte Zagallo.

Falcáo schüttelte den Kopf. »Ist schon in Ordnung«, sagte er, bevor er nach seiner Jacke griff.

Corrupira am Rio Jatapu, Amazonasgebiet

Sie verbrachten eine unruhige Nacht im Schutze der Mangrovenwurzeln. Jedes Geräusch, jedes Rascheln eines Tieres oder der Blätter im Wind ließ Lila zusammenzucken. Sicher fühlte sie sich erst wieder, als sich der Cabo an ihrer Seite zu Boden sinken ließ.

»Wir haben alles geborgen, was wir retten konnten«, flüsterte er leise. »Du musst versuchen zu schlafen, morgen liegt ein harter Tag vor uns. Wir müssen den Flusslauf verlassen und uns durch den Urwald nach Brás durchschlagen, dort ist der nächste Stützpunkt.«

»Wie weit ist das von hier entfernt?«

»Ich schätze zwanzig bis fünfundzwanzig Kilometer«, antwortete der Cabo. »Aber das Gelände ist unwegsam. Wir werden uns einen Pfad durch den Dschungel bahnen müssen. Die Kerle könnten uns an den ausgetretenen Wegen auflauern.«

»Was wollen die überhaupt von uns? Wir sind doch hier, um den Menschen am Fluss zu helfen.«

Der Cabo atmete tief ein. »Diesen Verbrechern sind die Menschen hier egal. Die sind nur am Profit interessiert und längst keine einzelnen Glücksritter mehr, die sich alleine in diese Wildnis vorwagen. Mittlerweile stecken verbrecherische Organisationen hinter ihnen, und ihre Aktionen hier sind strategisch geplant. Oftmals stehen hohe korrupte Beamte auf ihrer Lohnliste, die sie unterstützen.«

»Und der Gefangene?«

»Ein Cafuzo, er stammt vermutlich aus dieser Gegend, aber er schweigt.«

»Ich möchte mit ihm reden«, antwortete Lila.

»Morgen, jetzt müssen wir uns ausruhen.«

Luisa Behringer, die neben Lila lag und das Gespräch verfolgte, richtete sich von ihrem Lager auf. »Warum ist die Bande überhaupt hier geblieben, wenn an diesem Ort die Krankheit ihren Ursprung genommen hat?«

»Das ist eine verdammt gute Frage«, entgegnete der Cabo. »Es muss schon einen wichtigen Grund haben, dass sie sich dieser Gefahr aussetzen. Schließlich mussten sie damit rechnen, dass jemand kommen wird. Sie haben ihre Spuren beseitigt und das Dorf angezündet, ein Teil von ihnen, so viel ist sicher, hat sich nach Brás abgesetzt. So konnte sich die Krankheit verbreiten. Aber ein Teil der Männer ist hier geblieben. Sie hatten sich nicht infiziert.«

»Was gibt es hier zwischen all den Bäumen und in dieser Wildnis, das die Kerle hier festhält?«

Der Cabo wies in den nahen Wald, doch die Dunkelheit verdeckte seine Geste. »Gold, Diamanten und Bäume«, antwortete er.

Tenente Farraz näherte sich im Schein einer Taschenlampe und ließ sich neben dem Cabo nieder. Er hielt eine Karte in den Händen.

»Machen Sie doch die Lampe aus, Sie verraten uns noch«, zischte Lila.

»Machen Sie sich keine Sorgen, die Kerle wissen genau, wo wir sind, aber sie werden keinen Angriff wagen, so lange es dunkel und unsere Deckung so gut ist«, antwortete der Tenente.

Lila ließ sich zu Boden sinken, während Farraz die kleine Lampe auf die Karte richtete. »Wir befinden uns hier, oberhalb des Lago do Araca«, sagte er zu dem Cabo und wies mit dem Finger auf einen Punkt der Karte. »Wenn wir uns nach Norden wenden, dann stoßen wir auf einen Seitenarm des Flusses.«

Der Cabo folgte dem Fingerzeig. »Der Seitenarm des Flusses

reicht etwa drei Kilometer ins Land hinein, er ist um diese Jahreszeit sehr tief, wir werden ihn umgehen müssen.«

»Hier ist ein alter Indiopfad eingezeichnet, er verläuft nach Westen und führt uns an dem Seitenarm vorbei. Ich denke, wir sollten diesen Weg einschlagen und erst später wieder nach Norden einschwenken.«

»Das sind rund fünf Kilometer Umweg«, entgegnete der Cabo, »aber uns bliebt wohl nichts anderes übrig. Wir können den Seitenarm nicht überqueren, er ist breit und tief, und diese Verbrecher haben nun mal unser Schnellboot.«

Tenente Farraz nickte. »Wir brechen unmittelbar nach Sonnenaufgang auf. Für den Marsch durch dieses Gelände werden wir drei bis vier Tage brauchen.«

»Die Kerle werden uns erneut angreifen«, flüsterte der Cabo. »Sie können es sich nicht leisten, uns entkommen zu lassen.«

»Ich weiß«, antwortete der Tenente mit kehliger Stimme.

Lagezentrum der WHO in Genf

Im Strategic Health Operations Center, kurz Shoc-Room genannt, saßen Männer und Frauen hinter Bildschirmen und beobachteten das Geschehen in der Welt. Das Lagezentrum war in einem ehemaligen Kellerkino der WHO eingerichtet worden, und dort wurden in den letzten Tagen Sonderschichten gefahren. Denn neben Alltäglichem wie der Cholera in Westafrika, dem Dengue-Fieber im Norden Südamerikas und den Krim-Kongo-Infektionen in Pakistan oder China hatten es die Mitarbeiter nun auch noch mit dem unbekannten Level-4-Virus in Amazonien zu tun, dem sie mittlerweile den Namen Jatapu-Virus gegeben hatten. Fünfzig Epidemiologen, Mediziner, Techniker und Computerspezialisten versahen ihre Schicht und leiteten alle Meldungen, die mit dem Ausbruch der Epidemie am Rio Jatapu in Zusammenhang standen, an den Direktor der Abteilung für ansteckende Infektionskrankheiten weiter. Die Fälle in Belgien und in den Vereinigten Staaten, die als Sekundärinfektionen mit dem Jatapu-Virus eingestuft wurden, hatten Besorgnis erregt. Inzwischen war der gigantische *Think Tank* aktiviert, und die Institute und Pharmakonzerne der Welt arbeiteten eng mit den Labors der WHO zusammen. Doch bislang lagen noch keine näheren Erkenntnisse über das Virus vor. Bevor es nicht isoliert und bestimmt worden war, würde man nichts weiter tun können, als die Bevölkerung entsprechend aufzuklären und vor dem Risiko einer Infektion zu warnen. Die Vorkommnisse der letzten Tage hatten gezeigt, welche Auswüchse die teilweise panischen und von der Angst getriebenen Überreaktionen der Menschen bereits annahmen. So waren inzwischen nicht nur in Belgien Menschen gestorben, weil niemand den Mut zum Helfen aufgebracht hatte.

Die Situation war weltweit angespannt, auch wenn in den letzten Stunden keine Meldungen über neue Infektionen mehr bekannt geworden waren. Und die Presse, vor allem die Boulevardzeitschriften, heizte die Lage noch an, indem sie unseriöse, reißerische und vollkommen überzogene Leitartikel veröffentlichte, in denen das Ende der Welt prophezeit wurde. Angsterfüllte Patienten, die Symptome einer einfachen Erkältung für das sichere Zeichen einer Jatapu-Infektion hielten, stürmten die Krankenhäuser. So sah sich der Direktor der Abteilung für ansteckende Infektionskrankheiten genötigt, das erste Hyperimmunserum einer Patientin, welche die Infektion überlebt hatte, der Presse als den ersehnten Durchbruch im Kampf gegen das Virus zu offenbaren. Natürlich verschwieg er, dass das Serum wertlos war, sollte es sich tatsächlich um ein Virus handeln, das wie Ebola oder Marburg aus der Familie der Filoviren kam. Er verschwieg auch, dass trotz dieses Serums erst noch einige Monate vergehen würden, bis genügend Impfstoff zur Verfügung stand, um den Kampf mit der Krankheit erfolgreich aufzunehmen. Und natürlich verschwieg er, dass das Sterben im Acampamento dos infectados noch immer anhielt und sich die Zahl der Erkrankten nur deshalb auf 374 verringert hatte, weil jeden Tag durchschnittlich zehn Menschen starben. Dennoch gab es Hoffnung, denn die Zahl der Neuerkrankungen reduzierte sich Tag um Tag. Nur noch zwei bis drei Neuzugänge verzeichnete das Camp nahe der Stadt Urucará. Hatte man die Ausbreitung des Virus tatsächlich gestoppt?

31

Cuiabá, Bundesstaat Mato Grosso

Das Klinikum Santa Margarida lag im Norden der Stadt an der Ausfallstraße, die nach Quilombo führte. Es war ein moderner Bau aus grauem Beton und Glas, der mittlerweile deutliche Spuren der Witterung auswies. An den Verstrebungen des Daches über dem Eingang hatte rostiges Wasser seine Spuren hinterlassen, und hier und da war der Beton aufgeplatzt. Doch bislang gab es noch kein Geld für eine Sanierung, da die letzten Arbeiten am Objekt noch nicht einmal drei Jahre zurücklagen. Zagallo warf einen abfälligen Blick auf das marode Gemäuer und dachte bei sich, dass wohl auch hier die Baufirmen horrende Summen für ihre schlampige Arbeit kassiert hatten. Die Korruption lauerte in diesem Land überall. Auch in Cuiabá, wo einflussreiche und mächtige Staatsbeamte regierten und die Gelder der Steuerzahler verschwendeten, um am Ende selbst noch einen guten Schnitt zu machen. Er betrat das Gebäude und wandte sich der Rezeption zu. Hinter der Anmeldung neben dem Eingang versah eine Frau im mittleren Alter ihren Dienst und erklärte ein paar Besuchern den Weg zum Zimmer ihrer Angehörigen. Zagallo wartete geduldig, bis er an der Reihe war, zog seinen Dienstausweis und stellte sich vor. »Ich habe einen Termin bei Doktor Mendoza«, sagte er. Die Frau lächelte freundlich und griff zum Telefonhörer. Zwei Minuten später wurden Zagallo und Falcáo vom Chefarzt der Inneren Abteilung in dessen Büro empfangen. Er bot den beiden Kriminalbeamten Platz an, orderte Kaffee und setzte sich hinter seinen Schreibtisch. Bevor er sich in seinem bequemen Chefsessel zurücklehnte und die Arme vor der Brust verschränkte, gab er seiner Sekretärin Bescheid, dass er in der nächsten halben Stunde nicht gestört werden wollte.

»Also, meine Herren, was führt Sie zu mir?«, sagte er und blickte Zagallo neugierig an.

»Nun«, räusperte sich Zagallo, »es ist ein recht kompliziertes Problem, ich weiß gar nicht, wo ich anfangen soll.«

»Fangen Sie einfach von vorne an, das ist am einfachsten«, antwortete der Arzt lakonisch.

»Wir sind hier, um mit Ihnen über Transplantationen zu sprechen«, entgegnete Zagallo. »Wir arbeiten derzeit an einem Fall, wo Organspenden und Transplantationen eine Rolle spielen könnten.«

»Transplantationen? Meinen Sie allogene Transplantationen oder Transplantationen im Allgemeinen?«

Zagallo warf Falcáo einen fragenden Blick zu, der dem Arzt nicht verborgen blieb.

»Es geht also um Gewebe oder Organe von anderen Menschen, nicht um syngene oder autologe Transplantationen. Es ist wohl am besten, wenn Sie die Katze aus dem Sack lassen, Herr Zagallo. Ich verspreche Ihnen, dass ich schweigen werde, darauf gebe ich Ihnen mein Wort.«

Zagallo schluckte. »Ja, ich glaube, Sie haben recht«, antwortete er und berichtete dem Arzt von den sonderbaren Leichenfunden und von dem Verdacht, den sie hegten.

Doktor Mendoza hörte aufmerksam zu, ohne Zagallos Redefluss zu unterbrechen. Als Zagallo von Mama Aquelas leukämiekrankem Jungen erzählte, stutzte der Arzt. »Grundsätzlich ist es wichtig, dass das Spendergewebe nicht vorgeschädigt ist. Die Medizin hat zwar deutliche Fortschritte gemacht, und vor allem in Europa oder den Vereinigten Staaten gibt es ausgezeichnete Transplantationskliniken, an denen Spezialisten arbeiten. Aber dennoch kommt es bei allogenen Transplantationen zu immunologischen Rejektionen. Deshalb folgt nach jedem Eingriff eine immunsuppressive Therapie. Wissentlich ein geschädigtes Organ zu verpflanzen, bedeutet unweigerlich den Tod des Patienten. Das würde kein Arzt der Welt verantworten. Und jeder Organverpflanzung gehen umfangreiche Untersuchungen voraus. Nein, Herr Zagallo, da würde niemand mitspielen, und es ließe sich auch nicht verheimlichen. Es sei denn, Sie glauben, dass alle Ärzte und das medizinische Personal unter einer Decke stecken.«

»Nein, keine Angst, das glaube ich nicht«, beschwichtigte Zagallo. »Das heißt, Sie schließen einen solchen Hintergrund als Mediziner und Fachmann aus.«

»Man kann in dieser Welt nie etwas gänzlich ausschließen, aber ich halte Ihre These für schlichtweg unmöglich, angesichts des Umstandes, dass es sich bei den Spendern eventuell um schwer erkrankte Menschen handeln könnte. Aber mir kommt da eine ganz andere Idee.«

Zagallo richtete sich auf. »Ich bin für jede Hilfe dankbar«, sagte er.

»Nehmen wir einmal an, dass es sich bei den Ermordeten tatsächlich um schwer erkrankte Menschen handelte und die Leichen verbrannt wurden, beziehungsweise die Organe entnommen wurden, um etwas zu verschleiern, dann kann ich mir aus medizinischer Sicht nur einen Hintergrund vorstellen. Ich denke, es könnte sich um pharmazeutische Experimente handeln. Es ist zwar nur eine These, aber dies wäre für mich der einzige Grund, um hinterher, im Falle eines Leichenfundes, die Arbeit der Gerichtsmediziner und Pathologen zu erschweren.«

Zagallo runzelte die Stirn.

»Wurden denn bei den gerichtsmedizinischen Untersuchungen der Leichen auf den Blumenfeldern irgendwelche Anomalien entdeckt?«

Zagallo schüttelte den Kopf. »In erster Linie richtete sich die Untersuchung nach der Ermittlung der Todesursache, ansonsten liegen mir keine weiteren Daten vor.«

»Und was war die Todesursache?«

»Es gab nicht mehr viel, was die Gerichtsmediziner feststellen konnten, aber sie führten den Tod auf die Verletzungen im Bauchraum der Leichen zurück.«

»Das ist aber sehr allgemein formuliert.«

Zagallo warf Falcáo einen vielsagenden Blick zu. »Ich glaube, wir sollten uns um die Sache kümmern und mit dem Gerichtsmediziner sprechen.«

»Das würde ich Ihnen ebenfalls empfehlen«, fügte Doktor Mendoza hinzu. »Sollten Sie dann noch Fragen haben, stehe ich gerne zur Verfügung.«

Zagallo erhob sich und reichte dem Arzt die Hand. »Sie haben uns sehr geholfen«, sagte er. »Und mir wäre sehr gedient, wenn Sie mit niemandem über meinen Besuch sprechen.«

»Herr Zagallo, Sie können sich auf mich verlassen. Ich schweige wie ein Grab.«

Acampamento dos infectados nahe Urucará, Amazonasgebiet

Anne Arlette saß in ihrem Vollschutzanzug an der Sterilwerkbank im Level-4-Labor und überprüfte einige der Zellkulturen, die sie dem Inkubator entnommen hatte. Eine labormedizinische Assistentin namens Selina der USAMRIID unterstützte sie. Vor einer Viertelstunde hatte sie Professor Sander ausrufen lassen, doch bislang war er noch nicht aufgetaucht. Mittlerweile war genügend Zeit für die Anzucht der Virenkultur vergangen, so dass sie sich entschlossen hatte, eine erste Analyse vorzunehmen.

»Wir bereiten heute noch eine Probe vor. Ich denke, unser Kuchen ist aufgegangen«, sagte sie zu Selina und betrachtete nachdenklich das Kulturengefäß.

Selina, die ebenfalls in einem hellgrünen Vollschutzanzug steckte, nickte nur und zog sich einen Stuhl heran.

»Ich bin schon gespannt, was unser kleiner Freund in den Zellen angerichtet hat«, murmelte Anne in das kleine Mikrophon, das sich direkt unter ihrem Mund im Helm befand und ihre Worte nicht nur innerhalb des Raumes, sondern bis hinaus in die Sicherheitszentrale übertrug, wo alle Gespräche digital aufgezeichnet wurden.

Bevor Anne die Proben unter das Mikroskop legen konnte, mussten sie fixiert und mit einem Färbemittel versetzt werden, damit sie inaktiv und unschädlich blieben, ohne dass die Strukturen instabil wurden. Sie verwendete Paraformaldehyd zur Fixierung und eine PI-Lösung zur Färbung. Insgesamt vier Mal wanderte das Kulturengefäß in die Zentrifuge, und eine ganze Stunde verging, bevor Anne das Lichtmikroskop einschaltete.

»Warten Sie, ich komme an Bord«, meldete sich die Stimme von Professor Sander im Helmlautsprecher.

»Wir sind schon mitten im Versuch«, antwortete Anne.

Die Vorschriften, die in einem Level-4-Labor peinlich genau eingehalten werden mussten, besagten nun mal, dass ein Betreten des Labors nicht erlaubt war, wenn sich gefährliche Stoffe außerhalb des Sicherheitsbehälters befanden oder gerade ein Versuch durchgeführt wurde.

»Anne, schalte dann wenigstens den Monitor ein, damit ich hier draußen auch etwas sehen kann.«

Anne betätigte den Schalter des kleinen Monitors, dessen Bild ebenfalls in den Kontrollraum übertragen wurde. Dort hielten sich ständig zwei Sicherheitsbeamte auf, die entsprechend eingreifen konnten, wenn etwas schiefgehen sollte. Sie war schon lange im Geschäft, und das Labor war zu ihrer zweiten Heimat geworden. Dennoch zog sie es noch immer vor, selbst durch das Okular zu blicken und mit eigenen Augen zu sehen, was sich auf dem Objektträger befand. Dem Monitor schenkte sie keine Beachtung.

Sie fixierte die Halterung am Objekttisch und begann mit dem kleinsten Objektiv. Am Einstellrad regulierte sie die Schärfe, doch außer roten, zusammenhängenden Bläschen, die wie eine Welle in den dunklen Rand des Sichtbereiches schwappten, war nicht viel mehr zu erkennen.

»Geh auf zwanzig!«, flüsterte Professor Sander gespannt.

»Ich mach ja schon«, antwortete Anne und wählte die nächste Größe des Objektivs. Doch das Bild veränderte sich nur wenig, obwohl sie die Schärfe nachjustierte.

»Es will uns noch nicht zeigen, was es angerichtet hat«, kommentierte Sander aus dem Kontrollraum.

Stück um Stück erhöhte Anne die Vergrößerung, doch erst bei der höchsten Vergrößerungsstufe waren morphologische Veränderungen in den Zellen zu erkennen.

»Blasen und Verschmelzungen, würde ich sagen«, verkündete Anne nachdenklich. »Ich denke, wir sind so weit, das Elektronenmikroskop wartet auf dich, kleiner Freund.«

»Das sieht aus wie nach einem Bombenangriff«, murmelte Professor Sander. »Das reicht für heute, wir machen morgen weiter.«

»Ich werde die Kulturen für das …«

»Wir haben keine Zeit mehr, in zwanzig Minuten ist Besprechung.«

»Besprechung? Ist etwas passiert?«

»Ich weiß es nicht«, antwortete der Professor. »Wir haben den Kontakt zu unserem Außenteam verloren.«

White Castle, Leblanc Airport, Louisiana

Staub und Gras wurden aufgewirbelt, als die mächtige, viermotorige Boeing C-97 Stratofreighter auf dem Leblanc-Flugfeld von White Castle landete. Die Landebefeuerung erleuchtete die beginnende Nacht und das Dröhnen der Triebwerke ließ den Boden erzittern. Als die weiß-gelb gestrichene Maschine in der Nähe des Hangars ausrollte, startete ein Tankwagen und fuhr über die holperige Piste zum Flugzeug hinüber.

East-West Freightliner stand auf dem Leib des riesigen Langstreckenfrachtflugzeugs.

Gene nahm das Fernglas herab und fuhr sich über die Augen. »Hast du diese Maschine schon einmal hier gesehen?«, fragte er Terence, der neben ihm im Entwässerungsgraben lag.

»Vor zwei Monaten«, antwortete Terence.

Gene hob das Fernglas wieder an und beobachtete die Aktivitäten auf dem knapp vierhundert Meter entfernten Flugfeld. Zwei Pick-ups hielten in Höhe des Flugzeughecks, Männer sprangen von der Ladefläche und begannen die Kleinlaster mit einem Hubwagen zu entladen. Neun Männer zählte Gene.

»Ich möchte wissen, was sie in das Flugzeug einladen«, flüsterte er.

»Kannst du nichts erkennen?«

»Wir sind zu weit entfernt, wir müssen näher heran.«

Schon wollte er aus dem Graben kriechen, doch Terence hielt ihn zurück.

»Du bist wohl verrückt geworden, sie werden uns noch entdecken!«, sagte er und wies mit dem Finger in Richtung des Hangartors. Dort stand ein dunkler Cherokee, in dem ein Mann saß und an einer Zigarette zog.

»Ich muss in dieses Flugzeug, verdammt«, wehrte Gene ab. »Ich bin nicht hierher gekommen, um mit leeren Händen wieder zu gehen. Du weißt, was davon abhängt.«

»Ist das wirklich dein Ernst?«

»Mein voller Ernst«, entgegnete Gene. »Wenn es mir nicht gelingt, meine Unschuld zu beweisen, dann werde ich für immer auf der Flucht sein. Mein ganzes Leben vielleicht. Und wenn sie mich erwischen, dann sperren sie mich ein. Ich bin abgehauen, habe mir einen gefälschten Ausweis beschafft und bin untergetaucht.

Kein Richter der Welt wird mir noch glauben. Dies hier ist meine einzige Chance.«

Terence kniff die Lippen zusammen und nickte. »Dann komm!«, sagte er und schlich sich in westliche Richtung davon.

Gene ließ sich zurück in den ausgetrockneten Graben gleiten und blickte ihm nach.

»Wohin gehen wir?«, fragte er.

»In etwa hundert Metern zweigt ein weiterer Graben ab, der bis an den Zaun führt«, entgegnete Terence. »Wir befinden uns dann direkt im Schatten des Gebäudes, dort gibt es ein Abflussrohr, das auf das Gelände führt. Von dort aus kannst du ungesehen auf das Flugfeld gelangen. Ich begleite dich bis zum Zaun, weiter kann ich dir nicht folgen.«

»Ich verstehe«, antwortete Gene und folgte seinem Begleiter. Ungesehen gelangten sie an den Zaun. Im Halbdunkel der Hangarbeleuchtung erkannte Gene das Abflussrohr, aus dem sich ein dünnes Rinnsal in den Graben ergoss. Das Rohr hatte knapp einen halben Meter Durchmesser.

»Von hier ab bist du auf dich alleine gestellt«, sagte Terence und atmete tief durch. »Das Rohr endet nach zehn Metern, und der Graben läuft nach rechts weg. Du musst ihm folgen, bis du hinter dem Hangar bist.«

»Wie lange stand das Flugzeug das letzte Mal auf dem Flugfeld, bevor es wieder startete?«

Terence überlegte. »Ein paar Stunden, aber nachdem es beladen und betankt war, ist der Pilot wieder gestartet.«

»Dann werde ich mich besser beeilen«, antwortete Gene und reichte Terence die Hand.

»Pass auf dich auf, Weißbrot!«

»Ich danke dir«, erwiderte Gene. »Du wirst von mir hören, wenn ich es geschafft habe.«

»Ich werde auf deine Nachricht warten.«

Corrupira am Rio Jatapu, Amazonasgebiet

Es war kurz nach Mitternacht, als es zu regnen begann. Zuerst waren es nur ein paar Tropfen, doch dann brach das Inferno los. Dicke, schwere Tropfen klatschten auf die Blätter der Bäume, und die Gruppe um den Cabo, Lila und Tenente Farraz kauerte sich eng an das Wurzelwerk der Mangroven.

»Auch das noch«, stöhnte Lila und schob ihre Jacke über den Kopf.

Der Cabo blickte in den dunklen Himmel. »Das ist vielleicht gar nicht so schlecht«, murmelte er. »Wir sollten die Gelegenheit nutzen und uns in die Büsche schlagen.«

»Es ist dunkel, wir sehen nicht viel mehr als die Hand vor den Augen«, antwortete Lila.

»Wenn erst einmal die Lichtung hinter uns liegt und wir uns durch die niederen Büsche geschlagen haben, dann kommen wir schneller voran. Dann gibt es nur noch Baumstämme, die bis in den Himmel ragen.«

»Ich dachte, der Urwald ist ein einziges Dickicht«, flüsterte Luisa Behringer.

Das Prasseln des Regens wurde lauter.

»Das ist ein Irrtum«, entgegnete der Cabo. »Nur an den Rändern des Waldes und an den Flussläufen gibt es niedere Büsche und Gestrüpp. Im Wald haben wir nur noch Waldboden unter unseren Füßen. Die Bäume filtern das Sonnenlicht, so dass kein Sonnenstrahl auf dem Boden ankommt. Nur noch Gräser und Farne wachsen dort, ab und zu ein paar Schlingpflanzen, die an den Bäumen herabhängen. Wir sollten es versuchen.«

»Wohin wollen Sie gehen, Cabo?«, fragte Farraz.

»Wir gehen nach Süden«, antwortete der Cabo entschlossen. »Wir hätten sie gesehen, wenn sie an uns vorbeigegangen wären. Wir gehen nach Süden und schwenken dann nach Westen ein.«

Farraz überlegte einen Moment.

»Wenn wir hier warten, werden sie uns nach Sonnenaufgang angreifen«, fügte der Cabo hinzu. »Die Kerle sind gut ausgestattet und haben unser Maschinengewehr. Wir können nicht ausschließen, dass sie es abbauen und dort drüben in Stellung bringen. Wenn wir hier bleiben, haben wir keine Chance.«

»Doktor Hagen ist verletzt …«

»Wir werden ihn tragen«, fiel der Cabo Lila ins Wort. »In unserer Ausrüstung befindet sich eine Tragbahre. Er muss unbedingt behandelt werden. Wenn wir hier bleiben, sitzen wir fest, bis die Kerle aufgeben oder uns überrennen.«

»Wenn wir uns nicht melden, dann wird man nach uns suchen«, wandte Lila ein.

»Das kann noch Stunden dauern. Bis sie uns hier finden, ist es vielleicht schon zu spät.«

Farraz atmete tief ein und ließ seine kleine Taschenlampe aufleuchten. Er nahm die Karte zur Hand und musterte das abgebildete Gelände. Schließlich löschte er das Licht.

»In zwanzig Minuten brechen wir auf«, flüsterte er leise. »Wir gehen nach Süden. Von hier bis zum Wald sind es knapp sechzig Meter. Wir gehen hintereinander in geringem Abstand und nehmen eine lange Leine, damit wir keinen verlieren. Die Indios werden uns führen, sie kommen mit den Verhältnissen hier besser zurecht. Jeder folgt seinem Vordermann. Keiner spricht, und keiner macht ein Licht an.«

»Und der Gefangene?«, fragte Lila.

»Er wird mit uns kommen«, antwortete Farraz. »Er ist gefesselt, wir werden ihn noch knebeln und leinen ihn an.«

»Dann lasst uns keine weitere Zeit verlieren«, entgegnete der Cabo. »Bis es hell wird, sind wir schon zwei Kilometer von hier entfernt.«

32

Acampamento dos infectados nahe Urucará, Amazonasgebiet

Bevor Anne Arlette das Sicherheitslabor verlassen konnte, überprüfte sie die Geräte und checkte ihren Anzug. Anschließend trat sie durch die UV-Schleuse und begab sich zur Desinfektion unter die Lsyoldusche.

Nach dem Dekontaminationszyklus koppelte sie den Luftschlauch ab, zog den Schutzanzug aus und befestigte ihn an einer Leine, mit deren Hilfe er zum Abtropfen in die Höhe gezogen wurde.

Anne war zufrieden. Sie hoffte inständig, dass es sich bei dem Virus nicht um einen sogenannten Wurm handelte, der zu der Familie der überaus gefährlichen Filoviren gehörte. Würmer, wie sie die Filoviren bezeichnete, waren gnadenlos, und obwohl Ebola bereits 1976 in einem Missionskrankenhaus in Zentralafrika das erste Mal auftrat, gab es bis heute kein wirksames Medikament, das gegen die Infektion half. Selbst ein Hyperimmunserum, gewonnen aus dem Blut von Überlebenden, zeigte bei Viren der Gattung Filoviridae keine Wirkung.

Sie fuhr sich über die Stirn und rieb ihre müden Augen. Für den nächsten Tag lag ein hartes Stück Arbeit vor ihr. Doch sie brannte darauf, das Virus zu isolieren, um es für die Elektronenmikroskopie aufzubereiten. Noch verbarg es sich in der undurchschaubaren Masse von Zellgewebe. Doch Anne wusste damit umzugehen, genau aus diesem Grund war sie für diese Mission ausgewählt worden.

Nachdem sie sich geduscht und angekleidet hatte, verließ sie den Laborbereich und meldete sich bei dem Sicherheitsoffizier in der Überwachungszentrale ab.

Ihr Weg führte sie in das große Zelt gegenüber dem Labor, in dem Professor Sander bereits auf sie wartete. Er nahm sie herzlich in Empfang, umarmte sie und klopfte ihr auf die Schulter.

»Ich habe deine Bilder bereits nach Atlanta gefaxt«, berichtete er. »Joanna ist noch nicht so weit, sie braucht noch einen Tag. Du warst wieder einmal schneller. Ich bin stolz darauf, dich im Team zu haben.«

Anne lächelte. »Ich hoffe, es ist kein verdammter Wurm.«

»Der zytopathische Effekt war beachtlich«, entgegnete Professor Sander.

»Ich weiß nicht, ob du über den Monitor alles genau sehen konntest, aber selbst nach der kurzen Zeit hat das Virus beinahe jede Zelle angegriffen. Ich hoffe, dass wir bald ein Mittel finden, um es aufzuhalten. Wenn es nur kein Wurm ist!«

»Es gibt noch andere gefährliche Viren. Adenoviren, Bunyaviren, Retroviren, Arenaviren, aber wir werden es sehen. Morgen früh versuchen wir, es zu isolieren, und dann kann es uns nicht mehr entkommen. Du hast sehr gute Arbeit geleistet. Wenn wir ihm erst einmal seine Maske vom Gesicht gerissen haben, dann werden wir auch etwas finden, um den Kampf gegen das Virus aufzunehmen.«

Bevor Anne antworten konnte, wurde der Teppich am Eingang zurückgeschlagen und Doktor Madson betrat das Zelt, gefolgt von Coronel Santoro und zwei weiteren Offizieren.

»Hallo, Doktor Arlette, Professor Sander, wie ich hörte, haben Sie einen großen Durchbruch geschafft und das Virus isoliert«, begrüßte Doktor Madson die beiden Wissenschaftler.

Professor Sander nickte den Männern zu und hob beschwichtigend die Hände. »Doktor Arlette ist es gelungen, mehrere Viruskulturen anzuzüchten, und wir sind guter Hoffnung, es bald zu Gesicht zu bekommen. Aber als Durchbruch würde ich das nicht bezeichnen, dennoch sind wir heute einen wesentlichen Schritt vorangekommen. Wir können leider noch nicht ausschließen, dass es sich um Filoviren handelt.«

Coronel Santoro schaute ihn fragend an.

»Es könnte immer noch eine Form von Ebola oder Marburg sein«, erklärte Professor Sander. »Wir werden uns morgen an die Arbeit machen und das Virus isolieren. Ich hoffe, dass uns das Elektronenmikroskop weitere Aufschlüsse über die Morphologie liefert und es uns bis zum Ende der Woche gelingt, das Virus zweifelsfrei zu identifizieren.«

»Das heißt, es wird bald ein Mittel gegen diese Krankheit geben?«, fragte der Coronel.

Professor Sander wollte sich nicht festlegen. »Wir hoffen, dass wir aus dem Blut von Schwester Violante ein geeignetes Hyperimmunserum generieren können, aber das wird noch eine geraume Zeit in Anspruch nehmen.«

»Ich verstehe«, antwortete Coronel Santoro. »Die Ausbreitung der Krankheit scheint zumindest eingedämmt, aber wir stehen vor einem neuen Problem. Wir haben keine Verbindung mehr zu unserem Außenteam. Die letzte Meldung erreichte uns gegen Mittag. Tenente Farraz meldete, dass das Lager, das die Militärpolizisten auf ihrer Patrouille entdeckten und in dem die Krankheit vermutlich ihren Ursprung hatte, dem Erdboden gleichgemacht wurde. Das Team hat sich dort eingerichtet, um erste Untersuchungen vorzunehmen, doch seither kam kein weiterer Funkspruch mehr bei uns an. Es gibt keine Verbindung mehr zum Außenteam, der Kontakt ist gänzlich abgebrochen.«

»Wir sollten Hubschrauber einsetzen«, entgegnete Professor Sander.

Der Coronel ging zum großen Konferenztisch und breitete dort eine Landkarte aus. »Die Nacht bricht an, wir haben Neumond. Eine Suchaktion bei vollkommener Dunkelheit ist zwecklos, das Gelände ist aus der Luft undurchdringlich. Aber wir werden bei

Tagesanbruch zwei unserer Einheiten mit Hubschraubern in das Gebiet entsenden.«

»Ist es denn noch möglich, dass sich dort Leute aus dem Camp aufhalten?«, fragte Anne besorgt.

Coronel Santoro umkreiste mit dem Zeigefinger das Einsatzgebiet auf der Landkarte. »Wir können es nicht ausschließen, das Gebiet ist sehr unwegsam.«

»Ich dachte, die Region wäre abgesperrt?«, mischte sich Professor Sander ein.

Santoro blickte ernst in die Runde. »Dieses Gebiet ist so groß und unübersichtlich, dass unser Riegel nicht überall dicht geschlossen ist. Wir haben den Flusslauf am Rio Uatumá unter Kontrolle, damit wir verhindern, dass Boote in den großen Strom einfahren, aber westlich des Rio Jatapu gibt es keine Flüsse und auch keine Straßen, da gibt es nur Urwald. Dort haben wir keine Posten oder Patrouillen eingesetzt.«

Professor Sander fuhr sich nachdenklich über die Stirn. »Wenn es dort wirklich Überlebende gibt, weshalb sollten sie sich mit dem Außenteam anlegen? Sie werden froh sein, dass jemand gekommen ist, um sie aus der Gegend wegzubringen.«

Der Coronel schüttelte den Kopf. »Vergessen Sie nicht, dass es sich bei diesen Menschen vermutlich um Verbrecher handelt. Sie befinden sich illegal dort, und sie beuten den geschützten Regenwald aus, darauf steht eine hohe Strafe. Nein, wir müssen davon ausgehen, dass Tenente Farraz und seine Gruppe in ernste Schwierigkeiten geraten sind. Aber keine Angst, unsere Piloten sind sehr erfahren, sie werden sie finden.«

»Luisa und Antonio sind dort.«

»Keine Angst, Doktor Arlette, Ihren Freunden wird nichts passieren, Tenente Farraz ist ein sehr erfahrener und ein hervorragender Offizier.«

»Ich hoffe, er weiß, was er tut«, antwortete Professor Sander.

»Darauf können Sie sich verlassen!«, entgegnete der Coronel.

White Castle, Leblanc Airport, Louisiana

Noch bevor Gene in das dunkle Abflussrohr kroch, klopfte ihm Terence auf den Rücken. Gene verharrte und wandte sich um. Terence streckte ihm eine Pistole entgegen. »Nimm sie, die wirst du brauchen«, sagte er.

Gene betrachtete die schwarze Pistole, die in Terence' Hand lag.

»Ist eine Smith and Wessen, Modell 910. Du hast 15 Schuss im Magazin, und eine Patrone steckt im Lauf, ich denke, du kannst damit umgehen.«

»Woher hast du ...«

»Wir sind im tiefsten Louisiana, hier hat jeder eine Waffe.«

»Ist sie registriert?«

Terence lächelte und schüttelte den Kopf. »Ich habe sie seit meiner Zeit bei der Air Force. Keine Angst, ich habe niemand damit erschossen, und ich hoffe, dass auch du sie nicht brauchen wirst, aber ich kenne die Kerle. Hastings' Männer verstehen keinen Spaß, verstehst du?«

Vorsichtig griff Gene nach der Waffe. Sie lag gut in der Hand.

»Sie ist geladen?«

»Du musst nur abdrücken.«

Gene nickte Terence dankbar zu, bevor er in dem schwarzen Loch des Abwasserkanals verschwand. Er durchnässte sich Hemd und Hose, als er das kaum fünf Meter lange Rohr hinter sich ließ und im Schatten des Hangars auf das Flugfeld zurobbte. Der Graben bot ihm ausreichend Schutz vor Entdeckung, doch hinter dem Gebäude lag ein freies Feld, das in grelles Scheinwerferlicht getaucht war. Vorsichtig schlich Gene weiter und umrundete das Gebäude. Hinter ein paar alten Fässern suchte er Deckung. Es war der Duft von Veilchen, der ihn aufmerken ließ. Er duckte sich tief hinter die Fässer und schob seinen Oberkörper um zwei nebeneinanderstehende Fässer herum.

»… das ist das letzte Mal, Tanner«, drang die Stimme von Tate, Hastings' Helfershelfer, zu ihm durch. »Wir ziehen uns zurück, die Sache wird zu heiß.«

»Ihr wollt doch nur den Preis in die Höhe treiben«, antwortete die sonore Stimme des Mannes, der von Tate mit Tanner angesprochen wurde.

Gene hatte sich nicht getäuscht. Tanner war also hier. Tanner, der Mann, der nach Veilchen roch und ihm offenbar immer einen Schritt voraus war. Damals, als er nach Tarston in Brownsville suchte, hatte die Frau aus dem Laden einen dicken Kerl erwähnt, der ebenfalls nach Veilchen duftete. Und auch in Millers Haus, kurz bevor er den sterbenden Mitarbeiter der Flugaufsicht auf dem Boden im Flur gefunden hatte, lag das zarte Aroma von Veilchen in der Luft.

Ohne Zweifel, Tanner war der Schlüssel. Sobald er einen Blick in das Flugzeug geworfen hatte, würde er diesem Kerl folgen und ihm nicht mehr von der Seite weichen.

Er wartete, bis sich die Stimmen entfernten. Vorsichtig riskierte er einen Blick um die Ecke. Vor dem Hangar stand ein Mann mit einem Automatikgewehr und blickte gelangweilt auf das Flugzeug. Die Männer hatten den Vogel beladen und kehrten mit den Pick-ups zum Hangar zurück. Das Flugzeug blieb unbewacht. So schnell Gene konnte, robbte er in Richtung des Wassergrabens und folgte ihm tief geduckt, bis er am Heck der Maschine angekommen war. Die Landebefeuerung war abgeschaltet und die Strahler am Hangar erleuchteten nur leidlich den Bereich, in dem sich Gene Stück um Stück über die Grasnarbe in Richtung des dicken Vogels schob. Er trug dunkle Kleidung und bewegte sich nur langsam vorwärts. Immer wieder blickte er sich um, doch die Kerle wähnten sich sicher, so dass sie keinen Posten an der absenkbaren Heckladerampe postiert hatten. Stück um Stück, Meter um Meter kroch er voran, schließlich erreichte er das Flugzeug, richtete sich auf und rannte die Laderampe hinauf. Zuerst widmete er sich den beiden großen Kisten. Er nahm sein Taschenmesser hervor und löste die Verschraubung des Deckels. Erstaunt blickte er auf einen Abbruchhammer, den er bereits bei seinem heimlichen Besuch im Schuppen entdeckt hatte. Gene runzelte die Stirn und schraubte den Verschlag wieder zu. Gerade als er sich der nächsten Kiste widmen wollte, hörte er Motorenlärm. Gene blickte sich um. Ein Wagen näherte sich schnell dem Heck der Maschine, und es wäre wohl keine gute Idee, jetzt einfach über die Laderampe nach draußen zu sprinten, in der Hoffnung, noch rechtzeitig den schützenden Wassergraben zu erreichen. Zwischen zwei der großen Kisten machte Gene ein geeignetes Versteck aus. Er zog den Bauch ein und verschwand in der Dunkelheit. Der Pick-up bremste und rutschte über die Wiese. Zwei Männer sprangen heraus und postierten sich neben dem Zugang, während zwei weitere damit beschäftigt waren, eine weitere Kiste in das Flugzeug zu laden.

»Nicht diese Seite, auf die andere, und zurrt sie richtig fest!«, wies sie einer der Männer an, die draußen stehen geblieben waren.

Die beiden Kerle schoben die etwa meterhohe Kiste auf die gegenüberliegende Seite und fixierten sie mit Spanngurten. Als sie fertig waren, liefen sie nach draußen. Mit einem Surren setzte sich die Heckladerampe in Bewegung.

»Verdammt!«, zischte Gene, der Weg nach draußen war versperrt. Nachdem die Laderampe einrastete, wurde es dunkel im Inneren.

Gene zog sein Taschenmesser hervor, an dem sich eine helle Leuchtdiode befand, und suchte nach einem Ausweg. Doch noch bevor er die seitliche Tür fand, lief ein Zittern durch die Maschine, und draußen flackerte die Landebefeuerung auf.

Träge und bleiern wirkte der Fluss, der sich aus dem Frühnebel schälte. Sie waren aus ihrem Versteck entkommen, und niemand hatte etwas bemerkt. Der Regen war abgeklungen, und die morgendlichen Nebelfetzen hingen wie Wattebäusche über den Bäumen.

Die beiden Indios hatten in der Nacht die Führung übernommen und sie nach Süden mitten hinein in den Urwald geführt. Wie an einer Perlenschnur aufgereiht, waren sie ihnen an einer Führungsleine gefolgt. Der gefesselte und geknebelte Gefangene war regelrecht an die Leine gelegt worden, so dass er keine Chance zum Entkommen hatte. Doktor Hagen lag auf einer Trage. Zwei Soldaten trugen ihn durch den Urwald. Der Cabo hatte Recht behalten. Nur an den Lichtungen und Flussläufen säumten dichte Büsche oder Sträucher die Waldgrenze. Danach gab es nur noch niedrige Gräser und Farne, denn das dichte Laubwerk der Bäume gab den Sonnenstrahlen keine Chance, den Waldboden zu erreichen.

Sie hatten gute sechs Stunden Vorsprung und waren auf einen Seitenarm des Rio Jatapu gestoßen. Kurz bevor die Sonne aufgegangen war und das Land noch im milchigen Dämmerlicht lag, waren dumpfe Explosionen zu hören gewesen. Der Cabo hatte sich auch darin nicht getäuscht: Die Bande war gut ausgestattet und besaß neben Automatikgewehren auch noch andere kleine Überraschungen.

Die beiden Indios sicherten die Flanken der Gruppe. Um sie musste sich niemand sorgen, sie waren hier zu Hause und bewegten sich lautlos durch den Wald. Bei den beiden Frauen verhielt es sich schon anders, denn trotz der frühen Stunde war es bereits heiß, stickig und feucht.

»Sollten wir uns nicht besser nach Süden durchschlagen«, sagte Rosburn, der neben Tenente Farraz herging und sich den Schweiß von der Stirn wischte. Der Tenente verharrte, zog seinen Kompass hervor und schaute auf die Karte.

»Die nächste verzeichnete Siedlung in dieser Richtung ist Itacoatiara, und die ist Luftlinie etwa einhundertzwanzig Kilometer von hier entfernt. Nein, wir schwenken nach Westen und umgehen das Lager weiträumig. In Brás treffen wir auf unsere Einheiten, das ist die einzige Chance, die wir haben.«

Der Cabo näherte sich und blieb bei den beiden stehen. »Was gibt es?«, fragte er.

»Alles schon geklärt«, antwortete Farraz und wies die neue Richtung an. »Wir schwenken nach Westen und verlassen den Flusslauf.«

Lila Faro schob sich zwischen die Männer. »Wir müssen eine Rast einlegen«, sagte sie. »Der Zustand von Doktor Hagen hat sich rasant verschlechtert. Ich bin mir nicht sicher, aber ich glaube, er hat innere Verletzungen.«

»Wenn wir rasten, können Sie dann hier etwas für ihn tun?«, fragte Tenente Farraz.

Lila schüttelte den Kopf. »Solange ich keine Röntgenaufnahme habe, kann ich die Schwere seiner Verletzung nicht einstufen.«

»Dann gehen wir weiter und rasten später!«

»Aber …!«

Der Cabo legte Lila die Hand auf die Schulter. »Der Tenente hat Recht. Du kannst hier für ihn nichts tun. Die einzige Chance ist es, so schnell wie möglich unsere Einheiten in Brás zu erreichen, damit er in die Klinik gebracht werden kann. Es wird sicherlich noch heißer. Deswegen sollten wir diese frühen Stunden ausnutzen. Sobald die Kerle merken, dass wir verschwunden sind, werden sie uns folgen.«

»Weshalb sollten sie uns folgen, was haben sie davon, wenn sie uns umbringen?«

Der Cabo zuckte mit der Schulter. »Ich verstehe es ebenfalls nicht. Es muss etwas sehr Wichtiges geben, das sie hier im Urwald hält, zumal hier offenbar die Seuche ausgebrochen ist und sie ein großes Risiko eingehen.«

»Du glaubst tatsächlich, dass sie uns jagen werden«, entgegnete Lila erstaunt.

»Das sind gut organisierte und schwer bewaffnete Banden, die sich den Kuchen aufteilen. Und irgendwie scheint es, sind wir direkt in ihre Feier geplatzt. Sie können es sich nicht leisten, uns entkommen zu lassen. Aus welchem Grund auch immer.«

Lila atmete schwer ein. Langsam bewegte sich der Tross weiter und schwenkte nach Westen ein. Längst war der Urwald erwacht, und das Zwitschern der Vögel mischte sich mit den spitzen Schreien tagaktiver Affen. Trotz der aufsteigenden Sonne blieb es im Wald düster. Alles um Lila herum erschien grau, sogar die Schmetterlinge, die von Zeit zu Zeit ihre Wege kreuzten.

33

Cuiabá, Bundesstaat Mato Grosso

Das Haus war umstellt. Zagallo wartete in seinem Dienstwagen, bis der Einsatzleiter der Spezialkräfte über Funk das Signal zum Einsatz gab.

Am frühen Morgen waren sie von Mama Aquela informiert worden, dass Anjo, der weißhaarige Engel, wieder aufgetaucht sei. Er hatte sich wieder in das Viertel im Norden der Stadt gewagt, weil er sich offenbar nicht vor Entdeckung fürchtete. Wahrscheinlich wusste er überhaupt nicht, dass die Polizei nach ihm fahndete. Mama Aquela hatte berichtet, dass sie ihn in Begleitung zweier junger Männer gesehen habe. Sie habe ihn durch die ganze Stadt verfolgt und beobachtet, wie er in Despraiado in einem schönen neuen Haus verschwunden sei. Ihr Bruder und ihr Neffe stünden noch immer vor dem Haus, und bislang wäre er nicht wieder herausgekommen. Er fahre einen schwarzen VW und habe in Paraiso einen Jungen abgeholt, den sie auf nicht älter als fünfzehn schätze.

Zagallo hatte zuerst überlegt, ob er das Haus observieren lassen sollte, um Anjo zu folgen. Doch mit Blick auf den Jugendlichen in seiner Begleitung kam er zu dem Entschluss, das Gebäude stürmen und Anjo sowie seine Begleiter dingfest machen zu lassen. Schließlich musste er davon ausgehen, dass es dem Jungen nicht besser ergehen würde als Gabriel, dem Sohn von Mama Aquela.

Seit einer Stunde warteten sie nun. Mama Aquelas Bruder hatte ihnen das Haus gezeigt, und tatsächlich stand in der Hofeinfahrt der beschriebene schwarze Wagen in der Morgensonne. Es war ein neu erbautes Wohnviertel, in dem mit staatlichen Mitteln aus dem Wohnungsförderprogramm ganze Straßenzüge mit gleichförmigen Häusern errichtet worden waren. Sie unterschieden sich nur durch die Hausnummern, ansonsten waren die Gebäude mitsamt den kleinen, bislang noch unbepflanzten Vorgärten von der Stange.

Zagallo hatte bei Gabriels Onkel noch einmal rückgefragt, ob es sich bei dem Haus, das nun vom Sonderpolizeikommando gestürmt werden sollte, auch tatsächlich um jenes handelte, in dem Anjo mit seinen Begleitern verschwunden war.

»Sie sind bereit und rücken vor«, erstattete Falcáo Bericht.

Zagallo lehnte lässig am Kotflügel seines Dienstwagens, einem titanfarbenen VW Golf Plus, der in den Werken in São Carlos hergestellt worden war. Sie hatten im Schatten der Bäume, in der Nähe einer Tankstelle geparkt. Es würde wieder ein heißer und drückender Tag werden, doch noch hatte die Sonne den Zenit nicht erreicht.

Von weitem beobachtete Zagallo die schwarzen Gestalten des Einsatzkommandos, die in ihren Schutzanzügen und Helmen auf das Haus vorrückten.

»Ich hoffe, der Junge lebt noch«, sagte Falcáo nachdenklich, als er das Fernglas vor seine Augen hob.

»Wieso sollten sie ihn umbringen?«, antwortete Zagallo.

»Du hast den Arzt gehört, unsere Theorie mit dem Organhandel können wir vergessen, also steckt etwas anderes dahinter.«

»An was denkst du?«

»Wie wäre es mit Pornografie. Erinnerst du dich noch an die Bande, die in São Bernado ausgehoben wurde?«

Zagallo zog an seinem Zigarillo und blies den Rauch in die Luft. »Ich glaube nicht, dass eine Bande von Pädophilen dahintersteckt. Unsere anfängliche Theorie ist gar nicht so weit von der Realität entfernt, glaube mir. Doktor Mendoza …«

Bevor Zagallo weitersprechen konnte, fielen Schüsse, nachdem die Tür des Hauses mit einer Ramme eingeschlagen worden war.

Die kurzen Feuerstöße von Maschinenpistolen mischten sich mit einzelnen Pistolenschüssen.

»Verdammt!«, fluchte Zagallo und warf sein Zigarillo auf den Boden. »Was ist dort los?«

Falcáo hielt den Funkhörer an sein Ohr und zuckte mit der Schulter. »Es ist nichts zu hören«, antwortete er.

Weitere Salven aus den Maschinenpistolen brandeten auf und überlagerten den Lärm der nahen Straße. Dann kehrte Stille ein.

»Frag nach!«, herrschte Zagallo seinen Kollegen an. »Was ist passiert?«

Falcáo griff zum Funkhörer und rief den Einsatzleiter, erhielt jedoch keine Antwort.

»Wir fahren rüber«, entschied Zagallo, umrundete den Wagen und setzte sich hinter das Steuer. Bevor er auf der gegenüberliegenden Straßenseite parken konnte, kamen zwei Krankenwagen aus einer Nebenstraße und hielten vor dem Haus mit der Nummer 122.

Zagallo bremste.

»Hoffentlich haben wir Anjo lebend«, sagte er und stellte den Wagen ab. In der Zwischenzeit hatten sich mehrere Polizisten vor dem Grundstück eingefunden. Einige kamen aus dem Haus und nahmen ihre Helme ab.

Zagallo erkannte den Einsatzleiter, der geflochtene Schulterstücke auf seinen Schultern trug. Er lief auf ihn zu. »Haben Sie ihn festgenommen?«, rief er dem Uniformierten zu.

Der Polizeioffizier nickte stumm. »Zwei Tote und ein Schwerverletzter«, antwortete er. »Die Kerle haben sofort das Feuer eröffnet.«

»Und der Junge?«

»Ist unverletzt«, antwortete der Polizeioffizier knapp.

»Was ist mit Anjo?«, fragte Falcáo, der ebenfalls die Straße überquert hatte.

»Sie meinen den alten, grauhaarigen Mann?«

Zagallo nickte.

»Er lebt, aber er hat einen Schuss in den Bauch abgekriegt, meine Leute haben unverzüglich das Feuer erwidert, die Komplizen des Alten wurden getötet.«

Zwei Polizisten führten den fünfzehnjährigen Jungen aus dem Haus. Er war dunkelhäutig, und die Angst und der Schrecken standen ihm deutlich ins Gesicht geschrieben. Zagallo winkte die beiden Polizisten mit dem Jungen zu sich heran.

»Wer bist du?«, fragte Zagallo und schaute dem Jungen in die ängstlichen Augen.

»Ich ... ich bin ... ich bin Rico«, antwortete der Junge verstört.

»Bist du aus der Stadt?«

Der Junge nickte stumm.

»Was hatten die Kerle mit dir vor?«, fiel Falcáo in die Befragung ein.

Der Junge brach in Tränen aus und schlug die Hände vor das Gesicht.

Zagallo legte Falcáo die Hand auf die Schulter. »Lass gut sein«, sagte er. »Wir bringen ihn zunächst einmal in eine Klinik, er steht unter Schock.«

Die Sanitäter kamen aus dem Haus und trugen einen alten grauhaarigen Mann auf einer Trage zum Krankenwagen. Zagallo löste sich aus der Gruppe und trat an die Trage heran. Er erkannte das Gesicht sofort, das Phantombild war ihm wie aus dem Gesicht geschnitten. Er rief den Einsatzleiter zu sich. »Ich will, dass er und der Junge rund um die Uhr bewacht werden.«

»Ich werde dafür sorgen«, antwortete der Uniformierte.

White Castle, Leblanc Airport, Louisiana

Das laute Dröhnen der Motoren schmerzte in seinen Ohren. Tief kauerte sich Gene Mcfaddin zwischen den Kisten auf den Boden.

Das Schütteln der Maschine hatte aufgehört. Der kontinuierliche Steigflug war beendet, hatte aber nicht so lange angedauert wie bei Linienmaschinen sonst üblich. Aber das Rütteln und Schütteln hier im Frachtraum des Transportflugzeuges war umso intensiver gewesen. Aus dem relativ raschen Ende des Steigfluges entnahm Gene, dass sie sich nur in geringer Höhe befanden. Im Frachtraum war es nahezu dunkel. Nur eine grünliche Deckenleuchte im Bereich des Zugangs zum Cockpit erhellte leidlich den großen Frachtraum. Gene lockerte den Griff um die beiden Haltestangen, die sich neben dem Bedienmanual der hydraulischen Heckladerampe befanden, und versuchte, sich zu erheben.

Er dachte an die Worte der Männer, die sich neben dem Schuppen unterhalten hatten. Tanner war ihm entkommen. Ihm zu folgen, wäre vielleicht lohnenswerter gewesen als dieser Flug an Bord der Frachtmaschine. Aber nun war es zu spät, und er konnte nichts anderes tun als abzuwarten. Er war gespannt darauf, zu erfahren, wohin die Kerle all das Werkzeug transportierten und wofür es gebraucht wurde. Hastings war alles andere als ein biederer Geschäftsmann. Was steckte hinter dieser sonderbaren Transaktion? Wenn es einen legalen Hintergrund hätte, dann wäre diese Nacht-und-Nebel-Aktion sicherlich nicht notwendig gewesen.

Gene zog seine Taschenlampe hervor und prüfte ihre Funktionsfähigkeit. Es war an der Zeit, sich ein geeignetes Versteck zu suchen, denn der Flug würde nicht ewig dauern. Außerdem wurde es langsam frisch im Frachtraum, und er musste jederzeit damit rechnen, dass eines der Besatzungsmitglieder den Frachtraum über die Zwischentür zum Cockpit betrat, um nach dem Rechten zu sehen. Schritt um Schritt tastete er sich vor. Entlang der Kisten folgte er einem kleinen Durchgang, der beim Beladen frei gehalten worden war. Wie viele Leute mochten wohl an Bord sein? Waren es drei, vier oder gar noch mehr? Es war auf alle Fälle unklug, sich erwischen zu lassen. Stück um Stück suchte er den Boden ab. Damals, als er noch bei der Dade County Police gearbeitet hatte, musste er einmal ein Flugzeug auf dem Opa-Locka-Airport nach Rauschgift durchsuchen. Er hatte es in einem Montagetunnel gefunden, der unterhalb der Ladefläche verlief. Irgendwo musste sich auch hier eine Zugangstür befinden. Seine Suche wurde jäh unterbrochen, als sich die Nase der Maschine nach vorne neigte. Der Pilot hatte den Sinkflug eingeleitet. Gene hielt sich fest und steckte seine kleine Lampe zwischen die Zähne. Er blickte auf die Armbanduhr, ein teurer Seiko-Chronograph, den er einst von seiner Dienststelle für besondere Leistungen geschenkt bekommen hatte und der über eine Stoppuhrfunktion verfügte. Seit dem Start der Maschine waren gerade mal dreißig Minuten vergangen. Die Motoren klangen gleichmäßig, und Gene schätzte, dass sie nicht auf Vollgas liefen, doch bestimmt waren sie bereits über hundert Kilometer vom Flughafen entfernt. Nachdem sich die Maschine wieder ausgerichtet hatte, setzte Gene seinen Weg fort. Als er auf der gegenüberliegenden Seite angekommen war, erkannte er ein kleines Bullauge, das zwischen zwei hohen Kisten hervorlugte. Er hielt darauf zu und warf neugierig einen Blick hinaus. Dazu musste er sich gewaltig strecken. Draußen war es dunkel, dennoch erkannte er das Glitzern des Wassers unter dem Flugzeug. Kein Zweifel, die Maschine flog in geringer Höhe auf den Ozean hinaus. Er wandte sich um und tastete sich weiter voran. Langsam näherte er sich dem Ende des Frachtraums. Bevor er eine weitere, knapp zwei Meter hohe und ebenso breite Kiste umrundete, fielen ihm die Spalten im Boden auf. Er kniete sich nieder und fand die Scharniere einer Falltür. Er suchte nach dem Einstieg und ertastete den Griff. Sie war ungesichert und ließ sich mit leichtem Kraftaufwand öffnen. Mit seiner Taschenlampe leuchtete er in den Tunnel, in dem seitlich ein gigantischer Kabelstrang verlief. Der Schacht war knapp einen Meter tief. Langsam ließ er sich hinabgleiten. Er schloss die Falltür wieder über sich, und das Dröhnen der Motoren wurde schlagartig gedämpft. Vorsichtig machte er es sich bequem, immer darauf bedacht, keines der Kabel zu berühren. Dieses Versteck war ideal, es war eine ganze Spur ruhiger und schön warm. Hier würde er warten, bis die Maschine wieder gelandet und entladen war.

Microbiological and Biomedical Laboratories, CDC, Atlanta, USA

»Professor Kim, bitte Apparat 31, Professor Kim, bitte Apparat 31«, drang es durch den Lautsprecher, der in der Kantine an der Decke montiert war.

Professor Joanna Kim trank hastig ihren Kaffee aus.

»Was ist denn nun schon wieder«, stöhnte sie.

»Du bist eben wichtig«, scherzte ihre Kollegin und biss in ihren Donat. Über sieben Stunden hatte sie am heutigen Tag im Labor zugebracht. Vor einer Stunde war es ihr gelungen, das Jatapu-Virus zu isolieren. Dann hatte sie eine Pause gebraucht und war in die Kantine gegangen, um einen Kaffee zu trinken und eine Kleinigkeit zu essen, denn das Mittagessen war heute ausgefallen. Mit Hochdruck trieb sie die Forschungsarbeiten voran, und nachdem sich Professor Sander am gestrigen Tag gemeldet und seine Ergebnisse übermittelt hatte, war auch ihnen in der Nacht der Durchbruch gelungen. Die Zellkulturen waren herangezüchtet, und das Virus hatte sich entsprechend vermehrt. Nun musste es isoliert und für die Elektronenmikroskopie vorbereitet werden. Als Referenzlabor arbeiteten sie parallel mit dem mobilen Labor in Urucará an der Erforschung des neuen Virustyps. In all den Jahren der Virusforschung hatte sich diese parallele Arbeitsweise zweier oder mehrerer Labors bewährt, und da die Ergebnisse anschließend ausgetauscht wurden, war eine zeitnahe Verifizierung der Resultate gegeben. Doch seit dieser Nacht hatte Joanna mit ihren Mitarbeitern die Nase vorn. Die Zentrifuge lief pausenlos, und Joanna war guter Hoffnung, bald einen Blick hinter die Morphologie des Jatapu-Virus werfen zu können. Sobald die Struktur und der

Aufbau des Virus bekannt waren, konnte es zweifelsfrei zugeordnet werden, und dann war die Reihe an den Biogenetikern, die die Bausteine entschlüsseln und einen genauen genetischen Bauplan erstellen würden. Damit waren die Grundlagen für die Entwicklung eines wirksamen Medikamentes geschaffen. Parallel wurde mit dem Serum von Schwester Violante gearbeitet. Sie hatte bislang als Einzige die Infektion überlebt und entsprechende Antikörper im Blut gebildet, die – zumindest in ihrem Fall – in der Lage gewesen waren, das Virus zu besiegen. Theoretisch klang das alles relativ einfach, doch es gab genügend Viren, die sich nicht an die geltenden Regeln hielten und den Forschern aufgrund sich verändernder Eigenschaften und Zusammensetzungen den Weg zu einem wirksamen Mittel erschwerten oder gar erfolgreich verwehrten.

Joanna ging zur Kasse.

»Ich muss dringend telefonieren«, sagte sie zu der Kassiererin.

Das Telefon hing hinter dem Tresen an der Wand. Joanna nahm den Hörer ab und wählte die 31.

»Ich habe gehört, dass du Pause machst, und wollte nicht stören, aber der Kollege hat mich in der Leitung gehalten und gesagt, dass du unbedingt mit mir reden willst«, vernahm sie die Stimme von Anne Arlette.

»Ich habe schon zweimal versucht, euch zu erreichen«, antwortete Joanna. »Wir haben in der Nacht das Virus isoliert und bereiten es gerade auf.«

»Ich habe schon gehört, dass ihr bald so weit seid. Bei uns gibt es leider ein paar Verzögerungen.«

Die Lautstärke des Telefonats, das über einen Satelliten geführt wurde, schwankte, so dass Joanna noch einmal zurückfragen musste.

»Luisa und Antonio und das gesamte Außenteam sind verschwunden«, berichtete Anne. Das Gespräch wurde von Interferenzen überlagert, und es rauschte im Hintergrund stark.

»Habe ich richtig verstanden?«, wiederholte Joanna. »Das Außenteam ist verschwunden?«

Anne bestätigte. »Seit gestern haben sie sich nicht mehr gemeldet. Hubschrauber haben ein gesunkenes Boot ausgemacht, das im Fluss treibt. Das ist alles sehr merkwürdig hier. Das kleine Dorf, in dem wahrscheinlich die Infektion ausgebrochen ist, wurde von Unbekannten dem Erdboden gleichgemacht. Der militärische Einsatzleiter meint, dass sich noch immer eine Bande von Verbrechern in den Wäldern dort draußen aufhält. Aber das Gebiet ist für eine Durchsuchung viel zu groß. Sie suchen mit Hubschraubern nach den Vermissten, haben aber bislang noch keine Spur von ihnen.«

»Das ist eine schlimme Nachricht«, antwortete Joanna betroffen.

»Ich denke, dass wir bis morgen ebenfalls so weit sind wie ihr in Atlanta. Ich bin gespannt, was wir hier vor uns haben.«

Der Rest des Gespräches ging in statischem Rauschen unter.

»Ich mache jetzt Schluss«, sagte Anne. »Hier braut sich ein starker Sturm zusammen.«

Joanna nickte. »Ich melde mich, sobald wir etwas erreicht haben«, sagte sie, bevor sie das Gespräch beendete. Nachdenklich legte sie den Hörer auf. Die Nachricht vom verschwundenen Außenteam jagte ihr einen kalten Schauer über den Rücken. Sie überlegte. Welchen Sinn würde es machen, das Außenteam zu entführen? Eigentlich sollte doch jeder in der Region am Rio Jatapu daran interessiert sein, die Forscher zu unterstützen, um so schnell wie möglich ein wirksames Gegenmittel gegen das Jatapu-Virus zu finden. Es sei denn …

Sie schüttelte den Kopf. Ein abenteuerlicher Gedanke jagte ihr Angst ein.

34

Rio Jatapu, Amazonasgebiet

Die Sonne wanderte dem Zenit entgegen, und eine lähmende Schwüle senkte sich über den Wald. Luisa Behringer fühlte sich erschöpft und am Ende ihrer Kräfte. Doktor Hagen war kurz vor Mittag an seinen schweren Verletzungen gestorben. Sie hatten ihn zurückgelassen und im weichen Waldboden eine kleine Grube ausgehoben. Mittlerweile war die kleine Gruppe nach Westen unterwegs und bewegte sich durch den dichten Urwald auf einen weiteren Seitenarm des Rio Jatapu zu. Von ihren Verfolgern hatten sie nichts gesehen und gehört, dennoch wusste der Cabo, dass sie sich noch lange nicht in Sicherheit befanden. Wenn er mit seiner Annahme richtig lag, dann würden es sich die Kerle nicht leisten können, die Gruppe einfach entkommen zu lassen.

»Sie braucht unbedingt eine Pause«, flüsterte Lila und zeigte auf Luisa Behringer, für die jeder Schritt sichtlich eine Qual bedeutete.

Der Cabo blickte sich nach Tenente Farraz um, der mit einem Trupp die Flankensicherung übernommen hatte. Mittlerweile war die Gruppe, die aus vierundzwanzig Männern und zwei Frauen bestand, auf zwanzig zusammengeschmolzen. Der Angriff dieser Verbrecher hatte das Außenteam vollkommen unvorbereitet getroffen, zumal das Kommando ausgeschickt worden war, um den Menschen der Region zu helfen, und nicht, um sich in Kampfhandlungen mit Criminosos einzulassen.

»Wir müssen weiter«, antwortete der Cabo entschieden. »Wir haben noch einen weiten Weg vor uns, und die Kerle sind uns auf den Fersen.«

Lila blickte sich zu dem Gefangenen um, den zwei Soldaten eskortierten.

»Und wenn wir ihn freilassen und ihm erklären, dass wir nicht hier sind, um diese Bande zu verhaften, sondern um nach dem Ursprung der schrecklichen Krankheit zu forschen, die auch einigen ihrer Kumpane das Leben gekostet hat?«

»Ich glaube nicht, dass es etwas bringen würde«, wehrte der Cabo ab. »Das sind eiskalte Banditen.«

Der Tenente gab ein Zeichen, und die Gruppe verharrte. Die Soldaten gingen in die Knie und richteten ihre Gewehre aus. Er winkte Rosburn und den Cabo zu sich heran. Kurz darauf tauchten wie aus dem Nichts die beiden Indios auf und redeten auf den Offizier ein. Der Cabo verstand nur Bruchstücke, doch als sie in Richtung Osten wiesen, wurde ihm klar, worum es ging.

»Das Boot ist über den Seitenarm in Richtung Westen gefahren«, sagte Tenente Farraz. »Sie versuchen, uns den Weg abzuschneiden. Eine zweite Gruppe, fünfzehn Mann stark, verfolgt uns. Sie sind nur noch ein paar Stunden entfernt, unser Vorsprung schmilzt zusammen, wenn wir nicht schneller gehen.«

»Aber dann laufen wir den Männern auf dem Boot in die Arme«, gab der Cabo zu bedenken. »Vielleicht sollten wir doch Richtung Süden ausweichen.«

»Die Indios sagen, dass sie ein paar Spurenleser in ihren Reihen haben, die ihr Handwerk verstehen. Ich glaube nicht, dass wir ihnen auf Dauer entkommen können.«

»Und was schlagen Sie vor?«

Der Tenente holte seine Karte aus der Brusttasche und wies auf eine darin verzeichnete Anhöhe, die sich ganz in der Nähe befand.

»Wir werden sie erwarten, dort oben«, sagte er. »Nach Schätzungen der Indios haben wir drei Stunden Vorsprung. Diese Zeit müssen wir nutzen, um uns eine geeignete Deckung zu suchen.«

»Ein offener Kampf?«, gab Rosburn zu bedenken.

»Ich glaube, wir haben keine andere Chance«, entgegnete

der Tenente. »Wenn sich die Verfolger und die Männer auf dem Schnellboot vereinen, dann stehen wir einer großen Übermacht gegenüber. Hier auf dem verzeichneten Hügel sind wir über drei Kilometer vom Flusslauf entfernt.«

Der Cabo rieb sich die Stirn. Schließlich nickte er. »Ich denke, der Tenente hat Recht«, stimmte er dem Offizier zu.

Acampamento dos infectados nahe Urucará, Amazonasgebiet

Schwester Violante war aus der Isolierstation entlassen worden. Ihr Körper hatte die schwere Infektion besiegt und der Gesundungsprozess war weit fortgeschritten. Die behandelnden Ärzte rieten ihr, sich erst einmal zu schonen, doch sie bestand darauf, im Camp zu bleiben, um schnellstmöglich wieder an ihre Arbeit zu gehen. Noch immer lagen über dreihundert Patienten in den Zelten und warteten auf den Tod. Täglich kamen weitere hinzu, denn die großen Fährschiffe am Anleger in Urucará brachten laufend neue Patienten in das Camp der Infizierten.

Pater Innocento spendete den Erkrankten in den Zelten Trost und begleitete sie auf ihrem letzten Weg. Immer darauf bedacht, die Sicherheitsvorschriften einzuhalten und sich entsprechend vor der Infektion zu schützen, war er zum guten Geist des Camps geworden, das am Ufer des Rio Uatumá errichtet worden war. Als er erfahren hatte, dass Schwester Violante entlassen werden sollte, ließ er es sich nicht nehmen, sie persönlich zu empfangen und sie zu ihrer Unterkunft in der Zeltstadt vor den Toren der Stadt zu bringen.

»Ich will zuerst zu Gott beten und ihm danken, dass er mir das Leben geschenkt hat«, sagte sie, nachdem der Pater sie in das helle Sonnenlicht des heißen Tages geleitet hatte.

»In der Nähe ist eine Kirche«, entgegnete Pater Innocento.

Professor Sander folgte den beiden aus dem Zelt. »Bevor ich Sie gehen lassen kann, Schwester, habe ich noch ein paar Fragen. Setzen wir uns in den Schatten der Bäume.«

Schwester Violante nickte.

»Haben Sie Neuigkeiten von unserem Team am Rio Jatapu?«, fragte der Pater.

»Leider nicht«, entgegnete Professor Sander. »Sie scheinen spurlos verschwunden zu sein. Coronel Santoro hat zu wenige Männer für eine große Suchaktion. Er hat das Ministerium um Verstärkung gebeten, aber die Mühlen in diesem Land mahlen langsam. Ich kann nur hoffen, dass sie noch am Leben sind.«

»Es ist eine schlechte und gottlose Welt geworden«, murmelte Pater Innocento.

»Da mögen Sie recht haben, Pater.«

»Wir werden Lila und ihre Begleiter in unsere Gebete einschließen«, sagte Schwester Violante und setzte sich auf einen Baumstumpf. »Was wollten Sie mich fragen?«

Professor Sander wischte sich den Schweiß von der Stirn und ließ sich ebenfalls nieder. »Sie sehen selbst, wie unsere Lage ist«, antwortete er. »Wir haben zwar dank Ihnen in dieser tödlichen Schlacht einen kleinen Teilerfolg erzielt, aber das Sterben geht weiter. Noch ist es uns nicht gelungen, das Rätsel, das uns das Virus aufgibt, zu entschlüsseln. Sie sind bislang die einzige Überlebende, und ich habe mit Ihrem behandelnden Arzt gesprochen. Sie erwähnten ihm gegenüber eine schwere Erkrankung, die Sie in Ihrer Kindheit durchmachen mussten. Können Sie sich noch daran erinnern?«

Die Miene der Schwester verfinsterte sich. »So, als wäre es gestern gewesen«, entgegnete sie mit auf die Erde gerichtetem Blick. »Als ich damals im Krankenhaus lag, habe ich geschworen, mein Leben dem Herrn zu weihen, falls ich überlebe.«

»Wie alt waren Sie damals?«

»Ich war dreizehn und ein hübsches Mädchen mit langen Zöpfen, als ich an Hyperleukozytose erkrankte und nur durch das

Knochenmark meines Bruders gerettet werden konnte. Ich hatte damals das Glück, dass es einen Arzt in der Klinik gab, der ein Spezialist auf dem Gebiet der Bluterkrankung war. Ich hätte sonst nicht überlebt. Nach der langen Behandlung hatte ich keine Haare mehr. Ich habe mich so geschämt, als ich aus der Klinik entlassen wurde!«

»Ich glaube, dann sollten wir bei Ihnen eine Punktion durchführen, denn möglicherweise hängt Ihre Gesundung mit Ihrer Erkrankung zusammen.«

»Ich dachte, Sie könnten aus meinem Blut ein Medikament herstellen, das diesen unglücklichen Menschen hier hilft?«

Professor Sander verzog seine Mundwinkel. »Ganz so einfach ist es nicht«, entgegnete er. »Sehen Sie, unser Körper ist wie ein Computer. Alles, was ihm widerfährt, wird wie auf einer Festplatte gespeichert, und es erfolgt eine entsprechende Reaktion. Jede Krankheit hinterlässt irgendwo ihre Spuren. Ihr Körper hat das Virus besiegt, weil er rechtzeitig genügend T-Zellen produzierte, die die Folgen der Infektion mindern und das Virus schließlich besiegen konnten. Wir wissen noch zu wenig über unseren tückischen Feind, und das Hyperimmunserum, das wir aus Ihrem Blut gewinnen können, wird nach unseren ersten Labortests den Krankheitsverlauf nur abschwächen, wenn wir die Patienten im Anfangsstadium damit behandeln. In Ihrem Körper muss ein Potential vorhanden sein, das in der Lage ist, Ihrem Immunsystem einen entscheidenden Vorteil gegenüber anderen Menschen zu verleihen. Es wären noch einige langwierige Untersuchungen notwendig, damit wir herausfinden, worin dieser Vorteil liegt.«

»Ich stehe Ihnen zur Verfügung«, antwortete Schwester Violante. »Gott muss einen Grund gehabt haben, dass er mich diese Krankheit überleben ließ.«

Professor Sander nickte zufrieden. »Sie sind übrigens nicht mehr die einzige Überlebende.«

»Hier im Camp?«

»Nicht hier im Camp«, entgegnete der Professor. »Ein Student im belgischen Gent, der beim Ausbruch der Krankheit in dieser Gegend war, ist ebenfalls auf dem Weg der Besserung. Auch er war in seiner Kindheit schwer erkrankt. Wir müssen sehen, ob es Parallelen gibt.«

»Wann wollen wir beginnen?«, fragte die Schwester entschlossen.

Der Professor hob beschwichtigend die Hände. »Genießen Sie Ihren ersten Tag an der frischen Luft. So schnell wird es nicht gehen. Es ist kein einfacher Eingriff. Sie werden dafür in die USA ausgeflogen. Der Hubschrauber wird morgen bereitstehen.«

Die Schwester reichte dem Professor die Hand. »Sie können sich auf mich verlassen«, erwiderte sie.

Microbiological and Biomedical Laboratories, CDC, Atlanta

Doktor Joanna Kim saß an ihrer sterilen Werkbank und warf einen Blick auf die kleine Uhr der Zentrifuge, in der die Sekunden verrannen. Fieberhaft arbeitete sie an der Reinigung und der Präparation des Virus. Mit ihren Schutzhandschuhen umfasste sie die Rollerflasche und trug sie vorsichtig zurück in den Trockenschrank. Unter ihrem Schutzanzug aus grünem Kunststoff breitete sich die Wärme aus, und eine Schweißperle rann über ihre Stirn. Seit drei Stunden hatte sie das Labor nicht mehr verlassen, doch nun war getan, was getan werden musste. Vorsichtig öffnete sie den Deckel der Tischzentrifuge und entnahm das kleine Röhrchen. Bedächtig stellte sie es zurück in den Inkubator. Dann koppelte sie das Funkgerät an und seufzte. »Das reicht für heute«, murmelte sie, ehe sie zum Ausgang ging, wo sie nach einer Lsyoldusche und zusätzlicher UV-Bestrahlung ihren Anzug ablegte und die Zwischenschleuse verließ. Anschließend entledigte sie sich ihrer Kleidung und stellte sich unter die Dusche im geschützten Vorraum des Level-4-Labors. Sie genoss das heiße Wasser, das ihr über den Rücken lief, und war zufrieden mit dem, was sie heute geleistet hatte. In ein paar Stunden wären sie in der Lage, mit Hilfe des Elektronenmikroskops das Virus zu identifizieren und möglicherweise die biogenetische Struktur zu entschlüsseln. Die Fortschritte in der heutigen Virenforschung waren immens, wenn man bedachte, dass es gegen Ende des vergangenen Jahrtausends einige Jahre gedauert hatte, bis das HI-Virus isoliert war und die Struktur dieses komplexen Retrovirus durchschaut werden konnte. Und noch immer gab es keine hundertprozentig wirksame Medikation gegen das Humane Immundefizienz Virus. Jetzt war man auf einem vielversprechenden Weg. Joanna hoffte, dass das neue Jatapu-Virus kooperativer war und der Blick hinter die Hülle schneller gelingen würde, als es beim HI-Virus oder bei manchen Filoviren der Fall gewesen war. Sie drehte den Duschhahn zu und trocknete sich ab. Ehe der Sicherheitsoffizier die Schleusentür öffnete, die zu den Sicherheitslabors führte, nahm sie ihre Aufzeichnungen zur Hand und griff nach ihrem Handy. Sie wählte die Nummer der WHO-Regionaldirektion in Washington und ließ sich mit dem Leiter der GAVI, der Globalen Allianz für Impfstoffe und Immunisierung, verbinden. Nachdem sie das Gespräch beendet hatte, lächelte sie zufrieden. Die Vorbereitungen zur Aufbereitung des Hyperimmunserums waren abgeschlossen, und bald konnte man in eine ausreichende Produktion einsteigen. Der erste Schritt zur Bekämpfung des Jatapu-Virus war getan und ihr Labor maßgeblich daran beteiligt.

Über dem Karibischen Ozean

Gene versuchte, sich zu bewegen, doch die Enge in seinem Versteck verhinderte, dass er sich umdrehen und seine Lage verbessern konnte. Mit seinem Arm schlug er gegen das Metall, so dass es laut hallte. Soweit es ging, richtete er sich auf und schaltete seine Taschenlampe ein. Vorsichtig tastete er das Metall ab. Es hatte eine gänzlich andere Lackierung als die Außenwände und der Boden. Es roch nach Kerosin, und als Gene auf den Boden leuchtete, sah er die dunkle Flüssigkeit, die sich unter dem Gitterrost, auf dem er lag, ausgebreitet hatte. Langsam begriff er, was das zu bedeuten hatte. In dieses Flugzeug hatte man einen Zusatztank unter der Ladefläche eingebaut. Zwar wusste Gene nicht viel über Flugzeuge, dennoch war ihm der Flugzeugtyp nicht unbekannt. Eigentlich war die Boeing aus dem Bomber B 29 hervorgegangen, den er noch als Marinesoldat bei den amerikanischen Streitkräften kennen gelernt hatte. Dieser Bomber war in der Lage gewesen, ohne Luftbetankung große Strecken zurückzulegen. Gene machte sich nichts vor: Der Flug würde nicht so schnell zu Ende gehen, denn mit diesem riesigen Zusatztank hatte man die Reichweite zum Nachteil der Zuladung noch um ein Vielfaches erhöht. Er fragte sich, ob er sein enges Versteck noch einmal verlassen sollte, doch er verwarf den Gedanken. Die Gefahr, dass ein Besatzungsmitglied während des Fluges zur Kontrolle den Frachtraum betrat, war viel zu groß. Ihm blieb nichts weiter übrig, als hier auszuharren und das Ende des Fluges abzuwarten. Also drehte er sich nach der anderen Seite und versuchte es sich so bequem wie möglich zu machen. Inzwischen waren bereits drei Stunden vergangen, und die Motoren dröhnten gleichmäßig. Er überlegte, wo sie sich wohl gerade aufhielten und wohin der Flug wohl gehen mochte. Das Letzte, was er wahrgenommen hatte, als er einen Blick aus einem der kleinen Bullaugen geworfen hatte, war der Ozean gewesen. Sie waren nicht allzu hoch geflogen. Diese ehemaligen Militärmaschinen konnten so manches Kunststück vollbringen und waren weitaus beweglicher als normale Passagierflugzeuge. Hatte der Pilot die geringe Höhe gewählt, weil er nicht auf einem Überwachungsschirm der Flugsicherung auftauchen wollte?

Als er die bequemste Stellung gefunden hatte, zog er sein Sweatshirt aus und legte den Kopf darauf. Er versuchte zu schlafen, viel mehr konnte er jetzt nicht tun. Es war bestimmt kein Fehler, wenn er ausgeschlafen an seinem Zielort ankam. Er schloss die Augen und dachte an das schwangere Mädchen, das ihn vor ein paar Wochen in seinem Büro besucht hatte. Inzwischen war sehr viel geschehen, und seine ehemaligen Kollegen von der Miami Dade Police suchten ihn wegen Mordes. Wenn er auch nur annähernd geahnt hätte, in welche Schwierigkeiten er durch den Besuch des Mädchens geraten würde, dann hätte er sie einfach wieder fortgeschickt. Und nun war ihm Cavallino auf den Fersen und würde nicht eher ruhen, bis sich die Zellentür hinter ihm schloss. Was blieb ihm also übrig, er musste selbst dafür sorgen, dass er seine Unschuld beweisen konnte. Und genau das würde er tun. Er schlief ein bei dem Gedanken an Cavallino, und ein Lächeln huschte über sein Gesicht.

35

Südwestlich des Rio Jatapu, Amazonasgebiet

Der in der Karte eingezeichnete Hügel entpuppte sich zunächst als eine leicht ansteigende, bewaldete Böschung, die dann nach einigen Metern plötzlich steil aufragte. Ein schmaler Pfad führte auf die Anhöhe, über den sich die erschöpften Männer und Frauen auf das kleine, mit niedrigen Bäumen dicht bestandene Plateau vorkämpften. Es erstreckte sich über wenige Meter, ehe es nach Süden und Westen steil abfiel. Luisa Behringer wurde von zwei Soldaten nach oben geführt, sie war zu schwach, um den Anstieg selbst bewältigen zu können.

Tenente Farraz erkundete das Gelände und überprüfte die Ausrüstung, ehe er sich neben Lila und dem Cabo zu Boden sinken ließ. Er zeigte den Abhang hinunter, wo die Bäume und Farne in weitem Abstand zueinander standen und einen weiten Blick nach Osten ermöglichten.

»Sie werden sich uns aus dieser Richtung nähern«, sagte er. »Wir werden uns hier für längere Zeit gut verschanzen können.«

Der Cabo nickte. »Die Bäume bieten uns ausreichend Deckung«, bestätigte er.

»Sie werden trotzdem wissen, dass wir hier sind«, entgegnete der Tenente und warf einen Blick auf die beiden Frauen.

Rosburn näherte sich und setzte sich neben den Cabo. »Sie wollen sich tatsächlich auf ein Gefecht mit unseren Verfolgern einlassen?«

»Wenn wir weitermarschieren, dann werden sie uns früher oder später einholen, und dann zwingen sie uns das Gelände auf, in dem es zum Kampf kommen wird. Mit den beiden Frauen haben wir keine Chance, den Kerlen zu entkommen. Aber wenn es uns gelingt, die Bande zu überraschen, dann haben wir einen klaren Vorteil. Wir haben ausreichend Proviant und Munition.«

»Aber wir können keine Unterstützung erwarten, und wir wissen nicht, wie stark unser Gegner ist.«

Farraz wischte sich den Schweiß von der Stirn. »Sie haben Recht, Mister Rosburn. Deswegen werden Sie und Ihre Männer mit dem Cabo, den beiden Frauen, dem Wissenschaftler und den Indios den Weg nach Brás fortsetzen. Wir halten die Kerle hier auf und warten auf Hilfe.«

Der Cabo schüttelte den Kopf. »Das ist nicht Ihr Ernst.«

»Doch«, antwortete der Tenente entschieden. »Wir seilen euch im Westen ab, so werdet ihr keine Spuren hinterlassen und die Kerle werden denken, dass wir uns alle hier verschanzt haben. Mister Rosburn, Ihre Soldaten werden mit Ihnen gehen und den Gefangenen nach Brás bringen. Der Erfolg unserer Mission steht im Vordergrund, und ich weiß, dass ich mich auf meine Männer verlassen kann. Wir verschaffen euch die notwendige Zeit, damit ihr es nach Norden schafft. Das ist unsere einzige Chance.«

»Aber …«

»Keine Widerrede«, wehrte Tenente Farraz entschieden ab. »Ich will keine Frauen hier haben, wenn es hart auf hart kommt, und wir beide wissen, dass die Kerle keinen Spaß verstehen.«

Der Tenente erhob sich und rief seinen Sargento zu sich. »Sorgen Sie dafür, dass sich die Männer eine ordentliche Stellung bauen. Wir haben noch zwei Stunden Zeit. Sie sollen sich eingraben und mit Munition versorgen. Wir bilden einen Ring um die Bäume dort drüben. Vier Mann decken die Flanken!«

Der Sargento salutierte und eilte davon, um die Befehle an die Soldaten weiterzugeben.

»Ich schätze, wir können uns für fünf bis sechs Tage hier halten, dann brauchen wir unbedingt Hilfe. Cabo, sorgen Sie dafür, dass unser Einsatz hier nicht umsonst ist.«

Der Cabo wusste, dass er den Tenente nicht von seinem Plan abbringen konnte. Im Grunde genommen hatte er ja auch Recht. Nur wenn rechtzeitig Verstärkung hier eintraf, hatten sie überhaupt noch eine Chance. Die Überlegenheit des Gegners war zwei zu eins, doch Tenente Farraz hatte gut ausgebildete Soldaten, während die Angreifer aus einer Bande von Mördern und Totschlägern ohne jegliche Moral bestanden, die keinerlei militärische Ausbildung genossen hatten.

Der Cabo reichte Farraz die Hand. »Wir werden uns durchschlagen und für Hilfe sorgen, darauf können Sie sich verlassen.«

Der Tenente lächelte und nickte zustimmend. »Gönnen Sie den beiden Frauen noch eine Pause, ehe Sie aufbrechen. Und lassen Sie allen unnötigen Ballast hier. Ich weiß, dass Sie es schaffen werden. Wir werden den Kerlen so tüchtig einheizen, dass ihnen der Spaß vergeht.«

Luisa erholte sich nur langsam; die Schwüle des Waldes setzte ihr ordentlich zu. Eine Dreiviertelstunde später brachen sie auf. Im Norden des Plateaus seilten sie sich ab und schlugen den Weg nach Westen ein. Neun Soldaten unter dem Kommando von Tenente Farraz blieben kampfbereit zurück. Der Cabo schaute auf seine Armbanduhr. In drei Stunden würde die Sonne untergehen.

Cuiabá, Bundesstaat Mato Grosso

Capitão Zagallo hatte eine Kollegin der uniformierten Polizei hinzugezogen, die sich rührend um den kleinen Rico kümmerte. So langsam löste sich die Angst, und der Junge taute auf. Inzwischen hatte er erzählt, dass er aus einem Waisenhaus aus Campo Grandé stammte und von dem alten, weißhaarigen Mann, den alle nur Anjo nannten, dort abgeholt worden war. Die Haut des Jungen wirkte alabasterfarben und seine blassen Lippen waren blau unterlaufen. Zagallo hatte ihn in das Klinikum Santa Margarida bringen lassen, wo er von Doktor Mendez untersucht worden war. Doktor Mendez hatte eine schwere Hämophilie C diagnostiziert, die bei Kindern zu Blutungen in den Gelenken und zu einer verzögerten Blutgerinnung führte, da das für die Gerinnung benötigte Plasmathromboplastin-Enzym fehlte.

»Also doch, da haben wir es«, sagte Falcáo. »Unser Verdacht hat sich bestätigt. Was tun wir jetzt?«

»Ich werde den Präsidenten informieren«, antwortete Zagallo. »Wir werden das Verfahren wieder offiziell aufnehmen. Ich denke, unserem Chef bleibt nun keine andere Möglichkeit. Und dann werden wir uns den Leiter des Waisenhauses in Campo Grandé greifen und ihn verhören.«

»Wie konnte er diesem Teufel einen kleinen Jungen anvertrauen«, bemerkte Falcáo. »Glaubst du, er steckt mit dieser Bande unter einer Decke?«

»Anjo ist der Schlüssel. Du hast Mama Aquela selbst gehört. Dieser Kerl erschleicht sich das Vertrauen der Menschen und macht ihnen vor, dass er den Kindern nur helfen will. Wir werden sehen, ob er diese Masche auch in Campo Grandé angewandt hat.«

»Anjo wird wohl noch eine geraume Zeit nicht vernehmungsfähig sein«, wandte Falcáo ein. »Wir haben noch keine weitere Spur.«

»Wenn wir wissen, woher Anjo stammt und wer er wirklich ist, dann werden wir auf neue Ansatzpunkte stoßen, da bin ich mir ziemlich sicher. Und die Identifizierung läuft. Irgendjemand wird ihn erkennen, und dann kommen wir Stück um Stück voran. Wenn mein Verdacht stimmt, dann muss er Hintermänner haben. Er ist nur ein Handlanger, ich will die ganze Bande zerschlagen.«

»Ich hoffe, dass du dich nicht täuschst.«

Zagallo zuckte mit der Schulter. »Ich glaube einfach daran, ich will nicht akzeptieren, dass man in unserem Land und vor unseren Augen treiben kann, was man will. Es muss auch für Menschen wie den Sohn von Mama Aquela oder den kleinen Rico so etwas wie Gerechtigkeit geben, sonst wird Brasilien keine Zukunft haben.«

»Wie gesagt, ich hoffe, dass du dich nicht täuschst. Manchmal habe ich den Eindruck, dass sich Gerechtigkeit sehr stark an Geld, Macht und Einfluss anlehnt.«

»Wenn es Menschen gibt, denen das Schicksal der anderen nicht egal ist, dann wird es auch Gerechtigkeit geben, das sollten wir über die Jahre gelernt haben.«

»Also legen wir diesen Kerlen das Handwerk, auch wenn es nicht einfach werden wird.«

Zagallo lachte. »Genau deswegen habe ich dich in meine Abteilung geholt!«

Universitätskrankenhaus in Gent, Belgien

Der junge Mann krempelte seine Ärmel herab und schloss den Knopf seines Hemdkragens.

»Kann ich jetzt gehen?«, fragte er die Schwester, die sein Blut in der Spritze in eine andere Kanüle umfüllte.

»Der Arzt hat bereits mit Ihnen gesprochen?«

Der junge Mann nickte. Er hieß Jean und studierte an der Universität von Gent Biologie und Informatik. Er dachte an Pieter Lansberg, seinen Studienkollegen, der vor über einer Woche gestorben war. Durch ihn war er mit der schrecklichen Krankheit infiziert worden. Zu viert hatten sie sich eine Wohnung in der Saghermansstraat geteilt. Doch dahin wollte er nicht mehr zurück, denn auch die beiden Mitbewohner waren gestorben. Er hatte überlebt. Zehn Tage war er dem Tod näher als dem Leben gewesen, doch dann hatten seine Immunzellen den Feind vernichtet.

Er war der zweite Überlebende, der das Jatapu-Virus besiegt hatte. Beinahe täglich war ihm in den letzten Tagen Blut entnommen worden, und es hatte sich bestätigt, dass sich das Virus zurückgezogen hatte. Am liebsten würde er die vergangenen Wochen aus seinem Gedächtnis streichen, doch sie hatten sich in sein Hirn eingebrannt wie ein Brandeisen in die Flanke eines Pferdes. Zwischen Schmerzen und Apathie, zwischen Hoffen und Bangen, zwischen Tod und Leben war er hin- und hergerissen, aber er hatte überlebt. Entgegen sämtlicher Einschätzungen der Ärzte hatte er gekämpft und war als Sieger aus diesem Kampf hervorgegangen. Zurück blieb nur der Schmerz über den Verlust seiner Freunde, mit denen er in den letzten drei Jahren sein Leben geteilt hatte. Anna, Leon und Pieter waren qualvoll gestorben, und er hatte nichts für sie tun können.

»Der Psychologe will Sie noch sehen, bevor Sie das Krankenhaus verlassen dürfen«, riss ihn die Schwester aus seinen Gedanken. Sie hatte inzwischen das Blut in kleine Päckchen verpackt und die Päckchen mit Adressenaufklebern versehen.

»Was machen Sie damit?«, fragte Jean.

»Zwei Pakete gehen an ein Labor in Belgien, eines nach Genf und ein weiteres direkt nach Amerika.«

»Amerika?«

»Nach Atlanta«, erklärte die Krankenschwester. »Dort wird derzeit an der Entschlüsselung des Jatapu-Virus gearbeitet. Die haben dort Speziallabore, um aus Ihrem Blut ein Serum herstellen zu können.«

»Ein Serum?«

»Wenn wir Glück haben, dann kann daraus ein wirksames Medikament gegen die Krankheit gewonnen werden.«

Der junge Mann zog sich seine Jacke über. »Dann war es vielleicht nicht ganz umsonst, dass ich überlebt habe.«

»Das will ich doch meinen«, antwortete die Schwester. »Und jetzt gehen Sie zu Doktor Heinken, er erwartet Sie bereits.«

36

Am Rio Jatapu, Amazonasgebiet

Bis die Dunkelheit angebrochen war, verging weniger als eine halbe Stunde, und schon bald wurde die kleine Gruppe von der Schwärze der Nacht eingehüllt.

Eine weitere mondlose Nacht im dichten Urwald nahe des Rio Jatapu war angebrochen, doch selbst das Mondlicht hätte das dichte Blattwerk der Bäume nicht durchdringen können. Das Laubdach ließ selbst den hellen Tag zur schummrigen Dämmerung werden. Nur dort, wo das Licht zum Boden vordringen konnte, explodierte die Natur und brachte unzählige verschiedenartige Blüten hervor, deren bunte Farbenvielfalt tausende von Schmetterlingen und andere Lebewesen anlockte, die sich an dem Nektar der Pflanzen labten.

Obwohl sich die Augen der Flüchtenden an die Dunkelheit gewöhnt hatten, passierte es immer wieder, dass einer von ihnen über Wurzelwerk oder niederes Buschwerk stolperte. Den Gefangenen führten die Soldaten sicher verschnürt mit sich. Luisa hatte die Pause gutgetan, außerdem waren die Temperaturen bei Anbruch der Nacht auf angenehme 22 Grad gefallen. Kurz vor Mitternacht hallten Schüsse durch den Wald. Das Geschrei von Affen und das laute Gezeter der Vögel überlagerten das ferne Grollen, dann kam der Regen über das Land.

»Wir sollten rasten«, stöhnte Lila.

»Wir marschieren weiter«, erwiderte der Cabo.

»Wir laufen jetzt bereits seit acht Stunden durch diesen Wald, und es scheint, dass er überhaupt kein Ende nimmt.«

»Wie weit sind wir von Farraz entfernt?«, mischte sich Rosburn in die Unterhaltung ein.

Der Cabo überlegte. »Fünf bis sechs Kilometer, schätze ich. Trotzdem gehen wir weiter. In vier Stunden geht die Sonne auf, und dann wird es wieder unbarmherzig heiß hier. Wir müssen die Dunkelheit nutzen. Farraz verlässt sich auf uns.«

»Wie lange brauchen wir noch bis nach Brás?«, fragte Lila.

»Zwei Tage, wenn wir weiterhin so gut vorankommen«, antwortete der Cabo. Schließlich blieb er stehen, schaltete die kleine Taschenlampe ein und schaute auf die Karte. Vor ein paar Stunden waren sie nach Norden eingeschwenkt und hatten den kleinen Seitenarm des Flusses hinter sich gelassen. Das Gelände stieg zunächst sanft an, bis es schließlich wieder abfiel und dann in einer weiten Ebene auslief.

»Wir sind hier«, sagte er zu Rosburn und wies auf die Karte. »Wenn wir in dieser Geschwindigkeit weitermarschieren, dann schaffen wir es bis zu dieser kleinen Lichtung. Dort werden wir rasten und essen, bevor wir weitergehen.«

»Sie sind unser Führer«, antwortete Rosburn. »Ich gehe davon aus, dass Sie wissen, was Sie tun.«

»Das können Sie mir glauben«, antwortete der Cabo.

Cuiabá, Bundesstaat Mato Grosso

Noch am Abend des gleichen Tages hatte Zagallo veranlasst, dass die Kollegen aus Campo Grandé das Waisenhaus Santo Amaro do Guimero unter die Lupe nahmen. Der Direktor zeigte sich erstaunt und betroffen, als er von Ricos Aufgriff und den weiteren Umständen erfuhr, die zur Festnahme Anjos geführt hatten. Er versicherte, dass er Rico in besten Händen wähnte, da sich Anjo als Arzt vorgestellt hätte, der für das staatliche Gesundheitsprogramm arbeite und dessen Ziel es sei, den ärmeren Schichten des

Landes medizinische Hilfe zukommen zu lassen. So hätte Anjo angegeben, sich mehrere Wochen in Campo Grandé aufgehalten und sich dort mehrerer schwer erkrankter Kinder angenommen zu haben. Und es sei für Rico ein Segen, von den Verantwortlichen im Gesundheitsministerium zur Behandlung ausgewählt zu werden. Es stünden unzählige Namen auf der Liste der Bedürftigen, und nicht jedem werde dieses Privileg zuteil.

Der Direktor des Waisenhauses hatte zu keinem Zeitpunkt Verdacht geschöpft, dass etwas an der Sache nicht stimmen könnte. Ganz im Gegenteil, er war froh gewesen, dass sich jemand für das Schicksal des kleinen Rico interessierte, der mit Geduld sein Martyrium ertragen und den inzwischen jeder im Haus lieb gewonnen hatte. Als Anjo den Jungen in einem schwarzen VW und in Begleitung eines unbekannten jungen Mannes abgeholt hätte, um ihn in die Universitätsklinik nach Curitiba zu bringen, hätte ihnen der Direktor des Waisenhauses zusammen mit den Pflegerinnen und Schwestern sogar noch nachgewunken.

Die Kollegen aus Campo Grandé hegten keinen Zweifel daran, dass niemand im Heim geahnt hatte, welche kriminellen Machenschaften sich hinter dem Auftauchen des weißhaarigen, alten Mannes verbargen. Außerdem übergab der Direktor den Kollegen die Schreiben, mit denen sich Anjo bei seinem ersten Besuch legitimiert hatte. Doch schon eine erste oberflächliche Prüfung ergab, dass es sich um Fälschungen handelte. Das Dienstsiegel stammte nicht vom Ministerium für Gesundheitsvorsorge, sondern vom Ministerium für Transport und Verkehr, was für Laien nur schwer zu erkennen war.

»Wir sind so weit wie zuvor«, sagte Falcáo, bevor er den Bericht der Kollegen aus Campo Grandé zur Seite legte.

»Wir wissen nun, mit welcher Masche sich dieser Anjo das Vertrauen der Menschen erschleicht«, entgegnete Zagallo. »Er sucht sich seine Opfer dort, wo man ihm sogar noch dankbar dafür ist, dass er sich um die Kranken kümmert. Er erscheint wie ein Engel der Hoffnung, und dabei ist er ein Teufel in Menschengestalt.«

»Aber was steckt dahinter, was ist sein Motiv?«, hakte Falcáo nach.

»Du hast den Arzt doch gehört. In der medizinischen Forschung werden Millionen verdient. Das ist ein lukratives Geschäft, das sich niemand so leicht entgehen lässt. Der junge Mann in Anjos Begleitung ist tot, die Zulassung des Wagens gefälscht, und Anjo selbst ist in unseren Akten unbekannt. Ich habe ein Bild nach Brasilia gefaxt, aber ich verspreche mir nicht viel davon. Alle Spuren lösen sich in Luft auf. Langsam wird mir die Sache unheimlich.«

»Du glaubst, dass es eine mächtige Organisation gibt, die hinter der Sache steckt?«

Zagallo kramte in seinem Ablagefach auf dem Schreibtisch und zog eine Liste hervor.

»Was ist das?«, fragte Falcáo.

»Das ist eine Liste aller Pharmaunternehmen, die hier in unserer Stadt ansässig sind. Insgesamt neun Firmen, alle in der Forschung tätig. Zwei davon beschäftigen sich ausschließlich mit Kosmetika, also bleiben sieben übrig. Wir werden uns morgen an die Arbeit machen. Nach den Toten im Blumenfeld und diesem kleinen Jungen gibt es für mich keine Zweifel mehr. Es geht um pharmazeutische Forschung, alle anderen Erklärungsversuche ergeben keinen Sinn. Die Opfer, die wir identifizieren konnten, litten an einer Blutkrankheit. Wir müssen herausfinden, welche Firma sich mit Medikamenten beschäftigt, die zu diesem Krankheitsbild passen, dann haben wir unsere Täter, davon bin ich felsenfest überzeugt.«

Falcáo schüttelte den Kopf. »Diese Firmen werden uns kaum auf die Nase binden, an welchen Projekten sie arbeiten. Schließlich ist der Markt hart umkämpft.«

»Dann müssen wir entsprechend sensibel vorgehen«, antwortete Zagallo und steckte sich ein Zigarillo an.

Am Rio Jatapu, Amazonasgebiet

Nachdem die Sonne aufgegangen war, erhob sich die Feuchtigkeit vom Boden und tauchte den Wald in einen milchigen Schleier. Der Cabo marschierte voran, schließlich verharrte er und wies auf einen kleinen Tümpel, der von drei mächtigen Bäumen umrahmt war.

»Wir werden dort rasten«, sagte er.

»Endlich!«, stöhnte Lila Faro, die im Gegensatz zu Luisa Behringer sichtlich der Erschöpfung nahe war. Die deutsche Mikrobiologin hatte den nächtlichen Marsch erstaunlich gut überstanden. Nur kurz konnten sie während der Dunkelheit eine Rast einlegen. Nach Schätzungen des Cabo hatten sie mittlerweile beinahe zehn Kilometer zurückgelegt. Schüsse waren nicht mehr zu hören gewesen. Ihren Vorsprung verdankten sie Tenente Farraz, der ihnen unter Einsatz seines Lebens dazu verholfen hatte. Eine halbe Stunde Pause schien allerdings verantwortbar.

»Sie sind sehr tapfer«, sagte er zu Luisa Behringer, als er sich neben ihr im Schatten niederließ.

»Was bleibt uns übrig«, antwortete sie und blickte zu dem Gefangenen, der, bewacht von den verbliebenen Soldaten, gegenüber am Baum lehnte und ausdruckslos in das Wasser eines kleinen Tümpels blickte.

»Kann ich mit ihm reden?«, fragte Luisa.

»Ich glaube nicht, dass er sich mit Ihnen unterhalten wird«, entgegnete der Cabo. »Er hat bislang nur geschwiegen, warum sollte er …«

»Nur einen Versuch«, antwortete Luisa. »Unter vier Augen, meine ich. Sie können in der Nähe bleiben.«

Der Cabo überlegte einen Augenblick, dann nickte er und erhob sich. Er sprach kurz mit den Soldaten, die den Gefangenen an den Baum fesselten. Schließlich winkte er Luisa heran.

»Wenn du nur mit den Augen zwinkerst, dann sind wir da, und

glaube mir, das wird dir nicht gut bekommen«, sagte er mit scharfem Unterton zu dem Gefangenen. Der Mann schwieg und blickte scheinbar unbeeindruckt auf den Boden.

»Passen Sie auf sich auf!«, ermahnte er die deutsche Forscherin. »Wenn er irgendetwas versucht, dann rufen Sie!«

Luisa nickte und ließ sich zu Füßen des Gefangenen nieder. Sie wartete, bis der Cabo verschwunden war. Schließlich räusperte sie sich. »Ich heiße Luisa, und ich bin aus Deutschland«, sagte sie auf Portugiesisch. »Wir sind hier, um diese sonderbare Krankheit zu erforschen, die mittlerweile hunderte von Menschen getötet hat.«

Der Gefangene hob nicht einmal den Kopf.

»Ich weiß, dass Sie mich verstehen. Sie müssen mir helfen. Ich bin nicht daran interessiert, in welche dunklen Geschäfte Sie verstrickt sind. Ich will nur wissen, was in dem Lager am Fluss passiert ist, denn dort ist das Virus ausgebrochen, richtig?«

Noch immer saß der Gefangene regungslos mit gesenktem Kopf auf dem Boden und schwieg.

»Egal, was mit Ihnen passiert, diese Krankheit wird noch weitere Menschen töten. Und es wird Leute treffen, die hier an diesem Fluss leben. Vielleicht sogar Ihre Freunde oder Ihre Familie.«

Der Gefangene hob leicht den Kopf.

»Es ist ein tückisches Virus und es stammt aus dieser Gegend. Wahrscheinlich ist das Wirtstier noch immer hier in der Region. Es wird zu weiteren Infektionen kommen, und wenn wir nicht wissen, woher es stammt, dann werden wir keine Medizin finden, die den Menschen helfen kann.«

Der Gefangene fuhr sich mit der Zunge über die trockenen Lippen.

»Wollen Sie Wasser?«, fragte Luisa.

Der Gefangene nickte.

Luisa erhob sich und holte ein Gefäß, das sie mit Wasser aus ihrer Feldflasche füllte. Schließlich kehrte sie zurück und setzte den Becher am Mund des gefesselten Mannes an. Er trank gierig.

»Noch mehr«, stammelte er. Seine Stimme klang dunkel und krächzend.

Luisa füllte den Becher erneut.

»Danke«, sagte der Gefangene, nachdem er getrunken hatte.

»Was ist nun, erzählen Sie mir, was passiert ist?«

Der Gefesselte befeuchtete noch einmal seine Lippen. »Cardoso hat die Krankheit in unser Dorf gebracht«, sagte er.

»Cardoso, ist das ein Freund?«

Der Mann nickte.

»Was ist passiert?«

»Cardoso ist mit seinen Männern in den Norden gegangen. Ein paar Tage später kam er im Boot alleine zurück. Er kam und starb.«

»Hat er etwas gesagt, haben Sie mit ihm gesprochen?«

»Nein, er kam in das Haus und ist zusammengebrochen. Blut lief aus seinem Mund und seiner Nase. Er war sofort tot.«

»Und wo ist Cardoso jetzt?«

Der Gefangene blickte mit leeren Augen auf das Wasser. »Wir haben ihn verbrannt, aber kurze Zeit später kam der Fluch über das Dorf. Zuerst traf es den Wirt und die Frauen in der Kanne.«

Luisa nahm einen Schreibblock aus ihrer Tasche und machte sich Notizen. »Die Kanne, was ist das, eine Art Bodega?«

Der Gefangene nickte.

»Und was ist dann passiert?«

»Die Krankheit brach aus, und ein Teil von uns ist geflüchtet«, antwortete der Gefangene.

»Und der andere Teil blieb.«

»Ja.«

»Wohin sind die Leute geflüchtet?«

»Einige nach Norden, andere nach Süden, ich weiß es nicht, ich bin geblieben. Es starben noch ein paar Leute, und wir haben das Dorf verlassen, aber zuvor haben wir es angezündet.«

»Gab es danach noch Krankheitsfälle?«

Der Gefangene schüttelte den Kopf.

»Weiß vielleicht jemand aus Ihrer Gruppe, wo sich Cardoso aufhielt, als er sich infizierte?«

»Nein, ich glaube nicht, warum wollen Sie das alles wissen?«

Luisa steckte ihren Block wieder zurück in die Tasche. »Cardoso muss sich dort, wo er hingegangen ist, mit der Krankheit angesteckt haben. Es ist möglich, dass er etwas gegessen hat, das mit dem Virus infiziert war. Oder er ist irgendwie mit dem Virus in Kontakt gekommen. In einer Höhle vielleicht.«

»Sie sind Ärztin?«, fragte der Gefangene.

»So etwas Ähnliches«, antwortete Luisa.

Der Cabo näherte sich. »Oh, wie ich sehe, ist er plötzlich redselig geworden. Konnten Sie etwas erfahren, das uns weiterhilft?«

Luisa erhob sich und schüttelte den Kopf. »Leider nicht genug«, antwortete sie. »Offenbar kam ein gewisser Cardoso nach einer Exkursion in den Urwald zurück und starb. Er dürfte unser Indexfall sein, aber wir werden wohl nie mehr erfahren, wie er sich infiziert hat. Es muss nördlich des Dorfes gewesen sein. Er war mit einem Boot unterwegs.«

»Nördlich des Camps, irgendwo am Fluss«, wiederholte der Cabo. »Was hat er dort gemacht?«

Luisa zuckte mit der Schulter. Der Cabo wandte sich an den Gefangenen. »Ich hoffe, du hast jetzt verstanden, weswegen wir hierher gekommen sind. Ich weiß, dass euer Camp illegal war und ihr nach Gold, Diamanten oder wertvollen Hölzern sucht. Ich weiß auch, dass es hier in der Gegend etwas sehr Wertvolles geben muss und ihr euch noch deswegen hier aufhaltet. Aber das alles interessiert mich nicht. Es sind bereits weit über hundert Menschen an dieser Seuche gestorben, und wir sind hier, um herauszufinden, welcher Krankheitserreger dahintersteckt. Also wonach hat dieser Cardoso gesucht?«

Der Gefangene schaute den Cabo mit großen Augen an.

»Wonach, jetzt rede schon und hilf den Menschen, die hier am Fluss wohnen!«

»Er … er suchte nach Rosenhölzern«, stammelte der Mann.

Der Cabo griff nach seiner Karte und betrachtete das Gebiet um den Flusslauf. »Wahrscheinlich suchten sie nach Bahia-Palisander, das Holz ist sehr begehrt, und es darf nicht ausgeführt werden. Echtes Bahia-Rosenholz ist selten in dieser Gegend, aber wenn die Männer mit den Booten losgezogen sind, dann kann das Vorkommen nicht weit vom Fluss entfernt sein. Es ist ein relativ kleiner Baum, der Sonnenlicht braucht, um zu gedeihen. Die einzige Stelle, an der diese Baumart wächst, sind die Ufer … oder …«

»Oder?«

»Dieses Gebiet entlang des Lago Maracarana wäre ebenso geeignet.«

Der Cabo wandte sich noch einmal dem Gefangenen zu. »Hat er dieses Holz am Lago Maracarana gefunden?«, fragte er eindringlich.

Der Gefangene blickte stumm zu Boden.

»Antworten Sie schon, Sie helfen damit vielen Menschen hier am Fluss!«

»Dort gibt es das Holz«, bestätigte endlich der dunkelhäutige Mann.

»Dann sollten wir genau dort suchen«, antwortete Luisa Behringer.

»Zuerst müssen wir nach Brás, Tenente Farraz verlässt sich auf uns.«

Luisa nickte.

»Wir gehen weiter«, rief er der Gruppe zu, die sich langsam erhob.

»Danke«, sagte Luisa zu dem Gefangenen. »Danke, dass Sie uns geholfen haben.«

37

Am Rio Jatapu, Amazonasgebiet

Sie kamen kurz nach Sonnenuntergang. Schon von weitem hatte man ihre Taschenlampen durch die Nacht funkeln sehen. Sie waren sich ihrer Sache wohl ein klein wenig zu sicher. Farraz hatte seinen Männern den Befehl gegeben, in Deckung zu bleiben und den Trupp näher kommen zu lassen. Er war überzeugt, dass diese sorglose Bande aus Nichtsnutzen, Tagedieben und üblem Gesindel ihre Verteidigungsstellung passiert hätte und ahnungslos weitermarschiert wäre. Doch so weit wollte es der Tenente nicht kommen lassen. Er musste dem Cabo und seiner kleinen Gruppe zu einem ordentlichen Vorsprung verhelfen, damit sie es nach Brás schaffen konnten, um Verstärkung in dieses Gebiet zu schicken, in dem diese Holzräuber und Glücksritter ihr Unwesen trieben. Selbst das Jatapu-Virus, das zweifellos in ihrem Camp ausgebrochen war, hatte sie nicht vertreiben können. Irgendetwas hielt sie hier. Doch was konnte das sein? Waren sie auf eine Goldmine gestoßen, die sie um keinen Preis der Welt aufgeben wollten? Oder gab es hier ein unerschöpfliches Vorkommen an wertvollen Hölzern, das sie einfach nicht zurücklassen wollten, ohne es vorher auszubeuten?

Farraz hatte sich den Kopf zermartert, doch er hatte die Lösung des Rätsels nicht gefunden. Es wäre ein Einfaches für diese Gruppe gewesen, einfach zu verschwinden und abzuwarten, bis Gras über die Sache gewachsen und das Virus wieder in den endlosen Weiten des grünen Dschungels verschwunden wäre. Niemand hätte mehr Notiz von ihnen genommen, und sie hätten nach einiger

Zeit einfach wieder hierher zurückkehren und ein neues Lager ein paar Kilometer nördlich einrichten können. Vielleicht befürchteten sie aber auch, dass nach der Epidemie die Patrouillentätigkeit in dieser Gegend verstärkt werden und sie bei ihren Machenschaften stören würde.

Der Regenwald bot außer den unzähligen Wasserstraßen, die sich wie Fäden durch das Land zogen, keine weiteren Transportmöglichkeiten für sperrige Güter. Straßen gab es nicht, und allenfalls führten Pfade durch das schier unendliche Grün. Sicherlich, der Bodenbewuchs war durch die hohen und dichten Baumkronen nur spärlich ausgeprägt, aber niemand hätte es vermocht, Baumstämme über die kilometerlangen Strecken durch den Urwald zu transportieren. Nur der Fluss bot diese Möglichkeit.

»Sie sind da!«, flüsterte Sargento Marcos und riss Tenente Farraz aus seinen Gedanken.

»Wir warten noch«, befahl er.

Wie Finger tasteten sich die gebündelten Lichtstrahlen der Taschenlampen durch das Dunkel. »Und zielt auf die Lampen«, fügte der Tenente noch hinzu.

Das kleine Plateau, auf das sie sich zurückgezogen hatten, bot eine hervorragende strategische Lage, und es würde ein Leichtes, die Stellung mit seinen gut ausgebildeten Soldaten zu verteidigen – vorausgesetzt, die Gegner verfügten nur über eine leichte Bewaffnung. Steil abfallende Hänge im Süden wie im Westen verhinderten eine Erstürmung der Anhöhe im Rücken der Stellung. Zwei Soldaten hatte Farraz dort zur Sicherung eingesetzt, den Rest seiner Männer hatte er in Richtung Osten ausgerichtet, wo sich der kleine Saumpfad über die beiden Terrassen in die Höhe erstreckte. Alles in allem eine ausgezeichnete Verteidigungsstellung, sofern in den nächsten Tagen Verstärkung eintreffen würde. Auf eine maximal achtundvierzigstündige Auseinandersetzung mit den üblen Gesellen hatte sich Farraz eingestellt, doch jede Minute weniger erhöhte ihre Überlebenschance. Farraz vertraute dem

Cabo der Militärpolizei, dem er ein hohes Maß an Kompetenz und Pflichtbewusstsein zugestand.

»Wir warten noch!«, flüsterte er seinen Männern zu, die leise den Befehl weitergaben. Die Schwärze der Nacht war undurchdringlich, so dass Farraz nur erahnen konnte, wo sich seine direkten Nachbarn befanden, der Sargento Marcos auf der einen Seite und der Soldat Mafalda auf der anderen. Männer, auf die er sich verlassen konnte und die bereits seit mehreren Jahren seiner Einheit angehörten und seinem Befehl unterstanden.

Farraz richtete den Blick hinunter in den Wald. Sieben Taschenlampen hatte er inzwischen gezählt. Er rechnete damit, dass der Gegner über die doppelte Mannstärke seiner Einheit verfügte, doch bestand der Trupp aus Söldnern und Kriminellen, die im Gegensatz zu seinen Männern keine Moral besaßen und bestimmt auch keine militärische Ausbildung.

Inzwischen war der Trupp so nahe herangekommen, dass er die gedämpften Schritte und das Keuchen der Männer hören konnte, die wenige Meter von ihm entfernt den kleinen Hügel passierten. Sie schienen ahnungslos und ohne jegliche Flankensicherung zu operieren. Dennoch durfte er seine Widersacher nicht unterschätzen, es musste zweifellos jemand unter ihnen sein, der sich auf das Aufspüren und verfolgen von Spuren spezialisiert hatte, denn sonst hätten diese Verbrecher seinem kleinen Trupp kaum durch den unwegsamen Urwald folgen können. Er zog die Lapa-Maschinenpistole näher an seine Schulter und visierte so gut es unter den Verhältnissen ging einen der Lampenträger an.

»Feuer auf mein Kommando«, flüsterte er seinen beiden Nachbarn zu und wartete, bis der Befehl die Reihen seiner Männer durchlaufen hatte. Als sich der Träger der Taschenlampe direkt unter ihm befand, zog er den Abzug durch und gab einen kurzen Feuerstoß ab. Er sah die Taschenlampe zu Boden stürzen, und schon brach das Inferno auf dem kleinen Hügel los.

Cuiabá, Bundesstaat Mato Grosso

»Das ist die komplette Liste mit den Unternehmen der Stadt und auch der Umgebung und wir werden jede Firma überprüfen, Stück um Stück«, sagte Zagallo entschlossen.

Falcáo rümpfte die Nase. »Vierundsechzig Firmen«, murmelte er. »Das wird ein paar Monate dauern, dessen bist du dir hoffentlich bewusst.«

»Wir haben grünes Licht. Ich habe mit dem Polizeichef gesprochen, und er befürwortet die Aktion. Wir erhalten eine Hundertschaft der Militärpolizei zur Verstärkung.«

Falcáo machte große Augen. »Wie ist dir das bloß gelungen?«

»Pepita von der Opposition hat von der Sache Wind bekommen und eine Anfrage im Stadtparlament gestartet«, entgegnete Zagallo. »Im nächsten Jahr stehen Wahlen an, und der Bürgermeister ist umstritten. Er kann sich keinen weiteren Skandal leisten, nachdem er mit dem Bau der Umgehungsstraße ein paar Millionen in den Sand gesetzt hat. Er weiß, dass seine Kandidatur auf wackeligen Beinen steht, und Pepita wird seine Finger in jede offene Wunde legen, die er finden kann.«

»Man interessiert sich doch sonst nicht für unsere Arbeit.«

»Zufällig haben wir bei Via Campesina einen Verbündeten sitzen, der durch dunkle Kanäle von Anjos Aktivitäten erfahren hat, und du weißt, wie viel Einfluss die Menschenrechtsorganisation inzwischen gewonnen hat. Ein Land, das sich auf dieser Welt behaupten will, darf seinen Ruf nicht beschädigen und muss über jeden Zweifel erhaben sein. Die Wirtschaft ist der Motor dieser Welt, und wenn sich die internationalen Firmen von unseren Städten an der Küste abwenden, dann hat der Präsident ein Problem. Geld wird nur dort gemacht, wo ein System funktioniert, das ein freies Wirtschaften ermöglicht, und Unruhen in der Bevölkerung oder politische Instabilität kann sich niemand leisten.«

»Woher hast du all diese Weisheiten?«, fragte Falcáo mit einem Lächeln.

»Das habe ich irgendwo gelesen«, scherzte Zagallo und hob die Liste mit den Pharmaunternehmen der Umgebung in die Höhe. »Also, lass uns an die Arbeit gehen. Ich denke, wenn wir die Produktpalette der einzelnen Unternehmen unter die Lupe nehmen, dann können wir bereits die Hälfte ausschließen. Wir suchen niemanden, der Kräutersalben und Tinkturen produziert oder sich mit der Schönheit unserer Frauen beschäftigt. Wir suchen Unternehmen, die sich in der Medizin engagieren. Und das ist weniger als ein Viertel auf dieser Liste.«

»Wie sollen wir vorgehen?«, fragte Falcáo.

»Ich will zunächst noch keine Aufmerksamkeit erregen. Also setze dich ans Telefon, gehe ins Internet, besuche Apotheken in der Stadt und schau dir die Produktpalette an. Wir vermeiden den direkten Kontakt, bis wir uns sicher sind, dass auf unserer Liste potentielle Firmen stehen, die mit Anjos Aktivitäten in Einklang zu bringen sind. Erst dann treten wir an diese Firmen heran, und sobald sich ein Verdacht ergibt, will der Präsident es wissen. Er sagt, dass die Justiz in dieser Sache hinter uns steht und es kein Problem sein wird, bei ausreichendem Verdacht einen Durchsuchungsbeschluss zu erwirken.«

»Ich glaube, du hast dem Chef eine ordentliche Angst eingejagt, denn das sind ja auf einmal ganz andere Töne als noch vor einer Woche.«

»Manchmal kann ein klein wenig Druck von außen nicht schaden«, entgegnete Zagallo trocken. »Auch der Boss hängt am Tropf des Bürgermeisters, und ich glaube nicht, dass er schon bereit ist, sich zur Ruhe zu setzen. Und jetzt an die Arbeit. Ich will bis Ende dieser Woche ein Ergebnis.«

Falcáo legte die Hand an seinen Kopf. »Alles klar, Comandante!«, salutierte er.

Guiana Basin, Karibischer Ozean

Der Flug über den Karibischen Ozean war ruhig verlaufen. Gene hatte es sich in seinem Versteck so gemütlich wie nur möglich gemacht und erwachte, als die Motoren der Maschine laut aufheulten und er ein Zittern und Holpern verspürte. Er brauchte eine Weile, bis er endgültig zu sich kam und bemerkte, dass sein rechter Arm, auf dem er geruht hatte, eingeschlafen war. Eine unangenehme Wärme breitete sich darin aus, und im Arm begann es fürchterlich zu jucken und zu brennen. Langsam kam die Maschine zum Stehen und der Motorenlärm verstummte. Gene hatte keine Ahnung, wo er sich befand, doch zweifellos war die Maschine gelandet. Das Letzte, was er wahrnahm, bevor er sich in sein Versteck zurückgezogen hatte, war die endlose Weite des Karibischen Ozeans gewesen. Er schaltete die kleine Taschenlampe ein und warf einen Blick auf seine Armbanduhr. Über dreizehn Stunden waren vergangen, seit sie auf dem kleinen Flughafen in der Nähe von White Castle gestartet waren. Wie viele Kilometer mochten sie wohl von Baton Rouge entfernt sein und wo waren sie gelandet?

Gene überlegte. Eine Maschine dieses Typs war in der Lage, beinahe 500 Kilometer in der Stunde zurückzulegen. Somit ergab sich ein Radius von beinahe 6000 Kilometern um den kleinen Regionalflughafen in der Nähe des Mississippi. Er hatte den Eindruck, dass sie in Richtung Süden geflogen waren, das würde bedeuten, dass sie den Kontinent weit hinter sich gelassen und das südamerikanische Festland erreicht haben könnten. Ein kurzer Impuls der Neugier forderte ihn auf, sein Versteck zu verlassen und einfach einen Blick aus dem Bullauge zu werfen. Doch als ein elektrisches Summen ertönte, siegte die Vernunft, und er blieb in seinem Versteck. Offenbar wurde die riesige Heckklappe des Flugzeugs geöffnet. Er griff nach der Waffe, die ihm Terence vor seinem Abflug gegeben hatte, und hielt sie fest umklammert.

Er machte sich keine Illusionen. Wenn die Kerle ihn hier an Bord der Maschine entdeckten, dann war sein Leben keinen Pfifferling mehr wert. Insgeheim bedauerte er, dass er sich an Bord geschlichen hatte und so zum Mitfliegen gezwungen gewesen war. Vielleicht wäre es seinen Ermittlungen viel besser bekommen, wenn er einfach diesem nach Veilchen duftenden Tanner gefolgt wäre. Doch dazu war es nun zu spät, er musste sich zwangsläufig in sein Schicksal ergeben. Was blieb ihm weiter übrig?

Er drückte sich tiefer in sein Versteck und lauschte in die Stille, die sich im Flugzeug ausgebreitet hatte, nachdem das elektrische Summen verstummt war. Dumpf drangen Stimmen an sein Ohr und er war sich bald sicher, dass draußen vor dem Flugzeug spanisch gesprochen wurde. Als Privatdetektiv und ehemaliger Polizist in Miami verstand und sprach er natürlich ein paar Brocken. Er umklammerte seine Waffe und war bereit, sie auch zu gebrauchen, sollten sich die Männer seinem Versteck nähern. Aber außer dem Brummen eines Motors, das sich zunehmend verstärkte, war nichts Verdächtiges zu hören. Plötzlich polterte es laut; offensichtlich war ein Fahrzeug auf die Laderampe gefahren. Er hatte den Eindruck, dass weitere Ladung an Bord geschafft wurde, und dazu benutzten sie einen Traktor oder irgendeinen anderen Schlepper. Er entspannte sich ein wenig, denn solange die Maschine beladen wurde, drohte ihm keine unmittelbare Gefahr. Als der Motorenlärm wieder abebbte, waren die Stimmen zweier Männer deutlicher zu hören. Diesmal näher als zuvor. Er strengte sich an und schnappte ein paar Wortfetzen auf.

Vuelo … Buen viaje … esta manana …

Der Mann sprach von einem Flug und wünschte eine gute Reise. Mehr konnte Gene nicht aufschnappen, denn die Stimmen entfernten sich wieder. Kurz darauf schloss sich die Heckklappe des Flugzeugs. Lediglich ein Brummen blieb zurück, und Gene ging davon aus, dass die Maschine betankt wurde. Er wartete noch einen kleinen Moment, bis er sicher sein konnte, dass sich niemand mehr im Laderaum des Flugzeugs befand. Er drückte gegen seinen Verschlag, doch es gelang ihm nicht, die Falltür zu öffnen. Offenbar hatten sie eine schwere Kiste über seinem Versteck platziert. Er war in seinem Verlies gefangen. Ein leiser Fluch kam über seine Lippen. In welche Geschichte war er nur geraten? Hastings, Tanner, die Red Wing Air … Was würde Ryan dazu sagen, wenn er ihm berichtete, dass er einer Bande von Schmugglern auf den Fersen war? Tarston hatte mit seiner Red Wing Air zweifellos ähnliche Flüge unternommen wie der Pilot dieser Maschine. Doch was war Tarston zugestoßen? Hatte er sich mit der Beute aus dem Staub gemacht? Saß er mit seinem Bruder und Harrison auf irgendeiner Insel in der Südsee und verprasste seine Beute, während beinahe die halbe Welt nach ihm suchte?

Gene schüttelte den Kopf. Wie sollte er das alles nur beweisen können und warum, zum Teufel, hatte diese schwangere Frau ausgerechnet ihn in diese Geschichte hineingezogen? Ihm blieb nichts weiter, als all diese Verwicklungen restlos aufzudecken und die Hintermänner dingfest zu machen. Ansonsten bräuchte er nie wieder zurück in die Staaten zu kommen, denn dort wartete eine Gefängniszelle auf ihn.

Am Rio Jatapu, Amazonasgebiet

Sie hatten eine Rast eingelegt und sich im Schatten einiger hoher Bäume niedergelassen. Der Gefangene war inzwischen aufgetaut und recht redselig geworden. Er unterhielt sich angeregt mit Luisa Behringer und Lila Faro über das karge Leben, das er hier in dieser Gegend geführt hatte, über die Not, die durch die steigende Inflation und die Wirtschaftskrise unter dem alten Präsidenten über ihn und seine Familie hereingebrochen war. Schließlich hätte er keinen anderen Ausweg mehr gesehen, als sich dieser Bande von

Glücksrittern anzuschließen, die im Regenwald des Amazonas mit illegalem Holzeinschlag und ungesetzlichen Schürfungen ihr Geld machten. Doch auf weitere Fragen über die Zahl seiner Komplizen, ihre Ausstattung und Bewaffnung sowie über ihre verblüffende Ortsverbundenheit angesichts der Ausbreitung der Krankheit ging er nicht ein.

Nach einer halbstündigen Rast setzten sie ihren Weg in Richtung Norden fort. Der Wald wurde dichter und der Bewuchs an Lianen und anderen Schling- und Kletterpflanzen nahm zu. Sonnenlicht durchdrang hier und da das Blätterdach der Bäume, die nun deutlich niedriger waren als unterhalb des Seitenarms des Rio Jatapu.

Sie waren eine knappe Stunde gegangen, als der Baumbewuchs immer spärlicher wurde und sie auf einen Pfad stießen, der in ein dichtes Buschwerk führte. Der Gefangene sprach auf Luisa ein, die unmittelbar in seiner Nähe ging, und wies den Pfad entlang. Der Cabo blieb stehen und schaute auf die Karte. Bei ihrem Aufbruch waren die beiden Indios, die ihnen Tenente Farraz als Scouts überlassen hatte, vorausgegangen, um das Gelände zu erkunden. Bislang waren sie nicht wieder zurückgekehrt.

Als der Cabo aufblickte und sah, dass Luisa noch immer mit dem Gefangenen sprach, ging er auf die beiden zu.

»Wenn wir diesem Pfad folgen, dann können wir vielleicht abkürzen«, sagte er. »Was hat der Gefangene über den Weg gesagt?«

»Er meint, dass der Weg mitten im Dickicht endet.«

Der Cabo schaute auf die Karte. »Hier ist eine Lichtung verzeichnet. Etwa einen Kilometer entfernt. Wenn der Pfad durch das Dickicht führen würde, dann könnten wir ein bis zwei Stunden einsparen.«

»Der Weg ist nicht gut«, mischte sich der Gefangene ein. »Er endet in einem Sumpf. Von dort an geht es nicht mehr weiter.«

Rosburn trat an die kleine Gruppe heran. »Wie gehen wir weiter?«

Der Cabo musterte den Gefangenen eingehend. »In meiner Karte ist kein Sumpf verzeichnet«, sagte er.

»Dort ist ein Sumpf, glauben Sie mir«, wiederholte der Gefangene.

»Er lügt!«, entgegnete Rosburn barsch. »Er hofft, dass wir die Lichtung umgehen, damit seine Freunde mehr Zeit haben, um uns einzuholen.«

»Was meint ihr?«, richtete der Cabo seine Frage an Luisa und Lila.

Luisa zuckte mit den Schultern.

»Ich traue ihm nicht«, antwortete Lila.

Der Cabo schaute sich um. »Wo sind nur die beiden Indios abgeblieben?«

Rosburn machte eine wegwerfende Handbewegung. »Die haben sich vermutlich aus dem Staub gemacht«, sagte er abfällig.

Der Cabo verzog die Mundwinkel. »Also gut, riskieren wir es, wir nehmen den Pfad. Wenn es tatsächlich so ist, wie der Mann behauptet, dann verlieren wir ein paar Stunden und müssen wieder zurück. Aber ich denke, das können wir riskieren.«

Der Cabo übernahm die Führung, und die beiden Frauen folgten ihm. Rosburn und seine Männer schlossen sich mit dem Gefangenen an. Das Buschwerk wurde immer dichter, bis selbst die vereinzelt stehenden Bäume zurückblieben. Schweiß lief den Männern und Frauen in Strömen über die Stirn, nachdem die Sonne unbarmherzig vom Himmel brannte und kein Laubdach der Bäume mehr seine schützenden Blätter über den Flüchtenden ausbreitete. Eine halbe Stunde folgten sie dem Pfad, der immer weiter in das Buschwerk hineinführte. Von einem Sumpf war jedoch weit und breit nichts zu sehen. Der Boden blieb trocken, und die Gruppe kam zügig voran. Schließlich wurde der Pfad breiter, und vereinzelte Bäume säumten wieder ihren Weg. Niedrige Bäume nur, kaum vier Meter hoch, doch sie spendeten wenigstens einen spärlichen Schatten, der den Marsch nun etwas erträglicher machte. Bald tauchte die Gruppe wieder ein in eine matte Dunkelheit. Verwundert blieb der Cabo stehen und schaute auf.

Über ihm schaukelte ein Tarnnetz in den Baumkronen. Plötzlich zerbrach ein lauter Schuss die Stille.

38

Acampamento dos infectados nahe Urucará, Amazonasgebiet

Professor Sander, Anne Arlette, Kommandant Santoro und Doktor Madson hatten sich im Camp getroffen und saßen zusammen am Tisch des Konferenzzeltes. Noch immer gab es keine Spur vom vermissten Außenteam. Vier Einsätze hatte die Hubschrauberstaffel inzwischen geflogen, doch es war, als hätte der dichte Urwald Tenente Farraz und seine Begleiter einfach verschluckt.

»Ich habe um Verstärkung ersucht, bin aber bis zum Wochenende vertröstet worden«, erklärte Coronel Santoro. »Bislang gibt es kein Lebenszeichen von Tenente Farraz und seinen Begleitern.«

»Ich glaube, dass sie längst weitergezogen sind«, mischte sich Doktor Madson ein. »Doktor Hagen beschäftigt sich schon seit Jahren mit den Übertragungswegen von gefährlichen Viren. Er ist felsenfest davon überzeugt, dass Fledermäuse die Wirtstiere sind. Er sprach von Höhlen.«

»Die Höhlen der Serra do Jatapu liegen weit im Norden«, unterbrach der Coronel den Doktor. »Wir haben auf Ihren Rat hin die Suche in dieses Gebiet ausgedehnt, aber auch dort keine Spur gefunden.«

»Er sprach von einer bestimmten Art, Desmodus oder so, die vorwiegend in Höhlen oder alten Minen haust«, ergänzte Doktor Madson.

»Desmodus rotundus, der gemeine Vampir, der über diesen ganzen Kontinent verbreitet ist«, mischte sich Professor Sander ein. »Ich kenne die Theorie von Doktor Hagen, aber bislang ist dies reine Spekulation. Fakt ist, dass sich unser Außenteam in dem Camp aufgehalten und festgestellt hat, dass es dem Erdboden gleichgemacht wurde. In erster Linie haben sie den Auftrag, sich im näheren Bereich des Krankheitsausbruchs umzusehen, Proben zu nehmen und die dortige Fauna auf etwaige Infektionen zu untersuchen, um gegebenenfalls die Quelle der Erkrankung auszumachen und so weitere Übertragungen zu verhindern. Meine Leute sollten im so genannten *Ersten Angriff* also nur das nahe Umfeld untersuchen, um mögliche Infektionsquellen zu lokalisieren. Und sie halten sich dabei strikt an die von der Seuchenbehörde der WHO entwickelte Handlungsanweisung.«

»Also gehen Sie davon aus, dass sie sich noch immer am Flusslauf aufhalten«, entgegnete Coronel Santoro.

»Ich weiß nicht, inwieweit Doktor Madson und Mister Rosburn Einfluss auf die Gruppe gewonnen haben, aber meine Leute halten sich an die Vorgaben.«

Doktor Madson lächelte gekünstelt. »Ich weiß, dass Sie nicht viel von unseren Methoden halten, Professor Sander, aber …«

»Ich arbeite schon seit Jahren ausgesprochen gut und offen mit der CDC in Atlanta zusammen, aber ich gebe zu, dass ich mit der USAMRIID meine Probleme habe, und das kommt nicht von ungefähr. Ich habe da meine Erfahrungen, glauben Sie mir. Das Militär hat nicht immer nur humanitäre Ziele im Auge. Und bei uns gibt es ein Sprichwort, das heißt: ›Viele Köche verderben den Brei‹, und das hat sich schon oft bewahrheitet. Meine Skepsis ist also nicht unbegründet.«

Coronel Santoro hob beschwichtigend die Hände. »Meine Herren, ich habe dem Tenente klare Anweisung gegeben, und Farraz wird sich strikt an meine Befehle halten. Senhora Behringer führt die Gruppe und alleine ihre Entscheidung zählt. Tenente Farraz hat den Auftrag, die Gruppe vor etwaigen Übergriffen zu schützen, deswegen bin ich sicher, dass es einen Vorfall gab, der ihn veranlasst hat, aus Sicherheitsgründen von dem ursprünglichen Plan abzuweichen, Farraz ist ein guter Mann und ein ausgezeichneter Soldat. Er hat mit Sicherheit die richtige Entscheidung getroffen, und wir werden die Gruppe finden, aber ich benötige dazu mehr Männer. Dieser Urwald ist für eine Überwachung aus der Luft nahezu undurchdringlich, deswegen brauchen wir Bodenteams, die das Gebiet durchkämmen, zwei zusätzliche Einheiten sind notwendig. Das Ministerium ist informiert, aber die Lage ist derzeit angespannt. Es ist wie die Suche nach einer Stecknadel im Heuhaufen, und der Funkkontakt ist abgebrochen. Das macht die Sache umso schwieriger.«

»Ist es denn möglich, dass sich dort noch immer diese Bande von Verbrechern aufhält, die das Camp bewohnten?«, fragte Anne Arlette.

Der Coronel zuckte mit der Schulter. »Unseren Informationen nach sind sie nach Brás gezogen. Überlegen Sie selbst, würden Sie an einem Ort bleiben, wo eine tödliche Seuche ausgebrochen ist?«

Anne Arlette zögerte und blickte Professor Sander an. Schließlich schüttelte sie den Kopf. »Ich denke nicht«, antwortete sie.

»In drei Tagen wissen wir mehr«, sagte der Coronel. »Sobald die Einheiten hier eintreffen, werden wir das Gebiet am Rio Jatapu gezielt absuchen, und ich verspreche Ihnen, wir werden das Außenteam finden und sicher zurückbringen.«

»Ihr Wort in Gottes Ohr«, entgegnete Professor Sander.

Südwestlich des Rio Jatapu, Amazonasgebiet

Sie waren bis auf wenige Meter an die Stellung herangekommen, dann hatte Tenente Farraz das Feuer eröffnen lassen. Schüsse peitschten durch den Urwald, und Schmerzensschreie erfüllten die Dunkelheit. Farraz hatte seine Männer angewiesen, die Träger der Taschenlampen unter Feuer zu nehmen. Offensichtlich hatten sie getroffen, denn die Lampen stürzten zu Boden und verstrahlten dort weiterhin ihr spärliches Licht. Der Rest der Angreifer war hinter den Bäumen in Deckung gegangen und erwiderte den Schusswechsel.

»Schießt nur, wenn ihr ein Ziel ausgemacht habt!«, wies er seine Nebenmänner an, die seine Worte weitertrugen, bis auch der Letzte aus seiner Gruppe den Befehl verstanden hatte. Nach einer Weile kehrte wieder Ruhe ein, und nur das angsterfüllte Brüllen aufgescheuchter Tiere erfüllte die Nacht. Plötzlich krachte es laut, und ein greller Feuerball erhellte die Umgebung.

»Granaten!«, schrie Farraz. »Sie haben Granaten, volle Deckung!«

Eine weitere Granate explodierte unweit der Stellung des Tenente.

»Feuer!«, brüllte er und zog den Abzug durch. »Zwingt sie in Deckung!«

Farraz fluchte, denn mit der leichten Bewaffnung seiner Männer hatte er einem Angriff mit Handgranaten nichts entgegenzusetzen. Es blieb nichts weiter übrig, als in Deckung zu bleiben und zu hoffen, dass die tausende Splitter und Kugeln der Handgranaten ihre Ziele verfehlten.

Die Salve einer Maschinenpistole mischte sich unter das laute Bellen eines Gewehrs.

»Sie versuchen, uns zu umgehen!«, flüsterte ihm sein Nachbar zur Linken zu.

»Wir müssen unsere Flanken decken«, entschied Farraz. »Zwei Mann auf den linken Flügel, Boal und Muniz sollen das übernehmen, wir nehmen sie in Kreuzfeuer!«

Wiederum machte sein Befehl die Runde, und die zwei benannten Soldaten robbten über den feuchten Untergrund zum linken Flügel und suchten dort Deckung. Farraz wartete, bis sie Bereitschaft meldeten, dann gab er erneut den Feuerbefehl. »Zielt auf alles, was sich bewegt!«

Die Soldaten folgten seinem Befehl und jagten wilde Salven den

Abhang hinunter. Farraz zuckte zusammen, als dicht neben ihm eine Granate explodierte. Er hörte das Surren der Splitter, und dann verspürte er einen brennenden Schmerz in seiner Wade. Er biss die Zähne zusammen und zog erneut den Abzug seiner Maschinenpistole durch. Er hoffte, dass der Morgen bald graute, doch bis dahin würde es noch zwei Stunden dauern.

Microbiological and Biomedical Laboratories, CDC, Atlanta

Joanna Kim hatte einen langen Tag im Labor hinter sich und war hundemüde, dennoch war sie gespannt, was der nächste Tag bringen würde. Das Virus war gereinigt und für weitere Untersuchungen mit dem Elektronenmikroskop aufbereitet. Sie hätte gerne noch weitergearbeitet, aber die Vorschriften in den Hochsicherheitslabors verlangten, dass sie eine Pause von mindestens acht Stunden einlegen musste, bevor sie sich wieder an ihre Arbeit machte. Nachdem sie geduscht und sich umgezogen hatte, lief sie durch die langen und neondurchfluteten Gänge zu ihrem Büro, das sie schon seit Tagen nicht mehr aufgesucht hatte. Seufzend ließ sie sich hinter ihrem Schreibtisch nieder und schaltete ihren Computer ein. Nachdem sich der Bildschirm aufgebaut hatte, lief der Butler ihres Mailprogramms über die Mattscheibe und meldete, dass mehrere Mails eingegangen waren.

Sie aktivierte das Programm und stellte fest, dass inzwischen über hundert ungelesene Nachrichten in ihrem Postkasten hinterlegt waren.

Viele E-Mails waren mit einem Spamhinweis versehen, die sie ungelesen löschte, andere stammten von Presseleuten, die um ein Interview baten und gerne Neuigkeiten über das Jatapu-Virus erfahren würden. Sie stutzte, als sie auf eine Mail von Lance Abott Macombie stieß, den sie noch aus ihrer Zeit an der Universität in Chicago kannte, wo sie als junge Doktorandin in den Forschungslabors gearbeitet hatte. Zur damaligen Zeit leitete Macombie die Onkologische Forschungsabteilung der Universität.

Sie öffnete die Mail und überflog die wenigen Zeilen. Professor Macombie gratulierte zu ihrem Erfolg bei der Untersuchung des Virus, der vor ein paar Tagen von den Presseorganen vermeldet worden war, und bat um einen persönlichen Termin. Er bot ihr als Gesellschafter der MedCom Inc. in Boulder, Colorado, seine uneingeschränkte Hilfe an. Joanna überlegte. Sie hatte davon gehört, dass es damals zu Spannungen zwischen dem Dekan der Universität und Professor Macombie gekommen war und er daraufhin seinen Lehrstuhl zurückgegeben und mit einigen seiner Mitarbeiter die Universität verlassen hatte. An den Grund für den damaligen Skandal, der am Ende auch dem Dekan die Berufung gekostet hatte, konnte sie sich allerdings nicht mehr erinnern. Sie hatte bereits zwei Monate zuvor der Universität den Rücken gekehrt und war nach Atlanta gegangen, um den Job bei der CDC anzunehmen.

Joanna fuhr mit dem Cursor auf Macombies Mail und färbte sie ein. Doch als sie mit dem Pfeil auf den Löschbutton fuhr, zögerte sie.

Warum erinnerte sich Macombie ausgerechnet jetzt an sie? Seit Jahren hatte er keinen Kontakt mehr zu ihr. Nur einmal, kurz nachdem sie die Stelle bei der CDC angetreten hatte, war ein Brief von Macombie bei ihr eingegangen, in dem er anfragte, ob sie sich vorstellen könne, für ihn zu arbeiten. Doch damals war Joanna zufrieden mit ihrer Tätigkeit und sah keine Veranlassung, die CDC zu verlassen.

Sie fuhr mit dem Pfeil auf den Antwortbutton und aktivierte die E-Mail.

Hallo Professor Macombie, schön, von Ihnen zu hören, auch wenn es unerwartet ist. Wie ich erfuhr, arbeiten Sie nicht mehr an der Uni in Chicago. Wie Sie aus den Medien entnehmen konnten, ist unse-

re Abteilung derzeit in die Erforschung des Jatapu-Virus eingebunden. Deswegen habe ich nur wenig Zeit. Dennoch danke ich Ihnen für Ihr Angebot.

Schöne Grüße

Dr. Joanna Kim, CDC-MBL-Atlanta

Sie überflog die geschriebenen Zeilen und versendete sie, bevor sie das Programm wieder schloss. Das Hungergefühl wurde stärker. In der Kantine gab es heute Steaks und Bohnen. Sie würde noch etwas essen, bevor sie sich in den Ruheräumen ein paar Stunden aufs Ohr hauen würde. Morgen lag ein weiterer schwerer Tag vor ihr.

Nordwestlich des Rio Jatapu, Amazonasgebiet

Der Schuss war kaum verhallt, als Corporal Lawson, der direkt hinter dem Cabo gestanden hatte, mit einem gurgelnden Laut zusammenbrach und zu Boden ging. Blut breitete sich an seinem Hals aus und schoss in einer Fontäne in das nahe Gebüsch.

»Deckung!«, brüllte der Cabo und ließ sich zu Boden fallen. Erneut schlug ein Projektil direkt vor seinen Füßen ein.

Der Cabo blickte sich um, doch er konnte nicht erkennen, von wo aus auf die kleine Gruppe geschossen wurde.

»Ergebt euch!«, brüllte jemand aus der Ferne. »Ihr habt keine Chance!«

Um der Forderung Nachdruck zu verleihen, wurde ein weiteres Mal geschossen. Private Parish, der den Gefangenen bewachte und sich tief in das Gebüsch gebeugt hatte, brach tot zusammen.

»Was sollen wir tun?«, fragte Rosburn ängstlich.

»Ihr könnt nicht entkommen, wir haben euch im Visier!«, rief die Stimme erneut.

Der Cabo zögerte einen Moment. Schließlich erhob er sich und streckte die Hände zum Himmel. Sie waren in eine Falle getappt.

»Die haben ein Präzisionsgewehr auf uns gerichtet, wir müssen uns ergeben«, flüsterte er seinen Leuten zu.

»Kommt langsam aus dem Gebüsch heraus!«

Der Cabo trat einen Schritt vor, und schon stürzten sich ein paar Männer auf ihn, rissen ihn zu Boden und fesselten ihn. Den anderen aus der Gruppe erging es nicht anders. Rosburn, der sich gegen seine Entwaffnung stemmte, wurde von einem Gewehrkolben in den Magen getroffen und fiel stöhnend hin. Sergeant Dryfuss, der letzte verbliebene Soldat aus Rosburns Einheit, wurde ebenfalls brutal niedergeschlagen, als er sich nicht schnell genug bewegte. Ein Gewehrkolben traf ihn am Kopf, und er blieb ohnmächtig liegen. Erst nachdem die Angreifer ihre Opfer gefesselt und in den Schatten einer kleinen Hütte geführt hatten, entspannte sich die Lage ein klein wenig.

»Was ist das hier?«, stöhnte Rosburn.

»Ich denke, das ist der Grund, warum die Kerle noch immer hier sind«, gab der Cabo zurück. »Das ist ein getarntes Flugfeld.«

Nachdem der Gefangene von seinen Komplizen befreit worden war, unterhielt sich der Wortführer eine Zeit lang mit ihm, bevor er zu der kleinen Gruppe im Schatten der Hütte herüberkam, die von mehreren schwer bewaffneten Männern bewacht wurde.

Der Rädelsführer trug ein einfaches Leinenhemd und eine zerlumpte Hose. Sein linker Arm ruhte in einer Schlaufe um den Hals. Er war klein, feist und hatte einen dunklen Teint. In seinem Mund klaffte eine große Zahnlücke.

»Ihr habt gedacht, ihr könnt euch einfach so aus dem Staub machen«, sagte er zu den Gefesselten. »Doch ihr habt nicht mit Garamon gerechnet. Joao erzählte mir, dass ihr Ärzte seid und die Krankheit erforschen wollt, die hier ausgebrochen ist.«

Der Cabo schaute sich um. Die Gruppe um den Rädelsführer bestand aus fünfzehn Mann. Sie trugen allesamt Waffen, von Sturmgewehren bis zu Maschinenpistolen. Ein großer, hagerer Bursche hatte ein Barret Light Fifty geschultert, ein Präzisionsschützengewehr, das in der amerikanischen Armee verwendet wurde. Überhaupt stammten die Waffen vorwiegend aus amerikanischen Beständen. Neben einigen M16-Gewehren waren auch einige Colts M4 Automatik vorhanden. Angesichts der Überlegenheit ihrer Gegner zog es der Cabo vor, die Fragen des Anführers zu beantworten.

»Wir sind hier, weil das Virus schon hunderte von Menschen das Leben gekostet hat«, antwortete er mit brüchiger Stimme. »Wir suchen nach dem Wirtstier.«

Der Feiste lachte nur laut. »Hier werdet ihr es bestimmt nicht finden! Wo ist der Rest von euch, wo sind die Soldaten?«

»Sie sind zurückgeblieben, um uns einen Vorsprung zu verschaffen«, antwortete der Cabo wahrheitsgemäß. Er war sich sicher, dass sie längst wussten, was hier vorging.

»Und du bist auch Arzt?«

»Ich bin Sanitäter«, antwortete der Cabo.

Der Rädelsführer wandte sich seinen Männern zu. »Sperrt sie alle in den Schuppen und bewacht sie gut. Wir warten, bis Nelio wieder zurück ist, der soll entscheiden, was wir mit ihnen tun!«

»Und was ist mit dem da?«, fragte einer der Umstehenden und wies auf den schwer verletzten Soldaten, der aus dem Ohr blutete und noch immer nicht bei Besinnung war.

Der Feiste trat einen Schritt näher und zog seine Pistole aus dem Halfter.

»Wir sind Ärzte, wir können ihm helfen!«, rief der Cabo und wollte sich erheben, doch schon traf ihn ein Gewehrkolben in die Magengrube, und er sank zusammen.

Dann ertönte ein Schuss; der Rädelsführer hatte dem Soldaten in den Kopf geschossen. »Werft ihn zu den anderen!«, befahl er. Dann wurde die kleine Gruppe um den Cabo in den Schuppen getrieben und die Tür verschlossen.

Der Cabo stöhnte. Als er sich auf den Boden niedersinken ließ, setzte sich Lila an seine Seite. »Schlimm?«, fragte sie.

»Es geht«, entgegnete der Cabo.

»Da haben Sie uns in einen schönen Schlamassel geführt«, zischte Rosburn. »Diese Mörderbande wird kurzen Prozess mit uns machen.«

»Sie wussten, dass wir kommen«, stammelte der Cabo.

»Natürlich wussten sie es, diese Indianer haben uns verraten.«

»Ich habe sie nicht in der Gruppe der Banditen gesehen«, widersprach der Cabo.

»Indianern ist nicht zu trauen, das war schon vor Jahrhunderten in unserem Land so. Wir müssen versuchen, zu entkommen, bevor dieser Nelio zurückkehrt. Sie werden uns alle töten, ihr habt doch gesehen, was sie mit Sergeant Dryfuss gemacht haben.«

»Wenn wir nichts tun, sind wir verloren«, sagte Luisa Behringer, die die ganze Zeit über wortlos auf den Boden gestarrt hatte.

Der Cabo nickte. »Wir werden unsere Chance noch bekommen. Die Kerle haben einen guten Grund, warum sie noch hier sind. Vielleicht brauchen sie uns noch.«

39

Sitz der Bezirksregierung in Manaus,
Haupstadt des Bundesstaates Amazonas

Luela schlug mit der Faust auf seinen Schreibtisch. Er hatte all seinen Einfluss geltend gemacht, doch nicht verhindern können, dass das Militär nun in der Region das Ruder übernahm. Der Bitte Coronel Santoros um weitere Verstärkung wurde stattgegeben und eine Marineinfanterieeinheit aus Sao Paulo war bereits auf dem Weg und würde in zwei Tagen im Amazonasgebiet eintreffen. Luela erhob sich und holte sein Mobiltelefon aus der Jackentasche, bevor er sein Büro verließ. Durch die langen Gänge des ehrwürdigen Gemäuers eilte er zur Hintertür und trat ins Freie. Die Hitze des Tages schlug ihm entgegen. Er steckte sich eine Zigarette an, bevor er auf seinem Handy Pacos Nummer wählte.

»Aye«, meldete sich der angerufene Teilnehmer.

»Die Zeit wird knapp«, entgegnete Luela. »Es kommen weitere Truppen. In zwei bis drei Tagen sind sie hier. Deine Leute müssen sich beeilen. Ich kann sonst nicht mehr für sie garantieren.«

»Zwei Tage reichen«, antwortete Paco. »Heute Nacht holen wir sie heraus. Der Frachter ist auf dem Weg.«

»Es wird höchste Zeit, und lasst keine Spuren zurück!«

»Keine Angst, meine Leute sind gründlich.«

»Das hoffe ich.«

Luela beendete den Anruf und blies den Rauch in die Luft. Er konnte nur hoffen, dass Paco Wort hielt, denn wenn seine Männer im Dschungel entdeckt würden, hätte auch er mit ein paar unbequemen Fragen zu rechnen, und so weit sollte es gar nicht erst kommen. Die Strafen für Korruption waren hart, und er hatte keine Lust, in irgendeinem Gefängnis entlang des Flusses zu verrotten. Er atmete tief ein, schnippte die Zigarette in hohem Bogen in das Gras und wollte das Handy in seine Hosentasche stecken, als es plötzlich klingelte. Er betrachtete die Nummer des Anrufers, verdrehte die Augen und nahm das Gespräch an.

»Es gibt ein paar Probleme, wurde mir gerade mitgeteilt«, erklärte Paco, nachdem sich Luela genervt gemeldet hatte. »Die Ärzte sind im Camp aufgetaucht.«

»Es darf keine Probleme geben und keine Spuren, die auf uns deuten. Ich erwarte, dass nichts auf die Anwesenheit deiner Männer deutet. Hast du verstanden? Nichts, nicht das Geringste!«

»Wir werden das erledigen«, tönte es aus Luelas Handy.

Nordwestlich des Rio Jatapu, Amazonasgebiet

»Was tun die da draußen?«, fragte Lila und klammerte sich am Arm des Cabo fest.

Der Cabo spähte durch die Spalten der hölzernen Tür. In die Männer war Bewegung gekommen. Doch aus seiner Position konnte er nur den Körper des Wachmannes erkennen, den sie vor der Hütte platziert hatten. Nur ab und zu lief einer der Banditen durch das schmale Blickfeld des Militärpolizisten.

»Da draußen geht etwas vor, aber ich kann nicht erkennen, was sie tun. Ich sehe jemanden, der auf einen Baum klettert. Ich glaube, sie hängen die Tarnnetze ab, die sie über die Freifläche gespannt haben. Vielleicht erwarten sie ein Flugzeug.«

»Dann sollten wir nicht länger warten und uns endlich irgendetwas einfallen lassen«, flüsterte Rosburn. »Bestimmt werden sie uns nicht lebend zurücklassen.«

»Und woran denken Sie, Mister Rosburn«, mischte sich Antonio ein. »Sollen wir Fratzen ziehen und sie damit erschrecken?«

Rosburn ließ sich seufzend niedersinken.

»Antonio hat Recht, wenn wir unüberlegt handeln, dann sterben wir alle, bevor wir richtig losschlagen können. Ich glaube, dass sie uns noch zu irgendeinem Zweck brauchen. Sie haben nur die Soldaten getötet und uns verschont. Der Gefangene wird ihnen erzählt haben, dass wir Ärzte oder Sanitäter sind.«

»Der Fettsack hat geagt, Nelio soll entscheiden, was mit uns passiert, wer auch immer dieser Nelio ist. Ich habe keine Lust, hier in diesem Verschlag zu sitzen und darauf zu warten, bis uns diese Wahnsinnigen eine Kugel in den Kopf jagen. Ich will hier raus.«

»Rosburn, jetzt halten Sie verdammt noch einmal die Luft an«, zischte Luisa Behringer. »Der Cabo weiß, was er tut, ich vertraue ihm. Es ist nicht besonders klug, sich Hals über Kopf mit dieser Bande anzulegen. Sie haben Waffen und wir haben nichts.«

»Ich habe doch richtig gesehen«, sagte der Cabo. »Sie bereiten das Flugfeld für eine Landung vor.«

»Was hilft uns das schon«, nörgelte Rosburn abweisend. »Dann haben wir nur noch mehr Kerle gegen uns. Und wenn dieser Nelio an Bord des Flugzeugs ist, dann sterben wir noch, bevor die Sonne untergeht.«

»Oder wir haben eine Chance, uns aus dem Staub zu machen«, antwortete Lila.

Der Cabo lockerte die Schnürsenkel seines Stiefels und zog ihn aus.

»Was hast du vor?«, fragte Lila und schaute ihn fragend an.

Der Cabo stülpte den Stiefel um, und ein Stilett kam zum Vorschein. »Sie haben nicht alles gefunden, deswegen sage ich, wir warten auf unsere Chance. Es ist in zwei Stunden dunkel, und wenn mich nicht alles täuscht, dann haben sie Fässer auf das Flugfeld gerollt.«

»Was soll das bedeuten?«, meldete sich Rosburn mürrisch zu Wort.

»Das bedeutet, die Maschine wird nicht bei Tageslicht hier landen, sondern wenn es dunkel ist. Die Kerle sind dann mit anderem beschäftigt. Die Tür ist kein Hindernis, aber die beiden Wachen. Ihr müsst sie ablenken.«

»Und was tun Sie?«

Der Cabo wies auf die rückwärtige Wand, deren Bretter von einfachen Schrauben gehalten wurden.

»Ich werde uns einen Fluchtweg bauen, bei Dunkelheit werden wir uns davonmachen.«

»Und wohin gehen wir ohne Proviant und ohne Waffen?«

»In der Nähe gibt es einen Seitenarm des Flusses, der bis kurz vor die Lichtung reicht. Ich verwette dieses Messer, dass genau dort das gestohlene Boot vor Anker liegt. Wir holen es uns zurück und schippern so schnell es geht nach Brás. Tenente Farraz braucht unsere Hilfe.«

»Vielleicht geht sogar das Funkgerät noch und wir können per Funk Hilfe holen«, mutmaßte Lila Faro.

»Vielleicht«, antwortete der Cabo.

»Dann wollen wir hoffen, dass der Mann hier Recht behält und Nelio nicht schon bei Sonnenuntergang hier landet und uns den Garaus macht«, sagte Rosburn spöttisch.

»Ich fragte schon, haben Sie einen besseren Plan?«

Stumm schaute Rosburn zu Boden.

»Psst, da kommt jemand!«, zischte Antonio. An der verschlossenen Tür wurde gerüttelt, dann flog sie auf, und das gleißende Sonnenlicht überflutete den Raum. Der Cabo riss die Hand vor die Augen. Joao, ihr ehemaliger Gefangener, stand in der Tür, hinter ihm stand ein großgewachsener Kerl, der ein M16 in seinen Händen hielt. Joao zeigte auf die beiden Frauen.

»Kommen Sie mit!«, sagte er.

Der Cabo erhob sich und Joaos Begleiter brachte sein Automatikgewehr in Anschlag. Joao hob beschwichtigend die Hände.

»Ihnen wird nichts passieren, darauf gebe ich euch mein Wort«, sagte er rasch. »Sie müssen sich etwas ansehen. Wir brauchen ihre Fähigkeiten als Ärzte.«

Luisa Behringer erhob sich und klopfte sich den Staub aus den Kleidern. »Schon gut«, sagte sie. »Ich glaube ihm, ich komme mit.«

»Ich werde auch mitkommen«, mischte sich der Cabo ein.

»Nein, nur die Frauen!«, entgegnete Joao entschieden.

»Ich traue ihnen nicht«, zischte Rosburn aus seiner Ecke, in der er sich zusammengekauert hatte. »Wenn dieser Nelio zurückkehrt, dann sind wir alle tot.«

Joao musterte den Amerikaner. »Wenn er überhaupt noch einmal hierher zurückkehrt«, erwiderte er.

Nachdem die beiden Frauen die Hütte verlassen hatten, wurde die Tür wieder verschlossen.

»Ich hoffe nicht, dass man ihnen etwas antut«, murmelte Antonio leise.

»Ich habe gehört, diese Glücksritter können sich wie reißende Bestien aufführen.«

Der Cabo winkte nachdenklich ab. »Ich glaube, hier stimmt etwas nicht, und diese Gangster haben selbst Probleme. Vielleicht sogar größere als wir.«

Acampamento dos infectados nahe Urucará, Amazonasgebiet

Das Bild des Monitors war gestochen scharf. Es zeigte ein kugelförmiges Gebilde, mit kleinen stachelartigen Tentakeln auf seiner Hülle. Durch das Kontrastmittel erschien die Kugel rötlich und die Tentakel leuchteten in einem kristallenen Weiß.

»Eindeutig ein Retrovirus«, sagte Anne Arlette. »Größe, Aussehen, Beschaffenheit sprechen dafür, allerdings ist es in dieser Form bislang noch nicht nachgewiesen worden.«

Professor Sander kratzte sich an der Stirn. »Humanes T-lymphotropes Virus, Typ 1 oder 2«, sagte er nachdenklich. »Du könntest Recht haben, aber eine solch verheerende Wirkung ist bislang noch nie dokumentiert worden. Hämorrhagisches Fieber, ich weiß nicht, tropische spastische Paraparese oder adulte T-Zellen-Leukämie, das würde mir einleuchten, aber kein hämorrhagisches Fieber. Da stimmt etwas nicht.«

»Die Mikrobiologen und Genetiker arbeiten daran, ein genetisches Profil zu erstellen. Aber Joanna meint, das wird noch einige Zeit dauern, bis sie so weit sind.«

»Ich verstehe das nicht, ich habe überhaupt keine Anzeichen für eine Paraparese an den Patienten bemerkt. Und die Blutuntersuchung brachte auch keine Hinweise auf eine T-Zellen-Leukämie. Haben wir auch das richtige Virus isoliert?«

»Influenzaviren, eine Gruppe bekannter Rhadinoviren, Adenoviren, Rotaviren, aber alle sind erfasst und identifiziert. Dieser Virustyp ist das einzig unbekannte Element. Das ist der Auslöser der Pandemie, das kannst du mir glauben. Joanna ist genauso überrascht wie du.«

Der Türsummer erklang. Anne und der Professor befanden sich im Kontrollraum des Labors, dem unsensiblen Bereich, den man auch ohne besondere Schutzkleidung betreten konnte. Doktor Madson lächelte in die Kamera des Monitors, der die Zugangstür zum Kontrollraum überwachte.

»Was will der jetzt von uns?«, zischte Professor Sander und drückte den Türöffner. Doktor Madson trat ein und rieb sich die Hände.

»Sieh da, Sie haben unseren kleinen Freund auf dem Bildschirm. Unglaublich, nicht wahr. Wir haben ebenfalls ein kleines Foto von ihm und jeder, der ihn betrachtet, schüttelt nur mit dem Kopf.«

»Sie haben das Virus ebenfalls identifiziert?«

Doktor Madson breitete wohlgefällig die Arme aus. »Ein Retrovirustyp, der bislang in dieser Form noch nicht aufgetreten ist. Wir denken, eine Mutation eines HTLV 1.«

»Ich dachte, wir hätten eine Abmachung«, sagte Professor Sander.

Doktor Madson zuckte mit der Schulter.

»Wollten wir nicht alle Erkenntnisse miteinander teilen?«

»Vertrauen gegen Vertrauen«, antwortete Madson und hob die Hand in die Höhe, wobei er zum Schwur zwei Finger abspreizte. »Aber es war keine Rede davon, sich lächerlich zu machen. Unser Foto wurde vor zwei Stunden aufgenommen. Ich muss eingestehen, es ist nicht so farbenfroh wie Ihres, aber es zeigt im Kern dasselbe. Nur gehe ich damit nicht hausieren, ehe wir unsere Ergebnisse verifiziert haben. Ich mache mich ungern zum Gespött der Laboranten.«

»Dann sind Sie tatsächlich zum gleichen Ergebnis gekommen wie wir?«

»In Maryland und in Atlanta herrscht absolute Einigkeit«, entgegnete Doktor Madson. »Das ist unser Freund, der uns so viel Kopfzerbrechen bereitet hat. Ein Retrovirus, das bislang weder beobachtet, dokumentiert oder sonst in irgendeiner Form in Erscheinung getreten ist. Ein völlig neuer Typ. Und ein brandgefährlicher noch dazu. Schade, dass wir den Ursprung nicht kennen.«

»Wenn wir unser Feldforschungsteam …«

»Keine Angst, ich soll Ihnen von Coronel Santoro bestellen, dass Verstärkung im Anmarsch ist. Zwei weitere Hubschrauber und Marineinfanteristen. Sobald sie hier sind, werden sie sich auf die Suche nach dem vermissten Team machen.«

»Ich hoffe nur, dass nichts passiert ist«, sagte Anne.

Doktor Madson wischte ihre Bedenken mit einer Handbewegung weg. »Im Urwald reißt oft der Kontakt zu einem Außentrupp ab. Das kann ganz normale Ursachen haben. Ich würde nicht so schwarz sehen. Die tauchen schon wieder auf. Ich gehe davon aus, dass Ihre Leute Doktor Hagens Vorschlag gefolgt sind und sich in den Höhlen der Serra do Jatapu umschauen. Dort ist das Land bergig, da reißt schon mal der Funkkontakt ab. Zumal hier nach dem Unwetter noch nicht jeder Übersetzer wieder funktionsfähig ist.«

»Wir werden sehen«, antwortete Professor Sander. »Alles, was wir tun können, ist, die Bausteine und die Wirkungsweise des Virus zu erforschen, damit wir vielleicht ein wirksames, präventives Medikament schaffen können.«

»Ich würde sagen, das Hyperimmunserum war zumindest schon einmal ein Anfang.«

»Wenn es tatsächlich wirkt«, gab Anne zu bedenken.

»Wenn es wirkt«, bestätigte Doktor Madson.

Cuiabá, Bundesstaat Mato Grosso

»Außer, dass ich mir die Hacken abgelaufen habe und mich an unzähligen Empfangspulten von etlichen Empfangsdamen blöde angrinsen lassen musste, habe ich nichts erreicht«, maulte Falcáo und biss in das dick mit Honig beschmierte Brötchen.

Zagallo zog an seinem Zigarillo und blies den Rauch in die Luft.

»Musst du rauchen, wenn ich hier frühstücke?«

»Das ist mein Frühstück«, antwortete Zagallo und präsentierte sein qualmendes Zigarillo.

»Du hast noch nicht gegessen?«

»Kaffee, schwarz und stark, dazu ein Zigarillo, das ist auch Frühstück.«

Falcáo schüttelte den Kopf. »Egal, aber ich sage dir, ich werde auf diese Art und Weise nicht weitermachen. Ich lasse mich nicht weiter durch die Stadt hetzen und mich blöde anmachen. Der Geschäftsführer ist in einer wichtigen Konferenz, ich weiß nicht, wer Ihnen da weiterhelfen kann, das sehen Sie doch an unseren Verpackungen – noch mehr solche Sprüche, und ich lasse mich pensionieren.«

»Du hast bereits das erreicht, was ich wollte, und kannst dir ab heute Mittag frei nehmen«, antwortete Zagallo mit einem verschmitzten Lächeln.

Falcáo legte das Brötchen zurück auf den Teller und schaute Zagallo ungläubig an. »Wie bitte?«

»Deine Fragerei hat mächtig Staub aufgewirbelt«, erklärte Zagallo. »Die reichen Herren lassen sich nicht gerne auf die Füße treten, zumal sie wissen, dass vieles, was aus ihren Laboratorien kommt, nur Geld kostet und überhaupt nichts hilft. Sie haben Druck auf unsere Behörde ausgeübt und sich beschwert.«

»Und deshalb geben wir klein bei?«

»Nicht wirklich, im Grunde genommen ist es bei den Reichen mit ihren Firmen nicht viel anders als bei den Armen in den Favelas. Sie möchten, dass die Polizei sie in Ruhe lässt, damit sie ihre Geschäfte betreiben können. Eine Hand wäscht die andere. Ich werde mich heute Mittag mit dem Vertreter einer Firma treffen, die wertvolle Informationen für mich hat. Sie hoffen, dass sie sich damit ihre Ruhe erkaufen können.«

»Gibt es eigentlich nur noch Gangster auf der Welt?«

»Nicht nur«, antwortete Zagallo, »aber verdammt viele. Übrigens, Anjo ist zu sich gekommen. Wenn seine Heilung weiterhin so gut verläuft, dann können wir ihn uns am Wochenende vorknöpfen. Du hast doch bestimmt nichts Besseres vor?«

Falcáo lächelte. »Und selbst wenn, für den weißhaarigen Teufel würde ich es sogar verschieben.«

Zagallo erhob sich. »Also dann, wir sehen uns morgen.«

»Wohin gehst du?«

»Ich sagte doch, ich treffe mich mit jemand, der Informationen für uns hat.«

»Ich dachte, erst am Mittag.«

»Ich will vorher wissen, worauf ich mich da einlasse«, entgegnete Zagallo und schob seinen Strohhut zurecht, bevor er sich erhob und Falcáo noch einmal lächelnd zuwinkte.

Nordwestlich des Rio Jatapu, Amazonasgebiet

Gene bemerkte, dass die Maschine langsam an Höhe verlor. Der Pilot drosselte die Geschwindigkeit und bereitete offenbar die Landung vor. Er hatte in den Stunden seiner freiwilligen Gefangenschaft im Frachtraum ein Gefühl für das Flugzeug und das Flugverhalten entwickelt und in dem engen Verschlag mit Fingerübungen und durch die ständige Veränderung seiner Position die Blutzirkulation in Armen und Beinen aufrechterhalten. Seit dem Start in White Castle waren 25 Stunden vergangen, und er sehnte sich nach frischer Luft. Der Kerosingestank bereitete ihm Kopfschmerzen, außerdem quälten ihn ein unstillbarer Durst und ein nicht zu besänftigendes Hungergefühl. Die Maschine neigte sich zur Seite, der Pilot flog eine Kurve und gab erneut Gas. Das laute Brummen der Motoren ließ die Maschine erzittern und die Wandung vibrieren. Schließlich nahm der Pilot Gas weg und richtete die Maschine wieder aus. Der Druck in Genes Ohren nahm zu. Dann hörte er ein elektrisches Summen. Da er bereits eine Landung in seinem Versteck mitgemacht hatte, wusste er, dass der Pilot jetzt das Fahrwerk des Flugzeugs ausfuhr. Er war gespannt, wohin ihn sein waghalsiger Plan gebracht hatte, und hielt die Pistole fest umklammert. Er wusste nicht, ob er sie brauchen würde, doch er hoffte, nein er betete darum, dass er sein dunkles und stinkendes Verlies endlich wieder verlassen konnte und jemand das schwere Gewicht über dem Zugang entfernte. Ein paar Mal hatte er daran gedacht, was passieren würde, wenn er hier drinnen vor lauter Gestank und vor Durst sterben müsste. Bestimmt würde man seinen Leichnam erst finden, wenn sich der süßliche Leichenduft im Frachtraum ausbreitete, aber so weit sollte es wohl nicht kommen.

Es holperte stark, als die Maschine auf dem Boden aufsetzte. Gene wurde ordentlich durchgerüttelt. Diese Landung war mit der anderen nicht vergleichbar. Er hatte das Gefühl, dass sie nicht auf einer normalen Rollbahn, sondern eher auf einer Wiese gelandet waren. Erst als die Maschine zur Ruhe kam und der Pilot die Motoren abstellte, fand er sich wieder zurecht und atmete tief durch. Jetzt konnte er nur abwarten und hoffen, dass sie den Frachtraum leerten. Er horchte in die Stille und meinte, dumpfe Worte wahrzunehmen, die außerhalb der Maschine gesprochen wurden. Gene überprüfte im Schein der kleinen Taschenlampe zur Sicherheit noch einmal die Waffe. Das Magazin war gefüllt, die Pistole geladen.

Als sich die Laderampe des Flugzeuges mit einem elektrischen Brummen in Bewegung setzte, atmete er auf. Schritte hallten durch den Frachtraum. In einer Sprache, die er nicht verstand, wurden Anweisungen gegeben.

Bald würde er wissen, in welchen Teil der Erde es ihn als blinden Passagier verschlagen hatte.

Dritter Teil

Bausteine

40

Microbiological and Biomedical Laboratories, CDC, Atlanta

Mittlerweile arbeiteten dreißig Virologen, Mikrobiologen und Molekulargenetiker an der Entschlüsselung der genetischen Informationen des unbekannten Virus. Im PCR-Verfahren war es gelungen, Teilbereiche des Genoms zu vermehren, so dass sich das Ergebnis der Elektronenmikroskopie bestätigte. Es handelte sich mit hoher Wahrscheinlichkeit um einen bislang unbekannten Typus aus der Familie der Retroviren. Das nahe Verwandtschaftsverhältnis zu den bekannten HTLV-1-Viren hatte sich ebenfalls bestätigt.

In den Labors setzte das Team um Professor Joanna Kim mittlerweile modernste Mittel der Mikrobiologie ein, um die genetische Struktur des RNA-Strangs zu entschlüsseln. Sie hofften, auf diese Weise Informationen darüber zu gewinnen, wie man die bösartigen Transformationen infizierter Zellen einschränken oder sogar gänzlich stoppen und darüber hinaus das Eindringen in die Zellen durch spezielle Enzyme verhindern konnte. Erstmals kam dabei die neueste Technik des Synchotronstrahlungslabors in Berkeley zum Einsatz. Die Entschlüsselung der Erbinformationen von Zellen, Bakterien und Viren war mittlerweile zu einem Routineprozess geworden, an dem die unterschiedlichen Wissenschaftsgebiete der Genetik und der Mikrobiologie Hand in Hand zusammenarbeiteten. Molekularbiologen versuchten mit aufwändigen Verfahren die Proteinstruktur des Virus abzuspalten. Die enge Verzahnung der CDC mit den wissenschaftlichen Laboren der Universitäten und der Pharmaindustrie versetzte die Mediziner in die Lage, schnell und flexibel auf das Auftauchen neuer, bislang unbekannter Krankheitserreger zu reagieren. Dennoch war der Zeitfaktor noch immer die entscheidende Größe, wenn es darum ging, den Ausbruch von Pandemien zu verhindern. Strategische und medizinische Methoden mussten ineinandergreifen, um Katastrophen wie den Ausbruch der Spanischen Grippe im Jahr 1918 und die daraus entstandene weltweite Pandemie mit beinahe 50 Millionen Todesopfern künftig zu verhindern. Professor Joanna Kim war zuversichtlich, dass sie diesmal mit raschen Erfolgen aufwarten konnte, war doch die Isolierung und Identifizierung des Virus relativ zeitnah zum Ausbruch der ersten Infektionsfälle erfolgt. Trotzdem wusste sie, dass es bei allen wissenschaftlichen Fortschritten noch immer Rätsel gab, die noch nicht gelöst werden konnten.

Als sie sich die ersten Bilder betrachtet hatte, die ihr Anne Arlette aus Brasilien übermittelte, stand sie noch lange nachdenklich vor dem Bildschirm. Eine wirksame Therapie gegen eine HTLV-1-Infektion gab es nicht. Das Virus überlebte lebenslang im Organismus und konnte durch körpereigene Abwehrzellen nicht eliminiert werden. Eine Autoimmunisierung fand im Körper nicht statt, doch die Wahrscheinlichkeit einer durch das Virus ausgelösten Erkrankung lag unter 0,1 Prozent. Im Falle des Jatapu-Virus lag diese Quote jedoch bei hundert Prozent, was bedeutete, dass auch jeder Infizierte unweigerlich an den beobachteten Symptomen des schweren hämorrhagischen Fiebers erkrankte und nach bisherigen Erkenntnissen über 99 Prozent der Patienten an den Folgen der Erkrankung starben. Bislang hatten von über siebenhundert Infizierten nur drei überlebt. Und alle drei hatten etwas gemeinsam: Sie hatten in ihrer Kindheit an einer schweren Bluterkrankung gelitten.

»Was macht dich so gefährlich«, murmelte Joanna Kim, als sie im ausführlichen medizinischen Bericht blätterte, den ihr Professor Sander übersandt hatte. »Was ist in deinen Basenpaaren so durcheinandergeraten, dass du alles tötest, was dir in den Weg kommt?«

Das Telefon klingelte und riss Joanna aus ihren Gedanken. Sie nahm den Hörer ab und meldete sich.

»Haben Sie heute schon etwas gegessen?«, ertönte die Stimme des Abteilungsdirektors.

Joanna Kim war über die Frage überrascht und stotterte ein paar ausweichende Worte in den Hörer.

»Seit zwölf Stunden sind Sie nun schon im Einsatz, es wird Zeit für eine Pause«, mahnte ihr Chef. »Ich hole Sie in zehn Minuten zum Essen ab, und anschließend hauen Sie sich erst einmal aufs Ohr, bevor Sie weitermachen.«

»Aber wir stecken mitten in …«

»Hören Sie, Joanna«, unterbrach der Direktor den zaghaften Widerspruch. »Ich will, dass meine Mitarbeiter satt und ausgeruht sind, wenn sie sich an ihre Arbeit begeben. Ich weiß, wir stecken mitten in einer schwierigen Phase, aber glauben Sie mir, es bringt uns alle nicht weiter, wenn Sie uns im Labor zusammenklappen. Nur in einem gesunden und ausgeruhten Körper steckt auch ein gesunder und wacher Geist. Also, machen Sie sich fertig, wir gehen ins Le Giverny.«

»Ich … ich weiß nicht.«

»Ich bin Ihr Vorgesetzter, und ich dulde keinen Widerspruch!«

»Ich weiß nicht, ob … dort fühl ich mich nicht wohl unter …«

»Also gut, machen Sie einen Vorschlag!«

»Ich hätte Lust auf Nudeln«, antwortete Joanna.

»Gut, Nudeln, wenn es denn so sein soll, dann gehen wir eben in Doc Chey's Noodle House, wäre Ihnen das angenehmer?«

»Okay«, antwortete Joanna Kim und kniff die Lippen zusammen.

»In zehn Minuten, ich hole Sie ab!«

Geheimes Flugfeld am Rio Jatapu, Amazonasgebiet

Beinahe noch zwei Stunden hatte Gene in seinem Versteck zugebracht. Sein Mund war wie ausgetrocknet, und der Magen knurrte. Über ihm war hektische Geschäftigkeit ausgebrochen. Lautes Rufen, Poltern und Dröhnen hatten den Laderaum des Flugzeugs erfüllt, bis schließlich Ruhe eingekehrt war. Geduldig hatte Gene gewartet und dann bis tausend gezählt, bevor er seine Arme gegen die Falltür stemmte und sanften Druck ausübte. Er atmete auf, als die Abdeckung nachgab. Endlich war er wieder frei! Zuerst hob er die Tür nur leicht an und spähte durch die schmale Ritze in den Laderaum. Es war dunkel, und nur der flackernde Schein eines Feuers drang durch die Bullaugen ins Innere des Flugzeugs. Nachdem er alle Kraft in seinem Körper mobilisiert hatte, zwängte er sich nach draußen, um auf dem metallischen Boden für ein paar Sekunden regungslos liegen zu bleiben und durchzuatmen. Als er sich aufrichten wollte, wurde ihm schwummrig im Kopf, so dass er sich vorsichtshalber erst einmal auf den Boden setzte. Die Enge, der Hunger und vor allem der Durst hatten seinem Körper stark zugesetzt. Ein zweiter Versuch, sich zu erheben, misslang. Er krabbelte auf allen vieren zur Wand und zog sich an den Verschraubungen in die Höhe. Er hatte keine Ahnung, wo er sich befand, und auch als er einen Blick durch ein mattes Bullauge nach draußen warf, konnte er nicht viel mehr als das Feuer erkennen, das unweit der Maschine in einem Fass loderte. Er tastete sich zu der Tür im Bug, die zum Cockpit führen musste, und atmete erleichtert auf, als sie sich öffnen ließ. Ermattet schob er sich in die Pilotenkabine und sah gleich die kleine Flasche Mineralwasser, die unterhalb des Steuerruders in einer Ablage stand. Hastig griff er danach, öffnete den Schraubverschluss und trank gierig. Jetzt konnte er nachempfinden, wie sich jemand fühlte, der sich in der Wüste von Nevada verlaufen hatte und nach langen Tagen der Entbehrung auf ein Wasserloch stieß. Selbst wenn Schweröl in der Flasche gewesen wäre, hätte er nicht widerstehen können. Er zog seine kleine Taschenlampe hervor und blickte sich im Cockpit um. Der wandernde Lichtstrahl erfasste eine blaue Tupperbox, die neben dem Sitz des Copiloten lag. Er streckte sich und griff danach. Als er sie öffnete, pfiff er leise durch die Zähne.

»Das ist ja wie im Hilton«, murmelte er, als sein Blick auf ein paar in Folie geschweißten Schinkensandwiches und einem angebissenen Donut haften blieb. Hastig verschlang er alles.

Es war an der Zeit herauszufinden, wo er überhaupt gelandet war. Sein Blick durch die Cockpitverglasung zeigte eine schier endlose Dunkelheit, die auf der Backbordseite lediglich vom flackernden Feuerschein erhellt wurde. Er musste das Flugzeug verlassen. Doch zuvor wollte er das Ding unbrauchbar machen oder besser den Start des Vogels verzögern. Denn er war hier mitten in der Einsamkeit, und kein Hahn würde nach ihm krähen, wenn er den Rückflug verpasste. Doch wie sabotierte man ein Flugzeug, ohne es am Ende so zu zerstören, dass es überhaupt nicht wieder starten konnte? Zum Glück steckte unterhalb des Pilotensitzes das Handbuch. Ein dicker Wälzer, mit mehr als sechshundert Seiten. Als er darin blätterte, las er das Wort *Sicherungen*. Er schmunzelte.

Doch noch bevor er das angegebene Kapitel aufschlagen konnte, hörte er draußen Stimmen, die sich näherten. Er fluchte und löschte die kleine Lampe, die ihm bereits während des Fluges gute Dienste erwiesen hatte. Er duckte sich und spähte hinaus. Keine fünf Schritte entfernt ging eine kleine Gruppe aus fünf Personen am Flugzeug vorüber. Zwei von ihnen hielten eine Taschenlampe in ihren Händen. Waren es die Piloten, die die Maschine zum Rückflug vorbereiten wollten? Er griff nach seiner Waffe, aber seine Muskeln entspannten sich, als die Gruppe am Flugzeug vorbeimarschierte. Im Schein des Feuers erkannte er zwei Frauen und drei Männer. Die Männer hielten Gewehre in ihren Händen. Es schien, als wären die Frauen ihre Gefangenen. Sein Blick folgte dem kleinen Tross, bis er in einiger Entfernung vor einer kleinen

Hütte stehen blieb. Dort standen weitere bewaffnete Männer und hielten offenbar Wache. Einer von ihnen öffnete die Tür und schob die beiden Frauen in den Schuppen. Gene hätte nur allzu gerne gewusst, was da draußen vor sich ging. Als der Strahl einer Taschenlampe die Umgebung erhellte, erkannte er Büsche und Bäume. Er musste sich irgendwo in einem Wald befinden. Fünf schwer bewaffnete Männer hatte er erkannt, doch er zweifelte nicht daran, dass sich noch mehr dieser Kerle dort draußen befanden. Erst als die Eskorte der Gefangenen verschwunden war und er keine Stimmen mehr hören konnte, machte er sich wieder ans Werk. Er erhob sich und ging zurück in den Laderaum. Ein kleiner Kasten oberhalb der Zugangstür war sein Ziel.

Acampamento dos infectados nahe Urucará, Amazonasgebiet

Zwei Transportmaschinen vom Typ Casa CN 235 waren am Vormittag auf dem Flugfeld in der Nähe des Camps gelandet und hatten medizinisches Material für die weitere Versorgung der Erkrankten im Acampamento dos infectados geliefert. Unter der Fracht befanden sich die ersten Einheiten des Hyperimmunserums, das in den Labors der CDC in Zusammenarbeit mit zwei namhaften Pharmakonzernen der USA hergestellt worden war. Professor Sander nahm die beiden Kühlboxen mit sechshundert Einheiten entgegen und brachte sie sofort in das Lager, wo er sie in einem der Kühlschränke deponierte. Das Serum war sehr anfällig und konnte bei Temperaturen über fünfundzwanzig Grad leicht seine Wirksamkeit verlieren. Heute hatten zwei Fährboote angelegt und siebzehn weitere Erkrankte aus den nördlichen Gebieten des Rio Jatapu eingeliefert. Professor Sander wollte umgehend mit den Impfaktionen beginnen. Weitere zweitausend Einheiten waren auf dem Weg, doch das Serum mit dem wissenschaftlichen Namen Hyperaurix A33 musste erst einmal seine Wirksamkeit unter Beweis stellen. Vor allem in den ersten Tagen der Infektion waren die Chancen groß, die Ausbreitung des Virus im Blut zu verhindern oder zumindest einzuschränken, was möglicherweise zu einem sanfteren Verlauf der Krankheit führen konnte.

Die Ärzte des Camps hatten sich im großen Zelt neben dem Labor versammelt, als Professor Sander das Medikament vorstellte.

»Wir beginnen mit den Neuinfizierten, und danach gehen wir von Zelt zu Zelt«, ordnete der Professor an.

»Zehn Milliliter?«, fragte einer der anwesenden Ärzte.

»Ja, zehn Milliliter umfasst eine Einheit«, bestätigte Professor Sander. »Aber seien Sie vorsichtig. Das Serum muss umgehend verabreicht werden, nachdem es aus der Kühlbox entnommen wurde. Lassen Sie es nicht offen herumliegen und verarbeiten Sie es sofort. Es ist in jeweils fünf Einheiten abgepackt. Beobachten Sie Ihre Patienten und teilen Sie mir mit, wenn sich eine Veränderung einstellt!«

Gemurmel brach unter dem anwesenden medizinischen Personal aus.

»Machen Sie sich an Ihre Arbeit und holen Sie die benötigten Einheiten an der Ausgabe neben dem Labor ab. Ich kann nur hoffen, dass wir mit dem Mittel Erfolg haben.«

»Ich bete zu Gott, dass es wirkt«, sagte Anne Arlette, nachdem sich das Zelt geleert hatte und sie mit Professor Sander allein zurückgeblieben war.

»Heute gab es weitere sieben Todesfälle«, antwortete Professor Sander. »Vorgestern hatte ich für einen kurzen Moment den Eindruck, dass weniger Patienten von den Schiffen hierher gebracht würden, aber heute kamen wieder siebzehn Infizierte. Der Trend zeigt eindeutig nach oben.«

»Ich weiß, aber vielleicht haben wir Glück, und die Krankheit ist bei den Neuankömmlingen noch nicht so weit fortgeschritten.«

Professor Sander schüttelte den Kopf. »Es dauert alleine schon zwei Tage, bis sie hier im Camp sind. Ich habe mit Santoro gesprochen und ihn darum gebeten, dass wir direkt zu den Leuten gehen, doch er lehnt es kategorisch ab. Er hat keine Männer, um uns zu schützen. Er muss diesen Landstrich unter Kontrolle halten, und das geht nur, wenn alle Kranken zentral untergebracht werden, behauptet er.«

»Und das Sterben geht weiter«, seufzte Anne.

Der Professor nickte. »Ja, das Sterben geht weiter.«

Aswan Road in Miami, Florida

Das kleine verfallene Haus lag unweit des Opa-Locka-Flughafens in einer heruntergekommenen Gegend. Vor dem Haus stand ein alter, verbeulter Oldsmobil ohne Reifen, der auf Backsteinen aufgebockt war.

Cavallino putzte sich die Nase und holte tief Luft, als er aus dem Haus hinaus ins Freie trat.

Myers hatte sich auf die teilweise eingestürzte Mauer gesetzt und rauchte eine Zigarette.

»Das ist ein Gestank, da dreht es einem den Magen um«, sagte er zu seinem Kollegen von der Miami Dade Police.

»Ist Ryan schon da?«, fragte Cavallino.

Myers warf seine Zigarette weg und erhob sich. »Er ist auf dem Weg.«

Cavallino lachte grimmig. »Er wird Augen machen.«

Ein dunkler Chevy fuhr mit lautem Motorengeheul vor und hielt mit quietschenden Bremsen zwischen dem Streifenwagen und dem dunklen Buick des Gerichtsmediziners. Das hektische Rotlicht rotierte auf dem Armaturenbrett. Detective Leutnant Ryan stieg aus und kam mit schnellen Schritten auf Cavallino zu.

»Was ist passiert?«, fragte er seinen Untergebenen atemlos.

Cavallino zeigte mit einer Geste auf das Haus. »Da drinnen liegen zwei Leichen, riechen nicht mehr besonders gut und sind auch kein schöner Anblick mehr. Der Gerichtsmediziner meint, dass sie schon beinahe drei Wochen tot sind. Genickschuss, fast wie eine Hinrichtung. Außerdem war die Frau schwanger. Ich schätze, im achten oder neunten Monat.«

Ryan amtete tief ein. »Wer sind die Toten?«

»Eine Frau, Mitte zwanzig, Latina«, entgegnete Myers. »Sie hieß Consuela Martinez, war 'ne Nutte, die sich am Strand ihre Kohle verdiente. Und der Typ war wohl ihr Zuhälter. Heißt Enrique Somoza und ist mehrfach vorbestraft.«

»Erschossen?«

»Sie wurde nicht nur erschossen, Leutnant, sondern auch gefoltert. Ihr Körper ist mit Wunden übersät. Brandwunden, Schnitte, Schläge, das volle Programm, bevor ihr jemand in den Hinterkopf schoss.«

»Gibt es Spuren?«

Cavallino griff in seine Jackentasche und zog eine Plastiktüte hervor. Er reichte sie seinem Vorgesetzten.

In der Tüte befand sich eine Visitenkarte.

»Gene Mcfaddin, Privatdetektiv«, las Ryan laut vor.

»Die hielt sie in ihrer Hand. Außerdem haben wir ihr Handy gefunden, sie wurde kurz vor ihrem Tod mehrfach angerufen. Die Nummer wurde aufgezeichnet, aber sie wollte offenbar nicht mit dem Anrufer reden.«

»Wer war der Anrufer?«

»Es ist die Nummer, die auf der Visitenkarte steht.«

»Mcfaddin?«, zischte Ryan.

»Ich habe es damals gleich gesagt«, erwiderte Cavallino. »Wir hätten ihn nicht laufen lassen sollen.«

»Er hat nichts mit dem Mord an Miller zu tun.«

»Sind Sie sich da sicher, Leutnant? Er war im Haus, als Miller starb, und hier liegt seine Visitenkarte in der Hand einer toten Frau. Außerdem hat er mehrfach versucht, mit ihr zu sprechen. Und die vermeintliche Auftraggeberin der angeblichen Ermittlungen, die er damals vorgeschoben hat, ist nicht existent. Wenn das keine klaren Indizien sind, dann fresse ich einen Besen.«

Ryan winkte ab. »Dann wünsche ich schon mal guten Appetit«, antwortete er grimmig und wandte sich um.

»Der Captain will mit Ihnen sprechen«, rief ihm Cavallino nach. »Er erwartet Sie im Büro.«

Einen kurzen Moment verharrte Ryan. Ihm lag eine bissige Erwiderung auf der Zunge, doch er schluckte sie hinunter. Er stieg in seinen Wagen und brauste mit quietschenden Reifen davon.

»Er weiß, wo Mcfaddin steckt, da bin ich mir sicher«, murmelte Cavallino an Myers gewandt.

»Der Captain wird ihn schon zur Rede stellen. Ich glaube nicht, dass er seine Pension riskiert. Er wird dem Captain schon erzählen, unter welchem Stein sich sein Busenfreund Mcfaddin verkrochen hat.«

»Und dann schnappe ich mir dieses Arschloch und stecke ihn in das Loch, bis er verrottet, das kannst du mir glauben.«

41

Geheimes Flugfeld am Rio Jatapu, Amazonasgebiet

In der engen Hütte erhellte eine matte Petroleumlampe die Finsternis. Das faulige Stroh erfüllte den Raum mit einem beißenden Gestank. Dem Cabo war es inzwischen gelungen, aus der Rückwand zwei Bretter zu lösen. Noch war der Durchschlupf zu eng, doch wenn es ihm gelang, das dritte Brett freizulegen, dann würde es ihnen gelingen, sich aus ihrem Gefängnis unbemerkt davonzuschleichen. Antonio Pinto unterstützte den Cabo und bewachte die Tür, während Rosburn schweigend in einer Ecke saß und wortlos auf den Boden starrte.

»Es löst sich«, flüsterte der Cabo, nachdem er mit seinem Messer einen weiteren Nagel gelöst hatte.

»Selbst wenn wir hier rauskommen, nützt es uns nichts«, murmelte Rosburn. »Wir haben keinen Proviant, und wir sind unbewaffnet. Die Kerle werden uns jagen und abknallen wie räudige Hunde.«

»Sie können ja hier bleiben, wenn Sie meinen, dass das besser ist«, entgegnete der Cabo und machte sich am zweiten Nagel zu schaffen.

»Wenn wir es bis zum Fluss schaffen, dann findet uns vielleicht eine Patrouille, man wird ganz bestimmt schon nach uns suchen«, flüsterte Antonio.

»Das Flugzeug ist unsere Chance«, wehrte der Cabo ab. »In jedem Flugzeug gibt es ein funktionierendes Funkgerät. Wenn es uns gelingt, mit dem Tower in Manaus Kontakt aufzunehmen und unsere Position durchzugeben, dann …«

»Ha, unsere Position!«, unterbrach Rosburn. »Wissen Sie noch, wo wir sind? Dieser verfluchte Dschungel sieht überall gleich aus. Wir haben keine Karte. Wie sollen wir unsere Position bestimmen, wenn wir nichts anderes haben als Ihr Taschenmesser.«

»Ich kenne zumindest die letzte Position, an der wir den kleinen Saumpfad genommen haben«, entgegnete der Cabo. »Ich schätze, wir sind keine zweihundert Meter nördlich davon. Das wird reichen. Außerdem ist diese Lichtung in den Karten verzeichnet. Nur weiß niemand, dass sie mittlerweile von diesen Gangstern in Beschlag genommen worden ist. Mit den Tarnnetzen, die sie über das Flugfeld und ihr Lager gespannt haben, ist das Camp aus der Luft nicht zu erkennen, und die Gefahr, dass jemand zu Fuß hier entlangkommt, ist sehr gering. Bleibt also nur noch der Seitenarm des Flusses, der bis kurz vor diese Lichtung reicht, doch der ist leicht zu kontrollieren.«

»Achtung!«, zischte Antonio. »Sie kommen zurück!«

»Die Frauen?«, fragte der Cabo und schob die gelösten Bretter zurück an die Rückwand, wo er sie mit leichtem Druck wieder befestigte.

»Ja.«

Der Cabo richtete sich auf und lehnte sich mit dem Rücken an die Wand, um den Brettern weitere Festigkeit zu verleihen. Kurz darauf wurde die Tür geöffnet und die beiden Frauen in den Verschlag geschoben. Einer der Bewacher steckte den Kopf herein und blickte sich argwöhnisch um, doch als ihm nichts Verdächtiges auffiel, zog er seinen Kopf zurück und schloss die Tür.

Luisa Behringer setzte sich neben die Tür auf den Boden, während Lila Faro beim Cabo Platz nahm.

»Was ist passiert, was wollten die von euch?«, fragte er.

»Nelio ist zurück, doch er wird uns kaum noch etwas anhaben können«, entgegnete Lila. »Er hat das Fieber.«

»Das Virus ist zurückgekehrt«, ergänzte Luisa Behringer. »Drei

Mann. Die Infektion ist schon weit fortgeschritten, ich denke nicht, dass die Männer den morgigen Tag überleben.«

»Woher …«

»Sie waren wohl wieder an diesem See, dort wo die Krankheit ihren Ursprung hatte, wie mir Joao erzählte. Das Virus ist noch immer dort aktiv.«

»Am Lago Maracarana?«

Luisa nickte.

»Was haben die Kerle mit uns vor?«, fragte Rosburn.

»Sie haben Angst, dass auch sie sich infiziert haben«, berichtete Luisa Behringer. »Ich glaube nicht, dass sie uns etwas antun, solange sie nicht wissen, ob die Krankheit auch bei ihnen ausbricht.«

»Dann haben wir noch etwas Zeit«, entgegnete der Cabo. »Konntet ihr irgendetwas erkennen, gibt es ein Funkgerät hier im Lager?«

»Auf der anderen Seite des Flugfeldes gibt es mehrere Hütten«, berichtete Lila Faro. »Draußen steht ein riesiges Flugzeug. Es steht in einer Art Hangar, ich glaube, darüber sind Netze gespannt.«

Der Cabo richtete sich auf. »Was ist das für ein Flugzeug?«

»Es hat vier Propeller«, entgegnete Lila. »Es ist bestimmt fünfzig Meter breit und fast ebenso lang. Als sie uns zu einer der Hütten führten, in dem die Kranken liegen, habe ich gesehen, wie sie große Container entluden und in eine Hütte auf der anderen Seite brachten. Die Luft roch nach brackigem Wasser. Ich glaube, hier ganz in der Nähe ist der Fluss oder ein anderes Gewässer. Außerdem hörten wir kurz nach der Landung des Flugzeugs einen Motor. Es könnte ein Bootsmotor gewesen sein.«

»Wie viele Männer habt ihr gezählt?«, fragte Rosburn.

Lila schaute Luisa an. »Ich denke, so an die zwanzig. Alle schwer bewaffnet.«

Luisa nickte zustimmend. »Und an dem Flugzeug ist eine Nummer angebracht. N343BD, glaube ich. Es ist ein älteres Flugzeug, kein modernes.«

»Es ist ein Amerikaner«, sagte Rosburn erstaunt. »Zivil.«
Der Cabo kratzte sich am Kinn. »Deswegen auch die Waffen.«
»Welche Waffen?«
»Ich weiß nicht, ob es Ihnen aufgefallen ist, Rosburn, aber die Kerle dort draußen hatten allesamt amerikanische Automatikgewehre. Und jetzt steht ein amerikanisches Flugzeug dort draußen. Also hat sich die Frage erübrigt, für wen die Kerle arbeiten.«
Als sich der Cabo ein Stück zur Seite neigte, löste sich ein Brett aus der Rückwand. Lila zuckte erschrocken zusammen, doch der Cabo legte seine Hand auf ihr Knie.
»Das ist unser Fluchtweg für den Fall der Fälle«, beruhigte er die Ärztin.

Cuiabá, Bundesstaat Mato Grosso

Zagallo bremste den dunklen VW Bora ab und schaltete das Licht aus. Er befand sich an einer kleinen Wegegabelung in der Rua Cerilo Pinta da Silva im Stadtteil Coopphamil, kurz vor der Hipico Ranch, mitten in der Einsamkeit. Bäume säumten den Weg und auch sonst gab es hier nicht viel mehr als Sträucher und Wiesen. Er zündete ein Zigarillo an und wartete. Hin und wieder warf er einen Blick auf seine Armbanduhr. Es war kurz vor Mitternacht. Porceá kam mit einem Fahrrad den Weg entlang. Zagallo bemerkte ihn in der Dunkelheit erst, als er sich direkt vor dem Wagen befand und sein Fahrrad abstellte. Zagallo öffnete die Tür des Wagens und stieg aus.
»Hallo, alter Mann, wieso treffen wir uns hier mitten im Nirgendwo?«, sagte er zu Porceá.
»Wenn man mich mit dir sieht, dann sehe ich niemals mehr die Sonne aufgehen. Du weißt, wie man in unseren Vierteln mit Leuten umgeht, die sich mit der Polizei einlassen.«

»Schon gut«, antwortete Zagallo und streckte ihm die Schachtel mit den Zigarillos hin. »Was hast du für mich?«

Porceá griff nach einem Zigarillo, betrachtete es im fahlen Schein des Mondlichts, ehe er es mit seiner Zunge ableckte und sich zum Rauchen auf einem großen Stein niederließ, der neben dem Weg lag. Genüsslich blies er den Rauch in den nächtlichen Himmel.

»Was ist es dir wert«, fragte er den Polizeioffizier.

»Fünfhundert Real«, entgegnete Zagallo.

»Das ist schon einmal ein Anfang.«

»Und noch einmal fünfhundert, wenn uns die Information wirklich weiterbringt.«

»Ich habe mich umgehört, genauso wie du es wolltest«, entgegnete Porceá. »Deinen weißhaarigen Engel kennt hier niemand mit seinem richtigen Namen, aber das bedeutet nicht, dass er nicht schon oft hier in der Stadt war. Seit mehr als einem Jahr treibt er sich schon hier herum. Mir wurde berichtet, dass es einen Arzt gibt, der sich um die Leute in den Favelas kümmert. Doktor Gustavo, er hat seine Praxis in der Avenida Del Bosco. Er kennt diesen Anjo und hat ihm schon ein paar Patienten vermittelt. Allesamt schwere Fälle. Es heißt, sie haben ein Medikament bekommen. Umsonst soll es gewesen sein. Und es hat sogar manchen geholfen.«

»Welches Medikament?«, fragte Zagallo.

»Es waren Spitzen, Doktor Gustavo hat sie verabreicht. Die Behandlung war umsonst, nur durfte niemand darüber reden.«

»Doktor Gustavo praktiziert noch?«

»Ich habe mich erkundigt, es gibt ihn noch, und es gibt auch noch immer Spritzen, umsonst natürlich.«

»Gibt es jemand, der dies auch vor Gericht bestätigen würde?«

Der Alte lachte grimmig. »Keine Chance«, antwortete er. »Niemand traut der Polizei, und niemand traut diesem Staat. Alle in der Regierung füllen sich nur die Taschen, keiner tut etwas gegen die Armut in diesem Land.«

»Nur Doktor Gustavo, ich verstehe.«

»Aber es gäbe eine Möglichkeit«, fuhr Porceá fort. »Doktor Gustavo ist ein reicher Mann geworden, und er hat seine Frau verlassen und sich etwas Jüngeres zugelegt. Die Frau wohnt in Santa Rosa, und sie hat ihn in seiner Praxis unterstützt, bevor er sie davonjagte. Es heißt, er zahlt in letzter Zeit keinen Unterhalt mehr für sie. Sie hängt an der Flasche. Ich denke, diese Frau weiß eine Menge und hasst ihren Mann abgrundtief. Wenn man es richtig anstellt, dann würde sie bestimmt reden.«

Zagallo griff in seine Jackentasche und zog ein Bündel mit Geldscheinen heraus. Er zählte weitere fünfhundert Real ab und reichte sie Porceá.

»Wie versprochen, bleib weiter am Ball und zu niemandem ein Wort! Verstanden?«, sagte er.

»Ich bin doch nicht verrückt, ich will noch ein paar Jahre leben«, entgegnete der Alte, schnippte das ausgerauchte Zigarillo ins Gras und erhob sich.

Zagallo wartete noch, bis Porceá verschwunden war, ehe er den Motor seines Dienstwagens startete.

Geheimes Flugfeld am Rio Jatapu, Amazonasgebiet

Gene war durch den Notausstieg aus dem Flugzeug gestiegen und hatte sich tief auf den Boden geduckt. Die nächtliche Schwüle des Dschungels war durch den Regen fortgeschwemmt worden und einer erfrischenden Kühle gewichen. Er kroch durch die Feuchtigkeit des Buschgrases bis zur nahen Waldgrenze, immer bedacht darauf, sich im Schatten des Feuerscheins zu halten. Er wusste nicht, ob es außer den beiden Wachposten an der Hütte noch weitere rund um das Flugzeug gab. Bevor er ausgestiegen war, hatte er eine ganze Weile die Umgebung beobachtet, doch nachdem die Patrouille ihre Gefangenen in der Hütte abgeliefert hatte, waren sie wieder zurückgegangen und im nördlichen Bereich des Flugfeldes von der Dunkelheit verschluckt worden.

Diese Gefangenen hatten sein Interesse erweckt. Er musste unbedingt erfahren, wo er sich befand und was genau hier los war. Also robbte er an der Waldgrenze entlang, bis er eine Möglichkeit fand, in das dichte Buschwerk einzutauchen. Er richtete sich auf und schlich weiter. Gebückt, denn das Buschwerk war niedrig, so dass er sich von Zeit zu Zeit auf den Knien krabbelnd vorwärts bewegen musste. Schließlich erreichte er die rückwärtige Seite der Hütte, wo er sich niederlegte, verharrte und in die Nacht lauschte. Von Zeit zu Zeit drangen Worte der Wächter zu ihm, darüber hinaus waren nur ab und zu die nächtlichen Schreie einiger Tiere zu hören, die ihm sehr exotisch vorkamen. Er tippte auf Südamerika, irgendwo im Dschungel, wo eine Sprache gesprochen wurde, die dem Spanischen ähnelte, aber doch irgendwie anders klang. Immerhin konnte er das eine oder andere Wort der beiden schwer bewaffneten Männer verstehen. Beinahe zehn Minuten lauerte er im Unterholz, horchte und sammelte seine Kräfte, ehe er sich weiterbewegte. Er suchte nach einer Möglichkeit, einen Blick in das Innere der Hütte werfen zu können, eine kleine Ritze, einen Spalt, doch er suchte vergeblich. Er robbte bis zur Ecke des Verschlages. Dort bemerkte er, dass sich eines der Bretter verschoben hatte. Durch eine kleine Ritze drang gedämpftes Licht nach draußen. Gene musste sich tief hinunterbeugen und lag mit der Wange im feuchten Gras. Er hatte gefunden, was er suchte.

In der Hütte saßen zwei Frauen und zwei Männer. Sie unterhielten sich, und diesmal konnte er jedes Wort verstehen, denn sie sprachen englisch. Der Wortführer war ein großer, kräftig gebauter Mann, der in einer Militäruniform steckte. Seine pechschwarzen, gewellten Haare hingen ihm wirr in die Stirn. Die beiden Frauen saßen ihm gegenüber und lauschten gespannt, was der Soldat zu sagen hatte. Der andere Mann, der neben der Tür saß und ab und zu einen nervösen Blick hinauswarf, war ein ganzes Stück kleiner als der Soldat und weitaus schmächtiger. Sie redeten über das Flugzeug und über automatische Waffen. Die Stimme eines weiteren Mannes war zu hören, doch so sehr sich Gene auch bemühte, der Blick auf ihn blieb ihm verwehrt, da der Soldat ihn verdeckte. Der Name Rosburn fiel in der Unterhaltung, und Gene wurde hellhörig. Außerdem hatte die Aussprache des Mannes im toten Winkel keinen spanischen Akzent. Sein breites Amerikanisch erinnerte Gene an die Zeit in Quantico, als er im dortigen Ausbildungslager der Marines zu einem Agenten des Militärgeheimdienstes ausgebildet worden war. Der damalige Ausbilder hatte ebenfalls diesen näselnden und breiten Dialekt gesprochen, wie er im Big Apple so üblich war. Auch wenn es bereits Jahre zurücklag, erinnerte er sich noch gut an den Mann aus New York, der ihm so manche schlaflose Nacht bereitet hatte. Schon nach vierjähriger Dienstzeit hatte er damals dem MID den Rücken gekehrt und war nach Miami gegangen, wo er sich bei der Miami Dade Police bewarb und angenommen wurde. Schließlich hatte er hervorragende Referenzen vorzuweisen. Und er hätte bestimmt auch Karriere gemacht, wenn ihm damals nicht das Schicksal einen üblen Streich gespielt hätte.

Gene korrigierte seine unbequeme Lage, und beinahe wäre ihm das Brett ins Auge gestoßen, als es verrutschte, weil sich der Soldat bewegte.

Nun sah er ihn, den dritten Mann im hölzernen Gefängnis. Er saß in der Ecke und blickte auf den Boden. Seine Haare waren grau geworden, doch ansonsten hatte er sich nur wenig verändert.

Plötzlich tauchte eine Messerspitze nahe an seinem Auge auf. Der Soldat raunte ihm etwas zu, das er nicht verstand, aber aufgrund der Schärfe in den Worten des Mannes war es ratsam, still liegen zu bleiben und sich nicht zu bewegen. Eine Weile herrschte gespannte Stille. Der Soldat hatte ihn am Haarschopf gepackt und hielt ihm das Messer an die Augen. Die beiden Frauen blickten

Gene erschrocken ins Gesicht. Das Brett, knapp zwanzig Zentimeter breit, war auf den strohbedeckten Boden gefallen.

»Hallo Rosburn«, zischte Gene. »Da fliegt man als blinder Passagier mitten in die Einöde, und wen trifft man dort? Alte Kameraden des MID, die man schon längst vergessen hat.«

»Wer sind Sie?«, herrschte ihn der Soldat mit dem Messer in der Hand an.

»Fragen Sie ihn, ich glaube, er wird sich noch gut an mich erinnern«, entgegnete Gene Mcfaddin.

Acampamento dos infectados nahe Urucará, Amazonasgebiet

»Zweiundvierzig«, stellte der leitende Militärarzt Doktor Braga nüchtern fest. »Und siebenunddreißig Neuzugänge. Das Serum hilft nur bedingt.«

»Das Serum wirkt nur, wenn das Virus sich noch in der Ausbreitungsphase befindet und erst wenige Zellen infiziert hat. Ansonsten ist es nutzlos.«

Professor Sander blätterte die Frachtlisten durch und hakte die einzelnen Positionen ab. »Das heißt im Klartext, die Medizin muss zu den Menschen und nicht die Menschen zur Medizin«, folgerte Doktor Braga.

»Genauso ist es, und genau das müssen Sie dem Kommandeur erklären, ansonsten wird sich das Virus nach wie vor im Norden ausbreiten.«

»Dazu benötigen wir die doppelte Zahl an Männern«, überlegte Doktor Braga laut.

»Jeder, der halbwegs mit einer Spitze umgehen kann, wird hier gebraucht. Wir müssen selbst zu den Menschen.«

»Hat das Serum eine immunisierende Wirkung?«

Professor Sander hob abwehrend die Hand. »Es ist keine Schutzimpfung wie in den Fällen einer Influenza. Das Serum wirkt direkt auf das Virus und verhindert das Eindringen in die Zelle. Die Viren werden inaktiv und sterben mit der Zeit ab. Doch die Wirkung des Mittels ist begrenzt. Nach zwei bis drei Tagen ist das Serum wirkungslos, deswegen müssen die Patienten mehrfach damit geimpft werden. Sie wissen, was das bedeutet.«

Doktor Braga rieb sich die Stirn. »Das wird dem Coronel überhaupt nicht gefallen.«

Professor Sander wischte den Einwand des Militärarztes mit einem Handstreich hinweg. »Ich denke, es geht darum, unseren Patienten so effizient wie möglich zu helfen. Ich habe ein Konzept ausgearbeitet, in dem unsere Maßnahmen eindeutig dargestellt werden. Wenn wir weiterhin Infizierte in dreitägigen Bootstransporten hier ins Camp bringen, dann wird uns das Serum nicht viel helfen. Wir müssen die Hilfe vor Ort bringen, dazu benötigen wir Stützpunkte, die innerhalb eines Tages zu erreichen sind. Dazu wären elf neue Camps nötig. Weiterhin müssen wir geeignete und schnelle Transportmittel haben. Ihre Hubschrauber wären dazu in der Lage. Sieben weitere Helikopter wären zusätzlich erforderlich. Außerdem zweihundert Mann medizinisches Personal und Ärzte.«

Professor Sander warf eine blaue Mappe auf den Tisch. »Hier ist mein Konzept, lesen Sie es, und machen Sie einen Termin mit dem Coronel aus.«

»Wir haben hier siebenhundert Mann im Einsatz. Weitere Einheiten sind schwer zu mobilisieren, denn es gibt noch immer viel Arbeit bei der Beseitigung der Schäden, die der Sturm im letzten Monat im ganzen Land hinterlassen hat.«

»Ich kenne die Probleme, es ist nur die Frage, ob wir wirtschaftliche Interessen vorrangig behandeln sollten. Es liegt an Ihnen, ob wir diese Krise in den Griff bekommen oder ob wir weiterhin lediglich die Symptome therapieren. Ich denke, wir sollten uns langsam an die Bekämpfung der Ursachen machen, es ist höchste Zeit.«

Nachdenklich blätterte Doktor Braga in dem Aktenordner. »Okay, ich werde sehen, was ich tun kann.«

»Sie sollten darum kämpfen, dass wir am Ende gewinnen.«

Doktor Braga nickte berührt. »Vom medizinischen Standpunkt aus haben Sie bestimmt Recht, aber wir müssen unsere schwierige politische Lage in Betracht ziehen. Unsere Armee besteht aus knapp dreihunderttausend Mann, aber es gibt hier so reichhaltige Aufgaben, dass wir stets unter Personalmangel leiden. Letztlich entscheiden die Politiker darüber, wo die Prioritäten gesetzt werden. Und ehrlich gesagt, sind der Amazonas und der Urwald weit von Brasilia entfernt.«

»Ich verstehe, aber erinnern Sie sich, auch in Belém gab es Fälle von Infektionen. Zwar gelang es uns dort rechtzeitig, die Infizierten entsprechend zu isolieren, doch je länger das Virus in diesem Landstrich tobt, umso größer ist die Gefahr, dass es zu weiteren Zwischenfällen kommen wird. Man kann dieses Land nicht ewig vom Rest der Republik abschneiden, und die Grenzen sind durchlässig. Wenn das Virus erst einmal nachhaltig diese Region verlassen hat, dann ist Brasilia auf einmal ganz nahe.«

»Das sollten Sie dem Coronel sagen«, entgegnete Doktor Braga.

»Eine entsprechende Studie befindet sich im Anhang«, antwortete Professor Sander. »Sie müssen nur dafür sorgen, dass sie von den maßgeblichen Herren gelesen wird.«

»Dafür werde ich sorgen, ganz bestimmt«, sagte Doktor Braga mit Nachdruck, bevor er das Zelt verließ.

42

Geheimes Flugfeld am Rio Jatapu, Amazonasgebiet

»Das … das kann nicht sein … ich träume«, stammelte Rosburn fassungslos. »Mcfaddin … verdammt, wie um Gottes willen kommen Sie hierher?«

»Das ist eine verdammt lange Geschichte«, entgegnete Gene.

»Erzählen Sie ruhig.« Rosburn fuhr mit der Hand durch die Luft. »Wir haben gerade nichts Besseres vor.«

»Sie kennen ihn?«, mischte sich der Cabo ein. Noch immer hielt er sein Messer unter Genes Auge.

»Sagen Sie ihm, dass er das Messer wegnehmen soll«, antwortete Gene.

»Erzählen Sie uns zuerst Ihre Geschichte, aber schnell und leise, da draußen stehen zwei Wachen vor der Hütte«, forderte der Cabo Gene zum Reden auf.

»Es ist nur noch ein Mann da, der andere ist hinüber zu den anderen Schuppen gegangen«, widersprach Gene. »Und ich gehöre nicht zu denen, falls Sie das glauben. Also können Sie ruhig das Messer aus meinem Gesicht nehmen, es ist nämlich nicht angenehm, sich auf diese Art und Weise zu unterhalten.«

»Sie können ihm glauben«, stimmte Rosburn zu. »Wenn ich mich nicht ganz täusche, dann ist der Kerl, dessen Auge sie bedrohen, sogar Polizist, also quasi ein Kollege von Ihnen.«

»Und wie kommt er hierher?«

»Mit dem Flugzeug«, ergänzte Gene und begann in aller Kürze seine Geschichte zu erzählen. Als er zum Ende kam, steckte der Cabo sein Messer weg.

»Dann sind die Kerle nur hiergeblieben, weil sie auf das Flugzeug gewartet haben«, folgerte er.

Rosburn schüttelte den Kopf. »Sie sind wirklich allein hierher gekommen, keine Kavallerie im Schlepptau, keine Unterstützung, niemand weiß, dass Sie hier sind?«

»Keine Menschenseele«, bestätigte er.

»Verdammt!«, fluchte Rosburn.

»Woher kennen Sie sich eigentlich?«, fragte Lila.

»Das ist lange her«, antwortete Gene. »Ich weiß nicht, als was sich Rosburn diesmal vorgestellt hat, aber ich kenne ihn von Quantico, damals war er Ausbilder beim Militär. Und wenn ich ehrlich sein darf, er war kein besonders angenehmer Zeitgenosse.«

»Und Sie, Mcfaddin, waren ein kompletter Versager.«

»Trotzdem wären Sie heute nicht mehr hier, wenn ich in La Mesa nicht Ihren Arsch gerettet hätte.«

»Das war reiner Zufall«, widersprach Rosburn.

»Zufall oder nicht, ich weiß, was damals passiert ist. Und heute stecken Sie wieder in der Scheiße. Für wen arbeiten Sie diesmal, Rosburn, für den MID, die NSA, oder sind Sie mittlerweile schon in Langley gelandet, bei den Spezialisten?«

»Sollten wir uns nicht auf die Lage hier konzentrieren«, mischte sich Lila mit barscher Stimme ein.

»Ja, genau«, antwortete Gene. »Weshalb seid ihr eigentlich alle hier, und warum sitzt ihr in diesem … Loch fest?«

Lila erzählte von der Krankheit, die in dieser Region ausgebrochen war, und ihrem Auftrag, das Ausbruchsgebiet zu untersuchen. Sie schilderte, an welchen Symptomen die Erkrankten litten und wie wichtig ihre Aufgabe war. Außerdem erzählte sie von dem erbarmungslosen Vorgehen der Banditen bei ihrer Gefangennahme und stellte die Mitglieder der Gruppe vor.

»Das heißt, wir haben nichts zu verlieren«, antwortete Gene grimmig.

»Sie haben noch immer Erkrankte hier im Lager, und ich befürchte, sie werden das Flugzeug benutzen, um von hier wegzukommen. Wenn sie die Todkranken ausfliegen, dann wird sich das Virus weiterverbreiten. Das müssen wir unbedingt verhindern.«

Gene lächelte und zog die Sicherungen aus seiner Hosentasche. »Sie werden eine Weile brauchen, um den Vogel wieder fit zu kriegen.«

»Wir müssen uns einen Plan einfallen lassen«, antwortete der Cabo. »Es sind rund zwanzig Mann hier im Camp. Die Gruppe, die uns verfolgte, besteht etwa aus weiteren zwanzig Männern. Wir wissen nicht, ob es Farraz gelungen ist, die Kerle aufzuhalten. Vielleicht wurde seine Stellung bereits überrannt, oder die Kerle haben es vorgezogen, ihm aus dem Weg zu gehen und den Rückzug anzutreten. Sie werden wohl wissen, dass das Flugzeug hierher unterwegs oder bereits gelandet ist. Bald wird es hier im Camp nur so wimmeln, deswegen müssen wir schnell etwas unternehmen. Es ist höchste Zeit.«

»Und an was dachten Sie?«, fragte Gene.

»Wenn ein Flugzeug hier landet, dann muss es auch Treibstoff geben. Eine Menge Treibstoff.«

»Ich verstehe«, antwortete Gene. »Es ist wohl besser, wenn ich mich erst einmal hier umsehe, bevor ihr einen Ausbruch versucht. Ich bin in einer Stunde wieder zurück.«

»Ich werde Sie begleiten«, antwortete der Cabo.

»Ich denke, das ist keine gute Idee«, widersprach Rosburn. »Wenn sie nach ihren Gefangenen schauen, dann werden sie Ihr Fehlen schnell bemerken. Und was wird dann aus uns?«

»Ihre Hütten stehen auf der anderen Seite des Flugfeldes«, mischte sich Lila ein. »Wenn es uns gelingt, die Wache außer Gefecht zu setzen und an ihre Waffen zu kommen, dann könnten wir uns nötigenfalls zur Wehr setzen.«

Der Cabo überlegte. »Sie sagten, vor unserer Hütte steht nur noch eine Wache?«, wandte er sich an Gene.

»Richtig. Er hat sogar Ihre Größe.«

»Wenn ich ihn ablenke, trauen Sie es sich zu, ihn kampfunfähig zu machen, bevor er Alarm schlägt?«

»Das käme auf einen Versuch an«, antwortete Gene.

»Also gut, es ist eine Chance.«

»Ich denke, wir sollten es versuchen«, antwortete Lila.

Der Cabo nickte. »Ich zähle langsam bis hundert. Ich denke, die Zeit wird für Sie ausreichen, um sich in seinen Rücken zu schleichen. Ich bringe ihn dazu, dass er die Tür öffnet, und dann schlagen Sie zu.«

»Wenn er Mist baut, dann sind wir alle tot!«, unternahm Rosburn einen letzten Versuch, den Cabo von seinem Plan abzubringen.

»Ich schätze, das sind wir sowieso«, entgegnete der Cabo. »Wenn es ihnen gelingt, das Flugzeug zu starten, dann werden sie wohl kaum Zeugen zurücklassen, die über ihren Fluchtweg Auskunft geben können.«

»Also legen wir los«, stimmte Gene zu und schlich sich zurück in die Dunkelheit. Leise begann der Cabo zu zählen.

Cuiabá, Bundesstaat Mato Grosso

Santa Rosa war ein Stadtteil im Nordwesten von Cuiabá, ein Stadtteil, in dem einige heruntergekommene Villen standen, deren Glanz bereits vor langer Zeit verblasst war. Laura Gustavo do Brentana wohnte am Ende der Avenida Portugal, wo die Straße in einem kleinen Wäldchen endete. Ihrem Haus gegenüber standen zwei Bauruinen, deren Besitzer wohl bereits seit langer Zeit den Ausbau beendet hatten. Schutt und zerbrochene Ziegelsteine lagen am Straßenrand. Zagallo parkte seinen Dienstwagen und stieg hinaus in das gleißende Sonnenlicht. Eine schwüle Hitze schlug ihm entgegen, nachdem er seinen klimatisierten Wagen verlassen hatte.

Die Villa der Gustavos war ein wahres Schmuckstück. Verwinkelte Erker und ein kleiner, runder Turm zierten die gelb getünchte Fassade. Zagallo hatte den Eindruck, dass er vor einem kleinen Schlösschen aus dem vergangenen Jahrhundert stand, so wie er es von Postkarten aus dem weit entfernten Europa kannte. Er schaute sich um, doch die Straße lag verlassen vor ihm. Niemand schien sich der morgendlichen Hitze eines weiteren heißen Tages aussetzen zu wollen. Seit zwei Tagen lag dieser unbarmherzige Hitzeschirm schon über dem südlichen Mato Grosso, und die Krankenhäuser waren überfüllt mit Patienten, vor allem älteren Menschen, die der Hitzewelle nicht gewachsen waren. Die Meteorologen befürchteten, dass sich das Hochdruckgebiet noch weitere vier bis fünf Tage über dem Land hielt und sich erst gegen Ende der Woche eine Änderung einstellen würde.

Zagallo trug ein kurzärmeliges, weißes Hemd und eine helle Leinenhose. Ein weißer Hut mit breitem, rostrotem Band schützte ihn vor der Sonne. Als er im Schatten der Platane angekommen war, die direkt vor der Haustür stand, nahm er den Hut ab und wischte sich den Schweiß von der Stirn. Der im Jugendstil gehaltene Türklopfer an der Holztür aus geöltem Imbuia entpuppte sich als Türklingel, die einen satten Dreiklang-Gong ertönen ließ. Zagallo bezweifelte nicht, dass alleine die Tür zwei Monatslöhne eines Polizeioffiziers gekostet hatte. Er setzte seinen Hut wieder auf und klingelte erneut. Drinnen war keine Bewegung, kein Geräusch zu vernehmen, aber soweit er wusste, musste Laura zu Hause sein. Erneut klingelte er. Schließlich runzelte er die Stirn. Er wandte sich nach links und umrundete das Haus auf einem tadellos gefliesten Weg aus rotbraunen Terrakottafliesen. Ein weitläufiger Garten öffnete sich. Hinter dem in L-Form erbauten Haus erstreckte sich ein beinahe zehn Meter langer Swimmingpool. Die Frau lag unter einem grünweißen Sonnenschirm in einem Liegestuhl direkt neben dem Pool. Auf dem Beistelltisch daneben standen eine leere Weinflasche und ein noch halb gefülltes Glas.

»Chilenischer Rotwein«, murmelte Zagallo, als er näher kam. »Schwer und lieblich.«

Er betrat die Terrasse und blieb ein paar Sekunden lang vor der Frau stehen, die in einem knappen Bikini schlafend im Liegestuhl lag. Er betrachtete sie eine Weile. Sie war um die vierzig und hatte schwarze lange Haare, die zu einem Zopf zusammengebunden waren. Zagallo zweifelte keine Minute daran, dass sie vor ein paar Jahren noch das Blut der Männerwelt in Wallung gebracht hatte. Mittlerweile waren ihre Züge verlebt, und der Alkohol hatte seine ersten Spuren hinterlassen. Dennoch konnte sie wohl auch heute noch mit entsprechender Kosmetik die Männerherzen höher schlagen lassen. Augenblicklich befand sich die schlanke Frau in einer Krise. Ihr Ego hatte schwer gelitten, weil ihr Mann mit einer Jüngeren durchgebrannt war. Sie verkraftete die Trennung nur schwer und tröstete sich wieder mal mit Alkohol über ihren Schmerz hinweg. Porceá hatte sich nicht geirrt, die Rotweinflasche stand als deutliches Zeichen auf dem Tisch, und es war noch nicht einmal Mittag.

Zagallo seufzte. Viel würde sie ihm in ihrem Zustand wohl nicht erzählen können. Er hatte extra den frühen Morgen gewählt, weil er hoffte, sie noch nüchtern anzutreffen. Schon wollte er sich umdrehen und wieder gehen, als die Frau mit den Augen blinzelte.

»Sie stehen in der Sonne«, sagte sie mit brüchiger Stimme.

Zagallo räusperte sich. »Ich dachte … entschuldigen Sie, mein Name ist Carlos Zagallo, ich bin von der hiesigen Kriminalpolizei.«

Die Frau richtete sich auf. Sie erschien ganz und gar nicht betrunken. Sie zeigte auf eine Kühlbox, die neben dem Pool in der Sonne stand. »Ich brauche einen Schluck Wasser.«

Zagallo nickte, wandte sich um und öffnete die Box. Die Getränke darin waren gut gekühlt. Er entnahm eine Wasserflasche und reichte sie der Frau.

»Danke!«

Zagallo wartete geduldig, bis die Frau getrunken hatte. »Ich muss mit Ihnen über Ihren Mann sprechen«, sagte er, nachdem sie die Flasche auf dem Tisch abgestellt hatte.

»Nehmen Sie sich einen Stuhl und setzen Sie sich zu mir!«, sagte die Frau. »In der Box ist noch mehr Wasser, falls Sie ebenfalls etwas trinken wollen.«

Zagallo holte einen Stuhl von der Terrasse, nahm sich ebenfalls eine Pet-Flasche aus der Kühlbox und setzte sich neben die Frau unter den Sonnenschirm.

»Sie haben wohl keine Angst, so alleine hier draußen«, sagte Zagallo, nachdem er einen Schluck Wasser getrunken hatte.

»Ich wurde in dieser Stadt geboren und bin hier aufgewachsen, ich komme schon zurecht.«

»Wir ich hörte, leben Sie seit einiger Zeit alleine hier draußen.«

Laura Gustavo lächelte grimmig. »Das stimmt, mein Mann hat mich verlassen. Er ist mit diesem billigen Flittchen davongelaufen, und jetzt will er, dass ich hier ausziehe, aber da hat er sich geschnitten. Ich gehe hier nicht weg, nur über meine Leiche.«

»Das Haus scheint noch sehr neu zu sein«, antwortete Zagallo.

»Wir sind im letzten Jahr eingezogen, doch dann hat dieser Schuft diese Hure getroffen. Seit einem halben Jahr geht das schon so. Aber Sie sind bestimmt nicht hierhergekommen, um sich meine Eheprobleme anzuhören. Was wollen Sie?«

Zagallo griff in seine Hosentasche und zog ein Foto von Anjo hervor.

»Kennen Sie diesen Mann?«

Laura griff nach dem Bild und warf einen flüchtigen Blick darauf. »Was hat er denn ausgefressen?«

»Sagen Sie es mir«, konterte Zagallo.

»Er war vor ein paar Monaten in der Praxis meines Mannes. Ich kenne ihn nicht, aber Enrico … ich meine, mein Mann, hat ihn offenbar schon gekannt, bevor er in die Praxis kam.«

Zagallo zeigte auf das Haus. »Das hier muss eine Menge Geld

gekostet haben. Ich kenne einige Ärzte, aber zu einer solchen Villa hat es niemand gebracht. Seine Praxis läuft wohl gut?«

»Hören Sie, Senhor Zagallo, wenn Sie sich über meinen Mann unterhalten wollen, warum reden Sie nicht gleich mit ihm selbst? Er wohnt in der Altstadt …«

»Ich weiß, wo er wohnt, aber ich will mit Ihnen sprechen«, fiel ihr Zagallo ins Wort. »Sie haben bestimmt von der Mordserie gehört, die unsere Stadt in Atem hielt.«

»Die Blumenbauern? Ich dachte, die Kerle wären geschnappt.«

Zagallo zeigte auf das Bild. »Der Mann ist darin verwickelt, die beiden Brüder waren nur Handlanger.«

»Und Sie meinen, mein Mann steckt da mit drin?«

»Ich meine, dass er mit diesem Mann, er nennt sich übrigens Anjo, gut bekannt war, außerdem lebt er weit über seine Verhältnisse. Er hat ein Haus, eine Yacht und eine große Wohnung in der Altstadt. Und ich weiß, dass Sie darüber Bescheid wissen. Vielleicht nicht alles, vielleicht nur einen ganz kleinen Teil der Geschichte, aber ich will erfahren, was Sie wissen, und ich hoffe es zu erfahren. Genau deshalb bin ich hier. Entweder reden Sie jetzt gleich oder nach einigen Nächten in unseren Zellen, wenn Ihre Eingeweide im Körper wie Feuer brennen und Sie nach einem Schluck Alkohol lechzen. Aber seien Sie sicher, Sie werden reden, wenn nicht heute, dann morgen oder in zwei oder drei Tagen. Es liegt an Ihnen, wie Sie es gerne haben wollen.«

Die Frau warf einen Blick auf die Weinflasche. »Es scheint Ihnen zu gefallen, sich an wehrlosen Frauen zu vergreifen und Ihre Macht auszukosten. Sie halten sich für einen ganz harten Hund, was?«

»Ich bin nur an der Wahrheit interessiert, und ich bedaure Ihre Lage, aber glauben Sie mir, Alkohol ist keine Lösung. Sie werden so lange trinken, bis Ihre Haut grau und faltig ist und Ihre Hände zittern, und dann wird niemand mehr etwas von Ihnen wollen.«

»Halten Sie mich für attraktiv?«

»Ich glaube, dass Sie noch immer jeden Mann haben könnten, den Sie wollen.«

Die Frau lächelte. »Sie gefallen mir, Polizist. Deswegen werde ich Ihnen erzählen, was ich weiß. Es ist nicht viel, aber es ist die Wahrheit. Und wenn wir hier fertig sind, dann werden wir zusammen in das Haus gehen, und Sie werden dafür sorgen, dass ich mich nach all den Wochen wieder wie eine Frau fühle. Das ist der Deal, ansonsten können Sie mir die Handschellen anlegen. Was halten Sie davon, Polizist?«

Zagallo lehnte sich zurück. »Ich höre. Und erzählen Sie mir keinen Blödsinn, ich warne Sie.«

»Laura«, antwortete sie. »Ich heiße Laura, sag Laura zu mir.«

Dade Police Department in Miami, Florida

Ryan saß unruhig auf seinem Stuhl. Er wischte sich den Schweiß von der Stirn und öffnete den oberen Knopf seines Kragens. Der Captain musterte ihn streng.

»Stimmt das, was Cavallino behauptet?«, fragte er eindringlich.

»Sieben Mal hat er ihn angerufen«, warf Cavallino vorlaut ein.

»Halten Sie Ihr Maul, Detective«, wies ihn der Captain zurecht.

Ryan atmete tief durch. »Ja, es stimmt, er hat mich mehrfach angerufen.«

Der Captain erhob sich. »Warten Sie draußen!«, befahl er Cavallino. Er wartete, bis der Kollege die Tür von außen geschlossen hatte.

»Mensch, Tony«, sagte er zu Ryan. »Was soll das, was läuft hier?«

»Gene ist unschuldig«, antwortete Ryan. »Cavallino will ihm etwas anhängen, und keinen interessiert es. Im Gegenteil, jedem scheint dieses Komplott zu gefallen.«

Der Captain umrundete den Schreibtisch und griff nach der Akte, die auf der Schreibunterlage lag. »Es sprechen viele Indizien gegen Mcfaddin«, sagte er. »Miller, Martinez und Somoza, und überall war Mcfaddin im Spiel. Wir fahnden nach ihm und mein Detective Leutnant weiß genau, wo er steckt. Tony, ich frage dich noch einmal, was läuft hier eigentlich? Wo hält sich Mcfaddin auf?«

Ryan strich sich über die Stirn. »Ich habe keine Ahnung. Seit etwa einer Woche habe ich keinen Kontakt mehr zu ihm.«

»Und wo war er vor dieser Zeit?«

Ryan schluckte. »Das letzte Mal rief er aus der Nähe von Baton Rouge an.«

»Baton Rouge, was zum Teufel will er dort unten?«

»Er ist auf der Suche nach dem Mörder von Miller und wahrscheinlich hat derselbe Täter auch Martinez und Somoza auf dem Gewissen.«

»Tony, ich will jetzt genau wissen, um was es bei der Sache geht. Und keine Ausflüchte mehr, es reicht. Du weißt selbst, was auf dem Spiel steht.«

Ryan nickte. »Ich habe ihm versprochen, ihn nicht zu verraten.«

»Tony, wir kennen uns nun schon bald fünfundzwanzig Jahre. Wir sind damals in Downtown und am Strand zusammen auf Streife gewesen. Ich habe dich in dieses Department geholt. Hast du kein Vertrauen zu mir? Wenn du nicht redest, dann bleibt mir nichts anderes übrig, als die Dienstaufsicht zu verständigen. Du weißt, wie das endet. Du bist jetzt fünfzig. Einen anderen Job wirst du nicht mehr kriegen, und deine Pension kannst du ebenfalls vergessen, wenn du nicht sogar in den Knast wanderst. Jetzt ist es Zeit, die eigene Haut zu retten, verstehst du?«

Ryan blickte betreten zu Boden. »Gene kam vor ein paar Wochen zu mir«, begann Ryan zögernd mit seiner Geschichte. »Eine Frau hatte ihn beauftragt, einen jungen Mann zu suchen. Sie war angeblich schwanger von ihm und meldete ihn als vermisst. Sie glaubte, ihm sei etwas zugestoßen, weil er sich mit falschen Freunden eingelassen hatte.«

»War Martinez diese Frau?«

»Ich weiß es nicht, ich weiß nur, dass die Frau einen falschen Namen und eine falsche Adresse angegeben hatte.«

»Sie ist schwanger und meldet ihren Freund als vermisst. Dabei benutzt sie einen falschen Namen und eine falsche Adresse. Das ergibt doch keinen Sinn.«

»Ich verstehe es selbst nicht, aber ich glaube Gene«, fügte Ryan hinzu, ehe er mit seinem Bericht fortfuhr.

Als er alles erzählt hatte, was er wusste, kratzte sich der Captain nachdenklich am Bart. »Also, entweder hat dir Mcfaddin eine unglaubliche Räuberpistole erzählt, oder er ist einem großen Ding auf der Spur, von dem er selbst noch nicht weiß, wie die Sache zusammenhängt. Was glaubst du?«

»Wenn ich ehrlich bin, kamen mir ab und zu Zweifel, aber dann habe ich selbst ein klein wenig recherchiert, Hastings, Miller, die DEA. Ich weiß nicht, aber ich glaube, Gene ist da auf eine große Sache gestoßen. Ich glaube, es geht um Rauschgiftschmuggel, und ein paar Kerle von der Flugaufsicht stecken sogar mit drin. Miller zum Beispiel, aber nicht nur der alleine, da muss es noch andere geben.«

»Und dieser Tanner, von dem Mcfaddin sprach, hast du über den etwas herausgefunden?«

»Leider nicht, nur habe ich in der Telefonzentrale nachgefragt«, antwortete Ryan. »Damals, als Gene in Millers Haus festgenommen wurde, dachten wir alle, dass Millers Nachbarin die Polizei angerufen hätte, nachdem sie Gene um das Haus schleichen sah. Aber das ist nicht richtig. Cavallino hat einen anonymen Hinweis auf seinem Dienst-Handy erhalten. Er hat auch die Streifenpolizisten angefordert, die Gene vor dem Toten kniend erwischten. Ich weiß nicht, aber ich habe den Verdacht, dass Cavallino nicht mit offenen Karten spielt. Er war schon damals, als Gene noch hier arbeitete, so etwas wie sein persönlicher Feind. Gene war einfach der bessere Polizist und Cavallino immer eine Nasenlänge voraus. Gene wurde befördert und erhielt Prämien, und Cavallino schaute in die Röhre. Ich glaube, dass Cavallino Gene abgrundtief hasste. Die beiden waren am Ende wie Hund und Katze zueinander. Und als Gene damals die Kontrolle verlor und aus dem Ruder lief, hat Cavallino die Chance ergriffen. Er war maßgeblich an Genes Suspendierung beteiligt.«

»Glaubst du, dass Cavallino …«

»Nein, ich glaube nicht, dass er in die Sache verwickelt ist, aber ich glaube, dass er alles dafür tun würde, um sich an Gene zu rächen. Und ich glaube, er hat einfach gedacht, dass es besser für die Anklage ist, wenn er verschweigt, dass er von einem anonymen Anrufer zu Millers Adresse gerufen wurde.«

Der Captain überlegte. »Dann muss es jemand geben, der von Mcfaddins und Cavallinos Hassliebe weiß. Warum sollte er sonst ausgerechnet Cavallino anrufen? Hast du die Nummer überprüft?«

»Es gab keine Nummer«, antwortete Ryan.

»Keine Nummer? Wie ist das möglich? Ich dachte, alle eingehenden Anrufe in unserem System werden mit Nummern aufgezeichnet.«

Ryan lächelte. »Fast alle, nur nicht diejenigen, die aus dem Ausland geführt werden oder wo der Provider nicht in den USA oder Kanada seinen Sitz hat.«

Der Captain griff nach der Akte und warf sie vor Ryan auf den Schreibtisch. »Ich vertraue deinem Instinkt, es ist jetzt dein Fall, nimm dir ein paar Leute und arbeite daran.«

»Und Cavallino?«

»Mach dir darüber keine Gedanken, ich regle das. Aber ich will wissen, wenn ihr etwas in Erfahrung bringt.«

Ryan griff nach der Akte. »Du kannst dich darauf verlassen«, antwortete er.

43

Geheimes Flugfeld am Rio Jatapu, Amazonasgebiet

Gene robbte lautlos an der Wand entlang und spähte vorsichtig um die Ecke. Der flackernde Schein eines Feuers, das in einem alten, ausgedienten Ölfass entfacht worden war, erhellte leidlich das Szenario. Der Wächter saß neben der Tür auf einem Holzklotz und hatte sein Gewehr über die angewinkelten Beine gelegt. Der Mann war einen ganzen Kopf größer als Gene, dafür aber hager, fast schon dürr, an seinem Gürtel baumelte eine Pistolentasche. Gene musterte die Umgebung, doch einen weiteren Wächter konnte er weit und breit nicht ausmachen. Er blieb regungslos liegen und wartete, bis der Soldat in Aktion trat.

Plötzlich rumorte es in der Hütte, und jemand pochte heftig gegen die hölzerne Tür.

Der Wächter zuckte kurz zusammen, griff nach seinem Gewehr und schnellte wie ein Pfeil in die Höhe. Er zielte auf den Verschlag und rief ein paar unverständliche Worte, auf die er eine kurze Antwort erhielt.

Gene konnte einige Wortfetzen verstehen. Offenbar ging es darum, dass eine der Gefangenen auf die Toilette musste. Der Hagere entspannte sich, nahm die Waffe herunter und entgegnete ein paar Worte, die er mit einem schallenden Gelächter begleitete. Offenbar schien es ihn zu amüsieren, Gewalt über die Gefangenen auszuüben, und er gab ihnen zu verstehen, dass die ganze Hütte eine einzige Toilette sei und sie doch gleich dort ihre Notdurft verrichten könnten.

Das Klopfen wurde heftiger, dennoch machte der Wachmann

keinerlei Anstalten, die Tür zu öffnen. Im Gegenteil, je heftiger geklopft wurde, umso größer wurde seine Schadenfreude.

Durch das veranstaltete Spektakel war es so laut, dass sich Gene erheben konnte, ohne befürchten zu müssen, dabei von dem Wachmann gehört zu werden. Er zog seine Waffe und überlegte, wie er den Mann am einfachsten außer Gefecht setzen konnte. Die Tür würde er wohl nicht öffnen, so viel erschien sicher. Nachdem das Pochen und Klopfen nicht verstummte und noch eine ganze Weile anhielt, wurde es dem Wächter zu bunt. Er nahm das Gewehr ab und schlug mit dem Gewehrkolben gegen die Tür. Ein lauter Fluch kam über seine Lippen. Offenbar hatten der Cabo und die übrigen Gefangenen erkannt, dass sie mit dieser Aktion keinen Erfolg haben würden, so dass das Klopfen langsam erlahmte.

Schließlich wurde es still. Ein paar Sekunden verharrte der Wachmann noch vor der Tür, bevor er sich mit einem zufriedenen Gemurmel wieder umwandte und sich zu seinem Holzklotz begab. Doch er setzte sich nicht, sondern lehnte lediglich sein Gewehr gegen den abgesägten Baumstumpf, ehe er sich umwandte und direkt auf die Hausecke zukam, hinter der sich Gene verbarg.

Er nestelte an seiner Hose. Anscheinend hatten ihn die Gefangenen daran erinnert, dass er selbst auch ein Bedürfnis hatte. Als er kaum zwei Meter von Genes Versteck vorüberging und sich an das angrenzende Gebüsch stellte, schnellte Gene hinter seinem Rücken vor. Die Waffe zum Schlag erhoben, hetzte er auf den Wachmann zu und schlug ihm mit aller Kraft den Pistolengriff in den Nacken. Er hoffte, den hageren Mann mit diesem Schlag außer Gefecht zu setzen. Doch der fuhr herum und riss die Arme in die Höhe. Gene war so verblüfft, dass er von dem Handrücken des Mannes getroffen wurde und einen Schritt nach hinten taumelte. Aber schon sprang er wieder auf den Hageren zu und schlug dem Mann die Pistole ins Gesicht. Es knirschte, als werde Glas zertreten, doch der Hagere steckte auch diesen Schlag weg und versuchte nach Gene zu greifen. Er erwischte ihn an der Schulter und riss ihn zu sich heran. Gene hob das Knie in die Höhe und traf den Wächter in den Unterleib. Der Mann zuckte zusammen, ein Stöhnen kam über seine Lippen, und sein eiserner Griff erlahmte. Gene holte weit aus und schlug ihm ein weiteres Mal mit der Waffe ins Gesicht. Er traf ihn am Kinn, und das zeigte endlich die ersehnte Wirkung. Blut spritzte durch die Luft, und die Beine des Getroffenen knickten ein. Er fiel auf die Knie und röchelte. Gene schlug noch einmal mit dem Pistolenknauf auf den Kopf des Knienden. Der Mann sackte endlich zusammen und blieb regungslos liegen.

Nachdem sich Gene überzeugt hatte, dass der Kerl wirklich außer Gefecht gesetzt war, drehte er ihn um und blickte in das blutig geschlagene Gesicht. Er schleifte ihn zum Eingang der Hütte und ließ ihn dort liegen. Die Tür war durch eine Kette gesichert; als Verriegelung diente ein altes Bügelschloss. Gene durchsuchte die Taschen des Wächters, doch den Schlüssel entdeckte er dort nicht. Er fand ihn schließlich an einer Halskette, riss sie ihm einfach ab und steckte den Schlüssel ins Schloss. Bevor er öffnete, flüsterte er den Gefangenen zu, dass er vor der Tür stand und den Wachmann unschädlich gemacht hatte, denn er befürchtete, dass sich die Männer auf ihn stürzen würden. Als er die Kette gelöst hatte und die Tür aufschob, blickte er in das fragende Gesicht des Soldaten.

»Ich musste ganz schön heftig auf ihn einschlagen«, stöhnte Gene atemlos. »Im Fernsehen ist es immer so einfach.«

Gemeinsam zogen sie den Niedergeschlagenen in die Hütte. Lila warf einen kurzen Blick auf den Mann, dann fühlte sie seinen Puls und hielt ihr Ohr an seinen Mund. Schließlich schaute sie auf. »Er ist tot«, flüsterte sie.

Der Cabo durchsuchte den Toten und fand ein langes Jagdmesser sowie eine Makarov-Pistole mitsamt Ersatzmagazin.

»Das Gewehr?«

Gene drehte sich um und holte das Gewehr des Wachmannes. Ein M16-Sturmgewehr aus amerikanischer Fertigung. Er reichte es dem Cabo, der es an Rosburn weitergab. »Damit sollten Sie sich auskennen, wenn Sie beim Militär waren.«

Rosburn griff nach der Waffe und überprüfte das Magazin. Die Waffe war geladen.

»Was machen wir jetzt?«, fragte Gene.

»Jetzt schauen wir uns hier in dieser Gegend um. Rosburn hat ungefähr die Größe des Wachmannes, er wird sich draußen niederlassen, falls die Kerle auf die Idee kommen, hier nach dem Rechten zu sehen.«

»Aber was soll ich tun, wenn die Kerle hier auftauchen?«, wandte er entsetzt ein.

»Das, was Sie in Quantico gelernt haben«, entgegnete Gene.

Der Cabo wandte sich Antonio zu und reichte ihm die Pistole. »Können Sie damit umgehen?«, fragte er.

Antonio griff danach. »Ich war beim Militär«, antwortete er. »Ich habe zwar lange nicht mehr geschossen, aber ich denke, es wird schon klappen.«

»Gut«, antwortete der Cabo. »Geschossen wird nur im äußersten Notfall. Wir werden in einer Stunde zurück sein. Wenn zwischenzeitlich weitere Wachen auftauchen, dann verschwindet ihr im Unterholz. Versteckt euch. In drei Stunden wird es hell, uns muss es gelingen, die Kerle abzulenken und auszuschalten. Denkt daran, sie haben Scharfschützen, deswegen bleibt in euren Verstecken.«

Rosburn wollte noch etwas erwidern, doch als er in die entschlossenen Augen des Cabos blickte, schwieg er.

»Passt auf euch auf«, sagte Lila, bevor der Cabo und Gene in der Dunkelheit verschwanden.

Regierungsviertel im Zentrum von Manaus, Hauptstadt des Bundesstaates Amazonas

»Sind Sie verrückt? Wenn man uns hier zusammen sieht!«, protestierte Luela, als Paco plötzlich vor ihm stand und ihn in eine dunkle Ecke zwischen zwei großen Häusern schob.

»Wenn ich stürze, dann fallen Sie mit, Sie und alle anderen, die an dieser Nabelschnur hängen. Das ist Ihnen hoffentlich klar!«

»Was wollen Sie?«

»Es ist Militär aufgetaucht«, antwortete Paco barsch. »Das war so nicht ausgemacht. Sie hatten die Aufgabe, das Militär aufzuhalten. Sie sprachen von einer Gruppe Mediziner, aber es waren zwei Einheiten der Marineinfanterie und eine Gruppe amerikanischer Soldaten in ihrer Begleitung. Es gab Tote und Verletzte.«

»Wir haben alles versucht, aber auf die Entscheidungen von Coronel Santoro haben wir keinen Einfluss.«

»Bei den horrenden Zahlungen, die Sie von mir erhalten, erwarte ich mehr von Ihnen.«

»Wir konnten das Eintreffen der Suchmannschaften eine ganze Woche verzögern. Ich denke, das ist ein angemessener Beitrag für die Operation gewesen. Sie müssen heute noch dort verschwinden. Die Einheiten werden bald in Urucará eintreffen, dann sind uns die Hände gebunden.«

»Das Flugzeug ist gelandet, der Abtransport wird vorbereitet. In sechs Stunden ist das Lager geräumt, und nichts wird daran erinnern, dass es das Camp jemals gab. Aber wir werden Opfer bringen müssen. Unsere Männer sind auf einen starken Trupp gestoßen, der sich auf einem Hügel eingenistet hat. Meine Leute liegen unter heftigem Feuer. Ich habe angeordnet, dass sie sich zum Lager zurückziehen und verschwinden.«

»Das ist Wahnsinn, der Trupp muss vernichtet werden, es wird Nachforschungen geben.«

Paco lächelte grimmig. »Sie werden dafür sorgen, dass sich die

Soldaten aus diesem Gebiet schnellstmöglich zurückziehen, sonst können wir nie mehr dorthin zurückkehren. Die Mine ist noch längst nicht ausgebeutet, da schlummern noch Millionen unter der Erde, die auf uns warten.«

»Solange das Militär das Kommando führt, sind uns die Hände gebunden«, antwortete Luela. »Es ist zu gefährlich geworden, wir werden unsere Bemühungen einstellen müssen. In einem Jahr können wir vielleicht wieder ins Geschäft kommen, aber so lange wird es mindestens dauern, bevor das Militär abzieht.«

»Das könnt ihr nicht tun, wir haben Absprachen«, entgegnete Paco entrüstet. »Sie stehen im Wort.«

»Die Lage hat sich verändert, es ist zu heiß geworden.«

»Wie viele Dollars habt ihr in den letzten zwei Jahren gehortet«, sagte Paco. »Ihr bekommt euren Hals nicht voll. Aber denkt daran, wenn wir stürzen, dann fallt ihr mit, und euer Sturz wird tiefer sein. Dieses Land geht nicht fein mit Leuten um, die es betrügen, und Korruption ist ein schwerwiegendes Verbrechen. Wenn ihr nicht den Rest eures Lebens hinter Gittern verbringen wollt, dann solltet ihr euch an das halten, was wir abgemacht haben.«

Luela nestelte nervös an seinem Kragen herum. »Wenn es dieses verdammte Virus bloß nicht gegeben hätte! Das war eine Ausnahmesituation. Wir können nichts dafür.«

»Richten Sie Ihrem Boss aus, dass wir absolute Loyalität erwarten, ansonsten wird es Konsequenzen haben«, sagte Paco und ließ ihn ohne ein weiteres Wort stehen.

Acampamento dos infectados nahe Urucará, Amazonasgebiet

Am frühen Morgen zitterte die Luft über der Stadt am Rio Urucará, als das Donnern und Dröhnen von acht NH-90-Helikoptern der 8. Luftlandedivision aus Recifé die Menschen im Camp aufschreckte. Acht Maschinen mit jeweils 12 Mann Besatzung der Luftlandedivision, die zur Suche und zur Bergung des verschollenen Außenteams in das Amazonasgebiet entsandt worden waren und die bereits vor vier Tagen hier eintreffen sollten.

Professor Sander hatte sich einen Morgenmantel übergezogen und sein Zelt verlassen, um die Ankunft der Verstärkungskräfte zu beobachten. Doktor Braga, der Kommandant und leitende Mediziner, warf sich seine Uniformjacke über, als er an Professor Sander vorüberhetzte, um zum Landeplatz außerhalb des Lagers zu gelangen.

»Doktor Braga«, rief ihm Professor Sander zu. »Ist das der Suchtrupp oder die Verstärkung zur Auslieferung unseres Serums?«

Doktor Braga hielt inne und blieb vor dem Professor stehen. »Das sind Luftlandeeinheiten aus Recifé, sie werden im Gebiet um den Rio Jatapu nach den Vermissten suchen«, antwortete er. »Coronel Santoro hat die Kräfte angefordert. Ich muss den Kommandanten abholen und zur Barroso bringen. Dort ist in einer halben Stunde Einsatzbesprechung.«

»Warum wurde ich nicht verständigt?«, fragte Professor Sander.

Doktor Braga hob abwehrend die Hand. »Das ist eine Militäraktion«, antwortete er.

Der letzte der Hubschrauber hatte inzwischen außerhalb des Zaunes aufgesetzt, und langsam verstummte das laute Klopfen der General-Electric-Turbinen.

»Ich will an der Besprechung teilnehmen«, antwortete Professor Sander bestimmt. »Es sind meine Leute da draußen. Ich will wissen, was mit ihnen geschehen ist.«

»Ich weiß nicht …«

»Das ist keine Bitte, Doktor Braga.«

Der Doktor knöpfte seine Uniformjacke zu. »Ich werde mit dem Coronel reden.«

»Nein, ich werde Sie begleiten, warten Sie auf mich.«

Professor Sander verschwand in seinem Zelt.

Inzwischen war auch Anne Arlette aus ihrem Zelt gekrochen. Sie sah gerade noch, wie der Professor in seiner Behausung verschwand.

»Was ist hier los?«, fragte sie den Militärarzt.

»Das Suchkommando ist eingetroffen.«

»Viel zu spät, ich hoffe, dass Luisa und Antonio noch leben und man sie findet, bevor …«

»Sie werden sie finden«, fiel ihr der Offizier ins Wort. »Einige der Hubschrauber sind mit Wärmesensoren ausgestattet. Der Dschungel ist zwar dicht, aber wenn sich unter den Blättern eine größere Personengruppe aufhält, dann bin ich zuversichtlich, dass man diese auch entdeckt. Außerdem sind Suchhunde bei den Bodentruppen im Einsatz. Wir werden Ihre Freunde finden, darauf gebe ich Ihnen mein Wort.«

Professor Sander kam aus seinem Zelt. Er trug eine beige Jacke und hatte seine Haare mit Wasser befeuchtet.

»Hallo Anne«, begrüßte er seine Kollegin. »Ich gehe zu einer Besprechung, leg dich noch einmal hin, es ist spät geworden, und du musst dich ausruhen, bevor du dich wieder an deine Arbeit machst.«

»Schon gut«, antwortete Anne und blickte den beiden Männern nach, die in einen Militärjeep einstiegen und schließlich in Richtung des Tors davonbrausten.

»Hoffentlich ist ihnen nichts passiert«, murmelte Anne. Sie bemerkte Pater Innocento erst, als er aus dem Schatten eines Zeltes trat.

»Es haben sich schon viele Menschen dort draußen in den Wäldern verirrt, selbst Geologen, die mit modernen Navigationscomputern ausgerüstet waren, sind tagelang durch den Urwald geirrt, bevor man sie an einem Flussufer fand. Das ist nicht ungewöhnlich, denn das Land verändert ständig sein Antlitz. Dort, wo in einer Karte ein Fluss eingezeichnet ist, findet man Tage später nur ausgetrocknetes Land, und wo es gestern noch Ebenen gab, ist heute ein großer See. Nur wer hier geboren und aufgewachsen ist, kennt die Pfade, die durch den Urwald führen.«

»Danke für den Trost, Pater, aber es waren Führer bei ihnen, die sich hier gut auskennen und die hier aufgewachsen sind. Dennoch sind sie verschollen.«

»Ich bete jeden Tag zu Gott, dass er seine schützenden Hände über sie legt«, antwortete Pater Innocento. »Wollen wir gemeinsam beten?«

Lächelnd schüttelte Anne den Kopf. »Ich habe bereits vor zwanzig Jahren das Beten aufgegeben. Wenn es Gott gibt, dann hört er nicht mehr auf uns Menschen.«

Der Pater schüttelte den Kopf. »Er hört dich, Schwester, und er kennt deine Gedanken.«

Dade Police Department in Miami, Florida

Vincent Mosley war ein Mensch der besonderen Art. Als ehemaliger FBI-Agent und V-Mann kannte er die Szene der Stadt wie kein anderer. Nachdem er angeschossen und schwer verletzt worden war, hatte er seinen Dienst quittieren müssen. Doch er hatte Glück im Unglück, denn er hatte eine reiche Frau geheiratet, so dass er auf seine schmale Pension nicht angewiesen war. Ryan hatte lange überlegt, wen er aus seiner Abteilung in das Ermittlungsteam aufnehmen konnte. Diana Cross, Nick Polanski, Trevor Hutchinson und Steve Langdon waren ihm in den Sinn gekommen, doch niemand kannte die Stadt und den Bezirk um Miami Beach so gut wie Mosley. Der Captain hatte ihm alle Freiheiten gegeben, um Licht ins Dunkel zu bringen, und dazu gehörte auch die Auswahl seines Teams.

»Du wirst mit dem üblichen Salär eines V-Mannes abgegolten, wenn du damit einverstanden bist«, sagte Ryan und füllte Vogelfutter in einen kleinen Becher.

Mosley, der in einem Rollstuhl saß, lächelte. »Das sind hundert Dollar im Monat, geschissen darauf! Wenn ich mitmache, dann nur, weil es um einen Ex-Bullen geht, der möglicherweise unschuldig ist. Ich bin ebenfalls ein Ex-Bulle und weiß, wie manche Kollegen hinter dem Rücken tuscheln. Also, Ryan, was ist los? Ist der Junge unschuldig?«

Ryan stellte den Becher zurück in den Vogelkäfig, in dem zwei Zebrafinken nervös hin und her flogen.

»Er ist es, dafür lege ich meine Hand ins Feuer.«

Mosley fuhr mit seinem Rollstuhl vor den Käfig und streckte seinen Finger durch die Gitterstäbe. »Hast du vor, eine Zucht daraus zu machen?«

Ryan schüttelte den Kopf. »Wie soll das gehen, ich weiß noch nicht einmal, ob es Männchen oder Weibchen sind. Ich habe sie aus dem Haus einer Ermordeten mitgenommen, weil sie keine Angehörigen hatte, und seitdem stehen sie hier. Es ist nie jemand aufgetaucht, um sie abzuholen, und verdammt, ich kann sie doch nicht so einfach verhungern lassen.«

»Dann finde es heraus, ob es Männchen oder Weibchen sind.«

»Und wie soll ich das tun?«

»Das ist ganz einfach«, erklärte Mosley mit einem Grinsen. »Du holst dir ein Bud und trinkst es direkt neben dem Käfig aus. Dann rülpst du so laut, dass die Wände wackeln. Sagen beide dann *Cheers*, dann sind es Männchen, sagen sie aber *Du Schwein* zu dir, dann sind es Weibchen, und wenn du beides zu hören bekommst, dann kannst du mit deiner Zucht beginnen.«

»Häh, komisch«, antwortete Ryan. »Wie sieht es aus, bist du mit von der Partie?«

Mosley kratzte sich am Kinn.

»Bin dabei«, murmelte er leise.

»Gut.«

Er klopfte auf seinen Rollstuhl. »Aber du weißt, dass Verfolgungsjagden nur noch bergab möglich sind.«

»Du musst bei Alamo etwas für mich herausfinden«, antwortete Ryan.

»Und was wäre das?«

»Es geht um einen Mietwagen, ein schwarzer Blazer, ich muss wissen, wer ihn am Zehnten letzten Monats gemietet hat. Und über den Kerl will ich alles wissen, verstehst du?«

Mosley salutierte mit der rechten Hand. »Ist so gut wie erledigt, Boss«, antwortete er.

44

Geheimes Flugfeld am Rio Jatapu, Amazonasgebiet

Sie hatten sich nach Osten gewandt und sich im Schutz der mannshohen Büsche entlang der Baumgrenze davongeschlichen. Auf der gegenüberliegenden Seite der etwa einhundert Meter breiten Lichtung flackerte Feuerschein unter den Baumwipfeln hervor. Die Umgebung war nur schemenhaft zu erkennen, und ab und zu funkelte ein heller Stern am Himmel.

»Das ist ein ganz schön langer Streifen, der müsste doch auffallen«, flüsterte Gene, als sie kurz verharrten, um sich zu verschnaufen. »Ich verstehe nicht, dass man dieses Lager nicht bemerkt hat.«

»Sie kennen den Regenwald nicht«, antwortete der Cabo. »Hier draußen gibt es Millionen von Quadratmetern Wald, ab und zu sind die Wälder von Wasserläufen durchzogen, und das Gebiet ist unwegsam. Hier könnten sich ganze Regimenter verstecken, ohne dass man auch nur eine Spur von ihnen finden würde.«

»Und was suchen die Kerle hier draußen?«

»Hier gibt es Gold, Diamanten und wertvolle Baumbestände«, entgegnete der Cabo. »Das Lager hier ist gut organisiert, wenn es den Ausbruch der Viruskrankheit nicht gegeben hätte, wäre diese Bande nie entdeckt worden. Und so wie es hier aussieht, ist es nicht nur eine Bande dahergelaufener Aventureiros.«

»Organisierte Kriminalität«, antwortete Gene. »Das kann ich nur bestätigen. Dieser Hastings, von dem ich Ihnen erzählt habe, scheint wohl der Boss von diesem Unternehmen hier zu sein. Er hält einen ganzen Landstrich in den Staaten in seinen Klauen.«

»Wir sollten weiter«, mahnte der Cabo. »In drei Stunden wird es hell. Außerdem rieche ich Wasser. Hier muss es irgendwo ein Gewässer geben.«

»Nur zu, ich bleibe Ihnen dicht auf den Fersen.«

Sie krochen weiter am Rande der schlauchförmigen Lichtung entlang, bis die ersten Bäume vor ihnen auftauchten und sie auf die andere Seite wechseln konnten. Doch kaum hatten sie das freie Gelände überwunden, warfen sie sich flach auf den Boden. Ein gleichförmiges Brummen drang durch den Wald zu ihnen herüber. Erneut war Feuerschein zu sehen. Gene schaute in den Himmel, aber dort war alles schwarz.

»Da ist wieder ein Tarnnetz über uns gespannt«, flüsterte er dem Cabo zu.

»Dort drüben, da muss Wasser sein«, entgegnete der Militärpolizist und lenkte Genes Blick in die angegebe Richtung.

»Lassen Sie uns nachsehen.«

Sie drückten sich flach auf den Boden und krochen voran. Meter um Meter über stechendes Gestrüpp, pikendes Unkraut und schneidendes Süßgras, immer weiter auf die Baumgruppe zu. Gene folgte dem Cabo und hielt seine Waffe in den Händen. Das flackernde Licht erhellte die Umgebung und ließ die Bäume wie tanzende Schatten wirken. Plötzlich verharrte der Cabo. Gene schloss auf und legte sich tief geduckt neben ihn.

»Da, zwei Posten!«

Gene sah jetzt auch die beiden Männer, die neben einem Fass auf Baumstümpfen saßen und ihre Gewehre vor sich abgestellt hatten. Direkt hinter ihnen konnte Gene drei große Tanks erkennen.

»Hier bunkern sie den Sprit für das Flugzeug«, flüsterte er dem Cabo zu.

»Und dort hinten verläuft ein Seitenarm des Rio Jatapu«, entgegnete dieser leise.

»Woher wollen Sie wissen, dass das hier nicht nur ein einfacher Tümpel ist?«

»Weil dort hinten unser verschwundenes Patrouillenboot festgemacht hat, das uns die Kerle auf dem Fluss abgenommen haben …«

»Deckung!«, zischte Gene.

Die beiden drückten sich tief gegen den Boden und verharrten regungslos, als die beiden Wachen plötzlich aufsprangen und ihre Waffen in Anschlag nahmen. Sieben Mann gingen kaum einen Steinwurf entfernt vorüber. Der Anführer der siebenköpfigen Gruppe rief den Wachen etwas zu, das Gene nicht verstehen konnte.

»Was sagen die?«, fragte er seinen Begleiter.

»Still!«, flüsterte der Cabo.

Die Unterhaltung dauerte nur ein paar Augenblicke. Dann ließen sich die beiden Wachen wieder entspannt auf den Baumstümpfen nieder, während die sieben Männer weiter auf die Hütten zugingen, von denen Lila berichtet hatte.

»Sie haben Patrouillen hier herumlaufen«, stellte Gene fest. »Das verkompliziert die Sache.«

»Nein, das sind die Kerle, die uns auf den Fersen waren, ehe wir uns von Tenente Farraz und seinen Männern getrennt haben, um uns nach Brás durchzuschlagen«, erklärte der Cabo. »Sie kehren zurück, weil die Kerle morgen hier in aller Frühe verschwinden wollen. Farraz scheint ihnen tüchtig eingeheizt zu haben.«

»Das heißt, Farraz ist noch irgendwo da draußen?«

»So ist es.«

»Dann sollten wir uns möglichst schnell in die Büsche schlagen und Farraz und seine Männer suchen.«

Der Cabo zögerte und zeigte auf das Boot. »Auf dem Schiff gibt es ein Funkgerät und ein Maschinengewehr«, flüsterte er. »Ich denke, wir sollten die anderen holen und versuchen, das Patrouillenboot zu erreichen.«

Acampamento dos infectados nahe Urucará, Amazonasgebiet

»Sie überfliegen die Planquadrate A bis M und melden alle Auffälligkeiten umgehend an die Einsatzleitung«, befahl Coronel Santoro den Hubschrauberpiloten. Er zeigte auf die Karte, auf der ein roter Markierungspfeil die Stelle markierte, an der sich das versteckte Camp befunden hatte. »Hier fand der letzte Kontakt statt, dann ist der Trupp spurlos verschwunden«, fuhr er mit seinem Briefing fort. »Sie können sich nach Süden, Westen oder Norden gewandt haben. Wir gehen davon aus, dass sie sich in die Richtung der nächsten Ansiedlung aufgemacht haben, das wäre Brás. Ich möchte eine lückenlose Suche in diesem Bereich.«

Der Capitão der Marineflieger runzelte die Stirn. »Das ist ein riesiges, bewaldetes Gebiet«, antwortete er. »Das dichte Blattwerk wird uns die Sicht nehmen. Wir müssen das Gebiet mehrfach überfliegen. Das heißt, wir werden mehrmals auftanken müssen.«

Professor Sander beugte sich über die Karte. »Wie lange wird es dauern, bis das Gebiet erkundet ist?«

Der Capitão zeigte auf die Karte und fuhr mit dem Finger über die eingezeichneten Quadrate. »Ich schätze drei bis vier Tage«, antwortete er.

»Drei bis vier Tage?«, brauste der Professor auf. »Unsere Leute sind beinahe eine Woche dort draußen, wir müssen ihnen schnell zu Hilfe kommen, wir wissen nicht, in welchen Schwierigkeiten sie stecken.«

Der Coronel hob beschwichtigend die Hände. »Hören Sie, Herr Professor«, beruhigte er den Wissenschaftler. »Das Gebiet dort draußen ist ein jahrtausendealter Urwald. Dort gibt es keine Wege und Straßen. Wir haben nur zwei Optionen. Aus der Luft oder über die Wasserwege. Mit Bodentruppen kann es Jahre dauern, bis wir das Gebiet durchsucht haben.«

»Aber es muss doch Spuren geben«, widersprach Professor

Sander. »Sie sind doch nicht einfach vom Erdboden verschluckt worden.«

»Der Capitão wird selbstverständlich einen Suchtrupp im Lager absetzen, mit dem er ständig in Kontakt steht«, versicherte der Coronel. »Wir haben Suchhunde und Spurenleser dabei, und wenn es irgendeinen Hinweis auf unseren Trupp gibt, dann wird ihn der Capitão mit seinen Männern finden.«

»Wir haben schon viel zu lange gewartet«, sagte der Professor entmutigt, ehe er wieder auf seinem Stuhl Platz nahm.

Coronel Santoro setzte sich neben ihn. »Wie kommen Sie mit dem Serum voran?«, fragte er.

»Doktor Braga wird es Ihnen bereits berichtet haben«, antwortete der Professor nach einem Augenblick des Schweigens. »Das Serum wirkt nur im Anfangsstadium und verhindert die schnelle Ausbreitung des Virus in den Zellen. Aber für die meisten Erkrankten erfolgt die Behandlung zu spät. Das Mittel ist nur in den ersten drei Tagen nach der Infektion wirksam, die meisten Patienten kommen hier aber erst nach Tagen an. Wir müssen die Behandlung deshalb vor Ort durchführen. Dazu benötigen wir Transportmittel und weiteres Personal. Es bringt nicht viel, wenn wir weiterhin die Patienten hierherbringen und einer tagelangen Überfahrt aussetzen.«

Der Coronel fuhr sich über seine grauen Haare. »Ich verstehe. Aber das Gesundheitsministerium lehnt eine Dezentralisierung ab. Im Ministerium befürchten sie, dass wir den Überblick verlieren und der Cordon sanitaire wirkungslos wird, wenn es keine zentrale Erfassung und Überwachung der Erkrankten mehr gibt.«

Professor Sander schüttelte verständnislos den Kopf. »Wir haben ein Medikament, das nachgewiesenermaßen im Anfangsstadium verhindert, dass sich das Virus im Körper eines Infizierten ausbreitet, und wir können es nicht wirkungsvoll einsetzen, weil Ihre Regierung befürchtet, dass wir den Überblick verlieren und Erkrankte dieses Gebiet unkontrolliert verlassen könnten. Ich sage es ehrlich, ich verstehe das nicht. Wir opfern Menschenleben, weil Ihre Regierung Angst hat.«

Coronel Santoro rümpfte die Nase. »Das Gesundheitsministerium trägt die Verantwortung für die Gesundheitsvorsorge im ganzen Land. Sie müssen verstehen, dass man in Brasilia noch immer die Ausbreitung der Krankheit befürchtet. Und solange es keine absolut wirksamen Medikamente gibt, ist in den Augen des Ministers die Abschottung des Gebietes die beste Möglichkeit, einer landesweiten Pandemie vorzubeugen. Wir haben einfach nicht die personellen und logistischen Möglichkeiten, den Cordon sanitaire aufrechtzuerhalten und zu überwachen und gleichzeitig die Erkrankten dezentral zu versorgen.«

»Sie wissen, was das bedeutet?«

»Mir sind leider die Hände gebunden. Ich habe meine Order.«

Professor Sander senkte den Blick. »Ich verstehe.«

Coronel Santoro räusperte sich. »Vielleicht gäbe es die Möglichkeit, dass Sie selbst im Ministerium vorsprechen. Ich erhalte nur Anweisungen und bin daran gebunden.«

Professor Sander kratzte sich am Kinn. »Wenn es nicht anders geht, wann können wir aufbrechen?«

»Ich werde veranlassen, dass Sie morgen mit einem Jet abgeholt werden.«

Professor Sander erhob sich und reichte dem Coronel die Hand. »Danke«, sagte er und verließ den Raum.

Microbiological and Biomedical Laboratories, CDC, Atlanta

Das Team um Professor Joanna Kim bestand aus Mikrobiologen, Molekularbiologen und Genetikern. Alle arbeiteten fieberhaft an der Entschlüsselung des Virusgenoms. Erste Ergebnisse lagen bereits vor, nachdem Teilbereiche des Genoms vermehrt werden konnten. Dreißig-Stunden-Schichten mit kurzen Unterbrechungen und Ruhephasen waren an der Tagesordnung. Das lineare RNA-Genom bestand aus neun Kilobasenpaaren, und sie verfügten über zwei vollständige Chromosomensätze. Der Polypurintrakt, eine für Retroviren typische RNA-Sequenz, die für die Aufnahme der DNA-Synthese verantwortlich war, bestand aus organischen Verbindungen und war dem bekannten HTLV-1-Virus sehr ähnlich. Hier lag ein Ansatzpunkt für eine genetische Manipulation. Wenn es gelänge, die Reproduktion des Genoms zu verhindern oder Fehlerstrukturen in die Hülle der Chromosomen einzubauen, dann wäre es möglich, die Auswirkungen einer viralen Infektion durch das Jatapu-Virus abzuschwächen oder eine Ausbreitung zu hemmen. Aber auch Veränderungen der Proteinstruktur des Virus und damit der Verpackung seines Genoms waren ein denkbarer Ansatzpunkt. Denn die Proteine wirkten wie ein Schlüssel, der das Tor zum Inneren der Zelle öffnete, damit das Virus in die Zelle eindringen konnte.

Doch der Jatapu-Virustyp wies auch deutliche Unterschiede zum nahen Verwandten, dem HTLV-1-Virus, auf. So fehlten komplett die regulatorischen Gene, und auch in den einzelnen Sequenzen gab es unterschiedliche Basenpaare. Noch waren also nicht alle Rätsel gelöst, und es würde wohl eine ganze Weile dauern, bis man das Jatapu-Virus restlos entschlüsselt hatte. Als Professor Joanna Kim nach einer kurzen Ruhepause wieder zurück in das Labor kam, wurde sie bereits von dem leitenden Molekularbiologen aus dem Genetik-Labor erwartet.

»Ich habe ein paar interessante Neuigkeiten«, empfing sie der blasse Kollege. »Das sollten Sie sich unbedingt ansehen.«

Er reichte ihr einen Aktenordner. »Was haben Sie denn für mich?«, fragte Joanna, nahm die Akte und ging weiter.

»Sehen Sie selbst«, antwortete der Mann hastig und folgte ihr. Joanna blieb stehen und blätterte die Aufzeichnungen durch. Ihre Augen wurden groß, als sie die Testergebnisse studierte.

»Hill ist Ihr Name, stimmt's?«

»Ja, richtig«, antwortete der Mann stolz. »Wir haben das Ergebnis mittlerweile sieben Mal überprüft und kamen immer zum gleichen Resultat.«

Joanna Kim gab dem Mann einen Fingerzeig und forderte ihn auf, ihr in das kleine Büro zu folgen, das gegenüber dem Labor lag. Hill verbeugte sich leicht und folgte ihr. Schweigend ließ sich Joanna Kim auf ihrem Stuhl nieder. Blatt für Blatt ging sie die Aufzeichnungen durch. Schließlich legte sie den Aktenordner vor sich auf den Schreibtisch und sah auf. Hill stand noch immer im Zimmer.

»Setzen Sie sich doch!«

Er nickte beflissen.

»Das war gute Arbeit«, lobte sie ihn. »Euralvirin gehört zu den nichtnukleosidischen RT-Inhibitoren. Ich möchte, dass Sie mit Ihrer Abteilung am Ball bleiben. Ich brauche dreißig Testreihen. Ich will Gewissheit, bevor wir falsche Hoffnungen wecken.«

Sie reichte Hill den Aktenordner.

»Wie lange werden Sie brauchen?«

»Wenn wir Unterstützung hätten, dann könnten wir in zwei Tagen …«

»Das ist zu lange«, widersprach Joanna Kim. »Ich werde für Verstärkung sorgen. Morgen Abend brauche ich die Ergebnisse. Und Sie kommen direkt zu mir. Ist das klar?«

Hill nickte stumm und erhob sich.

Joanna Kim wartete, bis Hill den Raum verlassen hatte, dann griff sie zum Telefon.

Geheimes Flugfeld am Rio Jatapu, Amazonasgebiet

Sie waren auf dem gleichen Weg zur Hütte im Schatten des provisorischen Flugzeughangars zurückgekehrt. Rosburn war zusammengezuckt, als der Cabo und Gene plötzlich aus der Dunkelheit aufgetaucht waren. Die beiden gingen sofort in die Hütte, während Rosburn draußen blieb. Die Tür lehnten sie nur an.

»Was habt ihr entdeckt?«, fragte Lila erwartungsvoll.

»Die ganze Lichtung ist künstlich angelegt«, erklärte der Cabo. »Das ist ein Flugplatz mit allen Extras. Tarnnetze verhindern, dass das Flugfeld von der Luft aus entdeckt werden kann. Im Westen gibt es ein Tanklager. Dort haben sie einen Zulauf zum Fluss gegraben. Unser Schnellboot liegt da vor Anker. Wir haben noch zwei Stunden, bevor die Sonne aufgeht.«

»Was haben Sie vor?«, fragte Luisa Behringer.

»Als wir das Tanklager beobachteten, ist ein sieben Mann starker Trupp aus dem Urwald zurückgekehrt. Es müssen die Männer gewesen sein, die uns am Camp aufgelauert haben.«

»Das heißt, Tenente Farraz ist tot«, raunte Rosburn von außen in den kleinen Verschlag.

»Nein, ich habe das Gespräch mitgehört. Sie wurden hierher zurückbeordert. Sie haben vor, morgen früh dieses Lager aufzugeben und sich mit dem Flugzeug abzusetzen. Farraz ist noch irgendwo im Dschungel. Die Kerle haben über die Hälfte ihrer Männer verloren.«

»Dann werden sie uns in spätestens zwei Stunden töten«, wandte Rosburn ein.

»Rosburn!«, fuhr Gene den Mann an. »Jetzt halten Sie mal die Luft an!«

»Wir werden uns absetzen und unser Boot zurückholen. Mit dem Funkgerät können wir Hilfe herbeiholen. Aber wir müssen uns beeilen.«

Luisa Behringer richtete sich auf. »Wir können nicht so einfach verschwinden. Wir müssen verhindern, dass die Bande von hier flüchtet. Einige von ihnen sind mit dem Virus infiziert. Wenn sie sich ins Ausland absetzen, dann kann sich das Virus ungehindert ausbreiten.«

»Und was denken Sie, sollten wir tun?«, mischte sich Rosburn ein. »Wir sind zu sechst, und die anderen haben jetzt auch noch Verstärkung erhalten. Es wäre Wahnsinn, wenn wir versuchen, die Kerle aufzuhalten. Wir müssen verschwinden, wenn wir am Leben bleiben wollen.«

Gene räusperte sich. »Ich habe die Sicherungen am Flugzeug manipuliert, aber ich weiß nicht, wie schnell sie den Fehler finden. Vielleicht wird es den Abflug um ein paar Stunden verzögern. Aber die Tanks im Flugzeug sind leer. Sie können nicht starten, bevor sie aufgetankt haben.«

Der Cabo strich sich über den Hinterkopf. »Wir haben keine andere Chance, wir müssen versuchen, das Boot in unsere Hände zu bekommen. Dann kümmern wir uns um die Tanks.«

»Wir sollten sie einfach anzünden«, sagte Lila. »Das Feuer würde bestimmt bemerkt. Ich meine, was gibt es für eine bessere Landemarkierung als ein großes Feuer?«

»Okay, Lady«, antwortete Gene. »Aber das ist kein Benzin, das ist Kerosin. Da liegt der Flammpunkt sehr viel höher. Einfach anzünden ist da nicht.«

»Wir werden einen Weg finden«, schloss der Cabo. »Es ist Zeit zum Aufbruch.«

»Das ist Wahnsinn!«, sagte Rosburn erneut.

Lila Faro richtete sich auf. »Sie können ja hier bleiben, wenn Sie zu feige sind. Ich für meinen Teil ziehe es vor, etwas zu unternehmen, bevor die Kerle hier auftauchen und uns einfach abknallen.«

»Lila hat Recht«, bekräftigte Luisa Behringer und erhob sich ebenfalls.

»Also, worauf warten wir noch?«

Gene und der Cabo lächelten, bevor sie die Tür öffneten und sich in Richtung Westen davonmachten. Rosburn fluchte leise vor sich hin und folgte der Gruppe, bis die Dunkelheit sie verschlang.

45

Miami, Florida

Das Telefon klingelte kurz nach drei Uhr und riss Ryan aus einem unruhigen Schlaf. Er brauchte eine Weile, bis er zu sich kam und das Licht einschaltete. Doch das Klingeln schien nicht enden zu wollen.

»Ja, ich komm ja schon«, schnauzte er, als er sich aus dem Bett quälte und in den Flur hinaus wankte. Ärgerlich über die nächtliche Störung, nahm er den Hörer ab. »Wer zum Teufel …«

»Reg dich ab, Ryan, Mosley hier. Da hast du mich in einen verdammten Schlamassel geritten, du falscher Hund. Das hat mich glatt tausend Dollar gekostet, um überhaupt zu erfahren, wer den Blazer angemietet hat. Es war eine Sicherheitsfirma aus Key Largo mit dem Namen Westpark Security. Sie haben dort einen ganzen Fuhrpark gemietet. Ich habe mich etwas umgehört, aber in Downtown und am Strand sind die Jungs ganz schön nervös. Diese Firma hat einen ausgesprochen guten Ruf in der Szene, die Kerle kleckern nicht, die klotzen, wenn es darauf ankommt. Keine feine Gesellschaft.«

Ryan fuhr sich über die verschlafenen Augen. »Westpark Security, noch nie gehört.«

»Die bewachen vornehmlich Firmen und reiche Leute, zu denen du sicherlich nicht gehörst. Die haben sogar einen eigenen Ermittlungsdienst, so etwas wie eine Detektei, und die sind nicht zimperlich, wenn es darauf ankommt. Eine ganz üble Schlägertruppe.«

Ryan schaute auf seine Armbanduhr. »Ich werde mich morgen

gleich mal darum kümmern«, antwortete er. »Aber das nächste Mal reicht es, wenn du bei mir im Büro anrufst, zu den üblichen Zeiten, meine ich.«

Mosley lachte laut. »Und ich dachte, die Polizei schläft nie.«

»Sonst noch was?«

»Die Leute sind vorsichtig, keiner will in die Schusslinie geraten, Ryan.«

»Wie meinst du das?«

»Na, ganz einfach. Mcfaddin ist ein Ex-Bulle, der von seinen eigenen Kollegen gejagt wird. Dein Superermittler mit dem hitzigen Italoblut hat ganz schön Staub aufgewirbelt. Da mag niemand zwischen die Fronten geraten. Du weißt doch, wie es ist. Die Leute halten sich da lieber raus. Außerdem soll da ein großes Ding am Laufen sein.«

»Hast du etwas über das ermordete Pärchen erfahren?«

»Martinez und Somoza waren kleine Schmarotzer, die die meiste Zeit am Strand abhingen. Sie ging anschaffen, und er hat auf sie aufgepasst. Denen weint keiner eine Träne nach. Es heißt, dass sie für Geld ab und zu kleinere Jobs erledigten.«

»Jobs, welche Art Jobs meinst du?«

»Man sagt, dass sie ab und zu über die Grenze gingen und auf solides Ehepaar machten. Ich möchte gar nicht wissen, was da bei Martinez alles schon im Unterleib steckte.«

»Schmuggel, Rauschgift?«

»Jetzt wirst du langsam wach«, witzelte Mosley.

»Ich kann mich darauf verlassen, dass du am Ball bleibst?«, fragte Ryan.

»Solang du meine Auslagen bezahlen kannst«, entgegnete Mosley. »Ich werde mich mal darum kümmern, was Martinez und Somoza kurz vor ihrem Ende getrieben haben. Ich habe da eine Freundin von Martinez ausfindig gemacht. Aber kurz nach dem Bekanntwerden des Mordes ist das Mädchen untergetaucht.«

»Wurde sie ebenfalls getötet?«

»Das glaube ich nicht, ich kann mir schon denken, wo sie steckt.«

»Aber wenn du es weißt, dann wissen es die anderen auch, Mosley.«

»Ich denke, du hast mich in dein Team geholt, weil ich Dinge weiß, die andere nicht wissen.«

»Schon gut«, antwortete Ryan. »Pass auf dich auf!«

»Ich habe nichts anderes vor«, entgegnete Mosley, ehe er das Gespräch beendete.

Ryan ging zurück ins Bett, doch er konnte nicht mehr einschlafen. Damals, als er für Gene in Erfahrung bringen wollte, wer den schwarzen Blazer bei Alamo angemietet hatte, war er recht schroff abgewiesen worden. Ohne Gerichtsbeschluss würde sie keine Auskunft geben dürfen, hatte die Dame von der Autovermietung erklärt. Damals war es nur die Anfrage eines ehemaligen Kollegen, eine kleine Gefälligkeit und zudem noch nicht ganz legal. Doch jetzt war dieser Wagen zum Gegenstand polizeilicher Ermittlungen geworden. Er würde selbst bei der Niederlassung der Autovermietung vorsprechen müssen. Soweit er sich noch erinnerte, war die Zentrale der Firma in Fort Lauderdale. Und genau dorthin würde ihn in der Frühe sein erster Weg führen.

Geheimes Flugfeld am Rio Jatapu, Amazonasgebiet

Sie schlichen von der Hütte durch die Büsche bis zum kleinen Seitenarm des Rio Jatapu, der bis zur Lichtung reichte. Der Cabo wies den anderen den Weg, und Gene bildete das Schlusslicht der kleinen Gruppe.

»Ist es noch weit?«, flüsterte Luisa.

»Etwa einen halben Kilometer«, antwortete Gene.

Aus Richtung der Baracken, die gegenüber der Landebahn standen, drang lautes Stimmengewirr zu den Flüchtenden herüber.

»Wenn wir in der Nähe ankommen, werde ich mich mit dem Amerikaner um die Wachen kümmern«, wandte sich der Cabo an Rosburn, der sich direkt neben ihm befand und über den Grasboden robbte. »Sie werden uns mit dem Gewehr Deckung geben, und zur Not werden Sie es auch gebrauchen. Ich gehe davon aus, dass Sie mit einem M16 umgehen können.«

»Sicher«, entgegnete Rosburn. »Ich wurde sogar daran ausgebildet.«

Eine Viertelstunde später erreichte die kleine Gruppe den Ort, von wo aus Gene und der Cabo die beiden Wachen beobachtet hatten. Es hatte sich nichts verändert. Noch immer saßen die beiden Männer vor den Tanks, sie rauchten und redeten miteinander. Der Cabo kroch an Genes Seite.

»Wir haben noch gut eine Stunde, dann wird es hell.«

»Wie gehen wir vor?«, wollte Gene wissen.

Der Cabo wies nach rechts auf die schemenhaften Bäume. »Wir umgehen sie und kommen aus ihrem Rücken. Wir müssen gleichzeitig losschlagen, dann nehmen wir das Boot. Wenn wir erst einmal das Boot unter Kontrolle haben, dann können wir jederzeit von hier verschwinden.«

»Und die Tanks?«

»Darum kümmern wir uns, wenn wir die Kerle ausgeschaltet haben. Überprüfen Sie noch einmal Ihre Waffe, und dann folgen Sie mir. Bleiben Sie dicht hinter mir, und denken Sie daran, dass wir nur diese eine Chance haben.«

Der Cabo kroch wie eine Schlange über den Boden in Richtung der Baumgruppe. Gene folgte ihm, und bald tauchten sie in die Dunkelheit ein.

Rosburn hatte ihren Platz übernommen und das Gewehr an seine Schulter gepresst. Der Feuerschein, den die brennenden Fässer verströmten, ermöglichte es ihm, einen der Männer ins Visier zu nehmen. Doch er wusste, wenn er auch nur einen Schuss abgab, dann würden in Windeseile die übrigen Mitglieder der Bande hier auftauchen, und ihr Leben wäre keinen Pfifferling mehr wert. Er biss sich auf die Lippen und beobachtete mit angestrengtem Blick die beiden Wachmänner.

»Das ist verrückt, total verrückt«, murmelte er.

*

Der Cabo und Gene hatten einen Bogen um die beiden Wachmänner gemacht und waren am Ufer des kleinen Seitenarms entlanggerobbt. Im Rücken der Wachen verharrten sie eine Weile, bis sie sicher sein konnten, dass kein weiterer Posten in der Nähe war. Langsam glitten sie weiter über den Boden. Meter für Meter legten sie zurück, immer darauf bedacht, keinen Lärm zu verursachen. Die Wachposten waren in ein hitziges Gespräch vertieft. Sie unterhielten sich mit Feuereifer darüber, was sie mit dem Anteil ihrer Beute anstellen würden. Doch daraus, so dachte sich der Cabo, würde nichts werden. Sie waren kaum fünf Meter entfernt, als der Cabo ein Zeichen gab.

Gene nahm die Pistole in die Hand und streckte den Daumen in die Höhe. Leise und beinahe in Zeitlupe richteten sie sich auf. Schritt für Schritt näherten sie sich den beiden. Gene sah aus den Augenwinkeln, wie der Cabo plötzlich loshetzte. Mit zum Schlag erhobener Waffe stürmte er die letzten Meter vor. Schon ließ der Cabo den Griff der Waffe mit voller Kraft auf den Kopf des ahnungslosen Postens niedersausen, der sofort zu Boden sank. Auch Gene hatte seinen Gegner erreicht, doch bevor er zuschlagen konnte, richtete sich der Mann auf, so dass er den Kopf des Postens verfehlte und die Waffe nur auf das Schlüsselbein niedersauste. Der Kerl drehte sich um, versetzte Gene einen Schlag an die Schulter und griff blitzschnell zu seinem Gewehr. Doch noch bevor der Mann die Waffe im Anschlag hatte, segelte der Cabo wie ein Raubtier durch die Luft und riss den Wachmann zu Boden. Dort schlug er ihm mit dem Pistolenlauf gegen die Schläfe. Ein gurgelnder Laut, und er blieb reglos am Boden liegen.

»Sie müssen schneller werden!«, mahnte der Cabo.

Gene half ihm auf die Beine.

»Was machen wir jetzt mit ihnen?«

Der Cabo schaute sich um und wies auf den kleinen Schuppen. Dann beugte er sich über die beiden Ohnmächtigen.

»Sie leben noch. Wir fesseln sie und sperren sie dort drüben ein.«

Der Cabo wandte sich in die Richtung, in der er Rosburn und die anderen zurückgelassen hatte, und winkte sie herbei. Unterdessen suchte Gene nach Schnüren.

»Wir nehmen die Trageriemen der Gewehre, das ist Leder und hält.«

Gene nickte und griff nach einem Gewehr. Während er den Trageriemen entfernte, trafen Rosburn und die anderen am Ort des Geschehens ein.

»Kümmert euch um das Boot!«, wies sie der Cabo an und entfernte den zweiten Trageriemen. Nachdem sie die Männer verschnürt hatten, schleiften sie die beiden zur Hütte. Der Schuppen war mit einem Riegel verschlossen, Gene öffnete ihn und leuchtete mit seiner kleinen Taschenlampe in die Dunkelheit, plötzlich zuckte er zurück.

»Was ist?«, fragte der Cabo.

»Da drinnen liegen zwei Leichen«, antwortete Gene.

Der Cabo trat an seine Seite. »Verdammt, jetzt wissen wir, wo unsere beiden indianischen Führer abgeblieben sind«, sagte er, als er die beiden Toten erkannte. Sie waren mit Kopfschüssen hingerichtet worden. Gemeinsam schafften sie die beiden Gefangenen in den Schuppen. Bevor sie die Tür wieder verschlossen, banden sie die Männer mit einer Kette, die sie im Schuppen gefunden hatten, an einem Balken fest.

»Wir haben noch eine halbe Stunde«, sagte der Cabo, nachdem er einen Blick auf seine Uhr geworfen hatte. »Hier kann man sich auf den Sonnenaufgang verlassen. Wir müssen uns beeilen.«

»Ich hoffe, dass wir das Boot in Gang kriegen.«

»Wir müssen uns zuerst noch um die Tanks kümmern. Das Flugzeug darf auf keinen Fall starten. Wenn die Kerle von hier entkommen, dann ist die ganze Welt in Gefahr.«

»Wir könnten sie einfach leerlaufen lassen«, schlug Gene vor.

»Ich befürchte, dass wir dafür keine Zeit mehr haben. Wenn die Sonne aufgeht, werden die Kerle das Flugzeug betanken. Bis dahin wird nur wenig Kerosin ausgelaufen sein.«

»Was tun wir dann?«

»Wir werden sie sprengen!«

»Und womit, bitte schön?«

»Wir haben Munition«, antwortete der Cabo.

Cuiabá, Bundesstaat Mato Grosso

Noch vor Sonnenaufgang hatte Zagallo über den zuständigen Ermittlungsrichter einen Beschluss zur Festnahme Doktor Gustavos und zur Durchsuchung der Praxisräume in der Avenida Del Bosco sowie seiner Privatwohnung in Centro do Cuiabá erwirkt. Nach der Aussage der Ehefrau war die Beweislast gegen den Arzt erdrückend. Es gab keine Zweifel daran, dass Gustavo in einen groß angelegten Betrug einiger inländischer Pharmakonzerne verstrickt war und Geld für das Verabreichen von nicht zugelassenen Medikamenten erhalten hatte. Als Zagallo mit seinen Männern in der Praxis auftauchte, schauten die beiden Helferinnen die hereinstürmenden Polizisten mit großen Augen an. Patienten waren noch nicht anwesend, da die Sprechstunde erst in einer Stunde begann.

»Wo ist Doktor Gustavo?«, herrschte Zagallo die beiden jungen Frauen an.

Verängstigt zeigte eine der Frauen auf eine geschlossene Tür. Zagallo ging darauf zu und öffnete sie. Doktor Gustavo saß hinter seinem Schreibtisch und blickte erschrocken auf.

»Was soll das?«, protestierte der Arzt.

Zagallo präsentierte seinen Dienstausweis. »Polizei!«, sagte er. »Ich habe einen Haftbefehl gegen Sie.«

Der Arzt erhob sich und blickte Zagallo entrüstet an. »Was … weswegen?«

Zagallo griff in seine Jackentasche und legte dem Arzt den Haftbefehl und den Durchsuchungsbeschluss vor. Doktor Gustavo las die beiden Dokumente und ließ sich wieder auf seinen Stuhl sinken.

»Ich möchte mit meinem Anwalt sprechen!«

Zagallo reichte dem Arzt das Foto von Anjo.

»Sie sollten genau überlegen, was Sie tun«, sagte er sanft. »Wir sind nicht hinter Ihnen her.«

Doktor Gustavo überlegte. Nach einer Weile des Schweigens nickte er.

»Was wollen Sie wissen?«

»Fangen wir mit Anjo an!«

Doktor Gustavo blickte auf das Foto. »Er tauchte vor etwa zwei Jahren in meiner Praxis auf und machte mir einen Vorschlag, den ich im Interesse meiner Patienten nicht ablehnen konnte.«

»Woher stammt er, und wie ist sein richtiger Name?«

»Er ist selbst Arzt und in der Forschung tätig, ich kenne ihn nur unter dem Namen Anjo. Er stammt aus dem Süden, aber wir haben vereinbart, keine Fragen zu stellen.«

»Was wollte er?«

»Er sagte, dass er im Auftrag verschiedener Pharmaunternehmen unterwegs sei und nach geeigneten Patienten für diverse Studien suche. Es handele sich ausschließlich um Medikamente, die noch keine Freigabe für den Markt hätten, aber die unbedenklich seien und letztlich in einer ultimativen Studie erprobt werden sollten. Quasi die letzte Generation vor der Einführung. Er brachte ein paar Muster mit. Ich hatte eine Patientin, die an Hämophilie litt und bei der bereits alle möglichen Behandlungen und Therapien versagt hatten. Es war der letzte Ausweg, ich gab ihr eines der Muster, und ihr Zustand hat sich nach kurzer Zeit gebessert. Als er vier Wochen später wieder bei mir auftauchte, stimmte ich zu. Es betraf ausschließlich schwer erkrankte Patienten ohne jegliche Heilungschance. Vielen konnte damit geholfen werden.«

»Doch einige starben, oder?«

»Ja, doch die Quote lag unter zwanzig Prozent«, antwortete Doktor Gustavo. »Ohne diese Präparate läge diese Quote weit über sechzig Prozent.«

»Also doch ein Engel«, antwortete Zagallo.

»Wenn Sie so wollen.«

Acampamento dos infectados nahe Urucará, Amazonasgebiet

Professor Sander trug einen hellen Leinenanzug und einen weißen, breitkrempigen Hut, der ihn vor der erbarmungslosen Sonne Brasiliens schützen sollte.

»Du siehst aus, als würdest du einen Kostümball besuchen«, scherzte Anne Arlette, als Professor Sander seine kleine Reisetasche im Fond des Jeeps platzierte.

»Ich muss schließlich angemessen gekleidet sein, wenn ich diesen Idioten vom Ministerium gegenübertrete«, antwortete er. »Es ist unfassbar, diese kleinkarierten Bürokraten machen es sich einfach, die riegeln hier das Gebiet ab und warten, bis das große Sterben vorbei ist. Von dem Elend der Menschen bekommen sie überhaupt nichts mit, das interessiert sie einfach nicht, Hauptsache sie sind sicher in ihren klimatisierten Büros. Denen werde ich gewaltig den Marsch blasen.«

Der uniformierte Fahrer wartete ungeduldig. Doch gerade als Professor Sander endlich auf dem Beifahrersitz Platz nehmen wollte, kam ein Offizier aus dem Labortrakt gestürmt. »Ein Anruf aus Atlanta«, rief er. »Es scheint dringend.«

Anne nickte. »Fahr du, ich nehme das Gespräch entgegen«, sagte sie.

Professor Sander schüttelte den Kopf. »Ich will wissen, was Joanna zu berichten hat. Ist vielleicht wichtig, wenn ich nach Brasilia fliege.«

Gemeinsam folgten sie dem Offizier in den Labortrakt. In der Sicherheitszentrale nahmen sie das Gespräch entgegen.

»Wir sind ein ganz schönes Stück vorangekommen«, berichtete Joanna. Das Telefon war auf Lautsprecher geschaltet.

»Mittlerweile haben wir die Struktur des Virus weitestgehend entschlüsselt, es gibt einige Ansatzpunkte. Wir arbeiten rund um die Uhr. Unsere Molekularbiologen sind auf einen RT-Inhibitor gestoßen, der sich in den ersten Testreihen als sehr wirksam erwiesen hat. Wir sind gerade dabei, weitere Tests durchzuführen. In zwei Tagen wissen wir mehr.«

»Um welchen Wirkstoff handelt es sich?«, fragte Professor Sander.

»Euralvirin, ein experimenteller HIV-Wirkstoff der dritten Generation«, antwortete Joanna Kim.

»Und wie sieht es mit der Bioverfügbarkeit aus?«

»Die Bioverfügbarkeit des Medikaments bei oraler Verabreichung ist durchaus zufriedenstellend. Das heißt, wir könnten es in Tablettenform verabreichen, ohne dass wir zusätzliche Maßnahmen durchführen müssen.«

»Das ist sehr gut, Joanna«, antwortete Professor Sander. »Hier weigert man sich nämlich beharrlich, die Behandlung dezentral zu organisieren. Also ist das Hyperimmunserum dauerhaft keine Option, und eine prophylaktische Wirkung ist nicht gegeben. Ich bin gerade auf dem Weg ins Gesundheitsministerium, um den Kerlen dort einmal so richtig Bescheid zu sagen.«

»Gibt es einen Grund dafür?«

»Sie haben Angst, die Kontrolle über die Angelegenheit zu verlieren«, erklärte der Professor. »Es mangelt an Leuten und an Material. Diese Gegend hier ist nicht mit anderen Landstrichen zu vergleichen. Hier gibt es über Kilometer nur Wald und keine Straßen. Man kommt nur mit Booten oder mit Hubschraubern vorwärts. Die Ansiedlungen sind sehr weitläufig verstreut. Es gibt Dörfer, die man nur über die Flüsse oder aus der Luft erreichen kann. Vor ein paar Wochen wütete hier ein heftiger Sturm, der einen Teil der Stromversorgung lahmlegte und das Kraftwerk am Balbina-Stausee zum Teil zerstörte. Dort ist die Armee im Einsatz, und das Militär ist nicht bereit, Kräfte abzuziehen.«

»Ich verstehe eure Lage, wir arbeiten Tag und Nacht«, antwortete Professor Joanna Kim. »Ich erinnere mich gar nicht, wann ich die letzte Nacht durchgeschlafen habe.«

»Ich weiß.«

Anne Arlette beugte sich zum Mikrophon. »Falls dieses Euralvirin wirksam wäre, wie schnell und in welcher Menge wäre es verfügbar?«

»Der Hersteller ist die Firma MedCom aus Boulder, sie wären bereit, ihre Produktion umzustellen. Dort wären bislang tausend Einheiten abrufbar. Aber bis zum Ende der Woche ließe sich das auf zehntausend Einheiten erhöhen. Ich kenne zufällig den Leiter der Forschungsabteilung, Professor Macombie. Er war früher Dozent an der Uni, als ich noch Doktorandin war. Die MedCom wäre bereit, uns das Medikament zur Verfügung zu stellen.«

Professor Sander atmete auf. »Das sind sehr gute Nachrichten.«

»Erst einmal abwarten, was die Testreihen ergeben.«

Der Professor lächelte. »Ich weiß, aber hier ist schon der kleinste Hoffnungsschimmer eine Offenbarung, denn wir haben bislang unserem kleinen Freund nichts entgegenzusetzen, und das Hyperimmunserum wird uns auf Dauer nicht helfen, solange man im Ministerium nicht umdenkt.«

»Ich hoffe, dass dein Besuch in Brasilia von Erfolg gekrönt ist«, verabschiedete sich Joanna Kim.

»Dein Wort in Gottes Ohr«, antwortete der Professor und beendete das Gespräch.

»Ich wünschte, dass Joanna Recht behält und wir endlich etwas Wirksames gegen das Virus in die Hände bekommen, damit wir den Leuten hier wirklich helfen können«, seufzte Anne Arlette.

»Wir können uns auf Joanna verlassen«, entgegnete Professor Sander und warf einen Blick auf seine Armbanduhr. »So, jetzt muss ich los, damit ich den Politikern die Leviten lesen kann.«

»Viel Glück!«

46

Lagezentrum der WHO in Genf

»Wir benötigen den Bericht bis heute Mittag«, sagte der Leiter des Strategic Health Operations Center der WHO, kurz SHOC genannt, zu seinem Mitarbeiter. »Ich hörte, dass wir auf Stufe 4 zurückfahren. Der Direktor braucht eine explizite Lageeinschätzung.«

Der Mitarbeiter im kurzärmeligen weißen Hemd zuckte mit der Schulter. »Viel gibt es dazu nicht zu sagen«, entgegnete er. »Die Lage im Amazonasgebiet ist unverändert, aber stabil. Nach letzten Meldungen sind derzeit 228 Erkrankte im Camp. In Belém und in den anderen Teilen Brasiliens ist es zu keinen weiteren Infektionen gekommen, und in Belgien und den USA befinden sich derzeit noch drei Personen auf den Isolierstationen.«

»Wie sieht es mit Neuzugängen im Lager Urucará aus?«

»Sander und sein Team melden, dass die Zahl seit einer Woche deutlich rückläufig ist, aber im Norden noch immer chaotische Zustände herrschen und sich das brasilianische Gesundheitsministerium weigert, seinem Vorschlag einer Dezentralisierung der Behandlungszentren zuzustimmen. Sie halten gegen jede Vernunft an ihrem zentralistischen Versorgungssystem fest.«

»Also haben wir noch 231 Infizierte, ansonsten ist das Virus nirgends mehr aufgetreten.«

»Zwei bis drei Neuzugänge pro Tag im Schnitt und viermal so viele Abgänge werden aus Urucará berichtet.«

»Fassen Sie alles übersichtlich zusammen, der Direktor braucht die Daten für eine Pressemitteilung. Heute Mittag wird es hier von Journalisten nur so wimmeln.«

»Ich tue, was ich kann«, entgegnete der Mitarbeiter.

Sein Vorgesetzter wandte sich zum Gehen, doch dann drehte er sich noch einmal um.

»Bevor ich es vergesse, das Hyperimmunserum ist weitestgehend wirkungslos, wenn ich den letzten Berichten trauen kann.«

Der Mitarbeiter nickte. »Bei den längerfristig Infizierten sind keine positiven Reaktionen zu beobachten, und bei dieser Art der Anwendung wird sich damit auch kein anderes Ergebnis erzielen lassen. Bei Neuinfizierten hingegen ist ein schwächerer Verlauf der Infektion dokumentiert worden, doch die Mortalitätsrate bleibt unverändert.«

»Wie viele haben nach dem bisherigen Erkenntnisstand die Infektion überlebt?«

»Moment, ich habe die Auswertung hier. Sieben bislang, die Letalitätsrate liegt bei 99,8 Prozent. Das ist das tödlichste Virus, das uns bis heute unter das Mikroskop gekommen ist.«

»Wir können froh sein, dass der Übertragungsweg über das Blut führt. Wenn sich das Virus durch Tröpfcheninfektion über die Luft verbreitet hätte, dann wären jetzt ganze Landstriche entvölkert.«

Der Kollege lächelte. »Früher dachte ich einmal, dass es ein Atomkrieg sein wird, der die Menschheit vom Antlitz dieses Planeten tilgt. Heute spricht man über die Klimakatastrophe, aber seit ich hier arbeite, bin ich mir ziemlich sicher, dass es einmal eine Pandemie sein wird, an der wir alle sterben. Und wir werden unseren Feind nie zu Gesicht bekommen. Das Jatapu-Virus war schon ein verdammt gefährlicher Spielgefährte, aber es wird eines Tages einen Virustyp geben, gegen den Jatapu ein kleines Kaliber ist.«

»Solange sich die Menschheit immer weiter in Gebiete vorwagt, in denen sie nichts zu suchen hat und die wir der Natur überlassen sollten, fürchte ich, haben Sie recht«, entgegnete der Leiter des Strategic Health Operations Center. »Also, den Bericht bis zwölf Uhr, ich verlasse mich darauf.«

»Geht in Ordnung, der Bericht wird rechtzeitig auf Ihrem Schreibtisch liegen.«

Cuiabá, Bundesstaat Mato Grosso

Tenente Falcáo manikürte mit einem Taschenmesser seine Fingernägel und saß locker auf dem Schreibtisch. Er hatte die Durchsuchungsaktion in der Wohnung des Arztes geleitet, doch dort hatten sie nichts gefunden, was für den Fall von Belang gewesen wäre.

Zagallo hingegen hatte zwei Waschkörbe voller Unterlagen beschlagnahmt, die ausnahmslos mit Anjo und seinen Machenschaften in Verbindung standen. Über die beiden Jahre hinweg waren beinahe eintausend Patienten mit nicht zugelassenen Medikamenten behandelt worden, und dafür hatte Doktor Gustavo über eine Million US-Dollar kassiert. 167 Patienten waren in dieser Zeit verstorben, doch nach erstem Überblick handelte es sich ausnahmslos um Menschen, die unheilbar erkrankt waren und denen die Ärzte nur noch wenige Monate eingeräumt hatten. Im Grunde genommen war dem Arzt in dieser Sache nicht viel vorzuwerfen, außer dass er Behandlungen mit illegalen Präparaten durchgeführt hatte, die den Menschen offenbar eher geholfen als geschadet hatten. Dennoch hatte Zagallo große Probleme mit dem Verhalten des Doktors, der sich in seiner Vernehmung am Ende sogar noch als großer Wohltäter der Menschheit dargestellt hatte. Das Geld, das er dafür genommen hätte, wäre nicht mehr als der gerechte Lohn für seinen fürsorglichen Umgang mit verarmten Patienten gewesen. Hätte er sich ausschließlich reicher und betuchter Bürger der Stadt angenommen, so wie es einige seiner Kollegen täten, dann hätte er für weitaus weniger Arbeit ein Vielfaches verdient. Diesem Aspekt konnte nicht einmal Zagallo widersprechen. Doch ein Unrechtsbewusstsein besaß Doktor Gustavo offensichtlich nicht.

»Sieben Patienten hat er an Anjo vermittelt«, erklärte Zagallo und wies auf die braunen Aktenordner, die vor ihm auf dem Schreibtisch lagen. »Todkranke Menschen, denen kein Arzt mehr helfen konnte und die man längst aufgegeben hatte. Allesamt an Blutkrebs in einem unheilbaren Stadium erkrankt, und keiner dieser Menschen ist von den Angehörigen jemals wieder gesehen worden. Die Leichen wurden zu Forschungszwecken untersucht und seziert. Man hat den Angehörigen Geld dafür gegeben. Ausnahmslos Menschen aus den Armenvierteln. Keine Frage, dass sie dem Angebot für die Zahlung von fünfhundert Dollar zugestimmt hatten, schließlich war ein Begräbnis in dem Kontrakt inbegriffen.«

»Was wird nun aus Doktor Gustavo?«, fragte Falcáo.

»Was soll schon passieren«, antwortete Zagallo, der ihn vor einer Stunde gegen Zahlung einer Kaution von fünfhunderttausend Dollar auf freien Fuß gesetzt hatte. »Er zahlt seine Strafe und macht weiter. Schließlich wird ihm nur der Steuerbetrug angelastet, und er hat einen guten Anwalt. Wahrscheinlich hat er schon längst einen Teil seines Geldes in Sicherheit gebracht, und irgendwann geraten seine Machenschaften in Vergessenheit.«

»Das ist nicht sehr zufriedenstellend, wenn du mich fragst.«

»Wir nehmen uns morgen Anjo vor«, antwortete Zagallo. »Er ist vernehmungsfähig und wird uns nicht so einfach davonkommen. Schließlich kam es zu einer Schießerei und er war mittendrin. Aus dieser Schlinge wird er uns nicht entkommen.«

»Wenn wir nur wüssten, wer er ist und woher er stammt«, erwiderte Falcáo nachdenklich. »Dann hätten wir vielleicht einen Ansatzpunkt, um an die Hintermänner heranzukommen.«

Zagallo zuckte mit den Schultern. »Bislang haben wir trotz einer landesweiten Fahndung keine positive Nachricht, und ich schätze, dabei wird es bleiben. Wer hat schon Interesse daran, einen vermeintlichen Wohltäter zu verpfeifen.«

»Ich verstehe nicht, wie du das meinst.«

»Er wird ähnlich vorgehen wie bei den Leuten in unserer Stadt«, erklärte Zagallo. »Er vermittelt Schwerstkranke an eine Forschungsstudie. Wenn er Erfolg hat, dann tauchen die Menschen wieder auf und sind geheilt. Wenn es schiefgeht, dann zahlt er die Angehörigen aus. Und die schweigen, weil sie wissen, dass ihr Bruder, ihr Sohn, ihre Tochter oder der Vater sowieso früher oder später gestorben wäre. Das ist ein ganz ausgeklügeltes System.«

Falcáo richtete sich auf und steckte das Taschenmesser weg. »Aber wem hilft so etwas?«, fragte er und griff nach einer der Akten.

»Ich habe mich erkundigt«, antwortete Zagallo. »Der Weg eines neuen Medikamentes aus dem Labor bis zur endgültigen Zulassung vor allem auf den amerikanischen und den europäischen Märkten verschlingt eine Unmenge an Geld. Das sind manchmal sogar Milliardenbeträge, und bis man es versuchsweise erstmals beim Menschen einsetzen darf, bedarf es enormer Anstrengungen. Es ist ein weiter Weg. Durch Anjo und seine Machenschaften kann man enorme Mittel und viel Zeit für Genehmigungsverfahren einsparen. Und ich sage dir, genau das läuft hier ab. Aber solange wir nicht wissen, für wen Anjo die Straßen nach geeigneten Probanden abklappert, so lange werden wir auch nicht an die Hintermänner herankommen.«

»Gut, dann schauen wir morgen, ob der weißhaarige Engel den Mund aufmacht.«

»Ich hoffe es«, erwiderte Zagallo.

Geheimes Flugfeld am Rio Jatapu, Amazonasgebiet

»Verdammter Mist«, fluchte der Cabo, als er sich aus dem engen Maschinenraum nach oben quälte.

»Das Funkgerät ist ebenfalls tot«, meldete Antonio Pinto.

»Die Batterien sind ausgelaufen«, erklärte der Cabo. »Mit diesem Boot werden wir nicht von hier verschwinden können.«

»Ich sagte doch, das ist eine Schnapsidee, jetzt sitzen wir hier fest, und die Sonne geht schon auf«, klagte Rosburn. »Wir sind vier gegen zwanzig oder dreißig, wir haben keine Chance.«

Lila baute sich vor dem Amerikaner auf. »Wir sind sechs und nicht vier, und wir haben eine weitaus bessere Ausgangsposition, als wenn wir noch immer im Schuppen säßen und uns in unser Schicksal ergeben hätten.«

»Und wenn wir versuchen, zu Fuß …«, mischte sich Luisa Behringer in die Unterhaltung ein.

»Keine Chance«, fiel ihr der Cabo ins Wort. »Im Schuppen liegen die Leichen unserer beiden indianischen Führer. Sie müssen sie erwischt haben, kurz bevor wir in ihre Hände fielen.«

»Sie verfügen über ausgezeichnete Fährtenleser«, fügte Rosburn hinzu.

»Zumindest haben wir ein Maschinengewehr, Handgranaten und eine ganze Menge Munition«, stelle Gene fest.

Durch die Baumwipfel fiel das Licht der aufgehenden Sonne und tauchte die Lichtung in ihre feurige Glut. Der Cabo schaute in den Himmel. »Ich schätze, einige von ihnen werden in Kürze hier auftauchen und dann werden sie merken, dass die beiden Wachen fehlen. Sie werden das Flugzeug auftanken, damit sie schnellstmöglich von hier verschwinden können.«

»Wie lange dauert es, das Flugzeug aufzutanken?«, fragte Lila.

Gene betrachtete die grün gestrichenen Tanks, die in der Nähe standen. »Schätze, das sind 15 000 Liter«, mutmaßte er. »Mit der altersschwachen Pumpe dauert es bestimmt vier bis fünf Stunden, bevor die Maschine betankt ist.«

»Verdammt, natürlich, das Pumpenhaus!«, seufzte der Cabo und schlug sich mit der flachen Hand auf die Stirn. »Dort wird es mit Sicherheit eine neue Batterie geben. Dass ich nicht gleich darauf gekommen bin!«

Gene warf einen Blick auf die kleine Holzhütte neben den gigantischen runden Erdtanks. »Und es muss eine verdammt starke Batterie sein«, fügte er hinzu.

»Rosburn, Sie übernehmen das MG!«, befahl der Cabo. »Gene, Sie begleiten mich. Nehmen Sie ein Gewehr.«

Ohne auf Antwort zu warten, sprang der Cabo auf die Planken. Gene hetzte ihm nach. Die Tanks lagen kaum einhundert Meter entfernt. Mit einem Sprint legte der Cabo die Distanz zurück. Gene folgte ihm auf dem Fuß.

Der Cabo nahm das Messer heraus, das er in seinem Stiefel versteckt hatte. Mit einem heftigen Ruck sprang der Riegel des Schlosses aus der Verankerung. Er öffnete den Verschlag. Der starke Geruch von Diesel drang ihm in die Nase.

»Passen Sie auf, während ich die Batterien löse!«, flüsterte er Gene zu. »Wenn jemand kommt, dann warnen Sie mich.«

»Vergessen Sie nicht, die Pumpe lahmzulegen, die Kerle können das Flugzeug wohl kaum mit der Gießkanne betanken.«

Der Cabo lächelte, als er in dem Pumpenhaus verschwand. Gene ging hinter dem Holzverschlag in Deckung und spähte hinaus auf die Lichtung, doch weit und breit war niemand zu sehen, obwohl es bereits taghell geworden war. Er hörte, wie sich der Cabo mit seinem Werkzeug im Inneren des Pumpenhäuschens zu schaffen machte, das kaum größer war als eine Toilette auf einer Baustelle. Es dauerte nur wenige Minuten, bis der Cabo auftauchte und eine Batterie vor Genes Füßen abstellte, bevor er wieder in dem kleinen Verschlag verschwand. Erneut drangen metallische Geräusche nach draußen. Gene blickte auf die Lichtung, wo sich drei der Kerle im Schatten der Bäume näherten.

»Sie kommen!«, rief er in die kleine Hütte. Sofort tauchte der Kopf des Cabos auf. »Zurück zum Boot, schnell!«, flüsterte er Gene zu, schnappte sich die Batterie und lief davon. Gene schloss die Tür des Verschlags und folgte dem Cabo. Kaum waren sie auf dem Boot angekommen, verschwand der Cabo wieder im Maschinenraum.

»Haben Sie die Pumpe …?«

»Wenn sie die wieder in Gang kriegen, dann sind das wahre Künstler«, rief der Cabo aus dem Maschinenraum.

»Sobald das Boot startklar ist, verschwinden wir«, sagte Rosburn.

Plötzlich zuckten die Umstehenden zusammen. Schüsse peitschten durch den beginnenden Morgen. Gene und die anderen zogen die Köpfe ein, bevor sie begriffen, dass die Schüsse nicht ihnen galten.

Der Kopf des Cabos tauchte aus dem Maschinenraum auf. »Was ist da los?«

»Keine Ahnung!«, entgegnete Gene.

»Jemand nimmt die Bande unter Feuer«, berichtete Rosburn. »Einer der drei Kerle, die hierher unterwegs waren, ist einfach umgefallen wie ein nasser Sack.«

»Farraz!«, antwortete der Cabo. »Das kann nur Farraz sein.«

»Wir sollten hier verschwinden«, rief Rosburn. »Ist der Motor startklar?«

»Den Teufel werden wir«, entgegnete der Cabo. »Wir werden ihn nicht noch einmal allein zurücklassen. Antonio, gehen Sie auf den Führerstand und sehen Sie zu, dass Sie Kontakt mit unserem Stützpunkt aufnehmen.«

»Aber ich kenne mich nicht …«

»Ich mach das«, mischte sich Lila ein.

»Egal was passiert, haltet eure Köpfe unten, und wenn ihr einen von denen seht, dann schießt, was das Zeug hält. Denkt immer daran, dass die Kerle skrupellos sind. Und wenn ihr es nicht glaubt, dann fragt unseren Amerikaner, er hat die Leichen unserer Scouts gesehen. Sie haben die beiden kaltblütig hingerichtet.«

Gene hatte sich hinter der Reling in Deckung begeben und hielt das Sturmgewehr im Anschlag. Der Cabo ließ sich neben ihm nieder und steckte ihm drei Handgranaten zu.

»Kennen Sie sich damit aus?«

»Schon vergessen, ich war bei den Marines.«

»Hätte ich kaum für möglich gehalten, als ich Sie heute Morgen zuschlagen sah.«

Gene räusperte sich. »Ich bin in den Jahren wohl ein wenig eingerostet.«

»Dann wachen Sie endlich auf und kommen Sie mit, wir werden denen mal tüchtig einheizen.«

Gene nickte, als der Cabo aufsprang und über die Planke an Land hastete. Er atmete tief ein, bevor er ihm folgte.

47

Microbiological and Biomedical Laboratories, CDC, Atlanta

Professor Joanna Kim sank müde auf die Matratze des Feldbettes nieder, das im Nebenraum ihres Büros stand. Die ganze Nacht hindurch hatte sie wieder im Labor zugebracht. Mittlerweile war das Team aus Wissenschaftlern, medizinischen Laborassistenten und Fachpersonal auf sechzig Mitarbeiter erhöht worden, die im Zweischichtbetrieb jeweils zwölf Stunden arbeiteten. Gegen Morgen war sie noch einmal mit Doktor Hill zusammengetroffen. Die Testreihen mit dem Medikament Euralvirin verliefen derzeit äußerst vielversprechend. Das Medikament verhinderte zwar nicht das Eindringen des Virus in die Körperzellen, jedoch hinderte es das Virus daran, seinen RNA-Code in DNA umzuwandeln und sich in die Erbinformationen der Zelle einzulagern. Eine Infizierung neuer, gesunder Zellen konnte damit ausgeschlossen werden.

Es ließ sich aber nicht vermeiden, dass bereits mit dem Jatapu-Virus infizierte Prozellen weiterhin für eine Verbreitung des Virus sorgten. Bei Infizierten, die das Virus bereits in sich trugen, ließ sich der Krankheitsverlauf durch das Euralvirin nicht mehr aufhalten.

Eine weitere Option war der Einsatz des Integrations-Inhibitors Elvitegravir, ein Medikament, das sich noch in der klinischen Erforschungsphase befand, aber ebenfalls vielversprechende Resultate erzielte. Durch den Einsatz dieses Stoffes gelang es, die Aktivität der infizierten Zellen weitestgehend einzuschränken. Als Folge davon konnten keine Virusproteine gebildet werden. Doch alle diese Präparate waren nicht geeignet, den bereits schwer erkrankten Patienten in Urucará zu helfen. Hatte das Virus erst einmal eine Vielzahl von Zellen befallen und sich im Körper ausgebreitet, dann war der schwere Verlauf der Erkrankung, der letztlich zum Tod führte, nicht mehr aufzuhalten. Die einzige Möglichkeit, diesen Patienten zu helfen, war es, die bereits infizierten Zellen zu inaktivieren und abzutöten. Das aus dem Blut der Überlebenden gewonnene Hyperimmunserum zeigte hierbei zwar einige Ansatzpunkte, doch bislang wollte sich noch kein durchschlagender Erfolg einstellen. Erst wenn es gelänge, die genaue Wirkungsweise zu entschlüsseln und den Wirkungsfaktor entsprechend zu potenzieren, gäbe es Hoffnung für die Leidenden im Acampamento dos infectados.

Kopfzerbrechen bereiteten Joanna Kim die Untersuchungsergebnisse der beiden Überlebenden. Sowohl die Krankenschwester aus Brasilien als auch der Patient in einem belgischen Krankenhaus hatten in ihrer Kindheit an einer schweren Blutkrankheit gelitten und waren entsprechend behandelt worden. Bei drei weiteren Überlebenden der Infektion waren ebenfalls Bluterkrankungen im Vorfeld dokumentiert. So hatte ein infizierter Patient aus Belém, der am Flughafen in ein Taxi gestiegen war, unter einer akuten renalen Anämie gelitten. Von den beiden anderen Überlebenden lagen keine diesbezüglichen Informationen vor, wobei das nichts besagte, da es sich um eingeborene Flussbewohner des Rio Jatapu handelte, die nach ihrer Infektion mit dem Jatapu-Virus wohl zum ersten Mal ein Krankenhaus von innen gesehen hatten. Lag der Schlüssel zu einem wirksamen Medikament in dieser Erkrankung? Welche Rolle spielten die Erythrozyten bei der Ausbreitung des Virus im Körper? Bislang war es noch nicht gelungen, das Rätsel zu entschlüsseln, auch wenn mit Hochdruck daran gearbeitet wurde.

Joanna Kim kam nur schwer in den Schlaf. Zu viele Gedanken gingen ihr durch den Kopf, zu viele Fragen waren noch unbeantwortet, und der Wettlauf gegen die Zeit schien verloren. Nur noch ein Viertel der Erkrankten im Camp waren am Leben. Doch das Virus konnte jederzeit wieder auftreten. Diesmal hatte die frühzeitige Abriegelung des Gebietes um den Rio Jatapu eine Ausbreitung der Infektion über die ganze Welt verhindert. Nur in den USA, Belgien und im brasilianischen Belém war es außerhalb des Cordon sanitaire zu Erkrankungen gekommen. Und die dortigen Krankenhäuser hatten entsprechend der Richtlinien zum Schutz gegen unbekannte Infektionskrankheiten gehandelt und alle Personen unter Quarantäne gestellt. Damit war die Ausbreitung der Krankheit gestoppt worden. Doch was wäre geschehen, wenn man nicht so umsichtig gehandelt und die Richtlinien außer Acht gelassen hätte? Und wäre es möglich, dass das Virus bei erneutem Auftauchen in drei Monaten oder in drei Jahren bessere Voraussetzungen zur Verbreitung finden würde? Joanna Kim war klar, dass ihre Forschungsarbeiten einfach vom Erfolg gekrönt sein mussten, denn das Virus war noch immer im Dschungel von Brasilien vorhanden und vielleicht nicht nur dort, sondern auch in anderen Gebieten und Landstrichen Südamerikas. Die Welt war kleiner geworden, immer mehr Menschen entdeckten die entlegenen Gebiete der Erde, um sich dort zu erholen oder um sie wirtschaftlich zu nutzen und auszubeuten. Deshalb konnten sich Viren wie Jatapu, Ebola oder Marburg bald weltweit ausbreiten.

Joanna Kim spürte den ungeheuren Druck, der auf ihren Schultern lastete. Trotz ihrer Müdigkeit raubte er ihr den Schlaf. Sie musste sich zwingen, einfach liegen zu bleiben und sich auszuruhen, auch wenn sie am liebsten wieder zurück in das Labor gegangen wäre. Es dauerte beinahe eine halbe Stunde, bis sie endlich in einen unruhigen Schlaf verfiel, aus dem sie viel zu früh wieder erwachte.

Geheimes Flugfeld am Rio Jatapu, Amazonasgebiet

Sie hatten das freie Feld umgangen und sich in der ersten Schwüle des Morgens nach Norden gewandt,wo nach dem Bericht von Lila und Luisa vier große Hütten standen, die den Verbrechern als Unterkunft dienten. Aus dieser Richtung waren die Salven aus automatischen Gewehren an ihr Ohr gedrungen. Doch jetzt war wieder Ruhe eingekehrt. Sie hasteten durch das Gehölz und näherten sich dem Lager.

»Wir müssen aufpassen, dass wir nicht zwischen die Fronten geraten«, flüsterte Gene.

»Wir bleiben in ihrem Rücken«, antwortete der Cabo und blieb plötzlich stehen. Er zeigte in Richtung des Lagers und bedeutete Gene, sich auf den Boden zu legen. Mit ausgestrecktem Zeigefinger wies er in südliche Richtung. Gene folgte dem Fingerzeig. Auf einem hohen Baum, knapp einhundert Meter entfernt, hatten die Kerle unterhalb der Krone eine Art Unterstand gebaut, auf dem ein Mann saß und mit seinem Gewehr auf die Lichtung zielte.

»Das ist der Scharfschütze«, sagte der Cabo und legte seine M16 an. »Er kann von dort oben den ganzen südlichen Bereich der Lichtung bis zum Tanklager kontrollieren.«

»Können Sie ihn ausschalten?«

Der Cabo schüttelte den Kopf. »Zu weit entfernt, ich muss näher ran. Sichern Sie, ich werde mich vorarbeiten, um besser treffen zu können.«

Gene reckte den Daumen in die Höhe und nahm sein Gewehr in Anschlag. Unterdessen verschwand der Cabo in einer kleinen Kuhle. Gene spähte durch das Gestrüpp in Richtung der Hütten, von denen er nur ahnen konnte, wo sie sich befanden, denn bislang war aus seiner Position noch nichts zu erkennen. Plötzlich brandete eine Gewehrsalve auf und zerriss die Morgenstille. Vögel flogen auf und hektische Stimmen von Brüllaffen drangen lauthals durch den Wald. Dann fiel ein einzelner Schuss. Der trockene und scharfe Widerhall stammte nicht aus einem Sturmgewehr. Gene blickte den Baum hinauf, wo sich der Scharfschütze in einer geschätzten Höhe von knapp dreißig Metern verschanzt hatte. Der Kerl dort oben konnte alles unter Feuer nehmen, was sich auf der Lichtung bewegte, und das Vorrücken von Tenente Farraz und seinen Männern verhindern. Sofern es sich bei der Gruppe am gegenüberliegenden Ende der Lichtung überhaupt um Farraz handelte. Aber der Cabo hatte Recht, wer sollte es sonst sein? Gene senkte den Blick und sah, wie sich dieser hinter den Wurzeln einiger gefällter Bäume in Deckung brachte und das Gewehr auf den Scharfschützen anlegte, der ihnen noch immer den Rücken zuwandte und auf die Lichtung spähte. Der Cabo würde sehr sorgfältig zielen müssen, denn wenn er verfehlte, würde er vermutlich keine zweite Chance erhalten. Der Scharfschütze hoch oben unter dem Baumwipfel hatte alle Vorteile auf seiner Seite.

Der Cabo ließ sich Zeit und zielte sorgfältig. Stimmengewirr drang aus südwestlicher Richtung zu Gene herüber. Der Cabo musste es wohl ebenfalls hören, dennoch ließ er sich nicht aus der Ruhe bringen. Die Sekunden verstrichen, und auf Gene wirkte es wie eine halbe Ewigkeit. Dann brach der Schuss aus dem M16-Gewehr. Gene starrte auf den Baumwipfel. Der Schuss war längst verhallt, als sich der Mann auf dem Baum aufrichtete. Einen Augenblick lang schien es, dass er das Gewehr in Genes Richtung anlegte, doch dann kippte er nach vorne über, verlor das Gleichgewicht und rutschte von seinem Bretterverschlag ab. Er fiel in die Tiefe, bis sein Fall durch ein Sicherungsseil abgebremst wurde. Der Scharfschütze blieb ein paar Meter unterhalb seiner Stellung hängen. Gene hatte seinen Blick noch immer auf den Kerl im Baum gerichtet, als er plötzlich aus den Augenwinkeln eine Bewegung wahrnahm. Ein weiterer Kerl tauchte hinter einem Baumstamm auf und schoss unkontrolliert in die Richtung des Cabos. Gene zögerte keinen Augenblick. Zwei Salven feuerte er, bevor der Kerl die Arme in die Höhe riss und mit einem gellenden Schrei zu

Boden sank. Es verging keine Sekunde, und das Gewehrfeuer an der Lichtung brandete wieder auf. Kurze Feuerstöße und Einzelschüsse waren zu vernehmen. Unterdessen schlich sich der Cabo zu ihm heran und blieb schwer atmend liegen.

»Was tun wir jetzt?«, fragte Gene.

»Können Sie mit einem Präzisionsgewehr umgehen?«

Gene schüttelte den Kopf.

»Es führt eine Strickleiter nach oben«, fuhr der Cabo fort. »Wenn einer von uns die Stellung dort oben einnimmt, dann haben wir die Kontrolle über das Lager.«

»Das sollten Sie tun«, antwortete Gene. »Ich bleibe hier unten und sichere die Stellung.«

»Einverstanden!« Der Cabo wälzte sich auf den Bauch.

Erneut brandeten Schüsse auf. Diesmal eine lang anhaltende Salve. Der Cabo horchte auf.

»Das ist ein General Dynamics«, sagte er.

Gene runzelte die Stirn. »Das befindet sich auf unserem Boot«, stieß der Cabo hervor und hetzte in östliche Richtung davon. Gene richtete sich auf und folgte ihm.

Tanklager des geheimen Flugfeldes am Rio Jatapu, Amazonasgebiet

Lila hatte an der Wählscheibe des Funkgerätes gedreht, bis das statische Rauschen im Lautsprecher verstummte. Dann drückte sie die Sprechtaste.

»Hallo, hört uns jemand«, sagte sie in den Funkhörer. »Das ist ein Notfall, bitte melden. Das ist ein Notfall.«

Sie ließ die Sprechtaste los und horchte, doch eine Antwort blieb aus.

»Verdammt!«, fluchte sie. Luisa schaute sie mit großen Augen an.

»Die hören uns nicht, wir sind im Funkschatten oder so was.«

Noch einmal drehte sie an der Frequenzwählscheibe. Das Rauschen flackerte wieder auf. Sie drückte die Sprechtaste und wiederholte ihren Funkruf. Wieder keine Reaktion. »Uns hört niemand«, sagte sie entnervt.

Gerade wollte sie erneut die Hand an die Wählscheibe legen, als ein Krächzen aus dem Lautsprecher drang. »Da ist jemand!«, flüsterte Luisa.

Lila stellte den Filter neu ein und lauschte.

»Hier ist der Stützpunkt Brás, identifizieren Sie sich«, drang es aus dem Lautsprecher, der über dem Steuerruder im Fahrstand angebracht war.

»Hallo, hören Sie mich?«

»Ich kann Sie verstehen, leichtes Rauschen, wer sind Sie?«

Sie identifizierte sich und griff nach dem Zettel, den ihr der Cabo zugesteckt hatte und auf dem ihre ungefähre Position angegeben war.

»Hören Sie, unsere Position ist 2 Grad, 11 Minuten 18,89 Süd, 58 Grad, 08 Minuten 57,45 West. Wir wurden überfallen. Hier ist eine Bande von Verbrechern, die uns gefangen hält. Wir brauchen dringend Hilfe. Verständigen Sie umgehend Coronel Santoro in Urucará.«

Der Mann am anderen Ende des Funkgerätes bestätigte die Position und fragte, um wie viele Verbrecher es sich handelte. Noch bevor Lila antworten konnte, übertönte sie eine lang anhaltende Salve aus dem Maschinengewehr. Sie blickte nach draußen, ehe sie in Deckung ging. Rosburn stand hinter dem Maschinengewehr und nahm das Ufer unter Feuer. Sie sah einen bewaffneten Mann kurz vor dem kleinen Bootssteg zu Boden sinken, während ein paar weitere hinter Bäumen Deckung suchten und das Feuer erwiderten.

»Hören Sie, auf uns wird geschossen«, rief Lila in den Funkhörer. »Wir brauchen dringend Hilfe, dringend, haben Sie verstanden?«

»Verstanden, wir informieren umgehend den Coronel«, tönte die Stimme aus dem Funkgerät.

Lila ließ den Hörer los und griff nach ihrem Gewehr. »Luisa, bleiben Sie flach auf dem Boden liegen!«, sagte sie zu der Mikrobiologin, bevor sie auf den Knien den Fahrstand verließ.

48

Tanklager des geheimen Flugfeldes am Rio Jatapu, Amazonasgebiet

Die Sonne wanderte unaufhaltsam dem Zenit entgegen und breitete ihre feuchtschwüle Hitze zwischen den Bäumen aus. Wie eine undurchdringliche Glocke legte sich die Fieberglut über die Lichtung. Mittlerweile war Ruhe eingekehrt. Weder auf der Lichtung noch am Tanklager fielen Schüsse. Der Cabo lag flach hinter einem Baumstumpf und spähte in Richtung der Tanks, wo sich keine Bewegung zeigte.

Gene robbte sich im Schutz halbhoher Gräser voran und blieb schließlich unweit entfernt in einer feuchten Erdkuhle liegen.

»Können Sie etwas erkennen?«, raunte er dem Cabo zu.

»Wir müssen näher ran. Sichern Sie mich!«

Gene zog das M16 an seine Schulter, legte die Wange gegen die Schulterstütze und visierte über Kimme und Korn in Richtung der Kerosintanks, während der Cabo langsam durch das Gras kroch. Die Minuten schlichen dahin, und der Cabo suchte in der Entfernung hinter einem umgestürzten Baum Deckung, ehe er Gene ein Zeichen gab und seinerseits die Sicherung seines Kampfgefährten übernahm. In der Luft lag neben dem Geruch des schalen und brackigen Wassers aus dem nahen Flussarm noch immer der beißende Gestank, den das Treibladungspulver der Patronen hinterlassen hatte. Sie mussten vorsichtig sein, schließlich wussten sie nicht, was mit den anderen aus ihrer Gruppe geschehen war. Hatte die Bande das Boot zurückerobert, oder lagen sie noch immer an der Uferböschung auf der Lauer? Doch selbst wenn Rosburn und die anderen das Boot noch unter Kontrolle hatten, könnten sie bei ihrem Auftauchen unter Freundbeschuss geraten. Gene atmete heftig, als er die Deckung erreichte, hinter der sich der Cabo verschanzt hatte. Er drehte sich auf den Rücken und schnaufte erst einmal durch. Über dem Tanklager lag eine trügerische Stille, und sogar die Tiere des Dschungels schienen ihren Atem anzuhalten. Der Cabo wartete, bis sich Gene von den Strapazen erholt hatte, ehe er in Richtung der grün gestrichenen Tanks zeigte.

»Ich gehe dort rüber, bleiben Sie hier liegen!«, ordnete er an, und schon war er wieder auf dem Weg. Gene nickte atemlos und wischte sich den Schweiß von der Stirn. Erneut legte er sein Gewehr an, als er das leise Stöhnen hörte, das aus Richtung des kleinen Seitenarms zu ihm herüberdrang. Er richtete sich vorsichtig auf und spähte über den Baumstamm. Plötzlich peitschte ein Schuss auf. Holz splitterte neben ihm, und die kleinen Splitter trafen ihn im Gesicht. Er ließ sich zu Boden fallen und ging hinter dem Baum in Deckung, während beinahe zeitgleich ein weiterer Schuss brach. Dann fiel das Stakkato des Maschinengewehrs in das Gewehrfeuer ein. Gene duckte sich tief auf den Boden. Ein greller Schrei hallte durch den Wald, dann trat wieder Ruhe ein. Gene wartete eine Weile, bis er sich aufrichtete, um einen Blick über den Baumstamm werfen zu können. Er suchte die Umgebung ab. Der Cabo hatte die Tanks erreicht und winkte Gene zu sich heran.

Gene begann, durch das Gras zu ihm zu kriechen. Plötzlich erstarrte er. Erschrocken blickte er in die leblosen Augen eines toten Mannes, der direkt vor ihm lag. Einen kurzen Moment hielt er fassungslos inne, ehe er sich weiter durch das Gestrüpp in Richtung der Tanks zum Cabo vorarbeitete.

»Dort liegt ein Toter«, flüsterte er.

»Ich weiß«, entgegnete der Cabo.

»Was machen wir jetzt?«

Der Cabo wies auf die nahe Hütte. »Bleiben Sie dort und halten Sie Ihren Kopf unten.«

Gene nickte, bevor er die Tanks umrundete und hinter der Hütte in Stellung ging. Von weitem sah er durch die Bäume das Boot, das still am Ufer des Flusses lag. Keine Bewegung war darauf zu erkennen.

»Rosburn!«, rief der Cabo laut. Gene zuckte zusammen.

»Rosburn, alles in Ordnung bei Ihnen?«

Es dauerte eine Weile, bis Rosburn antwortete.

»Rosburn, wir sind auf zwölf Uhr, hören Sie«, rief der Cabo erneut. »Wir kommen rüber, nicht schießen. Haben Sie verstanden?«

»Wo seid ihr?«, antwortete der Amerikaner.

»Auf zwölf Uhr, wir kommen!«

»Wissen Sie, ob sich noch ein paar von den Kerlen hier verschanzt haben?«

»Keine Ahnung!«, antwortete Rosburn. »Wo seid ihr?«

Gene erkannte Rosburn, der hinter dem Panzerschild des General-Dynamics-Maschinengewehrs kauerte. Gene fuhr herum, als der Cabo plötzlich neben ihm auftauchte.

»Wir laufen rüber«, sagte er. »Sind Sie bereit?«

Gene nickte.

»Rosburn, wir sind hinter der Hütte, wir kommen jetzt. Sichern Sie uns!«

»Alles klar«, tönte es vom Boot zurück.

Der Cabo richtete sich auf, und schon hetzte er los. Gene folgte. Knapp fünfzig Schritte trennten die beiden noch von den Planken, als das Maschinengewehr plötzlich losratterte. Der Cabo und Gene ließen sich zu Boden fallen.

»Nicht schießen!«, drang es von der Lichtung herüber, als das Maschinengewehr wieder verstummte. »Nicht schießen, ich bin Sargento Marcos, wir sind zu viert!«

Der Cabo erhob sich und hastete die letzten Schritte auf die Planke zu. Kein Schuss fiel, als er das Boot erreichte. Gene folgte dem Militärpolizisten. Kaum waren sie auf dem Boot angekommen, ging der Cabo hinter der Reling in Deckung.

»Marcos, wo stecken Sie!«, rief er.

Kurz darauf trat der Sargento hinter einem Baum hervor. »Es ist niemand mehr hier«, rief er. »Zwei Kerle sind getürmt, die anderen sind kampfunfähig. Wir dachten, auf dem Boot wären noch Leute von ihnen.«

»Kommen Sie zu uns herüber!«

Marcos hob die Hand und eilte auf die Planken zu. Zwischen dem Cabo und Gene ließ er sich nieder.

»Wie viele seid ihr?«, fragte der Cabo.

»Wir sind noch neun. Einen von uns hat es auf dem Plateau erwischt, aber wir haben die Stellung gehalten. Sie haben uns unter Feuer genommen und einen ganzen Tag dort festgenagelt, und dann sind sie plötzlich verschwunden. Tenente Farraz gab den Befehl, die Kerle zu verfolgen.«

»Und wo ist Farraz jetzt?«

»Er ist am anderen Ende der Lichtung. Dort haben die Kerle ein riesiges Flugzeug versteckt.«

Lila tauchte hinter dem Fahrstand auf und setzte sich neben den Cabo. Ihre Hände waren voller Blut.

»Was ist passiert?«, fragte der Cabo besorgt. »Bist du verletzt?«

Lila schüttelte den Kopf. »Antonio hat es erwischt«, antwortete sie.

»Wie sieht es aus?«

Lila schüttelte den Kopf und wischte sich mit dem Handrücken über die Tränen.

Dade Police Department in Miami, Florida

Ryan hatte keine Probleme, einen Beschluss über den zuständigen Staatsanwalt zu erwirken, um bei der Alamo-Autovermietung in Fort Lauderdale einen Blick in die Akten werfen zu können. Die Westpark Security hatte insgesamt vierundzwanzig Wagen über die Autovermietung angemietet und zählte zu den Großkunden der Firma. Aus diesem Grund, so hatte der Geschäftsführer in Fort Lauderdale erklärt, hätte sich die Firma zunächst einmal bedeckt gehalten, als er dort das erste Mal nach dem schwarzen Blazer angefragt hatte. Schließlich konnte es sich Alamo nicht leisten, diesen Großkunden zu verlieren. Dennoch brachten Ryan die Mietverträge mit der Westpark nicht weiter. Die Wagen waren allesamt im Paket von der Geschäftsstelle in Key West angemietet worden.

Als Ryan zurück in sein Büro kam, wurde er bereits von Diana Cross erwartet.

»Die Westpark Security in Key Largo wurde vor fünf Jahren von einem gewissen Simon Lazard angemeldet. Lazard war zuvor in leitender Position bei einem Sicherheits- und Transportunternehmen am Flughafen Opa Locka beschäftigt. Als der Geschäftsführer sich zur Ruhe setzte, hat er die Firma übernommen und ausgebaut. Die sind ganz gut im Geschäft. Mittlerweile haben sie über fünfhundert Mitarbeiter, bewachen Flughäfen, Banken und private Firmen, aber auch Wohngebiete und einige reiche Einwohner gehören zu ihrem Kundenkreis. Lazard ist mittlerweile ein reicher Mann geworden und vertreibt sich seine Zeit mit Segeln und Golfen. Sie haben auch eine angeschlossene Detektei, die sich auf Betriebsspionage und Patentrechtsverletzungen spezialisiert hat. Sie unterhalten inzwischen zwei weitere Niederlassungen. Eine ist in Baton Rouge und die andere in Boulder. Drei Anwälte arbeiten für sie. Es gibt nicht viel zu berichten, aber es heißt, sie seien nicht zimperlich. Vor einem Jahr gab es eine Anzeige von einem Mann namens Tomasi aus Orlando gegen die Firma. Er behauptete, dass ihn Mitarbeiter von Westpark gekidnappt und zusammengeschlagen hätten. Es ging um irgendwelche Patentgeschichten. Aber Tomasi hat die Anzeige nach einigen Tagen wieder zurückgezogen, und das Verfahren wurde eingestellt. Ansonsten liegt nichts gegen die Firma vor.«

Ryan setzte sich hinter seinen Schreibtisch und legte die Beine hoch.

»Es ist schon lange her, dass ich mir die Hacken auf der Straße ablatschen musste«, seufzte er. »Bist du bei der Überprüfung der Firma auf den Namen Tanner gestoßen?«

»Polanski versucht eine Liste der Mitarbeiter zu bekommen, aber das ist nicht so einfach, solange nichts gegen die Firma vorliegt.«

»Habt ihr die Adresse von diesem Tomasi?«

Diana blätterte in ihrem Notizblock. »Dan Tomasi, er wohnt mittlerweile in Port Saint Lucie in der Norman Lane. Er hat eine kleine Computerfirma.«

»Stell fest, ob er zu Hause ist, und sage ihm, wir wollen mit ihm sprechen.«

»Heute noch?«

Ryan schüttelte den Kopf. »Nein, gestern«, antwortete er missgelaunt.

Acampamento dos infectados nahe Urucará, Amazonasgebiet

»Sie haben sich gemeldet«, sagte Coronel Santoro, nachdem er Anne Arlette Platz angeboten hatte. Vor zwanzig Minuten war sie von Doktor Braga abgeholt und auf die Barroso gebracht worden.

»Wo sind sie, geht es ihnen gut?«, sprudelten die Fragen nur so aus Anne Arlette heraus.

»Sie liegen unter Beschuss«, antwortete der Offizier. Er ging zu der großen Karte, die auf dem Tisch lag, und zeigte auf einen gelben Pfeil. »Ihrer Positionsangabe nach befinden sie sich derzeit etwa vier Kilometer nördlich der verlassenen Flusssiedlung in der Nähe des Lago Maracarana. Dort ist eine große Lichtung verzeichnet. Unser Einsatztrupp ist bereits auf dem Weg dorthin. Sie werden das Gebiet in knapp einer Stunde erreichen.«

»Geht es ihnen gut?«, wiederholte Anne ihre Frage.

»Bislang haben wir keine weiteren Informationen. Der Kontakt ist wieder abgebrochen. Wir wissen nur, dass sie dort offenbar auf eine Bande von Schmugglern gestoßen sind und dass es zu einer bewaffneten Auseinandersetzung gekommen ist. Über Verluste oder Verletzte ist uns nichts bekannt.«

»Aber wir können doch nicht einfach hier warten, bis …«

»Senhora Arlette, unsere Einheiten sind dorthin in Marsch gesetzt. Es ist eine Luftlandedivision, die aus achtzig Mann besteht. Der Capitão ist ein erfahrener Mann. Ich denke, in einer Stunde wissen wir mehr.«

Es klopfte an der Tür. Der Coronel richtete sich auf. »Herein!«, brüllte er.

Ein Soldat betrat den Kommandoraum und salutierte. »Neue Meldung aus Brás«, sagte er und reichte dem Coronel ein Blatt Papier. Ungeduldig wartete Anne, bis der Coronel die Information gelesen hatte.

»Ist … ist etwas passiert?«

Der Coronel schüttelte den Kopf. »Offenbar ist es ihnen gelungen, die Bande dort zu binden. Es handelt sich um ein geheimes Flugfeld, das von den Schmugglern als Landebahn genutzt wurde. Tenente Farraz hält die Verbrecher dort in Schach. Sie warten auf Verstärkung.«

Anne musterte den Coronel mit aufmerksamem Blick. Das Zucken seiner Augenwinkel entging ihr nicht, sie ahnte, dass er ihr nicht alles gesagt hatte.

»Was ist los, da ist doch noch etwas«, fragte sie.

Der Coronel räusperte sich und nahm auf einem Stuhl Platz.

»Die Landeoperation wird nicht einfach, es handelt sich um mindestens zwanzig schwer bewaffnete Männer, die einen Teil des Flugfeldes kontrollieren.«

Anne zögerte. »Das ist nicht alles«, entgegnete sie. »Was ist passiert?«

Der Coronel fuhr sich über das Kinn. »Es gab Verluste«, antwortete er knapp.

»Verluste?«

»Ihr Kollege, Senhor Pinto«, antwortete er mit brüchiger Stimme. »Er ist tot.«

49

Cuiabá, Bundesstaat Mato Grosso

Anjo lag gut bewacht in einem Einzelzimmer im Hospital Samaritano in der Rua Vereador Jorge Witzak. Er hatte sich gut von seinen Verletzungen erholt. Der Bauchschuss, den er bei seiner Verhaftung erlitten hatte, war nicht lebensbedrohlich gewesen, dennoch war der alte, weißhaarige Mann noch immer schwach. Als Zagallo in Begleitung von Tenente Falcáo das Zimmer betrat, erhoben sich die beiden uniformierten Polizisten und salutierten.

»Warten Sie bitte draußen!«, sagte Zagallo. Als die Polizisten den Raum verlassen hatten, zog Zagallo ein Diktiergerät aus seiner leichten Sommerjacke, schaltete es ein und legte es auf den kleinen Beistelltisch.

»Ich bin Capitão Zagallo von der Kriminalpolizei«, stellte er sich vor. »Das ist mein Kollege Falcáo. Wie ist Ihr Name?«

Der weißhaarige Mann, Zagallo schätzte ihn auf Mitte sechzig, warf ihm einen kurzen Blick zu, bevor er sich wieder abwandte und schweigend an die Decke starrte.

»Sie wissen, weswegen Sie verhaftet wurden?«

Der alte Mann reagierte nicht.

»Anjo, der weißhaarige Engel«, fuhr Zagallo fort. »Ein Engel mit einer rabenschwarzen Seele. Wie viele Menschen haben Sie auf dem Gewissen? Zehn, zwanzig, hundert?«

Anjo richtete sich auf. »Ich habe niemandem etwas zu Leide getan«, antwortete er mit brüchiger Stimme.

»Wir haben unzählige Leichen gefunden«, hielt ihm Zagallo

entgegen. »Organe waren ihnen entnommen worden, bevor man sie auf den Blumenfeldern in Varzeá Grande verscharrte. Und wir wissen, dass Sie hinter diesem Massaker stecken. Wie viele Dollars bringt eine Leber, eine Niere oder ein gesundes Herz?«

Der alte Mann schüttelte den Kopf. »Sie haben keine Ahnung«, antwortete er knapp. Ein abfälliges Lächeln huschte über sein Gesicht.

»Alter Mann, Sie werden in der Hölle schmoren«, mischte sich Falcáo ein.

Anjo schob seine Decke zurück und zeigte auf die weiße Binde, die um seinen flachen Bauch gewickelt war. Sein Körper erschien ausgemergelt, fast asketisch. »Das habe ich wohl Ihnen zu verdanken«, sagte er und wandte Zagallo den Kopf zu.

»Wer sind Sie, wie ist Ihr richtiger Name?«

»Mein Name ist Anjo. Mehr brauchen Sie nicht zu wissen.«

»Wir haben Doktor Gustavo verhaftet, er hat uns alles erzählt …«

»Dann wissen Sie, dass ich den Menschen nur helfen will«, fiel Anjo dem Capitão ins Wort. »Kranke Menschen, arme Menschen, die sich keinen Arzt leisten können und die in diesem Land wie Dreck behandelt werden. Wer hilft ihnen, wer schert sich um sie? Niemand, niemand außer mir. Ich bin die einzige Chance, die sie haben.«

»Chance«, wiederholte Falcáo mit zynischem Unterton. »Chance nennen Sie das. Sie machen Experimente mit diesen armen Kreaturen. Sie erproben Medikamente an ihnen, die nicht zugelassen sind. Und wenn sie sterben, dann werden sie einfach verscharrt, so als hätte es sie nie gegeben. Das nennen Sie helfen? Das ist keine Hilfe, Sie sind ein Mörder. Und wir werden dafür sorgen, dass Sie den Rest Ihres Lebens in einem dunklen Loch verrotten.«

»Sie haben wirklich keine Ahnung«, wiederholte er. »Diese Menschen sterben sowieso, weil sie unheilbar krank sind. Doch ich gebe ihnen eine Chance. Ich schenke ihnen ein neues Leben. Und deswegen haben Sie überhaupt nichts gegen mich in der Hand. Ich habe gute Verbindungen, und schon bald werde ich dieses Krankenhaus verlassen. Und Sie können nichts dagegen tun.«

»Gibt es überhaupt jemanden, der Ihre Wohltaten überlebt hat?«, fragte Zagallo.

»Sie würden sich wundern«, antwortete Anjo und ließ sich wieder ins Bett zurücksinken. »Gehen Sie jetzt, ich bin müde.«

Falcáo richtete sich auf. Sein Gesicht war rot vor aufkeimender Wut. »Sie glauben wohl, wir sind …«

Zagallo hob beschwichtigend die Hand und stoppte Falcáos Redeschwall. »Wir werden gehen, aber wir werden wiederkommen. Und lange werden Sie nicht mehr hier in diesem hellen Zimmer liegen. Eine Zelle im Untersuchungsgefängnis wartet auf Sie. Und da ist es weitaus ungemütlicher als hier im Krankenhaus. Sie sollten sich überlegen, ob Sie weiter schweigen wollen oder ob Sie sich selbst helfen und Ihr Gewissen erleichtern.«

Zagallo und Falcáo gingen zur Tür. Draußen warteten die beiden Polizisten.

»Passen Sie gut auf ihn auf!«, ermahnte Zagallo die Uniformierten.

»Ich könnte ihm den Hals umdrehen, aber er ist ein alter Mann«, knirschte Falcáo wütend.

»Er ist von sich selbst überzeugt, doch er verkennt seine Lage«, antwortete Zagallo. »Wenn er erst einmal eine Gefängniszelle von innen gesehen hat, dann wird er reden, glaube mir. Es scheint, noch denkt er, jemand wird ihm zur Seite stehen und ihm wieder zur Freiheit verhelfen. Erst wenn er begreift, dass er auf sich alleine gestellt ist, wird er den Mund aufmachen. Wir haben Zeit.«

Geheimes Flugfeld am Rio Jatapu, Amazonasgebiet

Antonio Pinto, der Mikrobiologe aus dem WHO-Team, war von einem Querschläger oberhalb des Brustbeins getroffen worden. Das Geschoss hatte eine Schlagader verletzt. Luisa Behringer und Lila hatten keine Chance, dem Portugiesen zu helfen. Er war innerlich verblutet.

Unterdessen hatte Marcos erzählt, dass sie den Verbrechern gefolgt waren, nachdem sie sich an dem kleinen Hügel südlich des Rio Jatapu zurückgezogen hatten. Unterwegs mussten die Verbrecher einen Schwerverletzten aus ihrer Gruppe zurücklassen, der sie auf der Flucht behinderte. Farraz hatte den Sanitäter angewiesen, sich um den Verletzten zu kümmern und ihm das Sterben zu erleichtern, denn seine Verwundungen waren schwerwiegend. Ihm war nicht mehr zu helfen. Er hatte ihnen den Weg zur Lichtung erklärt, und obwohl sie sich auf dem Weg mehrfach verlaufen hatten, waren sie schließlich auf das geheime Flugfeld gestoßen.

Farraz befand sich mit seinem Team auf Höhe des Flugzeugs, während Marcos das freie Feld in östlicher Richtung umgehen sollte, um in den Rücken der Bande zu gelangen, damit man sie unter Kreuzfeuer nehmen konnte. Der Cabo und Gene hatten sich Marcos' Männern angeschlossen und ihnen den Weg zu der Stelle gewiesen, an der sie auf den Scharfschützen getroffen waren. Inzwischen war heftiges Gewehrfeuer aus Richtung der provisorischen Flugzeughangars zu vernehmen.

»Es ist ihre einzige Chance, von hier zu entkommen«, flüsterte der Cabo dem Sargento zu. »Sie haben hier nach Gold geschürft und werden bestimmt nicht ohne Beute verschwinden. Nur deshalb sind sie noch hier.«

Durch die teils abgeholzten Bäume waren die Hütten zu sehen, hinter denen sich die Männer verschanzt hatten. Ab und zu stieg eine kleine Rauchfahne auf. Sargento Marcos wies nach links zu einer kleinen Gruppe niedriger Laubbäume.

»Von dort aus können wir das Vorfeld kontrollieren«, sagte er.

»Wir sichern euch!«, bestätigte der Cabo und warf Gene einen vielsagenden Blick zu. Gene hatte verstanden und zog den Schaft des Gewehres in die Schulter. Marcos und seine drei Begleiter ließen sich auf den Boden nieder und krochen in Richtung Baumgruppe. Die Schüsse aus dem Lager galten nach wie vor Farraz und seinem Trupp, der sich wohl noch immer in der Nähe der Hütte aufhielt.

Sargento Marcos hatte die Baumgruppe erreicht und ging zwischen den Stämmen in Deckung.

Plötzlich verharrte der Cabo und horchte auf. Er hob die Hand, und Gene blieb ebenfalls liegen.

»Hören Sie das?«

Gene hob den Kopf und lauschte. »Das sind Motoren«, antwortete er.

»Helikopter«, bestätigte der Cabo. »Sie kommen von Osten.«

»Schnell!«

Der Cabo robbte voran, Gene hinterher. Unmittelbar vor der Lichtung gingen sie hinter einem dicken Baumstumpf in Deckung. Der Motorenlärm nahm zu. Noch bevor sich Gene sortiert und seine Waffen in Anschlag gebracht hatte, schlug ein Projektil neben ihm ein.

»Bleiben Sie unten«, zischte der Cabo und gab zwei Feuerstöße in Richtung einer der Hütten ab, die kaum dreißig Meter entfernt standen.

»Wo ist der Schütze?«, fragte Gene und drückte sein Gesicht auf den Boden.

»Am Fenster«, antwortete der Cabo und feuerte erneut.

Plötzlich stieß ein Helibras-NH-90-Helikopter wie ein Raubvogel auf die Lichtung herab. Ein weiterer Hubschrauber folgte. Sie trugen die Hoheitszeichen der Brasilianischen Armee.

»Das sind unsere Jungs«, rief der Cabo, nachdem die Helikopter abgedreht hatten.

Roter und blauer Rauch stiegen von der gegenüberliegenden Seite der Lichtung auf. Der Lärm nahm wieder zu, nachdem die Helikopter zurückkehrten und von Westen her auf die Lichtung einschwenkten.

Gene richtete sich ein kleines Stück auf, doch als ein weiteres Projektil am Baumstumpf vorbeischrammte, zog er den Kopf wieder zurück. Der Cabo schoss auf das Fenster, und ein lauter Schrei verklang im zunehmenden Dröhnen der Triebwerke.

Kaum hatte der erste Helikopter in der Nähe des Tanklagers aufgesetzt, sprangen schwer bewaffnete Soldaten in Kampfanzügen ab und gingen sofort in Stellung. Ein weiterer Helikopter schwebte zur Sicherung über dem Gelände. Der Schütze richtete sein Maschinengewehr auf die Hütten. Mittlerweile hatte auch Marcos zwei Rauchgranaten gezündet. Im Schutz der Bäume winkte er hektisch dem Cabo zu.

»Ich glaube, er will, dass wir zu ihnen kommen.« Gene wies auf den winkenden Sargento.

»Schnell!«, antwortete der Cabo. »Der Schütze ist ausgeschaltet, machen Sie schon, bevor wir noch zwischen die Fronten geraten!«

Gene nickte und robbte auf die Baumgruppe zu, hinter der Marcos mit seinen Männern in Stellung gegangen war.

Microbiological and Biomedical Laboratories, CDC, Atlanta

Die Testreihe war abgeschlossen und Euralvirin hatte sich als äußerst effektives Mittel gegen das Fortschreiten der Infektion erwiesen. Der Verlauf der Zellinfektion wurde nahezu gestoppt. Bereits infizierte Zellen starben nach einiger Zeit ab, und die Zahl der Viruspartikel im Blutkreislauf erhöhte sich nur vorübergehend und nahm nach kurzer Zeit wieder ab. Doch wenn die Zahl der infizierten Zellen überwog, zeigte Euralvirin in der Simulation keine mildernde Wirkung. Das bedeutete, dass das

Medikament zwar die Vermehrung der kranken Zellen verhindern konnte, jedoch rechtzeitig zum Einsatz kommen musste. Hatte die Infektion bereits die Mehrzahl der Zellen erfasst, so ließ sich der Krankheitsverlauf nicht stoppen, und die von den Viren verursachten Symptome führten zum Tod des Patienten. Trotzdem war es ein erster wesentlicher Schritt bei der Bekämpfung der Krankheit, und der Wirkungsgrad sowie die Bioverfügbarkeit lagen weit über den Werten des Hyperimmunserums. Vor allem wies das Medikament eine nachhaltig prophylaktische Wirkung auf.

»Zweitausend Einheiten sind sofort verfügbar«, sagte Doktor Hill.

»Zweitausend, es war von zehntausend die Rede, und das ist noch knapp bemessen«, antwortete Joanna Kim.

»Zweitausend sofort und weitere zehntausend bis Anfang nächster Woche. Ich habe mit dem Produktionsleiter gesprochen. Die Umstellung der Maschinen braucht Zeit.«

Joanna Kim schüttelte den Kopf. »Es muss schneller gehen. Ich kenne den Leiter der Forschungsabteilung. Ich werde mich selbst darum kümmern.«

Doktor Hill rümpfte die Nase und schaute Joanna beleidigt an. »Ich habe alles versucht.«

»Schon gut, Doktor Hill«, antwortete Joanna Kim und klopfte dem Mann auf die Schulter. »Sie und Ihr Team haben hervorragende Arbeit geleistet. Wir halten endlich ein wirksames Medikament in der Hand, das weitaus effektiver ist als alles, was wir bislang besaßen. Es war wirklich ein Kraftakt, den Sie mit Ihrer Abteilung in der kurzen Zeit vollbracht haben. Nun wollen wir diesen Erfolg nicht noch gefährden, weil irgendwelche Maschinen neu justiert werden müssen. Einer meiner Professoren an der Universität arbeitet bei der MedCom in leitender Stellung. Warum sollten wir diesen Kontakt nicht nutzen? Es schmälert in keinster Weise Ihre Verdienste, Doktor Hill. Entschuldigen Sie mich jetzt bitte«, verabschiedete sich Joanna Kim und ging in ihr Büro. Sie schlug die Tür zu und setzte sich an den Schreibtisch.

»Karrieresüchtiger Idiot«, raunte sie, bevor sie zum Telefonhörer griff.

50

Norman Lane, Port Saint Lucie, Florida

Die kleinen Einfamilienhäuser mit ihrem weißen Anstrich sowie die gepflegten, aber leblosen Vorgärten und die sandsteinfarbenen Zugangswege zu den Haustüren beherrschten den Straßenzug der Norman Lane. Rechts wie links der breiten Straße herrschte diese bedrückende Gleichförmigkeit eines Reisbrettviertels. Typisch für den amerikanischen Mittelstand. Eine Wohnungsbaugesellschaft hatte die mit alten Hütten und baufälligen Häusern bebauten Grundstücke vor Jahren aufgekauft, der Abrissbirne und den Baggern waren nicht einmal die kleinsten Büsche entkommen. Ein Teil der Häuser stand noch immer leer, was an den Schildern auf den Grundstücken zu erkennen war, die für einen familienfreundlichen und ruhigen Wohnraum warben.

»Hier möchte ich noch nicht einmal begraben sein«, nuschelte Diana Cross, als Ryan den Dienstwagen vor dem Haus Nummer 115 am Straßenrand parkte.

»Das ist die Zukunft«, antwortete Ryan. »Wenn hier erst einmal wieder Bäume wachsen und Kinder herumspringen, dann kehrt auch wieder das Leben zurück. Stell dir vor, Barbecue mit deinen Nachbarn im Sonnenuntergang, herrlich, oder?«

»Mein Nachbar ist ein fettes, versoffenes Arschloch, das hin und wieder seine Frau verprügelt«, entgegnete Diana. »Das nächste Mal sorge ich dafür, dass er in den Knast wandert.«

Dan Tomasi war ein kleiner, zierlicher und unscheinbarer Kerl mit einer Brille, deren Gläser wohl aus Glasbausteinen geschliffen waren. Er öffnete, noch bevor Ryan und seine Kollegin die Eingangstür erreicht hatten. Seine Augen flogen nervös hin und her, so als befürchte er, beobachtet zu werden. Er fragte kurz, ob Ryan und Diana Cross die angekündigten Polizisten aus Miami seien, und schob sie förmlich in sein Haus. Als er die Tür schloss, schaute er noch einmal sichernd hinaus.

»Ich sagte Ihnen doch, dass Sie Ihren Wagen nicht vor meinem Haus parken sollen«, rügte er die beiden Beamten. Tomasi war auffallend ängstlich und nervös.

»Haben Sie Angst?«, fragte Ryan. »Werden Sie bedroht?«

Tomasi schüttelte den Kopf und eilte durch den Flur. »Man muss vorsichtig sein!«

Er bat seine Besucher in das dunkle Wohnzimmer, in dem trotz hellem Sonnenschein die Jalousien zugezogen waren.

Ryan und Cross schauten sich ungläubig an.

»Nehmen Sie Platz«, forderte Dan Tomasi die beiden Polizisten auf.

Ryan ließ sich in einen Sessel fallen und öffnete den Knopf seiner Jacke.

»Mister Tomasi, Sie wissen, weswegen wir hier sind«, eröffnete er die Befragung. »Im letzten Jahr erstatteten Sie Anzeige gegen das Sicherheitsunternehmen Westpark, die Sie kurz darauf wieder zurückgezogen haben. Was ist passiert?«

Tomasi beugte sich verschwörerisch vor. »Die sind überall«, flüsterte er. »Diese elenden Schweine.«

Ryan runzelte die Stirn. Er ermittelte in einem Mordfall, und sein Zeuge hatte nicht mehr alle Tassen im Schrank. »Erzählen Sie mir, was passiert ist«, forderte er Tomasi zum Reden auf.

Tomasi erhob sich und ging an das Fenster. Er warf einen langen und suchenden Blick nach draußen. Schließlich wandte er sich Ryan zu und fuhr sich mit der Hand über die Lippen. »Ich arbeitete bei der Florida Communication and Entertainment, ich war in der Computerabteilung beschäftigt. Wir hatten immer Probleme mit der Laufsicherheit unserer Steuerungseinheit für die Kommunikationsanlagen. Wissen Sie, da arbeiten verschiedene Systeme miteinander, die nicht hundertprozentig kompatibel sind. Ich habe mir hier die Nächte um die Ohren geschlagen und ein Programm entwickelt, das diese Fehler automatisch ausgleicht. Drei Jahre habe ich in das Projekt gesteckt, und als es endlich lief, hat es die Florida Inc. einfach für sich vereinnahmt. Als ich mich dagegen wehrte, da haben sie mir diese Gangster auf den Hals geschickt und mich einfach entlassen.«

»Sie meinen die Mitarbeiter der Westpark Security?«

»Mir ist egal, wie sich diese Gangster nennen«, zischte Tomasi. »Sie haben mich abgepasst, als ich zurückholen wollte, was mir gehört. Ich war eine Woche im Krankenhaus.«

»Warum haben Sie die Anzeige zurückgezogen?«, fragte Diana Cross.

»Gegen diese Kerle hat man keine Chance, und einen Anwalt kann ich mir nicht leisten. Sie sagten, dass sie mich anzeigen werden und dass ich in den Knast wandere. Außerdem würden sie ein Auge auf mich werfen. Ich hatte keine Chance.«

»Wissen Sie noch, wer die Kerle waren?«, mischte sich Ryan ein. »Sie nannten damals keine Namen.«

»Die Namen kannte ich nicht, aber ich weiß, dass sie zu der Firma gehörten. Wir arbeiteten bei der Florida Inc. in einem hochsensiblen Bereich, und da sind mir die beiden Typen schon ein paar Mal begegnet.«

»Woher wussten Sie, dass es sich um Leute von Westpark handelt?«

»Sie trugen eine schwarze Uniform, daran habe ich sie erkannt.«

Ryan räusperte sich. »Ist Ihnen jemals ein Mann namens Tanner begegnet? Klein, dick und wenig Haare?«

»Sicherlich kenne ich ihn, ja, ich glaube, Tanner war sein Name, er gehört zu diesen Verbrechern«, antwortete Tomasi. »Drei Wochen nach meiner Anzeige tauchte er bei mir auf. Oh, er tat verdammt freundlich und entschuldigte sich dafür, dass mir seine

Schergen beinahe den Unterkiefer gebrochen hatten. Sie hätten gedacht, ich wäre bewaffnet. So ein Blödsinn, ich und bewaffnet! Außerdem wollte er, dass ich die Anzeige zurückziehe. Im Gegenzug würde die Florida Inc. keine Anzeige gegen mich erstatten. Er warf mir ein paar Paragraphen an den Kopf und sagte, dass ich mit zehn Jahren Knast rechnen müsste, wenn es zu einem Verfahren kommt. Außerdem würde der Firma alles gehören, was ich im Dienst für sie entwickelt hätte. Dafür würde ich schließlich bezahlt. Aber verdammt noch mal, ich habe das Programm hier und in meiner Freizeit geschrieben, das ist doch etwas ganz anderes. Nur hatte ich keine Ahnung, wie ich das beweisen sollte.«

»Und dann haben Sie die Anzeige zurückgezogen.«

Tomasi nickte. »Was hätte ich denn sonst tun sollen? Dieser Kerl hatte etwas an sich, das mir Angst einjagte. Ich glaube, dass sie mich noch immer auf ihrer Liste haben.«

»Wie kommen Sie darauf?«

Tomasi fuhr sich durch die Haare. »Ein paar Tage lang stand ein Wagen vor meinem Haus, da saßen zwei Kerle drin. Ich bin mir sicher, das waren die Handlanger dieses schmierigen Typs. Ich bin dann weggezogen, aber dann fing das mit den Anrufen an.«

»Anrufe?«

»Mitten in der Nacht, manchmal zwei-, dreimal, und niemand meldet sich. Aber ich weiß, dass jemand am Apparat ist.«

»Und Sie glauben, dass Tanner dahintersteckt?«

»Ich bin mir sicher«, antwortete Tomasi.

»Haben Sie von Tanner jemals wieder etwas gehört oder wissen Sie, wo wir ihn finden können?«

Tomasi schüttelte den Kopf. »Ich habe nie mehr etwas von ihm gehört, obwohl ich weiß, dass nur er hinter den Anrufen stecken kann.«

»Erhalten Sie noch immer diese Anrufe?«

»Seit einem halben Jahr ist Ruhe, aber die Kerle sind noch immer da draußen. Ich spüre es. Sie beobachten mich.«

Wenig später verließen Ryan und Diana Cross Tomasis Haus und fuhren nach Miami zurück.

»Was hältst du von der Geschichte?«, fragte Diana.

»Wenn du mich fragst, dann hat der Kerle eine ganz schöne Meise.«

Diana nickte. »Tanner muss ihn schwer beeindruckt haben, damit er diese Paranoia entwickelt.«

»Wir werden ihn finden, er ist zumindest kein Gespenst mehr«, antwortete Ryan und bog auf den Highway 91 ein.

Geheimes Flugfeld am Rio Jatapu, Amazonasgebiet

Die Banditen tauchten hinter der Hütte auf und feuerten aus ihren automatischen Gewehren. Gene ging hinter dem Baumstumpf in Deckung und drückte seinen Kopf gegen den Boden. Der Rauch der Granaten, die Sargento Marcos gezündet hatte, verzog sich langsam. Durch die farbigen Rauchgranaten hatten sie der Luftlandeeinheit ihre Position signalisiert, um nicht unter eigenes Feuer zu geraten, doch damit gleichzeitig auch ihre Stellung verraten. Projektile surrten über Genes Kopf hinweg, während Marcos und der Cabo das Feuer erwiderten und die Kerle zum Rückzug zwangen. Ein gellender Schrei verriet Gene, dass einer der Gegner getroffen worden war. Dann donnerte das Stakkato eines schweren Maschinengewehrs durch den Wald. Die Luftlandetruppen nahmen das Versteck der Banditen unter Beschuss, und auch von Tenente Farraz und seinen Leuten wurde das Lager unter Feuer genommen. Die Gegenwehr erlahmte. Nur noch vereinzelt fielen Schüsse, nachdem auch das Maschinengewehr schwieg.

Die lautsprecherverstärkte Stimme eines Mannes hallte über die Lichtung und forderte die Banditen auf, sich zu ergeben. Dann ging die Stimme im Dröhnen eines Hubschraubers unter, der über der Lichtung kreiste. Gene hob den Kopf und spähte über den

Baumstumpf. Tatsächlich erkannte er einige Gestalten, die langsam und mit erhobenen Händen hinter den Hütten hervorkamen und auf die Lichtung zugingen.

»Wir bleiben hier liegen, bis wir von dem Kommandanten der Einheit gerufen werden«, wandte sich der Cabo an Gene. »Unsere Leute wissen, dass wir hier sind. Aber wir zeigen uns erst, wenn sie die Kerle festgenommen haben, klar?«

Gene nickte und richtete seinen Blick wieder auf die Hütten, doch dort tauchte niemand mehr auf. Es vergingen beinahe zwanzig Minuten, in denen es ruhig blieb und bis auf hektische Befehle und Anweisungen keine weiteren Schüsse mehr zu hören waren. Schließlich setzte der kreisende Hubschrauber auf dem Gelände auf, und nachdem die Rotoren zum Stillstand gekommen waren, ertönte erneut die Stimme des Offiziers durch das Megaphon.

»Jetzt sind wir dran«, erklärte der Cabo. »Lassen Sie die Waffe hier liegen und nehmen Sie die Hände hoch. Folgen Sie mir einfach, und keine hektischen Bewegungen!«

Gene wartete, bis der Rest der Gruppe in einer Reihe an ihm vorbeimarschiert war, hob die Hände und folgte dem Cabo. Nach fünfzig Schritten traten sie hinaus in das gleißende Sonnenlicht des heißen Tages. Soldaten hatten ihre Gewehre auf sie gerichtet. Langsam und gemächlich schlenderten sie auf die Soldaten zu, bis sich ein Offizier aus der Gruppe löste. Marcos, der vorausging, blieb stehen und salutierte. Schließlich ließen die Soldaten die Gewehre sinken.

»Alles in Ordnung, Sie können die Hände herunternehmen.«

Gene schüttelte seine Arme erst einmal aus, als sich Lila Faro und Rosburn zusammen mit einem weiteren Offizier aus der Gruppe lösten und auf Gene und den Cabo zukamen.

»Sie haben siebzehn Kerle festgenommen, sechs sind verletzt, die anderen wurden getötet«, erklärte sie. »In den Hütten liegen drei Tote. Das Virus hat sie umgebracht. Luisa hat den Soldaten geraten, die Hütten anzustecken.«

»Wohin werden die Männer gebracht?«, fragte der Cabo.

»Ins Camp nach Urucará«, erklärte der Offizier. »Es kommen weitere Hubschrauber. Sie sind schon auf dem Weg.«

»Tenente Farraz, tut gut, Sie zu sehen«, antwortete der Cabo.

»Freut mich ebenfalls, Cabo«, antwortete Farraz und klopfte ihm auf die Schulter.

Microbiological and Biomedical Laboratories, CDC, Atlanta

Professor Doktor Joanna Kim betrachtete das Diagramm, das ihre Assistentin auf dem Schreibtisch ausgebreitet hatte. Das Virusgenom des Jatapu-Virus war zu einem großen Teil entschlüsselt worden, doch das Schaudiagramm der Matrix warf eine Menge Fragen auf.

»Sehen Sie die Abweichung in den diploiden Strängen«, sagte die Assistentin aus der Abteilung für Molekulargenetik und zeigte mit dem Kugelschreiber auf das in Rottönen dargestellte Balkendiagramm. »Ich verstehe das nicht. Die Aberrationen in den Long Terminal Repeats sind unerklärlich. Die Sequenzen tauchen in einem bestimmten, gleichbleibenden Muster auf. So etwas habe ich in freier Natur noch nie gesehen, das kenne ich eigentlich nur aus den Labors.«

Joanna Kim hob das Diagramm in das Licht und studierte es nachdenklich.

»Sind das Kopierfehler?«, murmelte sie.

»Die Peptidverbindungen ergeben ein Muster, eine Art Sequenz«, entgegnete die Assistentin. »Wir haben die Paare auseinandergeschnitten. Die Guanine, die Anordnung der Cytosine, der Thymine, alles logisch. Die Anzahl der Ribozyten ist in beiden Strängen identisch, aber diese speziellen Peptidverbindungen müssen einen Zweck erfüllen.«

Professor Joanna Kim legte das Computerdiagramm wieder auf

den Schreibtisch und fuhr sich über die Stirn. »Das können nur Marker sein«, murmelte sie.

»Marker in der freien Natur?«

»Wenn wir im Labor in Chicago an DNA-Strängen herumgeschnipselt haben, dann haben wir solche Verbindungen als Marker eingesetzt, damit wir die bearbeiteten Sequenzen von den natürlichen unterscheiden konnten. Quasi wie ein Lesezeichen in einem Buch. Wir müssen das Ergebnis verifizieren. Das Labor soll noch weitere Tests durchführen. Vielleicht ist uns da etwas durcheinandergeraten.«

»Das ist ausgeschlossen«, widersprach die Assistentin.

Joanna überlegte, schließlich fasste sie die Assistentin an der Schulter. »Kommen Sie!«, sagte sie zu ihr.

»Wohin gehen wir?«

»Ins Labor, ich will das mit eigenen Augen sehen«, entgegnete Joanna Kim entschlossen.

»Es ist vielleicht nur eine harmlose Mutation. Das Jatapu-Virus entspricht keinem bislang bekannten Typ. Könnte es diese Sequenzen in sich tragen, weil es eben doch einfach nur eine Laune der Natur ist?«

Joanna Kim schüttelte vehement den Kopf. »Wie groß ist die Chance, eins zu einer Billion, eins zu einer Billiarde? Wir sind Wissenschaftler und gehören nicht zu einem Rateteam. Ich will wissen, was hinter diesen Peptidverbindungen steckt. Diese Wiederholungsfrequenz ist auffällig und entspricht nicht dem Standard, deswegen werden wir es genauer unter die Lupe nehmen. Und jetzt kommen Sie!«

Die Assistentin kniff die Lippen zusammen. »Wenn dies Marker wären, dann …«

»… dann ist das Jatapu-Virus vielleicht überhaupt kein natürliches Virus, sondern wurde künstlich in einem Labor erzeugt«, vervollständigte Joanna Kim den Satz ihrer Assistentin.

Diese schüttelte zweifelnd den Kopf. »Welchen Sinn sollte es machen, ein tödliches Virus zu entwickeln und es dann im brasilianischen Regenwald auszusetzen?«

Joanna Kim stemmte die Hände in die Hüften. »Schon mal was von biologischer Kriegsführung gehört«, antwortete sie lakonisch. »Als damals Ebola auftauchte, waren die Jungs von der USAMRIID als Erste vor Ort.«

»Im brasilianischen Regenwald! Ich wüsste nicht, dass wir mit Brasilien im Krieg sind.«

»Jetzt kommen Sie schon, und kein Wort zu irgendjemand, bevor wir nicht mehr wissen, ist das klar!«

Die Assistentin verzog ihre Mundwinkel. »Alles klar, Frau Professor.«

Cuiabá, Bundesstaat Mato Grosso

»Entlassen!«, schnauzte Zagallo und schlug mit der Faust auf den Schreibtisch.

»Ja, der Ermittlungsrichter sieht keine Veranlassung, Untersuchungshaft anzuordnen. Sie haben keinen schlüssigen Beweis für die Verbindungen zwischen Senhor Anjo und den Leichenfunden auf den Blumenfeldern. Ihr Informant Craigo hat ihn nicht hundertprozentig wiedererkannt, der inhaftierte Bruder Tizio Duarte Faria sitzt in einer Irrenanstalt, und das Einzige, was Sie bislang schlüssig beweisen können, ist ein Verstoß gegen Arzneimittelverordnungen.«

»Die Schießerei bei der Festnahme?«, wandte Zagallo ein.

»Er hat über seinen Anwalt ausgesagt, dass er lediglich die Gruppe begleitete, weil er um Hilfe für den kranken Jungen gebeten wurde. Er wusste nicht, dass es sich um Verbrecher handelte, und ist vollkommen unschuldig in die Sache hineingeschlittert.«

»Und das hat man ihm geglaubt?«

»Zagallo«, holte der Polizeichef aus. »Senhor Anjo hat den besten Anwalt der Stadt. Er hat Ihren Bericht in alle Einzelteile zerlegt. Kein Stein blieb auf dem anderen. Am Ende legte er sogar Erklärungen von Patienten vor, die unheilbar erkrankt waren und von Senhor Anjo geheilt wurden. Ich bin nicht dafür verantwortlich, aber der Ermittlungsrichter sieht die Zahlung einer Kaution von hunderttausend Real als angemessen für sein Vergehen gegen die Berufsethik und die Arzneimittelverordnung an. Der Anwalt hat das Geld bereits hinterlegt. Senhor Anjo wird morgen um zehn Uhr entlassen.«

Der Polizeichef wandte sich zum Gehen und wäre beinahe mit Tenente Falcáo zusammengestoßen, als er die Tür öffnete.

»Hallo Falcáo«, sagte der Polizeipräsident. »Nicht so stürmisch.«

Falcáo schlüpfte am Polizeichef vorbei und lächelte freundlich. Nachdem der Präsident das Büro verlassen hatte, ließ sich Zagallo mit einem lauten Seufzer auf seinen Stuhl fallen.

»Was ist passiert?«, fragte Falcáo.

»Sie werden Anjo morgen früh entlassen«, berichtete Zagallo gequält. »Der Ermittlungsrichter hat eine Kaution verlangt, und die wurde von einem Anwalt gezahlt. Wir haben nichts gegen den weißhaarigen Engel in der Hand. Im Gegenteil, er ist offenbar wirklich ein Engel.«

»Aber wir wissen noch gar nicht, wer er ist.«

»Er heißt Luiz Anjo Pereira und wohnt in Porto Alegre. Er ist Facharzt, aber er praktiziert nicht mehr, zumindest nicht offiziell.«

Falcáo fuhr sich über das Kinn. »Dann ist der Fall abgeschlossen, und Anjo hat einfach nur Glück gehabt.«

»Anjo hat Leute hinter sich, die sehr viel Macht, Geld und Einfluss haben. Er hat den besten Anwalt der Stadt, und hunderttausend Real sind kein Problem für ihn. Aber es klebt noch immer Blut an seinen Händen. Und ich will ihn haben, so schnell geben wir nicht auf.«

»Was willst du tun?«, fragte Falcáo.

»Er wird morgen um zehn Uhr entlassen. Ich will, dass du dich an seine Fersen heftest. Ich will wissen, mit wem er sich trifft, wo er sich aufhält und unter welchem Stein er sich verkriecht.«

»Aber das werde ich allein nicht schaffen, das kann ja Wochen oder Monate dauern.«

»Ich werde dafür sorgen, dass du Unterstützung erhältst. Morgen um acht Uhr treffen wir uns, und wir werden ihn kriegen.«

Falcáo rollte die Augen. »Dein Wort in Gottes Ohr.«

51

Acampamento dos infectados nahe Urucará, Amazonasgebiet

Direkt neben dem Camp war mit Stacheldrahtrollen ein Internierungslager für die Festgenommenen vom geheimen Flugfeld am Rio Jatapu eingerichtet worden. Für die zum Teil schwer verletzten Gefangenen waren Zelte aufgestellt. Bewaffnete Soldaten waren rund um das Areal platziert und bewachten die Männer, die an den Händen gefesselt auf dem Boden saßen und teilnahmslos vor sich hin starrten. Noch immer herrschte der Ausnahmezustand in der Region um den Rio Jatapu, so dass die Gefangenen aus dem Cordon sanitaire nicht in das Bezirksgefängnis nach Manaus überführt werden konnten.

Zwei amerikanische Piloten befanden sich unter den Verhafteten, um die sich Gene und Rosburn kümmerten, während der Cabo als einziger Polizeirepräsentant im Camp die Befragung der anderen Festgenommenen leitete. Nach der Festnahme der Bande hatte die Untersuchung der Umgebung den Grund offenbart, weshalb sich die Banditen trotz der Militärpräsenz noch immer am Rio Jatapu aufgehalten hatten. Neben einem großen Holzlager, bestehend aus wertvollen brasilianischen Edelhölzern, waren mehrere Kisten prall gefüllt mit Golderz in einem Erdversteck aufgefunden worden. Genes Manipulation am Flugzeug hatte tatsächlich dazu geführt, dass die geplante Flucht mit dem Ertrag eines ganzen Jahres der verbrecherischen Ausbeutung des Regenwaldes am Rio Jatapu misslungen war. Doch neben der Beute dieser Verbrecherbande waren den Soldaten etliche Beweise in die Hände gefallen, die darauf hindeuteten, dass die Kerle am Rio

Jatapu einer straff geführten Organisation mit guten Verbindungen ins Ausland angehörten. Hastings war offenbar einer der Hintermänner. Rosburns Stellung und sein Einfluss als Repräsentant der amerikanischen Regierung würden die weiteren Ermittlungen gegen den reichen Mann erleichtern, der die Gegend um White Castle beherrschte.

Nelio, den Anführer der Verbrecher, hatte das Fieber dahingerafft. Garamon, der feiste und ungepflegte Venezolaner, war als Nelios Stellvertreter identifiziert worden. Der Cabo hatte ihn bei seiner Vernehmung unter Druck gesetzt, und der Mann hielt kein Blatt vor den Mund. Ihm war klar, dass er seine Lage nur verbessern konnte, wenn er sein Schweigen brach.

Ansonsten herrschte im Lager eine gespannte Stimmung. Die Freude über die Rettung des Außenteams war groß, und selbst Professor Sander, der von seiner erfolgreichen Mission aus Brasilia zurückgekehrt war, lobte den Einsatz der Soldaten, wenngleich auch die Trauer über den Tod von Antonio Pinto die Stimmung erheblich belastete. Weiterhin bedauerlich war, dass die geständigen Verbrecher keinen weiteren Aufschluss über die Herkunft des Jatapu-Virus liefern konnten. Zwar stimmten die Aussagen in der Weise überein, dass sich die ersten Erkrankten wohl in der Nähe der Goldmine am Lago Maracarana infiziert hatten, doch zu den genauen Umständen konnten sie keine Angaben machen. Inzwischen war eine Maschine der US-Army auf dem Flugfeld unweit des Camps gelandet und hatte zehntausend Einheiten Euralvirin an Bord. Die Soldaten der Luftlandeeinheit waren mit ihren Hubschraubern Santoros Kommando unterstellt worden, so dass Sanders Forderung nach einer dezentralen Versorgung der Erkrankten nichts mehr im Wege stand. Doch noch immer lagen in diesem Camp beinahe zweihundert Erkrankte, für die das Medikament wohl keine Linderung mehr bringen würde.

Der Cabo richtete sich von seinem Stuhl auf und streckte sich. Zwei Stunden dauerte die Vernehmung von Garamon bereits an, und die bisherigen Angaben waren sehr aufschlussreich gewesen. Doch noch immer waren einige Fragen offen.

»Bringt ihn zu den anderen!«, befahl der Cabo den beiden Wachsoldaten, die ihm zur Seite standen. »In einer Stunde machen wir weiter. Trinken Sie etwas und Essen gibt es auch.«

Als der Gefangene aus dem Zelt geführt worden war, seufzte der Cabo laut und ließ sich wieder in seinen Stuhl fallen. Er nahm einen großen Schluck aus seiner Wasserflasche, als Luisa Behringer den Vorhang zur Seite schob und hereinschaute.

»Störe ich?«

Der Cabo schüttelte den Kopf.

»Haben Sie etwas über das Virus in Erfahrung bringen können?«

Der Cabo verzog die Mundwinkel. »Leider nicht, aber dafür kenne ich jetzt die Hintermänner der Banditen. Was führt Sie zu mir?«

Zögernd kam Luisa Behringer näher. »Ich möchte mit einem Gefangenen reden«, druckste sie herum.

»Sie meinen diesen Joao, den wir schon am Fluss gefangen genommen haben?«

Luisa nickte. »Ich glaube, er weiß, wo wir nach dem Ursprung des Virus suchen müssen.«

»Sie wollen noch einmal dort hinaus?«, fragte der Cabo ungläubig und zeigte in Richtung des Waldes.

»Wir haben eine Aufgabe zu erfüllen, und wir haben es bislang nicht geschafft, die Herkunft des Virus zu ermitteln.«

»Und Sie glauben, der Gefangene könnte Ihnen dabei helfen. Ich sage Ihnen, Sie können ihm nicht trauen.«

»Erinnern Sie sich noch, als wir kurz vor der Lichtung an diesem Pfad ankamen, der durch das Gebüsch direkt in das Camp der Gangster führte?«

Der Cabo überlegte.

»Sie wollten abkürzen und den Pfad entlanggehen.«

»Ich erinnere mich.«

»Dieser Joao hat uns gewarnt«, sagte Luisa. »Er sagte, dass es dort einen Sumpf gibt.«

»Er wollte doch nur verhindern, dass wir auf den Flugplatz stoßen.«

»Das mag sein, aber wenn wir weiter nach Westen gegangen wären, dann hätten uns die Kerle nicht erwischt.«

Der Cabo atmete tief ein. Schließlich erhob er sich und ging zum Eingang. Zu einem der Wachsoldaten gewandt sagte er: »Holen Sie den Gefangenen Joao Gumeiros, ich will mit ihm sprechen.«

Der Soldat salutierte und schlug die Hacken zusammen, ehe er in Richtung des Gefangenenlagers davoneilte.

Microbiological and Biomedical Laboratories, CDC, Atlanta

A – G – A, die immer wiederkehrende Sequenz in der Matrix war bei genauer Betrachtung nicht zu übersehen. Mit einer akribischen Präzision wiederholte sich die Abfolge wie der Refrain eines Liedes. Siebenmal, achtmal, neunmal, dann änderte sich die Reihenfolge. Mit Hilfe der AFLP-Technik – amplified fragment-length polymorphism – konnten an einzelnen Stellen im Genom mittels Restriktionsenzymen die Ketten zerschnitten werden, um eine Erkennungssequenz zu produzieren, die wie ein Lesezeichen funktionierte. Professor Doktor Joanna Kim erinnerte sich an ihre Zeit zurück, als sie nach ihrem Studium an der Universität in Chicago im Institut für Molekularbiologie arbeitete. Professor Macombie war der Leiter des Labors und diese Verfahren ihr tägliches Brot. Die Arbeit mit den Restriktionsenzymen war ein bahnbrechender Durchbruch in der Genetik, und die Wissenschaft sprach von den unermesslichen Möglichkeiten, die das Zerlegen und Ergänzen von DNA- oder RNA-Strängen bot. Der erste Schritt, um genetisch bedingte Erbkrankheiten behandeln zu können. Ein lauter Aufschrei ging damals durch die Gesellschaft. Kritiker entwarfen ein gespenstisches Szenario des reinen und gesunden Menschen, der nicht mehr geboren, sondern in den Labors herangezüchtet wurde. Die Kirche mahnte mit erhobenem Zeigefinger und appellierte an die ethischen Grundsätze des menschlichen Daseins. Der Mensch sollte nicht so vermessen sein und sich als Schöpfer aufspielen. Es gibt nur einen Gott auf Erden, und nur er hat das Recht, Leben zu geben und Leben zu nehmen, ließ der Papst in Rom verlautbaren. Wie lange war das nun schon her? Beinahe schon zwanzig Jahre. Und nichts war geschehen. Dolly, das Klonschaf aus dem Roslin-Institut in Schottland, war längst gestorben, und kein ernstzunehmender Wissenschaftler hatte noch Interesse an der In-vitro-Geburt eines künstlich geschaffenen Wesens. Die Molekularbiologie war zu einem wichtigen Zweig der genetischen Forschung herangereift, und die Erfolge der letzten Jahre auf dem medizinischen Sektor kamen der gesamten Menschheit zugute.

Joanna Kim überflog noch einmal die Darstellungsdiagramme auf dem Bildschirm, ehe sie die Systeme abschaltete und sich zur Schleuse begab, wo sie ihren Schutzanzug ablegte. Mit der erschreckenden Erkenntnis, dass das Jatapu-Virus möglicherweise nicht aus dem brasilianischen Urwald, sondern aus einem Labor stammen könnte, zog sie sich in ihr Büro zurück. Sie ließ sich in ihren Stuhl fallen, legte die Füße auf den Tisch und faltete die Hände in ihrem Schoß. Eine Weile starrte sie sinnierend an die weiß getünchte Decke. Ein künstlich erzeugtes Virus mit einer absolut tödlichen Wirkung. Wer sollte Interesse daran haben, und wie kam es ausgerechnet in die Gegend am Amazonas? So sehr sie sich auch den Kopf zermarterte, sie kam immer zum gleichen Schluss: Nur eine Institution konnte ein Interesse daran haben, einen solch gefährlichen Verbündeten in seinen Reihen zu wissen. Eine Institution, die schon oft die Wissenschaft bemüht hatte, wenn es darum ging, andere Menschen besonders einfallsreich und effektiv ins Jenseits zu befördern. Und genau diese Institution hielt sich dort auf, wo das Virus aufgetreten war. Professor Joanna Kim schaute auf ihre Uhr. Im brasilianischen Regenwald herrschte tiefe Nacht. Sie würde noch ein paar Stunden warten müssen, bevor sie sich mit Anne oder Michael Sander in Verbindung setzen konnte.

Av. Rio Marin, Manaus, Hauptstadt des Bundesstaates Amazonas

Sieben Mal hatte Paco de la Pace bei Luela angerufen, doch niemand meldete sich. Seit zwei Tagen hatte er keinen Kontakt zum Camp mehr, und sein amerikanischer Kontaktmann schien ebenfalls wie vom Erdboden verschluckt. In der letzten Meldung, die er aus dem Camp am Rio Jatapu erhielt, sprach Garamon davon, dass die Gefangenen entkommen waren und sich des Patrouillenbootes bemächtigt hätten. Doch insgesamt sei die Lage unter Kontrolle. Hatte sich Garamon getäuscht? Was war da aus dem Ruder gelaufen?

Paco de la Pace war ein vorsichtiger Mensch. Es gefiel ihm nicht, wenn er nicht wusste, was bei seinen Geschäften vor sich ging. Der Ertrag eines ganzen Jahres stand auf dem Spiel, und alles hatte damit begonnen, dass das erste Flugzeug, das ihm sein amerikanischer Geschäftspartner versprochen hatte, niemals auf dem Flugfeld am Rio Jatapu eingetroffen war. Und dann kam auch noch die Sache mit dem Virus dazwischen, das ihm und seinem Kontaktmann der Bezirksregierung komplett die Kontrolle entzog. Das Militär hatte nun die Hoheit am Fluss, und weder Luela noch seine Hintermänner konnten daran etwas ändern, dass es dort innerhalb weniger Tage von Militär nur so wimmelte.

Nervös blickte er aus dem Fenster, ehe er erneut Luelas Nummer wählte. Die Koffer lagen gepackt auf seinem Bett. Daneben lagen das Flugticket und ein gefälschter chilenischer Pass. Noch diesen einen Versuch, sagte er sich, und dann würde er von hier verschwinden. Der Flug war gebucht, und in drei Stunden würde ihn ein Jet der Varig Airlines in den Süden fliegen. Nur erst einmal weg von hier, Gras über die Sache wachsen lassen. Auf seinem Konto war genug Geld, um die nächsten Jahre in Luxus überleben zu können.

Im Rundfunk war gemeldet worden, dass sich die Zahl der Infektionen im Amazonasgebiet verringert hatte und ein neues Medikament zum Einsatz kam, das vermochte, den Ausbruch der Krankheit einzudämmen. In zwei bis drei Wochen würde wieder Normalität herrschen und der Cordon sanitaire rund um die betroffene Region könnte aufgehoben werden. Paco wählte und lauschte gespannt auf das Knacken in dem kleinen Lautsprecher. Es klingelte, Paco klopfte nervös mit den Fingern gegen das Fensterbrett.

»Ja?«, erklang nach mehrmaligem Klingeln Luelas Stimme im Lautsprecher.

»Verdammt, warum melden Sie sich nicht!«, fluchte Paco. »Ich habe bestimmt schon zehn Mal bei Ihnen angerufen.«

»Sie sind wohl verrückt geworden, wissen Sie, wie spät es ist? Sie sollen mich nicht kontaktieren und vor allem nicht jetzt.«

»Hören Sie, ich habe keine Verbindung mehr zu meinen Männern«, fuhr ihm Paco in die Parade. »Ich muss wissen, was da los ist.«

»Haben Sie noch nichts gehört?«, entgegnete Luela. »Die Armee hat ein illegales Camp im Amazonasgebiet ausgehoben, es kam zu einem Feuergefecht. Mehrere Männer sind verhaftet worden. Und Sie haben den Nerv, mich in dieser Situation anzurufen.«

Paco traute seinen Ohren kaum. Mit weit offenem Mund starrte er auf sein Handy. Selbst als draußen auf dem Gang leise Schritte zu hören waren, stand er noch immer fassungslos mit seinem Handy am Fenster. Das Gespräch war längst abgebrochen, als es klopfte. Paco kam zu sich, blitzschnell griff er nach seinem Pass und dem Flugticket. Als er in das Zimmer rannte, an dem außen neben dem Fenster eine Feuerleiter nach unten führte, klopfte es erneut. Diesmal heftiger. Paco hörte Holz splittern, als er das Fenster öffnete. Noch bevor er einen Fuß auf das Fensterbrett stellen konnte, traf ihn eine dunkle, befehlsgewohnte Stimme in seinem Rücken.

»Paco de la Pace, bleiben Sie stehen, Sie sind verhaftet.«

Schon wurde er an seiner Jacke gepackt und zu Boden gerissen.

»Er hat gerade telefoniert«, ertönte die Stimme einer Frau. »Die Verbindung steht noch.«

»Dann schauen wir mal, mit wem er mitten in der Nacht telefoniert hat.«

Handschellen klickten, und aus Paco de la Paces Körper strömte alle Kraft. Seufzend ergab er sich in sein Schicksal.

Várzea Grande, Bundesstaat Mato Grosso

Falcáo befand sich in angenehmer Begleitung, als er seinen Dienstwagen gegenüber dem Ausgang des Hospital Samaritano in der Rua Vereador Jorge Witzak in Várzea Grande parkte. Eine Kollegin der Fahndungsabteilung war ihm zugeteilt worden. Zwei weitere Fahrzeuge hielten sich in der Nähe in Bereitschaft. Falcáo schaute auf seine Armbanduhr. »Wir haben noch zehn Minuten Zeit«, sagte er zu der jungen Frau auf dem Beifahrersitz.

»Und was machen wir, wenn er sich zum Flughafen fahren lässt?«

Falcáo schnippte einen kleinen Splitter seines Fingernagels auf den Boden. »Das haben wir geprüft, er steht auf keiner Passagierliste.«

»Es gibt Privatflugzeuge«, entgegnete die Kollegin.

»Ja, die gibt es«, räumte Falcáo ein. »Aber wir glauben, dass ihn sein Anwalt abholen wird. Wir werden sehen.«

Vier Minuten vor zehn bog ein dunkler Lincoln in die Zufahrt zum Krankenhaus ein.

»Das ist der Wagen seines Anwalts«, sagte Falcáo, nachdem er mit dem Fernglas die Autonummer abgelesen und mit seiner Liste verglichen hatte.

Ein Mann in dunklem Anzug stieg aus und betrat das Krankenhaus, um kurz darauf in Begleitung von Anjo wieder aufzutauchen. Anjo nahm im Fond des Wagens Platz.

»Es geht los«, sagte Falcáo und startete den Motor seines Dienstwagens.

Der Fahrer des Lincoln stieg ein und bog in die Rua Vereador Jorge Witzak ein. Sie fuhren nach Osten und bogen in die Avenida Dom Orlando Chaves ab. Falcáo folgte dem Wagen, während seine Kollegin die beiden weiteren Observationsteams über Funk auf dem Laufenden hielt. Im Stadtteil Cristo Rei bog der Lincoln in die Rua Iris Siqueira ab und folgte der Straße bis an ihr Ende, um dann in die Auffahrt eines großen und geräumigen Bungalows einzufahren. Dort stoppte die Fahrt. Falcáo setzte seinen Weg fort und wies einen Wagen des Teams an, sich in der Nähe der Villa zu postieren.

»Was machen die Kerle?«, fragte er über Funk.

»Sie sind ausgestiegen«, berichtete der Kollege. »Ein älterer Mann hat unsere Zielperson in Empfang genommen und ihn in das Haus geführt.«

»Ich will wissen, wem das Anwesen gehört«, sagte Falcáo zu seiner Kollegin.

Fünf Minuten später hatte sie die Antwort. Der Eigentümer war ein gewisser Doktor Phillipe Antonio Guerra.

»Hab ich noch nie gehört«, sagte Falcáo und griff zu seinem Handy. Bedächtig wählte er Zagallos Nummer.

52

Dade Police Department in Miami, Florida

Ryan hatte sich mit den Personallisten und Akten der Westpark Security in sein Büro zurückgezogen, die Jalousie heruntergelassen, das Licht eingeschaltet und die unzähligen Bögen Papier und Aktenordner auf dem Schreibtisch, dem Stuhl und sogar auf dem Boden ausgebreitet. Diana Cross war mit einem Kollegen einen ganzen Tag lang von Behörde zu Behörde unterwegs gewesen und hatte sich Kopien sämtlicher Dokumente anfertigen lassen, die in irgendeiner Beziehung zu der Sicherheitsfirma standen. Am Ende waren beinahe zwei Wäschekörbe gefüllt.

»Ich will nicht gestört werden«, hatte Ryan seine Mitarbeiterin noch angewiesen, bevor er sich in die Arbeit stürzte. Die erste Überraschung bot die Anmeldung der Firma bei den zuständigen Finanzbehörden. Das Unternehmen gehörte dem eingetragenen Gesellschafter Simon Lazard nur teilweise, der andere Teil war im Besitz eines gewissen Joe Hastings aus White Castle bei Baton Rouge. Ryan schnalzte mit der Zunge, als er in den Akten auf Hastings' Namen stieß. Mittlerweile betreute die Westpark Security neben zahlreichen Banken, Großmärkten und Wohnsiedlungen etliche Flughäfen. Unter anderem gehörte der Opa-Locka-Flughafen in Miami sowie der Baton Rouge Metropolitan Airport zu ihrem Kundenkreis.

Ryan dachte an Genes Anfrage bezüglich Hastings. Er blätterte in seinem Notizblock und stieß nach geraumer Zeit auf die Informationen, die er über die Kollegen aus Baton Rouge in Erfahrung gebracht hatte. Joseph T. Hastings, Marque Street,

White Castle, Louisiana, war nach Aktenlage ein unbescholtener Geschäftsmann, der bislang noch nicht mit dem Gesetz in Konflikt gekommen war. Doch Ryan vertraute Genes Spürsinn. So war es schon früher, als beide noch im gleichen Dezernat arbeiteten. Wenn Gene roch, dass etwas zum Himmel stank, dann war auch meist etwas dran. Ryan kaute an seinem Bleistift. Wie sollte er es von Miami aus anstellen, Ermittlungen gegen Hastings und die Westpark Secuity in Gang zu bringen? Einen Augenblick lang fühlte er sich machtlos. Diese Nummer war ein gehöriges Stück zu groß für ihn. Er griff zum Aktenordner der Waffenerlaubnisbehörde, in dem die Namen aller Bediensteten der Westpark Security aufgelistet waren, die eine Berechtigung hatten, im Dienst eine Faustfeuerwaffe zur Ausübung ihrer Tätigkeit zu führen. Seite um Seite arbeitete er die nicht alphabetisch geordnete Liste durch. Stichpunktartig überprüfte er einige Namen mit dem Verwaltungsprogramm für die Überwachung Straffälliger. Manche dieser Männer und Frauen tauchten tatsächlich im Computer auf. Einige wenige hatten sogar langjährige Haftstrafen verbüßt, dennoch war ihnen die Konzession zum Tragen einer Waffe erteilt worden. Scheinbar hatte die Westpark Security bei der Behörde einen ausgezeichneten Ruf, denn der Antragsteller Simon Lazard verbürgte sich für seine Mitarbeiter und versicherte, dass die Firma nur pflichtbewusste und loyale Bewerber einstelle. Mittlerweile war in der Liste auch zweimal der Name Tanner aufgetaucht, doch das alleine würde nicht reichen, um die Firma festzunageln.

Als es klopfte, fuhr Ryan erbost auf. »Was ist denn, zum Teufel?«, antwortete er.

Diana Cross streckte ihren Kopf in das Büro. »Hier sind zwei Herren vom FBI, sie wollen dringend mit Ihnen reden, Boss.«

»Das FBI, was wollen die denn hier?«

Diana Cross wurde von einem glatzköpfigen Mann in dunklem Anzug zur Seite geschoben. »Leutnant Ryan, wir müssen dringend mit Ihnen sprechen«, sagte der Glatzköpfige. »Wir wollen Ihnen Grüße von einem ehemaligen Mitarbeiter bestellen.«

Ryan lotste die beiden FBI-Beamten mit einem Wink in sein Büro.

»Tut mir leid, dass ich Ihnen keinen Platz anbieten kann«, sagte er im Vorbeigehen, ehe er die Tür schloss und Diana wegschickte. »Ein ehemaliger Mitarbeiter, sagen Sie?«

Der Glatzköpfige zeigte seinen Ausweis. Agent Crawford, stand unter dem Konterfei des Mannes. »Gene Mcfaddin lässt Ihnen Grüße bestellen.«

»Verdammt, wo ist der Kerl?«, fragte Ryan hellhörig.

»Er steckt irgendwo im Dschungel von Amazonien fest«, entgegnete Crawford. »Und er ist offenbar auf eine Sache gestoßen, von der man der Auffassung ist, dass sie gründlich untersucht werden sollte.«

Ryan ging zurück zu seinem Schreibtisch und setzte sich. »Machen Sie sich einfach die Stühle frei, ich bin ganz Ohr.«

Crawford und sein Kollege räumten die Aktenordner vom Stuhl und legten sie auf den Boden. Ryan wartete gespannt, bis sie Platz genommen hatten.

»Was hat er herausgefunden, um was geht es hier eigentlich?«, fragte er.

»Schmuggel«, entgegnete Crawford. »Schmuggel im großen Stil. Sagt Ihnen der Name Hastings etwas?«

Ryan lächelte und wies auf die umherliegenden Ordner. »Bedienen Sie sich, hier können Sie einiges über den Mann erfahren. Wie geht es Gene?«

»Er lässt Ihnen Grüße bestellen und hofft, dass wir beide gut zusammenarbeiten.«

»Kommt er denn zurück?«

Crawford lächelte. »Er bleibt noch ein paar Tage in Brasilien, er hat dort noch etwas zu erledigen.«

Ryan nickte. »Also gut, spielen wir mit offenen Karten. Sie wissen, dass gegen Mcfaddin wegen Mordes ermittelt wird und ein Haftbefehl gegen ihn vorliegt?«

Crawford wies auf den Computerbildschirm. »Wir haben auch diese grauen Kästen in unserer Abteilung. Aber anscheinend hat ihr Ex-Kollege ein hohes Tier der MIA getroffen, der ihm den Rücken stärkt. Und das vorliegende Material aus Brasilien reicht zumindest für eine Untersuchung. Übrigens ist in diesem Zusammenhang der Name Miller aufgetaucht. Er soll hier in Miami wohnen, ich habe sogar eine Adresse. Miller spielt offenbar eine zentrale Rolle in diesem Fall, und wir benötigen dabei Ihre Hilfe.«

Ryan konnte sich ein Lachen nicht verkneifen. Alles wussten die Kollegen vom FBI wohl doch noch nicht. »Ich stehe zur Verfügung, meine Herren«, antwortete er.

Acampamento dos infectados nahe Urucará, Amazonasgebiet

»Und du willst tatsächlich noch einmal da hinaus«, sagte Professor Sander fassungslos. »Nach allem, was du erlebt hast?«

»Ich bin nicht hierhergekommen, um mich auszuruhen«, entgegnete Luisa Behringer. »Wir haben einen Auftrag, und der ist noch nicht erfüllt. Erst wenn wir am Lago Maracarana unsere Untersuchungen durchgeführt und die Mine inspiziert haben, werden wir vielleicht erfahren, woher das Jatapu-Virus stammt. Ich finde, das sind wir auch Antonio schuldig.«

Professor Sander sah sie nachdenklich an. »Hast du dir schon Gedanken darüber gemacht, wer dich begleiten soll?«

»Jesus, der Cabo, und dann noch Lila Faro und der Gefangene Joao Gumeiros werden mich begleiten«, entgegnete Luisa Behringer. »Gumeiros wird uns führen.«

»Ich habe mit Coronel Santoro gesprochen«, antwortete der Professor. »Er konnte sich anfänglich überhaupt nicht mit dem Gedanken anfreunden, eine weitere Expedition in den Dschungel zu schicken. Die Hubschrauber sind alle im Einsatz. Wir verteilen das Medikament in den Ansiedlungen, da werden alle Leute und die Helikopter gebraucht. Aber das Boot würde noch zur Verfügung stehen. Und Tenente Farraz hat sich bereit erklärt, mit seinen verbliebenen Männern an der Expedition teilzunehmen.«

»Ich möchte so schnell wie möglich aufbrechen.«

»Coronel Santoro hat grünes Licht gegeben. Ich konnte ihn davon überzeugen, dass das Virus jederzeit wieder auftreten kann. Das Boot wird gerade aufgetankt und beladen. Aber seid vorsichtig, ich habe ein zusätzliches Satellitentelefon angefordert, auf den Funk kann man sich hier nicht verlassen. Ich hoffe, ihr habt diesmal mehr Erfolg.«

»Und ich hoffe, dass Santoros Männer wirklich alle Banditen gefasst haben, die sich am Rio Jatapu herumtreiben.«

»Mir wurde mitgeteilt, dass die Vernehmungen abgeschlossen sind«, antwortete Professor Sander. »Alle Männer, die in den letzten Wochen vom Lago Maracarana zurückgekehrt sind, waren infiziert. Ich glaube wie du, dass der Schlüssel zur Herkunft des Virus an diesem See liegt. Vielleicht hatte Doktor Hagen sogar Recht, wo es Minen und Gräben gibt, da findet man meist auch Fledermäuse. Und Fledermäuse wären ein idealer Wirt.«

»Wann können wir aufbrechen?«

Professor Sander schaute auf seine Armbanduhr. »Ich denke, in drei Stunden ist das Boot zur Abfahrt bereit. Aber ich will, dass ihr alle halbe Stunde eure Position an uns übermittelt. Sobald ihr auf etwas Ungewöhnliches stoßt, erwarte ich eine Meldung. Und denkt daran, ich glaube es zwar nicht, aber es können sich noch immer ein paar versprengte Pistoleros dort draußen aufhalten. Bleibt in Deckung und zieht euch zurück, wenn es gefährlich wird.«

»Keine Angst«, antwortete Luisa Behringer. »Ich weiß, dass ich mich hundertprozentig auf den Cabo und Farraz verlassen kann. Wenn die beiden nicht gewesen wären, dann stünde ich jetzt nicht hier.«

»Ich weiß, also ruhe dich ordentlich aus, bevor ihr aufbrecht. Ihr habt eine Woche Zeit. Wenn ihr bis dahin nichts gefunden habt, dann brecht ihr die Expedition ab. Kann ich mich darauf verlassen?«

Luisa reichte dem Professor die Hand. »Du bist der Boss«, erwiderte sie.

Cuiabá, Bundesstaat Mato Grosso

Sieben Stunden hatte Falcáo vor dem Haus gewartet, in dem Anjo verschwunden war, bevor er abgelöst wurde. In den sieben Stunden hatte sich nichts getan. Der Lincoln mit dem Chauffeur war eine halbe Stunde nach Ankunft in dem Anwesen wieder davongefahren. Die Überprüfung hatte ergeben, dass der Wagen auf die Anwaltskanzlei Pawlov zugelassen war. Anjo hatte entweder eine Menge Geld oder einflussreiche Freunde, denn Pawlov war einer der teuersten und renommiertesten Anwälte der Stadt. Doch viel interessanter war der Besitzer des Anwesens. Doktor Phillipe Antonio Guerra, so hatte Zagallo inzwischen herausgefunden, war alleiniger Inhaber der I-Pharmacia, eines pharmazeutischen Betriebs, der mehrere Forschungseinrichtungen unterhielt. Zweihundert Mitarbeiter wurden bei der I-Pharmacia beschäftigt, die sich im Wesentlichen auf die Entwicklung von Krebspräparaten spezialisiert hatte und in der Nähe des Pantanal eine Privatklinik unterhielt, in der sich schwer erkrankte und betuchte Patienten von den Strapazen ihrer Behandlungen erholen konnten. Ansonsten war Doktor Phillipe Antonio Guerra ein unbeschriebenes Blatt. Seine Frau hingegen, ebenfalls Ärztin, war in diversen karikativen Vereinigungen tätig, unter anderem einer Hilfsorganisation zur Unterstützung erkrankter Patienten aus den Favelas im Nordosten der Stadt.

Steckten Anjo und dieser Guerra unter einer Decke? Gehörte Anjo etwa zum Personal der I-Pharmacia? Der Verdacht lag nahe, warum sonst sollte sich der Arzt aus Cuiabá mit dem weißen Engel der Elendsviertel einlassen. Zagallo spürte, dass Bewegung in die Sache gekommen war. Die Tatsache, dass Anjo in einem Haus von Guerra logierte, rechtfertigte zwar noch keine polizeilichen Maßnahmen, aber manchmal reichte es auch aus, einfach nur abzuwarten und zu beobachten, wie sich die Dinge entwickelten.

»Was sollen wir tun, wenn er zum Flughafen gebracht wird?«, fragte Falcáo und bediente sich aus dem Schälchen mit den Bolinho de Bacalhau, den kleinen frittierten Fischbällchen, die er sich in einer nahen Snack-Bar besorgt hatte.

»Wir bleiben dran«, entschied Zagallo. »Wir dürfen Anjo nicht aus den Augen verlieren. Falls er nur in die Nähe des Flughafens fährt, dann will ich sofort informiert werden. Ich werde einen Flug in der Maschine für zwei Personen organisieren.«

»Fährst du etwa nicht nach Hause?«, fragte Falcáo und blickte auf die am Boden ausgebreitete Matratze.

»Jetzt, wo wir so dicht vor dem Ziel sind? Kein Pferd wird mich von hier wegbewegen können.«

Falcáo griff erneut nach einem Fischbällchen. Schmatzend fragte er, was Zagallo inzwischen über Doktor Guerra in Erfahrung bringen konnte.

»Wir sind noch immer am Ball«, antwortete Zagallo. »Dein Fisch stinkt zum Himmel.«

»Ich frage mich, wie es morgen früh hier drinnen riechen wird.«

»Du kannst gerne bleiben.«

»Keine Chance, in zwei Stunden treffe ich mich mit der schnuckeligen Kleinen von der Fahndung und dann lösen wir unsere Kollegen vor dem Haus in der Rua Iris Siqueira ab. Und ich hätte nichts dagegen, wenn wir heute Abend in den Süden fliegen. Vielleicht könntest du auch ein Hotelzimmer für uns buchen lassen, wo immer wir dann landen werden.«

»Ich werde sehen, was ich tun kann«, antwortete der Capitão.

53

Acampamento dos infectados nahe Urucará, Amazonasgebiet

Gene saß auf einer Kiste vor dem großen Zelt und schaute dem Piloten der Boeing C-97 Stratofreighter nach, der unter der Bewachung von zwei Soldaten in den Gefangenenbereich geführt wurde. Er trank einen Schluck aus der Wasserflasche und zog nachdenklich an seinem Zigarillo. Als sich der Cabo neben ihm niederließ, rutschte er ein Stück zur Seite.

»Er hat Angst, bis zu seinem Lebensende in irgendeinem brasilianischen Gefängnis zu verrotten«, sagte Gene. »Er hat Rosburn alles gesagt, was er weiß. Ich denke, damit kann Hastings in den Staaten das Handwerk gelegt werden. Leider konnte er mir nichts über Tanner verraten. Das heißt, ich stehe immer noch am Anfang.«

»Hast du noch eine Zigarette?«, fragte der Cabo.

Gene schüttelte den Kopf. »Eigentlich rauche ich seit vier Jahren nicht mehr, aber das ist nun auch egal.«

»Rosburns Männer werden schon herausfinden, wer dieser Tanner ist«, versuchte der Cabo Gene zu beruhigen.

Gene lachte kalt. »Gegen mich liegt ein Haftbefehl vor«, erwiderte Gene. »Sobald ich zurück in die Staaten reise, stecken die mich in den Knast. Und der zuständige Ermittlungsbeamte wird den Teufel tun, um nach Beweisen zu suchen, die mich entlasten. Er will, dass ich lebenslang in den Knast wandere. Ich habe keine Chance, wenn ich nicht selbst diesen Tanner ausfindig mache.«

»Es ist dein Verdienst, dass diese Schmugglerbande aufflog. Sie hatten sogar die Flugaufsicht unter Kontrolle. Ich denke, dein Staat ist dir etwas schuldig.«

»Cavallino sieht das mit Sicherheit anders.«

»So wie du mir den Fall geschildert hast, haben sie nur ein paar fragwürdige Indizien gegen dich in der Hand.«

»Sie haben mich am Tatort festgenommen, ich hatte Millers Blut an den Händen, und meine Fingerabdrücke waren in der ganzen Wohnung verteilt. Die Nachbarin hat gesehen, wie ich in das Haus eingedrungen bin. Und jetzt bin ich auch noch geflüchtet. Das sind eine Menge Indizien. Ich war selbst Polizist. Also mir würde das für eine Verhaftung reichen und den Richtern wohl auch für eine Verurteilung. Ich habe nur eine Chance, wenn ich Tanner erwische und zum Reden bringe. Tanner, Red Wing, Pocone, das waren Millers letzte Worte. Tanner ist der Schlüssel. Red Wing hieß die Fluggesellschaft Tarstons, und was Pocone bedeuten soll, da habe ich keine Ahnung.«

»Pocone«, entgegnete der Cabo.

»Was?«

»Hat Miller Pocone gesagt?«

»Schon möglich, er lag im Sterben.«

»Pocone ist eine Stadt in Mato Grosso, vielleicht zweitausend Kilometer von hier entfernt, im Pantanal. Könnte er diese Stadt gemeint haben?«

Gene runzelte die Stirn. »Eine Stadt in Brasilien. Das wäre eine Möglichkeit. Wenn ich davon ausgehe, dass auch Tarston mit seiner Maschine an dem Schmuggel beteiligt war, dann ist es sogar sehr wahrscheinlich.«

»Dann solltest du nach Pocone fahren. Vielleicht findest du Tanner dort.«

»Solange dieses Gebiet abgeriegelt ist, sitze ich hier fest«, seufzte Gene.

»Wir starten morgen früh zu einer neuen Expedition an den Lago Maracarana«, entgegnete der Cabo. »Offenbar hat das Virus dort seinen Ursprung. Es soll dort eine Goldmine geben. Die Schmuggler bestätigten, dass die ersten Infizierten von dort ins

Camp zurück kamen. Wenn du nichts anderes vorhast, wir können jede Hilfe brauchen. Und ehrlich gesagt, warst du auf dem Flugfeld ganz brauchbar. Ich glaube, je eher wir erfahren, woher das Virus stammt, umso früher wird die Bezirksregierung den Cordon sanitaire aufheben.«

Gene schnippte das Zigarillo in das Gras. »Wann soll es losgehen?«

»Bei Sonnenaufgang.«

»Gut, ich bin dabei. Bevor ich hier nutzlos herumsitze. Ich kann Rosburn sowieso nicht helfen. Er sitzt die ganze Zeit vor dem Telefon und übermittelt neue Erkenntnisse an das FBI.«

Der Cabo musterte Gene von oben bis unten. »Es kann sein, dass wir erneut auf Schwierigkeiten stoßen.«

»Und wenn schon.«

»Du brauchst eine Ausrüstung und neue Klamotten. Du siehst unmöglich aus. Ich denke, wir sollten dir eine angemessene Kleidung besorgen, schließlich reisen wir in Begleitung von Damen.«

»Damen?«

»Lila wird uns begleiten.«

»Sie gefällt dir wohl.«

Der Cabo lachte und schlug Gene freundschaftlich auf die Schulter. »Sie ist eine starke Frau«, antwortete er schmunzelnd.

Várzea Grande, Bundesstaat Mato Grosso

Es war mitten in der Nacht, als Falcáos Begleiterin ihn an der Schulter stupste. Nach vier Stunden Observation war er eingeschlafen. Erschrocken fuhr er auf und blinzelte in die Nacht. »Was ist los?«

»Der Wagen ist vor drei Minuten hier vorgefahren«, antwortete die Kollegin von der Fahndungsabteilung.

In der Auffahrt zu Guerras Anwesen stand ein weißer Geländewagen. Da die Beleuchtung am Haus eingeschaltet war, bereitete es Falcáo kein Problem, das Kennzeichen des Wagens abzulesen. Er schaute seine Kollegin an, die mit dem Fernglas die Zufahrt zum Haus beobachtete. Auf der Tür des weißen Geländewagens befand sich eine Aufschrift.

»Ich bin wohl eingenickt, was ist passiert?«

»Vor etwa fünf Minuten ging die Beleuchtung im Haus und im Hof an«, berichtete sie. »Kurz darauf kam der Wagen. Zwei Männer stiegen aus und gingen ins Haus.«

»Was steht da auf der Wagentür?«

»I-Pharmacia, Por do Sol, nº 38 Centro Pocone – Mato Grosso.«

»Dann hat es sich wohl erübrigt, nachzufragen, wem der Wagen gehört.«

Falcáo richtete sich auf, als er die drei Personen sah, die das Haus verließen und über die Treppe zum Wagen gingen.

»Gib mal her!«, sagte er und griff nach dem Fernglas.

Er rieb sich die Augen und spähte durch das Glas. Anjo war in eine Decke gehüllt, aber seine weißen Haare waren schon von Weitem zu erkennen. Er ging zum Wagen und wartete, bis einer seiner Begleiter die Fondtüre öffnete.

»Wie spät ist es jetzt?«

»Kurz nach vier«, antwortete die Polizistin.

»Gib mir mal das Telefon!«

Nachdem auch die beiden Männer im Geländewagen Platz genommen hatte, fuhren sie rückwärts hinaus auf die Straße.

Falcáo startete seinen Dienstwagen und wartete, bis sich der Geländewagen in Richtung Stadt entfernte. In einigem Abstand folgte er. Mit der einen Hand lenkte er, während er mit der anderen die Kurzwahltaste betätigte. Es klingelte ein paar Mal, bevor Zagallos verschlafene Stimme ertönte.

»Es geht los«, berichtete Falcáo. »Er wird in einem Geländewagen von Guerras Firma abgeholt. Sie fahren in die Stadt, ich hänge mich dran.«

»Passt auf, dass sie euch nicht bemerken!«, mahnte Zagallo.

»Ich mache das nicht zum ersten Mal, außerdem fühlt sich Anjo wohl sicher, ich denke nicht, dass sie mit uns rechnen.«

»Sobald du weißt, wohin die Reise geht, möchte ich es wissen.«

»Klar, ich rufe dich zurück«, antwortete Falcáo, nachdem der weiße Geländewagen den Stadtteil Cristo Rei verlassen hatte und in Richtung Stadtmitte abbog.

Dade Police Department in Miami, Florida

Noch immer lag die Schwüle der heißen Nacht über der Stadt und breitete sich bis in den letzten Winkel aus. Der Wind hatte sich gelegt und ließ den Menschen keine Luft zum Atmen. Miami war ein Moloch, eine Stadt, die niemals Ruhe fand. Während die eine Hälfte die Nacht zum Tag machte und sich in rauschenden Beach-Partys die Stunden am Strand vertrieb, versuchte die andere Hälfte, Ruhe zu finden, um sich auf einen neuen heißen Tag in der Stadt im Süden Floridas vorzubereiten. Mike Vanteen gehörte zu der zweiten Sorte. Er hatte ein kleines Haus im Grünen, war verheiratet und hatte zwei hübsche Töchter, die er abgöttisch liebte. Er war unbescholten und hatte einen guten Job, der ihm einen gewissen Wohlstand bescherte. Und doch war er weit von den Menschen entfernt, die sich in den noblen Bars und Clubs vergnügten und ihren Reichtum genossen. Jeden Tag fuhr er auf seinem Weg zur Arbeit durch die Straßen, in denen das Leben pulsierte. Die letzten Eindrücke der Nacht hatten ihn in Versuchung gebracht. Wenn er mit seinem Ford Pinto den Biscayne Boulevard entlangfuhr, sah er die Männer, die mit ihren weißen, seidenen Anzügen und den tollen Frauen in die Jaguars, Ferraris oder De Tomasis einstiegen, um mit ihnen den Tag in den klimatisierten Schlafzimmern ihrer First-Class-Apartments zu verbringen. Und nun hatte er die Chance, dazuzugehören. Nicht sofort, nicht gleich, aber in drei, vier Jahren, wenn er genug Geld auf die Seite gebracht haben würde. Es war nicht viel, was sie von ihm verlangt hatten. Er musste nur wegsehen, keine Fragen stellen und ab und zu eine Genehmigung unterschreiben, wenn es wieder einmal so weit war. Und dafür kassierte er zehntausend Dollar steuerfrei jeden Monat. Er dachte nicht im Traum daran, dass sich daran jemals etwas ändern könnte. Mike Vanteen war Leiter der Flugaufsicht am Opa-Locka-Flughafen und verantwortlich für die Flugbewegungen, die Starts und die Landungen sowie den Frachtverkehrsbereich. Kurz nach Millers Tod hatte sich kurzzeitig eine gewisse Unruhe eingestellt. Doch die war wieder verflogen, nachdem sich herausgestellt hatte, dass Miller wohl von einem heruntergekommenen Privatdetektiv aus Brownsville um die Ecke gebracht worden war und die Sache nichts mit ihm und dem Flughafen zu tun hatte. Der Mörder war nun auf der Flucht, und Mike Vanteen hoffte, dass sie ihn niemals finden würden.

So wie jeden Morgen hatte gegen sieben der Wecker geklingelt. Seine Frau hatte Kaffee gekocht, und seine Töchter machten sich langsam fertig, um mit dem Schulbus zur Highschool zu fahren. Er stand im Badezimmer, als es an der Haustür klopfte. Vanteens Frau öffnete und zuckte erschrocken zusammen, als die schwer bewaffneten und vermummten Polizisten in das Haus stürmten. Türen wurden aufgestoßen, und das Weinen der Kinder ging im Trampeln der Polizeistiefel unter. Als sie die Badezimmertür eintraten, hatte Mike Vanteen noch keine Ahnung, was sich in seinem Haus abspielte. Erst als zwei Vermummte auf ihn zustürmten, ihn zu Boden rissen und keine Rücksicht darauf nahmen, dass er sich gerade in Unterhosen die Zähne putzte, wurde ihm klar, in welche Sache er geraten war. Unsanft wurden seine Hände mit einer Plastikfessel auf dem Rücken zusammengeschnürt. Dann wurde er in die Höhe gerissen und in das Esszimmer geführt, wo seine Frau und seine Kinder weinend auf den Stühlen saßen und unter Tränen zu Boden blickten. Er wurde auf einen freien Stuhl platziert.

Aus der Küche trat ein barhäuptiger Mann in dunklem Anzug, der ihm einen FBI-Ausweis vor die Nase streckte.

»Mister Mike Vanteen, ich bin Agent Crawford vom FBI«, sagte der Mann mit sonorer Stimme. »Sie sind festgenommen. Gegen Sie liegt ein Haftbefehl wegen Schmuggel, Hehlerei und Verstoßes gegen die Sicherheitsgesetze der Vereinigten Staaten vor. Sie brauchen nichts zu sagen, wenn Sie etwas sagen, dann kann das gegen Sie verwendet werden. Sie können auch einen Anwalt zu Ihrer Vernehmung hinzuziehen. Haben Sie mich verstanden?«

Mike Vanteen atmete tief durch. Mutlos schüttelte er den Kopf.

»Mike, was ist hier los?«, fragte ihn seine Frau mit weinerlicher Stimme.

»Margo, ich ...«

»Was hast du nur getan«, fiel sie ihm in die Stimme.

Leutnant Ryan löste sich aus dem Schatten, zog sich einen Stuhl heran.

»Mister Vanteen, ich bin Leutnant Ryan von der Miami Dade Police«, sagte er mit sanfter Stimme. »Sie wissen genau, weswegen wir hier sind. Wir kennen Ihre Machenschaften, und wir wissen um Hastings und seine Bande. War es das alles wert?«

Vanteen schüttelte den Kopf. »Was habe ich zu erwarten?«

»Sie haben gegen Bundesgesetze verstoßen«, antwortete Ryan. »Dreißig Jahre vielleicht, aber das kommt ganz darauf an, wie Sie sich verhalten.«

»Das ist eine FBI-Sache«, meldete sich Crawford zu Wort. »Vergessen Sie das nicht, Leutnant Ryan.«

Vanteen seufzte. »Und wenn ich aussage?«

»Dann kommen Sie vielleicht mit zehn Jahren davon«, überlegte Crawford laut. »Bei guter Führung sind Sie nach fünf Jahren wieder draußen.«

Vanteen überlegte einen Augenblick. »Was wollen Sie wissen?«, antwortete er.

Microbiological and Biomedical Laboratories, CDC, Atlanta

»Es ist ganz sicher«, erklärte Joanna. »Das Blut unserer Überlebenden hat diesen gemeinsamen Nenner, es ist zu sauer. Die Werte liegen bei 7,21 bis 7,25. Schwester Violante nahm Medikamente, um den pH-Wert im Gleichgewicht zu halten, und der belgische Student war akut erkrankt, sowie auch der brasilianische Fischer, der an diabetischer Ketoazidose leidet. Bei allen überlebenden Personen war das Blut zu sauer.«

Professor Sander rutschte unruhig auf seinem Stuhl hin und her. »Wie sicher seid ihr euch?«

»229 Versuchsreihen von 300 zeigen die gleiche Wirkung«, entgegnete Joanna Kim. »Das Virus breitet sich nicht weiter aus, die Zellteilung wird verlangsamt, und die Viruspartikel im Blut sterben nach und nach ab. Das Virus verträgt keinen pH-Wert unter 7,25.«

Professor Sander kratzte sich nachdenklich am Kinn. »Das ist ein Spiel mit dem Feuer. Der kleinste Fehler und der Patient stirbt bei einer Unterschreitung des Schwellenwertes.«

»Wie viele Patienten hast du noch in deinem Lager? Wie viele sind es heute, und wie viele sind es morgen noch?«

»Heute sind 17 Menschen gestorben. Ein zwölfjähriger Junge war darunter. Wir wissen noch nicht, welchen Erfolg wir mit dem Euralvirin erzielen werden. Die Zahl der Infizierten nimmt jeden Tag ab, aber wir haben keine Informationen aus den entlegenen Gebieten. Freiwillig kommt niemand zu uns ins Lager. *Friedhof* nennen sie unser Camp am Fluss.«

»Ich habe 12000 Einheiten Natrium-Bicarbonat geordert. Sie werden morgen bei dir eintreffen.«

Professor Sander atmete tief ein. 187 Menschen lagen noch in den Zelten des Lagers, das einstmals für tausend Infizierte eingerichtet worden war. 187 Menschen, bei denen weder das Hyperimmunserum noch das neue Medikament hilfreich war und bei denen die Infektion schon über die Hälfte aller Zellen erfasst hatte. Es war nur eine Frage der Zeit, bis der Letzte von ihnen starb. Gestern war der erste Tag gewesen, an dem nur leere Schiffe aus dem Norden zurückgekehrt waren. Die Meldungen über die Versorgung der Bevölkerung mit Euralvirin nahmen stetig zu. War dies endlich der richtige Weg, oder machte das Virus einfach nur eine Pause, um ein paar Wochen, Monate oder Jahre später wieder erbarmungslos zuzuschlagen?

Egal, wie man es sah, für diese 187 Kranke kam jede Hilfe zu spät, es sei denn, er ging das Risiko ein und senkte den pH-Wert des Blutes dieser unglücklichen Menschen, die sich in ihrem Fieber wälzten. Die Gefahr, dass der Wert unter die Grenze sank und die Patienten starben, war groß, doch ebenso gewiss war es, dass sie ihre Infektion sonst nicht überlebten.

»Gut, wir machen es«, antwortete Professor Sander. »Wir bereiten alles vor. Gibt es sonst noch etwas?«

»Da ist … nein, ich … ich bin da auf etwas gestoßen, aber es ist noch zu früh«, antwortete Joanna Kim zögernd. »Ich hoffe, dass wir richtig liegen. Viel Glück, ich melde mich bei dir, sobald ich mehr weiß. Nur so viel, halte die Jungs von der USAMRIID aus der Sache. Ich weiß nicht, wie weit man ihnen trauen kann.«

»Gibt es etwas, das ich wissen sollte?«

»Ich melde mich, sobald ich Gewissheit habe«, wiegelte Joanna ab. »Ich hoffe, wir können den armen Menschen im Camp helfen.«

»Ich danke dir, Joanna«, entgegnete Professor Sander. »Ich vertraue dir.«

54

Landstraße Mt-060, am Tor zum Pantanal,
Bundesstaat Mato Grosso

Die Scheinwerfer des VW Voyage fraßen sich durch die einsame Dunkelheit, die entlang der Landstraße 60 von Cuiabá in Richtung Süden führte. Der weiße Geländewagen, ein Toyota Cruiser Prado, in dessen Fond Anjo Platz genommen hatte, fuhr mit gleichbleibender Geschwindigkeit knapp zweihundert Meter voraus. Falcáo hielt Abstand und ließ dem Ford einen ausreichenden Vorsprung. So manches Mal verschwanden die roten Rücklichter hinter einer Kurve. Es war schwierig, in dieser menschenleeren Gegend einen Wagen über eine längere Distanz zu verfolgen, ohne aufzufallen. Doch die Männer in dem weißen Ford machten überhaupt keine Anstalten, ihre Geschwindigkeit zu erhöhen. Hier und da kam ihnen ein Lastwagen entgegen, aber außer den beiden Wagen schien sich in dieser Nacht niemand in Richtung Süden aufgemacht zu haben. Das zweite Team, das Falcáo zur Unterstützung angefordert hatte, lag noch weit zurück, und es würde wohl noch eine halbe Stunde dauern, bis sie den kleinen Tross eingeholt hatten, um sich dann bei der Verfolgung abwechseln zu können.

»Was machen wir, wenn sie plötzlich anhalten?«, fragte Falcáos Kollegin, die mit Vornamen Amanda hieß.

Falcáo hatte die Geschwindigkeit wieder einmal gedrosselt und ließ dem Geländewagen Vorsprung. In einem kleinen Wäldchen verloren sie die Rücklichter kurzzeitig aus den Augen.

»Ich glaube, sie fahren einfach nach Pocone durch«, antwortete Falcáo. »Wo sollten sie hier anhalten, hier gibt es weit und breit keine Siedlung.«

Die letzte Ansiedlung, Livramento, eine Kleinstadt direkt an der Mt-060, hatten sie vor gut einer halben Stunde passiert. Ungefähr dort befand sich gerade das zweite Team, das in einem Ford Focus Sedan unterwegs war.

»Ich meine ja nur, vielleicht muss jemand von ihnen pinkeln.«

»Sie fahren schnurstracks nach Pocone, da bin ich mir ziemlich sicher. Wir haben nicht oft das Glück, dass bei unseren Verfolgten das Reiseziel auf der Fahrertür steht.«

Falcáo lächelte Amanda verschmitz an.

»Ich hoffe, dass du dich nicht irrst«, antwortete sie und lehnte sich zurück.

»Schlaf ruhig ein bisschen, bei mir bist du sicher wie in Abrahams Schoß. Ich wecke dich, wenn wir in Pocone sind.«

Amanda seufzte und veränderte ihre Sitzposition, bis sie es sich gemütlich gemacht hatte und ihren Kopf gegen die Seitenscheibe lehnte. Aus dem Radio dudelte leise Unterhaltungsmusik, und seine Kollegin war bald eingenickt. Falcáo schmunzelte, als sie an der Abzweigung zur Mt-451 geradeaus nach Pocone weiterfuhren.

Die Landschaft hatte vor ein paar Kilometern das Gesicht verändert. Der Straßenrand wurde von mittelhohen Büschen gesäumt, Bäume schien es hier nicht mehr zu geben. Der Abstand zum Toyota betrug nun fast einen halben Kilometer, näher traute sich Falcáo nicht heran. Als er eine Kurve durchfuhr, glitzerte Wasser neben der Straße. Das riesige Feuchtbiotop des Pantanal begann direkt neben der Fahrbahn, und durch die halb geöffnete Seitenscheibe ergoss sich die feuchtmodrige Luft des Sumpfgebietes in das Wageninnere. Auf Radio Pantanal lief *Vida Vida* von der Band *Roupa Nova*, und Falcáo beugte sich gerade zum Lautstärkeregler, als es plötzlich fürchterlich krachte. Glas splitterte, und Falcáo klammerte sich mit beiden Händen am Lenkrad fest. Unvermittelt drehte sich der Wagen und holperte über den Seitenstreifen. Amanda schrie laut auf, als der Wagen sich zur Seite neigte und im Graben auf der Beifahrerseite liegen blieb.

»Verdammt!«, fluchte Falcáo.

»Was ist passiert?«, fragte Amanda verstört.

»Bist du verletzt?«

Amanda fuhr sich über das Gesicht. »Nein, zum Teufel, was war das?«

»Ich habe keine Ahnung«, antwortete Falcáo und öffnete seine Tür. Mühsam befreite er sich aus dem verbeulten Wagen und half seiner Kollegin ebenfalls aus dem Wrack. Er fasste in seine Tasche und zog einen Schlüssel hervor, an dem eine kleine Taschenlampe hing.

Fassungslos musterte er den Haufen Schrott, der einmal der neueste Wagen im Fahrzeugpool der Kriminalpolizei von Cuiabá gewesen war.

»Vielleicht ist ein Reifen geplatzt«, mutmaßte Amanda, als Falcáo die blutigen Schlieren auf der Motorhaube betrachtete. Fetzen eines Fells hingen am Kühlergrill.

»Nein«, antwortete er und zeigte auf das Blut. »Warte hier.«

Falcáo ging zurück auf die Straße und folgte den Spuren, bis er am Straßenrand auf den dampfenden Leib eines etwa einhundert Kilo schweren Cervo do Pantanal stieß. Ein Hirsch hatte ihre Fahrtrichtung gekreuzt. Das Tier war tot. Grünes Gras quoll aus dem aufgeschlitzten Unterleib. Falcáo wandte sich ab und ging zurück zum Wagen.

»So eine verdammte Scheiße«, fluchte er. »Wir haben einen Hirsch erwischt.«

Amanda klappte ihr Handy zu. »Die anderen sind in zwanzig Minuten bei uns«, antwortete sie.

Falcáo schüttelte wütend den Kopf und schaute die Straße entlang. »Bis dahin sind die längst über alle Berge.«

»Ich dachte, du bist dir sicher, sie fahren nach Pocone in die Por do Sol 38.«

Falcáo holte sein Handy aus der Hosentasche und wählte Zagallos Nummer. »Ich hoffe es, der Capitão reißt mir sonst den Kopf ab.«

Lago Maracarana, Amazonasgebiet

Der Lago Maracarana lag knapp vier Kilometer nördlich von Corrupira entlang des Flusslaufs des Rio Jatapu. Als sich die rote Sonne über die Baumwipfel schob und den Dunst des Morgens vertrieb, hatte das Außenteam mit seinem Patrouillenboot den kleinen See erreicht. Luisa Behringer, Lila Faro, Tenente Farraz mit dem Rest seiner Truppe sowie Gene und der Cabo blickten gespannt über die Reling und betrachteten argwöhnisch das mangrovenbewachsene Ufer. Corrupira, das kleine Dorf im Dschungel, in dem die Infektion zuerst ausgebrochen war, bevor sich das Virus über die Region am Amazonas verbreitet hatte, lag hinter ihnen. Nur noch wenige Meter trennten den Trupp von der Landungsstelle.

Joao Gumeiros hatte auf der langen Fahrt erzählt, dass die Bande von Glücksrittern aus zwei Gruppen bestanden hatte. Zum einen waren es die Führer der Organisation um den inzwischen verstorbenen Nelio, den feisten Venezolaner Garamon und Cardoso, den Mann, der als Einziger von einer Expedition an den Lago Maracarana zurückgekehrt war und die Infektion im kleinen Dorf verbreitet hatte. Der andere Teil der Bande bestand aus Flussbewohnern, die als Helfer vereinnahmt worden waren und eigentlich nur Geld verdienen wollten, um ihre Familien ernähren zu können. Die Regierung ließ die Menschen am Fluss im Stich, Arbeit auf den Plantagen gab es keine und der Raubbau an der Natur hatte bewirkt, dass selbst die Jagd im artenreichen Dschungel keine Grundlage zur Ernährung der Familien mehr darstellte. Eines Tages waren die Männer um Cardoso am Fluss aufgetaucht und hatten nach Helfern gesucht, die sich den einen oder anderen Real hinzuverdienen wollten. Und war man erst einmal in die Fänge dieser Kerle geraten, dann war man ihnen auf Gedeih und Verderb ausgeliefert.

Während sich Cardoso und Nelio mit ihren Mannen am geheimen Flugfeld niedergelassen hatten, so war Corrupira die Siedlung der Flussbewohner geworden. Denn nur der engste Kreis um die Führer der Bande von Garimpeiros sollte von der Lichtung wissen, die knapp sechs Kilometer nordwestlich von Corrupira lag.

Joao hatte erzählt, dass er zwei- oder dreimal hier am Lago Maracarana gewesen war, um beim Auswaschen des Goldes zu helfen. Er kannte den Weg zu der Lagerstätte, wo es einen steil ansteigenden Hügel gab, in dem sich kleine Verwerfungen aufgetan hatten.

»Glaubst du, dass sich dort noch immer Männer aus eurer Bande aufhalten?«, hatte der Cabo gefragt, als sie durch den kleinen Zulauf des Rio Jatapu in den See vorgestoßen waren.

»Nelio und seine Gruppe waren dort«, erklärte Joao, der sich sehr kooperativ verhielt, da ihm ein kompletter Straferlass in Aussicht gestellt worden war, wenn er die Aufklärung der Verbrechen und die Nachforschungen nach der Herkunft des Jatapu-Virus unterstützte. »Er ging dorthin, nachdem Cardoso allein zurückgekehrt ist. Aber auch Nelios Männer und er selbst sind erkrankt. Viele sind hier gestorben. Garamon hat uns zur Lichtung geführt und unser Dorf niederbrennen lassen. Er sagte, wir müssten warten, bis man das Gold abgeholt hätte. Erst dann würden wir unseren Lohn erhalten und könnten zu unseren Familien zurückkehren.«

Am südlichen Ende des Sees gab es eine Reihe von Zuflüssen kleiner und mittlerer Flussläufe. Erst als das Boot sich dem Ufer näherte, fiel dem Cabo auf, dass ein künstlicher, mit Erde und Gras bewachsener Anleger in den See ragte.

»Hier wurde das Gold auf unsere Boote verladen«, erklärte

Joao. »Es waren einfache Fischerboote, Cardoso meinte, ein Flussdampfer würde auffallen. Er hatte Recht. Wenn wir mit unseren Fischerbooten den Fluss hinunterfuhren, wurden wir nie von den Patrouillenbooten der Polizei oder der FUNAI kontrolliert. Die großen Schiffe wurden öfters überprüft, aber uns ließ man in Ruhe.«

»Wie weit ist die Goldmine von hier entfernt?«, fragte Tenente Farraz, als das Boot gegen den Anleger schlug und einer der Soldaten von Bord sprang, um es an einem Baumstumpf festzumachen.

Joao schaute in den undurchdringlichen Dschungel, der vor ihnen lag. In einiger Entfernung stieg das Gelände an. Joao zeigte auf den Gipfel des Hügels. »Dort oben, etwa zwei Kilometer«, erklärte er.

»Wie habt ihr das Gestein hierher geschafft?«, fragte der Cabo.

Farraz' Männer sprangen von Bord und übernahmen mit ihren Maschinenpistolen die Sicherung des Geländes.

»Mit Karren und Maultieren«, antwortete Joao.

»Maultiere?«, fragte der Cabo. »Wir haben keine Maultiere in eurem Lager gefunden.«

»Garamon hat sie erschießen und verbrennen lassen«, erklärte der Gefangene. »Er glaubte, dass sie die Krankheit in sich trugen, die sich unter Cardosos und Nelios Männern ausgebreitet hatte. Es kam danach niemand mehr hierher.«

Luisa Behringer trat an die Seite der Männer und wischte sich den Schweiß von der Stirn. »Wir werden Schutzanzüge tragen«, sagte sie. »Es kann sein, dass es hier Fliegen gibt, die den Erreger in sich tragen.«

»Es wird verdammt heiß heute werden«, wandte der Cabo ein.

»Ich weiß, aber wir haben keine andere Wahl«, erklärte Luisa Behringer.

Microbiological and Biomedical Laboratories, CDC, Atlanta

Joanna Kim hatte unruhig geschlafen. Mitten in der Nacht war sie aufgewacht und hatte sich an den Computer gesetzt. Eigentlich hätte sie mit sich und ihrer Arbeit zufrieden sein müssen. Erst am gestrigen Abend hatte ihr der Direktor anerkennend auf die Schultern geklopft. In nur wenigen Wochen war es ihr und ihrem Team gelungen, das Jatapu-Virus weitestgehend zu analysieren und den Bauplan des gefährlichen Erregers zu entschlüsseln. Überdies hatte man mit dem Medikament Euralvirin einen prophylaktischen Wirkstoff entdeckt, der die Ausbreitung des Virus in der beginnenden Infektionsphase eindämmen konnte. Und darüber hinaus wurde mit der Verabreichung von Natrium-Bicarbonat während der akuten Infektionsphase zumindest in Laborversuchen ein Heilungseffekt erzielt, der sich in den klinischen Tests zwar noch bestätigen musste, aber die erzielten und mittlerweile verifizierten Laborergebnisse erschienen äußerst vielversprechend. Joanna Kim hatte Übermenschliches geleistet und seit Wochen nicht mehr richtig geschlafen. Dennoch hatte sie ein ungutes Gefühl im Bauch. Die Feststellung der Kollegin aus dem Molekulargenetischen Labor ließ sie einfach nicht zur Ruhe kommen. In der RNA-Struktur hatte die Molekularbiologin Hinweise auf einen Marker entdeckt, der in dieser Form und Sequenz in der Natur noch nicht beobachtet worden war. Dieser Marker und diese Verbindung konnten durchaus in einem Labor ihren Ursprung haben. Joanna Kim dachte an ihre Zeit als junge Doktorandin an der Universität von Chicago. Damals, als Macombie noch die Laborleitung inne hatte. Sie versuchte, sich noch an den Namen ihres damaligen Kollegen zu erinnern, mit dem sie etliche Experimente durchgeführt hatte und der dem Professor in Ehrfurcht ergeben war. Allmann oder Aldmann war sein Name gewesen, er hatte mit Vorliebe an den DNA-Strukturen diverser Viren herumgeschnipselt, sie auseinandergeschnitten und wieder zusammengesetzt. Was war aus ihm geworden?

Als sie die Seite der Firma MedCom in Boulder, Colorado, aufrief, bei der mittlerweile Professor Macombie in leitender Stellung arbeitete, stieß sie auf den Namen Rodger Altmann. Leider war kein Foto der Mitarbeiter hinterlegt, aber es könnte sich durchaus um ihren damaligen Kollegen aus dem Uni-Labor in Chicago handeln.

Sie überlegte. Eigentlich war ihre Aufgabe hier so gut wie abgeschlossen. Wenn morgen die letzten Testergebnisse vorlagen, dann wäre es an der Zeit, das Team aufzulösen, die Überstunden abzufeiern und sich wieder den normalen Dingen des Lebens beziehungsweise des Laborlebens zuzuwenden. Zwei Wochen frei und an nichts mehr denken müssen, das hatte sie eigentlich vorgehabt, wenn der Fall zu den Akten gelegt wäre, doch nun war er für sie erst abgeschlossen, wenn sie Gewissheit hatte. Sie griff zum Telefonhörer und wählte die Nummer des Atlanta International Airport und ließ sich mit dem Schalter der Delta-Air verbinden, wo sie aufgrund des Miles-and-More-Programmes Sonderkonditionen genoss.

»Ich brauche einen Flug nach Denver, Colorado«, sagte sie der netten Dame am Telefon. »Morgen oder übermorgen.«

Es dauerte eine Weile, bis sich die Dame wieder meldete. »Leider ist die Maschine für morgen ausgebucht, aber übermorgen hätte ich in der Businessclass noch einen freien Platz. Flug DA 714, Abflugzeit elf Uhr am Vormittag.«

»Reservieren Sie mir einen Platz«, antwortete Joanna Kim. Nachdenklich beendete sie das Gespräch.

55

Lago Maracarana, Amazonasgebiet

Sie waren Meister der Tarnung, die Garimpeiros um Nelio und Cardoso. Niemand, der hier auf dem Lago Maracarana zufällig herumgeschippert wäre, hätte den getarnten Anleger entdeckt. Mit starken Planken hatten sie ihn in den See gebaut, anschließend mit Erde bedeckt und schnell wachsendes Gras und niedere Büsche darauf gepflanzt. Auch der beinahe zwei Meter breite Weg, der in den Dschungel führte, war durch Buschwerk getarnt, das sich auseinanderziehen ließ wie eine Schiebetür.

Luisa, Lila und die Männer schwitzten, als sie den Anstieg hinter sich gelassen hatten und den ausgemergelten Hügel erreichten, wo vor ein paar Wochen noch Gold ausgewaschen wurde. Ein kleiner Bachlauf plätscherte in der Nähe und das nackte Gestein glänzte im Licht der gleißenden Sonne. Unter den Bäumen standen mehrere einfache Hütten, die den Garimpeiros als Lager gedient hatten. Ständig war hier ein Trupp von Schürfern im Einsatz gewesen, während die anderen sich in Corrupira und auf dem Flugfeld aufhielten oder sich anderen Dingen zuwandten, wie zum Beispiel der Suche nach wertvollen Brasilhölzern.

Westlich des Bachlaufs hatte ein Feuer gewütet. Hier, so erzählte Joao, hatten zwei Unterkunftsbaracken gestanden, die nach dem Ausbruch der Krankheit angezündet worden waren. Wiederum waren über das Gelände großflächige Tarnnetze gespannt, um es vor Entdeckung aus der Luft zu schützen. Die Netze sowie auch die Waffen und die Werkzeuge, welche die Garimpeiros besaßen, stammten von der Kontaktperson aus den USA, hatte Joao erklärt.

Luisa, Lila und die sechs Männer in ihrer Begleitung trugen trotz der erbarmungslosen Hitze gelbe Schutzanzüge und Schutzhelme, die mit einer Atemmaske versehen waren. Tenente Farraz und seine Leute waren mangels Schutzausrüstung am Anleger zurückgeblieben.

»Wir nehmen uns die zweite Höhle vor«, sagte Luisa und wies auf den mit Balken abgesicherten Zugang. Die erste Höhle war bereits durchsucht worden, sie reichte knapp zwanzig Meter in den Berg hinein und endete an einer Felswand aus grauem Gestein. Nirgends waren Fledermäuse oder auch nur Hinweise wie Exkremente entdeckt worden. Luisa hatte dennoch Proben der losen Erdschicht genommen, um sie später im Labor analysieren zu lassen. Die Lagerschuppen hatten nur Werkzeuge, zwei Kompressoren und einen Fünfhundert-Liter-Tank beinhaltet, auch darin waren keine Hinweise auf Fledermäuse entdeckt worden. Während Luisa, Lila, der Cabo und zwei Soldaten aus Farraz' Gruppe sich anschickten, in die zweite der drei Höhlen vorzudringen, suchten der Gefangene, Sargento Marcos und Gene dort, wo Nelio die Hütten angezündet und die drei Maultiere verbrannt hatte, nach Knochen. Zwar lag der Brand erst ein paar Wochen zurück, doch das Wachstum der Pflanzen im tropischen Regenwald war derart rasant, dass bereits Gras, Sträucher und niedere Büsche den Ascheboden bedeckten. Nur hier und da ragten noch ein paar verkohlte Baumstümpfe aus den grünen Wucherungen heraus.

Noch bevor die Gruppe um Luisa in der Höhle verschwand, stieß Gene gegen einen leicht angeschmolzenen Plastikkanister von der Größe eines Schuhkartons.

»Was ist das?«, fragte er und kniete sich nieder. Dicke gelbe Gummihandschuhe schützten seine Hände. Er drehte den milchigen Plastikkanister mit gelbem Deckel herum. Das orange Gefahrenzeichen mit dem Totenkopfsymbol ließ ihn zurückschrecken. *Danger – Infective Bio Pack – Class 6*, stand in großen schwarzen

Buchstaben darunter. Sargento Marcos kam näher. »Haben Sie etwas gefunden?«

»Sagt der Wissenschaftlerin Bescheid«, antwortete Gene und wies auf den Totenkopf. »Das ist ein Behälter mit gefährlichem Inhalt, ich glaube, das sollte sie sich ansehen.«

Der Sargento gestikulierte wild und rief nach dem Cabo, während Gene mit einem Stock seinen Fund untersuchte. Der gelbe Deckel war teilweise verschmort, aber noch immer dicht, offenbar hatte das Feuer dem Oberflächenmaterial des Behälters nicht viel ausgemacht.

Luisa hastete in Begleitung des Cabos heran. »Lassen Sie das bloß verschlossen«, herrschte sie Gene an.

»Was zum Teufel ist das?«, fragte er die Wissenschaftlerin, die sich den Behälter eingehend betrachtete und anschließend ihre dicken schwarzen Schutzhandschuhe über die gelben Gummihandschuhe schob, ehe sie den Container berührte.

»Das ist aus einem Labor«, antwortete sie. »Hochinfektiöses Material. Wo haben Sie das gefunden?«

»Es lag hier im Gras«, antwortete Gene, als aus dem Funkgerät des Cabos die krächzende Stimme von Tenente Farraz zu vernehmen war. Der Cabo meldete sich, während Luisa Behringer den Behälter in ihren Tornister schob und den Metalldeckel sorgfältig verschloss. »Ich möchte bloß wissen, wie das hierher kommt«, murmelte sie.

Der Cabo beendete das Funkgespräch mit ernster Miene. »Farraz hat sich gemeldet«, sagte er. »Sie haben ganz in der Nähe des Sees das Wrack eines Flugzeugs entdeckt. Sie brauchen uns dort.«

»Ein Flugzeug?«, fragte Gene hellhörig.

»Eine amerikanische Maschine«, erklärte der Cabo. »Offenbar wollte der Pilot auf dem Wasser notlanden.«

Luisa Behringer richtete sich auf. »Dann nichts wie hin, vielleicht entspringt das Virus überhaupt nicht der Natur, sondern stammt aus irgendeinem Labor.«

»Wer sollte so einen Blödsinn tun?«, wandte Lila Faro ein. »Das Virus hat bereits über tausend Menschen auf dem Gewissen. Und es gibt nichts, was man dagegen tun kann.«

Luisa hob abwehrend die Hände. »Vielleicht gibt es sogar ein Gegenmittel. Und wenn ich mich nicht irre, wäre es nicht das erste Mal, dass das Militär an einer neuen Biowaffe forscht.«

Landstraße Mt-060, am Tor zum Pantanal,
Bundesstaat Mato Grosso

Die gelben Rundumleuchten des Abschleppwagens rotierten hektisch und verstrahlten ihr grelles Licht weithin sichtbar in den Morgendunst. Falcáo lehnte mit verschränkten Armen an Zagallos Dienstwagen und machte eine finstere Miene.

»Ich hatte keine Chance«, sagte er zu seinem Chef und betrachtete den verbeulten Wagen, der an einem Kran über der Ladefläche des Abschleppwagens schwebte. Seine Kollegin war mit Prellungen und einer Gehirnerschütterung in eine Klinik in Pocone eingeliefert worden. Etwa eine halbe Stunde nach dem Unfall waren die Kollegen der Fahndung am Unfallort eingetroffen. Falcáo hatte sie umgehend nach Pocone weitergeschickt, um nach dem Geländewagen Ausschau zu halten, in dem sich Anjo befinden musste. Doch trotz ihrer halsbrecherischen Fahrt in die nahe Stadt am Tor zum Pantanal hatten sie den weißen Toyota-Geländewagen nicht mehr einholen können. Auch mit der Adresse der Firma I-Pharmacia hatten sie keinen Erfolg gehabt. Das Fahrzeug und Anjo blieben verschwunden.

Beinahe eine Stunde hatte Falcáo gewartet, bis ein Abschleppwagen an der Unglücksstelle eintraf. Amanda, seine Begleiterin, klagte zunehmend über Unwohlsein und Schmerzen im Halsbereich. Als sie sich schließlich übergeben musste, rief Falcáo einen Krankenwagen, der Amanda in das Städtische Krankenhaus von Pocone einlieferte. Weitere dreißig Minuten vergingen, bis schließlich Zagallo an der Unfallstelle eintraf.

»Niemand macht dir Vorwürfe«, erwiderte Capitão Zagallo auf die Entschuldigung seines Kollegen. Zagallo zündete sich ein Zigarillo an und warf das Streichholz auf die Straße.

»Anjo ist spurlos verschwunden, und ich habe keine Ahnung, wie wir ihn wiederfinden sollen«, haderte Falcáo unbeeindruckt von Zagallos Beschwichtigung. »Wir haben nichts gegen ihn in der Hand. Wir können noch nicht einmal mit diesem Doktor Guerra sprechen. Und alles ist mein Fehler. Ich hätte besser aufpassen müssen.«

Zagallo öffnete die Tür seines Dienstwagens. »Das ist so nicht ganz richtig«, antwortete er und grinste. Er reichte Falcáo ein zusammengefaltetes Dokument.

»Was ist das?«, fragte Falcáo verwirrt und faltete das Blatt aus dickem Karton auseinander.

»Ich war nicht ganz untätig, während du hinter Anjo her warst«, erklärte der Capitão. »Ich habe noch einmal mit Mama Aquela gesprochen. Sie hat in ihrer Aussage Anjo beschuldigt, für den Tod ihres Sohnes verantwortlich zu sein. Der Ermittlungsrichter glaubt ihr und hat eine richterliche Vorladung verfügt. Damit haben wir etwas gegen ihn in der Hand und können notfalls sogar die Firma durchsuchen. Ich denke, Doktor Guerra wird nun mit uns reden müssen, es bleibt ihm nichts weiter übrig.«

Falcáo lächelte verschmitzt. »Du bist ein gerissener Hund«, antwortete er. »Für einen Haftbefehl ist die Beweislage zu dünn, aber eine richterliche Vorladung ist beinahe genauso gut.«

»Nun steig schon ein!«, drängte Zagallo. »Schließlich will der Richter mit Anjo über Mama Aquelas Sohn sprechen. Wir haben einen klaren Auftrag, und wir sollten den Richter nicht warten lassen. Die Kollegen in Pocone erwarten uns.«

Falcáo warf einen letzten Blick auf seinen verbeulten Dienstwagen, der inzwischen auf der Ladefläche des Abschleppwagens gelandet war und von dem Mechaniker festgezurrt wurde. Die ersten Sonnenstrahlen des beginnenden Tages durchdrangen nach und nach den Morgennebel.

Federal Bureau of Investigation, 2nd Avenue,
North Miami Beach, Florida

Michael Vanteen war bleich im Gesicht. Die Stunden in der kargen und einsamen Haftzelle der Dade Correctional Institution hatten dem Mann die letzten Nerven geraubt. Leutnant Ryan saß am Tisch neben Agent Crawford, ihnen gegenüber Vanteen und sein Pflichtverteidiger, die sich beide leise unterhielten.

»Wie sieht es aus?«, fragte Crawford und platzierte das Mikrofon des Aufnahmegerätes vor Vanteen auf dem Tisch. »Ist Ihr Mandant bereit?«

Der Anwalt, der als Pflichtverteidiger über die Prozesshilfe besorgt worden war, nickte stumm und hielt die Hand auf das Mikrofon.

»Wie weit sind Sie autorisiert? Mein Mandant hat keine Gewalttat begangen und war auch in keine verwickelt.«

»Vergessen Sie nicht, dass er gegen Bundesgesetze verstoßen hat, die unsere nationale Sicherheit schützen. Darauf steht eine lebenslange Freiheitsstrafe. Wenn Ihr Mandant dazu beiträgt, das Verbrechen lückenlos aufzuklären, dann ist die Bundesanwaltschaft bereit, die Kronzeugenregelung anzuwenden. Sie wissen, was das bedeutet.«

Der Anwalt nickte. »Mein Mandant wird aussagen«, antwortete er und nahm die Hand vom Mikrofon.

Bevor Crawford mit der Vernehmung begann, murmelte er zuerst die Belehrungsformel in das Mikro. »Haben Sie mich verstanden?«, fragte er Vanteen.

Michael Vanteen nickte.

»Sie müssen schon antworten«, sagte Crawford. »Haben Sie die Belehrung verstanden?«

»Ja!«, krächzte Vanteen und begann zu erzählen, wie er vor zweieinhalb Jahren in die Fänge der Verbrecherorganisation geriet, als er nach seiner Beförderung eines Nachts neben einer dunkelhaarigen Schönheit aufgewacht war. Miller hatte die Party organisiert, und schon bald fand sich Vanteen als neuer Leiter der Flugsicherung am Opa-Locka-Flughafen mitten im Sumpf des Verbrechens wieder. Die Bilder in eindeutiger Pose mit der Dunkelhaarigen waren gestochen scharf, und obwohl er sich wegen des vielen Alkohols überhaupt nicht mehr an die Nacht erinnern konnte, wusste er, dass ihm seine Frau den Seitensprung nie verzeihen würde. Zunächst waren es nur kleine Gefälligkeiten, mal die Fälschung eines Begleitscheins, mal die Umleitung von Frachtgut von der internationalen zur nationalen Abfertigung. Später wurden ganze Flugberichte gefälscht und Auslandsflüge zu Inlandsflügen umdeklariert, so dass die Zollkontrolle unterblieb. Die Bezahlung war gut und das Risiko gering. Erst als es längst kein Zurück mehr gab, bemerkte er, dass auch Miller mit von der Partie war. Miller, dem er sein Unglück zu verdanken hatte und der sein härtester Konkurrent um den Chefsessel der Flugaufsicht gewesen war.

Zunächst betraf es lediglich die Flüge der Red Wing Air, doch bald schon kamen weitere Fluggesellschaften hinzu, die teilweise aus anderen Regionen der USA stammten. Alles wurde über den Opa-Locka-Flughafen abgewickelt. Meist waren es kleinere Frachtmaschinen mit erfahrenen ehemaligen Air-Force-Piloten, für die es kein Problem war, die Luftüberwachung der zivilen Luftfahrt zu täuschen und im Tiefflug das Staatsgebiet der Vereinigten Staaten zu verlassen oder auch wieder einzufliegen. Crawford hörte aufmerksam zu, ohne den Redefluss Vanteens zu unterbrechen. Nur hin und wieder fragte er noch einmal nach, um sich zu vergewissern, dass er auch alles richtig verstanden hatte.

Am Ende wussten die beiden Beamten, wie einfach es war, Dinge aus den Staaten hinaus oder auch hinein zu schmuggeln, wenn man nur die entsprechenden Verbindungen besaß.

»Hatten Sie jemals mit Hastings Kontakt?«, fragte Crawford, als Vanteens Erzählung ins Stocken geriet.

»Er hat sich aus den Dingen herausgehalten. Ich bin ihm nur einmal begegnet. Miller kannte ihn. Ich glaube, ich sollte auch gar nicht wissen, wer hinter der Organisation steckte. Heute weiß ich, dass es wohl sogar besser für mich war, dass er mich damals nicht bemerkt hat. Ich glaube, sonst wäre ich längst schon tot, so wie Miller.«

»Wer hat das Geschäft mit Ihnen abgewickelt?«

»Tate hieß der Mann, er stammte aus Louisiana. Er war mein Kontaktmann.«

»Und wie kam es dann, dass Sie mit Hastings zusammengetroffen sind?«, fragte Crawford.

Vanteen wischte sich den Schweiß von der Stirn. »Es war vor etwa zwei Monaten. Wir verloren ein Flugzeug. Es ist einfach verschwunden und bis heute nicht mehr aufgetaucht. Es gab Ärger deswegen. Offenbar war der Auftraggeber des Fluges sehr am Verbleib der Maschine interessiert.«

Crawford stutzte. »Der Auftraggeber, wie meinen Sie das?«

»Ich habe mich nie darum gekümmert, was in den Maschinen transportiert wurde, aber soviel ich weiß, nahmen einige Leute Hastings' Dienste in Anspruch, um Dinge über die Grenze zu bringen.«

»Waffen?«

Vanteen zuckte mit der Schulter.

Ryan räusperte sich. »War es die Maschine der Red Wing Air, und hieß der Pilot Tarston?«

Vanteen zögerte kurz, schließlich nickte er. »Ja, er war auf dem Weg in Richtung Südamerika.«

»Was wissen Sie über den Flug?«

»Ich weiß nur, dass die Maschine verschollen ist. Später tauchte ein Typ hier auf, der Fragen stellte. Es muss eine sehr wertvolle Fracht gewesen sein, aber Miller hat die Sache abgewickelt, ich weiß nicht, um was es ging. Der Typ, ein ekelhafter, feister Kerl, war ganz schön angefressen. Er meinte, dass Tarston sich abgesetzt hätte, weil ihm das Wasser bis zum Hals stand und Miller wüsste, wo er sich aufhält.«

»Hieß dieser Mann zufällig Tanner?«, fragte Ryan erwartungsvoll.

Vanteen zuckte wieder mit der Schulter. »Ich habe keinen blassen Schimmer. Miller hat mir den Typ einmal gezeigt, als er um den Flughafen schlich, aber seinen Namen habe ich nicht erfahren. Ein paar Tage später war Miller tot.«

»Für wann ist der nächste Flug geplant?«, fragte Crawford, nachdem sich Ryan im Stuhl wieder zurücklehnte.

»Ich habe keine Ahnung, aber morgen müsste eine Maschine der East-West Freightline hier landen, die aus Brasilien zurückkehrt. Offiziell wird sie aus Corpus Christi hier eintreffen.«

»Eine Stratofreighter, richtig?«

Vanteen machte große Augen. »Woher wissen Sie?«

»Die Maschine wird leider nicht mehr hier landen, sie sitzt in Brasilien fest«, entgegnete Crawford.

Vanteen blickte betreten zu Boden.

»Und Sie können Hastings eindeutig als den Boss im Hintergrund identifizieren?«

Vanteen nickte. »Er ist der Boss, so viel ist sicher.«

Crawford blickte auf seine Armbanduhr. »Es ist kurz vor zwölf, ich denke, wir haben vorerst genug gehört«, beendete er die Befragung und schaltete das Mikro ab.

56

Lago Maracarana, Amazonasgebiet

Die Maschine lag in einem mit Schilf bewachsenen Sumpfgebiet, das nur über das seichte Wasser zu erreichen war. Der Rumpf war in der Mitte auseinandergebrochen, die Flügel bei der Notlandung abgerissen worden, und eine Schneise zog sich durch den nahen Wald. Bäume waren entwurzelt, und die verbogenen Propeller ragten über die Schilfhalme hinaus. Das brackige Wasser schimmerte in allen Regenbogenfarben im Sonnenlicht. Es roch nach Kerosin.

Der Cabo hatte das Patrouillenboot nahe an den Rumpf herangelenkt. Die Seitentür war geöffnet, darunter prangte die Zulassungsnummer der amerikanischen Luftverkehrsgesellschaft.

Red Wing Air, stand in großen roten Buchstaben auf dem Rumpf, zwei rote Flügel, das Logo der Fluggesellschaft, waren daneben angebracht.

»Wegen dieses Flugzeugs bin ich hier«, sagte Gene.

»Es geht niemand an Bord, der keinen Schutzanzug trägt«, entschied Luisa Behringer. »Wenn die Medipacks von diesem Flugzeug stammen, dann kann sich das Virus noch immer dort befinden.«

»Sterben Viren nicht an der Luft ab, wenn sie keinen Organismus finden?«, fragte der Cabo.

»Viren können Jahre wie im Tiefschlaf verbringen, bis sie auf ein geeignetes Wirtstier oder einen Menschen treffen«, erklärte die Mikrobiologin. Farraz' Soldaten blickten misstrauisch auf den Flugzeugrumpf. Sie trugen trotz der Hitze ihre Kampfanzüge und

Handschuhe. Außerdem hatten sie sich mit einer übelriechenden Emulsion eingerieben, die lästige Fliegen abhalten sollte.

»Den Rest des Weges müssen wir durch das Wasser waten«, sagte der Cabo und ließ die Strickleiter von Bord. Gene war der Erste, der sich in das Wasser wagte. Auf dem schlammigen Boden sank er knöcheltief ein, so dass das Wasser bis zum Knie reichte. Luisa Behringer folgte ihm und wäre beinahe von der Leiter gestürzt, wenn sie Gene nicht aufgefangen hätte. Der Cabo und Lila waren die Nächsten. Anschließend folgte Tenente Farraz, der den Anzug von Joao trug. Sargento Marcos, der eine lange Stange mit sich führte, folgte ihm auf dem Fuß. Schließlich konnte es Gräben und gefährliche Verwerfungen im Boden geben, die nicht sofort zu erkennen waren. Etwa fünfzig Schritte entfernt ragte das Cockpit des Flugzeugs aus dem Schilf. Marcos übernahm die Führung und stocherte mit seinem Stock im trüben Wasser, während der Tenente ein rotes Schlauchboot hinter sich herzog, in dem sich zwei Sicherheitsbehälter und Greifzangen befanden. Vor der geöffneten Seitentür schwammen diverse scharfkantige Plastikteile im Wasser.

»Ihr müsst aufpassen, dass der Schrott eure Anzüge nicht beschädigt«, warnte Luisa.

Der Cabo knipste seine Stablampe an. Er war der Erste, der über die offene Tür den Rumpf betrat. Die durch die Schutzanzüge gefilterte Luft hielt einen großen Teil des Geruches zurück, doch das süßliche Aroma von verwesendem Fleisch ließ sich nicht vollkommen abhalten. Gleich neben der Tür lag ein aufgeschwemmter menschlicher Körper im trüben Wasser. Die Beine fehlten und ein Arm schaukelte in den Wellen des Wassers, die durch die Schritte der Gruppe ausgelöst wurden.

»Es müssten drei Personen an Bord gewesen sein«, sagte Gene in das kleine Mikrophon der Kommunikationsanlage. »Rick Tarston, sein Bruder Jean und Peter Harrison.«

Lila und Luisa gingen an den beiden vorbei und leuchteten mit ihren Taschenlampen in den düsteren Frachtraum. Kisten und Werkzeuge lagen durcheinander, teils noch geschlossen, teils durch die Wucht des Aufschlags aufgebrochen.

»So wie es aussieht, sollte wohl auch dieses Flugzeug auf der Lichtung landen«, mutmaßte der Cabo. »Ich glaube, dass Cardoso und seine Männer auf diese Maschine gewartet haben, doch der Vogel ist abgestürzt. Ich schätze, das war vor etwa acht Wochen. Damals tobte hier ein heftiges Unwetter. Dann hat Cardoso das Wrack hier gefunden …«

»… und nicht nur das Flugzeug, sondern auch das Virus«, fiel ihm Lila ins Wort und leuchtete mit der Taschenlampe auf einen etwa einen Meter großen Container, der offen auf dem Wasser schwamm. Zwei Medipacks der gleichen Art, wie sie ihn vor der Goldmine gefunden hatten, befanden sich darin. Sie waren verschlossen und schienen dicht. Tenente Farraz hob mit einem Greifarm den Deckel des Containers in die Höhe, auf dem sich ein großes rotes Kreuz befand.

»Steht etwas darauf geschrieben?«, fragte Luisa.

Tenente Farraz untersuchte den Deckel. »Leider nicht, hier ist nur ein Aufkleber mit einem Strichcode.«

»Den nehmen wir auf alle Fälle mit«, beschloss Luisa. »Vielleicht lässt sich der Code noch auslesen. Wir haben ein Gerät im Labor.«

»Zwei Leichen im Cockpit«, meldete Sargento Marcos über den Kommunikator.

»Sucht alles ab!«, entgegnete der Cabo. »Vielleicht finden wir noch ein paar kleine Überraschungen.«

Die Gruppe schwärmte aus. Beinahe zwei Stunden brachten sie im Rumpf der Maschine zu. Jede Kiste drehten sie herum, doch außer zwei weiteren medizinischen Containern und jeder Menge Werkzeug fanden sie nichts weiter. Erschöpft kehrten sie zu ihrem Boot zurück. Bevor sie an Bord gingen, wuschen sie sich gegenseitig mit einer Speziallösung ab, die Viren und andere Keime vernichtete.

»Bei dem Kerosin, das hier herumschwimmt, schadet das nicht weiter«, unkte der Cabo und blickte über das schillernde Wasser.

An Bord des Bootes verstauten sie die mitgebrachten Utensilien in einem abschließbaren Metallcontainer.

»Hier muss ein Bergungsteam her«, sagte Luisa. »Sie müssen das Flugzeug bergen und den Frachtraum versiegeln. Ich hoffe, dass wir alle Medipacks eingesammelt haben.«

»Alle, bis auf den einen, der Cardosos Männern in die Hände fiel«, entgegnete der Cabo.

»Ich informiere Coronel Santoro«, bestätigte Tenente Farraz und griff nach dem Funkgerät.

Regierungsviertel im Zentrum von Manaus,
Hauptstadt des Bundesstaates Amazonas

Antonio Dumas, der Leiter des Amtes für Zivilschutz, trug einen weißen Anzug und einen breitkrempigen Hut, als er über die Federal Plaza den Gouverneurspalast betrat. Die Sonne brannte heiß vom Himmel und trieb das Thermometer auf beinahe vierzig Grad. Hier in der Stadt war es noch zwei bis drei Grad heißer als im Regenwald. Dumas war verärgert, weil ihn der Gouverneur Careido ausgerechnet zur heißesten Tageszeit zu sich in den Regierungspalast zitiert hatte. Er würde sich gerne über die Fortschritte der Reparaturarbeiten am Balbina-Stausee informieren, hatte der Bote gesagt, der Dumas am heutigen Morgen die »Einladung« überbracht hatte. In aller Eile hatte Dumas eine Informationsmappe zusammengestellt, um für die Fragen Careidos gewappnet zu sein. Ausgerechnet jetzt, wo er andere Sorgen hatte, weil sich Luela seit zwei Tagen nicht mehr bei ihm gemeldet hatte und in der Region das Gerücht von der Verhaftung illegaler Goldsucher im abgesperrten Bezirk am Rio Jatapu die Runde machte.

Als Dumas das Gebäude betrat und ihn eine angenehme Kühle einfing, wurde er bereits vom Sekretär des Gouverneurs erwartet. Zwei Soldaten in schmucker Uniform salutierten, als Dumas, der den militärischen Rang eines Majors bekleidete, an ihnen vorüberging und auf der breiten Treppe dem Sekretär in den ersten Stock folgte. Im geräumigen Büro saß Gouverneur Careido hinter seinem Schreibtisch aus hellem Rosenholz und blickte über den Rand seiner Lesebrille, als Dumas in das Zimmer geführt wurde.

»Major Dumas, Eure Exzellenz«, meldete der Sekretär.

Careido erhob sich. »Schon gut, Marcello, schon gut«, sagte er. »Bringen Sie uns Wasser, Sie trinken doch Wasser, Dumas, oder soll es etwas Alkoholisches sein?«

»Wasser«, antwortete Dumas. »Ich trinke Wasser, Eure Exzellenz.«

»Gut«, entgegnete Careido, während der Sekretär den Raum verließ und die Tür hinter sich schloss.

»Gut. Lieber Dumas, wie geht es Ihnen? Ich habe schon lange nichts mehr von Ihnen gehört.«

Dumas lächelte gekünstelt. »Die Arbeit, Eure Exzellenz, die Arbeit.« Er präsentierte das Kuvert mit den Berichten über die Fortschritte am Stausee und nahm die einzelnen Papierbögen heraus. »Wir kommen gut voran, gestern konnten wieder zwei Überlandleitungen ans Netz gehen. Wenn es so weitergeht, dann können wir zwei Wochen vor unserem eigentlichen Zeitplan die Arbeiten abschließen. Ich habe Ihnen …«

»Schon gut, Dumas, schon gut«, entgegnete Careido und nahm hinter seinem Schreibtisch Platz. Etwas verwirrt beobachtete Dumas den Gouverneur.

»Sie haben weitere Spezialkräfte und Soldaten angefordert, was leider zu Lasten von Coronel Santoro ging. Er musste wegen Ihnen eine Woche länger auf die Verstärkung seiner Einheiten warten.«

»Sie ordneten an, die Reparaturarbeiten so schnell wie nur irgend möglich abzuschließen, Eure Exzellenz.«

»Ja, ja, man muss im Leben Prioritäten setzen. Ach, haben Sie eigentlich schon davon gehört, dass wir eine Bande von Goldräubern am Rio Jatapu festnehmen konnten?«

Dumas versuchte seine Besorgnis zu überspielen, doch es gelang ihm nicht ganz.

»Ist Ihnen nicht gut?«

Dumas atmete tief ein. »Alles in Ordnung, nur die Hitze, unmenschlich.«

»Ja, ja, Dumas«, überging der Gouverneur die Antwort. »Wie es aussieht, wurde das Virus am Rio Jatapu durch diese Gruppe unter die Menschen gebracht. Das ist eine ganz schön dumme Geschichte. Ein amerikanisches Flugzeug ist am Lago Maracarana abgestürzt. Haben Sie schon davon gehört?«

»Ich … meine Leute … bislang nicht, aber ich verstehe nicht, was das mit dem Virus zu tun haben soll.«

»Es befand sich offenbar an Bord des Flugzeuges«, berichtete Careido weiter. »Die Bande hat sich angesteckt und es dann entlang des Flusses verbreitet. Eigentlich sind Sie dafür zuständig, dass wir hier sicher leben, lieber Dumas.«

»Ich verstehe nicht …«

»Oh doch, Dumas, oh doch«, unterbrach ihn der Gouverneur. »Sie verstehen mich ganz gut. Wo sollte das Flugzeug landen?«

»Eure Exzellenz, ich weiß nichts von einem amerikanischen Flugzeug«, entgegnete Dumas bestimmt.

Careido griff nach seiner Glocke und klingelte. Die Tür ging auf und vier Männer betraten den Raum.

»Sie kennen den Generalstaatsanwalt?«, fragte Careido.

Dumas wandte sich um. Der Atem stockte ihm, als er Luela flankiert von zwei uniformierten Militärpolizisten erblickte.

Careido erhob sich. »Sie haben mich hintergangen, Dumas«, polterte er los. »Sie sind ein korrupter, undankbarer kleiner Wicht. Wir wissen, dass Sie mit Paco de la Pace, Senhor Luela und Senhor Montalbo unter einer Decke stecken. Alles Leugnen nutzt Ihnen nichts, Dumas. Sie sind fertig, und Sie werden eine lange Zeit hinter Gittern verbringen. Ihre Versuche, die Rettungsarbeiten am Rio Jatapu zu verschleppen, sind fehlgeschlagen. Senhor Dumas, Sie sind verhaftet.«

Dumas starrte fassungslos auf Luela. Careido beobachtete den Leiter des Amtes für Zivilschutz.

»Senhor Luela arbeitet mit uns zusammen«, erklärte der Gouverneur. »Er hat die Gunst der Stunde genutzt und uns alles erzählt. Sie stecken in ernsten Schwierigkeiten, Dumas. Und jetzt gehen Sie mir aus den Augen!«

Einer der uniformierten Polizisten trat an seine Seite und legte ihm die Hand auf die Schulter. Dumas schüttelte die Hand ab und erhob sich. »Ich kann alleine gehen«, sagte er.

Acampamento dos infectados nahe Urucará, Amazonasgebiet

Der Zustand von 17 Patienten hatte sich nach der Verabreichung von Natrium-Bicarbonat verbessert, bei weiteren 108 Patienten stabilisierte sich der Kreislauf und das Fieber nahm ab. Für weitere 49 Patienten kam die Hilfe zu spät, sie waren gestorben, bevor das Natrium-Bicarbonat wirken konnte. Neuzugänge gab es nicht mehr, da mittlerweile 24 Stützpunkte entlang des Flusses und im Hinterland eingerichtet worden waren, wo Ärzte und Sanitäter dezentrale Behandlungen mit Euralvirin durchführten.

Anne Arlette klopfte Professor Sander auf die Schulter. »Es scheint, wir haben es geschafft.«

»Ich wollte mit Joanna sprechen, aber sie hat sich ein paar Tage frei genommen. Sie war der Erschöpfung nahe und brauchte eine Pause, hat mir der Abteilungsleiter erklärt.«

»Sie hat Unmenschliches geleistet«, bestätigte Anne Arlette.

»Ich denke, dass wir spätestens in zwei Wochen hier abrücken können. Luisa wird wohl auf die Schnelle keinen Erfolg haben.

Wir werden sicher nie erfahren, woher der Jatapu-Virustyp stammt und wer sein Wirt ist.«

»Ja, wir können zufrieden sein, und das Ende der Infektionswelle scheint in Sicht.«

»Aber wir haben einen guten Mann verloren, und beinahe tausend Menschen sind gestorben«, wandte der Professor ein. »Luisa ist ein tapferes Mädchen. Ich hätte nicht gedacht, dass sie solchen Strapazen gewachsen ist, ich würde sie jederzeit wieder in mein Team aufnehmen.«

Noch bevor der Professor seinen Satz zu Ende gesprochen hatte, wurde der Vorhang des Zeltes zurückgeschlagen. Rosburn und Doktor Madson traten ein. Coronel Santoro und ein weiterer Offizier begleiteten die Amerikaner.

»Haben Sie schon gehört?«, fragte Madson. »Ihre Crew hat ein Flugzeug im Dschungel gefunden, das notwassern musste. Es sieht so aus, als stammt das Jatapu-Virus aus dieser Maschine, die zufällig von den Garimpeiros entdeckt wurde. Sie haben sich infiziert, so hat sich das Virus entlang des Flusses verbreitet.«

»Was ist los?«, fragte Professor Sander entsetzt und blickte den Coronel fragend an.

»Doktor Madson sagte die Wahrheit, Professor Sander«, bestätigte der Offizier. »Ich habe ein Spezialbergeteam angefordert. Ihre Mitarbeiterin ist auf dem Weg hierher. Sie bringt infektiöses Material in Spezialverpackungen mit. Wir müssen den Inhalt schnellstmöglich analysieren und brauchen Ihre Hilfe.«

Professor Sander schlug die Hände vor das Gesicht. »Menschen sind für diese Katastrophe verantwortlich, ich kann es nicht glauben«, stammelte er fassungslos.

57

Lagezentrum der WHO in Genf

37 mit Trauerflor umrahmte Porträtfotos hingen im Foyer des Gebäudes zum Gedenken an Kolleginnen und Kollegen, die im Einsatz für die WHO ihr Leben gelassen hatten. Gestern war ein weiteres Bild dazugekommen. Das Bild von Doktor Antonio Pinto, der von einer Verbrecherbande am Rio Jatapu in Brasilien erschossen worden war. Antonio Pinto war nur 39 Jahre alt geworden und stammte aus einem Vorort von Lissabon, wo seine Eltern noch immer lebten. Die Überführung der Leiche war für den nächsten Freitag geplant. In Lissabon sollte er dann im Kreise seiner Angehörigen beigesetzt werden.

Der Direktor saß schweigend in einem Ledersessel und betrachtete die Wand mit den Fotos der Getöteten.

»Das wird kein leichter Gang«, flüsterte der Abteilungsleiter des Lagezentrums dem Direktor zu. »Wie ich hörte, ist seine Mutter zusammengebrochen, als die Nachricht überbracht wurde.«

Der Direktor nickte wortlos.

»Ich möchte nicht mit Ihnen tauschen«, fuhr der Abteilungsleiter fort.

»Eltern sollten ihre Kinder nicht begraben müssen«, flüsterte der Direktor. »Haben Sie Neuigkeiten aus Brasilien?«

»Die Gefahr scheint tatsächlich gebannt. Professor Sander meldet, dass die Substanzen wirken. Seit gestern gab es keine weiteren Todesfälle mehr, und es wurden keine Neuinfektionen gemeldet. Wie es scheint, haben wir die Lage im Griff.«

Der Direktor seufzte. »Dann haben wir wieder einmal Glück

gehabt. Aber jedes Mal, wenn wir Meldung vom Ausbruch eines unbekannten Erregers erhalten, dann habe ich das Gefühl, es könnte der letzte sein, von dem unsere Menschheit erfährt. So schnelllebig, wie unsere Zeit geworden ist, und so nahe, wie mittlerweile die Kontinente zusammengewachsen sind, grenzt es immer wieder an ein Wunder, dass es uns doch immer wieder gelingt, die Ausbreitung einzudämmen. Aber irgendwann wird es uns nicht mehr gelingen. Dann ist unser Quantum an Glück aufgebraucht.«

Der Abteilungsleiter setzte sich neben dem Direktor in den noch freien Sessel. »Wann werden wir auf den normalen Level zurückfahren?«, fragte er.

»Lassen Sie uns dieses Wochenende noch abwarten«, entgegnete der Direktor. »Wenn die Nachrichten aus Amazonien weiterhin so vielversprechend sind, dann können wir bald darüber nachdenken.«

Acampamento dos infectados nahe Urucará, Amazonasgebiet

»Es ist Wahnsinn«, ereiferte sich Luisa Behringer. »Ich verstehe überhaupt nicht, wie diese Maschine eine Genehmigung für einen derartigen Transport erhalten konnte. Diese Erreger hätten niemals ein Level-4-Labor verlassen dürfen.«

»Der Flug war illegal«, wandte Rosburn ein. »Ganz und gar illegal. Sie haben doch Mister Mcfaddins Aussage gehört. Diese Verbrecherorganisation bedient sich erfahrener Kriegsveteranen als Piloten, die bereits Kampfeinsätze geflogen haben und im Tiefflug in das Staatsgebiet eindringen. Dazu wurden sie ausgebildet.«

»Doch ich frage mich, was dieses Virus an Bord der Maschine suchte«, meldete sich der Cabo zu Wort. »Wofür war es bestimmt, ich denke nicht, dass es hier im Dschungel bleiben sollte.«

»Pocone war das Ziel«, bestätigte Gene. »Ich bin mir absolut sicher.«

Coronel Santoro räusperte sich. »Der Polizei ist es gelungen, den Verbindungsmann dieser Bande in Manaus festzunehmen. Ein zwielichtiger Geschäftsmann, der bereits im Gefängnis sitzt. Noch schweigt er, aber wir wissen, dass seine Verbindungen bis in die Bezirksregierung reichen. Inzwischen wurden weitere Hintermänner festgenommen. Sogar der Leiter des Amtes für Zivilschutz, Major Antonio Dumas, und der Distriktleiter der FUNAI, Senhor Montalbo, sind in die Sache verwickelt. Ich bin sicher, dass Paco de la Pace weiß, wer der Empfänger der Medipacks ist und auf welchem Weg sie ihr Ziel erreichen sollten. Bald werden wir mehr wissen. Solange darf nichts von alledem, was wir in Erfahrung gebracht haben, an die Öffentlichkeit dringen. Das ist keine Bitte, das ist ein Befehl und für alle Anwesenden bindend. Unsere Verfassung ermächtigt mich zu diesem Schritt. Es steht die Sicherheit unseres Landes auf dem Spiel. Die weiteren Maßnahmen erfolgen durch die zuständigen Sicherheitsbehörden. Ich habe bereits mit dem Präsidenten telefoniert.«

»Und in den USA hat das FBI die Ermittlungen übernommen«, fügte Rosburn hinzu. »Wir arbeiten Hand in Hand an der Lösung des Falles.«

»Und was tun wir?«, fragte der Cabo.

»Ich sagte doch, wir werden abwarten, was die Spezialisten herausfinden«, wiederholte der Coronel.

»Zumindest könnten wir über unsere Quellen versuchen herauszufinden, woher die Medipacks stammen«, schlug Luisa vor.

»Wie soll das funktionieren?«, fragte Rosburn.

Luisa klappte ihr Laptop auf und schaltete es ein. Es dauerte einen Moment, bis es aus dem Stand-by-Modus zum Leben erwachte und sich der Bildschirm erhellte. Ein Digitalfoto war darauf zu sehen, die Innenseite eines Deckels mit einem breiten Strichcode. »Das ist der verschließbare Deckel eines Medipacks«, erklärte sie. »Die Innenseite ist mit einem Aufkleber versehen, der einen Balkencode enthält. In Labors werden solche Codes aufgeklebt, um den Pack und den Inhalt zuordnen zu können. Der Code enthält einen Herkunftsnachweis.«

Rosburn runzelte die Stirn. »Sie meinen, mit Hilfe des Codes könnten wir feststellen, aus welchem Labor die Kiste stammt?«

»Wenn wir den Code auslesen könnten, dann sicherlich, aber unser Lesegerät ist leider dazu nicht geeignet, es ist wohl kein europäischer Standard. Da das Flugzeug aus den Staaten kam, bin ich mir aber sicher, dass unsere Kollegen vom Militär kein Problem damit hätten.«

Rosburn wandte sich Doktor Madson zu. »Kümmern Sie sich darum und lassen Sie mich sofort wissen, was Sie herausgefunden haben.«

Doktor Madson nickte stumm.

Der Vorhang vor dem Eingang wurde zurückgeschoben. Doktor Braga trat ein. »Mister Rosburn, der Jet ist gelandet und wird gerade aufgetankt«, meldete der Militärarzt.

»Ich danke Ihnen«, antwortete Rosburn und wandte sich Gene zu. »Dann wird es langsam Zeit für unsere Rückreise.«

»Was soll das, Rosburn?«, polterte Gene los.

»Wir fliegen zurück. Wir brauchen Ihre Hilfe. Und hier sind Sie unerwünscht, Privatdetektiv Mcfaddin. Schließlich sind Sie illegal in dieses Land eingereist und halten sich noch immer illegal hier auf.«

Gene stieg die Zornesröte ins Gesicht. »Ich war noch nicht in Pocone, ich habe ein Recht darauf zu erfahren, was hier vor sich geht, ohne meine Hilfe würden Sie noch immer in einem engen Schuppen mitten im Dschungel sitzen und auf den Tod warten.«

»Sie haben den Coronel gehört, Mcfaddin. Hier ist die brasilianische Regierung am Zug.«

»In den USA wartet noch immer ein Haftbefehl auf mich.«

»Falsch«, entgegnete Rosburn. »Wir fliegen direkt nach Baton

Rouge, dort warten Agent Crawford und ein gewisser Leutnant Ryan auf uns. Sie sind der Einzige, der Tanner je gesehen hat, und so wie es aussieht, hat dieser Mann Miller umgebracht, und er steckt auch hinter dieser tödlichen Lieferung. Wir müssen den Kerl kriegen, der an solch todbringende Bakterien herankommen konnte. Es geht um die nationale Sicherheit unseres Landes, und das hat absoluten Vorrang, Mcfaddin.«

»Es sind Viren«, berichtigte Professor Sander.

Rosburn hob abwehrend die Hände. »Ja, richtig, Viren, Bakterien, auf alle Fälle ist das Zeugs höchstbrisant und tödlich. Das FBI beobachtet schon seit geraumer Zeit Hastings' Haus in White Castle. Wir werden bereits erwartet.«

Gene kratzte sich an seinem Dreitagebart. »Wann fliegen wir?«

Rosburn erhob sich und betrachtete Gene von oben bis unten. »Nachdem Sie geduscht und sich frisch eingekleidet haben. Klamotten liegen im Zelt bereit.«

White Castle, Louisiana

Das Haus in der Marque Street war eine Festung. Umgeben von hohen Mauern, bewacht von bewaffneten Männern in Schutzwesten, umkreist von Patrouillen mit Hunden. Auch unter Ausnutzung des Überraschungsmomentes würde es nicht leicht werden, das Areal zu stürmen. Die Lage des Hauses am Ende der Straße, weitab von anderen Gebäuden, war strategisch gut gewählt. Der Posten in dem kleinen Turm neben dem Zugangstor hatte ein ausgezeichnetes Sichtfeld und konnte sich nähernde Fahrzeuge oder Personengruppen schon von weitem erkennen. An der Rückfront des Hauses schloss sich ein weitläufiges, sumpfiges Gelände an, von dort aus war eine Annäherung beinahe unmöglich.

»Also wenn du mich fragst, dann könnten wir genauso versuchen, Fort Knox einzunehmen«, seufzte Commander Shaw von der Spezialeinheit, nachdem er die Luftaufnahmen studiert hatte, die gestern aus einem Hubschrauber gefertigt worden waren. »Egal von welcher Seite wir uns dem Gebäude nähern, wir bleiben nicht unentdeckt, und das verschafft ihnen einen immensen Zeitvorteil. Wenn es dort drinnen Beweise gibt, die sich beseitigen lassen, dann haben wir keine Chance.«

»Ich weiß nicht, ob es die Männer überhaupt auf einen bewaffneten Konflikt mit dem FBI ankommen lassen«, überlegte Crawford. »Sie müssen nervös sein, das Flugzeug ist längst überfällig, und sie erhalten keine Nachrichten mehr aus Brasilien. Uns bleibt nur diese Nacht.«

»Vielleicht gäbe es die Möglichkeit, das hiesige Sheriffsdepartment hinzuzuziehen. Die könnten unter fadenscheinigen Gründen mal dort anklopfen, schließlich fährt hier täglich zwei bis drei Mal ein Streifenwagen vorbei.«

»Das ist keine gute Idee, Shaw«, widersprach Crawford. »Wir wissen nicht, wie viele Kollegen in diesem County ihren Zusatzlohn von Hastings erhalten.«

»Ich weiß noch nicht einmal, ob Hastings im Hause ist. Seit zwei Tagen stehen wir hier, aber bislang hat man ihn selbst noch nicht gesehen.«

Crawford ordnete die Papiere auf seinem Tisch. »Das hier ist ein Haft- und Durchsuchungsbefehl der Generalstaatsanwaltschaft und genau den werden wir umsetzen. In zwei bis drei Stunden stößt ein Mann zu uns, der sich hier auskennt. Wir warten auf ihn, vielleicht hat er eine Idee, wie wir in die Höhle des Löwen gelangen, bevor dort zu viel Porzellan zerschlagen wird. Sind Ihre Männer bereit?«

»Drei Hubschrauber, zwei Panzerwagen und sechzig Mann stehen Gewehr bei Fuß«, antwortete Shaw. »Wir können jederzeit losschlagen.«

»Gut, ich will nur sicherstellen, dass wir die Leute, auf die es ankommt, auch im Käfig haben und niemand vergessen.«

»Das ist Ihr Spiel, Crawford. Wir erledigen nur die Drecksarbeit und verschwinden wieder.«

»Okay, dann halten Sie sich bereit, es muss schnell gehen, wenn es sein muss.«

Denver International Airport, Colorado, USA

Als die Douglas DC 9-30 der Delta Airlines pünktlich gegen Mittag auf der Landebahn des Denver International Airports aufsetzte, begann es heftig zu regnen. Die Passagiere hasteten zu den beiden bereitstehenden Bussen und verschwanden darin, bevor der aufkommende Sturm richtig losbrach. Professor Joanna Kim fluchte, als sie den Bus erreichte und trotz des kurzen Weges mit pudelnassen Haaren einstieg. Ein Blitz zuckte aus den dunklen Wolken vom Himmel herab, und der grollende Donner ließ sie schreckhaft zusammenzucken. Mit einem Taschentuch versuchte sie ihr Gesicht zu trocknen. »Das ist ein schöner Empfang in Denver.«

Der Bus fuhr unter die Überdachung der Ankunftshalle und entledigte sich dort in aller Eile seiner menschlichen Fracht, bevor er in Richtung der Landebahnen wieder davonbrauste. Joanna folgte der Menge zum Abfertigungsschalter und war heilfroh, dass sich die Prozedur bei Inlandsflügen nur auf eine kurze Verabschiedung der Passagiere beschränkte. Bevor sie jedoch den Ankunftsbereich verlassen konnte, musste sie beinahe eine Stunde auf ihren Koffer warten, der auf dem Förderband mit Verspätung eintraf. Draußen schüttete es inzwischen in Strömen. Joannas erster Weg führte sie zur Damentoilette, wo sie sich erst einmal umzog und ihre Kurzhaarfrisur richtete. Es hatte schon Vorteile, wenn man die Haare nicht allzu lang wachsen ließ. Vor allem, wenn man in einem Labor arbeitete.

Am Schalter der Alamo-Autovermietung herrschte gähnende Leere, was ihr zu einem kleinen Zeitvorteil verhalf und sie für die lange Wartezeit auf ihren Koffer wenigstens einigermaßen entschädigte.

Sie mietete einen blauen Pontiac und folgte der Dame am Service in die Tiefgarage, wo sie den Wagen in Empfang nahm.

Bis nach Boulder waren es noch fast vierzig Kilometer, doch sie hatte es nicht eilig. Erst für den heutigen Abend war ein Treffen mit Professor Macombie geplant. Zuvor würde es noch zu einem Mittagessen reichen, und dann verblieb immer noch genügend Zeit, sich auf dem Zimmer im Silver Saddle Hotel frisch zu machen. Sie war gespannt auf das Treffen, sie war gespannt darauf, was der alte Macombie zu ihrer Feststellung sagen würde. Erneut grollte der Donner und ein Blitz erhellte den düsteren Tag. Ihr Magen knurrte.

58

Slidell, nahe White Castle, Louisiana

Gene war todmüde, als er nach dem anstrengenden Flug mit dem Lear-Jet auf dem Baton Rouge Metropolitan Airport landete. Lediglich für eine kurze Zwischenlandung zum Auftanken auf den Bahamas hatte es gereicht, denn Rosburn und Gene wurden unweit von White Castle erwartet.

In Slidell, knapp vierzehn Kilometer südlich von White Castle, hatte Agent Crawford sein Hauptquartier eingerichtet. Ein Hubschrauber des FBI brachte die beiden Passagiere direkt an den Einsatzort. Gene schlief während des Fluges und wachte erst auf, als der Helikopter unsanft auf dem Fluggelände von Slidell aufsetzte, wo Crawford einen öffentlichen Hangar requiriert und zur Einsatzzentrale umfunktioniert hatte. Die massive Polizeipräsenz in White Castle wäre kaum zu verbergen gewesen, aus diesem Grund hatten sie sich in das vierzehn Kilometer entfernte Slidell zurückgezogen.

Nachdem die Rotoren zur Ruhe gekommen waren, wurde die Schiebetür zurückgeschoben. Scheinwerfer erhellten das nächtliche Fluggelände, und Gene rieb sich die Müdigkeit aus den Augen. Ein Mann mit Glatze blickte ins Innere und reichte Rosburn die Hand.

»Willkommen zu Hause, Mister Rosburn, ich bin Agent Crawford und leite die hiesigen Ermittlungen«, sagte er.

Rosburn ergriff die Hand und stieg geduckt aus dem Helikopter. »Das ist Gene Mcfaddin«, stellte Rosburn seinen Begleiter vor.

Crawford nickte Gene kurz zu und reichte ihm ebenfalls die

Hand. »Gehen wir hinein«, sagte der FBI-Agent und hielt auf die Stahltür des Hangars zu. Rosburn und Gene folgten ihm. Eine angenehme Kühle empfing sie, als sie durch die Tür traten und den weiß getünchten Gang entlanggingen. Sie betraten den großen Hangarraum, in dem mehrere Computer und Überwachungsbildschirme auf Schreibtischen aufgebaut waren. Gene blickte sich um, knapp zwanzig Männer und Frauen waren hier beschäftigt. An einer großen Stellwand befanden sich Bilder und Lagepläne von Hastings' Anwesen in White Castle und vom Fluggelände nördlich von Samstown.

Ein großgewachsener, muskulöser Beamter in blauem Einsatzanzug mit der gelben Aufschrift FBI auf der Brust stand vor den Lageplänen und warf einen langen Blick darauf.

»Das ist Commander Shaw von der Einsatzgruppe«, stellte Crawford seinen Kollegen vor. »Er wird die Durchsuchung vor Ort leiten.«

»Wie ist die Lage?«, fragte Rosburn.

»Seit zwei Tagen steht die Überwachung«, erklärte Crawford. »Leider haben wir bislang weder Hastings noch seinen Handlanger Tate ausmachen können. Von Hastings liegt uns ein zwei Jahre altes Foto der Passbehörde vor, aber Tate ist bislang noch unbekannt, deswegen sind wir froh, dass Sie hier sind. Mister Mcfaddin ist wohl der Einzige, der ihn oder auch diesen Tanner identifizieren kann.«

»Außerdem ist das kein Wohnhaus, sondern eine Festung«, wandte Shaw ein. »Schwer bewaffnete Wachmänner, Patrouillen, die mit Hunden um das Haus streifen, und ein Mann auf einer Art Wachturm, selbst eine gedeckte Annäherung ist da nicht möglich.«

»Wir wollen im Vorfeld alles tun, um ein Blutvergießen zu vermeiden«, fügte Crawford hinzu. »Wir wissen nicht, wie weit die Kerle gehen. Ein zweites Waco können wir uns nicht leisten.«

Gene nahm ein Foto von der Stellwand, das den Flugplatz zeigte, auf dem ein dunkelhäutiger Mann zu sehen war, der an einem

Traktor herumschraubte. Daneben stand ein hellhäutiger Mann mit einer Zigarette im Mundwinkel. »Tate ist Hastings' Handlanger, er ist ab und zu auf dem Flugplatz.«

Crawford griff nach dem Bild. »Der Flugplatz wird ebenfalls überwacht, doch außer diesem Landschaftsgärtner war dort niemand.«

»Das ist Terence«, erklärte Gene. »Er hat mir geholfen, er ist sauber und gehört nicht zu Hastings' Bande. Vielleicht gäbe es eine Möglichkeit ...«

»Gene, du alter Halunke!«, hallte es plötzlich durch den Hangar.

Gene fuhr herum. Ryan stürzte auf ihn zu und umarmte ihn. Dann deutete er auf die Schreibtische und Monitore. »Dieses ganze Theater haben wir dir zu verdanken«, sagte er grinsend.

»Das ist Leutnant Ryan von der Miami Dade Police«, sagte Crawford zu Rosburn.

»Ich wusste es, dass du keiner Fliege etwas antun kannst, es sei denn, sie kackt dir auf den Anzug«, fuhr Ryan fort. »Cavallino ist stinksauer. Er wurde vom Captain disziplinarrechtlich belangt und in das Betrugsdezernat versetzt, weil er verschwiegen hat, dass er einen anonymen Tipp bekam, als du bei Millers Tod im Haus warst. Du bist ein freier Mann.«

Gene lächelte und deutete mit dem Kopf in Richtung Rosburn, der sich weiterhin mit Crawford und Shaw unterhielt. »Das ist ein MIA-Agent, der getarnt als Gesundheitsattaché in der amerikanischen Botschaft in Brasilien arbeitet. Ich glaube nicht, dass die Dinge so schnell in Gang gekommen wären, wenn er seinen Einfluss nicht geltend gemacht hätte.«

»Na ja, aber deine Geschichte hat ihn offenbar überzeugt«, antwortete Ryan.

»Ich traf ihn, als ich in einer amerikanischen Zivilmaschine mitten im Urwald am Amazonas landete und er in einer dreckigen und stinkenden Hütte von ein paar Ganoven gefangen gehalten wurde, außerdem kenne ich ihn noch von meiner Zeit beim Militär, damals war er Ausbilder in strategischen Angelegenheiten. Was hatte er für eine Chance, ihm blieb nichts anderes übrig, als mir zu glauben.«

Crawford trat an Genes Seite. »Glauben Sie, Sie könnten diesen Terence zur Zusammenarbeit mit uns bewegen?«

Gene zuckte mit der Schulter. »Ich könnte es versuchen«, antwortete er.

»Wo finden wir ihn?«

Gene schüttelte den Kopf. »Ich würde es erst einmal allein versuchen.«

Crawford blickte auf seine Armbanduhr. »Es ist kurz vor acht, Sie haben zwei Stunden Zeit, genügt Ihnen das?«

»Vier Stunden und einen Wagen.«

Crawford wandte sich zu Shaw, und als dieser nickte, zog er seinen Schlüsselbund aus seiner Hosentasche und warf ihn Gene zu. »Der weiße Pontiac«, sagte er. »Drinnen liegt ein Handy. Wenn Sie uns brauchen, dann müssen Sie nur die grüne Taste drücken, und schon sind Sie mit uns verbunden.«

»Wir reden später«, sagte Gene zu Ryan und klopfte ihm auf die Schulter.

Q's Restaurant in Boulder, Colorado

Joanna parkte ihren Leihwagen auf einem Parkplatz direkt vor dem Boulderado Inn, in dem sich neben dem Hotel auch ein Restaurant befand. Dort hatte sie sich für acht Uhr mit Professor Macombie verabredet. Beinahe eine Stunde hatte sie im Badezimmer zugebracht, um eine freche jugendliche Frisur aus ihren widerspenstigen schwarzen Haaren zu zaubern. Sie wollte jung erscheinen, so wie damals, vor mehr als fünfzehn Jahren, als sie als frischgebackene Doktorandin unter Macombie im Labor der Chicago Universität arbeitete. Zwischenzeitig hatte auch sie die Vierzig überschritten, doch ihre Gesichtshaut war noch immer straff; das lag wohl an dem asiatischen Anteil in ihrem Blut. Wie mochte der Professor nun aussehen? Würde sie ihn sofort wiedererkennen, oder war er zu einem alten, zusammengeschrumpften Mann geworden? Er musste mittlerweile etwa Mitte siebzig sein. Noch brennender interessierte sie natürlich, was er zu dem Ergebnis ihrer Nachforschungen und der Existenz eines Markers innerhalb des RNA-Strangs des Jatapu-Virus' sagen würde. Ein Marker, der ganz deutlich die Handschrift des Professors trug. Doch sie entschied sich dafür, nicht mit der Tür ins Haus zu fallen. Für eine Konfrontation mit dem Untersuchungsergebnis war später noch Zeit. Im Internet hatte sie herausgefunden, dass sich die MedCom auf dem Gebiet der Krebsforschung einen Namen gemacht hatte und speziell Lance Abott Macombie zu einer Koryphäe auf dem Gebiet neuer Behandlungsmethoden geworden war.

Als sie unter dem grünen Baldachin das Gebäude betrat und im Foyer einen Spiegel entdeckte, blieb sie kurz stehen, um sich zu vergewissern, dass ihre Frisur saß. Sie war mit dem Ergebnis zufrieden und schwenkte nach links in Richtung des Restaurants ab, wo sie ein junger Mann in einem schicken Anzug und mit schwarzer Fliege in Empfang nahm.

»Ich werde erwartet«, sagte sie zu dem Empfangschef. »Professor Macombie hat einen Tisch reserviert.«

Der junge Mann verbeugte sich und bat sie, ihm zu folgen. Er führte sie an einen Tisch, an dem ein grauhaariger Mann mit einer Löwenmähne saß und sie freundlich musterte. Er erhob sich, als sie den Tisch erreichte, ergriff Joannas Hand und küsste sie. »Ah, meine kleine Doktorandin, die Jahre sind spurlos an ihr vorübergegangen, während ich ein alter Mann wurde.«

Joanna lächelte. »Professor, Sie haben sich kaum verändert. Ein klein wenig grauer vielleicht, aber noch immer voller Energie. Es freut mich, Sie zu sehen.«

»Lance, Lance wäre mir recht, ich bin schon alt genug, wie viele Jahre ist es her? Fünfzehn, zwanzig?«

Er bot ihr Platz an, und Joanna setzte sich.

»Ich hoffe, Joanna, Sie haben einen anständigen Hunger mitgebracht. Ich freue mich, Sie zu sehen. Am Telefon erwähnten Sie, dass Sie gerne etwas mit mir besprochen hätten. Ich stehe natürlich zur Verfügung, aber zuerst wollen wir ein klein wenig über die alten Zeiten plaudern. Schließlich habe ich nicht viele Kommilitonen, die eine solch steile Karriere gemacht haben. Die CDC ist eine weltweit anerkannte Behörde mit großem Einfluss. Ich muss zugeben, als ich von Ihrer Nominierung erfuhr, erfüllte mich dies mit einem gewissen Stolz.«

»Vielen Dank, Herr Professor«, antwortete Joanna. »Das Euralvirin der MedCom ist ein Segen Gottes. Ich danke Ihnen für die Bereitstellung, die armen Menschen haben dank des Präparats endlich eine Chance.«

»Schon gut«, antwortete der Professor und hob beschwichtigend die Hände. »Das ist allein Ihr Verdienst, werte Freundin.«

»Aber auch von Ihnen liest man nur Gutes. Und dabei dachte ich damals, dass Chicago niemals ohne Sie auskommen könnte. Doch es scheint, als ob die Uni keine andere Wahl hatte.«

Professor Macombie blickte sinnierend in die Flamme der Kerze. »Ach wissen Sie, Joanna. Manchmal tun Veränderungen gut. Ich merkte einfach, dass ich auf der Stelle trat. Engstirnigkeit, unzählige sinnlose Vorschriften und steter Geldmangel sind keine guten Voraussetzungen, wenn man versucht, Dinge voranzutreiben. Wir sind Wissenschaftler, und manchmal gehört es einfach dazu, dass wir Wege gehen, die ins Nichts führen, damit wir unseren Horizont erweitern. Doch erklären Sie das einmal dem Dekan einer Universität, der mit einer Ausgabenliste vor Ihrer Nase herumwedelt. Ich sah einfach keine Zukunft mehr, doch dann wurde mir die Stelle bei MedCom angeboten. Ich musste nicht lange überlegen, glauben Sie mir. Aber jetzt wollen wir erst einmal bestellen.«

Macombie winkte dem Ober zu, der in der Nähe wartete. Joanna bestellte einen Caesar's Salad und dazu einen trockenen Weißwein, während der Professor Grab Cakes und einen würzigen kalifornischen Merlot bestellte.

»Ich hörte, Sie machen im Bereich der Krebsforschung gute Fortschritte«, eröffnete Joanna die weitere Unterhaltung, nachdem die Getränke serviert worden waren.

»Wir sind durchaus auf einem guten Weg«, bestätigte der Professor. »Sie erinnern sich noch an Altmann?«

»Rodger Altmann?«

»Ja, sicher, der gute alte Rodger«, bestätigte Macombie. »Er arbeitet noch immer für mich. Wir sind ein Team, so wie wir es schon damals in Chicago waren. Und wir kommen tatsächlich gut voran. Auch wenn uns die AEC ganz schön auf die Pelle rückt. Diese ethischen Grundsätze sind nichts weiter als Fesseln für uns Wissenschaftler. Sie hemmen den Fortschritt und wurden von Ignoranten und Besserwissern erfunden, die der Menschheit vorgaukeln, dass ihnen etwas an ihr liegt. Aber in Wirklichkeit verfolgen diese Holzköpfe nur eigene Interessen. Die Kirchen verkaufen uns Lügen, die Politik ist schamlos, und unsere Philosophen und Weltverbesserer schweben in ihren Sphären und schauen auf uns von oben herab. Aber was erzähle ich Ihnen, Joanna, Sie wissen selbst, wie schwierig es in der heutigen Zeit geworden ist, wenn man wirklich etwas erreichen will.«

Nachdem das Essen serviert worden war, plauderten sie über die alten Zeiten, über ihre damaligen Forschungsprojekte und über die ehemaligen Mitarbeiter und was aus ihnen geworden war. Beinahe zwei Stunden saßen sie zusammen und redeten über dies und das, über die Welt und über die Ziele, die man noch erreichen könnte, wenn man wirklich alle Freiheiten besäße. Joanna Kim spürte die Verbitterung, mit der Professor Macombie über seine letzten Jahre an der Uni sprach. Für einen kurzen Moment entschuldigte sich der Professor. »Ich bin ein alter Mann«, erklärte er, »da funktioniert nicht mehr alles so gut, vor allem, wenn ich trinke.«

Joanna nutzte die Zeit und holte einen Schminkspiegel und den Lippenstift aus ihrer Handtasche. Sie war froh darüber, dass die Kerze einen angenehmen Duft nach Vanille verbreitete, denn der Mann, der am Nebentisch saß, benutzte ein sehr aufdringliches Parfüm, das hin und wieder in Schwaden zu ihr herüberzog. Veilchen, tippte sie.

»Hier bin ich wieder«, sagte der Professor, als er zurück an ihren Tisch kam. »Nun haben wir aber eine Menge über mich geredet, ich denke, liebste Joanna, jetzt sind Sie dran.«

»Professor …«, antwortete sie zögerlich. »Ich weiß nicht, wie ich es ausdrücken soll, aber es geht um den RNA-Strang des Jatapu-Virus'. Ich … mir wäre es sehr wichtig, wenn Sie selbst einen Blick darauf werfen.«

»Hier?«, scherzte der Professor feixend. »Haben Sie mir etwa das kleine Biest mitgebracht?«

Joanna griff in ihre Handtasche und holte eine CD hervor. »Ich trage ihn tatsächlich bei mir, allerdings in weitaus ungefährlicherer Form.«

Der Professor wollte nach der CD greifen. »Ich werde mich gleich morgen früh darum kümmern.«

»Ich wäre gerne anwesend, wenn Sie sich das Ding betrachten«, bat Joanna und steckte die CD wieder in ihre Tasche zurück.

»Selbstredend, Joanna. Das war seit langer Zeit wieder einmal ein gelungener Abend. Wie und wo erreiche ich Sie?«

»Ich wohne im Silver Saddle Hotel«, entgegnete Joanna Kim.

»Gut«, antwortete Professor Macombie und blickte auf seine Uhr. »Es ist nun Zeit für einen alten Mann, ins Bett zu gehen. Darf ich Sie in Ihr Hotel bringen?«

Joanna lehnte dankend ab. »Ich habe einen Wagen vor der Tür.«

»Schön, dann sehen wir uns morgen, sagen wir gegen zehn.«

I-Pharmacia, Pocone, Bundesstaat Mato Grosso

Das Verwaltungsgebäude der I-Pharmacia lag in einem kleinen Seitental von Pocone. Umgeben von einem hohen Zaun, schloss sich an das einstöckige, alabasterweiße Gebäude eine große Lagerhalle an. Das helle Sonnenlicht spiegelte sich in zwei Sonnenkollektoren, die neben dem Kontrollhäuschen an der Einfahrt standen und den Strom für die blau-weiße geschlossene Schranke lieferten. Auf einem großen Parkplatz rechts der Zufahrt standen mehrere PKW, unter anderem auch zwei Toyota Cruiser, die dem Wagen ähnelten, in dem Anjo aus Varzeá Grande verschwunden war. Als Capitão Zagallo seinen Dienstwagen, dem zwei Polizeibusse der Militärpolizei aus Pocone folgten, vor der Schranke stoppte, trat ein uniformierter Wachmann aus dem Schatten des kleinen Wärterhäuschens und blieb neben der Fahrertür stehen. Capitão Zagallo zeigte seinen Dienstausweis und erklärte dem Posten, dass er mit dem Geschäftsführer sprechen müsse. Der Wachmann bat ihn zu warten und verschwand in dem Wachhäuschen. Es dauerte mindestens fünf Minuten, bis er wieder auftauchte und Zagallo anwies, vor dem Verwaltungsgebäude zu parken.

Zagallo nickte und gab Gas, als sich die Schranke öffnete. Die beiden Polizeibusse folgten.

»Ich werde zuerst alleine mit dem Geschäftsführer sprechen«, sagte er zu seinem Kollegen von der Kriminalpolizei aus Pocone, stieg aus und ließ den Kollegen zusammen mit Falcáo im Wagen zurück. »Vielleicht solltet ihr mal die beiden Wagen dort drüben unter die Lupe nehmen.«

Durch das gläserne Portal betrat er das klimatisierte Gebäude. Noch bevor er das Empfangspult erreichte, trat ihm eine Frau in einem weißen Kostüm in den Weg, die sich als Beatriz Jiano vorstellte.

»Unser Wachmann hat uns über Ihr Kommen informiert. Wie kann ich Ihnen helfen?«

»Ich bin Capitão Zagallo aus Cuiabá und suche Senhor Luiz Anjo Pereira«, erklärte er. »Er wurde gestern mit einem Wagen Ihrer Firma aus Varzeá Grande abgeholt und hierhergebracht. Kann ich mit dem Geschäftsführer reden?«

»Ich bin die Geschäftsführerin«, erwiderte die Frau. »Und ein Senhor Luiz Anjo Pereira ist mir nicht bekannt.«

»Kann ich mit Doktor Guerra sprechen?«

»Das ist leider nicht möglich. Er weilt derzeit in Rio, geschäftlich.« Die Antwort kam wie aus der Pistole geschossen.

Zagallo zog das Dokument hervor, das ihm der Bezirksrichter ausgestellt hatte. »Das ist eine richterliche Vorladung«, sagte er. »Das Dokument gibt mir das Recht, Senhor Anjo Pereira zum Zwecke der Vorführung beim zuständigen Bezirksgericht zu verhaften. Außerdem könnte ich Ihre Firma durchsuchen lassen, weil es genügend Anhaltspunkte gibt, dass sich der Mann hier aufhält.«

»Anhaltspunkte, welche Anhaltspunkte sollten das sein?«

»Senhor Anjo Pereira wurde in einem Ihrer Wagen transportiert.«

»Wir haben viele Wagen, steht das Fahrzeug auf unserem Betriebshof?«

Zagallo zeigte nach draußen. »Dort stehen zwei Geländewagen, zwei Toyotas …«

»Wir haben derzeit sieben solcher Wagen«, entgegnete Beatriz Jiano. »Zwei stehen draußen, das ist richtig, aber die weiteren Wagen wurden an unsere Bezirksvertreter übergeben. Jeder ist für das Fahrzeug selbst verantwortlich und darf es auch privat nutzen. Vielleicht hat einer unserer Vertreter Ihren Senhor Pereira abgeholt. Hier ist er jedenfalls nicht, und ich werde Ihnen nicht erlauben, diese Firma zu durchsuchen. Nicht, bevor ich mit unseren Anwälten gesprochen habe.«

Zagallo nickte. »Das ist Ihr gutes Recht«, antwortete er.

»Warten Sie bitte hier!«, sagte die Frau, ehe sie hinter einer Glastür verschwand.

Falcáo betrat das Gebäude. »Ich dachte schon, sie haben dich gekidnappt«, scherzte er.

»Steht der Wagen draußen?«, fragte Zagallo biestig.

»Leider nicht. Das sind andere Kennzeichen.«

Zagallo biss sich auf die Lippen. »Verdammt«, murmelte er, als die Glastür wieder geöffnet wurde und Beatriz Jiano zurückkehrte.

»Sie können sich gerne auf unserem Gelände umsehen«, sagte sie. »Es ist Ihr Recht, aber ich versichere Ihnen noch einmal, dass ich den Mann nicht kenne.«

Innerlich atmete Zagallo auf, denn er wusste, dass er sich angesichts des fehlenden Wagens auf dünnem Eis bewegte. »Ich danke Ihnen«, antwortete er und gab Falcáo ein Zeichen.

Falcáo nickte und verschwand nach draußen.

»Darf ich Sie auf eine Tasse Tee einladen, Capitão?«

»Eine gute Idee«, antwortete Zagallo und folgte der Geschäftsführerin ins Büro.

Mama Dolitas Inn, Samstown, Louisiana

Mama Dolita stand mit offenem Mund und weit aufgerissenen Augen in der Tür. »Ich dachte … ich dachte, dass ich dich nie mehr wiedersehe, mein Junge«, stammelte sie.

»Ist noch etwas Jambalaya übrig?«, fragte Gene freundlich.

»Für dich immer«, antwortete die Frau und zog Gene in das Haus. Bevor sie die Tür schloss, schaute sie sich noch einmal vorsichtig um.

»Ich habe von Terence erfahren, dass du dich an Bord eines Flugzeugs geschmuggelt hast, das war komplett verrückt, mein Junge. Dieser Hastings ist nicht zu unterschätzen, ich glaube nicht, dass du ihm auf der Nase herumtanzen kannst.«

»Ist Terence hier, ich muss unbedingt mit ihm sprechen.«

»Er schläft«, antwortete Mama Dolita. »Aber ich werde ihn für dich wecken. Seit du hier warst, sind die Kerle reichlich nervös. Tate schleicht jeden Tag auf dem Flugplatz herum. Es scheint, sie warten auf jemanden. Ich dachte schon, es wäre wegen dir.«

Mama Dolita führte Gene in den Gastraum. Bei Licht betrachtete sie ihn eingehend. »Du siehst müde aus und solltest dich ausruhen. Hast du Hunger?«

Gene schüttelte den Kopf. »Ich muss unbedingt mit Terence sprechen.«

Mama Dolita wies mit dem Kopf nach oben. »Ich mache das Jambalaya warm.«

Gene ging die Treppe hinauf. Dort gab es einen einzigen Raum. Leise öffnete er die Tür. Die ruhigen und gleichmäßigen Atemzüge von Terence drangen an sein Ohr. Er knipste das Licht an. Terence lag auf der Couch und fuhr hoch, als das Licht das Zimmer erhellte.

»Was … was ist … ist es schon so spät?«, stammelte Terence und rieb sich die Augen. Als er Gene erkannte, sprang er auf. »Bist du ein Geist oder träume ich«, sagte er fassungslos.

»Nein, du bist wach, und ich brauche noch einmal deine Hilfe.«

»Du bist verrückt!«, antwortete Terence.

Gene lächelte. »Ein paar Kilometer von hier entfernt wartet das FBI auf uns. Wir nehmen die Kerle hoch. Hastings und seine ganze Bande. Aber wir brauchen dabei ein klein wenig Unterstützung, bevor es zu einem Kleinkrieg hier draußen kommt.«

»Meine Hilfe? Ich wüsste nicht, wie ich euch helfen kann.«

»Zuerst schnappen wir uns diesen Tate, bist du dabei?«

Terence fuhr sich über das Gesicht. »Das FBI, sagst du?«

»Das FBI, richtig.«

»Du spinnst!«

»Das sagtest du schon, also zieh dich an, ich warte unten auf dich«, gab Gene zurück und verließ das Zimmer.

59

Acampamento dos infectados nahe Urucará, Amazonasgebiet

Die ersten Zelte im Lager wurden abgebaut und die Planen auf der weitläufigen Grasfläche neben dem Lager verbrannt. In den vergangenen Tagen hatte es weitere sieben Todesfälle gegeben, aber ein Großteil der Infizierten war auf dem Weg der Besserung. Die Absenkung des pH-Wertes im Blut und die Verabreichung der Medikamente zeigten tatsächlich eine positive Wirkung, und Professor Sander war zuversichtlich, dass in den nächsten Tagen die Sperrung der Region aufgehoben werden konnte. Anne Arlette und Luisa Behringer überwachten die Medikamentierung der Patienten. Lila Faro, der Cabo, die Schwestern und selbst Pater Innocento versprühten so viel Zuversicht unter den Erkrankten, dass so langsam der Lebensmut wieder Einzug in das Lager unweit von Urucará am Rio Uatumã hielt. Noch immer lag die *Barroso* vor der Stadt vor Anker. Doch auch Coronel Santoro bezweifelte nicht, dass die guten Nachrichten aus der Region, die er unverzüglich an das Ministerium in Brasilia weiterleitete, zu einer baldigen Aufhebung des Sperrbezirks rund um den Rio Jatapu führen würden. Dann könnte hier am Amazonas endlich wieder die Normalität eintreten.

»Wir haben gute Nachrichten aus dem Norden«, erklärte Doktor Braga an Bord der Korvette *Barroso,* während er vor der großen Übersichtskarte des Sperrgebietes stand. »Die Anzahl der Neuinfektionen liegt bei null. Es scheint, als kommen alle Gebiete so langsam wieder zur Ruhe. Selbst in Brás hat es keine weiteren Erkrankungen mehr gegeben.«

An dem wöchentlichen Rapport an Bord des Kriegsschiffes nahm auch Professor Sander teil, dessen Vorschlag zur Dezentralisierung der Behandlungen einen wesentlichen Anteil am Rückgang der Neuinfektionen hatte.

»Professor Sander«, erklärte der Coronel. »Was Sie und Ihre Leute hier geleistet haben, war übermenschlich. Dank Ihrer Hilfe ist es uns gelungen, eine weitaus größere Katastrophe zu verhindern. Es tut mir leid, dass Doktor Pinto in Ausübung seiner Pflicht sein Leben verlor. Dieser Verlust schmerzt sehr, jedoch können wir die Tatsachen nicht ändern. Ihnen und Ihrer Crew unseren Dank auszusprechen, ist alles, was wir tun können. Wenn man manchmal denkt, es gibt keine Hoffnung mehr, dann kommt doch noch ein Engel des Weges, und dieser Engel, das waren Sie. Unsere ganze Republik steht in Ihrer Schuld.«

»Alles steht und fällt mit den ersten Maßnahmen, die vor Ort getroffen werden«, entgegnete Professor Sander. »Hätte Ihre Regierung nicht so schnell reagiert und die Region zum Sperrgebiet erklärt, hätte sich das Virus über die ganze Welt verbreiten können. In solchen Fällen ist es überaus wichtig, schnell und auch richtig zu handeln.«

»Diese Ehre gebührt nicht mir«, entgegnete der Coronel. »Der Ärztin Lila Faro, Corporal Silveira Jesus von der Militärpolizei und Pater Innocento ist es zu verdanken, dass die verbrecherischen Machenschaften einiger hochrangiger Beamter nicht in einem Desaster endeten. Sie können sich sicher sein, dass die Verantwortlichen mit aller Härte des Gesetzes betraft werden.«

Es klopfte an der Tür zur Messe. Coronel Santoro wandte sich um. »Herein!«, rief er mit befehlsgewohnter Stimme.

Doktor Madson betrat den Raum und grüßte freundlich.

»Ah, Doktor Madson«, begrüßte der Coronel den Virologen der USAMRIID. »Gibt es Neuigkeiten? Wissen Sie, woher das Virus stammen könnte?«

Doktor Madson nickte Professor Sander und Doktor Braga zu.

»Uns ist es tatsächlich gelungen, das Labor ausfindig zu machen, von dem der Balkencode stammt, aber es wurden einige Kombinationen des Codes beschädigt, so dass der Inhalt nicht identifiziert werden konnte. Ich habe bereits die Daten an Mister Rosburn übermittelt.«

»Um welches Labor handelt es sich denn?«, fragte Professor Sander.

»Es ist ein histologisches Labor in Phoenix, Arizona, das intensiv mit diversen Firmen aus dem Pharmabereich zusammenarbeitet. In erster Linie macht das Labor Blut- und Gewebeanalysen. Ich denke, Mister Rosburn wird das Laboratorium überprüfen lassen. Wir konnten zwar nicht den Inhalt rekonstruieren, der aus dem Code hervorgehen müsste. Aber ein Großteil der Chargennummer ist uns bekannt, so dass ich zuversichtlich bin, dass man herausfindet, wem der Medipack tatsächlich zugeordnet werden kann.«

Professor Sander nickte. »Vielleicht kann uns Professor Kim von der CDC weiterhelfen. Ich werde versuchen, sie zu erreichen.«

Doktor Madson lächelte. »Das war auch mein Gedanke«, erklärte er. »Ich habe es bereits versucht, aber sie hat sich ein paar Tage frei genommen. Ich habe mit einer ihrer Assistentinnen gesprochen. Offenbar ist sie nach Boulder geflogen, um da einer Sache nachzugehen. Aber mehr konnte mir die Assistentin auch nicht sagen.«

»Ich werde es trotzdem noch einmal versuchen«, entgegnete Professor Sander. »Ich habe ihre private Handynummer, vielleicht erreiche ich sie ja.«

I-Pharmacia, Pocone, Bundesstaat Mato Grosso

Vier Stunden lang hatte die Durchsuchung auf dem Firmengelände der I-Pharmacia in Pocone gedauert, doch weder der Geländewagen noch ein Hinweis auf Anjo waren aufgetaucht. Beatriz Jiano, die Geschäftsführerin, hatte sich sehr kooperativ verhalten und ein ausführliches Gespräch mit Zagallo geführt, in dem sie erklärte, dass der Gesundheitsschutz der Bevölkerung in dem großen Land auf dem südamerikanischen Kontinent noch immer in den Kinderschuhen stecke und ihre Firma einen riesigen Anteil an der Verbesserung des Gesundheitswesens trage, indem sie mehrere karikative Projekte unterstütze. Auch habe I-Pharmacia Lizenzen für mehrere hilfreiche Medikamente auf dem Weltmarkt erworben, die nun im eigenen Land weitaus kostengünstiger produziert werden könnten und damit auch für die ärmeren Einwohner Brasiliens erschwinglich wären. Capitão Zagallo hatte der Frau aufmerksam zugehört, doch irgendwie waren ihm Zweifel an der Richtigkeit dieser Angaben gekommen, denn ein Unternehmen wie die I-Pharmacia hatte bestimmt nichts zu verschenken, so wie es Beatriz Jiano offensichtlich darzustellen versuchte. Als er sich nach der Durchsuchung zu seinem Kollegen Falcáo in den Wagen setzte, war er froh, der Frau endlich entkommen zu sein. Denn hätte sie nur noch ein klein wenig weiter über ihre menschlichen und segensreichen Ziele gesprochen, dann hätte er am Ende aus lauter Mitgefühl noch die Hälfte seines Gehalts gespendet. Zagallo war zermürbt von all dieser Scheinheiligkeit.

»Es ist meine Schuld«, seufzte Falcáo. »Wir haben nichts in der Hand, und der Kerl ist wie vom Erdboden verschwunden.«

Der Kollege von der Kriminalpolizei aus Pocone pflichtete Falcáo bei. »Es war ein Irrtum, ich glaube, Senhora Jiano sagt die Wahrheit. Wahrscheinlich hat einer der Bezirksvertreter den Wagen gefahren. Ich habe die Liste, und wir werden uns die Männer vornehmen. Einen nach dem anderen.«

Zagallo pustete hörbar und hob abwehrend die Hände. »Diese Liste ist lang, und wir haben keinen Hinweis, wer gefahren ist. Anjo ist bestimmt schon längst über alle Berge.«

»Er ist nach Pocone gefahren, so viel ist sicher«, fügte Falcáo hinzu. »Er steckt hier irgendwo, sonst wäre er nicht im Haus von Guerra untergekrochen.«

»Ich habe mit einigen Leuten in der Firma gesprochen«, fuhr der Kollege aus Pocone fort. »Die I-Pharmacia unterstützt sogar Krankenhäuser, in denen arme Menschen umsonst behandelt werden. Ich war in der Lagerhalle, dort wurde gerade ein Lastwagen mit Medikamenten bestückt. Das Hospital Santa Anna oder auch San Guilherme hier in unserer Stadt sind mir bekannt. Dort gibt es neben einer medizinischen Versorgung sogar noch eine Armenküche. Drei große Paletten waren bereitgestellt. Mir fiel nur auf, dass die dritte Palette an eine Privatadresse in Joselándia adressiert war.«

»Gibt es dort ebenfalls eine Klinik?«, fragte Zagallo hellhörig.

Der Kollege zog seinen Notizblock hervor. »Mir ist dort keine Klinik bekannt, aber ich lasse die Adresse sofort überprüfen.«

»Wir werden selbst nachschauen«, antwortete Zagallo und griff nach dem Notizblock. »Wenn Sie wollen, dann können Sie uns begleiten.«

»Ich habe eine Schwester in Joselándia, vielleicht weiß sie, was sich hinter der Adresse verbirgt.«

»Wie weit ist die Stadt von hier entfernt?«, fragte Falcáo.

»Etwa dreißig Kilometer, Richtung Südosten.«

Zagallo öffnete die Tür. »Sie fahren!«, sagte er zu seinem Kollegen aus Pocone.

White Castle, Leblanc Airport, Louisiana

Gene saß gefesselt auf einem Stuhl in einem Nebenraum des langgestreckten Flugzeughangars. Seine Wangen waren gerötet und seine helle Jacke war am Ärmel zerrissen.

»Still jetzt, ich hoffe wirklich, dass es gutgeht«, raunte Terence, der aus der Hangartür hinaus in die Dunkelheit spähte. Motorenlärm brandete auf, und Scheinwerfer tasteten sich durch die Nacht. Als der Jeep und der Pick-up hart vor dem großen Bau auf dem Leblanc-Flugfeld bremsten, stiegen Schwaden von Schmutz und Staub in den Himmel.

»Schaut euch um, ob sich noch mehr Kerle hier herumschleichen!«, wies eine dunkle Stimme die Männer auf dem Pick-up an, die sofort absprangen und ihre Gewehre durchluden.

Ein Mann raste, gefolgt von einem bewaffneten Begleiter, durch die Tür und blickte Terence kurz an, der mit einem Spaten bewaffnet die Tür bewachte.

»Wo hast du ihn erwischt?«, fragte der Mann, den Gene sofort wieder als Mister Tate, die rechte Hand Hastings', erkannte.

»Draußen … draußen vor der Tür«, stammelte Terence. »Ich wollte gerade gehen, da bin ich fast über ihn gestolpert. Er sagt, dass er Privatdetektiv ist.«

Mister Tate pfiff durch die Zähne. »Ein Privatschnüffler, so.«

Er ging auf Gene zu und betrachtete die Schnur, die um seinen Körper gebunden war. »Hast du ihn gefesselt?«

»Ja … ja, Mister Tate«, antwortete Terence pflichtbewusst.

»Das hast du gut hingekriegt. Hat er schon was erzählt?«

Terence schüttelte den Kopf.

»Dann lass uns jetzt alleine!«

Terence schaute Tate entgeistert an, doch Tates bewaffneter Begleiter stieß ihm den Lauf seines Gewehrs in die Seite. »Du hast Mister Tate gehört!«

Terence nickte kurz und trollte sich. »Schau, dass er verschwindet!«, forderte Tate seinen Begleiter auf. Der Mann wandte sich um und folgte Terence hinaus ins Freie.

»Und jetzt zu uns beiden«, sagte Tate kalt und baute sich vor Gene auf. »Was hast du hier zu suchen?«

Gene hob den Kopf. »Ich sollte mich nur ein klein wenig umsehen«, antwortete er mit brüchiger Stimme.

»Wer ist dein Auftraggeber?«

Gene blickte betreten zu Boden.

»Dein Auftraggeber!«

Gene schüttelte den Kopf. »Ich kann meinen Auftraggeber nicht nennen, ich habe Schweigepflicht.«

Tate zog ein Messer aus der Scheide an seinem Gürtel und hielt es Gene unter die Nase. »Ich weiß nicht, ob du weißt, mit wem du dich eingelassen hast«, entgegnete Tate scharf. »Wer hat dich geschickt? Oder soll ich dir deine Haut in Streifen abschneiden?«

»Mein Auftraggeber will nicht genannt werden.«

Tate grinste diabolisch und setzte das Messer an Genes Wange. Gene schrie auf, als sich die Spitze leicht in die Haut drückte. »Verdammt, schon gut, ich sag ja alles.«

Tate zog das Messer zurück und richtete sich auf. »Wenn du schlau bist, dann treib keine Spielchen mehr mit mir, sonst weißt du, was dir blüht. Also, sag schon, wer schickt dich?«

»Tanner!«, krächzte Gene.

»Tanner?«

»Ja, Tanner, Sie kennen ihn, er war schon …«

»Ich kenne diesen Penner«, fiel ihm Tate ins Wort. »Ich habe ihm doch schon gesagt, dass sein Paket verloren ging.«

»Er denkt … er glaubt, dass Sie … dass Sie ihn linken wollen.«

»Er ist ein Arschloch. Er kannte das Risiko. Wir haben selbst genug verloren, richte ihm das aus und verschwinde von hier, bevor ich dich windelweich prügle.«

»Er denkt, dass Sie ihn betrogen haben, und wird mir kein Wort glauben«, antwortete Gene.

Tate beugte sich zu ihm herab und steckte das Messer wieder zurück in die Scheide. »Dann werde ich mir das Arschloch selbst kaufen. Wo ist er jetzt?«

»Ich habe keine Ahnung.«

»Wann und wo trefft ihr euch?«

»Er ruft mich an, ich weiß nicht, wo er ist.«

Tate fasste in seine Tasche und zog ein Handy hervor. »Dann werde ich ihn anrufen und mit ihm sprechen, und du wirst ihm sagen, dass ich dich erwischt habe.«

Tate wählte die Nummer und hielt das Handy an sein Ohr. Plötzlich stand pures Entsetzen in seinen Gesichtszügen. Er griff nach dem Messer, doch noch bevor er es zu fassen bekam, schnellte Gene von seinem Stuhl hoch. Die Seile fielen herab, als wären sie von unsichtbarer Hand gelöst worden. Genes Faust schnellte vor und traf Tate direkt am Kinn. Das Handy fiel zu Boden, und ein lautes Ächzen kam über Tates Lippen, als er zusammenklappte und zu Boden ging. Ohnmächtig blieb er liegen.

»Ich glaube nicht, dass du noch Hilfe brauchst«, tönte Ryans Stimme hinter einem Stapel Kisten hervor.

Gene bückte sich und ergriff das Handy. Er blickte auf das Display und horchte, doch noch immer war das Klingeln zu hören. Tanner hatte das Gespräch noch nicht angenommen.

»Sind die anderen auf Nummer sicher?«, fragte Gene.

Ryan trat aus dem Schatten der Kisten, beugte sich neben Tate zu Boden und zog seine Hände auf den Rücken, bevor er ihm Handschellen anlegte.

»Acht Mann, alle festgenommen, die Hälfte der Truppe«, antwortete Ryan. »Sie stürmen jetzt das Haus in White Castle.«

Gene reichte Ryan das Handy. »Lass über den Provider den Anschlussinhaber feststellen. Es ist der Anschluss von Tanner. Jetzt haben wir ihn.«

Ryan griff nach dem Handy.

»Crawford hat da die besseren Verbindungen«, antwortete Leutnant Ryan.

MedCom Inc., Boulder, Colorado

Stolz führte Professor Macombie Joanna Kim in sein geräumiges Büro. Hinter dem rustikalen Schreibtisch hing ein riesiges Gemälde, das den Wissenschaftler in einem weißen Arztkittel zeigte. Daneben hingen unzählige Urkunden und Auszeichnungen. Er hatte Joanna Kim durch sein Reich geführt. Modernste Labors, in denen Mitarbeiter der Firma damit beschäftigt waren, mit Hilfe modernster Technik medizinische Forschungsarbeit zu leisten. Sehr gefreut hatte sie sich darüber, dem alten Rodger Altmann zu begegnen, der bereits in Chicago für den Professor arbeitete. Altmann war der kleine, verschrumpelte Mann geblieben, der er schon damals an der Uni gewesen war. Ein Fachmann, wenn es um die Arbeit im Labor ging, aber ansonsten ein klein wenig weltfremd und wortkarg. »Ich freue mich«, hatte er gesagt, als er Joanna begegnet war. Nicht mehr und nicht weniger, dann hatte er sich wieder seiner Arbeit zugewandt.

»Sechzig Leute arbeiten für mich in der Abteilung«, erklärte Macombie, als er sich hinter seinem Schreibtisch in den weichen Sessel fallen ließ.

»Schön haben Sie es hier«, bemerkte Joanna voller Anerkennung.

»Ja, wenn ich da an die Uni denke, dann glaube ich, ist der Ausdruck *schön* in diesem Zusammenhang nicht der richtige Terminus. Aber nun zu Ihrem speziellen Problem. Was haben Sie für mich, das Ihnen keine Ruhe lässt, meine Teuerste?«

Joanna Kim griff in ihre Handtasche und zog die CD mit den Daten über das Virus hervor. Sie reichte sie dem Professor, der eine Schublade an seinem Schreibtisch öffnete und den Computer hochfuhr. Per Knopfdruck verdunkelte er den Raum und an der gegenüberliegenden Wand klappte eine Leinwand herunter. Ein an der Decke montierter Beamer startete geräuschvoll. Joanna wartete geduldig, bis das System startklar war und der Professor die CD in das Laufwerk eingelegt hatte. Die Dokumentation über das Jatapu-Virus startete, und Bild um Bild warf der Beamer an die Wand.

»Das ist also dieses kleine Biest, das Ihnen heftige Kopfschmerzen bereitet hat«, sagte Macombie.

»Es hat über tausend Menschen getötet.«

»Ja, ein Vielfaches kleiner als ein Stecknadelkopf, aber dennoch in der Lage, den Fleischberg eines menschlichen Organismus derart aus der Spur zu bringen, dass am Ende nicht viel übrig bleibt.«

Als die Bilder der RNA-Struktur auf die Leinwand geworfen wurden, räusperte sich Joanna, während der Professor gebannt auf die Aufnahmen starrte.

»Sie haben es bemerkt, oder?«

Der Professor blickte mit weit geöffneten Augen auf die Präsentation. »Was meinen Sie?«, fragte er fast beiläufig.

»Die Struktur, ich meine, das Muster.«

Macombie wischte sich über die Augen. »Ich sollte das noch einmal in aller Ruhe …«

»Es sind Marker, sehen Sie.«

Der Professor zögerte. »Ja, es könnte sein. Aber auch eine Laune der Natur ist nicht auszuschließen. Ich müsste mich näher damit beschäftigen.«

Joanna blickte auf ihre Armbanduhr. »Oh, verdammt, ich muss in einer Stunde mein Zimmer räumen, sonst berechnet mir das Hotel eine weitere Nacht.«

»Sie wollen uns schon wieder verlassen?«

»Ich dachte, ich spreche mit Ihnen …«

»Geben Sie mir ein klein wenig mehr Zeit«, bat der Professor. »Erledigen Sie das, was Sie tun müssen. Wann geht Ihr Flugzeug?«

»Heute Abend, um sieben Uhr.«

»Wir treffen uns in zwei Stunden, kommen Sie einfach wieder hierher. Ich werde mich in der Zwischenzeit eingehend mit der Sache befassen.«

Joanna erhob sich und reichte dem Professor die Hand. »In zwei Stunden, ich komme.«

Macombie drückte auf einen Knopf, und schon betrat die Sekretärin den Raum und führte Joanna hinaus. Kaum war die Tür geschlossen, öffnete sich eine Schiebetür neben der Regalwand. Ein kräftiger, glatzköpfiger Mann betrat das Büro.

»Sie weiß es«, sagte der Glatzkopf.

Der Professor seufzte. »Ich weiß nicht, wie sie darauf gekommen ist, aber ich befürchte, Sie haben Recht.«

»Ich werde mich darum kümmern«, antwortete der Glatzköpfige, bevor er die Tür wieder schloss.

60

Joselándia, nahe Pocone, Bundesstaat Mato Grosso

Joselándia war eine kleine Stadt südöstlich von Pocone. Knapp eintausend Einwohner wohnten in der überschaubaren Anhäufung von Hütten, Stallungen und kleineren Häusern. Umgeben von grünen Wiesen, eingerahmt von niederem Gehölz, thronte im südlichen Teil der Stadt ein großes, langgestrecktes Gebäude, das ehemals dem Viehzüchterverband gehört hatte, inzwischen jedoch in Privatbesitz übergegangen war und jetzt ein Sanatorium beherbergen sollte. Abseits der staubigen Straße lag das Haus verborgen hinter Buschwerk direkt gegenüber einer Taberna. Ein schmiedeeisernes Tor versperrte die Zufahrt, die aus einem staubigen und unbefestigten Weg bestand.

Tenente Falcáo saß vor der Taberna im Schatten eines zerschlissenen Sonnenschirms, aß eine Feijoada und trank dazu eine Chope, ein eisgekühltes Leichtbier. Er genoss sichtlich seine Aufgabe. Doch im Verlauf der Stunde, die er nun auf dem Plastikstuhl verbrachte und das Sanatorium beobachtete, hatte sich noch keine Menschenseele auf dem gegenüberliegenden Grundstück gezeigt. Dennoch, die Feijoada war würzig, und das Maisbrot dämpfte die Schärfe. Das Bier war erfrischend, und Falcáo nahm seine Aufgabe ernst. Vor allem auch deshalb, weil sie mit den Annehmlichkeiten eines guten Essens und eines kalten Getränks einherging. Der Wirt hingegen war mürrisch. Er wisse nicht, was dort drüben vor sich gehe, hatte er Falcáo erklärt, als er sich gespielt beiläufig nach der Nachbarschaft erkundigt hatte. Ein Sanatorium sei es, doch Genaues wisse er nicht. Manchmal gingen dort drüben Leute im kleinen Park spazieren, in dem es neben einigen hohen Bäumen auch einen kleinen Springbrunnen gab, der zwischen den Büschen hervorlugte. Falcáo trank einen Schluck und spülte den Geschmack von Rindfleisch und Bohnen hinunter, als ein Schatten auf ihn fiel. Er stellte sein Glas ab und blickte auf. Zagallo setzte sich lächelnd gegenüber auf einen Stuhl. »Ich sehe, du bist eifrig bei der Arbeit«, scherzte er.

»Keine Bewegung dort drüben«, berichtete Falcáo. »Sieht aus wie ausgestorben.«

»Ist es aber nicht.«

Falcáo zuckte mit der Schulter. »Was hast du erfahren?«

»Die Schwester unseres Kollegen aus Pocone hat mir erzählt, dass bis vor ein paar Wochen sich laufend Leute hier aufhielten. Es ist ein Privatsanatorium, doch die Gäste meiden den Ort, sie bleiben stets innerhalb des Gemäuers.«

»Hier gibt es auch nicht viel, das es lohnenswert macht, das Haus zu verlassen. Dieser Ort ist eine Einöde.«

»Aber wie ich sehe scheint dir der Eintopf zu schmecken.«

»Vorzüglich«, antwortete Falcáo, brach ein Brot in zwei Hälften und wischte damit den Teller sauber. Schmatzend schluckte er den Bissen hinunter. »Du siehst ebenfalls hungrig aus.«

Der Wirt der Taberna näherte sich in seiner schmuddelig weißen Schürze und warf Zagallo einen fragenden Blick zu. Zagallo zeigte auf das Bier und den leeren Teller. Der Wirt nickte kurz und verschwand wieder im dunklen Schlund seines Hauses.

»Spricht wohl nicht viel!«

Falcáo schob den Teller beiseite und füllte sein Glas nach. »Da hast du recht, ich habe ihn nach dem Sanatorium gefragt, aber er hat nur geantwortet, dass er nichts darüber weiß. Er interessiert sich nicht für seine Nachbarschaft.«

»Dafür habe ich Neuigkeiten«, entgegnete Zagallo. »Wir sind goldrichtig, die Schwester unseres Kollegen kommt oft hier vorbei, weil ihre Weiden ein paar Kilometer von hier entfernt liegen.

Sie hat mir erzählt, dass schon oft ein weißer Geländewagen im Hof stand, der zur I-Pharmacia in Pocone gehört.«

»Worauf warten wir dann noch, wo ist unser Kollege?«

»Er ist noch bei seiner Schwester und telefoniert mit seiner Dienststelle.«

»Du willst den Laden unter die Lupe nehmen?«

»Wir haben einen richterlichen Beschluss, und den setzen wir um.«

Falcáo fuhr sich über die Lippen. »Und wenn sich deine Zeugin irrt?«

Zagallo grinste. »Das Risiko gehe ich ein.«

Slidell, nahe White Castle, Louisiana

Tate saß auf Nummer sicher. Die Aktion am Leblanc-Flughafen sowie die Durchsuchung von Hastings' Anwesen waren ohne Blutvergießen abgelaufen. Das Wachpersonal am Haus hatte sich dem massiven Aufgebot an Polizeikräften ergeben. Reichhaltiges Belastungsmaterial war sichergestellt worden und musste noch genauer sondiert werden. Schon jetzt stand fest, dass Hastings nicht nur über gute Verbindungen nach Mittel- und Südamerika verfügte, sondern auch in den Nahen Osten und nach China. Und er hatte seine Kontakte für dunkle Geschäfte genutzt und einen weltweiten Schmugglerring aufgebaut, der mit allen technischen Mitteln operierte. Ob mit Flugzeugen, Booten oder über Land, Hastings bediente sich sogar einiger Diplomaten, die aufgrund ihrer Immunität keine Grenzkontrollen und Gepäcküberprüfungen zu befürchten hatten. Hastings selbst war nicht im Haus angetroffen worden, er hielt sich derzeit weitab vom Einflussbereich der Vereinigten Staaten in Jordanien auf. Und bestimmt wusste er inzwischen, dass das FBI seinen Schmugglerring zerschlagen und mit Tate seine rechte Hand festgenommen hatte.

Gene war gespannt, was Tate zu erzählen hatte und ob er seine Komplizen, vor allem aber Tanner, ans Messer lieferte. Im hinteren Bereich des Hangars lag der Vernehmungsraum, in dem Tate, an Händen und Füßen gefesselt, auf seine Anhörung wartete.

»Die anderen sind nur Handlanger«, sagte Crawford zu Ryan, bevor sie den Raum betraten. Tate blickte kurz auf. In der Ecke standen zwei Männer von der Spezialeinheit, die Tate argwöhnisch im Auge behielten.

Crawford zog sich einen Stuhl heran und setzte sich rittlings darauf. »Hallo Mister Tate, oder soll ich Adrian Cornelson zu Ihnen sagen?«

Tate kaute nervös auf seinen Lippen.

»Gesucht wegen Totschlags in Texas und unehrenhaft aus der Armee entlassen«, fuhr Crawford fort. »Und jetzt kommt noch einiges mehr auf das Konto. Wissen Sie, wo sich Ihr Boss herumtreibt?«

Tate schüttelte den Kopf. »Ich habe keine Ahnung.«

Ryan hatte sich den dritten Stuhl herangezogen. »Es ist besser für Sie, wenn Sie kooperieren, denn es sieht nicht besonders gut aus. In einem Gefängnis in Miami sitzt ein Bekannter von Ihnen. Mister Vanteen macht keine Mördergrube aus seinem Herzen. Er hat längst schon sein Gewissen erleichtert. Und Miller gibt es ja nicht mehr. Sie sehen, wir haben genügend Beweise für Ihre miesen Geschäfte, stellen Sie sich auf eine lange Zeit in einem Staatsgefängnis ein.«

»Was ist für mich drin, wenn ich singe?«, fragte Tate mit belegter Stimme.

Crawford zählte mit seinen Fingern die Straftaten auf, die er Tate anlastete. »Lassen wir einmal die Sache in Texas aus dem Spiel, dann bleibt neben Schmuggel, Menschenhandel und schwerem Vergehen gegen die Außenhandelsgesetze noch tausendfacher Mord, da lässt niemand mit sich handeln …«

»Mord … was wollen Sie mir da anhängen …«, fiel Tate Crawford ins Wort.

»An Bord von Tarstons Flugzeug befand sich ein Virus«, erklärte Ryan. »Über tausend Menschen sind daran gestorben, und Sie tragen die Verantwortung dafür. Sie haben diesen Flug organisiert.«

»Ich habe nichts damit zu tun«, beteuerte Tate.

»Was hat Tanner Ihnen erzählt?«, schoss Crawford seine nächste Frage ab.

Tate war verwirrt, als Tanners Name fiel. »Ich hatte keine Ahnung, was sich in den Boxen an Bord der Red Wing befand. Tanner suchte nach einer Möglichkeit, Transporte nach Brasilien zu organisieren. Es ging um Medikamente, die noch keine Zulassung hatten und in Brasilien ausprobiert werden sollten. Hastings sagte, dass es ein lohnendes Nebengeschäft ist. Wir nahmen die Boxen mit, und unsere Leute in Brasilien brachten sie nach Manaus. Dort wurden sie einem Kontaktmann übergeben. Mehr interessierte uns nicht.«

Ryan horchte auf. »Wie viele Flüge gab es, bevor die Maschine abgestürzt ist?«

»Fünf«, antwortete Tate. »Als die Maschine nicht am Bestimmungsort eintraf, dachten wir schon, dass etwas schiefgelaufen ist, es gab einen heftigen Sturm damals. Tanner ist uns ganz schön auf die Pelle gerückt.«

»Wo finden wir Tanner, und für wen arbeitet er?«, fragte Crawford.

»Ich habe keine Ahnung. Ich habe nur eine Telefonnummer von ihm. Es gehört zu unserem Geschäftsprinzip, dass wir über solche Dinge nicht reden, Sie verstehen. Tanner tauchte hier eines Tages auf und sagte, dass er von einem Bekannten geschickt worden war. Er wolle mit uns über ein kleines Geschäft reden. Hastings reagierte zuerst nicht, aber die Summe, die er bot, war sehr verlockend.«

»Wie hoch war sie denn?«

»Eine Million Dollar.«

»Und wie hieß der Bekannte, der Tanner empfohlen hat?«, fragte Ryan.

»Miller«, antwortete Tate. »Miller hat ihn zu uns geschickt.«

»Miller von der Flugaufsicht am Opa-Locka-Flughafen?«

Tate nickte.

»So wie es aussieht, ist Tanner für Millers Tod verantwortlich«, fuhr Ryan fort. »Was wissen Sie darüber?«

Tate kratzte sich am Kinn. »Als damals das Flugzeug verloren ging, kam Tanner zu uns. Er war außer sich und glaubte, wir wollten ihn linken. Die Sache war ihm sehr wichtig. Er glaubte uns nicht und dachte, wir arbeiteten auf eigene Rechnung. Hastings konnte ihn schließlich davon überzeugen und sagte ihm, dass er nach der verlorenen Maschine suchen lasse. Ein paar Tage später erfuhren wir, dass Miller umgebracht worden ist. Aber damals wurde jemand festgenommen, irgend so ein Ex-Bulle. Tanner beruhigte sich, als wir ihm erklärten, dass Tarston mit seiner Kiste wohl ins Meer gestürzt ist.«

Die Vernehmung von Tate dauerte beinahe vier Stunden und Adrian Cornelson alias Mister Tate, ehemaliger Sergeant der US-Army in Fort Hood, versuchte durch seine Aussagebereitschaft seinen Kopf aus der Schlinge zu ziehen. So erfuhren Crawford und Ryan nach und nach immer mehr über Hastings' gut organisierte Verbrecherorganisation, doch über Tanner konnte Tate nicht viel mehr erzählen, als sie ohnehin schon wussten. Aufschluss brachte erst die Überprüfung der Handynummer. Ein Prepaidhandy, auf das kein Teilnehmer registriert war. Über den Provider konnten sie in Zusammenhang mit dem Handy nur in Erfahrung bringen, dass es sich in einem Umkreis von fünf Kilometern nahe der Stadt Boulder, Colorado, ins Netz eingewählt hatte.

»Wir müssen uns diesen Tanner schnappen«, sagte Gene entschlossen.

Ryan nickte. »Ich hoffe, dass Rosburn in Arizona vorankommt, es ist unsere einzige Chance, Tanner zu kriegen.«

MedCom Inc., Boulder, Colorado

Als Joanna Macombies Büro verlassen hatte und den langen Flur in Richtung Ausgang entlangging, sah sie Altmann, der ein paar Meter vor ihr in einem Büro verschwand und die Tür hinter sich schloss. Er hatte Joanna überhaupt nicht bemerkt. Offenbar war er ganz der Alte geblieben. Altmann hatte schon früher nur seine Arbeit im Kopf gehabt und sich wie ein zerstreuter Professor benommen. Vor der geschlossenen Tür blieb sie stehen und schaute sich um, weit und breit war niemand zu sehen. Sie klopfte und wartete, bis sie dumpf Altmanns Stimme vernahm. Als sie das Büro betrat, saß Rodger Altmann hinter seinem Schreibtisch vor einem Computerbildschirm und tippte wild auf der Tastatur.

»Hallo Rodger«, sagte Joanna. »Noch immer mit Feuereifer bei der Sache, ganz so wie früher.«

»Du weißt doch, es ist immer viel zu tun, und der Professor wartet nicht gerne auf Ergebnisse«, antwortete Altmann und tippte einfach weiter.

Joanna griff nach dem Stuhl und schob ihn an die Seite des Schreibtisches. »Wie in alten Zeiten«, sagte sie. »Schnippelt ihr noch immer an den Sequenzen herum?«

»Wir stehen kurz vor dem Durchbruch, aber das hat dir der Professor bestimmt schon erzählt. Es muss uns nur noch gelingen, die Proteinstruktur zu stabilisieren.«

»Ihr arbeitet an neuen Methoden zur Behandlung von G3-Karzinomen, erklärte mir Macombie, und ihr seid schon ziemlich weit.«

Altmann hielt inne und schob die Tastatur zur Seite. »Weit ist überhaupt kein Ausdruck, in den nächsten Wochen werden wir den Durchbruch schaffen. Uns ist es gelungen, den Differenzierungsfaktor so weit zu spezifizieren, dass wir unseren kleinen Freund gezielt einsetzen können und er mit absoluter Sicherheit Gut von Böse unterscheiden kann. Er ist in der Lage, die Proteinstruktur zu erkennen, und dringt gezielt in die Tumore ein, ohne die gesunden Zellen zu schädigen. Es war ein langer Weg bis hierhin. Und woran arbeitest du? Ich hörte, dass unsere kleine Laborassistentin von damals ein großes Tier bei der Regierung geworden ist.«

»Ich arbeite bei der CDC und leite dort das Hochsicherheitslabor«, antwortete Joanna und griff in ihre Tasche. Sie zog einen kleinen silbernen USB-Stick hervor und reichte ihn Altmann. »Es wäre schön, wenn du da mal einen Blick drauf werfen könntest.«

Altmann runzelte die Stirn. »Was ist darauf gespeichert?«

»Sieh es dir erst einmal an, deine Meinung würde mich sehr interessieren.«

Altmann lächelte und steckte den Stick in seinen PC. Es dauerte einen kurzen Moment, bis sich das Fenster des Autoplay öffnete und die gespeicherten Ordner anzeigte. Auf dem Stick befanden sich die gleichen Informationen, die sich auch auf der CD befanden, die Joanna dem Professor übergeben hatte. Interessiert betrachtete Altmann die Informationen und die dargestellten Grafiken und Fotoaufnahmen des leistungsstarken Elektronenmikroskops. Nachdem sich Altmann durch die Daten geklickt hatte, lächelte er.

»Hat dir das der Professor gegeben?«, fragte er.

»Das ist eine gute Arbeit, die Handschrift ist eindeutig. Ich kenne eure Markeranordnung noch aus Chicago«, versuchte sie einen Schuss ins Blaue.

»Das ist XA 511«, erklärte Altmann und zeigte auf die Darstellung auf dem Computerbildschirm. »War die erste Generation unseres kleinen Killers. Die Proteinstruktur war instabil und veränderte sich, deshalb verlernte er die Differenzierung. Er befiel gesunde Zellen und zerstörte sie. Aber es war der erste Schritt in die richtige Richtung. Mittlerweile arbeiten wir an XA 512, er bleibt stabil, und wir können ihn gezielt einsetzen.«

»Das, was du hier siehst, nennen wir Jatapu-Virus«, antwortete Joanna Kim. »Es hat weit über tausend Menschen getötet und ist vor ein paar Wochen am Rio Jatapu aufgetreten. Du hast bestimmt davon gehört.«

Kreidebleich mit offenem Mund betrachtete Altmann den Monitor.

»Das … das ist … das ist nicht möglich«, stammelte Altmann. »Wir haben das Material vernichtet. Es hat nie das Labor verlassen. Du musst dich irren.«

Joanna erhob sich und zog den Stick aus dem Computer. »Offenbar wurden nicht alle Proben vernichtet«, sagte sie.

*

Tanner war außer sich, als er an Macombies Tür klopfte.

»Herein!«, rief Macombie ungehalten.

Tanner trat ein und zuckte mit der Schulter. »Wir haben sie verloren«, sagte er. »Sie scheint das Haus nicht verlassen zu haben. Sie ist noch immer hier drinnen.«

Macombie stopfte sich eine Pfeife. »Und wenn schon, sie kommt wieder, wir müssen nur warten. Sie taucht schon wieder auf.«

Tanner atmete tief ein. »Ich weiß nicht, ob es Ihnen bewusst ist, aber ich bin mir sicher, dass sie in der Lage ist, uns mit dem Virus in Verbindung zu bringen.«

»XA 511 war ein Fehler, aber wir sind vorangekommen, in drei oder vier Wochen ist es so weit. Das wird ein Durchbruch im Bereich der schonenden Therapieformen. Keine zermürbenden Chemobehandlungen mehr, keine aufwändigen Operationen und

Bestrahlungen. XA 512 wird die Krebsbehandlung revolutionieren.«

Tanner lächelte kalt. »Ich glaube kaum, dass es den Staatsanwalt interessiert. Wir müssen die Frau finden, sonst landen wir alle im Knast.«

61

Gefängnis Raimundo Vidal Pessoa, Manaus,
Hauptstadt des Bundesstaates Amazonas

Es war unmenschlich heiß. An den mit düsterem Rauputz versehenen Wänden rannen die Wassertropfen herab und sammelten sich auf dem schmutzigen Boden zu dunklen Lachen. Die Wände schwitzten nicht weniger als Paco de la Pace, der mit geöffnetem Hemd auf der hölzernen Liege saß. Der Schweiß lief ihm in Strömen über die Stirn und tropfte auf das schmuddelige Hemd. Paco wollte lieber tot sein, als noch einen weiteren Tag in diesem Loch zu verbringen. Der Trakt für Untersuchungshäftlinge bestand aus acht Zellen, von denen keine größer war als drei auf zwei Meter. Eine gemauerte Liege mit einer Holzauflage, aus der sich bereits die Spreißel lösten, war das einzige Möbelstück. In der Ecke befand sich ein Loch unterhalb des vergitterten Oberlichtes zur Verrichtung der Notdurft, aus dem es so entsetzlich stank, dass sich Paco in den ersten Tagen seiner Haft den Ärmel vom Hemd abriss und vor die Nase hielt. Die Sonne sah er nur durch das vergitterte Oberlicht, doch er war nicht groß genug, um einen Blick in die Freiheit erhaschen zu können. Von seiner anfänglichen Selbstsicherheit und seiner Zuversicht, dem Schicksal entrinnen zu können, war nicht das Geringste übrig geblieben. Dreimal am Tag erhielt er eine Mahlzeit und einen steinernen Krug mit Wasser, das brackig und abgestanden schmeckte. Paco de la Pace war nicht viel mehr als ein zitternder, sinnierender Fleischklops, zerfressen von der Angst und der feuchten, stinkenden Schwüle im berüchtigten Gefängnis Raimundo Vidal Pessoa.

Zusammengesunken wie ein Häufchen Elend starrte er an die gegenüberliegende Wand und verfolgte mit seinen Augen die Tropfen, die Sekunde um Sekunde zu Boden fielen. Als die ehemals wohl grün lackierte Metalltür ächzte und er das Rasseln und Klappern des Schlüssels vernahm, richtete er sich auf. Zwei Wachsoldaten in beigen Hemden betraten die Zelle. Wortlos legten sie ihm Hand- und Fußfesseln an, ehe sie ihn hinaus in den Gang führten. Nur kleine Trippelschritte ermöglichten ihm die Fesseln, doch es war ihm eine Wohltat, endlich seiner Zelle entkommen zu sein, wenn auch nur für kurze Zeit.

Die Wachmänner führten ihn in einen hellen Raum, in dem eine altersschwache Klimaanlage brummend für eine angenehme Kühle sorgte. Hinter einem hohen Pult saßen drei Männer in schwarzen Roben, die ihn mit ernstem Blick musterten, während die Wachmänner Paco zu einem einfachen Holzstuhl führten. Als er Platz nahm, seufzte er. Die drei Männer, Richter vom Bezirksgericht in Manaus, warteten, bis sich die Wachen an der Tür postiert hatten. Als der grauhaarige Richter in der Mitte das Wort an Paco richtete, musste er aufblicken, da sie in erhöhter Position wie auf einer Empore thronten. Paco kam sich klein und verloren vor.

»Paco de la Pace«, sagte der grauhaarige Richter mit einer Stimme, die wie Donnerhall in seinen Ohren dröhnte. »Sie wissen, was Ihnen vorgeworfen wird. Was haben Sie zu den Anschuldigungen zu sagen? Und vergeuden Sie nicht schon wieder unsere Zeit!«

Paco wischte sich mit den gefesselten Händen den Schweiß von der Stirn. »Ich sage alles«, krächzte er. »Alles, was Sie wissen wollen. Ich will nur nicht zurück in meine Zelle. Bitte, das ist alles, was ich will.«

Der Richter blickte seine beiden Beisitzer an. »Wenn Sie uns alles sagen und wir Ihre Angaben überprüft haben, werden Sie in das Staatsgefängnis nach Saó Paulo überstellt, wo man Ihnen den Prozess machen wird. Die Beweise sind erdrückend, richten Sie sich auf eine lange Zeit hinter Gittern ein.«

Paco de la Pace nickte. »Ich sage alles, alles, nur nicht wieder zurück in dieses Loch.«

Der Richter lächelte. »Wir hören Ihnen zu.«

Slidell, nahe White Castle, Louisiana

Rosburn war kurz nach Sonnenaufgang mit dem Helikopter auf dem Flugfeld in Slidell gelandet. Die Vernehmung von Tate war abgeschlossen. Ungeduldig wurde er von Gene erwartet.

»Sind Sie vorangekommen, Rosburn?«, fragte er, als sich der Regierungsbeamte auf die Schreibtischkante setzte und Crawford fragend anblickte.

»Hastings ist uns leider durch die Maschen geschlüpft«, berichtete der FBI-Agent. »Er ist im Ausland, ich befürchte, wir haben keine Möglichkeiten, seiner habhaft zu werden. Dafür hat dieser Tate gesungen. Hastings hat durch seine Verbindungen ein Netzwerk eingerichtet, das weltweit operierte. Seine Verbindungsmänner sitzen in allen Teilen der Welt. Er hat sich die Flugaufsicht auf dem Opa-Locka-Flughafen gekauft, und dort haben sie fleißig die Flugpläne manipuliert. Sogar die Zollbehörden hatten keine Ahnung. Das Netzwerk hat wunderbar funktioniert, bis eine Maschine im Dschungel über Brasilien verloren ging.«

»Was haben Sie über Tanner und das Virus in Erfahrung gebracht?«, fragte Rosburn, während Gene nervös mit seinen Fingern auf die Tischplatte klopfte.

»An Bord der abgestürzten Maschine befanden sich die Medipacks«, erklärte Crawford. »Tate versichert, dass er nicht weiß, was sich darin befunden hat. Offenbar war Tanner auf der Suche nach einer Möglichkeit, diese Viren nach Brasilien zu schmuggeln. Dort sollte ein Kontaktmann namens Paco die Kisten nach Cuiabá bringen. Tate weiß leider nicht mehr über die Sache. Es war ein kleiner Nebenverdienst für Hastings' Organisation.«

»Glauben Sie ihm?«

Crawford warf Ryan einen Blick zu. Dieser nickte kurz. »Es klingt absolut glaubhaft«, bestätigte Crawford.

Gene sprang auf. »Jetzt sagen Sie schon, Rosburn, was haben Sie herausgefunden? Und spannen Sie uns nicht länger auf die Folter! Wer steckt hinter der Sache, und wo finde ich diesen Tanner?«

Rosburn lächelte. »Das Labor in Arizona hat festgestellt, dass der Medipack von der Firma MedCom aus Boulder in Colorado stammt.«

»Bingo, der Anschlussinhaber des Prepaidhandys sitzt ebenfalls in Boulder, jetzt haben wir ihn«, stieß Gene freudig hervor.

»Die MedCom forscht im Bereich der Krebserkrankungen mit sogenannten Killerzellen«, berichtete Rosburn weiter. »Die Firma ist ein Konsortium aus verschiedenen Pharmaunternehmen, die alle auf diesem Gebiet tätig sind. Der Geschäftsführer ist ein gewisser Malcolm Petermann, der von New York aus die Geschäfte führt. Der wissenschaftliche Leiter heißt Professor Lance Abott Macombie und war einmal an der Uni in Chicago tätig. Der Sicherheitschef ist ein gewisser Tanner Grady, ein ehemaliger Marineoffizier.«

»Tanner ist also ein Vorname«, folgerte Ryan, »deshalb habe ich ihn bei der Überprüfung der Westpark Security nicht ausfindig machen können.«

»Ja, richtig, Tanner ist offenbar der Vorname des Verdächtigen«, entgegnete Rosburn. »Ich habe eine Beschreibung von der Person aus der Personalakte der Navy. Sie deckt sich mit dem, was wir bislang von ihm wissen.«

»Worauf warten wir dann noch, schnappen wir uns die Bande.«

Rosburn erhob sich. »Da gibt es noch ein Problem«, sagte er. »Die verantwortliche Laborleiterin der CDC aus Atlanta ist verschwunden. Sie hat früher einmal für Macombie an der Uni in Chicago gearbeitet. Es sieht so aus, als ob sie vor zwei Tagen nach Boulder geflogen ist.«

»Steckt sie mit den Kerlen unter einer Decke?«, fragte Ryan.

Rosburn schüttelte den Kopf. »Ich glaube nicht, aber Sander hat mir erklärt, dass sie in ihren Laboratorien an den Erbinformationen von Viren herumschnibbeln. Ich bin leider kein Experte auf dem Gebiet, aber manche dieser Spezialisten sind so eitel, dass sie dabei so etwas wie ein untrügliches Markenzeichen hinterlassen, so ähnlich wie ein Fingerabdruck. Wir müssen davon ausgehen, dass Professor Kim von der CDC bei ihrer Forschung mit dem Jatapu-Virus eine solches Markierung entdeckt hat und auch ganz genau weiß, von wem es stammt.«

Gene fasste sich ans Kinn. »Sie meinen ihren alten Professor«, murmelte er. »Wenn sie tatsächlich nach Boulder geflogen ist, um ihn zur Rede zu stellen, dann befindet sie sich in höchster Gefahr. Tanner hat Miller auf dem Gewissen. Er hat ihn kaltblütig umgebracht. Er wird alles tun, damit diese Schweinerei nicht an die Öffentlichkeit gelangt.«

Crawford griff nach dem Telefon. »Ich werde sofort meine Kollegen aus Denver informieren.«

Rosburn hob abwehrend die Hände. »Dazu ist keine Zeit«, sagte er. »Wir nehmen die Helikopter. Es herrscht Gefahr im Verzug. Die Einsatzgruppe wird uns begleiten.«

Gene schnappte seine Jacke und wandte sich zur Tür. »Also los dann, worauf warten wir noch?«

MedCom Inc., Boulder, Colorado

Das Gespräch mit Altmann hatte ihren Verdacht bestätigt. Das Jatapu-Virus stammte aus den Labors der MedCom in Boulder. Ein Killervirus, das konstruiert worden war, um Krebszellen anzugreifen und zu zerstören. Doch das Experiment war fehlgeschlagen, das Virus war mutiert und hatte beinahe eine Katastrophe ausgelöst. Über tausend Männer, Frauen und Kinder waren gestorben, doch wie war das Virus nach Brasilien in den Regenwald gelangt? Und vor allem weswegen? Welchen teuflischen Plan verfolgte Macombie? Sie würde ihn fragen müssen. Als sie den langen, neonlichtdurchfluteten Flur entlangging, schaute sie auf ihre Armbanduhr. Beinahe eine Stunde hatte sie bei Altmann zugebracht und mit ihm gesprochen. Die MedCom stand kurz vor dem Durchbruch – ein Durchbruch, der mit Blut erkauft worden war. Wusste Macombie Bescheid, dann hatte er mit der Sache zu tun. Wenn sie recht überlegte, dann gab es nur zwei Möglichkeiten. Entweder hatte jemand XA 511 aus den Labors gestohlen, ohne um die Instabilität des Virus zu wissen, um am Ende selbst von dem guten Geschäft mit der neuen und schonenden Behandlungsmethode zu profitieren, oder Macombie selbst steckte dahinter. In Brasilien gab es genügend Armut und Elend, und niemand würde danach fragen, wenn sich einige Menschen aus den Slums der Städte für ein paar Dollar als menschliche Versuchskaninchen zur Verfügung stellten. Sie selbst wusste um die Schwierigkeiten bei der Zulassung von Experimenten am lebenden menschlichen Organismus. Die AEC, die amerikanische Ehtikkommission, hatte die Messlatte sehr hoch angelegt. Vor allem, wenn es um gefährliche Mikroorganismen ging. Joanna Kim verlangsamte ihren Schritt. Sie dachte an ihre Unterhaltung mit dem Professor im Q's am gestrigen Abend. … *Engstirnigkeit, unzählige sinnlose Vorschriften und steter Geldmangel sind keine guten Voraussetzungen, wenn man versucht, Dinge voranzutreiben. Wir sind Wissenschaftler, und manchmal gehört es einfach dazu, dass wir Wege gehen, die ins Nichts führen, damit wir unseren Horizont erweitern …* Das waren seine Worte gewesen, als sie ihn danach fragte, warum er sich auf seine alten Tage noch einmal verändert und die Stelle bei der MedCom angetreten hatte. Sie blieb stehen. Vor ihr wurde eine Tür geöffnet. Eine junge Frau trat aus dem Raum, schaute sie nur kurz an, grüßte und ging weiter. Ihr wurde flau im Magen. Vielleicht war es doch keine so gute Idee gewesen, hier in Boulder so ganz allein und vollkommen ohne Rückendeckung aufzukreuzen. Sie merkte, wie sich das flaue Gefühl im Magen verstärkte. Was, wenn der Professor die Infektionswelle in Brasilien zu verantworten hatte, wie würde er reagieren? Würde er die Wahrheit sagen, würde er seine Schuld eingestehen und ... würde er sie einfach wieder gehen lassen?

Der süßliche Duft von Veilchenaroma drang in ihre Nase. Vielleicht war es besser, einfach zu gehen und ihren Verdacht den Behörden mitzuteilen. Macombie stand mit XA 512 kurz vor dem Durchbruch, so hatte Altmann stolz erzählt. Dann würde Macombie sein lang ersehntes Ziel endlich erreichen. Doch wenn sie ihn zur Rede stellte, wäre mit einem Mal alles, wofür er gekämpft hatte und wofür er lebte, verloren. Niemand würde sich seiner annehmen, niemand würde ihm voller Annerkennung auf die Schultern klopfen. Macombie und die MedCom wären erledigt. Er wäre nicht der Mann, der den Krebs besiegte, ganz im Gegenteil, sein Name würde sich ein für alle Mal mit dem Jatapu-Virus verbinden, das mehr als tausend Menschen das Leben gekostet hatte. Als Ungeheuer würde er in die Geschichte eingehen, als Ungeheuer im weißen Kittel und nicht als der strahlende Held und erfolgreiche Forscher, den er so gerne verkörpern würde.

Das Gefühl in ihrem Magen weitete sich zu einem unangenehmen Druck aus. Ihr Mund wurde trocken. Nein, es war wirklich keine gute Idee, hier aufzukreuzen und den Professor mit der Nase auf seinen Fehler zu stupsen.

»Guten Tag, Professor Kim«, ertönte eine Stimme in ihrem Rücken. Erschrocken fuhr sie herum, ein spitzer Schrei kam über ihre Lippen.

»Der Professor möchte Sie sehen«, sagte der bullige, untersetzte Mann, der – sie bemerkte es erst jetzt – schon im Q's sein aufdringliches Veilchenaroma verströmt hatte.

»Wer ... was ... was wollen Sie?«, stammelte Joanna Kim. Ein Impuls durchlief ihren Körper. Der Verstand sagte ihr, dass sie weglaufen sollte, doch noch bevor die Nervenstränge die Meldung an ihre Muskeln weitergegeben hatten, hielt sie der eiserne Griff des Bulligen am Arm umklammert.

»Ich denke nicht, dass wir den Professor warten lassen sollten«, sagte der Mann.

Joanna Kim atmete tief ein, bevor sie sich in ihr Schicksal ergab. Sie wusste, dass sie keine Chance hatte, und so ließ sie sich bereitwillig abführen wie eine ertappte Diebin.

62

Joselándia, Pocone, Bundesstaat Mato Grosso

Vier Stunden waren vergangen, es schien beinahe, als ob es kein Leben dort drüben in dem langgestreckten Gebäude vis-à-vis der Taberna geben würde. Sie wollten abwarten, bis sich im Haus gegenüber etwas tat. Einen weiteren Fehlschlag konnten sie sich nicht erlauben. Anjo würde verschwinden und erst wieder auftauchen, wenn Gras über die Sache gewachsen war.

Falcáo spielte mit seinem Glas und hatte das Kinn auf seine linke Hand gestützt. »Das ist eine tolle Privatklinik«, unkte er. »Kein Personal, keine Patienten und keine Besucher, also ich möchte mal nicht hier drinnen enden.«

»Du hättest absolute Ruhe«, scherzte Zagallo.

»Wenn diese Geschäftsführerin der I-Pharmacia die Typen dort drüben gewarnt hat, dann sind die schon längst über alle Berge und wir sitzen hier bis zum Jüngsten Tag.«

Zagallo lehnte sich auf seinem Stuhl zurück. »Ich glaube, dass unser weißhaariger Freund dort drüben hinter einem der Fenster sitzt, sich von seiner Verletzung erholt und bestens betreut wird. Sie setzen darauf, dass wir nichts über diese Klinik wissen, und ich bin überzeugt davon, dass wir auch keinen Hinweis darauf gefunden hätten, wenn sich unser Kollege nicht zufällig die Adressen auf den Paletten mit den Medikamenten notiert hätte.«

Der Wirt der Taberna trat aus der Tür in den gleißenden Sonnenschein und näherte sich den beiden Kriminalbeamten, die seit Stunden unter dem Sonnenschirm saßen und scheinbar den Tag in seiner Gaststätte verbummeln wollten. Noch bevor er den Tisch erreicht hatte, wurde Motorenlärm laut.

»Darf es noch etwas zu trinken sein?«, fragte er Zagallo, der gebannt die Straße beobachtete.

Sechs dunkelblaue Polizeibusse fuhren die Straße hinunter und hielten direkt gegenüber vor dem Privatsanatorium. Bewaffnete Polizisten strömten aus dem Wagen und begannen sofort, das Gebäude zu umstellen. Zagallo erhob sich und schaute dem Treiben ungläubig zu. Auch Falcáo hielt es nicht mehr auf seinem Stuhl.

Laute Befehle wurden gebrüllt, und ein Trupp Militärpolizisten scharte sich um einen uniformierten Offizier, der sich vor dem Zugangstor aufgebaut hatte. Zwei Mann der Einheit traten mit Brecheisen vor und machten sich am Tor zu schaffen.

»Was soll das?«, fragte Falcáo ungläubig.

Zagallo stand wie erstarrt am Tisch. Schließlich lief er los, überquerte die Straße und ging auf den Offizier, einen Polizeimajor, zu.

»Sie müssen noch bezahlen«, rief der Wirt der Taberna noch. Aber Zagallo hörte das Rufen nicht mehr. Noch bevor er den Major erreicht hatte, traten ihm zwei der Polizisten in den Weg und richteten die Waffe auf ihn. Er blieb stehen. »Ich bin Kriminalbeamter aus Cuiabá«, sagte er und zog vorsichtig seinen Dienstausweis hervor.

Der Polizeimajor wurde aufmerksam und näherte sich. »Was wollen Sie?«, polterte er los. »Sie stören eine Polizeiaktion.«

Zagallo griff in seine Jackentasche und holte den richterlichen Befehl hervor, der ihm das Recht einräumte, Anjo zum Zwecke der Vernehmung festzunehmen. Er reichte ihn dem Major. »Wir haben Anhaltspunkte dafür, dass sich der Gesuchte in dieser Klinik aufhält. Wir verdächtigen ihn des mehrfachen Mordes.«

Der Major las das Dokument und reichte es an Zagallo zurück. »Ich habe nichts dagegen, dass Sie sich uns anschließen. Wir haben vom Generalstaatsanwalt aus Brasilia den Auftrag, das Gebäude zu durchsuchen und alle Personen zur weiteren Abklärung festzusetzen.«

»Weswegen?«

»Es geht um die Sicherheit unserer Nation«, erklärte der Major. »Der Leiter dieser Klinik, ein gewisser Doktor Guerra, ist dringend verdächtig, gefährliche Substanzen freigesetzt zu haben. Es geht um illegale medizinische Forschung. Sie haben doch bestimmt vom Ausbruch des gefährlichen Virus im Amazonasgebiet gehört?«

»Ja, habe ich«, bestätigte Zagallo.

»Es liegen konkrete Anschuldigungen gegen Doktor Guerra vor, er wurde heute Morgen in Rio verhaftet. Er schweigt zu den Anschuldigungen.«

»Dann arbeiten wir quasi am gleichen Fall«, entgegnete Zagallo. »Ich untersuche die Leichenfunde unweit von Cuiabá. Doktor Anjo hat offenbar für Guerra gearbeitet.«

Ein Polizeikorporal näherte sich und salutierte. »Das Tor ist offen, wir können in das Gebäude vordringen.«

Der Major nickte. »Sie halten sich im Hintergrund auf, meine Männer werden das erledigen, hören Sie«, sagte er zu Zagallo gewandt.

»Verstanden!«, antwortete Zagallo knapp.

Der Major gab den Befehl zum Vorrücken.

»Sie tragen ja Gasmasken«, wunderte sich Falcáo, der sich inzwischen zu Zagallo gesellt hatte.

»Wir warten hier, bis das Gebäude gesichert ist«, erklärte Zagallo seinem Kollegen. »Dort drinnen könnte es gefährliche Viren geben. Wir lagen mit unseren Vermutungen richtig.«

»Was meinst du damit?«

»Illegale medizinische Experimente.«

Acampamento dos infectados nahe Urucará, Amazonasgebiet

Die neuesten Laborergebnisse waren für alle zufriedenstellend. Professor Joanna Kim hatte recht behalten, das saure Blut machte die Vironen inaktiv und zerstörte die befallenen Zellen. Die Zellteilung erlahmte, und das Virus starb; es verging, als hätte es nie existiert. Dennoch mussten die Patienten rund um die Uhr überwacht werden. Das Blut wurde dickflüssig, der Blutdruck schwankte, der Stoffwechsel geriet aus den Fugen, und das Herzinfarktrisiko stieg. Doch die Nebenwirkungen konnten mit einer Infusion mit säureregulierender Flüssigkeit schnell wieder auf ein normales Niveau zurückgeführt werden.

Auch aus den nördlichen Landesteilen drangen stündlich ermutigende Meldungen in das Lager bei Urucará vor. Die Zahl der Neuinfektionen lag schon seit zwei Tagen bei null, und im Lager waren keine Todesfälle mehr zu verzeichnen. Drei Tage Behandlung genügten, um selbst schwere Infektionen einzudämmen, und die Überlebenschancen der 54 verbliebenen Patienten im Acampamento dos infectados stiegen mit jeder Stunde, die verging.

»Das war gute Arbeit«, lobte Professor Sander seine Mitarbeiter, als er stolz das Ergebnis der neuen Untersuchungen verkündete. Jubel brach unter den Anwesenden aus, und Anne Arlette klopfte dem Cabo auf die Schulter.

»Anne hat hier im Labor ganze Arbeit geleistet«, fuhr der Professor fort. »Und unserem Feldforschungsteam ist es gelungen, den Infektionsherd ausfindig zu machen. Ich erhielt von Coronel Santoro die Nachricht, dass Spezialeinheiten der Armee inzwischen das Gebiet am Lago Maracarana säubern konnten. Damit dürfte es nahezu ausgeschlossen sein, dass es zu weiteren Infektionsfällen kommen wird. Die Bezirksregierung beabsichtigt in wenigen Tagen die Auflösung der Absperrung zu verfügen. Damit nähert sich unsere Gefangenschaft in dieser Region dem Ende. Die Verantwortlichen hier im Land und in den Vereinigten

Staaten werden zur Rechenschaft gezogen. Leider durfte Antonio diesen Tag nicht mehr erleben. Wir werden ihn stets in Erinnerung behalten. Sie können sich sicher sein, dass der Mord nicht ungesühnt bleiben wird. Meine Damen und Herren, es scheint, als hätten wir diese Schlacht gewonnen.«

Die Anwesenden blickten betreten zu Boden.

»Und jetzt machen wir uns wieder an die Arbeit, es gibt noch viel zu tun. Kümmern Sie sich um Ihre Patienten. Ich denke, in zwei bis drei Tagen ist der Spuk dann endgültig vorbei.«

»Weiß man schon, wo sich Professor Kim aufhält?«, fragte Anne den Professor.

Professor Sander schüttelte den Kopf. »Ich hoffe, dass ihr nichts zugestoßen ist, aber sie ist noch immer wie vom Erdboden verschwunden.«

»Das hoffen wir auch«, entgegnete Anne. »Unsere Gedanken sind bei ihr.«

MedCom Inc., Boulder, Colorado

Tanner Grady hatte Joanna Kim in ein dunkles und abgelegenes Zimmer im Westflügel des MedCom-Gebäudes am Sanitas Valley Trail geführt und dort inmitten des Raumes auf einen Stuhl gesetzt. Mit diabolischem Grinsen fesselte er die Frau an den Stuhl. Lässig baute er sich vor Joanna auf.

»So, du Schlampe«, sagte er kalt. »Wem hast du von deinem Besuch hier im Institut erzählt?«

Joanna neigte den Kopf zur Seite, doch Tanner Grady griff in ihre Haare und riss unsanft den Kopf in die Höhe, so dass Joanna laut aufschrie.

»Du kannst ruhig schreien«, lachte der bullige Mann, dem der Schweiß auf der Stirn stand. »In diesem Teil des Instituts sind wir vollkommen ungestört. Hier hört dich niemand.«

Joanna schaute sich ängstlich um. Es handelte sich wohl um einen ehemaligen Lagerraum. Die Regale an den Wänden waren leer, und am vergitterten kleinen Fenster war der Rollladen heruntergelassen.

»Ja, schau dich nur um, du Hure«, sagte Tanner Grady. »Und jetzt noch einmal: Wer weiß davon, dass du hier bist, und wem hast du die Aufzeichnungen schon gezeigt?«

Joanna blieb standhaft, doch schon klatschte die flache Hand des Mannes in ihr Gesicht. Schmerzen rasten durch ihren Körper. »Du hältst dich wohl für verdammt hart, du Schlampe. Aber du wirst mir alles erzählen. Ich war bei der Army, wir haben jeden von diesen verdammten Irakis zum Sprechen gebracht. Ganz wie du willst, wenn du die harte Tour bevorzugst.«

Schon holte er wieder zum Schlag aus.

»Ich … ich habe bei der CDC … jeder weiß, wo ich bin, und jeder weiß auch, dass die MedCom hinter dem Virus steckt«, beeilte sie sich zu sagen.

Schon klatschte die flache Hand erneut in ihr Gesicht. »Du lügst, du Schlampe. Ich habe es überprüft. In Atlanta weiß niemand, wo du dich herumtreibst und was du vorhast. Du wolltest ein paar Tage ausspannen, hieß es dort. Also halte mich nicht zum Narren, wer weiß davon?«

»Niemand«, antwortete sie wie aus der Pistole geschossen. Sie schmeckte Blut auf ihrer Zunge.

»Wie seid ihr auf den Professor gekommen?«

Joanna zögerte mit der Antwort. Sie wusste, was ihr blühte, wenn sie alle Trümpfe aus der Hand gab. Doch schon holte Tanner Grady wieder zum Schlag aus.

»Ich … ich … ich alleine«, schrie sie. »Ich habe Altmanns Muster erkannt.«

Es klopfte an der Tür.

»Du hast Glück gehabt«, sagte Tanner Grady zynisch. »Aber ich bin noch nicht ganz fertig mit dir.«

Die Angst schnürte Joanna die Kehle zu. Macombie betrat den Raum. Grady schloss die Tür hinter ihm und drehte den Schlüssel um, während Macombie Joanna lang und eingehend betrachtete. Tränen liefen über ihre Wangen, und ein feines blutiges Rinnsal führte von ihrer Unterlippe zum Kinn.

»War das wirklich notwendig?«, fragte Macombie mitleidig.

Tanner Grady trat an Joannas Seite. »Sie kann uns alle ins Gefängnis bringen, dann war alles umsonst. Ich bin hier für die Sicherheit zuständig, und diese Frau ist eine Bedrohung.«

Macombie wandte sich Joanna zu. »Sie hätten nie hierher kommen dürfen«, sagte er mit sanfter Stimme.

»Und Sie hätten nie diese Viren unter die Menschen bringen dürfen«, entgegnete Joanna bissig. »Sie haben den Tod von über tausend Menschen zu verantworten.«

»Wir alle müssen Opfer bringen. Wir hatten keine Ahnung, dass das Virus mutiert. Wir ich hörte, haben Sie bereits mit Altmann gesprochen, meine Teuerste. Leider, ich kann nichts für Sie tun.«

»Sie sind ein Mörder, Professor!«

»Ich ein Mörder? Sie irren, meine Liebste, Sie irren. In wenigen Wochen werden wir mit XA 512 auf den Markt kommen. Das wird künftig die Behandlung von Millionen Patienten auf der ganzen Welt revolutionieren. Keine aufwändigen und zermürbenden Chemotherapien mehr, keine Fehler bei der Früherkennung. Uns ist es bereits jetzt gelungen, weit fortgeschrittene Erkrankungen zu kontrollieren. Wir werden Millionen von Leben auf diesem Planeten retten, was ist da der Verlust von tausend Menschenleben in einer nahezu unbewohnten Region des Amazonas. Wir werden Helden sein, meine Teuerste, und wir haben diese Würdigung auch verdient.«

»Sie verdienen den elektrischen Stuhl, Macombie.«

Der Professor lachte laut. »Wenn wir diesen Weg nicht gegangen wären, dann würde es noch unzählige Jahre dauern, bis wir die ersten Erfolge erzielen könnten. Nur die Versuche am lebenden Organismus haben uns so weit gebracht.«

Joanna Kim schüttelte verständnislos den Kopf.

»Wir haben den Versuch beantragt, hier in den Staaten. Wir hatten auch freiwillige Patienten, für die es der letzte Ausweg gewesen wäre, doch die Ethikkommission hat unseren Antrag abgelehnt. Diese Bande von ignoranten Möchtegernwissenschaftlern, überflüssigen Philosophen und Kirchenmännern, die noch im tiefsten Mittelalter leben, hat meinen Antrag einfach zurückgewiesen. Was blieb uns für eine andere Wahl? Es gibt andere Länder auf dieser Erde, wo man unsere Anliegen nicht so einfach abtut.«

»Sie haben die Ärmsten in unserer Welt für Ihre Forschungen missbraucht, ganz egal wie viele Leben es kostet, Sie sind und bleiben ein Mörder.«

»Alle nahmen freiwillig an den Versuchen teil. Sie waren ohne jede Hoffnung. Wir haben ihnen zu einer Chance verholfen. Es war ein faires Geschäft.«

»Ein faires Geschäft, dass ich nicht lache.«

»Im Leben muss man Opfer bringen, meine Teuerste«, sagte Macombie. »Schade nur, dass wir mit unseren Ansichten so weit auseinanderliegen. Tut mir leid, meine Teuerste, unsere gemeinsamen Tage in Chicago waren eine schöne Zeit, doch jetzt kann ich leider nichts mehr für Sie tun.«

Der Professor wandte sich zur Tür. Als er an Tanner Grady vorüberging, blieb er kurz stehen. »Was haben Sie mit ihr vor?«, fragte er seinen Sicherheitschef.

»Jährlich sterben tausende Menschen durch Unfälle auf unseren Straßen«, entgegnete er spöttisch. »Ich fürchte, auch die Dame wird bald einen Unfall haben.«

Macombie nickte. »Ich will nicht, dass sie Schmerzen leiden muss«, sagte er.

Tanner Grady grinste. »Keine Angst, Professor. Sie wird nichts spüren.«

63

Lagezentrum der WHO in Genf

Im SHOC-Room, dem Einsatzraum der WHO, herrschte hektische Betriebsamkeit. Mitarbeiter hängten Landkarten und Schaudiagramme von den Tafeln ab, und zusätzlich installierte Bildschirmarbeitsplätze auf provisorischen Computertischen wurden demontiert. Die Krise schien überwunden, das Jatapu-Virus war eingedämmt. Weitere Infektionen in anderen Teilen der Erde hatte es nicht mehr gegeben, und die wenigen Überlebenden im Lager am Rio Uatumã, im Amazonasgebiet in Brasilien, waren auf dem Weg der Besserung. Die Mitarbeiter im SHOC-Room atmeten auf. Nach etlichen Wochen Wechseldienst im Zwölf-Stunden-Rhythmus lag endlich wieder ein freies Wochenende vor den Männern und Frauen, die dem Krisenmanagement angehörten. Die angesammelten Überstunden konnten endlich abgebaut werden, und langsam kehrte wieder die Routine ein.

»Endlich, es ist überstanden«, seufzte der Leiter des Krisenstabs und packte eine Akte von seinem Schreibtisch in den bereitstehenden Karton.

»Wir haben die Pandemiewarnstufe zurückgenommen«, erklärte der Direktor. »Unser Feldforschungsteam wird Ende dieser Woche zurückberufen. Dieser Kelch ging noch einmal an uns vorüber.«

»Wenn wir von Anfang an gewusst hätten, welche kriminellen Machenschaften dahinterstecken …«

»Die Verantwortlichen für das Desaster werden zur Verantwortung gezogen. Es wird empfindliche Strafen geben. Ich habe mit dem Gesundheitsministerium in Brasilia telefoniert. In weniger als zwei Tagen wird man der Hintermänner habhaft sein. Man wird sie des mehrfachen Mordes und der Gefährdung der Sicherheit des Landes anklagen. Das wird allen anderen hoffentlich eine Warnung sein.«

»Und die Vereinigten Staaten?«

»Keine Sorge«, entgegnete der Direktor. »In den USA wird man ähnlich verfahren. Und glauben Sie mir, die Justiz in Amerika reagiert sehr allergisch, wenn man die Sicherheit des Landes und seiner Bewohner aufs Spiel setzt. Ruhen Sie sich jetzt erst einmal aus. Machen Sie Urlaub in den Bergen, Sie haben es sich verdient. Das war gute Arbeit.«

MedCom Inc., Boulder, Colorado

Wie zwei an den Rundseiten gegenüberliegende Hufeisen, mehrstöckig, aus Glas und Stahl, erhob sich das Gebäude der MedCom Inc. westlich der Stadt am Fuße des Mount Sanitas in den wolkenlosen Himmel. Zwei große Tannen säumten den aus roten Sandsteinplatten gelegten Weg, der zum großen Portal führte. Direkt gegenüber drehte sich eine riesige steinerne Kugel auf dem Wasserfilm des Brunnens, neben dem sich in silbernen Großbuchstaben der Firmenname mannshoch erhob.

Sie hatten sich unterhalb des East Ridge postiert. Mit Ferngläsern beobachteten sie das Gebäude und das Umfeld. Auf dem Parkplatz nördlich des Gebäudes hatten sie den blauen Pontiac entdeckt, den sich Professor Joanna Kim am Alamo-Schalter in Denver geliehen hatte. Für das FBI war es ein Leichtes gewesen, den Weg von Joanna Kim zu verfolgen. Sie hatte ihre American Express Gold Card genutzt und sogar den Flug damit bezahlt. Im Hotel, in dem sie logierte, hatte man den beiden FBI-Agenten aus Denver erzählt, dass sie bereits nach dem Frühstück aufgebrochen war, doch sie hatte nicht gesagt, wohin sie wollte, und sich lediglich nach dem Weg zum Mount Sanitas erkundigt. Damit war klar, dass sich Professor Joanna Kim immer noch im Gebäude der MedCom aufhalten musste, es sei denn, Tanner hatte sich ihrer schon angenommen.

»Sie schwebt in höchster Gefahr«, sagte Gene noch einmal eindringlich zum Leiter der Einsatztruppe.

»Das ist uns klar«, entgegnete der Polizeioffizier. »Trotzdem wird es schwierig, das Gebäude ist weitläufig.«

»Macombie hat im Ostflügel sein Büro, die Labors liegen im Süden«, erklärte Crawford und wies auf den Bauplan, den er sich über das mit dem Bau beauftrage Architekturbüro aus Denver besorgt hatte. »Entweder ist sie noch immer in Macombies Büro oder irgendwo in den Labors.«

»Oder sie liegt längst im Keller«, ergänzte Gene.

»Einen Keller hat das Gebäude nicht«, erklärte Crawford. »Im Westflügel sind Lagerräume, und im Nordflügel sitzen die Logistik und das Versandzentrum. Ich glaube kaum, dass man sie dort herumführt. Schließlich arbeiten beinahe achtzig Leute in dem Areal.«

»Wir sind dreißig«, entgegnete der Einsatzleiter. »Zusammen mit den Kollegen aus Denver knapp fünfzig, wir werden nicht überall gleichzeitig sein können.«

»Ich habe die Polizei aus Boulder hinzugerufen, sie werden den Außenbereich übernehmen«, sagte Crawford und warf sein Mobiltelefon in den Maverick.

»Worauf warten wir dann noch?«, fragte Gene ungeduldig.

»Bis die Kollegen aus Boulder einsatzklar sind«, erklärte Crawford. »Ich habe zehn Streifen angefordert, mehr standen in der kurzen Zeit nicht zur Verfügung.«

»Und die Einweisung?«, fragte der Einsatzleiter.

»Ryan ist im Department, ich warte nur noch auf seinen Anruf.«

Beinahe eine halbe Stunde verstrich, bis sich Ryan endlich meldete. Die Streifenwagen des Boulder Police Department hatten sich auf den Weg gemacht. In etwa fünfzehn Minuten würden die Kräfte auf dem Gelände der Firma eintreffen und sofort mit der Umstellung des Gebäudes beginnen. Zwischenzeitlich hatte Crawford über die Generalstaatsanwaltschaft einen Durchsuchungsbeschluss sowie einen Haftbefehl für Professor Lance Abott Macombie und natürlich auch für Tanner Grady beantragt. Da durch die dubiosen Machenschaften mit gefährlichen Viren die Sicherheit der ganzen Nation auf dem Spiel stand und nicht ausgeschlossen werden konnte, dass sich noch immer gefährliche biologische Erreger im Gebäude befanden, war eine Spezialeinheit der Army aus Phoenix auf dem Weg, die speziell für den Umgang mit biologischen Waffen ausgebildet war. Doch Crawford wollte nicht bis zum Eintreffen der Soldaten warten, deshalb galten die Laboratorien zunächst als Tabu-Zone für die Einsatzkräfte.

»Wir schlagen los«, rief er dem Einsatzleiter zu, der seine Männer um sich scharte. »Sie bleiben dicht bei mir, Mcfaddin.«

Geräuschvoll setzten sich die Rotoren der Hubschrauber in Bewegung. Die Männer in ihren schwarzen Kampfanzügen sprangen an Bord, als sich Crawford hinter das Steuer des Maverick setzte. Gene nahm auf dem Beifahrersitz Platz.

Ein Hubschrauber nach dem anderen stieg in den Himmel auf, während Crawford seinen Wagen die abschüssige Straße hinablenkte. Über den East Ridge bogen sie in den Sanitas Valley Trail ein. Noch bevor sie das Firmengelände der MedCom erreicht hatten, fuhren vom Süden her mehrere Streifenwagen des Boulder Police Department in die Straße ein. Durch das geöffnete Tor bogen sie in das Firmengelände ab. Crawford blickte in den Himmel, wo die drei Hubschrauber zur Landung auf dem Parkplatz der MedCom ansetzten.

»Das klappt wie am Schnürchen«, freute er sich. Die Beamten der Polizei aus Boulder hatten das Firmengebäude bereits umstellt, als er ebenfalls in die Zufahrt einbog und unmittelbar neben einem Streifenwagen hielt, wo ein Cop in brauner Uniform über ein Megaphon Anweisungen an seine Männer weitergab. Direkt neben dem uniformierten Beamten stand Leutnant Ryan. Crawford stoppte den Wagen und stieg aus. Der Lärm der Hubschrauber war nahezu unerträglich, doch schon quollen die schwarz gekleideten Polizisten der Spezialeinheit aus den dunklen Bäuchen der Hubschrauber.

»Die Gefangenensammelstelle richten wir auf dem Parkplatz ein, ich brauche dort fünf Beamte«, rief Crawford durch den Lärm der Hubschrauber dem Polizeioffizier aus Boulder zu.

Der Polizist nickte und beorderte über das Megaphon einige Beamte zum Parkplatz. Der Lärm ebbte ab, die Rotoren der Hubschrauber kamen zum Stillstand. Crawford zückte seinen Dienstausweis und zeigte ihn dem Polizisten in der braunen Uniform mit den Rangabzeichen eines Leutnants. »Ich leite den Einsatz. Alle Personen in diesem Areal gelten als verdächtig, gegen die Sicherheit und die Belange der Vereinigten Staaten von Amerika gehandelt zu haben. Sie werden hier festgehalten und ihre Personalien erhoben!«

Der Polizist salutierte. »Das Gebäude ist umstellt«, meldete er förmlich.

»Gut gemacht!«, entgegnete Crawford. »Dann gehen wir jetzt rein.«

Joselándia, Pocone, Bundesstaat Mato Grosso

Das Gebäude war gesichert und durchsucht, doch im unteren Stockwerk waren alle Zimmer leer gewesen. Das Sanatorium entpuppte sich als hervorragend ausgestattetes Krankenhaus. Im Erdgeschoss gab es zwei große Behandlungsräume, ein abgetrenntes Labor sowie einen OP-Raum. Modernste medizinische

Geräte amerikanischer Herkunft standen in den Räumlichkeiten umher, ein Computersystem mit mehreren Bildschirmen, das so manchem städtischen Krankenhaus gut zu Gesicht gestanden hätte. Es schlossen sich rechts wie links weitere Räume an. Zimmer mit Krankenbetten und karger Einrichtung. Auf dem Gang gab es neben einer Toilette und einem Bad noch einen Aufenthaltsraum und eine Großküche. Insgesamt wohl Platz für zwanzig Patienten, wenn das Erdgeschoss ausgelastet war.

»Das ist gespenstisch hier«, sagte Falcáo, nachdem er den Operationssaal inspiziert hatte.

»Die Geräte sind sehr teuer. Wer auch immer in diesem Krankenhaus behandelt wurde, dem stand die modernste Technik zur Verfügung.«

»Es steht leer, die Vögel sind wohl ausgeflogen«, antwortete Falcáo. »Wahrscheinlich wurde es ihnen zu heiß, und sie haben das Personal schon vor längerer Zeit abgezogen.«

Lärm drang durch den Flur. Laute Befehle hallten aus dem Treppenhaus. Zagallo wandte sich um und rannte den Flur entlang. »Vielleicht steht das Gebäude doch nicht leer«, murmelte er, während er gefolgt von Falcáo die Treppenstufen hinter sich ließ. Als sie durch die Schwingtür in den langen Flur traten, kamen ihnen vier Polizisten entgegen, die einen Mann abführten. Zagallo trat vor sie hin und hob die Hand.

»Hallo Senhor Anjo«, sagte er lakonisch. »Ich wusste, dass wir uns noch einmal begegnen.«

Anjo hob den Kopf. Er lächelte.

»Doktor Guerra wurde in Rio verhaftet, Ihre Organisation ist aufgeflogen. In Amerika werden Ihre Komplizen derzeit verhaftet. Es ist mir eine Freude, Sie nach Cuiabá zu überführen, bevor Sie für lange Jahre im Gefängnis landen. Wahrscheinlich wird das der letzte Ort in Ihrem Leben sein, an dem Sie sich aufhalten.«

»Ich habe nichts Unrechtes getan«, entgegnete Anjo.

»Hier an diesem Ort haben Sie Ihre Patienten ermordet.«

»Ich habe niemanden getötet«, widersprach Anjo vehement. »Ich sagte bereits, ich helfe Menschen, ich töte sie nicht.«

»Wir wissen, welche Experimente Sie hier durchgeführt haben. Sie haben sich zum Herrn über das Schicksal aufgespielt, aber die Leichen in den Blumenfeldern von Baia de Vicentinho sind nicht vergessen. Sie und Ihre Komplizen tragen die Verantwortung.«

»Ich habe diesen Unglücklichen geholfen«, wehrte sich Anjo lauthals. »Sie haben keine Ahnung. All diese Menschen waren dem Tod geweiht. Wir konnten nicht alle retten, aber etliche der Todgeweihten haben ihre Krankheit überlebt, obwohl sie bereits längst aufgegeben worden waren und sie nie eine Chance in ihrem Leben hatten. Ich habe diesen unglücklichen Seelen zu einem Leben verholfen, das sie ohne mich nie gehabt hätten. Diese Welt wird nicht ohne Medikamente auskommen. Ich war für sie da, denn niemand sonst kümmerte sich um sie.«

»Sie haben Medikamente getestet, die noch keine Zulassung für den Markt hatten. Ihre Patienten waren Versuchskaninchen. Und alles nur wegen des Profits. Wie viele sind gestorben, weil sie durch Ihre Medikamente vergiftet wurden? Das war kaltblütiger Mord.«

Anjos Kopf färbte sich rot. »Sie nennen mich einen Mörder?«

Zagallo schüttelte gelassen den Kopf. »Viel schlimmer«, sagte er. »Sie haben diesen Menschen Hoffnung gemacht. Den Kranken und ihren Angehörigen. So wie Mama Aquela. Diese Menschen haben Ihnen vertraut, selbst im Angesicht des Todes haben sie Ihnen vertraut, doch Sie haben dieses Vertrauen missbraucht. Sie haben sie hierhergebracht und leiden lassen. Und wenn sie starben, dann haben Sie dafür gesorgt, dass sie verscharrt wurden wie räudige Köter. Und Sie wussten genau, dass ihre Angehörigen auf sie warteten, doch Sie ließen auch diese Menschen im Ungewissen. Das hat nichts mit Hilfe zu tun, das ist verabscheuungswürdig. Sie sind kein Engel, Senhor Anjo, Sie sind ein Teufel, ein Teufel in Menschengestalt, und ich werde dafür sorgen, dass Sie dort landen, wo Sie hingehören. Ich kann nur hoffen, dass Sie, wenn Sie vor Ihren Schöpfer treten, bessere Argumente haben als diejenigen, die Sie jetzt hier zu Ihrer Verteidigung vorbringen.«

Anjos Gesichtsfarbe wechselte von Rot über Rosa, bis er schließlich bleich wurde, wie die gekalkte Wand des Flurs. Betreten blickte er zu Boden.

»Führt ihn ab!«, sagte er zu den Polizisten. Noch eine ganze Weile stand Zagallo im Flur.

»Ich glaube, er hat dich verstanden«, sagte Falcáo und klopfte seinem Chef auf die Schulter. »Wir können zufrieden sein. Der Fall ist aufgeklärt. Nur weil du dich nicht dem Willen unseres Polizeichefs gebeugt hast, konnten wir das Rätsel um die Leichen in den Blumenfeldern lösen. Ich finde, das war sehr gute Arbeit.«

Zagallo schüttelte den Kopf. »Noch wissen wir nicht, wer für den Tod von Cielo verantwortlich ist, und noch immer sind nicht alle Leichen identifiziert.«

Falcáo atmete tief ein. »Vielleicht werden wir niemals die ganze Wahrheit herausfinden«, seufzte er. »Aber ohne unsere Ermittlungen hätte man nie erfahren, was mit den Toten auf den Blumenfeldern geschehen ist. Man hätte Cielo und seinen Bruder für geisteskranke Mörder gehalten. Unsere Ermittlungen haben dafür gesorgt, dass wenigstens einige Schicksale geklärt werden konnten. Ich glaube, daran sollten wir denken und nicht an das, was wir nicht lösen können.«

Zagallo überlegte einen Augenblick, dann klopfte er Falcáo auf die Schulter. »Ich denke, du hast Recht«, sagte er.

64

MedCom Inc., Boulder, Colorado

Joanna Kim zitterte vor Angst, nachdem der Professor den Raum verlassen hatte. Sie wusste, dass dieser feiste Kerl es ernst meinte. Schweißperlen bildeten sich auf ihrer Stirn.

»Damit werden Sie nicht durchkommen«, sagte sie mit zitternder Stimme. »Man wird herausfinden, wohin ich gefahren bin, und man wird Nachforschungen anstellen. Und man wird Sie kriegen, das verspreche ich Ihnen.«

Tanner Grady lachte laut auf. »Ich wüsste nicht, wer sich für Ihren Tod interessieren könnte. Sie waren stark angespannt und brauchten eine Pause. Und weil wir hier eine gute Luft und eine schöne Landschaft haben, sind Sie einfach mal hierhergefahren. Doch die Straßen in die Berge sind gefährlich, da kann schon einmal ganz leicht etwas passieren.«

»Man hat mich hier gesehen«, entgegnete Joanna. »Noch haben Sie niemand umgebracht, das ist doch Wahnsinn.«

Grady trat vor Joanna und grinste breit. »Niemand umgebracht, wie kommen Sie darauf? Sie sind nicht die Erste. Außerdem ist es doch nur verständlich, wenn Sie auf Ihrem kleinen Trip Ihren ehemaligen Mentor besuchen. Und jetzt halten Sie Ihr verdammtes Maul. Sie hätten einfach nur in Atlanta bleiben sollen.«

Joanna senkte den Kopf. Sie spürte, dass sie bei diesem Mann kein Mitleid erregen konnte. Innerlich fluchte sie über ihre Naivität. Was hatte sie erwartet? Hatte sie gedacht, Macombie würde einlenken, alle Schuld auf sich nehmen und bereuen, was er getan hatte? Eine apathische Mattigkeit breitete sich in ihr aus, und langsam begann sie zu begreifen, dass es keinen Ausweg mehr gab. Gegen diesen Mann hatte sie keine Chance.

Als dann der Lärm von Motoren durch das abgedunkelte Fenster in den Raum drang, nahm sie ihn zuerst überhaupt nicht wahr. Tanner Grady horchte auf. Er trat ans Fenster und schaute durch die Ritzen des Rollladens.

»So eine verdammte Scheiße!«, fluchte er, als er zwei Streifenwagen erkannte, die auf dem Parkplatz standen.

Joanna kam zu sich, und die Apathie verflog, als Grady ihre Fußfesseln löste. Nur ihre Hände waren jetzt noch auf dem Rücken gefesselt.

Er schob Joanna zur Tür.

»Eine falsche Bewegung, und es wird dir sehr wehtun«, zischte er in ihr Ohr. Er öffnete die Tür und bugsierte sie über den leeren Flur zu einer Stahltür. Sein eiserner Griff hielt sie umklammert. Als ein gellender Schrei über ihre Lippen kam, boxte er ihr in die Rippen, so dass Joanna zusammenklappte wie ein Taschenmesser. Der Schlag nahm ihr die Luft, und ihr wurde schwarz vor den Augen.

Tanner Grady suchte den passenden Schlüssel an seinem Schlüsselbund. Schließlich schloss er die Stahltür auf und schleifte den reglosen Körper in einen kleinen Vorraum, von dem aus eine Treppe nach unten führte. Modriger Geruch schlug ihm entgegen, als er sich Joannas Körper über die Schultern legte und die Treppe hinunterging, die zu einem schmalen unterirdischen Gang führte, in dem die Gas- und Versorgungsleitungen entlangliefen und nach etwa fünfzig Metern in einem kleinen, unscheinbaren Häuschen endeten.

Tanner Grady keuchte, als er den schweren Körper durch den engen Gang tragen musste. Es war eng, feucht und der Gestank schier unerträglich. Joanna stöhnte, als sie wieder zu sich kam.

»Wo … wo bin ich?«, stammelte sie.

Tanner Grady blieb stehen und ließ Joanna unsanft auf den feuchten Betonboden fallen. »In bester Gesellschaft. Und jetzt auf die Beine, du Schlampe, bevor ich dir den Schädel einschlage.«

Acampamento dos infectados nahe Urucará, Amazonasgebiet

Lila Faro saß im Versorgungszelt und hielt eine Tasse Kaffee umklammert, als der Cabo das Zelt betrat. Wortlos setzte er sich zu ihr an den Tisch.

»Auch einen Kaffee?«, fragte Lila. »Ich habe gerade frischen aufgebrüht.«

Der Cabo schüttelte den Kopf. »Ich bin gekommen, um mich zu verabschieden.«

»Weswegen, ich dachte … wohin gehst du?«, stammelte Lila.

»Der Cordon sanitaire ist aufgelöst. Wir haben unsere Abkommandierung erhalten. Das Camp wird auch aufgelöst, und die übrigen Patienten werden in eure Klinik nach São Sebastião verlegt. Es besteht keine Gefahr mehr.«

»Ich … verstehe das nicht. Wir haben noch immer Patienten zu versorgen.«

»Doktor Braga hält eine Verlegung der Patienten für möglich, und das WHO-Team wird uns morgen verlassen. Die Krise ist überstanden.«

Lila ließ ihre Tasse los und griff nach den Händen des Cabos. Fest umklammerte sie die Handgelenke. »Das, was du hier geleistet hast, das war mehr, als ein Mensch leisten kann. Ich weiß nicht, was wir ohne dich hier getan hätten. Ich würde mich freuen, wenn du bleibst, Ricardo.«

»Ich … ich kann nicht«, entgegnete der Cabo. »Ich wurde zum Stützpunkt nach Manaus beordert. Man erwartet dort meinen Bericht.«

Lila löste ihren Griff und zog ihre Hände zurück.

»Ich verstehe«, antwortete sie betrübt.

»Es ist noch so viel zu tun«, fuhr der Cabo fort. »Man hat eine Klinik in der Nähe des Pantanal ausfindig gemacht. Dort wurden Experimente mit nicht zugelassenen Medikamenten durchgeführt. Die Fracht an Bord der Maschine war für diese Klinik bestimmt. Offenbar sollte diese Viruskonstruktion bei Krebspatienten eingesetzt werden. Sie stammt aus den USA. Außerdem konnten wir ein Netzwerk von gefährlichen Schmugglern zerschlagen. Die Prozesse müssen vorbereitet werden, und ich bin der Hauptbelastungszeuge.«

»Du musst tun, was du tun musst«, antwortete Lila verlegen. »Ich dachte nur, du bist ein sehr guter Sanitäter, und es mangelt uns an Personal in São Sebastião. Aber das ist Blödsinn. Du bist Polizist, und du musst deine Aufgabe erledigen. Du bist der Cabo.«

»Sargento«, entgegnete der Cabo. »Meinen Spitznamen bin ich wohl bald los. Ich wurde befördert.«

»Ich gratuliere. Wann wirst du aufbrechen?«

»In zwei Stunden.«

»In zwei Stunden schon«, murmelte Lila.

Der Cabo erhob sich, umrundete den Tisch und blieb vor ihr stehen. Lila stand auf. Lange schaute er in ihre Augen.

»Lila … ich … ich … du … ich glaube, ich …«

Über Lilas Gesicht huschte ein Lächeln. Sie legte ihre Arme um seinen Hals und zog ihn zu sich heran. Ihre Lippen berührten sich, und der Kuss wurde heiß und innig.

»Ich möchte, dass du wiederkommst«, sagte sie, als sie sich voneinander lösten.

Der Cabo nickte. »Ich komme wieder«, antwortete er. »Ich komme, darauf kannst du dich verlassen.«

MedCom Inc., Boulder, Colorado

»Du bleibst ganz dicht bei mir«, sagte Ryan zu Gene, nachdem die Spezialeinheiten in das Gebäude eingedrungen waren.

»Rechnest du vielleicht mit Widerstand?«, wandte Gene ein. »Das ist eine Pharmafirma und nicht die Mafia.«

»Und was ist mit Tanner?«

»Schon gut, ich gehe hinter dir, quasi in deinen Fußstapfen.«

»Genau das meine ich«, erwiderte Ryan.

Es dauerte eine ganze Weile. Aus dem Gebäude drangen Schreie und lautes Rufen. Ryan, Crawford und Gene waren hinter ihrem Wagen vor dem Hauptportal in Deckung gegangen und warteten, bis sie über Funk das Signal zum Nachrücken erhielten. Zehn Minuten nach dem Einsatztrupp folgten sie den Kräften in das Bürogebäude und traten durch das große gläserne Portal ins Foyer. Auf der breiten Empfangsebene hatten die Spezialeinheiten die Mitarbeiter zusammengetrieben. Bewaffnete und vermummte Polizisten umringten sie. Kaum hatte Crawford das Portal durchschritten, erhob sich ein Mann aus der Menge, hob die Hände und trat einen Schritt vor.

»Was ist hier los?«, rief er Crawford zu.

Crawford streckte seinen Dienstausweis in die Höhe. »Das ist eine FBI-Aktion«, rief er. »Die Generalstaatsanwaltschaft hat uns autorisiert. Verhalten Sie sich ruhig, meine Damen und Herren, dann wird Ihnen nichts geschehen!«

»Was soll der Blödsinn?«, rief er Mann in der Uniform eines Sicherheitsbeamten erneut.

Crawford ging auf ihn zu. »Wer sind Sie?«

»Mein Name ist Dwain Gerristen, ich bin der stellvertretende Sicherheitschef in dieser Firma. Ich will verdammt noch einmal wissen, was hier los ist.«

Crawford zog den Durchsuchungsbeschluss aus seiner Jackentasche und gab ihn dem Uniformierten.

»Verstoß gegen Gesetze der Nationalen Sicherheit«, las Gerristen. »Das müssen Sie mir genauer erklären. Wir gehören zu einem Pharmakonzern, der Medikamente zur Behandlung Schwerkranker herstellt.«

»Diese Firma steht im Verdacht, ein tödliches Virus entwickelt und auch freigesetzt zu haben, das über tausend Menschen in Brasilien das Leben gekostet hat.«

Gemurmel erhob sich unter den Anwesenden. »Wo sind Professor Macombie und Tanner Grady?«

Gerristen schaute sich um, dann zuckte er mit der Schulter. »Der Professor ist wahrscheinlich in seinem Büro, und Mister Grady müsste im Haus unterwegs sein.«

»Kennen Sie eine gewisse Professor Joanna Kim?«, fragte Crawford.

»Kenn ich nicht«, antwortete der stellvertretende Sicherheitschef.

»Wir haben den Verdacht, dass Professor Kim in diesem Gebäude festgehalten wird.«

Altmann trat aus einer Gruppe weiß gekleideter Männer und Frauen hervor. »Das kann ich mir nicht vorstellen«, sagte er. »Sie war hier und hat mit mir gesprochen. Sie hat mir alles erzählt, aber Sie müssen mir glauben, wir hatten keine Ahnung, dass XA 511 aus dem Labor geschmuggelt wurde. Es muss jemand getan haben, der wissen wollte, woran wir arbeiten. Ein Dieb, ein … ein Spion.«

»Wer sind Sie?«, fragte Crawford.

»Mein Name ist Rodger Altmann, ich arbeite hier im Labor. Ich habe zusammen mit Professor Macombie das Virus entwickelt. Es war noch nicht ausgereift und mutierte. Wir haben alle Proben vernichtet. Es muss Werkspionage dahinterstecken, ich habe sonst keine Erklärung, wie XA 511 nach draußen gelangen konnte.«

»Offenbar wurden doch nicht alle Proben vernichtet«, schaltete sich Gene ein. »Tanner Grady steckt hinter der Sache. Wo ist er, und wo ist Professor Kim?«

»Grady«, antwortete Altmann nachdenklich. »Dieser Hund, ich habe ihm noch nie getraut. Professor Kim war hier, bei mir im Labor. Vor einer halben Stunde etwa.«

»Wohin ist Professor Kim gegangen, nachdem Sie mit ihr gesprochen haben?«, fragte Crawford.

»Sie wollte gehen, ich habe ihr von XA 511 erzählt.«

»Wo steckt sie jetzt?«

Altmann blickte sich in der Menge um, dann zuckte er mit der Schulter. »Vielleicht ist sie beim Professor, ich weiß es nicht, wirklich.«

Ein uniformierter Polizist hetzte die Treppe hinunter und blieb vor Crawford stehen. »Schnell, Sie müssen kommen, der Professor dreht durch«, rief er Crawford zu. Und schon hetzten Crawford, Gene und Ryan los und folgten dem Polizisten, der sie in den dritten Stock führte. In den Gängen standen bewaffnete Männer der Spezialeinheit. Mit ihren Waffen zielten sie auf die offen stehende Tür eines großen Büros. Der Einsatzleiter fing Crawford ab.

»Was ist los?«, fragte der FBI-Agent atemlos.

»Da drinnen ist ein gewisser Professor Macombie, der sich eine Achtunddreißiger an den Kopf hält und droht, sich zu erschießen, sobald sich ihm jemand nähert.«

Noch bevor Crawford antworten konnte, löste sich Gene aus der Gruppe. »Ich mach das«, sagte er und ging an den bewaffneten Polizisten vorbei. An der Türkante blieb er hinter der Deckung der Wand stehen und schob den Kollegen des Einsatzteams zur Seite.

»Sie sind verrückt, Mcfaddin«, rief ihm Crawford nach, doch Gene schien es nicht zu kümmern.

»Professor Macombie«, rief er in das Büro. »Mein Name ist Gene Mcfaddin, ich bin Privatdetektiv aus Miami, und ich suche nach Professor Joanna Kim!«

»Sie ist nicht hier!«, tönte es aus dem Büro. »Was wollen Sie von uns, verschwinden Sie, und nehmen Sie Ihre Männer mit.«

»Professor, wir wissen, was passiert ist, und wir wissen auch, dass sich Joanna Kim in diesem Gebäude befindet. Wahrscheinlich ist Tanner Grady bei ihr. Er ist ein kaltblütiger Mörder.«

»Wenn Sie näher kommen, dann erschieße ich mich!«

»Es ist schon genug Blut geflossen, Professor. Ich weiß, dass Sie kein Mörder sind. Die Sache mit dem Virus war ein bedauerlicher Unfall. Das hätte nie geschehen dürfen.«

»Was wissen Sie schon davon«, antwortete der Professor. »Wir stehen kurz vor dem Durchbruch. Und überall lauern diese scheinheiligen Moralapostel, die sich Ethikkommission nennen und nichts anderes tun, als uns Tag für Tag neue Steine in den Weg zu legen. Wo wären wir ohne die Forschung. Vor zwanzig Jahren war die Diagnose alleine schon das Todesurteil. Und jetzt, wo wir so weit sind, kommen Sie daher und wollen uns unseren Erfolg streitig machen. Verschwinden Sie!«

»Niemand will Ihnen etwas streitig machen«, antwortete Gene. »Es ist an der Zeit, die Verantwortung zu übernehmen. Mord ist keine Lösung. Professor Kim wusste, dass das Virus aus diesem Labor stammt, deswegen ist sie hierhergekommen. Sie wollte Klarheit. Wenn sie stirbt, dann tragen Sie die Verantwortung. Und wenn Sie sich erschießen, dann jagen Sie selbst eine Kugel genau durch das Hirn, das möglicherweise eine Lösung bereithält, um Tausende oder Millionen von Menschen zu retten. Alles wäre umsonst, und in zwei Jahren würde niemand mehr von Ihnen reden. Wollen Sie das, Professor?«

Einen Augenblick lang herrschte Schweigen. Dann hörte man ein Klicken aus dem Büro. Gene lief ein kalter Schauer über den Rücken.

»Sie ist im Westflügel«, dröhnte plötzlich die sonore Stimme des Professors aus dem Büro. Diesmal ganz nah. »Tanner ist bei ihr. Sie ist auf Ebene B in einem ungenutzten Aktenraum am Ende des Flures.«

Noch bevor das letzte Wort verklungen war, erschien der Professor mit erhobenen Händen in der Tür.

»Auf den Boden!«, brüllte einer der Polizisten. »Wo ist die Waffe?«

»Auf den Boden kann ich leider nicht mehr, dazu bin ich zu alt. Die Waffe liegt auf meinem Schreibtisch.«

Der Polizist trat einen Schritt vor und nahm sein Gewehr noch enger an die Schulter.

»Auf den Boden, sag ich!«

Gene löste sich von der Tür, trat in die Schusslinie und ergriff den Professor an der Schulter.

»Nicht schießen!«, rief Crawford den Polizisten zu, die sich, die Waffe im Anschlag, aus der Deckung lösten. Die Situation war äußerst angespannt, doch Gene schob den alten Mann gegen die Wand und tastete ihn ab. Schließlich verlangte er von einem Polizisten die Handschellen. Erst als der Professor gefesselt war, fiel die Anspannung, und die Polizisten des Einsatzkommandos nahmen ihre Waffen herunter.

»Das war eine gute Entscheidung, Professor«, lobte Gene den alten Mann.

»Schauen Sie nach Joanna«, antwortete er. »Grady will sie umbringen. Er ist eiskalt.«

Gene übergab den Mann an die Uniformierten und stürmte zur Treppe. »Warten Sie«, rief ihm Crawford hinterher, doch Gene ließ sich nicht aufhalten. Wie ein Tornado nahm er die Treppenstufen. Als er im Foyer ankam, stürzte er auf Gerristen zu. »Der Westflügel, wie komme ich in die Ebene B?«

Gerristen zeigte auf den Fahrstuhl. Ryan hatte ihn inzwischen eingeholt. Gene rannte zu den Fahrstühlen und zog Gerristen mit sich. Ryan und sechs uniformierte Polizisten folgten ihnen.

»Ich sagte doch, du sollst hinter mir bleiben«, keuchte Ryan, als sie mit dem Fahrstuhl in die Ebene B fuhren.

»Grady weiß, dass wir hier sind. Kim ist in höchster Gefahr.«

»Das Gebäude ist umstellt, da kommt niemand raus«, antwortete Ryan. Der Fahrstuhl stoppte, und die Türen glitten auf.

»Wo ist der Aktenraum in diesem Flügel?«, wandte sich Gene an Gerristen. Gerristen zeigte den Flur entlang.

»Am Ende des Flures, Sie stoßen direkt darauf.«

»Warten Sie hier!«, raunte Gene und gab zwei Polizisten das Zeichen, den Flur und den Fahrstuhl zu sichern. Schon rannte er den Gang entlang. Polizisten folgten ihm. Ryan hatte Mühe, den Anschluss zu halten.

Am Ende des Ganges befand sich eine einfache weiße Holztür, die geschlossen war. Die Polizisten nahmen ihre Gewehre in Anschlag und postierten sich neben der Tür.

»Warte!«, flüsterte ihm Ryan zu, der atemlos und keuchend neben einem Wasserspender stehen blieb. »Ich kann nicht mehr«, stöhnte er, schob sein rechtes Hosenbein ein Stück nach oben und zog eine kleine Pistole aus dem Wadenhalfter.

»Das ist eine Colt Short Junior«, sagte er. »Kaliber 22 kurz. Auf kurze Distanz sehr effektiv.«

Ryan warf Gene die Pistole zu, der sie geschickt auffing und den Ladezustand überprüfte. Schließlich versicherte er sich bei den uniformierten Polizisten, dass sie einsatzklar waren, bevor er die Türklinke in die Hand nahm und leise von drei zurück auf null zählte. Bei null flog die Tür auf und die Polizisten stürmten den Raum. Gene folgte ihnen. Er erkannte sofort, dass der abgedunkelte Raum leer war. Sein Blick fiel auf das Klebeband, das um den Stuhl gewickelt war.

»Sie war hier«, sagte er. »Er hat sie gefesselt.«

Einer der Polizisten zog sein Funkgerät heraus.

»Ich will, dass der ganze Flügel noch einmal gründlich durchsucht wird«, befahl Gene und verließ das Zimmer.

»Wo kann er nur sein?«, fragte Ryan, der inzwischen wieder zu Atem gekommen war. Gemeinsam gingen sie zurück zum Fahrstuhl. Plötzlich blieb Gene stehen. Sein Blick fiel auf eine Stahltür. Er rief Gerristen zu sich heran.

»Wohin führt die Tür?«

»Das ist der Versorgungstunnel«, antwortete Gerristen. »Darin verlaufen Strom-, Gas- und Wasserleitungen. Damals, als der Komplex gebaut wurde, reichten die Leitungen nicht bis hierher, deswegen liegt der Übergabepunkt außerhalb des Geländes. Dort haben wir eine kleine Station erbaut, die …«

»Wie weit führt der Gang?«

»Er verläuft unterirdisch und führt unter dem Parkplatz hindurch. Ich schätze siebzig, achtzig Meter. Aber er ist nicht sehr breit.«

Gene zog an dem Riegel, durch den die Tür gesichert war. Die Tür schwang auf.

»Ich verstehe das nicht«, stotterte Gerristen. »Die Tür müsste verschlossen sein.«

»Hat Grady einen Schlüssel?«

»Tanner hat einen, ich habe einen, und zwei sind an der Pforte und beim Monteur …«

Gene wartete nicht, bis Gerristen den Satz beendet hatte.

»Halt!«, hielt ihn Ryan zurück. »Bleib hier, bis genügend Männer da sind.«

»Dann ist es vielleicht zu spät«, rief Gene und spurtete die Treppen hinab in das fahle Dämmerlicht.

Gene tastete sich an den feuchten Betonwänden entlang. Der Gang schien überhaupt nicht enden zu wollen. Nur ab und zu verströmte eine schwache Glühbirne ihr schmutziges Licht. Moder mischte sich mit Veilchen. Kein Zweifel, hier war er richtig. Gene hielt den kleinen Colt umklammert. Kurz verharrte er, denn er meinte, vor sich etwas gehört zu haben. Dann ging er weiter. Schritt für Schritt, Meter um Meter kämpfte er sich in der klammen Kälte voran, bis er schließlich an eine stählerne Wendeltreppe gelangte, die nach oben führte.

Wiederum verharrte er und lauschte. Rasselnder Atem drang an sein Ohr. Eine Frau stöhnte. Vorsichtig ging er weiter, bedacht darauf, keine Geräusche zu machen. Den Colt hielt er im Anschlag.

Die Helligkeit des Tages drang zu ihm vor. Eine geöffnete Falltür lag vor ihm. Er schlich weiter und streckte für einen Sekundenbruchteil den Kopf durch die Falltür. Da sah er Tanner Grady, der vor dem vergitterten Fenster der kleinen Hütte stand und nach draußen spähte. Spannungsgeladenes Brummen der Transformatoren überlagerte seine schabenden Schritte. Aber noch bevor er die Treppe hinter sich gelassen hatte, wandte sich Grady um. Er hielt eine Waffe in der Hand, die auf Joanna Kims Schläfe gerichtet war. Dicht zog er die Frau an sich heran.

»Werfen Sie die Waffe weg, Mcfaddin!«, befahl Grady mit gefährlicher Stimme. »Ich erschieße zuerst das Mädchen, und dann reicht es noch immer, um auch Ihnen eine Kugel in den Kopf zu jagen.«

Gene zögerte einen kurzen Moment, doch als Grady die Waffe noch eine Spur energischer an Joanna Kims Kopf drückte, ließ er den Colt zu Boden fallen. Joanna Kim machte einen bemitleidenswerten Eindruck. Sie zitterte am ganzen Körper.

»Mister Tanner höchstpersönlich. Ich wusste nicht, dass wir uns schon einmal begegnet sind«, antwortete Gene.

»Schließen Sie die Tür«, entgegnete Grady und zielte mit der Waffe auf Gene, während Joanna Kim entkräftet zu Boden glitt und mit dem Rücken an der Wand sitzen blieb. Ihr Blick war starr und leblos. Blut sickerte aus ihrem Mund, und die Rötungen an ihren Wangen zeigten, dass sie von Grady geschlagen worden war.

»Ich selbst habe Sie ausgesucht«, antwortete Tanner Grady. »Sie erinnern sich doch sicher an Sharon Cruiz. Ein versoffener Ex-Bulle. Ich wusste nicht, dass Sie so verdammt gut sind. Und jetzt gehen Sie zurück an die Wand und halten die Hände in die Höhe, dass ich sie sehen kann. Sonst blase ich Ihnen den Schädel weg.«

»So wie Sharon und ihrem Freund?«

»Tragen Sie ein Micro oder so etwas?«

»Sind wir hier in einem schlechten Film«, antwortete Gene und öffnete sein Hemd.

Grady lächelte kalt. »Übles Geschmeiß, das den Hals nicht vollkriegen kann.«

»Und wozu dieses ganze Schmierentheater?«

»Das geht Sie einen Scheißdreck an«, entgegnete Grady. »Aber gut, Sie sollen ruhig erfahren, weswegen Sie jetzt gleich in die Hölle fahren. Wir hatten eine wertvolle Fracht …«

»Die Viren«, antwortete Gene. »Alle wissen mittlerweile über die Viren und über Hastings' Schmugglerring Bescheid. Ich soll Ihnen von Tate einen schönen Gruß ausrichten.«

»Das ist gut, dann kann ich mir die Vorgeschichte ja sparen. Das Flugzeug kam nicht am vereinbarten Treffpunkt an, und ich erfuhr, dass Tarston Schulden hatte. Deswegen bestand die Möglichkeit, dass er auf eigene Rechnung arbeitet. Aber ich konnte ja schlecht selbst in dem Fall ermitteln. Da lief mir dieses süchtige Pärchen über den Weg, die für eine Hand voll Dollars ihre eigene Mutter verkaufen würden.«

»Weswegen haben Sie Miller umgebracht, er gehörte doch zu Tarstons Männern?«

»Miller war eine kleine Heuschrecke, die sich von den Krumen ernährt, die andere vom Tisch fallen lassen. Nachdem Sie sich nach ihm erkundigten, konnte ich doch nicht zulassen, dass Sie vielleicht den Braten rochen. Mann, ich war Ihnen immer auf den Fersen und wusste genau, was Sie unternehmen würden. Vielleicht war es ein Fehler, eine Schwangere vorzuschicken. Plötzlich entwickelten die Dinge eine Eigendynamik, und ich musste Sie bremsen. Ich hatte nicht damit gerechnet, dass Sie das Schicksal der werdenden Mutter dermaßen beeindruckt hat, dass Sie aus lauter Ritterlichkeit weiterermittelten. Und bei Miller sah ich die Chance, Sie beide auf einen Schlag loszuwerden. Ich informiere mich stets, wer mein Gegenüber ist, und dieser Spaghetti von der Dade Police war leicht zu beeinflussen. Sie müssen ihm seine Familienjuwelen geklaut haben, so wie er auf Sie zu sprechen ist.«

»Doch jetzt ist Ihr schöner Plan futsch«, konterte Gene. »Jeder weiß, was Sie getan haben und auch, wo wir uns gerade aufhalten. Sie haben keine Chance, geben Sie auf.«

Tanner Grady zeigte auf die Frau, die kraftlos neben ihm auf dem steinernen Boden saß. »Das ist meine Fahrkarte in die Freiheit. Und nachdem nun alles geklärt ist, fahr zur Hölle, Privatschnüffler!«

Grady legte die Pistole an und spannte den Hahn. Doch noch bevor er abdrücken konnte, schnellte Gene nach vorne. Ein Schuss peitschte, und ein heißer Schauer lief über Genes Rücken. Doch der Schuss ging fehl und schlug in das Bedienpaneel des Transformators ein. Funken sprühten und beißender Rauch quoll aus dem brummenden Ungetüm. Ein weiterer Schuss sirrte pfeifend über den Boden, bis er in der gegenüberliegenden Wand einschlug. Gene landete unsanft auf dem Betonboden. Und bevor Tanner Grady noch die Waffe auf ihn richten konnte, griff Joanna Kim nach seinem Bein. Grady heulte auf vor Schmerz, als sie ihm in die Wade biss. Gene sprang auf und schlug gegen die Waffenhand seines Widersachers. Aber Grady hielt die Waffe fest umklammert. Wenn er auch untersetzt und fast ein klein wenig dick war, so hatte er dennoch Bärenkräfte. Er schlug nach Gene und verfehlte ihn nur knapp. Gene riss die Fäuste nach oben und platzierte einen Schlag auf dem Brustkorb des Mannes, der ihn allerdings keineswegs erschütterte. Während Grady nach Joanna trat, schlug Gene auf dessen Handgelenk, und die Waffe flog in hohem Bogen davon. Sie landete direkt neben Joanna Kim, die mit ihren gefesselten Händen nach ihr griff.

Gene schlug seinem Gegner in die Nierengegend, aber der Schlag erzielte keine Wirkung. Tanner Grady wirbelte herum. Seine Faust traf Gene an der Schläfe und verursachte eine Woge des Schmerzes, die ihn kurzzeitig lähmte. Ihm wurde schwarz vor Augen und er ging zu Boden. Tanner Grady kam auf ihn zu, aber noch bevor er ihn erreichte, ertönte ein Schuss, und das Projektil surrte heulend davon.

Grady wandte sich für einen kurzen Moment Joanna Kim zu. »Du Schlampe«, sagte er. In diesem Augenblick traf ihn Genes Tritt in den Unterleib. Ein Gurgeln kam über Tanner Gradys Lippen, und er knickte ein. Ein zweiter Schlag traf ihn am Kinn. Gene hatte alle Kraft in den Boxhieb gelegt und spürte, dass er seine Finger gebrochen hatte, doch Grady geriet ins Taumeln. Er stolperte über den Verriegelungshaken der Falltür und landete direkt am funkensprühenden Transformator. Ein Zittern schüttelte Gradys Körper, als der Strom durch ihn hindurchschoss. Gene rollte sich zur Seite. Ein Funkenregen fiel auf ihn herab, als der infernalische Schrei Tanner Gradys im lauten Pochen an der Tür der kleinen Transformatorenstation unterging. Kleine blaue Flammen züngelten aus Gradys Augen, und die wenigen Haare gingen in Flammen auf. Das Brummen und Funkensprühen erstarb, als der Strom ausfiel.

Schwer bewaffnete Polizisten stürmten in den kleinen Raum vor, und ein entsetzlicher Gestank breitete sich aus. Tanner Grady verschmorte auf dem von ihm selbst bereiteten elektrischen Stuhl.

Gene erhob sich und half Joanna Kim auf die Beine. Sie weinte und fiel ihm in die Arme. Er streichelte ihr sanft über das Haar, als er sie hinausführte.

»Es ist vorbei«, sagte er zu ihr und rieb sich die schmerzende Hand.

Epilog

Die kleine Trafostation fing Feuer, doch durch das Eingreifen der Polizisten mit ihren Schaumlöschern konnte Schlimmeres verhindert werden.

Professor Joanna Kim wurde in das nahe Boulder Community Hospital eingeliefert. Ihre Wunden heilten schnell; aber die Wunden, die das Erlebte in ihrer Seele hinterlassen hatte, würden wohl noch eine ganze Weile brauchen, bis sie verheilt waren.

Gene Mcfaddin wurde vollständig rehabilitiert. Gradys Geständnis war von Ryan mitgehört worden, der im Gang hinter der Falltür verzweifelt versucht hatte, in den Raum vorzudringen, und erst zurückwich, als beißender Qualm durch die Ritzen in den Kellergang drang.

Ryan, Crawford und sogar Rosburn setzten sich für ihn ein, und knapp zwei Monate nach dem Tod von Tanner Grady tat er wieder Dienst bei der Miami Dade Police, wo er in seinem alten Rang eingestellt und Ryans Spezialeinheit für die Bekämpfung überregionaler Straftaten zugeteilt wurde.

Als die Ermittler die Westpark Security genauer unter die Lupe nahmen, stießen sie auf allerlei Unregelmäßigkeiten. Der Sicherheits- und Wachdienst entpuppte sich als gewalttätige Schlägertruppe, die nicht nur seriöse Firmen zu ihrem Kundenkreis zählte. Gegen entsprechende Bezahlung führten die Schläger auch Spezialaufträge aus, die sich jenseits der Legalität bewegten.

Professor Macombie übernahm in der Gerichtsverhandlung vor dem US-Bundesgericht von Colorado die volle Verantwortung für die Ausbreitung des Jatapu-Virus, doch da es sich bei den Todesfällen in Brasilien und anderen Teilen der Erde um eine unbeabsichtigte Infektion handelte, die aufgrund eines Flugzeugabsturzes erfolgt war, verurteilte ihn der 1. Senat wegen mehrfachen Totschlags nur zu einer Haftstrafe von dreißig Jahren. Sein Vertrauter Altmann, der von alledem nichts gewusst hatte, wurde in einem weiteren Verfahren freigesprochen. Er widmete sich sofort wieder seinen Forschungsaufgaben, doch auch die Versuchsgruppe XA 512 führte nicht ans Ziel. Das Virus wurde nach ein paar Tagen inaktiv und starb ab.

Hastings blieb wie vom Erdboden verschluckt. Ein internationaler Haftbefehl wurde ausgestellt, doch niemand wusste, unter welchem Stein er sich verkrochen hatte.

Ganz anders erging es Anjo, Paco de la Pace und Antonio Dumas in Brasilien. Sie wurden verurteilt und werden wohl keinen einzigen Tag ihres Lebens mehr in Freiheit verbringen.

Sieben Tage nach der Aufhebung des Cordon sanitaire wurde das Lager bei Urucará aufgelöst, und die letzten verbliebenen Patienten wurden nach São Sebastião verlegt, wo Lila Faro die Leitung der kleinen Klinik übertragen wurde.

Das Team um Professor Sander kehrte noch am gleichen Tag nach Genf zurück, wo in einer Feierstunde dem getöteten Kollegen Antonio Pinto gedacht wurde.

Luisa Behringer war knapp einen Monat zu Hause, bevor sie sich einem neuen Feldforschungsteam anschloss, dem auch Anne Arlette angehörte. In Angola war eine Poliovireninfektion ausgebrochen, die genauer untersucht werden musste. Professor Sander hingegen zog es vor, sich an der Universität in Basel an einem Forschungsprojekt zur Bekämpfung des HIV-Erregers zu beteiligen.

Der Cabo, Ricardo da Silveira Jesus, kehrte sechs Wochen nach der Auflösung des Acampamento dos infectados an den Rio Jatapu zurück. Auf Beschluss der Bezirksregierung zur Eindämmung des Schmugglerunwesens an diesem Flusslauf wurde eine Einheit nach São Sebastião verlegt, die sich gegenüber der alten Kapelle in einer ehemaligen Kautschukfabrik einquartierte. Sargento Silveira Jesus gehörte dem Führungsstab dieser Einheit an, die auf unbestimmte Zeit, jedoch mindestens für die nächsten beiden Jahre, den Fluss und die nördlichen Städte kontrollieren sollte.

Es wurde bereits dunkel, als er an die Tür des Wohnheimes gegenüber der Klinik Santa Catarina klopfte. Lila öffnete verschlafen die Tür.

»Was ist denn nun schon wieder?«, klagte sie, doch als sie den Cabo erkannte, funkelten ihre müden Augen.

»Ich sagte doch, ich komme zurück«, sagte er.

Sie zog ihn an sich heran und küsste ihn auf die Stirn. »Und ich habe gewartet, jeden Tag.«

Unweit des Lago Maracarana in einer verschütteten Höhle liegt eine kleine, zerbrochene Phiole, die einfach nur vergessen worden war. Und wenn eines Tages die Höhle wieder entdeckt werden sollte, dann könnte ein langsamer und grauenvoller Tod auf jene warten, die es wagen, sich dem kleinen und unsichtbaren Zellpiraten zu nähern, der im Verborgenen schlummert.

Unsichtbar, lautlos und ohne Erbarmen würde er zuschlagen …

Ende

Doktor Sandra Diederich
(Uni Marburg, jetzt Vancouver, Kanada)
gilt mein besonderer Dank für die
wissenschaftliche Beratung

Christiane und Benno Neudecker
Martina Aue

Vielen Dank für eure Unterstützung